西欧

现代作家

作品展阅

箫枫◎主编

辽海出版社

责任编辑:陈晓玉　于文海　孙德军

图书在版编目(CIP)数据

世界文学知识漫谈/萧枫主编.—沈阳:辽海出版社,2008.6(2015.5重印)

ISBN 978-7-80711-712-4

Ⅰ.①世…　Ⅱ.①萧…　Ⅲ.①世界文学—基本知识　Ⅳ.①I1

中国版本图书馆 CIP 数据核字(2011)第 140258 号

世界文学知识漫谈

西欧现代作家作品展阅

萧枫/主编

出　版:辽海出版社		地　址:沈阳市和平区十一纬路25号	
印　刷:北京一鑫印务有限责任公司		字　数:700千字	
开　本:700mm×1000mm　1/16		印　张:40	
版　次:2011年9月第2版		印　次:2015年5月第2次印刷	
书　号:ISBN 978-7-80711-712-4		定　价:149.00元(全5册)	

如发现印装质量问题,影响阅读,请与印刷厂联系调换。

前　言

　　马克思曾经说过："文学是一定的社会生活在人类头脑中反映的产物。"

　　文学是一种社会意识形态，与社会、政治以及哲学、宗教和道德等社会科学具有密切的关系，是在一定的社会经济基础上形成和发展起来的，因此，它能深刻反映一个国家或一个民族特定时期的社会生活面貌。文学的功能是以形象来反映社会生活，是用具体的、生动感人的细节来反映客观世界的。优秀的文学作品能使人产生如临其境、如见其人、如闻其声的感觉，并从思想感情上受到感染、教育和陶冶。

　　文学是语言的艺术，是以语言为工具来塑造艺术形象的，虽然其具有形象的间接性，但它能多方面立体性地展示社会生活，甚至表现社会生活的发展过程，展示人与人之间的错综复杂的社会关系和人物的内心精神世界。

　　作家是生活造就的，作家又创作了文学。正如高尔基所说："作家是一支笛子，生活里的种种智慧一通过它就变成音韵和谐的曲调了……作家也是时代精神手中的一支笔，一支由某位圣贤用来撰写艺术史册的笔……"因此，作家是人类灵魂的工程师，也是社会生活的雕塑师。

　　文学作品是作家根据一定的立场、观点、社会理想和审美观念，从社会生活中选取一定的材料，经过提炼加工而后创作出来的。它

既包含客观的现实生活，也包含作家主观的思想感情，因此，文学作品通过相应的表现形式，具有很强的承载性，这就是作品的具体内容。

文学的发展，既是纵向的，又是横向的；纵向发展是各民族文学内部的继承性发展，横向发展是世界各民族互相之间的影响、冲突和交会。这一纵一横的经线与纬线，织成了多姿多彩的各民族文学与世界文学。可以说，纵向的"通变"与横向的发展，是文学发展的两个基本动力。

总之，学习世界文学，就必须研究世界著名文学大师、著名文学作品和文学发展历史，才能掌握世界文学概貌。

为此，我们综合了国内外最新的世界文学研究成果和文学发展概况，编撰了《世界文学知识漫谈》丛书。本套书系共计5册，主要包括世界文学发展大讲坛、俄苏现代作家作品讲析、西欧现代作家作品展阅、美洲现代作家作品泛读、亚洲现代作家作品博览等内容。

本套书内容全面具体，具有很强的文学性、可读性和知识性，是我们广大读者了解世界文学作品、增长文学素质的良好读物，也是各级图书馆珍藏的最佳版本。

目 录

第一章　西欧现代作家

第一节　德国现代作家

第二节　波兰现代作家

第六节　瑞士现代作家

第一章　西欧现代作家

第一节　德国现代作家

海　涅

海涅，1797年12月13日生于杜塞尔多夫。他的父亲参孙·海涅是犹太商人，母亲出身于医生家庭。海涅童年和少年时期经历了拿破仑战争。

海涅曾在美因河畔法兰克福的银行和汉堡地的叔父所罗门·海涅的银行里工作。1819年秋，经叔父同意进入波恩大学学习法律，与浪漫派代表作家奥古斯特·威廉·施莱格尔接近。1820年秋转入格廷根大学。1821年因决斗被学校处分，休学半年，不久转入柏林大学，听黑格尔讲课。在柏林时结识法恩哈根·封·恩泽夫妇以及作家沙米索、富凯等。受他们的影响，1821年在柏林海涅的第一部《诗集》出版。继《诗集》之后，1823年发表了《悲剧——抒情插曲》。犹太人不幸的命运激励海涅反抗压迫，积极参与柏林的"犹太文化科学协会"

的工作。

1824 年 1 月，海涅在格廷根大学学习法律，并继续写诗，完成了《还乡集》。后来写出《哈尔茨山游记》，这是他的第一部具有独特风格的散文作品。

1825 年，海涅接受基督教洗礼，同年获法学博士学位。《还乡集》增订后与《哈尔茨山游记》和《北海纪游》中的第 1 部分组诗，汇编为《旅行记》于 1826 年发表，引起强烈的反响。同年他写《北海纪游》第 2、3 部分。

1826～1827 年，海涅写作类似自传体的散文《勒·格朗集》。1827 年初到汉堡，同年，《旅行记》第 2 卷出版。去英国旅行后回到汉堡他的《歌集》出版，收入在此之前发表的大部诗歌，为海涅成为杰出的抒情诗人奠定了基础。

1827 年，海涅应出版商科达的邀请，到慕尼黑主编《普通政治新年鉴》。重返德国后在柏林和波茨坦写《旅行记》第 3 卷，内容是《从慕尼黑到热那亚的旅行》和《卢卡浴场》，《卢卡浴场》的最后部分是对诗人普拉滕的论战。1829 年监印《旅行记》第 3 卷。

1830 年夏，海涅在黑尔戈兰浴场治病期间，巴黎爆发七月革命，他为此热烈欢呼。

七月革命使海涅决定前往巴黎。行前他在汉堡刊印了《新春集》，收入组诗 14 首，结束了青年时代的爱情诗。还有一卷《旅行记》的补遗出版，包括《卢卡城》和《英国片断》。

1831 年 5 月，海涅到达巴黎，与巴尔扎克、贝朗瑞、柏辽兹、肖邦、大仲马、雨果、李斯特、乔治·桑等人结识，并与圣西门的信徒们交往。1833～1834 年在奥格斯堡的《总汇日报》发表《法兰西现状》、《论法国的画家》等报道，并为法国报纸撰写《德国近代文学史略》（1836 年扩充为《论浪漫派》）和《论德国宗教和哲学的历史》。

当时流亡巴黎的德国政论家路德维希·伯尔纳与海涅发生争论。

伯尔纳斥责歌德和黑格尔是"押韵的奴才"和"不押韵的奴才"，攻击海涅是"唯美主义者"。伯尔纳虽是个爱国主义者，但是个狭隘的小资产阶级激进派。海涅以在1840年发表《路德维希·伯尔纳，亨利希·海涅的备忘录》作为回答。

1834年春，海涅在巴黎与法国女工克雷斯琴斯·欧仁妮·米拉（即玛蒂尔黛·米拉）相识，1841年结婚。1835年德意志联邦议会查禁"青年德意志"派作家的作品，海涅本来不属这一派，却名列第一。受到迫害同时，他与叔父不和，失掉经济援助，因而在万般无奈，经济窘迫的情况下接受了法国政府提供的救济金，因而受到反对者的攻击与诽谤。

1843年，海涅从巴黎回国。这次旅行使他对《德国，一个冬天的童话》开始构思。年底重返巴黎后，便动手写作了。年底在巴黎结识了马克思，思想受到了一定的影响。此后，海涅常在卢格和马克思共同编辑的《德法年鉴》上发表讽刺诗。1844年7月，海涅为监印《新诗集》又到汉堡，并从汉堡把《德国，一个冬天的童话》的清样寄给马克思，由马克思代为在《前进报》上发表。

早在30年代，海涅便出现了瘫痪症的迹象，40年代身体越来越差，由于患眼病，差点失明。1844年12月底，海涅左眼完全失明，右眼视力很弱。这时他的叔父也去世了，留给他的遗产只有区区几千马克。他的堂兄卡尔·海涅不让发表关于他们家族的任何文字，并答应以一份年金作为交换条件，海涅被迫毁掉精心写作的《回忆录》。现在保存下来的《回忆录》是后来重写的。1846和1848年恩格斯每次到巴黎都去看望病中的海涅。

1848年5月，海涅由于病情的剧烈恶化导致完全瘫痪，以后在"褥垫墓穴"的病床上躺了长达8年的时间。但他以惊人的毅力坚持写作，口授完成诗集《罗曼采罗》，于1851年出版。他还写了一些散文作品，把40年代为奥格斯堡《总汇日报》写的通讯精选成集，题为《卢台奇亚》（巴黎的拉丁文别名）。从逝世前几个月为《卢台奇亚》法文版写的前言中可以看到，他对现存社会中贫富悬殊以及不合理的社会制度的深刻不满，因而祝愿共产主义获得胜利，但又担心共产主义社会来临后那些"无知的偶像破坏者"会毁掉他的《歌集》。1856 年 2 月 17 日，海涅在巴黎逝世。

海涅的一生，为后世留下了无数的珍贵的精神财富，现将他的主要著作介绍如下：

1. 诗歌：海涅在文学史上被认为是除歌德之外以后德国最重要的诗人。他的诗歌创作根据他一生的 3 个时期可以分为 3 个阶段。第 1 阶段是早期抒情诗，代表作为《歌集》。海涅酷爱文学，再加上在波恩学习期间，受到奥古斯特·威廉·施莱格尔在韵律学上专门指导，因此早期的抒情诗感情真挚，语言优美，具有浪漫主义的风格、民歌的曲调和韵律。内容大多是抒写他的经历、感受、憧憬，特别是爱情的欢乐和痛苦。《北海纪游》组诗是德国诗中最早讴歌大海而又最为精彩的诗篇。

海涅早期的抒情诗虽然有较浓厚的浪漫主义色彩，但不像一般浪漫派诗人惯于创造梦境，使人沉浸其中，忘却现实，而是用"浪漫主义的嘲讽"的手法，使梦境破灭，正视现实，从不以诗之美去刻意掩盖现实的丑。诗中包含着对社会的批判。

海涅的抒情诗虽然主要是歌咏爱情，但具有新时代的内容，体现了对法国资产阶级革命的赞扬，对封建主义复辟及其主要支柱教会、贵族的蔑视，对新兴资产阶级的市侩习气及其道德的反感，在《歌集》最早的一部分《青春的烦恼》中和《两个掷弹兵》都属于政治色彩鲜明的诗篇。

第 2 阶段的主要诗歌创作是：包括《时代的诗》在内的《新诗集》、长诗《阿塔·特罗尔，一个仲夏夜的梦》和《德国，一个冬天的童话》。海涅在 30 年代思想更加成熟，他研究了圣西门的空想社会主义学说，后来又受马克思主义影响，并且亲身参加了当时的革命运动，因此，在文艺创作上他既反对脱离现实的浪漫派诗歌；

又反对当时毫无诗意只有革命口号的所谓"倾向诗"。

长诗《阿塔·特罗尔，一个仲夏夜的梦》（1843）便是以跳舞的熊为比喻，辛辣地讽刺了内容空洞的倾向诗的作者们。在这首长诗的序中，海涅说他忍不住要嘲笑褊狭的同时代人怎样粗鲁、拙劣而蠢笨地了解人类理想。他认为写出诗意浓郁、内容新颖、符合时代精神的诗篇。《时代的诗》是一首政治诗，就是用优美的诗歌形式表现新的认识、把政治观点和美学思想有机结合的诗篇。因此他的诗歌不仅有强烈的战斗性，而且有很高的艺术性。《教义》、《警告》、《倾向》、《等着瞧吧》以及讽刺普鲁士国王威廉·弗里德里希四世的《中国皇帝》和鞭挞德国小资产阶级的《阐明》等都是政治与艺术巧妙结合的优秀之作。

海涅自称《德国，一个冬天的童话》"是一部诗体的旅行记，它将显示出一种比那些最著名的政治鼓动诗更为高级的政治"。这部长诗是海涅诗歌创作的顶峰。本诗以1843年汉堡之行的所见所闻为题材用光怪陆离的梦幻表达出来，揭露和讽刺德国的封建割据、市民的庸俗、普鲁士的专横，同时也表达他的哲学观点、政治信念和对人类前途的希望。

1844年西里西亚爆发纺织工人起义，海涅写了著名的《西里西亚织工之歌》。恩格斯曾称赞这首诗说："德国当代诗人中最杰出的一个亨利希·海涅参加了我们的队伍，发表了宣传社会主义的诗歌。"海涅这个时期的诗歌，直接为1848年革命的准备吹响了号角。

第3阶段：1848年革命失败，海涅瘫痪不起，但他仍创作了大量优秀诗篇。1851年出版的《罗曼采罗》和《1853年～1854年诗集》，以及一些遗诗，有的写历史事件，有的是"时代的诗"的继续发展。诗歌的情调有时悲愤填膺，有时忧郁满怀，但是讽刺的锋芒和细腻的抒情仍隐含其中。海涅一直都没有放弃对祖国和人类将来的希望，诗中洋溢着战斗的豪情。《决死的哨兵》、《奴隶船》等是这一阶段有代表性的名篇。

2. 旅行记：1822 年海涅在给作家伊默尔曼的信里说："诗歌归根结底只是一件美丽的次要事情。"1826 年他写信给诗人米勒说："我作为诗歌作者已经结束，散文把我拥入它宽阔的怀抱。"这说明，这时海涅已经感到用散文来战斗更直接、更有力量。他把《歌集》比作"商船"，把《旅行记》比作"战舰"，《歌集》这艘"商船"将由《旅行记》这艘"战舰"护航。4 卷《旅行记》，从《哈尔茨山游记》到《英国片断》，内容范围广，反映作者的思想在进步，战斗的自觉性在加强。直到晚年他认为时代的伟大任务是"全人类的解放"，他就是在为"人类解放"而奋斗。

海涅的《旅行记》的体裁和风格上都是德国文学中的佼佼者。作者以漫谈的口吻，文笔挥洒自如，意境海阔天空，游记中有政论，诗情画意又体现在政论中。例如《哈尔茨山游记》在对德国大学烦琐主义的教学以及对容克贵族和市侩进行讽刺的同时，还配合有精彩的风景描写；《勒·格朗集》回忆童年的生活，其中对拿破仑的颂扬，显示出作者丰富的想象力和渊博的知识；《从慕尼黑到热那亚的旅行》对复辟时期的德国给以有力的抨击；在《卢卡浴场》里与普拉滕的论战批判了诗歌中回避现实、模拟古典形式主义；在《英国片断》里，作者揭示英国资本主义工业的发展带来了新的社会矛盾，在表面繁荣的背后是劳动人民悲惨的生活；在《卢卡城》里，海涅表示了对革命的坚强信念。《旅行记》体现了他在政治上和思想上发展的过程，1830 年他热情地欢迎七月革命，1831 年离开德国前往巴黎，是他思想发展的必然的行动。

3. 评论著作：海涅从 1831 年到巴黎后，写了一系列关于宗教、哲学、文学、绘画、音乐、戏剧的文章。30 年代最重要的是《论法国的画家》、《论德国宗教和哲学的历史》、《论浪漫派》等。这些文章，作用是沟通德法两国人民之间的文化交流，纠正法国斯塔尔夫人《论德国》一书中的错误观点；同时让德国人了解法国大革命的传统和成果，认识本国的落后，克服消极因素，看到自己民族文化中的希望，促进德国的革命。

海涅在《论德国宗教和哲学的历史》一文中，对德国唯心主义的古典哲学作了批评，一方面指出，在德国哲学家晦涩费解的文字后面，隐藏着革命思想。德国哲学家进行了一场影响深远、意义重大的哲学革命，并坚信，在哲学革命之后，政治革命会随之而来。恩格斯对海涅的这种观点大加赞扬。《论浪漫派》对德国文学的发展作了简要而精确的分析，实事求是地评价了德国古典文学的代表人物莱辛、歌德、席勒等，从而捍卫了德国文学的进步传统。海涅认为当时风靡一时的浪漫派文学在政治上是反动的，但在艺术上仍有可取之处。海涅的这两部著作思想深刻，眼光远大，远远超过同时代有关著作的水平，有很大的价值。

40年代到50年代，海涅还写了《路德维希·伯尔纳，亨利希·海涅的备忘录》、《自白》、《回忆录》、《卢台奇亚》，这些文章论述了文艺评论与创作，文艺与现实、文艺与政治，哲学革命与政治革命的关系等。这些评论优美潇洒，清新隽永。

4.小说和戏剧：海涅写过一些小说和剧本。内容是中世纪迫害犹太人的故事的小说有《巴拉赫的法学教师》，初稿写于1824年，1833年曾被焚毁，1840年从残稿中整理出3章发表。其中未完成的片断有写于1826年、发表于1834年的《施纳贝勒沃普斯基先生的回忆录》和1836写于巴黎的《佛罗伦萨之夜》。悲剧《阿尔曼梭》和《威廉·拉特克列夫》见于1823年的《悲剧——抒情插曲》，1851年发表他在40年代写的舞剧脚木《浮士德博士》。

海涅生活的德国，是政治上从死气沉沉的复辟时期转入革命潮流的到来的过渡时代；哲学上从唯心主义转入唯物主义；文学上从浪漫主义转入现实主义。这些转变反映在他的著作中。正如梅林在《中世纪结束以来的德国史》里所说的："非常协调地体现了在这一世纪内先后交替的三大世界观的色彩和形式……海涅自称浪漫主义派最后的幻想之王，但是他却又用响亮的声音嘲笑浪漫主义，使它在世界上无容身之处。海涅一直为资产阶级自由的理想而奋斗，然而他又极其猛烈地抨击资产阶级自由主义种种姑息折中和纷争不休的缺点。海涅在活生生的现实生活中发现了共产主义，并且一再预言，共产主义在未来必将无可阻挡地取得胜利，他颇以此感到自豪；然而他却从没有消除自己内心对共产主义的恐惧。"

海涅是世界文学的巨匠，他的诗歌和散文在德国和其他各国的文艺界产生过积极的影响。但是他在生前和死后都受到两种截然不同的评价和待遇。他受到了马克思、恩格斯以来所有革命的、进步的人士的推崇爱护，同时又受到一些顽固的、反动的势力的憎恨和污蔑，德国法西斯专政时期他的名字甚至把从德国文学史中勾销。

在中国文艺界，海涅的思想精透、笔锋犀利的散文影响十分广泛。从"五四"以来，海涅的诗歌受到广泛的欢迎；新中国成立后，海涅的著作一再有新的译本出版。

海涅著作较新的版本：

《海涅著作与书信》，考夫曼编，10卷，1961～1964年于柏林出版。

《海涅全集》校勘本，温德富尔编，16卷，1970年起陆续于汉堡出版。

《海涅全集》，布里格勒布编，6卷，1968～1976年于慕尼黑出版。

另有纪念版，包括全部著作、书信和生平资料，魏玛德国古典文学研究与纪念中心编，计划50卷，1969年起于柏林陆续出版。

拉　贝

拉贝，1831年9月8日生于埃舍斯家森，父亲是法院文书。他曾当过书店学徒，1854年在柏林大学做旁听生。1856年他发表长篇小说《麻雀巷的编年史》而成名。1857年起拉贝开始创作，在沃尔芬比特尔、斯图加特、不伦瑞克居住过。1911年11月15日逝世。

拉贝是德国19世纪下半叶现实主义文学的重要代表之一。他的

作品反映了 1848 年革命失败后德国的社会以及坚持革命理想的知识分子的复杂心理。拉贝向往民主和人道主义，但找不到改变现实的出路。他同情被压迫的群众，把正在兴起的革命看作"灾难"。他以幽默的笔调抒发自己的不满。他笔下的正面人物不愿与现实同流合污，有的逃避现实，有的离家出走，大都困苦忧愁而性格怪僻，作品中表现了作者悲伤、失望、忧郁的内心世界。

《麻雀巷的编年史》是摘抄了一个古怪的老人所写日记，描写这条小巷的居民的日常生活，反映了 1848 年以后的德国社会。

《我们上帝的办事处》（1802）和《来自森林的人们》（1863），一边回顾历史一边结合现实中资本主义社会的贫穷黑暗。短篇小说《黑色的奴隶船》（1865）、《枞树中的埃尔赛》（1865）和《比措的蠢女人》（1869），辛辣地讽刺了市侩风气。《饥饿牧师》（1864）、《阿布·台尔凡或月山还乡记》（1867）和《运尸车》（1870）是他的代表作，《饥饿牧师》描写两个性格相反的人的不同遭遇，作者认为偏僻的小乡村有真正所追求的东西。

《阿布·台尔凡》描写久住国外的莱奥纳特·哈格布赫回到祖国后，发现故乡依旧如故，人们还是像以前一样愚昧。《运尸车》写穷苦人家的女儿唐妮被外祖父卖给一个伯爵，过得不幸福而自杀，而外祖父却心安理得，揭露了资本主义社会人们自私自利，唯利是图的本质。长篇小说《福格桑档案》（1896）描写一个青年鄙弃资本主义社会的庸俗、鄙陋，追求个人自由，但没有成功。作品有力地抨击了资本主义社会的腐败。

尼 采

尼采，1844 年 10 月 15 日生于萨克森地区的勒肯。父亲是新教牧师，父亲去世后，母亲带他和妹妹迁往瑙姆堡。1858～1864 年他在舒尔普福特文科中学学习，受到很好的古典语言文学教育。1864 年到波恩大学，学习古典语言文学。1865 年 10 月他前往莱比锡学习。1867～1868 年曾服兵役约半年。

对尼采的思想成长和个人生活起了决定性的作用是在莱比锡的学习。这时他阅读了《世界是意志和表象》，赞赏叔本华的悲观哲学思想。1868 年 11 月，尼采认识了瓦格纳，十分钦佩瓦格纳的艺术天才。1869 年春，尼采应聘到瑞士巴塞尔大学任教，他在大学的就职讲演是《荷马与古典语言学》。

1869～1878 年，尼采除了在普法战争期间作为志愿兵在前线当了几个月卫生兵和 1876 年 10 月～1877 年 9 月因病休假外，一直在巴塞尔大学担任古典语文学教授。在这 10 年里，他曾多次争取不教古典语文学，争取获得哲学教授的席位，但没有实现。1872 年初，尼采的第一部重要著作《悲剧的诞生》出版，论及希腊的艺术起源于酒神狄奥尼索斯精神和太阳神阿波罗精神，前者抒发为音乐，后者体现为雕刻、叙事诗等。书中谈到古希腊悲剧如何从音乐中产生，如何没落，并预言古希腊艺术的精神将在瓦格纳的歌剧里得到新生。

1873 年开始，尼采写成 4 篇《不合时宜的看法》。第 1 篇《大卫·施特劳斯、自白者和作家》在 1873 年 8 月发表，作者通过对施特劳斯的批评，与当时风行的历史主义针锋相对。第 2 篇《论历史对人生的利弊》于 1874 年 2 月发表。同年 10 月发表第 3 篇《教育者叔本华》。他认为哲学家应鄙薄名誉地位，探讨人生意义，为真理而奋斗，成为世人的教育者。1876 年 7 月发表第 4 篇《理查·瓦格纳在拜罗伊特》。

1876 年，尼采的健康状况不佳，眼疾日益严重，同年 10 月辞去教学任务，在瑞士及意大利各地休养，但是著述并未中辍。1878 年

5 月他出版了纪念伏尔泰逝世 100 周年的《人性的——过于人性的、一本为自由思想者而写的书》。1879 年 3 月《混杂的意见和格言》，11 月底《漫游者和他的影子》先后出版，合并成《人性的——过于人性的》的第 2 卷。这本著作在文体上有新的特色，采用格言体，并且以潜在的对话的方式叙述，与柏拉图的《对话集》相似，谈话对手是瓦格纳、叔本华，或者是他自己的影子，漫游者本人是尼采自己。1881 年 8 月出版的《晨曦·关于道德成见的思想》和 1882 年出版的《欢快的科学》抨击了传统道德。

1883 年，尼采致力于写作他的主要著作《查拉图什特拉如是说》，1884 年 1 月出版。查拉图什特拉是古代波斯拜火教的创始人，尼采借这个教主之口，说出自己的哲学思想，其中两个主要内容是"超人"和"万物永远还原"。尼采在书中预言，由于世风日下，人已变形，因此必然要出现一种新人，即"超人"。他宣称"上帝已死"、并用"一切价值重新估价"为口号，攻击基督教宣扬的"奴才道德"。

1886 年 7 月发表《在善与恶的彼岸》，这本书涉及尼采以后著作里的各种问题。尼采不承认现有的衡量善恶的标准，这些标准是有权势的统治者制定出来强制穷人的。他认为应该有新的标准，于是也就有新的价值，对原有价值都要进行重新估价。

1887 年 11 月 10 日尼采发表的《道德的系谱学》，是《在善与恶的彼岸》一书的补充和续篇。作品揭示了道德偏见的根源，认为人的本性深处潜伏着仇恨、报复和残忍等魔鬼，一旦有一种力量把这些魔鬼放掉，它们就不受善与恶的控制。实际上揭露了资本主义社会里人身上的"非人性"的本质。

1888 年是尼采神志清醒地生活和创作的最后一年。他废寝忘食地工作，以惊人的速度完成了以下几篇著作：《偶像的毁灭》（9 月 7 日付印）、《瓦格纳真相》（9 月 16 日发表）、《反基督徒》（9 月 30 日完成手稿）、自传《看啊，这人》（11 月 6 日付印）、《尼采反瓦格纳》（12月15日手稿付印）。还有未完成的草稿《达到权力的意志》，副标题是《一切价值的重新估价》。尼采还留下了大量的笔记，其中包含着丰富的未撰写成文的思想。1960年卡尔·施莱希塔把这些遗稿按照年代加以整理，汇集成册发表，书名为《八十年代的遗稿》。

1889年1月7日尼采摔倒在意大利北部城市都灵的街头，从此神经错乱。他一生中最后的11年是在他母亲与妹妹的照顾下度过的，于1900年8月25日在魏玛去世。

尼采既是哲学家，又是诗人。他一生用格律体和自由体写过许多诗歌，其中有的诗歌语言优美，诗意浓郁，例如1888年写的《威尼斯》和《落日西沉》。《查拉图什特拉如是说》既是哲学著作，又是散文诗，全书充满了寓意和隐喻，有《圣经》风格。尼采的论战文章和大量格言，思想深邃，文笔犀利，独具一格，他被公认为是德国最优秀的文体家之一。

尼采是个颇有争议的哲学家，近百年来，对他的评论褒贬不一。

尼采活动的时代是在1870年普法战争以后。这时德国资本主义迅速发展，德国工人阶级日益壮大，阶级矛盾日益尖锐，社会的弊病暴露无遗，社会主义思想广泛传播。又有一些人则在另一方面寻找出路，尼采哲学便应运而生。他的哲学极为有力地批判了资本主义社会的罪恶、宗教和道德的虚伪。他反对一切旧的传统，是个彻底的偶像破坏者。但是他站在精神贵族的立场上反对资本主义，强调天才、"超人"，蔑视群众，从个人主义出发，既揭露资本主义，也反对社会主义。

尼采的思想从20世纪初以来在世界上产生了广泛的影响。它曾对因不满现实而探求新路的知识分子起过积极作用，同时纳粹反动势力也把它奉为他们的圭臬。

在文学上，20世纪前期的许多德语作家，乃至欧洲其他国家的作家，如"格奥尔格派"作家、托马斯·曼、海塞、法国作家纪德、马尔罗等都在不同程度上受到尼采思想的影响。尼采思想不仅在文学上，而且在心理学、人类学、语言学等学科的研究中也有影响。

尼采思想在"五·四"时期传到中国，促使了鲁迅、郭沫若等人向旧的封建传统进行挑战，但在40年代也有人利用尼采散布法西斯观点。

梅　林

梅林，1846年2月27日生于波美拉尼亚州的施拉韦。父亲是普鲁士军官。曾在莱比锡和柏林学习哲学、历史、文学等。大学期间成为资产阶级民主主义者。19世纪80年代中期开始学习马克思、恩格斯的著作，逐步接受了马克思主义理论。1891年加入德国社会民主党，并在《新时代》周刊编辑部工作，直至1913年春，不间断地为周刊撰写社论。

梅林的政论文短小精悍，文笔犀利，抨击威廉帝国的统治和对外扩张（包括对中国的侵略），批判党内各种修正主义观点。梅林对普鲁士历史和德国工人运动史有广博的知识和深入的研究，著有《德国社会民主党史》、《中世纪结束以来的德国史》、《马克思传》等书。梅林与李卜克内西、卢森堡、蔡特金等于1916年初创立斯巴达克小组（1918年11月改称斯巴达克团），并于1918年12月30日～1919年1月1日建立德国共产党。1919年1月15日李卜克内西和卢森堡被反动派杀害，不久后梅林也在柏林去世。列宁评论梅林"不仅是愿意当马克思主义者的人，而且是善于当马克思主义者的人"。

梅林研究文学史和从事文学批评是为现实斗争服务。他的代表作《莱辛辨伪》，于1892年1月开始在《新时代》连载，总标题是《莱辛辨伪，一次拯救》；后经修改补充，1893年成书出版。1906年再版时，易名为《莱辛辨伪，普鲁士专制主义和古典文学的历史与批判》，其中分析了普鲁士君主专制的阶级实质，揭露弗里德里希第二不是德国资产阶级进步文学的"支持者"和"鼓励者"，而是它的反对者，详尽地探讨了莱辛的经历、创作和思想，指出莱辛是新兴资产阶级的代言人，是普鲁士封建专制主义最严厉的批判者。《莱辛辨伪》是对"普鲁士传奇第一次正面围攻"（恩格斯），对莱辛第一次用马克思主义观点作了全面评价。它还批判了唯心主义的文学观，维护了马克思主义的历史唯物主义原则。梅林在这部著作中，把历史唯物主义原则正确地当做研究工作的指南，恰当地把它运用于文学和历史的研究，所以恩格斯给以高度的评价。

梅林还写了一系列关于德国文学史和欧洲其他国家文学史的专论、小册子和札记，如《歌德与现实》、《为德国工人撰写的席勒传略》、《海涅传》等。此外，在他的历史著作（如《德国社会民主党史》、《中世纪结束以来的德国史》）中也有关于德国文学史的论述。这些文章和论述涉及重点是德国古典文学。对当时德国文坛上出现的各种流派及其代表作家，作了一些评论，而重点是自然主义，主要论著有《略论自然主义》、《当今的自然主义》、《盖尔哈特·豪普特曼的＜织工＞》、《自然主义与新浪漫主义》等。梅林认为，德国自然主义是德国工人运动高涨的产物，但它绝不是"文学革命"。

在19世纪末，任何一个作家如果不是站在无产阶级一边，就不可能创造真正的"革命文学"。自然主义作家所创造的只能是资产阶级文学，因为他们不能从根本上否定资本主义，只是揭露一些意见弊病。梅林指出，自然主义表面上非常尊重现实，实际上是在逃避现实，因为自然主义作家不能容忍资本主义的现实，但又不愿越出资本主义的限制，他们"就只好逃向梦幻之国，在那里获得一种幻想式的自由感情"。而新浪漫主义是自然主义的"亲生子女"。自然主义的这种"纯艺术"，比其他形式的"纯艺术"对无产阶级更危险，因为其他的"纯艺术"是诚实的，并不欺骗它们的读者，把自己说成是革命者。

梅林专门论述文学理论和美学问题的著作只有《艺术与无产阶级》和《美学简介》。他没有更多地去探讨美学中的理论问题，是因为他认为马克思主义者在这方面的任务是用历史唯物主义去研究各种文学现象，而不是建立美学体系。

对梅林的文艺思想的评价，在马克思主义者内部意见不完全相同，但有一点是相同的，即梅林同普列汉诺夫、拉法格代表马克思主义文艺理论发展的一个重要阶段，梅林的文艺观点在当时产生了巨大的影响。

苏德尔曼

苏德尔曼，1857年生于东普鲁士马齐肯一啤酒酿造商家庭。14岁时因家贫辍学。当过药剂师学徒和家庭教师。他曾在柯尼斯堡和柏林攻读语言学和历史。1881年被聘为自由主义的《德意志帝国日报》主编。后来从事专业创作。

苏德尔曼是自然主义戏剧家，一度与豪普特曼齐名，但同时也引起很多争议。人们认为他的戏剧批判资产阶级的道德和处世态度思想深度不够，而对话精练和情节紧凑是突出的优势。他的成名剧作《荣誉》（1890）反映资本主义社会贫富之间的矛盾。《所多玛城的末日》（1891）鞭挞柏林资产阶级社会的骄奢淫逸。《故乡》（1893）写一位觉醒的女歌手与保守狭隘的社会环境的冲突。

苏德尔曼的小说继承了德国现实主义传统，大多以东普鲁士和立陶宛的民间生活为题材。他的作品真实生动，人物形象鲜明，情节富于戏剧性。长篇小说《忧愁夫人》（1887）是一部"教育小说"，写一个农家之子的一生，反映资本主义社会人与人之间的矛盾。其他成功之作如短篇小说集《立陶宛故事》（1917），长篇小说《猫径》（1889）和《疯狂的教授》（1926）等。

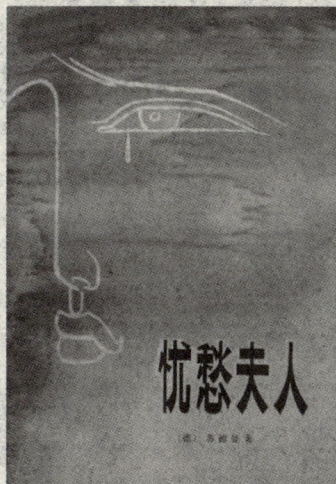

豪普特曼

豪普特曼，1862 年 11 月 15 日生于德国东部西里西亚的上萨尔茨布伦。他曾当农民，学过雕塑，在耶拿大学听过著名自然科学家海克尔的讲课，这对他后来接受自然主义文艺思潮有一定影响。他后在罗马从事雕塑创作，在德累斯顿和柏林继续大学学业。

1885 年豪普特曼与一富商女儿玛莉·蒂内曼结婚，定居柏林郊区的埃克纳，开始文学创作，发表短篇小说《狂欢节》（1887）和《铁道守路人蒂尔》（1888）。1889 年，第一部剧作《日出之前》在柏林自山舞台首演成功，作者成为德国自然主义戏剧的代表人物，这出戏也成为德国自然主义戏剧的范本。第一次世界大战以前，他的重要剧作相继问世。1912 年获诺贝尔文学奖金。

第一次世界大战爆发后，豪普特曼一方面为战祸而忧虑，另一方面对战争的帝国主义性质认识不清，错误地以为德国是在抵抗"外来势力"。法国作家罗曼·罗兰曾发表公开信要求他谴责德国发动的帝国主义战争，被他拒绝。

战后，豪普特曼在公开演说和文章中，表示拥护德国第一个共和国。他受到了魏玛共和国授予"德国精神界的代表"的荣誉，接受了勋章。维也纳造型艺术学会授予他荣誉会员称号，普鲁士作家协会任命他为会员，美因河畔的法兰克福市授予他歌德奖金。豪普特曼主张统一和人道主义，在政治上采取不介入党派斗争的态度。

1933 年，希特勒攫取政权后，豪普特曼深居简出。1945 年秋，豪普特曼应约·罗·贝希尔的邀请前往西里西亚的阿格内股多夫参加德

国战后民主复兴工作，在准备迁往柏林前夕，于 1946 年 6 月 6 日逝世。

豪普特曼是在自然主义文学运动的影响下开始创作的，但他并不拘泥于它的艺术主张，作品带有明显的现实主义性质。他的早期创作受列夫·托尔斯泰和易卜生以及当时流行的资产阶级社会学、遗传学的影响颇深。

他的第一部剧作《日出之前》，描写了罗特与海伦的爱情悲剧，揭露了德国资产阶级家庭的堕落和无产阶级与资产阶级之间的矛盾。但作者却把这场悲剧的原因归结为酒精中毒和遗传。剧本公演后引起了关于自然主义的热烈讨论。《和平节》（1890）、《孤独的人》（1891）这两部表面内容是社会问题而实质是资产阶级家庭悲剧。

90 年代初，豪普特曼的戏剧创作针对了尖锐的阶级斗争和社会矛盾。《织工》（1892）是他最著名的现实主义作品，也是德国戏剧发展史上一座里程碑。剧中取材于 1844 年西里亚纺织工人起义。它是德国第一部控诉资本主义剥削的罪行，表现无产阶级群众斗争的作品。这出戏是作者根据对曾经当过织工的祖父的回忆、自己的调查和阿尔弗雷德·齐默尔曼的《西里西亚麻纺织业的兴衰》、威廉·沃尔夫的《一八四五的德国公民手册》创作的。《织工》在艺术上打破了一人一事的结构方法，各场戏独立成章，全剧改联譬合，用表现集体英雄代替塑造单一的中心人物的古典编剧手法。对话采用西里西亚方言。这出戏受到德国工人群众的欢迎，遭到统治阶级的攻击。

《獭皮》（1893）是豪普特曼另一部优秀作品，被称为"偷窃喜剧"。剧本通过一个表面头脑简单、实际很有心计的洗衣妇沃尔夫大娘，巧妙地瞒过地方警察、密探，偷窃木材和獭皮的故事，辛辣地揭露和讽刺了普鲁士官吏的刚愎自用，政权机构的腐败无能。偷窃在作者笔下是小人物在生存斗争中一种自卫手段。《獭皮》在德国文学史上与莱辛的《明娜·封·巴尔赫姆》、克莱斯特的《破瓮记》

并称为德国 3 大喜剧。

1893 年，豪普特曼的"幻梦剧"《汉奈蕾升天记》上演。这出戏的问世，标志着作者离开了用现实主义方法描写社会现状的道路。作者通过无产者少女汉奈蕾的经历与幻觉的描写，把现实世界与基督教神话传说巧妙地糅在一起，在对比当中表现人间的苦难。体现了作者对被压迫的下层人民的同情与关心。文学史家认为家普特曼这类作品具有"新浪漫主义"倾向，如他的童话与传说剧《沉钟》（1897）、《可怜的亨利希》（1902）、《碧芭在跳舞》（1906）等。

《弗洛里昂·盖耶》（1896）是一部以德国农民斗争为背景的作品，如《车夫亨舍尔》（1899）、《米夏埃·克拉默》（1900）、《罗泽·贝恩特》（1903）、《大老鼠》（1911）等则是通过个人遭遇表现了资本主义社会衰落腐败的剧本。《弗洛里昂·盖耶》在德国观众中反映极为冷淡，观众不理解作者针对现实有感而发的用意，用作者自己的话就是："德国人的民族感情象一口破钟，我用榔头敲它，可它不响。"《车夫亨舍尔》和《罗泽·贝恩特》是以婚姻和爱情纠葛为题材的优秀作品。描写了 19 世纪末 20 世纪初的西里西亚农村的粗犷的普通人的悲剧性遭遇。《大老鼠》是具有强烈的社会批判性的剧本，作者以象征笔法生动地描写了发生在柏林一家公寓里的种种风流的事，揭露第一次世界大战之前德国资本主义社会制度面临崩溃的趋势。

从第一次世界大战以后，豪普特曼的戏剧创作，如《冬天的叙事谣曲》（1917）、《多罗苔娅·安格曼》（1926）、《马格努斯·加尔伯》（1942）和《阿特里德斯四部曲》（1941～1948）等，都远不如早年作品那样光彩夺目。但他 1932 年创作的《日落之前》，颇具艺术魅力。它通过 70 岁的出版家克拉森与少女茵凯·彼得斯在婚事上的悲剧，从而揭示了大资产阶级的残酷与无耻。

豪普特曼一生除创作 40 多部剧本外，还写过许多散文，如自传体小说《激情篇》（1926）、《我的青春冒险》（1937）和游记《希腊之春》（1908）等。

豪普特曼的剧本《织工》、《獭皮》和《汉钟》在"五四"运动以后传到中国，对中国话剧艺术的发展产生了一定的影响。

亨利希·曼

亨利希·曼，1871年5月27日生于卢卑克一个富商家庭。他曾在柏林费舍尔出版社任职，后又转入柏林、慕尼黑大学学习。1893年首次去法国旅行，后去意大利。1925年定居柏林。

为拥护还是反对战争问题的争论，他与弟弟托马斯·曼大伤感情。1942年托马斯在祝贺亨利希71岁寿辰时，承认了自己是错的，认为哥哥为民主、为反对帝国主义而战是正确的。1918年亨利希·曼热烈欢呼德国十一月革命爆发。战后他希望魏玛共和国采用和平改良的方式革新资本主义社会，为此写作了大量政论，宣传自己的民主观。从1924年起，他十分关注苏联社会主义制度的发展，从中看到了实现他的民主理想的希望。1931年他被选为普鲁士艺术科学院主席。

1933年希特勒上台后，亨利希·曼被开除出普鲁士作家协会，作品被焚烧。流亡期间，他同高尔基、罗曼·罗兰、巴比塞一起，积极从事反法西斯斗争。1935年和贝希尔率领德国作家代表团参加在巴黎举行的"国际作家保卫文化大会"。1938年在巴黎任"德国人民阵线"主席。1940年前往美国，定居在加利福尼亚州的圣莫尼卡。1949年他被选为德意志民主共和国艺术科学院主席，并获国家一等奖金。他在即将启程返回德国之前，于1950年

3 月 12 日逝世。

亨利希·曼一生共创作 19 部长篇小说，55 篇中、短篇小说，11 部剧本和大量政论、散文。他艺术上深受斯丹达尔、福楼拜、法朗士和左拉的影响；思想上从资产阶级的叛逆的立场出发，转向激进民主主义，对资产阶级社会持批判态度，最后转变为从政治和道义方面肯定社会主义制度的立场。

亨利希·曼的第一部长篇小说《在一个家庭里》于 1894 年出版，开始批判资本主义社会的特点。《在懒人乐园里》（1900），以 19 世纪 90 年代的柏林为背景，通过一个外省大学生在柏林的浮沉，采用漫画式的夸张手法，对大都会时髦的文化界和暴发的金融资本家进行了辛辣地讽刺。这是他的第一部社会讽刺小说，在日渐繁华的大都会生活中，作者以锐利的目光发现了寄生、堕落和崩溃的萌芽。长篇小说《垃圾教授》（1905）描写一个绰号"垃圾教授"的中学教师，平时道貌岸然，私下却与一个下等歌女勾搭，最后弄得身败名裂。作者借描写垃圾教授尖锐地抨击德国的教育制度，揭露了 19 世纪末德国资产阶级的虚伪与堕落。1930 年剧作家楚克迈耶把它改编成电影，更名《蓝天使》，30 年代曾在欧洲轰动一时。1909 年出版长篇小说《小城》，以第一次世界大战前意大利的一个小山城为背景，反映民主力量与反动势力的冲突。作者在这部小说里第一次描写了人民群众的形象，提出了法西斯主义在意大利，乃至在欧洲崛起的可能性。

1911～1914 年间，亨利希·曼完成了杰出的长篇小说《臣仆》，最初部分发表在慕尼黑《时代画报》上，小说主人公狄得利希·赫斯林是造纸厂老板的儿子，自幼怯懦残忍，欺软怕硬，充当强者的走狗，而欺凌弱者。小说还通过老布克和费舍尔的形象，表现了自由主义的没落和社会民主党人的机会主义路线。《臣仆》与《穷人》和《首脑》共同构成了《帝国三部曲》，《臣仆》是其中最成功的一部。

托马斯·曼

托马斯·曼，1875年6月6日生于德国北部卢卑克市。父亲是经营谷物的巨商，任卢卑克市税收事务的参议，具有北部德国人的严肃、冷静；母亲出生在巴西，有葡萄牙血统，富于南欧人的敏感、热情和长于幻想，喜爱艺术。父母的双重性格在他身上都得到了体现。

1891年父亲去世，商号倒闭，1892年全家迁至慕尼黑定居。托马斯·曼在慕尼黑的一家火灾保险公司当见习生时，创作了第一部中篇小说《堕落》（1894），受到著名作家戴默尔的赞扬。1895～1896年他在慕尼黑高等工业学校旁听历史、文学史和经济学等课程，同时为哥哥亨利希·曼主编的《二十世纪德意志艺术及福利之页》审稿和写作书评。1896～1898年去意大利。1898年回慕尼黑任讽刺杂志《西木卜利齐西木斯》编辑。

1898年，托马斯·曼出版了中篇小说集《矮个先生弗里德曼》。1901年他发表了成名作长篇小说《布登勃洛克一家，一个家庭的没落》。1903年发表小说集《特里斯坦》，其中包括他的中篇代表作《托尼奥·克勒格尔》。1905年他与有犹太血统的教授的女儿卡塔琳娜·普灵斯海姆结婚。以后陆续发表讽刺小说《王爷殿下》（1909）、中篇小说《在威尼斯之死》（1912），完成3幕剧本《菲奥仑察》（1906）。第一次世界大战爆发后，他针对亨利希·曼批评德国战争政策的论文《论左拉》，发表《一个不问政治者的看法》（1918），从卫护"德意志精神文化"的民族主义立场出发，为德帝国主义参战辩护。1922年发表《论德意志共和国》的演说。1929年获诺贝尔文学奖金。

进入30年代后，托马斯·曼防止德国再走向灾难的深渊呼吁德国人民一定要警惕法西斯。1930年他在柏林作了题为《德意志的致词——对理性的呼吁》的演说，遭到纳粹分子的威胁；同年发表著名的反法西斯的中篇小说《马里奥和魔术师》。1933年，他在慕尼黑大学发表题为《理查德·瓦格纳的苦难和伟大》的讲演以纪念瓦格纳逝世 50 周年，从德国文化的人道主义传统出发论述瓦格纳，没有赞扬这位作曲家的民族主义倾向，因而遭到一些拥护纳粹的文人和艺术家的指责。希特勒攫取政权后，他被迫流亡。

1935 年美国哈佛大学授予托马斯·曼名誉博士称号。1936 年被纳粹政府剥夺了国籍，捷克政府立即给予捷克国籍。同年波恩大学取消了他的名誉博士称号。为此，他给波恩大学文学院院长写了一封著名的公开信，谴责纳粹政权践踏德国文化的罪行，揭露纳粹政府准备发动战争的阴谋，鼓舞反法西斯力量的斗志。

1933～1938 年托马斯·曼在瑞士流亡期间完成长篇巨著《约瑟和他的兄弟们》4 部曲中的前 3 部：《雅各的故事》（1933）、《约瑟的青年时代》（1934）和《约瑟在埃及》（1936）。1937～1938 年期间他主编杂志《尺度和价值》，后在瑞士出版。1938 年迁居美国，被聘为普林斯顿大学教授。1939 年发表小说《洛蒂王魏玛》。1940～1945 年直接参加反法西斯宣传，发表 55 篇广播演讲题为《德国听众们!》。1942 年被聘为美国国会图书馆德国文学顾问。1944 年取得美国国籍。

1949 年为纪念歌德诞生 200 周年，托马斯·曼在法兰克福和魏玛发表演讲，两地都给他颁发了歌德奖金。由于对美国日益猖獗的麦卡锡主义不满，1952 年他离开美国，移居瑞士苏黎世附近。1955 年纪念席勒逝世 150 周年，他分别在斯图加特和魏玛发表题名为《试论席勒》的演讲。为了纪念歌德和席勒，他两次分别在东西德演讲，以表示他反对分裂，维护德国统一的立场。

1955 年 8 月 12 日，托马斯·曼于苏黎世去世。

托马斯·曼是现实主义作家，进步的人道主义者。他的创作主要是以帝国主义阶段资本主义社会的腐朽与衰败为主题的中、长篇小说。他的小说描写了资本主义社会暴露出种种无法医治的病症，意味着必将灭亡，作者批判了资本主义的现实，因此他把自己的小说称为"尽头的书"。他深受叔本华和尼采哲学以及瓦格纳的创作思想的影响，但他的艺术和思想主要来源于德国18、19世纪进步的人道主义，因而他的创作始终保持现实主义精神。他在指出资本主义社会已到尽头的同时，也感到一个新的世界（社会主义）正在出现，但他对这个新世界又持保留态度。

托马斯·曼所著小说的结构，都经过精心的设计，情节和人物都作了细致的安排。他从不拘泥于一种写作方法和技巧，常常以使用不同的写法描述不同的情节，使作品的情调和气氛也不尽相同。他讲究遣词造句，语多讽喻。他被认为是德国20世纪的语言大师。

中篇小说《堕落》（1894）是托马斯·曼的处女作，写一个女人堕落的故事，反映了艺术家在资本主义社会中受到的压抑。小说集《矮个先生弗里德曼》（1898）包括6部中篇小说，体现了作者初期创作的特征，小说中描写了被排斥在正常生活以外的孤独的人，流露出作者的悲观主义思想。这部小说集于1909年再版时，增收了一篇《火车事故》，讽刺普鲁士绅士的傲慢，表现了作者的民主思想。

《布登勃洛克一家，一个家庭的没落》（2卷，1901）是托马斯·曼第一部重要的代表作，描写卢卑克城大商人布登勃洛克家族的盛衰以及哈根施特勒姆家族的发迹。这部作品成为德国社会从19世纪30年代～90年代发展的缩影，是德国资产阶级的"一部灵魂史"。有的评论家甚至认为它"使整个欧洲都感到与自己有关"。小说的前半部按时间顺序写，后半部则有几条情节线索同时平行发展。小说运用了直接叙述和间接叙述、通篇议论或夹叙夹议以及内心独白等手法。

他的《特里斯坦》（1903）、《托尼奥·克勒格尔》（1903）和《在威尼斯之死》（1912），写资本主义社会中艺术家自视清高，市民只图实利，艺术与生活、艺术生产者与消费者之间有不可逾越的鸿沟。艺术家不甘世俗困扰，便脱离现实，走向唯美主义。

《王爷殿下》（1909）描写贵族克劳斯·亨利希想与一个美国百万富翁的女儿结婚，嫌对方不是贵族，但考虑到对方有钱就同意了。这个故事从一个侧面反映了德国资本主义发展中贵族与资本家互相依赖、彼此结合的独特现象。

长篇小说《魔山》（1924）是托马斯·曼的另一部重要代表作，是一部德国传统的教育小说，主人公大学毕业生汉斯·卡斯托普在一所疗养院住了7年，疗养院病人中相信理性的乐观的人道主义者、狂热鼓吹禁欲主义的耶稣会教士、享乐主义者以及热衷于精神分析的医生，希望卡斯托普也接受他们的思想。最后卡斯托普领悟到"人为了善和爱就不应该让死亡统治自己"。他终于摆脱了等候死亡的思想，离开了疗养院，企图有所作为，不料却被送上帝国主义战争的屠场。小说反映的是1904～1914年，但却反映魏玛共和国时期流行的各种思潮。因此，这部"教育小说"又是一部"时代小说"。

中篇小说《马里奥和魔术师》（1930）也是托马斯重要的作品。作品是针对当时日益猖獗的法西斯势力写的政治小说。小说中魔术师齐波拉当众用催眠术使一位老实的咖啡馆侍者马里奥入眠，且命令他做侮辱自己人格的事。马里奥醒来发觉受到戏弄，便拔出手枪将齐波拉打死。作者把法西斯比作魔术师，把他们对群众的欺骗手段比作催眠术，借以表明一旦催眠作用失效，受骗者就会起来同骗人者斗争。这篇小说寓意深刻，以一个有感染力的故事，影射当时复杂的政治，警示人们认清法西斯的丑恶本质。

托马斯·曼写完《魔山》后，受歌德的启发，采用《旧约·创世纪》中关于约瑟的故事，创作了包括4部小说的巨著《约瑟和他的兄弟们》，这部作品写约瑟被他的兄弟扔进井里，卖给埃及人做了奴隶；又因拒绝一个埃及女人的引诱受到诬告而入狱。经过种种磨难，后来成为贤人，当了埃及的大臣，而且还成为他兄弟和以色列部族的救命恩人。这也是一部"教育小说"，带有反对法西斯主义的意图。

1939 年托马斯·曼在长篇小说《洛蒂在魏玛》在《尺度和价值》上发表了部分章节，它写歌德与青年时代热恋过的女友夏洛蒂于 1816 年在魏玛重逢。小说着重写这次重逢中的各种人物，特别是歌德的心理状态。小说高潮在第 17 章，描写歌德为夏洛蒂举行午宴。作者用意识流手法写了歌德的内心独白，再现了这位诗人生活的时代、复杂的性格和卓越的思想。最后一章关于夏洛蒂在幻觉中与歌德在马车中对话的描写，把现实和梦境交错描写，表明托马斯·曼不仅尊重传统也擅长新颖的艺术手法。

长篇小说《浮士德博士，由一位友人讲述的德国作曲家阿德里安·莱弗金的一生》（1947），是托马斯·曼写的第 3 部重要的代表作。它是一部写艺术家的悲剧的"艺术家小说"，也是一部描写德国走向法西斯、走向战争和毁灭的历史悲剧的"时代小说"。艺术家的悲剧与民族悲剧具有内在的联系：脱离生活、脱离人民的艺术必将走向野蛮，违背人道主义。这部小说是作者根据亲身经历的痛苦写成的，因而作者称它为"痛苦的书"。小说中作曲家阿德里安·莱弗金为了得到魔鬼提供的创新灵感，改变当代音乐的墨守成规，而以放弃人间的爱为条件与魔鬼订约。25 年后魔鬼占有了他的灵魂。订约后，莱弗金果然取得成功，写出了许多反传统的"新颖作品"，其中《浮士德博士的哀歌》一曲是他创作的高峰，宣扬人类已失去一切得救的希望。取得成功的莱弗金并没有泯灭人性，他违约两次向旁人表示爱的感情，因此受到了魔鬼的惩罚。他的爱人因此遭到了不幸，他十分懊悔，并把与魔鬼订约的秘密公开。最后他认识到艺术不能单纯追求形式，应该有益于人类。但他觉悟得太晚，他的灵魂已归魔鬼所有，他已变成痴呆。

小说中作曲家的悲惨遭遇是由他的朋友塞雷努斯·蔡特布洛姆转述的。塞雷努斯把不同时期的莱弗金的悲剧和民族悲剧两条线索交织在一起。他既是个转述者，又是小说中的一个角色。他信仰理性，与主宰着莱弗金的那种神秘的魔怪精神格格不入。他代表纳粹统治下德国的所谓"正派市民",他们不同意纳粹政权,但又无力反抗。托马斯·曼在1948年发表的日记《〈浮士德博士〉一书的产生——一部小说的小说》中表明,莱弗金的思想、气质、经历以及他变成痴呆等的细节取材于尼采的实事,小说中对现代音乐的看法出自阿多尔诺的音乐哲学,与魔鬼的谈话出之于陀思妥耶夫斯基的《卡拉马佐夫兄弟》,一些插曲直接取材于民间故事《约翰·浮士德博士的一生》,作者只是用"蒙太奇"手法把这些材料"装配"成为一个整体。

他的长篇小说《被挑选者》(1951)取材于中世纪诗人哈特曼·封·奥埃的史诗《格里高里乌斯》,以宣扬赦罪为主题,写一个青年因不明真相与生身母亲结婚,后来逃到荒岛去赎罪17年,最后当选为罗马教皇。1945年德国投降以后的几年中,托马斯·曼不遗余力地宣扬对战败的德国采取宽大政策,这部小说就是一个例证。

中篇小说《受骗的女人》(1953)写一个年过半百的妇女爱上了一个20多岁的青年。作者通过生理和心理的描写,使这种反常的爱情关系被人理解和接受。

《骗子菲利克斯·克鲁尔的自白,回忆录第一部分》(1954)菲利克斯·克鲁尔回忆了自己招摇撞骗的一生,他认为因为世界希望受骗所以他才能得逞。克鲁尔认为艺术家都是骗子,艺术的本质也不过是美妙的幻想加上糊弄而已。这部作品也是作者的自我嘲讽。而这部小说是克鲁尔唯一一部用轻松幽默的态度来嘲讽资本主义社会,与以往用艺术去探讨资本主义社会的作品形成鲜明对比。

托马斯·曼还写了许多散文,大体可归成3类:①作家专著,②文艺评论,③自传性文章和政论。第1类结集为《高贵的精神》,第2类收入《新旧集》中,第3类收入《时代和作品》文集中。《高贵的精神》于1945年在瑞典出版,其中论述了莱辛、沙米索、普拉滕、施托姆、冯塔纳、弗洛伊德、塞万提斯、陀思妥耶夫斯基、尼采和席勒等16个作家和他们的作品。《新旧集》收入作者近50年来写的有关文艺的短论、讲稿、书评等 78 篇文章,《时代和作品》收集了有关他的自传性文章、日记以及重要的政论文章,共 88 篇,是研究托马斯·曼的思想和创作的重要文献。

托马斯·曼自认为是继歌德以后德国优秀文化传统的代表人物,以维护 18、19 世纪的人道主义为己任。他继承了古典作家的优良传统,同时以新的艺术手法反映时代。他的作品受到老一代、年轻一代的喜爱与赞同。

海 塞

海塞,1877 年 7 月 2 日生于施瓦本地区卡尔夫镇。父亲是传教士,自幼受到浓厚的宗教气氛中的感染,接受了比较广泛的文化熏陶,他后来的文学创作受到中国和印度古老文化的影响。

1891 年,海塞进入毛尔布龙神学院。由于不堪忍受摧残青年人身心的经院教育,半年后逃离学院。1892～1899 年当过学徒工、书店的店员等,在此期间阅读了大量德国和外国的文学作品。1899 年,他出版第一部诗集《浪漫主义之歌》,和散文集《午夜后一小时》。1904 年问世的长篇小说《彼得·卡门青》,奠定了他在文坛上的地位。1912 年迁居瑞士,1923 年加入瑞士籍。1946 年获诺贝尔文学奖金。1962 年 8 月 9 日于瑞士提契诺州的蒙塔尼奥拉病逝。

海塞的创作可分 3 个时期。第 1 个时期的作品主要是早期浪漫主义诗歌、田园诗风格的抒情小说和流浪汉小说。他的诗歌富于音乐节奏和民歌色彩,表现出对旅行、自然和朴素事物的爱好。

《彼得·卡门青》描写一个青年从农村来到城市,和城市的"现代文明"格格不入,最后回归故乡,在淳朴的人民和美丽的大自然中找到了温暖。作者描摹自然风光精细微妙、文笔优美。《在轮下》（1906）以在毛尔布龙神学院的经历写成，借文中"模范学生"格本拉的不幸遭遇，抨击了德国的教育体制。《克努尔普》（1915）是海塞著名的流浪汉体小说，由《初春》、《怀念克努尔普》和《结局》3篇连续性的小说组成，也是作者本人最喜爱的作品之一。

海塞的中期作品受到了第一次世界大战和家庭关系破裂的影响，充满了苦恼和迷茫、彷徨的气息。《德米安》（1919）是一部心理小说，描写一个青年人由于反对战争而被视为叛国，产生了心灵分裂的苦恼。《席特哈尔塔》（1922）的背景是印度，主人公婆罗门青年席特哈尔塔出于贵族厌恶庸俗的社会环境，离家出走，结果沉湎于世俗的生活，因而十分苦恼。后来他再一次出走，成为苦行僧，才寻求到佛教解脱的秘密。小说表明海塞从20年代开始就试图从宗教和哲学方面探索人类精神解放的途径。《草原之狼》（1927）是海塞作品中最受西方青年喜爱的作品，托马斯·曼把它誉为"德国的《尤利西斯》"。主角是一个资产阶级作家，与周围环境格格不入的他身上有"狼性"与"人性"的对立，找不到出路。小说曲折地反映了魏玛共和国时代德国的现实和两次世界大战期间一般中年知识分子的孤独、彷徨和苦闷。

《纳尔齐斯和戈尔德蒙德》（1930）是海涅中、后期交替时的重要著作。小说的背景是14世纪，其中的中世纪的修道院是超越时间和现实的"国度"，是为了表现他的构思而虚拟的。海塞以象征的手法写出精神和感觉、艺术家和哲学家如何互相启发、互相补充；纳尔齐斯与戈尔德蒙德这两个性格不同、道路各异但又相辅相成的人物是海塞的理想形象。这部小说被后来有些评论称为融合了知识和爱情的美丽的浮士德变奏曲。

1931年起，海塞隐居在瑞士南部的蒙塔尼奥拉村，虽然很少和外界接触。但法西斯暴行促使他对现代文明比青年时代有了更为深刻的怀疑，在现实生活中找不到解决问题的良策，便只能从精神上寻求寄托和探索答案。晚年两部重要著作《东方之行》（1932）和《玻璃球游戏》（1943）具有浓厚的唯心主义和宗教气息，是试图从东方和西方的宗教、哲学思想中寻求理想世界。

《东方之行》是一篇带有自传性质的小说，主人公H．H．（海塞姓名的缩写）一生对于理想的精神境界的不懈地追寻，结尾采用象征性的手法：主人公发现自己从理想人物里欧身上，找到了较之人生更为永恒的生存。

《玻璃球游戏》是海塞最后一部长篇小说，也是他一生最重要和篇幅最大的作品，1931年开始创作，1942年脱稿。故事发生在一个虚构的未来世界，主人公克乃西特是一个孤儿，自幼聪明刻苦。由卡斯特利恩宗教团体抚养成长为这个团体的玻璃球游戏大师。但是克乃西特随着年龄和地位的增长，逐渐不满足于这个与世隔绝的精神王国的生活。他认为在这样的象牙之塔里是不可能为人民作出贡献的。最后他来到现实世界，企图用教育来改善整个世界，然而他理想没有实现就死于一次游泳。克乃西特之死象征他的理想的失败。由于克乃西特的理想以东西方的宗教、哲学杂糅而成，并无科学根据，所以海塞通过作品给现实世界提出的治世方案也是无法实现的。

海塞是热爱东方文化的作家，崇拜中国古代的许多哲人。他曾以中国历史为题材写过一些散文和童话，还在许多著作中赞美孔子、老子和庄子的学说，认为它们的价值可以与希腊、罗马和基督教文化相媲美。而《玻璃球游戏》一书对《易经》、《吕氏春秋》和老庄哲学作了大量引用和评述通过。主人公克乃西特之口体现了作者对中国古老文化的景仰。

海塞的作品侧重从精神和心理领域来描写和分析他所处的资产阶级社会。在创作方法上他受浪漫主义诗歌和心理分析学影响较大，被称为"德国浪漫派最后的一个骑士"。他的主要作品都发表于20世纪上半叶，第二次世界大战以后，他主要是整理、编辑、出版自己早年和中年时期的作品。直到 1977 年，他的作品已出了 40 多种外文译本，是当代国际文坛上备受重视的作家之一。

施特恩海姆

施特恩海姆，1878 年生于莱比锡一银行家家庭。少年时期在汉诺威和柏林求学，1897～1902 年先后在慕尼黑、格廷根、莱比锡、弗赖堡等大学攻读哲学和文学史。1903 年同弗兰茨·布莱在慕尼黑创办杂志《许佩里翁》，并从事戏剧创作。

1912 年以后，施特恩海姆辗转于德国、比利时、荷兰、瑞士等国。他的某些剧本和小说在第一次世界大战前，魏玛共和国以及希特勒法西斯时代，因"有伤风化"的罪名而被"封杀"，他被迫流亡比利时，晚年因疾病缠身，而消声于德国文坛。

施特恩海姆的戏剧创作旺期，正值德国表现主义文学盛行之时。他以夸张、怪诞的手法讽刺德国资产阶级社会的小市民习气。他的代表作是一组题名为《资产阶级英雄生活》的连续性喜剧，其中 3 部曲《裤子》(1911)、《势利小人》(1914) 和《1913 年》(1915)，是德国 20 世纪初威廉帝国时代最尖锐的社会批评剧。它们刻画了一个普通小市民入大资产阶级和贵族行列衰败的过程，形象地揭露了资产阶级虚伪的生活和丑恶的嘴脸。上演时取得了强烈的舞台效果。这组连续剧的优秀作品还有《盒子》(1912) 和《公民施佩尔》(1914)，前者以争夺遗产为题材，揭露小市民在道德上的堕落；后者以讽刺的笔调描写一个无产者"上升"为小市民的故事。施特恩海姆这一组连续剧被称为帝国主义时期德国资产阶级社会喜剧。作者常常采用格言或电报式的语言，因而增强了戏剧的讽刺效果。

施特恩海姆的中、短篇小说全收在 3 卷本的《世纪初叶纪实》(1926～1928) 里，表现了作者在第一次世界大战后对德国的现实失望的情绪。

德布林

德布林，1878 年 8 月 10 日生于斯德丁。父亲是犹太商人。他早年在雷根斯堡和柏林行医，曾发起创办表现主义杂志《风暴》。

1918～1920年，德布林是德国独立社会民主党党员，1921年加入德国社会民主党，直到1930年。1933年希特勒攫取政权后，他遭通缉，作品被查禁。1936年取得法国国籍，并在法国情报部供职。1940年经葡萄牙去美国。1945年法西斯德国崩溃后，在法军占领区从事文学和文化政治工作。1946～1951年在巴登——巴登编辑出版文学杂志《金门》。1949年参与创立美因茨科学院，任副院长。他因对德意志联邦共和国的社会和思想发展感到失望，1951年去巴黎，1956年回德国休养。1957年6月26日在弗赖堡附近的埃门丁根逝世。

德布林对20世纪德国小说艺术的发展有突出贡献。他吸收了20世纪以来欧洲小说艺术的各种手法，《王伦三跳》（1915）、《华伦斯坦》（1920）、《山、海与巨人》（1924）是他早期创作的著名长篇小说。《王伦三跳》以18世纪的中国为背景，描写平民百姓的苦难，表现精神与权力、个人与集体的矛盾对立，影射德国现实。长篇小说《柏林，亚历山大广场》（1929）以接近超现实主义的手法，描写一个运输工人弗兰茨·毕伯科普夫出狱后想改恶从善而不得的故事。他在流亡国外时期创作了传记体社会批判小说《不予赦免》（1935），描写一个市民为剥削者充当帮凶，反对人民大众，最终导致毁灭。此外，还写了批判殖民主义制度罪恶的《亚马孙河》3部曲（1935～1948）和描写德国十一月革命的4卷本长篇小说《1918年11月》（1937～1950）。后来他又创作了批判法西斯主义思想流毒的长篇小说《哈姆雷特或漫漫长夜有尽头》

（1956）。

德布林毕生站在资产阶级激进立场，反对帝国主义、法西斯主义，反对战争和不合理的社会制度，企图把东方道教、佛教与西方基督教救世说结合起来，创立一种特殊的世界观，主张通过"自由人"的自发联合达到变革现实，走向社会主义。

福伊希特万格

福伊希特万格，1884 年 7 月 7 日生于慕尼黑一个犹太工厂主家庭。年轻时曾在慕尼黑大学和柏林大学攻读语文学、哲学和人类学。1908 年创办文学月刊《明镜》，后担任过《舞台周报》剧评工作。

第一次世界大战爆发时，在当时法国占领的突尼斯福伊希特万格被当作故国的公民而拘押，逃回德国后，从事戏剧翻译，创作的作品大都以反战为题材。1933 年希特勒执政时，他在美国讲学，却被剥夺公民权。1933～1940 年他流亡法国，曾和布雷德尔、布莱希特等共同创办流亡者杂志《发言》，在莫斯科出版。1937 年访问苏联。1941 年起定居加利福尼亚。1958 年 12 月 21 日在洛杉矶逝世。

福伊希特万格的历史小说很有名。第一部长篇小说《丑陋的女公爵马格雷特·毛尔塔施》（1923），写 14 世纪一个智慧超群而长相丑陋的女公爵的悲剧。长篇历史小说《犹太人徐斯》（1925）在当时产生了极大的影响。在希特勒统治时期，他的创作都以反法西斯为主题。1936 年写的长篇历史小说《伪皇尼禄》，意在讽刺希特勒一伙，必将遭到可耻的下场。这时期写的历史小说《约瑟夫斯》3部曲，包括《犹太人的战争》（1932）、《儿子们》（1935）和《这一天即将到来》（1942），通过写犹太血统的罗马史学家约瑟夫斯·弗拉维乌斯的故事，激励人民反抗希特勒的统治。从侧面对法西斯以沉重的打击。

第二次世界大战后，他的历史小说的题材多是欧美资产阶级革命家和文化名人的斗争生活，如：写西班牙画家戈雅充当 5 年的宫廷画家以后离开宫廷，以艺术为被压迫人民服务的《戈雅》（1951，又名《认识的艰难道路》）；歌颂卢梭的《愚人的智慧》（1952，又名《让·雅克·卢梭之死及其思想的发扬光大》）；歌颂北美独立战争的《葡萄园里的狐狸》（1953，原名《支援美国的武器》）。

他在逝世前两年发表的长篇小说《托莱多的犹太女人》（1955），探讨战争与和平同人类发展的关系问题；《耶弗他和他的女儿》描写公元前13~10世纪约旦河流域以色列人的历史，借以阐述人民在为和平和自由斗争中的统一问题。

福伊希特万格描写现实生活的长篇小说《候车室》3部曲，从纳粹的形成和发展写到它的统治，具有更深刻的教育意义。包括《成功》（1930）、《奥倍曼兄妹》（1933）和《流亡》（1942）。它的写作几乎与《约瑟夫斯》同时，同样3部曲集中表现了反法西斯的主题思想，这部作品作者用"候车室"象征"这个等待和过渡的恶劣时期"。

3部曲中最杰出的是《成功》，被认为是第一部具有重要意义的反法西斯主义的作品。它通过德国20年代初期发生的一件冤案和不同的人物对这一案件的态度，展现了法西斯取得政权前德国社会错综复杂的阶级关系和政治形势，让人们看到了法西斯势力崛起的危险。小说出版后引起广泛注意，成为福伊希特万格的代表作，奠定了他在德国现代文学史上的地位。《奥倍曼兄妹》写柏林一个犹太作家在纳粹当政前后全家所遭到的迫害。《流亡》描写一个德国音乐家，他流亡到巴黎从亲身经历中认识到艺术应该是为人类的进步事业服务的。此外还有长篇小说《劳腾萨克兄弟》（1944）和《西蒙》（1945），后者写一个法国少女与德国侵略军英勇斗争的事迹，歌颂法国人民的爱国主义精神与凛然正气，揭露法国一些民族败类为虎作伥、认贼作父的可耻罪行。

《短剧集》（1905~1906）是福伊希特万格早期曾根据《圣经》故事创作的。剧本《托马斯·文特》（1919）描写一个担负领导工作的作家在对付反动派时不负所望，是十一月革命的知识分子的典型代表。其他剧作有《疯狂，又名波士顿的恶魔》（1948）和《寡妇卡佩》（1956）。

福伊希特万格的作品情节富有戏剧性，笔调幽默，善于通过艺术形象体现思想。此外，语言精炼，议论较少，富有感情色彩，具有强烈的艺术感染力是作品的又一特点。

A·茨韦格

A·茨韦格，出生在西里西亚的大格洛高地方一个犹太家庭。1907 年起他先后在布雷斯劳、慕尼黑、柏林、格廷根和罗斯托克等大学学习语言学、哲学、艺术史、心理学、经济学和社会学。

1915～1918 年茨韦格参加第一次世界大战，亲身体验到帝国主义战争的虚伪性和残酷性，后来创作的一系列作品，表达了他反对战争、争取世界和平的愿望。1933 年希特勒攫取政权后，被迫流亡捷克、瑞士和法国，在流亡期间，始终和德国反法西斯战士保持密切联系，参加了《新世界舞台》（布拉格）、《发言》（莫斯科）、《德意志人民报》（巴黎）等反法西斯报刊的工作。1948 年回到德意志民主共和国，继续从事创作。1951 年获国家奖金，1958 年获列宁和平奖金。1968 年 11 月 26 日在柏林逝世。

茨韦格在大学时代开始发表作品。早期比较著名的描写有教养的资产阶级和知识分子的生活的小说有，小说《关于克洛卜夫一家的札记》（1911）、《关于克劳迪妞的小说》（1912），剧本《匈牙利尚礼血案》（1914）是一出写排犹问题的 5 幕悲剧。此后发表的作品如剧本《关于格里沙中士的戏》（1921），小说《庞特和安娜》（1928），散文《莱辛、克莱斯特、毕希纳》（1925）、《对德国犹太人的清算》（1933）等，继续探讨资产阶级知识分子问题的特性。

茨韦格创作中突出的成就是描写第一次世界大战的一组现实主义长篇小说《白种人大战》，它反映了德国从第一次世界大战以来的历程，按照内容先后次序如下：第 1 部《时机成熟》（1957），写第一次世界大战前夕资产阶级知识分子的情况。第 2 部《1914 年的青年妇女》（1931），写一个资产阶级女青年为了追求幸福而与家庭、传统作斗争，后来成了战争的反对者。第3部《凡尔登的教育》（1935），以德国军国主义开始走下坡路的凡尔登战役为背景，通过德军内部的一起贪污与谋杀案，写一个资产阶级知识分子在战争中的见闻和痛苦的经历以及由此产生的对战争性质的怀疑。第4部《格里沙中士案件》（1927），描写被德军关押的俄国战俘格里沙越狱逃跑，中途被抓回枪杀，揭露了帝国主义战争的本质和根源，在这组小说中这是最著名的一部。第5部《停火》（1954），写德国统治集团反对苏联的和平倡议。第6部《国王登位》（1937），写德国失败前夕统治集团中为争夺立陶宛王位而进行的斗争。贯串这一组小说的主要人物是小资产阶级出身的作家贝尔廷。他在战争中思想上的转变反映了作者思想的发展——对和平的渴望与对人道主义理想的追求。已译成中文的有《凡尔登的教育》、《格里沙中士案件》。

　　茨韦格早期的作品带有印象主义色彩，经过两次世界大战之后，现实主义的成分增强。他擅长描写各种不同类型知识分子复杂的性格和内心活动。他对德国军国主义的揭露是冷静而严酷的，对资产阶级知识分子的批判则带着轻微的冷嘲和同情。

贝希尔

　　贝希尔，1891年5月22日生于慕尼黑。父亲是高级法官。他先后在柏林、慕尼黑和耶拿攻读医学、文学和哲学。早在大学期间就发表作品，1912年参与编辑《行动》杂志。

　　他反对第一次世界大战，拥护俄国十月革命，是斯巴达克团的积极分子。1919年加入德国共产党。1925年魏玛共和国当局指控他犯有准备"叛国罪"，后因国内外的声援才免于受审。1928年他筹建"德国无产阶级革命作家联盟"，并当选为主席。1933年希特勒攫取政权后，贝希尔流亡捷克、法国，1935年到苏联，直至第二次世界大战结束。在苏联期间，担任《国际文学》（德文版）主编。1945年回到德国苏军占领区。1954年任德意志民主共和国文化部

长。1958 年 10 月 11 日在柏林逝世。

贝希尔是德国当代著名诗人，他原是一个具有无政府主义思想的反叛者，后来成为为无产阶级事业服务的革命者，在创作上，他原是一个只表现个人感受并要打破一切文学传统的表现主义诗人，后来成为反映时代重大问题并自觉地继承古典诗歌传统的革命诗人。

贝希尔最初的诗集《搏斗着的人》（1911）和《没落与胜利》（1911）是他早期最有代表性的作品。第一次世界大战结束以后，号召群众革命成了他的诗歌的主题。但有些诗近于口号，而且他仍采用表现主义的手法，诗的形式不能很好表达内容。诗集《致所有的人》（1919）也号召"所有的人"起来革命。20 年代初，他主要揭露帝国主义准备战争，主要作品有《王位上的尸体》（1925），长篇小说《莱维西特，或唯一正义的战争》（1926），短篇小说《银行家奔向战场》（1926）等。20 年代末和 30 年代初，他从古典文学中吸取营养，创造了自己独特的风格，诗集《饥饿的城市》（1927）是创作倾向转变的标志。《一切都相信的人》（1935）则是这个时期最好的作品。

随着流亡生活的开始，贝希尔的创作进入了新的时期，即创作的成熟期，大部分优秀诗篇产生于这个时期。这些诗的中心主题是对祖国的怀念、憎恨和希望。人们称这些诗为"德国诗"。主要诗集有《追求幸福的人和七大重负》（1938）、《1935 至 1938 年十四行诗集》（1939）、《德国在呼唤》（1942）等。他还著有剧本《冬季战役》（1952）和长篇小说《告别》（1940）。《冬季战役》描写德军在莫斯科郊外的失败。《告别》是一部带有自传性质的小说，描写一个资产阶级家庭出身的青年成为马克思主义者的过程，展现了 20 世纪以来直到第一次世界大战爆发前德国社会的画面。

1945 年，贝希尔回国，为德国有了新生的希望感到欣慰，同时对人民所遭受的浩劫和面临的困难感到忧虑。这种心情是他战后初期诗歌的主题。

50 年代，他的诗表现了对德国前途的极大关注。主要诗集有《返乡》（1946）、《德国十四行诗，1952》（1952）、《世纪中叶的步伐》（1958）。此外，还创作了德意志民主共和国国歌的歌词。他也致力于文学理论、特别是诗歌理论的研究，先后发表了《保卫诗歌》（1952）、《诗的信仰》（1954）、《诗的力量》（1955）、《诗的原则》（1956）等著作。

萨克斯

萨克斯原名莱奥妮·萨克斯，生于柏林一犹太工厂主家庭。她很早开始写诗，并喜好音乐、舞蹈。1921 年处女作《传说与故事》出版。她早期的诗歌、戏剧、小说具有浪漫主义色彩。

1933 年以后，萨克斯在法西斯排犹恐怖中隐居了 7 年，研究希伯来和德国的神话故事。1940 年在瑞典女作家拉格洛孚的帮助下逃出纳粹德国，流亡至瑞典。此后她定居斯德哥尔摩，加入瑞典国籍，从事瑞典现代诗歌的德文翻译工作，并继续写作。萨克斯的诗歌主要是描写欧洲犹太人在法西斯统治下的遭遇。如《在死亡的寓所中》（1946 年在柏林出版）、《星辰黯淡》（1949 年在荷兰出版）。1951 年出版的诗剧《艾利》，描写纳粹士兵对波兰的蹂躏。1959 年出版的《逃亡与变迁》，进一步确立了她在诗坛的地位。1966 年萨克斯与以色列作家阿格农一同获诺贝尔文学奖金。

犹太民族的文化传统及其悲惨命运，个人的不幸遭遇，对萨克斯的创作产生了深刻影响。迫害、集中营、逃亡、无家可归是她诗歌的主题，诗中充满殉道精神和浓厚的宗教神秘色彩。晚期作品中历史性题材逐渐减少，大多表现劫后余生者的心境。她的无韵诗节奏和谐，隐喻含蓄，情调忧伤。其他重要诗集还有《无人再知晓》（1957）、《进入无尘之境》（1961）、《死亡依然在庆生》（1961）、《炽热的谜语》（1964）和《寻找生存者》（1971）。

汉斯·法拉达

汉斯·法拉达原名鲁道夫·迪芩，1893 年 7 月 21 日生于德国格赖夫斯瓦尔德，父亲是地方法官。法拉达在柏林、莱比锡上完中学，当过编辑、记者，后从事写作。他的一些作品在纳粹时期遭查禁，面对法西斯分子的疯狂迫害，他并未逃亡国外，而是蛰居在梅可伦堡的费尔德贝格庄园里，以淡泊名利；纳粹政权崩溃后，法拉达移居柏林专事写作，不久便逝世。

法拉达的早期作品掺杂了大量的表现主义手法，艺术上未获成功。继而他一反初衷，深入到最平凡、最基本的生活中去，探索"小人物"，从而于 1932 年写出了力作《小人物，怎么办》，小说很快被译成 20 多种文字，并两次被搬上银幕，也使作者赢得了世界声誉。法拉达的"小人物"代表了一定的社会阶层，他们无权无势，受到命运的随意摆布，可他们往往也不堪凌辱与歧视，试图起来反抗。这一时期法拉达接连创作了好几部同类主题的长篇小说，如《用洋铁罐吃饭的人》、《小人物，大人物，阴差阳错》、《人往高处走》、《没人爱的人》等。

法拉达的后期作品具有强烈的反法西斯主义倾向，如《狼群中的狼》、《每个人都孤独地死去》。但就艺术上的影响来说，"小人物"的塑造是法拉达所有作品中最有特色、最为成功的，因此后人在文学史上给了他一个"了不起的小人物作家"的美誉。

在德国那些最黑暗的岁月里，进步作家遭到封杀，法拉达由此转向儿童文学创作，但他的儿童文学也往往是带有哲理、隐射和讽喻性的，如《一个投入大自然怀抱的录事童话》、《霍佩尔邋遢鬼，你在哪里》以及《穆尔克国的故事》等，这些作品表现出作者对善战胜恶、光明战胜黑暗的信心，其中告密者蚂蚁、凶恶的猫、憎恨人类的大老鼠等动物也成了他童话里的代表形象。当然，他也不忘记将他的"小人物的写作手法"糅合到他的童话中，而这些"小人物"在这里便成了贪婪的、好惹是生非的大老鼠、爱小偷小摸的熊等，但它们是一群决不会伤害人的"小市民"。

因为法拉达在儿童文学方面取得的成就，德国文学史上也称他是"和他同时代的优秀儿童文学家丽莎·特茨纳（1894～1963）、库尔特·克莱贝尔（1897～1959）、埃里希·凯斯特纳（1896～1974）并驾齐驱"的人物。

布莱希特

布莱希特，1898 年 2 月 10 日出生于巴伐利亚州的奥格斯堡。祖上是施瓦本农民，他出生的时候，父母已是这座小城里的富裕市民。

1917 年他进入慕尼黑大学哲学系，次年改修医科，曾被派往奥格斯堡战地医院看护伤员。他以激进的政治态度和多才多艺赢得士兵的信赖和尊敬。德国十一月革命爆发时，他被医院士兵推举为奥格斯堡士兵委员会成员，但革命很快遭到镇压。布莱希特把他对这场革命的认识和失望情绪，写进了次年春季完成的剧本《夜半鼓声》（1919）中。

战争和革命的动荡平静以后，布莱希特重入慕尼黑大学。1922 年 2 月 22 日他的剧本《夜半鼓声》在慕尼黑话剧院上演，同年获"克莱斯特奖金"，从此引起德国戏剧界注目。1923 年被聘为慕尼黑话剧院导演兼艺术顾问，1924 年应著名导演马克斯·赖因哈德之聘任柏林德国话剧院艺术顾问。

1926 年，布莱希特开始研究马克思的《资本论》，并进入柏林马克思主义工人学校，结合创作系统研究科学社会主义学说。1928
年他与女演员海伦娜·韦格尔结婚。1933 年希特勒攫取德国政权以
后，在国会纵火案发生的次日，布莱希特被迫离开德国去巴黎，同
年夏携家属去丹麦，在斯文堡附近一个农舍里居住 6 年。1936 ~
1939 年同布雷德尔、福伊希特万格一起主持了在莫斯科出版的德文
杂志《发言》。1939 年被迫离开丹麦去瑞典，1940 年去芬兰，次年
夏季取道苏联去美国，在圣莫尼卡居留 6 年。1947 年摆脱非美活动
委员会的迫害返回欧洲，最初停留在瑞士苏黎世，1948 年 10 月回到
柏林。晚年和夫人海伦娜·韦格尔领导了"柏林剧团"的活动。
1956 年 8 月 14 日逝世。

布莱希特早期的作品大多描写资本主义经济制度所引起的社会
弊端，表达了资产阶级文明不久将被一场"地震"吞没的信念。他
在努力理解和反映现实生活中的迫切问题的过程中接受了马克思主
义。他的剧作《人就是人》（1926）、《马哈哥尼城的兴衰》（1927）、
《三分钱歌剧》（1928）、《屠宰场里的圣约翰娜》（1931）等，都是
最初运用马克思主义学说剖析资本主义社会的艺术尝试，都不同程
度地接触到了资本主义社会的某些本质问题。

20 年代末 30 年代初，布莱希特开始创立叙事剧的尝试。他把戏
剧分为两种类型，一是传统的戏剧性戏剧，或称"亚里士多德式戏
剧"；一是叙事剧，或称"非亚里士多德式戏剧"。他认为前者偏重
于诉诸观众的感情，借恐惧与怜悯引起净化，把观众吸引到剧情中
去，与剧中人物发生共鸣；后者则更偏重于诉诸观众的理性，让他
们在观看与思考中判断剧情的是非曲直。布莱希特创造了一种称为
"陌生化效果"的艺术方法。依照这种方法，剧作家以异乎寻常的方
式，表现一种生活现象或者一个人物典型，以便让观众用新的眼光
来观察，深入地理解司空见惯的事物；导演和演员则借助这种方法，
有意识地在角色、演员和观众之间制造一种感情上的距离，使演员
既是他的角色的表演者，又是它的"裁判"；使观众成为"旁观

者"，用探讨的、批判的态度对待舞台上表演的事件。

布莱希特的叙事剧按体裁可分为3类：《例外与常规》（1930）、《措施》（1930）、《母亲》（1932）被称为"教育剧"；《四川一好人》（1940）、《潘蒂拉老爷和他的男仆马狄》（1940）、《阿图罗·魏的有限发迹》（1911）《高加索灰阑记》（1945）是"寓意剧"；《大胆妈妈和她的孩子们》（1939）、《伽利略传》（1947）和《公社的日子》（1948～1949）则属于历史剧范围。这些作品都反映了当时的重大社会问题，表现了马克思主义的一个重要哲学命题：不但说明世界，而且要改变世界。

"教育剧"是布莱希特尝试创立叙事剧之初经常采用的形式，是20、30年代德国工人运动中蓬勃发展的宣传鼓动工作的直接产物。个人利益与集体利益，自由与纪律的关系，是大多数"教育剧"着力表现的主题。它反映了像布莱希特这样一批知识分子，在20年代德国工人运动的高潮中，从剥削阶级阵营转入无产阶级队伍以后要求自我改造的愿望。"教育剧"中最成功的一部，是根据高尔基同名小说改编的《母亲》。它以原作的主要人物和内容为基础，根据德国的实际情况，增加了对工人运动中改良主义的批判、反对战争危险、变帝国主义战争为国内战争的策略等内容。

"寓意剧"的特点是比喻，作家不受人物和环境的束缚，有充分想象的自由。"寓意剧"的重点在于对现实社会中的矛盾和对立、对人与人之间的关系，进行哲理性的概括。"寓意剧"一般都是由直接表演和哲理性的概括两部分构成，这种"双层次布局"是它在结构方面的特点。"寓意剧"的主题思想就是借这种多层次布局表现出来的，离开任何一部分都无法充分理解作品的真实含义。《潘蒂拉老爷和他的男仆马狄》是根据芬兰女作家赫拉·沃里约基讲述的一则芬兰民间故事创作的。作品通过一个芬兰地主在酒醉时和酒醒后两种不同的表现，说明剥削者的本性不会改变，提醒人们对他们不能抱任何幻想。《高加索灰阑记》是根据中国元杂剧作家李潜夫的公案戏

《包待制智勘灰阑记》改编的。剧情围绕着两个母亲争夺一个孩子展开，在非常时期偶然上任的法官，在断案中发现，他面临的不是哪个母亲有权要孩子，而是孩子有权选择一个更好的母亲问题。作者给这个古老的故事加上一个现代内容的"楔子"，寓意在生产资料公有制的社会中，人与人之间或者一个集体与另一个集体之间的非对抗性矛盾，是可以找到对大家都有利的办法来解决的。而原则应该是："一切归属于善于对待它的人。"如孩子归于慈爱的母亲，以使他成材成器；车辆归于好的车夫，以便于顺利开动；山谷归于灌溉者，以便使它开花结果。这出戏在艺术上体现了叙事剧丰富多彩的表现手法。

布莱希特的历史剧都是借用历史题材，回答现实生活中的重大政治问题。《大胆妈妈和她的孩子们》（1939）取材于17世纪小说家格里美豪森的小说《女骗子和流浪者大胆妈妈》（1670），剧中的主人公安娜·菲尔灵，传说是德国30年战争时用一个随军小贩，绰号大胆妈妈。剧本表现安娜带着3个子女，拖着货车随军叫卖，把战争作为谋生的依靠，结果子女们或死或散，落得孤身一人。作者借大胆妈妈的遭遇说明，想在战争中捞取利益的人，必然要毁于战争。《伽利略传》以17世纪意大利伟大物理学家、天文学家伽利略，因证明了哥白尼"太阳中心说"遭到宗教裁判所迫害的史实为题材，反映了在一个科学新时代破晓的时候，真理与谬论、科学与愚昧的斗争。作者最初的意图是借表现伽利略在愚昧黑暗的社会势力面前忍辱含垢，完成科学著述的行为，给德国反法西斯战士树立一个历史的榜样。《公社的日子》是根据挪威作家诺达尔·格里格描写巴黎公社的剧本《失败》创作的。德国法西斯政权被摧毁以后，布莱希特从德国面临的新形势中，看到了巴黎工人阶级在1871年起义中赶走资产阶级，建立世界上第一个工人阶级政权的现实意义。作品以巴黎一家普通劳动人民及其亲友在这一事件中的遭遇为中心，表现了这一伟大革命实践的始末以及按照马克思主义观点应该从中吸取的教训。

布莱希特的诗歌创作始终同德国社会政治生活紧密相连，他在诗歌艺术上的革新，为现代德国诗歌开辟了新的园地，产生了广泛的影响。

布莱希特早期诗歌大多是在民歌、民谣传统的基础上创作的。他那些采用歌谣体创作的叙事诗，多数有戏剧性情节，有人物，采取严格押韵的形式，便于谱曲咏唱。如《死兵的传说》以离奇怪诞的讽刺形式，冷静客观的叙述笔调，表现了德国帝国主义在战争失败前夕的垂死挣扎。布莱希特偏爱创作"角色抒情诗"，不喜直抒胸臆，他惯于采用类似戏剧中行动的人物独白的形式，来揭示人物本身的、社会的或心理的特征。在这些诗歌中，作者有意识地避免传达主观情绪，而是努力做客观的陈述和报道。《妓女之歌》、《海盗燕妮》等就是这类诗歌。

布莱希特投身革命队伍以后，有意识地把诗歌作为斗争的武器。他的许多著名群众歌曲，如《团结之歌》、《统一战线之歌》等，既是十分精致的艺术品，又是切合时宜的宣传品，在革命队伍中发挥了动员和教育作用。布莱希特的许多优秀诗歌，大部分是在叙事剧的实验过程中产生的，如《赞美地下工作》、《赞美共产主义》、《赞美学习》、《一个读书的工人的疑问》等。这些作品都明显地带有对工人阶级和劳动人民进行革命启蒙和教诲的特点，他们不以感情去打动读者，而是启发读者的理性和思维，让读者通过认识达到行动。这是布莱希特诗歌的独特之处。布莱希特的诗歌常常采用"直接说教"的手法，面向读者的理性，陈述他对事物的认识。诗人借这种手法艺术地再现某些革命道理，以教导读者正确认识形势和事变。它们是语言通俗明了、比喻鲜明生动、结构简洁明快的教育诗。

布莱希特还借鉴中国古典诗词和日本古典俳句，创造了一种节奏不规则的无韵抒情诗。这种诗歌充分运用口语的特点，既不贪恋华丽的词藻，也不追求奔放的感情，而是从大量生活素材中选择精

华，以表现事物最本质的特征。如在《工人喊着要面包》这首只有
4行的短诗里，作者采用类似逻辑学"三段论"的手法，简洁生动
地表现了第二次世界大战前夕德国的形势。

布莱希特的主要诗集有《家庭格言》（1926）、《歌曲集》
（1934）、《斯文堡诗集》（1939）和《诗百首》（1955）。布莱希特
还创作了长短篇小说多种，如《三分钱小说》（1934）、《尤利乌斯
·恺撒的事业》（1949）、《负伤的苏格拉底》（1949）等。《戏剧小
工具篇》（1948）是他关于叙事剧的理论性思考的总结，被誉为
"新诗学"。

布莱希特一向关心中国革命事业的发展，酷爱中国文化，他的
叙事剧理论颇受中国戏曲艺术的启发。他晚年很推崇毛泽东的哲学
思想。他所领导的"柏林剧团"，曾经改编上演中国话剧《粮食》。
布莱希特的诗歌、剧本和戏剧论著，在中国已有多种译本，《大胆妈
妈和她的孩子们》、《伽利略传》曾在上海、北京演出，颇受好评。

埃·克斯特纳

埃·克斯特纳，1899年生于德国。是德国现代文学家，也是著
名的儿童文学家，写过许多优秀的儿童读物。

他的代表作《埃米尔捕盗记》闻名全球。其他作品有《两个小
洛特》、《飞翔的教室》、《理发师的猪》等。

埃·克斯特纳热爱儿童，生前曾经说过："只有那种虽然已长大
成人，而仍然保持童心的人，才算是一个真正的人。"

埃·克斯特纳曾连续10年任德国国际笔会主席，并荣获国际安徒生儿童文学创作奖、国际青年图书创作奖。

1974 年，埃·克斯特纳去世。

魏斯科普夫

魏斯科普夫，1900 年 4 月 3 日生于布拉格。1918 年他被征召入奥匈帝国军队服役，在军中开始接触马克思主义。次年到布拉格卡尔大学修习文学和历史，1923 年毕业，获博士学位。1921 年捷共建党，魏斯科普夫是最早的党员之一。

1923～1924 年间，魏斯科普夫被多次指控犯"文字叛国罪"。1927 年参加在莫斯科举行的第一次革命作家代表会议。1928 年移居柏林，与亚历克斯·韦丁结婚，并任《柏林晨报》文艺编辑。1930 年参加在哈尔科夫召开的第二次国际革命作家代表会议。1933 年他被纳粹驱逐出境，回布拉格后，担任《工人画报》（后改名《国民画报》）主编。1939 年法西斯军队攻占布拉格后，他去巴黎；同年秋天应美国反法西斯作家同盟邀请赴纽约。

魏斯科普夫在美国居住 10 年，进行创作并参加"流亡作家委员会"工作，帮助西格斯、基施、马尔希维查等作家逃离欧洲，他在这期间写作了大量的作品。第二次世界大战结束后，他历任捷克驻美国大使馆参赞、驻瑞典公使和驻中华人民共和国大使。1953 年移居东柏林，入德意志民主共和国国籍，与维利·布雷德尔主持《新德意志文学》杂志的编辑工作。他于 1955 年 9 月 14 日在柏林逝世。

魏斯科普夫开始时创作戏剧，后来从事诗歌写作。他最初创作的富有民歌色彩的战斗诗歌汇集在诗集《鼓响了》（1923），其中一些诗篇赞美了俄国十月革命。

魏斯科普夫的作品主要是长篇小说。《斯拉夫人之歌》（1931）写一个出身资产阶级的青年同本阶级决裂，投向无产阶级的过程。《丽西或者诱惑》（原名《诱惑》，1937）是最受人们欢迎的作品，以 30 年代初期柏林为背景，通过一个工人家庭出身的青年妇女的遭遇，表现当时一部分德国人受法西斯蛊惑宣传的欺骗，反映了进步势力的反抗斗争。以后法西斯斗争为题材的《新日子来临之前》

（1944，英文版 1942）和《敢死队》（1945，英文版 1944），也是他的重要作品，前者写斯洛伐克爱国志士反抗德国法西斯占领军和本地内奸的武装斗争，后者写一个纳粹士兵赎罪的故事。

魏斯科普夫规模较大的作品是小说 3 部曲：第 1 部《告别和平》（1950，英文版名为《多瑙河畔的黄昏》，1946）和第 2 部《在洪流中》（1955，英文版名为《他们时代的孩子们》，1948）以及第 3 部《世界在阵痛中》（1960），但第 3 部仅存残稿。这部巨著描绘了奥匈帝国的没落和捷克斯洛伐克的诞生，两个出身资产阶级的青年人同本阶级决裂，投身于无产阶级。描述了 1913～1921 年间的事，作者运用多种艺术手段，描绘了一幅广阔的时代和社会图景。

魏斯科普夫称报告文学是革命文艺的"轻骑兵"，早年写作的《转乘通向二十一世纪的列车》（1927）和《未来在创建中》（1932），报道了当年苏联艰苦卓绝的社会主义建设。他的《广州之行》（1953）介绍了新中国翻天覆地的变化与日新月异的发展，表现了中国人民不但能够推翻一个旧世界，而且也能够创建一个崭新的社会。

魏斯科普夫还写过许多出色的轶事文学作品，如取材于反法西斯斗争的《强权者》（1934）、《不可战胜的人们》（1945）等，另外，还著有关于文学和语言的论著《在异国天空下——德国流亡文学纲要，1933～1947》（1948）、《保卫德语》（1955）和《文学巡礼》（1956）。后者是文学评论集，其中有论述中国诗歌、毛泽东的文艺思想以及赵树理、丁玲和田间等人的文章。

魏斯科普夫的译作《中国诗歌》（1953）收入他翻译的中国古今诗歌数 10 首，其中包括鲁迅、毛泽东、艾青、贺敬之、何其芳等人的诗作。他还把田间的长诗《赶车传》译成德文。

西格斯

西格斯，1900 年 11 月 19 日生于德国西部美因兹一古玩商和艺术鉴赏家的家庭。她先后在科隆和海得尔堡大学学习语言、文学、历史、艺术史和汉学。1924 年获博士学位。她在学习时期受进步学生，尤其是波兰、匈牙利等国的政治流亡者的影响。

1928 年，西格斯加入德国共产党。同年她发表小说《圣巴巴拉的渔民起义》，获克莱斯特奖金。1933 年开始流亡生活，先在巴黎参加反法西斯书刊编辑工作，努力促进反法西斯作家统一战线的形成。1940 年经法国马赛逃往墨西哥，在那里任《自由德国》杂志编辑和"海涅俱乐部"主席。1947 年回到东柏林。1952 年起担任德意志民主共和国作家协会主席，1978 年 5 月改任名誉主席。1951 年获国际和平奖金，并于 1951、1959 和 1971 年 3 次获德意志民主共和国国家奖金。

西格斯的创作以现实生活与斗争为题材。他的短篇小说《到美国大使馆去的路上》（1930）和长篇小说《战友们》（1932），描述匈牙利、保加利亚、波兰、意大利和中国的无产阶级革命者从 1919～1929 年间反抗反革命暴政的英勇斗争。

西格斯在流亡期间完成的 5 部长篇和一些中、短篇小说，从不同角度表现了反法西斯这一主题。《人头悬赏》（1933）描写一个青年工人被警察悬赏缉拿的经过，反映了法西斯取得政权前夕德国农村的真实生活，揭示了法西斯残酷的性质。《二月之路》（1935）描写维也纳无产阶级于 1934 年 2 月反抗纳粹傀儡道尔弗斯的起义和失败，总结了革命的经验教训，揭示建立革命领导和统一战线的重要性。《拯救》（1937）反映世界经济危机时期德国工人的生活与斗争，说明斗争是人们获得"拯救"的出路。《过境》（1944 年英文版；1948 年德文版）描写 1940 年希特勒军队入侵法国后，欧洲各国成千上万流亡者涌入马赛争取出境时的不安和痛苦。在《已故少女们的郊游》（1946）里，西格斯把现实、梦幻和回忆交织在一起，描写了她当年的女友们在纳粹统治时期的不同境遇。

《第七个十字架》（1942，1944 年在美国拍成电影）是西格斯的重要作品，在国际上产生了深远的影响。小说写法西斯统治时期一个集中营 7 个囚徒越狱逃跑的故事。法西斯在营内竖起 7 个十字架，扬言要在短期内把他们抓回处死。其中的 6 人先后遇难，格奥尔格·海斯勒在反法西斯战士们的掩护下，终于成功地逃出国境。永远竖着的第 7 个十字架，象征纳粹残酷统治的虚弱和必然灭亡。作者广泛描写各个阶层和各种政治倾向的人物，勾画了一幅法西斯专政初年的德国现实图景。

西格斯的另一部长篇小说《死者青春常在》（1949，1968 年拍成电影）概括了德国 1918 年十一月革命至第二次世界大战结束的历史，形象地展现了两大敌对阶级生死搏斗的情景。描写从共产党员埃尔温惨遭白卫军杀害开始，凶手们及其幕后牵线人物为一方，同以埃尔温的亲友和同志们之间的斗争，揭示了社会和时代的基本矛盾。

西格斯回国后的创作主要是描写大战后东德的现实社会问题。长篇小说《抉择》（1959）以德意志民主共和国建立前后社会发展情况为题材，作品中的人物都面临着在社会主义与资本主义之间作出抉择。小说通过 3 个一起参加过西班牙解放斗争的老战友的回忆，揭示目前斗争同过去斗争的连贯性。《信任》（1968）是《抉择》的姐妹篇，情节相衔接。

西格斯还写了大量中、短篇小说，如《蜂房》（2 卷，1953）、《加勒比海故事集》（1962）、《弱者的力量》（1965）、《渡航》（1971）和《奇遇》（1973）等。她的论现实主义和文学创作的论文，表现了坚定的社会主义倾向性和提倡艺术创新的勇敢精神。

西格斯早在 1932 年就写了长篇小说《战友们》，反映中国的革命斗争。她还写了随笔《计秒表》、轶事《驾驶执照》和报告文学《杨树浦五一节》。《计秒表》写中国游击队配合红军作战，击溃国民党军队的第 3 次围剿。《驾驶执照》描写一个中国司机将车上 3 名日本军官的汽车开进长江的事迹，表现中国人民坚定的抗日意志和大无畏的革命英雄主义。她还发表《向南方局递送新纲领》

（1949），歌颂 30 年代中国共产党地下工作者和中央苏区的土地政策。游记《在新中国》是西格斯在 1951 年访问中国后，回国后发表的。

布雷德尔

布雷德尔，1901 年 6 月 2 日生于汉堡一工人家庭，15 岁小学毕业，进工厂当学徒，加入社会民主主义工人青年团。当时德国已进入第一次世界大战第 3 年，国内民穷财竭，工人生活艰苦，使他体验到资本主义剥削和帝国主义战争的罪恶。

1918 年，布雷德尔加入罗莎·卢森堡和卡尔·李卜克内西领导的斯巴达克团。是年这个团改组为德国共产党，他也是最早的党员。1923 年他参加汉堡工人起义，被捕下狱，在狱中写成《玛拉——人民的朋友》（1924）。获释后，在一条航行地中海的船上当机匠助手，到过西班牙、葡萄牙、意大利和北非等地。经过一年半海上生涯回到汉堡，进"N 和 K 机器厂"当车工，并由台尔曼介绍在汉堡《人民日报》当工人通讯员。他在通讯中流露出的革命信念，触怒了反动当局，于 1930 年因一次对制造防毒面具的报道，被魏玛共和国法庭以"文艺叛国罪"判处两年监禁。他在狱中写成反映无产阶级日常生活的长篇小说《N 和 K 机器厂》（1931），深得著名的共产主义作家路德维希·雷思的赞许，立即付印。因此他在监禁中又写了一部表现汉堡工人的长篇小说《罗森霍夫大街》（1931）。这两部反映 20 年代德国工人革命斗争的作品使他进入了安娜·西格斯、弗里德里希·沃尔夫等无产阶级革命作家的行列。他的另一部讥嘲"纳粹纲领"的小说《财产条款》，因为原文纸版落到纳粹手

里，只有俄文和乌克兰文译本流传。

1933 年纳粹没收和焚毁他的作品，并把他关进集中营。13 个月后获释，流亡到布拉格。他根据这段经历写了长篇小说《考验》（1934）。

1934 年他和贝希尔到莫斯科，列席了作家大会，并见到高尔基。会后留居莫斯科，和贝希尔一同从事国际革命作家联盟的工作。

1936 年，他和布莱希特、福伊希特万格合编文艺月刊《发言》。

1937 年他以党员地下活动为主题的长篇小说《你的不认识的弟兄》出版。同年去马德里出席反法西斯保卫文化代表大会，并参加支援西班牙人民的国际反法西斯志愿军，被任为台尔曼营的政委。在巴黎写成中篇小说《埃布罗河上的遭遇》（1938），并研究法国革命史，写成供青年阅读的历史小说《莱茵河上的委员》（1940）。

第二次世界大战爆发时，他已去苏联，写成《亲戚和朋友》3 部曲的第 1 部《父亲们》（1941）、第 2 部《儿子们》（1949～1952）脱稿前，他回到了解放了的祖国。《孙子们》发表于 1953 年。3 部曲的故事从主人公华德于 1901 年诞生起到 1945 年柏林解放止，通过华德的外祖父哈特柯夫的回忆，又追溯到 30 年前普法战争末期，从一个家庭反映了这期间的重大历史事件。作者在这里想说明德国工人阶级这 80 年的斗争是有成果的，他们的血汗没有白流。

1941 年 10 月希特勒军队接近莫斯科时，布雷德尔和魏纳特到前线去草拟传单，用扩音器喊话。他把这时的经历写成中篇小说《一个德国兵的遗嘱》（1942）和《特派员》（1944）。1945 年 5 月，他回祖国参加重建工作，写成中篇小说《沉默的村庄》（1949）和《五十天》（1950）。前者揭发一些村民想用沉默来忘掉助纳粹为虐的罪行，后者是一部报告文学，记述劳动人民在 50 天内重建一个被洪水毁坏的村庄。

布雷德尔回国后，先后担任德意志民主共和国作家协会理事和主席，主编过《今天和明天》、《新德意志文学》等刊物，同黑尔合写电影脚本《台尔曼——他那阶级的儿子》（1954）。1955 年春，他来中国访问，在延安毛泽东故居参加过一次宴会，他把听到的中国人民革命斗争故事写成《枣园的宴会》（1956）。1959 年发表《新的一章》，1964 年续出它的二集和三集。1954 年他被选为德国统一社会党中央委员和艺术科学院副院长，1962 年为院长。1964 年，他到匈牙利和南斯拉夫访问，返德不久，在艺术科学院 1 月 27 日举行的一次会议上因突患心肌梗塞症去世。

布雷德尔在创作上力求塑造出有血有肉的人物，塑造他们正面和反面的种种性格，描写他们的"内心抽搐和斗争"。他的语言也同他的为人一样地朴质而富有感情。他是中国人民熟悉和欢迎的作家。

威廉·豪夫

威廉·豪夫，1902 年生于斯图加特一个官员家庭，青年时代他曾在图宾根神学院求学，获哲学博士学位。毕业后当了家庭教师，同时也为孩子们写童话。他曾游历法国等地，1927 年任《有教养阶层晨报》编辑。

豪夫从小就有讲故事的才能，晚上常讲故事给他两个妹妹以及另外的女孩子们听。这些故事有的是他从学校里听来的，有的是他自己编的，这种讲故事的天赋为他日后的童话创作打下了良好的基础。1924 年 10 月到 1826 年初，他在参谋总长许格尔家当家庭教师，课余常给孩子们讲故事。这些故事娓娓动听，连许格尔夫人也很欣赏，她鼓励豪夫把这些故事写下来公开发表。豪夫接受了她的建议，创作了内容连贯的 4 组童话，即《穿年鉴外衣的童话》、《商队》、《亚历山大教长和他的奴隶们》、《施佩萨尔特客店》，后来出版时书名题为《童话年鉴》。

1927 年，豪夫因病逝世，年仅 25 岁。他的作品大多是他逝世前一两年写成的，《小矮子穆克》、《仙鹤哈里发的故事》、《年轻的英国人》等等早已家喻户晓，《冷酷的心》更是德国最美的童话，成为歌剧、绘画的题材。

豪夫的《童话年鉴》模仿《一千零一夜》的形式，通过卷首引线，讲出一个又一个的故事。这些故事套故事的形式是豪夫童话特有的风格，故事语言通俗易懂，情节惊险神奇，可以清楚地看到民间童话和东方童话《一千零一夜》对他的影响。

豪夫的童话虽然取材于民间故事和传说，但融入了社会现实的内容和作家的生活体验。他通过童话的形式，揭露当时德国庸俗的社会现实，批判和讽刺统治阶级的愚蠢和贪婪。

豪夫的童话在德国广泛流传，备受人们的喜爱，曾以多种语言、各种版本一版再版。他的童话思想内容深刻，故事情节生动，受到读者的喜爱，成为世界儿童文学的瑰宝。

施特里马特

施特里马特，1912 年 8 月 14 日生于施普伦贝格。父亲是面包师。曾当过饭店服务员、饲养员、司机和辅助工人，积累了丰富的生活经验。二战期间他被征入伍，战争快结束时离开军队，漂泊他乡。1945 年回到家乡，在土地改革中分得土地。1947 年任当地 7 个小村的联合村长，后任森夫滕贝格地方报纸的编辑，不久成为专业作家。他一直和农民在农村一起生活。1959～1961 年任德意志民主共和国作家协会第一书记，多次获国家奖金和其他奖金。

施特里马特的作品以农村生活为主。第一部长篇小说《赶牛车的人》（1950）描写农村无产阶级的生活，展示了德国从威廉时代到法西斯上台这半个世纪的农村阶级关系。短篇小说集《一堵墙倒塌了》（1953）共收 8 篇短篇小说和速写，作者以朴实真切的语言描绘了农民因农村变革而引起的变化。《猫儿沟》（1954）是他的第一部剧作，是一出 4 幕诗体喜剧，1953 年由布莱希特领导的柏林剧团上演，博得好评，获国家奖金。剧本以农村一条新的公路线索，展开了富农及其追随者与进步力量之间的冲突，反映了土地改革后农村阶级斗争的新面貌。

5 年后，施特里马特又加写了一场《19 年的猫儿沟》（1958），以表现农村社会主义改造的进展。剧本《荷兰人的未婚妻》（1960年演出，1961 年出版），写一个农村雇工的女儿在战争结束前后 3 年内爱情上的遭遇，体现人与人之间的关系往往与阶级问题密切相关，政治上的选择与私生活的处理常常是不可分割的。剧中虽然描写了对抗性矛盾，但女主人公汉娜与她的同志、朋友之间的矛盾却占了重要地位。这出戏被认为是东德 60 年代戏剧发展的序幕。剧本发表后，曾在文艺界引起争论。

施特里马特的主要成就是长篇小说，获 1955 年国家奖金的《丁柯》（1954）是他的代表作。小说以 1948～1949 年土地改革后的下劳西茨农村为背景，通过主人公丁柯的观察，揭示了土地改革后各种矛盾之间的斗争。丁柯的祖父、翻身农民克拉斯凯摆脱不掉旧生产方式的影响，一心走个人发家致富道路，丁柯的父亲思斯特发生了矛盾。老克拉斯凯无法适应新的生产方式，不但没有成为土地的主人，反而成了土地的奴隶，终于劳累致死。他的死既象征着旧思想的必然灭亡，也预示着合作化是农民应走的道路。小说形式新颖，引人入胜，1957 年被改编成电影。

施特里马特的长篇小说 3 部曲《创奇迹的人》继承了德国"发展小说"的传统。第 1 卷（1957）叙述贫苦的农村青年施坦尼斯劳斯·比德纳从 1909～1943 年法西斯灭亡前夕所走过的曲折道路，此时，德国社会对小资产阶级的状况进行全面分析。作者把现实主义的描写同丰富的想象结合起来，描绘了一幅幅生活气息十分浓郁的画面。第 2 卷（1973）继续叙述施坦尼斯劳斯的发展道路，在直接描写之中穿插着许多回忆。第 3 卷于 1980 年出版后，因对生活带有强烈的批评性，引起争论。

施特里马特的另一部长篇小说《奥勒·毕恩科普》（1963）围绕奥勒·毕恩科普的遭遇，表现了 1951～1959 年间农业合作化运动中复杂的斗争。主人公奥勒·毕恩科普是农村中的基层干部，他在带领农民实现合作化的过程中，遇到了很多阻力，但他不畏艰阻，持之以恒，击败敌人取得胜利。

他于 1964 年第 3 次获国家奖金。

施特里马特的短篇小说，较著名的有《舒尔采霍夫的流水账》（1967）、《九月的一个星期二》（1969）、《一百的四分之三个小故事》（1971）等。

赫尔姆林

赫尔姆林，原名鲁道夫·莱德。1915 生于开姆尼茨一个犹太人家庭。早年受到的种族歧视，使他对政治了解颇深，16 岁加入德国共产主义青年联盟。纳粹统治初期，在柏林从事地下工作。1936 年起流亡国外，曾在法国参加反法西斯抵抗运动。1945 年回德国，最初在西德法兰克福电台工作，后定居苏军占领区。

赫尔姆林自幼喜爱文学，有广博的文学知识，1939 年开始诗歌创作。《大城市的十二首叙事谣曲》出版于 1945 年，是他第一部诗集，奠定了他在德国诗坛的地位。他的作品主要描写反法西斯的斗争生活。

他的叙事长诗《曼斯菲尔德清唱剧》（1951），叙述曼斯菲尔德铜矿工人从 1200 年建矿直至 1950 年成为铜矿主人期间长达 750 年的受难史和斗争史。散文集《前列》（1951）是用 30 篇故事组成一组德国反法西斯青年战士的肖像画集。他的《短篇小说集》（1970）包括早期作品，如《瓦尔滕堡的约克中尉》（1944）和颂扬华沙犹太区武装起义的《同生死的时代》（1950）等。

赫尔姆林的作品语言简洁含蓄，有极强的感染力。他在后期作品里经常引用文献，使幻觉与现实交错出现，形成了自己的独特风格。

赫尔姆林还写有许多政论、文学论文和随笔，有文集《邂逅 1954～1959》和《读书杂记，1960～1971》等。50 年代曾访问中国，写有访华游记《远方的近邻》（1954）。1980 年出版回忆录《暮色》。

伯　尔

伯尔，1917 年 12 月 21 日生于科隆一雕刻匠家庭。1937 年中学毕业后，曾在书店当学徒。1939 年进入科隆大学学习日耳曼语文学。不久被征入伍，先后随军到过法国、波兰、罗马尼亚、匈牙利等国。1942 年与安奈玛莉·采希结婚，她后来成为伯尔文学创作的得力助手。1945 年 4 月被俘，同年 12 月获释，返回科隆。战后在科隆大学继续学习日耳曼语文学，并在他哥哥的木匠铺作工，在科隆市统计局任助理员。1947 年开始发表短篇小说，同年应邀参加文学社团"四七社"活动。1951 年夏开始成为专业作家。他的小说创作在 50年代便引起世界文坛注目。1972 年获诺贝尔文学奖金。1970 至 1974年先后任西德笔会和国际笔会主席。1979 年宣布退出天主教会。

伯尔的小说创作，从 1947 至 1951 年，主要取材于第二次世界大战，代表作品有短篇小说《火车正点》（1949）、长篇小说《亚当，你到过哪里》（1951）和短篇小说集《流浪人，你若来斯巴……》（1950）等。它们揭露和批判法西斯侵略战争，以被迫充当炮灰的普通德国士兵的遭遇，反映了德国人民的苦难。这些作品的基调灰暗、抑郁，把战争渲染成一场抽象的人与命运的搏斗，结果是人的毁灭。他认为"战争是无聊的"，它象"伤寒病"一样是一种可怕的自然现象。

50 年代初至 60 年代初，伯尔所反映的社会生活比以前广阔深入得多，主要描写"小人物"在战后西德经济复苏过程中的痛苦挣扎与悲惨遭遇，表现他们的苦闷彷徨，揭露和鞭挞了战后西德社会种种不公正的现象，批判了复辟军国主义的

思潮。

1953 年出版的长篇小说《一声没吭》，以 50 年代初期西德经济复苏为背景，描写普通劳动者在饥饿线上的挣扎，表达了对他们的同情。小说出版不久，被译成多种外文，从此在国际上闻名。在长篇小说《无主之家》（1954）中，作者采用多层次结构的手法，把 5 个人物的内心独白交织在一起，从不同的侧面反映了被战争夺去父亲和丈夫的孤儿寡妇以及生活无着的知识分子在战后的生活与心理状态。揭露了教会的虚伪与企图死灰复燃的法西斯势力，而寄希望于两家的儿童和有正义感的知识分子。

长篇小说《九点半钟的台球》（1959）是伯尔针对 50 年代西德军国主义、法西斯主义复辟活动日益猖獗而创作的。作品以建筑师费麦尔三代人建造、破坏和重建圣安东修道院的故事，揭露德国军国主义，要求人们警惕它的复辟。

1963 年以后，伯尔的作品表现了西德社会在"自由"、"民主"的幌子下对"小人物"的迫害，对社会的罪恶表示强烈的愤懑。长篇小说《一个小丑的看法》（1963）曾引起强烈反响。作者以内心独白的手法，描写一个滑稽演员在教会的迫害下，爱情、事业都遭到失败的故事，抨击了天主教会的蛮横。长篇小说《一次出差的结局》（1966）是一部纪实小说，作者以新闻报道的形式，描写西德一个小城的木匠格鲁尔父子，由于捐税苛重而破产，愤起对社会采取报复行动。这部小说标志着他的创作有了新的转折。

1971 年出版的《以一个妇女为中心的群像》，它的思想内容和艺术手法都达到了他的创作的高峰。小说描写一个善良、正直的劳动妇女，由于不愿意按照资本主义社会的处世哲学生活而接连遭到迫害。作品中描绘了 1936 至 1966 年德国社会的风俗画面，塑造了各种典型人物，从经济、政治、道德观念等方面对西德社会现状进行了全面批判。这部小说的语言随着人物所属的阶层和身份、职务不同而变化，被誉为伯尔"小说创作的皇冠"。

《丧失了名誉的卡塔琳娜·勃罗姆》 （1974）和《监护》
（1979），在题材上是两部相联系的小说，是伯尔遭到警方迫害与新
闻界围攻而写。前者描写一个勤劳诚实、不入社会流俗的年轻女佣
人，遭到新闻界的诽谤、侮辱，于忍无可忍之中开枪杀人。后者描
写一个软弱而善良的报界百万富翁，陷入政局与警察当局的圈套，
被迫成为叛逆者。作者在这两部小说中，对西德新闻界和警察的不
义之行进行了批判。

伯尔的小说创作遵循现实主义传统，比较真实地反映了西德战
后发展各个阶段的重要现象。他擅长运用回忆、内心独白、象征、
怪诞的联想等手法。60年代以来，更强调事件的客观真实性，多采
用新闻纪事手法。他还写了不少杂文、随笔和广播剧。

沃尔夫

沃尔夫，1929年3月18日生于商人家庭。1949～1953年在耶拿
和莱比锡大学学习日耳曼语言文学。毕业后在《新德意志文学》编
辑部和出版社工作。他常深入哈勒市一家机车车辆厂体验生活，参
加工人写作小组的活动。1962年以后成为职业作家。1963～1967年
被选为德国统一社会党中央候补委员。

沃尔夫的文学创作成就主要是小说，也写过电影剧本和散文、
评论。1961年发表短篇小说《莫斯科的故事》，获哈勒市艺术奖。
小说描写苏军上尉帕维尔与15年前结识的德国姑娘维拉在莫斯科重
逢以及他们如何处理友谊和爱情的故事。小说涉及的社会主义道德
问题值得深思。

小说《分裂的天空》（1963）是60年代德意志民主共和国文学
中成功的作品之一。它真实、自然地反映了德国的分裂造成了东西
德两种社会制度的对立和人与人之间关系的变化，以及社会中人们
的爱情、婚姻、家庭所受的影响。

1968年他出版了第二部小说《回忆克里斯塔·T》，描写克里斯
塔一生中从不满足于现有的一切，不愿意随波逐流，曾孜孜不倦地

探索，想使自己的个性得到完善和发展，但她和周围僵化了的陈规陋习一再发生冲突，始终处于愿望与可能、理想与现实的矛盾之中。

作者从 60 年代初对现实生活的歌颂，逐渐发展到对现实中矛盾与问题的揭露。作者在这部作品中实践了她的艺术主张，强调叙事的主观真实性。

长篇小说《童年典范》（1976）是沃尔夫的一部自传性的作品，描述了希特勒统治时期小人物在精神上被奴役的状态以及 1945 年解放时他们的经历和感受。作者想提醒人们不要忘记过去，揭示了有顺民思想的人们应担负一定的责任，以及法西斯之所以取得政权的原因。

沃尔夫的短篇小说创作大多也触及现实生活中人们关切的问题。《六月的下午》（1967）反映人们对于和平受到威胁的忧虑心情。《菩提树下》（1974）探讨个人如何在社会中实现道德的自我完善。《一只公猫的新生活观》（1974）讽刺一位心理学教授想发明一种能制造人类最高幸福的体系。

《自我试验》（1973）描写一个女性服药后变成男性的医学试验。这些作品以荒诞不经的事实揭示了：战争的威胁、科学技术的片面发展导致丧失人性的可怕后果等等。

另外，他还著有中篇小说《没有一处地方》（1979）和取材于中世纪民间故事的电影脚本《梯尔·欧伦施皮格尔》（1792）等。

沃尔夫还写过不少评论、散文、随笔等。评论集《读和写》（1972）集中阐述了作者的美学观点。她反对文学创作中的公式化、雷同化，她认为文学作品就是要表现个人认识自己、发现自我的过程。

在艺术技巧上，他主张在继承传统的基础上创新，努力接近现代科学技术对现代文学的要求。作家要表现主观真实性，将文学创作和现实紧密结合，创造一种与技术工艺时代相适应的叙事文学。他常常采用意识流、蒙太奇、时空概念的颠倒、文献材料的引用等手法，极大地丰富了他的文学创作。

恩　德

米夏埃尔·恩德，1929年出生于德国的加米施—帕腾基兴。艺术学校毕业后做话剧演员，后从事剧本创作。因剧本创作很难摆脱大师布莱希特的影响，因而转向儿童文学创作。从40年代起开始写作，1960年《小不点杰姆和司机鲁卡斯》出版即一举成名。继而于1962年出版《小不点儿杰姆和十三个海盗》获德国少年儿童文学奖金。1974年因中篇幻想小说《莫莫》这部非凡之作而荣获第二次国家奖金，以后多次代表国家出席各种有关儿童读物和儿童文学的国际会议。1979年出版的《讲不完的故事》行销几百万册，但艺术成就不及《莫莫》。

《莫莫》的故事发生在一个城市里，那里的人因受劝把时间存入储蓄所以领取利息，结果人们除了发疯的工作就什么都没有了，人变得越来越冷漠。而实际劝存时间的那些"穿灰衣服的先生"是想控制世界。他们骗取人们的时间，因为时间就是生命。有一天，城里来了叫"莫莫"的小姑娘，男女老少都爱找她交朋友。她帮助负责管理人类时间的霍拉师傅与那些"穿灰衣服的先生"作斗争，最后终于把时间夺了回来，还给了城里的居民。

此书10余年来一直畅销，引起国际儿童文学界的极大兴趣，被迅速译介，全世界有许多儿童读过这部哲理意味和儿童情趣高度统一的名作，1986年被拍成了电影。人们乐于接受此书"童真、幼稚"包含着"纯洁、善良"的道德理想，和"人道主义必将胜利"的审美思想。德国一位文学评论家说：恩德"这类'童话式小说'并不完全针对儿童，而是针对每个具有童心的人所写……恩德书中真实与幻想的世界、童话式的人物，以及充满臆想的描述足以构成所谓的'现代的神话'"。

恩德作品的主要对象虽然是青少年，但它们同样也吸引了许多成年读者，正如德国报纸上的一篇评论文章中所提到的那样，他的作品既适宜于 10 岁的儿童，也同样适宜于 110 岁的老人。这就是说，恩德的作品老少皆宜，能吸引各年龄段的读者。恩德的作品在德国几乎家喻户晓，受到各阶层，各年龄段的人的喜爱，据统计，他的作品共获得包括"德国青少年书籍图书奖"、"欧洲青年书籍图书大奖"、"意大利文化奖基瓦尼斯文学奖"、"荷兰青年书籍图书奖"、"鹿特丹银笔奖"等在内的本国和国际上 40 余种奖项。

有人说，他的作品表面上似乎是给青少年看的，可实际上它们也是给那些仍具有童心的成年人看的。的确如此，自 1960 年他的处女作《小不点杰姆和火车司机卢卡斯》问世以来，他的作品目前已被译成世界上 40 余种主要文字，发行总量达 2000 余万册；除了《小不点杰姆和火车司机鲁卡斯》外，这本书的续集《小不点杰姆和十三个海盗》以及《讲不完的故事》、《莫莫》等都被拍成动画片、故事片和电视系列剧，流传很广，深入人心。所以，"米夏埃尔·恩德"的名字及他的作品，在德国乃至欧洲达到了尽人皆知的程度，这就不足为奇了。

恩德去世后，为纪念和表彰他为人类文学事业作出的贡献，慕尼黑国际青年图书馆专门在馆内为他设立了一个"米夏埃尔·恩德博物馆"，向人们展示他的成就和遗物。

米尔雅·培斯乐

米尔雅·培斯乐，1940 年出生于德国，曾进修于德国法兰克福的现代艺术学院，为自由作家与译者，定居于慕尼黑。

她译介了 200 多部荷兰语、希伯来语、英语等的著作，其中包括脍炙人口的《安妮的日记》，由于翻译上的杰出成就，在 1994 年荣获德国青少年文学奖的特别奖。

米尔雅 40 岁时开始创作，已撰写了 30 多本儿童与青少年书籍，获得许多奖项，其中包括 1998 年弗里德里希·博德克奖。在玉山社/星月书房出版的作品有：《玛卡·麦》及《小蛤蟆的惊异之旅》。

《玛卡·麦》讲的是：一个 7 岁的犹太女孩，在 1943 年二次大

战期间，为了躲避被德国纳粹送往集中营的命运，和母亲及姐姐从波兰的边境逃亡到匈牙利。途中，玛卡·麦因为发高烧而被留在一个农家，农家答应等玛卡痊愈后，带玛卡去和母亲会合。但事与愿违……

培斯乐以感性细腻的文字，陈述一个时代的悲剧，见证了人性的脆弱与坚强。

这是一部以真人真事为背景的小说，玛卡·麦本人曾在耶路撒冷大屠杀纪念馆中的文献中写下自己的故事。这一本记载玛卡·麦故事的小册子被寄到德国一家出版社，辗转到了培斯乐的手中。培斯尔访问了玛卡·麦，只是玛卡本人对于当年的往事只记得一些片段，毕竟那时她只是个 7 岁的孩子。培斯乐以这些片段的情节为蓝本写出这本震撼人心、超越国界的小说。

瓦尔拉夫

瓦尔拉夫，1942 年生于科隆附近的布尔沙伊德一个工人家庭。中学毕业后，在科隆当书店学徒。最初创作抒情诗在报刊上发表。瓦尔拉夫原为工人文学团体"六一社"成员，后与艾里长·隆格等人成立了"七零社"后称"劳工界文学社"。

1964～1965 年，瓦尔拉夫到几家大企业当工人，深入地了解工厂生产状况，对人们互相疏远、备受奴役的根源作了探索，写出了第一批报告文学作品，收成一集名为《我们需要你》（1966）。他一再化名进入收容所、疯人院等场所，进行实地考察，揭露了资本主义社会中违反人性、违反自由、剥削压迫的种种具体事实，出版了《十三篇不受欢迎的报道》（1969）和 8 篇《新报道》（1972），因而成为知名的报告文学作家。

1973 年瓦尔拉夫和贝恩特·恩格尔曼合作写成《你们在上面的——我们在下面的》，揭露了豪富的生财之道等内幕，出版后成为畅销书。1974 年还到希腊参加反对军事独裁政权的斗争，遭到逮捕，直至军政府倒台方才出狱。作者在《我们的法西斯在邻国》（1975年与斯波合作）一书中记录了这段经历。

1977 年瓦尔拉夫化名汉斯·艾赛进入发行量最大的报纸《图片报》的一个地方新闻编辑部工作 3 个月，对报馆内情作了深入了解并写成《头条标题》（1977）一书发表后，引起轰动。

威廉·歌纳齐诺

威廉·歌纳齐诺，1943 年生于曼海姆，中学毕业后成为自由记者，后在不同的报社和杂志社从事编辑工作。1971 年起成为自由作家，1980～1986 年为《书签》杂志的出版人之一。

一个男人、两个女人、三个家——一眼看上去是个清清楚楚、简简单单的局面，这就是毕希纳奖得主威廉·歌纳齐诺最新的长篇小说里那位没有冠以姓名的男主角所处的状态。表层上的秩序井然，然而透过交织一起的情感网络很快呈现出错综复杂的一堆问题：小说中 52 岁的第一人称叙述者是位演讲专家，他的职业就是宣扬文明社会已进入末日阶段，他同时爱着两个女人，面对着自己日渐短促的生命，他与两个女人生活在三个家里——桑德拉的、尤迪特的和他自己的。他经常住在桑德拉家，其次住在尤迪特家，很少住在自己那儿，当然这两个女人并不知道对方的存在。

第一人称叙述者虽然多年来一直保持与两个女人的情感关系，和其中的一个已经有 20 多年，并且从没有改变这一状况的想法，他甚至这样说道："我非常推荐长期保持与两个女人的爱情关系。它犹如世界上美妙的双重锚。我经常将这样的爱与孩子对父母的爱加以比较，从来没有谁要求我们只许爱母亲或者只许爱父亲吧。"

他爱着 43 岁的桑德拉，桑德拉是一家卫生设备工厂老板的女秘书，在工作上她的组织能力很强，生活中具有脚踏实地的气质，能体贴关爱他人，在性方面也使人非常满意。另一位他爱的女人是 51 岁的尤迪特，她未能如愿以偿地成为钢琴演奏家，靠教人弹钢琴和辅导功课维持生活，她"献身于艺术、思想和内省"。他爱桑德拉是因为她是一位富有创造和务实精神的"爱情制造家"。对于尤迪特的爱是因为她的"可靠性"，这是他在与其他人交往中痛苦地感到缺少的东西。他在尤迪特面前从不需要充当知识分子，不需要总是阐述最新的、令人目瞪口呆的对于普鲁斯特或是福楼拜的见解并摆出可以将相关研究资料信手拈来的样子。

这个有别于常规的"三角恋"的三方鼎立局面在他看来可以永久持续下去，要不是在最近一段时间里日益频繁出现的老年症状，如静脉曲张、小腿肚痉挛以及右眼皮神经质跳动，最明显的还是对性爱能力锐减的恐慌，他是不会产生这样的意识的："有一个人我得和他清算清算了，这个人就是我自己。有种感觉折磨着我，那就是我一下子变老了，而且必须将我的生活——其实就是我的情感生活弄清楚。"

叙述者的这种认识显然就等于他必须舍弃两位伴侣中的一位，最令他感到恐怖的是他眼前总要出现这样一个镜头：当他躺在病榻上，他同样爱着的两个不知情的女人不期而遇。然而到底让哪一个他爱着的女人留在身边，哪一个必须放弃呢？这是一个异常苦恼好像是无法解决的难题。整个炎热的夏季这个问题反反复复折腾着他，唯一几天所谓的"冲突假期"还是在两个女人前后不约而同地去了外地走访亲戚的那几天。

一方面面临着对生活作出一个至关重要的决定，另一方面害怕"对生活秩序的愿望同时也将摧毁当前的和所有未来的秩序"，这种恐惧感和面临的抉择纠结在一起，使他感到自己身心俱疲，日益陷入一种趋向瘫痪的状态。当桑德拉几乎觉察到他与尤迪特的关系时，局面变得非常危险了。在走投无路之际，他只得向恐慌咨询师奥斯特瓦尔德博士求援了。

奥斯特瓦尔德博士与厌恶问题演讲师布劳勒博士、艺术家莫根塔勒以及邮局死敌鲍斯巴克同样属于叙述者古怪的交往群体，所有这些人与叙述者的共同之处在于他们一致认同具有时代特征的"扭曲现象已经不知不觉潜入我们生活中并即将使我们窒息"的理论。在我们这位不具备英雄素质，而且在他自己眼里也更多是具有悲剧性的主人公周围，还聚集了一系列稀奇古怪的人物，对他们的描写尽管使用了夸张手法，但读者仍能识别出他们源自歌纳齐诺所生活的法兰克福的小世界。这些素材赋予了这部妙不可言的作品更大的吸引力并使阅读的快感剧增。

看起来，至少惶恐咨询师奥斯特瓦尔德博士确实精通他的本行，他用一种简单而且疗效显著的方案使叙述者从"爱情无能者"转变为"爱情幸存者"，从而使他从恐惧状态中解放出来，以至于最后他能以一种前所未有的坦然坚守自己乱糟糟的生活状态："我不会放弃桑德拉，我也不会离开尤迪特，我的爱情生活就是这样乱无头绪，就这么永远下去吧，我要保留所有的一切，以前是什么样子以后还是什么样子。"

叙述者最后达到了对世界和自我的认识，如同上文这段自白一样，整部小说简练、轻快，自嘲、酸涩。从第一页开始，作者就赋予了这位多愁善感且有疑病倾向的已过中年的男性叙述者精确的语言、平和的机智和诗意，读者可以在伴随他走过曲折的情感旅途并体验了那些属于老年的见识之后，感到一丝轻松和愉悦。

博登布格

安杰拉·佐默·博登布格，1948年出生于德国的赖因贝格。她曾攻读过教育学、社会学和心理学，之后在汉堡当小学教师，现定居在美国加利福尼亚州，专门从事少儿文学创作。

博登布格为青少年朋友写了许多有趣的书，除了《小蝙蝠精的故事》外，她还著有《同狼做伴》、《从雨中走来的牲畜》、《如果你想害怕》、《沼泽幽灵》、《狮子和狼》等小说。

她的作品已被译成21种文字，"蝙蝠精系列"被德国国际电视合拍成13集电视连续剧上映，而且在比利时、英国、法国、冰岛、意大利、瑞典、西班牙等国播放，引起轰动。

此外，她的许多其他作品也被改编成广播剧和儿童剧，受到读者的热烈欢迎。

克里斯托夫·彼得斯

克里斯托夫·彼得斯，1966年出生于德国下莱茵州的卡尔卡尔，1988～1994年在卡尔斯鲁厄造型艺术学院学习绘画，1995～1999年在法兰克福机场担任乘客检查员。1999年出版长篇处女作《城市 国家 河流》。2001年出版短篇小说集《来来往往停停》。

《夜幕》是彼得斯第二部长篇小说，2003年出版后获极大好评。《夜幕》是"21世纪年度最佳外国小说2003"评选中德语文学入选作品。作品讲述了一个惊心动魄的故事：深秋的伊斯坦布尔，青年石雕家阿尔宾和女友丽维娅从德国来这里度假，试图以此挽救他们的感情危机。但阿尔宾无意中目睹了一起枪杀案，他私下对此展开了调查。与此同时，一群艺术系大学生也从德国来到这里，丽维娅与其中的扬相爱了……

作者从两个不同的叙述视角、沿两条相反的时间线索讲述了一个悬念重重的故事：被害人到底有没有被枪杀？阿尔宾因何失踪？而在故事的帷幕之后，是一颗敏感而脆弱的心灵在现实中的迷失和崩溃，在黑暗中对人性的追问。

第二节　波兰现代作家

斯沃瓦茨基

斯沃瓦茨基，1809年9月4日生于克热米耶涅茨（今属白俄罗斯）一个贵族家庭，父亲是维尔诺大学教授，在他5岁时死去，母亲酷爱文学，对他影响较深。

1824～1828年，斯沃瓦茨基进维尔诺大学法律系学习。大学期间他即开始写诗，早期诗歌充满感伤情调。在华沙的日子里，他关心当时的政治斗争和文学论争，写了许多篇富有浪漫主义色彩的长诗，如《胡果》（1829）、《修道士》（1830）、《阿拉伯人》（1830）、《扬·别列茨基》（1830）和两部诗剧《明多维》（1829）、《玛丽亚·斯图亚特》（1830）。

《扬·别列茨基》是其中的优秀之作，它通过小贵族别列茨基的不幸遭遇，揭露了大贵族的专横暴虐和胡作非为。

《玛丽亚·斯图亚特》描写爱尔兰的玛丽亚王后勾结波德维尔阴谋篡夺王位失败而逃亡国外的故事。

1830年11月，华沙爆发了反对俄国的武装起义。斯沃瓦茨基写了《自由颂》、《悲歌》和《立陶宛军团之歌》等诗，歌颂争取自由和民族解放的斗争，给起义战士以很大鼓舞。

起义失败，斯沃瓦茨基流亡国外。1832～1836年侨居瑞士，先后写出了长诗《在瑞士》，诗剧《科尔迪安》、《巴尔拉迪娜》、《霍尔什亭斯基》和《马泽帕》。

1836～1837年，斯沃瓦茨基游

历东方，先后到过希腊、埃及、叙利亚、巴勒斯坦和黎巴嫩等地。他写了长诗《瘟疫病人的父亲》、《瓦兹瓦夫》、《比亚特·但特舍克的长诗》和带有神秘色彩的散文诗《安赫利》。1838 年后他定居巴黎，随后他写了剧本《里拉·维涅德》、《法塔齐》和长诗《贝尼奥夫斯基》。

1842 年以后，斯沃瓦茨基受到托维安斯基的宗教神秘主义的影响。这期间写的《莎乐美的银梦》、《马列克神父》和长诗《精神之王》，都带有这种神秘主义色彩。后来国内民族解放斗争高涨，他脱离了宗教团体，声援革命。1845 年写的《对〈未来赞歌〉的回答》一诗，驳斥了齐·克拉辛斯基反对革命、主张复古倒退的观点，指出"只有农民革命，才能使波兰从奴役中解放出来"。

1848 年，他还抱病回国，参加了波兹南的起义。后又去法国，1849 年 4 月 4 日在巴黎逝世。

斯沃瓦茨基的诗歌形式优美，想象丰富，语言生动；他的剧作也有一定的影响。他对波兰文学的发展作出了贡献，是仅次于密茨凯维奇的波兰第二大诗人。

克拉谢夫斯基

克拉谢夫斯基，1812 年出生于波兰一个贵族家庭。曾在维尔诺大学攻读文学，主编过多种刊物。1830 年他开始写小说，其中以描写农村题材和历史题材的小说最为著名。

克拉谢夫斯基描写农村生活的作品有《乌兰娜》、《萨夫卡的故事》、《布德尼克》、《奥斯塔普·邦达丘克》、《村外茅屋》、《叶尔莫瓦》、《栅栏木桩的故事》等。作者在这些小说中对农民的贫困和苦难表示同情。

克拉谢夫斯基早期的创作比较著名的有《齐格蒙特时代》等作品。从 1875 年开始，他以波兰的全部历史为题材创作小说，共 29 部 76 卷。这些小说的故事情节较为生动，而人物形象的刻画则较为逊色。

克拉谢夫斯基于 1883 年在柏林以间谍罪被捕，并被判处三年半徒刑，1887 年在日内瓦逝世。

迪加辛斯基

迪加辛斯基，1839 年出生波兰一个地主管家的家庭。他因参加 1863 年 1 月起义，曾被沙皇逮捕入狱。后长期充当家庭教师，曾在克拉科夫开办印刷厂和书店。

迪加辛斯基的著名作品有短篇小说集《村庄、田地和森林》（1887）、《生活的环节、耕地和马路》（1889）；长篇小说《占有者们》（1887）、《贝尔多内克》（1888）、《耶德舍伊·皮什恰尔斯基先生》（1890）、《兔》（1900）和《生活的节日》（1902）等，这些作品内反映了贫苦农民在地主资产阶级压迫下的悲惨命运。

有的作品在反映人的不幸遭遇的同时，也描写了动物的生活，对资本主义社会有所揭露，但在描写手法上表现出自然主义倾向。

迪加辛斯基是 19 世纪末波兰自然主义流派的代表作家，1902 年去世。

显克维奇

显克维奇，1846 年 5 月 5 日生于波德拉斯卡地区的一个没落贵族家庭。中学毕业后，他进入华沙中央学校（华沙大学前身）医学系学习，一年后改学文学。1871 年，沙俄政府将华沙中央学校改为华沙帝国大学，即将毕业的显克维奇为了表示抗议，拒绝参加毕业考试，愤然离校。

显克维奇在大学期间已开始写作。1872 年他以李特沃斯的笔名在《波兰报》上发表了许多有关华沙生活的讽刺小品。同年出版了他的第一部中篇小说《徒劳无益》，反映波兰大学生的苦闷和彷徨。随后又出版了《沃尔齐沃皮包里的幽默作品》，这部作品是在波兰封建社会崩溃、资本主义势力迅速壮大的时期开始写作的，歌颂了新兴资产阶级的实干精神，表现了对资本主义社会的乐观态度。

1876 年，显克维奇作为《波兰报》的记者赴美国访问。《旅美书简》作为一本通讯集肯定了美国工业的发展和科学技术的飞跃进步，又揭露了美国资本主义社会金钱至上以及对人民的压迫和种族歧视。

1877～1880 年，显克维奇写了不少中、短篇小说，体现了作者民主主义和爱国主义思想。带有悲愤格调的作品如反映农村生活的《炭笔素描》、《音乐迷扬科》和《天使》，描写外国统治者压迫波兰人民的《家庭教师的回忆》和《胜利者巴尔泰克》，表明波兰侨民在美国的悲惨遭遇的《为了面包》和《灯塔看守人》，描绘美国印第安人遭受迫害和残杀的《酋长》和《奥尔索》。

19 世纪 80 年代，波兰资产阶级和无产阶级的矛盾日益尖锐；同时，沙俄和普鲁士在它们占领的波兰地区内推行同化政策，波兰人民深受苦难。显克维奇渴望找到一条能使全国人民团结对敌同时又能缓和国内阶级矛盾、减轻人民痛苦的道路，他开始创作历史小说。

1883～1888 年，他写出了 3 部曲。3 部曲第 1 部《火与剑》取材于 1648 年赫梅尔尼茨基领导的哥萨克暴动。当时乌克兰是波兰贵族共和国的一个组成部分，赫梅尔尼茨基暴动的结果，第聂伯河以东的土地被沙皇俄国占领了。显克维奇站在维护国家领土完整和反对外国干涉的立场上，揭露赫梅尔尼茨基为了私利，打着民族起义旗号，勾结外国侵略者分裂波兰的活动。但他没有把赫梅尔尼茨基领导的暴动和乌克兰农民反抗地主阶级的武装起义区分开来，因而在谴责哥萨克暴动的同时，歪曲和丑化农民起义。第 2 部《洪流》写波兰人民反抗瑞典封建主侵略波兰的斗争。作者揭露了侵略者践踏国土、屠杀人民和大贵族的叛国投敌，歌颂了中小地主和广大人民齐心协力与敌人作斗争，以及他们的英勇精神。第3部《伏沃迪约夫斯基先生》描写波兰反抗土耳其—鞑靼人入侵的斗争，但作者却着重描写伏沃迪约夫斯基的个人爱情故事，在思想和艺术上都不及前两部。3部曲、特别是《火与剑》在社会上产生了很大的影响。

以后，显克维奇又发表了两部描写现实生活的长篇小说，即《毫无规则》（1891）和《波瓦涅茨基一家》（1895），其中流露出他对于贵族阶级往昔的"尊荣"的留恋，对它的没落之情惋惜和同情。

1896年，显克维奇发表了《你往何处去》。这部小说通过一个罗马青年贵族和一位信奉基督教的少女曲折的爱情故事，反映了暴君尼禄对早期基督教徒的迫害。他由于这部小说而获得1905年诺贝尔文学奖金。

19世纪末叶，民族压迫加剧，显克维奇发表不少政论和演说，揭露普鲁士占领者推行的日耳曼化政策，著名历史小说《十字军骑士》（1900）。这部小说则体现了他的这种思想，描写了波兰和立陶宛反对十字军骑士团入侵的斗争，是波兰文学史上一部优秀的长篇历史小说。

第一次世界大战爆发后，显克维奇移居瑞士的韦维，并组织了"波兰战争牺牲者救济委员会"，当选为主席。他的最后一部小说《军团》写19世纪初东布罗夫斯基领导的波兰军团的爱国活动和民族解放斗争，但未写完，他便于1916年11月15日逝世。

显克维奇是波兰影响深远的作家，他的作品语言优美；人物性格显明、生动，情节曲折，引人入胜。他的创作对波兰现实主义小说的发展作出了不可估量的贡献。他的作品在全世界影响广泛，被译成40多种文字，广为流传。同时，他也是中国读者最喜爱的外国作家之一，是鲁迅最早介绍到中国的波兰小说家。

普鲁斯

普鲁斯，1847年8月20日生于小贵族家庭，童年时父母双亡。16岁参加一月起义，在战斗中负伤，被捕入狱。1866年中学毕业，进入华沙中央学校数理系学习，两年后因无力交纳学费而辍学。他曾当过工人、摄影师和统计局的职员等。

70年代初，普鲁斯开始担任华沙《星期评论》、《家庭监护人》、《瓦河》、《华沙信使》、《新闻》等报刊的编辑和记者。从1875年开始，他连续12年在《华沙信使》报上以"每周记事"的形式发表小品和政论，还创作了许多中、短篇小说。他早期发表的短篇小说《孤儿的命运》（1876）、《米哈尔科》（1880）、《安泰克》（1881）、《改邪归正的人》（1881）、《一件背心》（1882）和中篇小说《阿涅尔卡》（1880）等，描写了下层人民的悲惨遭遇，颂扬了他们高尚的道德品质，并揭露贵族资产阶级的自私、虚伪、贪婪。中篇小说《回浪》（1880）描写工厂主对工人的压迫和被压迫者的反抗。

1882~1884年，普鲁斯参加了华沙慈善事业协会，从事照料和教育孤儿的工作。此后的10年中，他主要进行文学创作，发表了《前哨》（1885）、《玩偶》（1887~1889）、《解放了的女性》（1890~1893）和《法老》（1895）等长篇小说。

《前哨》的主人公斯利马克是一个富裕农民，他的利益受到德国移民的打击和侵犯，作者写他同德国人的斗争，同时也写了他的自私自利和对长工的残酷无情。

《玩偶》（中译本作《傀儡》）是普鲁斯的代表作，主人公伏库尔斯基体现了波兰资产阶级的某些特点，他由参加革命到背叛革命，由追求名利、地位、女人到成为买办，具有一定的典型意义。小说一方面反映了普鲁斯对现实的不满和对波兰民族解放运动的怀念；另一方面，它的主人公被写成是为社会谋福利的人，是穷人的救世主，表明作者存在希望资产阶级中的代表人物出来改造社会的幻想。揭示了当时资本主义与沙俄的勾结以及与封建贵族实行妥协的现实。

在《解放了的女性》中，普鲁斯通过描写一个热心农村公益事业的女性的悲惨遭遇，揭露资产阶级的尔虞我诈、损人利己以及小市民的自私狭隘，同时讽刺了波兰社会某些阶层对妇女解放运动的庸俗化的见解。

《法老》以古埃及社会为背景，作品描写埃及面临的复杂的民族矛盾和阶级矛盾，奴隶、农民遭受的剥削压迫，歌颂了他们的反抗斗争，抨击了祭司贵族集团的腐败。

1905 年俄国革命失败对普鲁斯震动很大，他一方面不满资本主义制度和沙皇的统治，但找不到改变现状的出路而一度陷入悲观。在取材于 1905 年革命的长篇小说《孩子们》（1908）中，他对革命作了歪曲的描写；可是他在最后一部未完成的作品《转变》中，却又对一个为劳动人民解放事业而斗争的革命者进行了歌颂，表明作家最后对于革命有了认识。他于 1912 年 5 月 19 日在华沙逝世。

普鲁斯的作品对波兰 19 世纪现实主义文学的发展作出了突出的贡献，他善于运用讽刺、幽默、虚构、夸张和朴质的叙述等多种手法描写细节往往能在矛盾中展示人物性格特征，加以艺术性的概括。作品有浓厚的乡土气息。

扎波尔斯卡

扎波尔斯卡，1860 年生于波兰一个大地主家庭。他年轻时参加过巡回剧团的演出活动。1902 年在克拉科夫开办戏剧学校。

她所著短篇小说集《水彩画》（1885）、《它们》（1890）、《幻想和小事》（1891）、《人间动物园》（1893）和长篇小说《卡希卡·卡里亚迪达》（1885～1886），反映劳动人民被压迫的命运；剧本《玛丽切夫斯卡小姐》（1912）描写下层艺人的痛苦生活。

她的代表作是剧本《杜尔斯卡太太的道德》（1907），它描写一个女房产主的家庭纠纷，揭露了波兰小市民的虚伪、自私、庸俗和堕落。

莱蒙特

莱蒙特，1867 年生于罗兹附近大科别莱村一个教堂琴师的家庭。自幼家贫，他年轻时曾学过裁缝，当过小贩、铁路职员、流浪艺人和修道士。这些生活经历使他对沙皇占领下的波兰社会有广泛的了解。

19 世纪 80 年代末，莱蒙特开始创作。他早期的短篇小说如《母狗》（1892）、《汤美克·巴朗》（1893）、《正义》（1899）等，展示了劳动人民的苦难生活，揭露了工头、地主、村长、神甫等人的残暴和狡诈，刻画了积极反抗的被压迫者的形象。

90 年代末，莱蒙特发表了长篇小说《喜剧女演员》（1895）及其续篇《烦恼》（1896），作品体现有才华的艺术家在资本主义社会中无奈的悲惨处境。长篇小说《福地》（1897～1898）以罗兹的工业发展状况为题材，描写资本家唯利是图的本质。

1904～1909 年，莱蒙特发表了长篇小说《农民》（分《秋》、《冬》、《春》、《夏》4 部）。小说描写了富农波利那一家的遭遇，反映了 1905 年革命前后沙俄占领下的波兰农村的状况。波利那一家同地主有矛盾，最后同农民一起与地主作斗争；但随着形势的变化，后来又和地主重归于好。小说描写了波利那同沙俄、地主的矛盾和妥协，以及他的顽固的封建等级观念。作者通过他对长工的压迫和剥削，他的家庭在继承财产上的纠纷，揭示了富农腐朽、没落的实质。在艺术上，作者善于抓住一些具有典型意义的社会现象进行深入的分析，把人物放在冲突中显露他们的性格。小说成功地描写了四季景色的变换和农民日常生活和风俗习惯。1924 年，莱蒙特因为《农民》这部著作而获得诺贝尔文学奖金。

但是，莱蒙特幻想"好"的资产者来改造社会，建立国家，过高地估计了农村资产阶级在革命中的作用。

俄国 1905 年革命失败后，莱蒙特陷入悲观，晚年作品的思想与艺术都很逊色，思想倾向保守。这期间他写了小说如《幻想家》（1909）、《在普鲁士的学校里》（1909）、《吸血鬼》（1911）、《暴动》（1922）以及长篇历史 3 部曲《1794 年》（1914～1919）等

普特拉门特

普特拉门特，1910 年生于白俄罗斯的明斯克。他年轻时参加左

翼青年运动，曾被萨纳奇亚政府审讯。第二次世界大战期间他在苏联参加波兰第一军团，为祖国的独立而战斗，战后曾任波兰议会议员、驻瑞士和法国大使、作协总书记等职。

普特拉门特早期发表的诗集《昨日返回》（1935）、《森林之路》（1937），表现了诗人对现实的不满和反抗。他的主要作品有诗集《战争和春天》（1944）、短篇小说集《神圣的枪弹》（1946）和长篇小说《九月》（1952），作品反映1939年德国法西斯侵占波兰以及波兰人民的反抗。长篇小说《现实》（1947）写波兰战前的社会生活；长篇小说《十字路口》（1954）描写波兰战后初期国内的阶级斗争。长篇小说《前夫之子》（1963）、《不忠实的人们》（1967）、《博乌迪纳》（1969）和短篇小说集《空眼睛》（1967）等，反映波兰50年代国内的政治生活情况。此外，他还著有回忆录、报告文学、小品和政论等。

普特拉门特50年代到过中国，发表了报告文学集《中国纪事》（1952）和《中文》（1961）。1964年，他获国家文学奖金一等奖。

第三节　捷克、斯洛伐克现代作家

什图尔

什图尔，1815年出生在斯洛伐克的乌赫罗维茨，后一直在斯洛伐克首府布拉迪斯拉发求学和工作，他中学时参加社会活动，是捷克—斯拉夫学生联合会的领导人。1845年什图尔创办《斯洛伐克民族报》，宣传民族解放和民族复兴的思想。1846年他发表的两本小册子《斯洛伐克方言研究》、《斯洛伐克语言学》，对斯洛伐克文学语言的发展有一定贡献。1847年他被选为匈牙利国会议员。1848年欧洲资产阶级民主革命失败后，他转入科学研究和文学创作。

什图尔最早发表的一部组诗《黄昏遐想》，控诉了不平等的社会。情诗《离别》，描写诗人参加民族解放斗争前夕告别亲人的动人场面，这是他影响最大的作品。他的全部诗作收集在《歌曲集》（1853）中。他还著有《关于斯拉夫各民族的民歌和传说》（1853），其中系统地阐述了他对文学、艺术、民歌等问题的观点。

什图尔在斯拉夫问题和民族艺术、哲学等问题上的观点，深受黑格尔唯心史观的影响。

聂姆曹娃

聂姆曹娃，1820 年生于维也纳。在她年幼时，全家移居捷克斯卡利采城附近的农村。她靠刻苦自修获得丰富的知识。17 岁时嫁给了一个比她大 15 岁的男人。由于丈夫职业变动频繁，她随之辗转各地，从而有机会接触城乡劳动人民，了解社会各阶层生活状况。

1842 年，聂姆曹娃迁居布拉格，积极参加爱国活动。1845 年移居多马日利策，和社会下层有了更多的接触。她参加捷克进步组织"捷克摩拉维亚兄弟会"。当捷克爱国诗人哈夫利切克去世时，她不顾警察的禁令，向诗人献上荆棘花冠。由于受到奥匈帝国和捷克反动当局的监视，她被迫流亡在国外。

聂姆曹娃于 19 世纪 40 年代初开始创作。曾收集大量民间传说，编写了《民族传奇和故事集》（7 卷，1845～1847）和《斯洛伐克童话和故事》（10 卷，1857～1858）。她的中短篇小说如《山村》（1856）、《庄园内外》（1857）、《贫穷的人们》（1857）、《好人》（1858）以及《野姑娘芭拉》（1856）等，描写生活在社会下层的穷人的遭遇和社会的阶级矛盾。作者认为穷人是捷克民族真正的代表，深情地赞颂了他们高贵的品德。在《庄园内外》中，反映了社会的阶级矛盾和贫富对立。《野姑娘芭拉》是描写一位智勇双全的姑娘如何帮助女友摆脱她所厌恶的求婚者的故事。芭拉这个动人的形象，体现了捷克劳动人民爱劳动、正直、淳朴的优良品质。

聂姆曹娃最为成功的作品是长篇小说《外祖母》（1855），小说刻画了一个捷克农村普通劳动妇女正直、乐观、聪颖，富于风趣的形象。小说描绘了捷克农村的风貌和自然景色，具有浓郁的乡土风味。

聂鲁达

聂鲁达，1834年生于布拉格。在中学时，他积极参加校内爱国文化活动。1848年他受到欧洲资产阶级民主革命宣传的反对封建主义、争取民族解放的精神影响。中学毕业后，他在政府机关中谋得一个低级职务，观察到了官场的种种丑恶现象。

1853年，聂鲁达进入查理大学文学院学习，不久因家境困难而辍学。他曾充当教师和报刊编辑，同时从事文学创作。长期的新闻工作使他更广泛地接触到社会各阶层人物，为他的创作提供了丰富的素材。他认为作家必须深入了解社会生活，必须同民族解放运动相结合，并将这一思想贯穿于全部创作中。

他写了大量诗歌，收集在《墓地的花朵》（1857）、《诗集》（1867）、《宇宙之歌》（1878）、《故事诗和叙事诗》和《平凡的主题》（1883）以及诗人死后出版的《星期五之歌》（1896）中。《墓地的花朵》情调低沉，流露出悲观主义，但对1848年革命失败后欧洲反动势力的猖獗表示抗议，激励人们同社会罪恶进行斗争。在《宇宙之歌》中，表现了诗人思想境界的开阔与深邃，他把祖国的命运同宇宙联系起来。他的诗带有哲理色彩，有些诗篇比较抽象，但基调乐观。在《星期五之歌》中，他把当时捷克人民的处境比作耶稣受难，相信复活就要到来。这部诗集中的一些名篇如《爱》、《再前进》等，在反对黑暗统治的长期斗争中经常被人们引用和传诵。

聂鲁达写了2000多篇小品文和杂文。他的第一部小说集《短篇集》（1864），描写的人物大多是城市贫民，表现出作者对普通劳动人民的深切同情。此后，他陆续发表中篇小说《流浪汉》（1872）和短篇小说集《小城故事》（1878）等。聂鲁达写了捷克最早反映无产阶级生活的作品，描写了一些被雇佣来修铁路的社会底层的受苦人，他们劳动量大，生活悲惨，最后走向斗争。《小城故事》包括13篇短篇小说，集中反映了布拉格城区的市民生活。作者一方面描写并讽刺小市民的狭隘、愚昧、庸俗、顽固，同时对贫苦劳动人民寄予深切的同情。

聂鲁达的小说笔调幽默活泼，人物形象生动显明，具有强烈的艺术感染力，被认为是捷克现实主义散文创作的奠基作品。

伊拉塞克

伊拉塞克，1851 生于波希米亚东北部贫穷的山城赫罗诺夫，家境贫寒。他少年时代在故乡读书，喜爱民间诗歌和民间传说。后到布拉格上大学，攻读历史。毕业后任中学教师多年，同时从事写作。

伊拉塞克的早期作品有短篇小说集《山乡故事》（1878），反映作者故乡山区人民的困苦生活；长篇小说《斯卡拉克一家》（1874），描写 1775 年纳霍德边区的农民起义。

19 世纪 80 年代~20 世纪初期，捷克人民反对哈布斯堡王朝统治的民族解放运动风起云涌。他选择了捷克历史中最光辉的两大时期——胡斯运动和民族复兴作为创作的主要题材，创作了许多成熟、优秀的作品。关于胡斯运动，他写了《在激流中》（1887~1890）、《抗击众敌》（1893）和《弟兄们》（1899~1908）3 部长篇小说和未完成的《胡斯派国王》（1916~1920），还写了 3 部曲剧本《扬·齐日卡》（1903）、《扬·胡斯》（1911）和《扬·罗哈奇》（1913~1914）。这些作品揭示了 14 世纪末 15 世纪初捷克社会中存在的种种尖锐矛盾，指宗教斗争形式出现的胡斯运动，其实质是捷克人民反对异族统治、反对封建压迫、反对天主教会的民族解放运动。这些作品不仅描绘了胡斯革命派在齐日卡的率领下大败德国皇帝和罗马教皇十字军进犯的场面，反映了革命阵营内部不同阶层在革命过程中的不同态度，批判了中小贵族与市民的动摇和背叛。

关于民族复兴，伊拉塞克创作了长篇小说《弗·勒·维克》（5卷，1886~1906）和《在我国》（4 卷，1896~1903）。这两部作品反映 18 世纪 70 年代~19 世纪 50 年代捷克民族城市和农村复兴运动的整个过程。《弗·勒·维克》描绘了布拉格和一些小城市捷克爱国知识分子为唤醒人民觉悟、建立民族文化而进行的艰苦启蒙工作。《在我国》写一个进步教士哈夫洛维茨基长期同黑暗和落后现象作斗争、帮助农村人民提高经济和文化生活水平的故事。

此外，伊拉塞克的重要作品还有：描写农民起义的长篇小说《狗头军》（1884，中译《还我自由》），描写外邦统治下黑暗的捷克社会的长篇小说《黑暗时代》（1913～1915），反映1848年革命的中篇小说《哲学生的故事》（1878），以及描写捷克古代民族英雄事迹的故事集《捷克古代传说》（1894）等。在戏剧方面，他写了反映农村生活的剧本《父亲》（1894）、《沃伊娜尔卡》（1890）和神话剧《灯笼》（1905）。

他的作品成功地反映了捷克人民热爱自由、忠于祖国、敢于斗争的革命传统，鼓舞了人民的斗志、激励人民争取民族独立。

约瑟夫·拉达

约瑟夫·拉达，1887年出生于鞋匠之家。他14岁到一家装订小厂当学徒，就从自己装订的书中爱上了图画，年长日久终于练成了一个名画家，因给哈谢克的名作《好兵帅克》插图而名扬天下。他的作品插图，活泼、幽默、具有儿童风味而受孩子欢迎。

拉达主编儿童刊物《小花朵》，自编自绘了童话故事《山妖水鬼的故事》、《小猫米克什的故事》、《淘气的故事》、《懒惰的洪札》、《彼毕里亚克》、《勇敢的公主》。其代表作为《聪明的小狐狸》和《淘气的故事》。前者写的是一只喜欢恶作剧的小狐狸，弄得腊肠商人大吃苦头；但小狐狸毕竟幼稚，他照童话书中的办法去做，结果连遭挫折；小狐狸有颗善良的心，同情弱者，当上守林人后恪尽职守却从不伤害人。

拉达的童话创作深受恰佩克的影响，写魔幻童话、动物童话却以当代生活为基调，所以他的童话总的书名谓之《反童话》（1940）。

拉达于1947年获"人民艺术家"的光荣称号，1957年去世。

恰佩克

恰佩克，1890 年 1 月 9 日生于波希米亚北部的马列·斯瓦托尼奥维采。父亲是乡村医生，母亲是有文化教养的妇女，哥哥约瑟夫·恰佩克是位有爱国心和正义感的画家和作家，后遭德国法西斯杀害。

恰佩克曾在布拉格查理大学学哲学，毕业后任新闻记者，并从事文学活动。在他创作活动的初期和晚期，被称为是具有进步思想的作家，而在中期却有"官方作家"之称。

20 年代初，欧洲革命四起，恰佩克为此极为担心人类的未来命运。他的科学幻想戏剧《罗素姆万能机器人》（1920），科学幻想小说《专制工厂》（1922）、《炸药》（另译《原子狂想》，1924）等作品，表现了作者思想中的矛盾。他从事新闻工作，同社会有广泛的接触，深入观察社会生活，认识到资本主义社会的丑恶，但他又害怕从根本上改变资本主义制度。在《罗素姆万能机器人》中，还流露出作者的悲观思想。《炸药》一书描写一个科学家发明了原子炸药，统治阶级想利用它发动毁灭人类的战争，使用各种手段强迫他交出炸药。

30 年代中，由于德国法西斯对欧洲的威胁，捷克斯洛伐克处在生死存亡的危急时刻，恰佩克积极地投入了反法西斯的斗争。这时期他写了 4 部著名作品——长篇幻想小说《鱼之乱》（1936）、《第一救生队》（1937），剧本《白色病》（1937）和《母亲》（1938）。《第一救生队》歌颂矿工的团结战斗，其余作品则运用虚幻、象征的现代派手法，表现反法西斯主义的战斗精神。《鱼之乱》是一部政治性较强的小说，叙述法西斯主义的发迹史。在《白色病》中，作者抨击了法西斯制度。《母亲》写祖国面临危急时。母亲毅然把枪交给了自己仅存的小儿子，鼓励他在与法西斯的斗争中英勇杀敌。

恰佩克善于采用虚构的情节和戏剧冲突，揭示现实中的矛盾，讽刺社会生活中的丑恶现象。他在《罗素姆万能机器人》中创造的

"机器人"（Robot，从捷克文 Roboa "劳役"、"苦工" 演变而来）一词，已被欧洲各国语言所吸收而成为世界性名词。他的写作语言明晰而幽默往往只用三言两语，成功地将人物的形象勾勒出来。

普伊曼诺娃

普伊曼诺娃，1893 年生于布拉格一个知识分子家庭。她自幼受到良好的教育。优裕的家庭环境和上层社会的生活方式把她同大部分儿童隔离开来，使她感到离群索居的孤独。她的第 1 部作品《在翼下》（1917），就是描写她童年时代田园诗一般悠闲、舒适的生活，但她幼小的心灵却渴望做一个普通人。这是她以后在创作中反复描写的题材。

30 年代初，在尤利乌斯·伏契克的影响下，普伊曼诺娃到重要工业区广泛接触工人生活，并参加波希米亚北部的大罢工。1932 年，她随工人代表团到苏联参观访问。这些活动使她的世界观有了根本改变，创作进入新的阶段。

1937 年，普伊曼诺娃的代表作长篇 3 部曲的第 1 部《十字路口的人们》问世，标志着作者在政治和艺术上的成熟，被认为是资产阶级共和国时期最重要的作品之一。小说描写青年工人安德烈的觉醒，揭示资本家的伪善和统治阶级对人民残酷压迫。第 2 部《玩火》（1946）和第 3 部《生与死的搏斗》（1952），都以反对法西斯侵略为主题，反映广大人民在各个战场上同敌人进行的殊死的斗争。第 1 部和第 2 部中的加姆萨律师与第 3 部中的海伦娜医生是作者塑造的典型的革命知识分子。

普伊曼诺娃的重要作品，还有抨击资产阶级习俗和道德的长篇小说《黑格尔大夫的女病人》（1931），描写儿童及青少年精神世界和心理活动的小说《预感》（1942）和《曙光》（1949），以及诗集《爱的自白》（1949）、《千百万只鸽子》（1950）等。《中国的微笑》是普伊曼诺娃 1953 年到中国访问回国后写的诗集（1954）。

伏契克

伏契克，1903 年生于布拉格一个工人家庭。他在十月革命鼓舞下投入革命活动，18 岁加入捷克斯洛伐克共产党。1921 年他进查理大学文学院学习，后任共产党党刊《创造》的总编辑和共产党报纸《红色权利报》的编辑。

他曾两次去苏联，写了《在明天已成为昨天的国家里》（1931）和《在亲爱的国家里》（1931）等作品，赞美实现了无产阶级当家做主的苏联社会的美好。

1932 年春，伏契克参加了捷克北部矿工的大罢工，并针对这次斗争写了一些报道。1938 年"慕尼黑协定"出卖了捷克民族的利益之后，伏契克义愤填膺撰写了许多政论，揭露反动派的阴谋，号召人民起来斗争。在祖国沦陷期间，伏契克不仅领导地下斗争外，还对捷克 19 世纪文学进行研究，力图用马克思主义的立场和观点来评价文学作品，为无产阶级文学批评的发展作出了贡献。

1942 年 4 月，伏契克被捕。他从被捕的第一天起，就遭到严酷拷打和迫害，但他始终信念坚定，百折不挠。在看守人的帮助下用铅笔头在碎纸片上写下了《绞刑架下的报告》，这是一长篇特写，共分 8 章。他组织和领导了"狱中集体"向法西斯匪徒进行不屈不挠的斗争。在死神临近的时候，伏契克正义凛然，表现出了大无畏的英雄气概。他写道："我们为了欢乐而生，为了欢乐而死，让悲哀永远不要同我们的名字联在一起。""人们，我是爱你们的！你们可要警惕啊！"是作者最后的呼声，成了革命者的箴言。

1943 年 9 月 8 日，伏契克被希特勒匪徒杀害于柏林的普勒岑塞监狱。他的《绞刑架下的报告》于 1945 年在捷克出版后，已被译成包括中文在内的 80 多种文字。这位伟大的作家、英勇的战士受到了全世界的好评与颂扬。

米兰·昆德拉

米兰·昆德拉，1929 年生于捷克布尔诺市。父亲为钢琴家、音乐艺术学院的教授。童年时代，他便学过作曲，受过良好的音乐熏陶和教育。少年时代，他开始广泛阅读世界文艺名著。青年时代，他写过诗和剧本，画过画，搞过音乐并从事过电影教学。总之，用他自己的话说，"我曾在艺术领域里四处摸索，试图找到我的方向。"

50 年代初，昆德拉作为诗人登上文坛，出版过《人，一座广阔的花园》（1953）、《独白》（1957）以及《最后一个五月》等诗集。但诗歌创作显然不是他的长远追求。最后，当他在 30 岁左右写出第一个短篇小说后，他确信找到了自己的方向，从此走上了小说创作之路，最后成为了捷克著名小说家。

1967 年，他的第一部长篇小说《玩笑》在捷克出版，获得巨大成功，连出 3 版，印数惊人，每次都在几天内售完。作者在捷克当代文坛上的重要地位从此确定。但好景不长，1968 年，苏联入侵捷克后，《玩笑》被列为禁书。昆德拉失去了在电影学院的职务，他的文学创作难以进行，在此情形下，他携妻子于 1975 年离开捷克，来到法国。

移居法国后，他很快便成为法国读者最喜爱的外国作家之一。他的绝大多数作品，如《笑忘录》（1978）、《不能承受的存在之轻》（1984）、《不朽》（1990）等等都是首先在法国走红，然后才引起世界文坛的瞩目。他曾多次获得国际文学奖，并多次被提名为诺贝尔文学奖的候选人。

除小说外，昆德拉还出版过 3 本论述小说艺术的文集，其中《小说的艺术》（1986）以及《被叛卖的遗嘱》（1993）在世界各地流传甚广。

昆德拉善于以反讽手法，用幽默的语调描绘人类境况。他的作品表面轻松，实质沉重；表面随意，实质精致；表面通俗，实质深邃而又机智，充满了人生智慧。正因如此，在世界许多国家，一次又一次地掀起了"昆德拉热"。

昆德拉原先一直用捷克语进行创作。但近年来，他开始尝试用法语写作，已出版了《缓慢》（1995）和《身份》（1997）两部小说。

第四节　匈牙利现代作家

弗勒斯马尔蒂

弗勒斯马尔蒂，1800 年出生在一个破落的中等贵族家庭。中学毕业后，他当过家庭教师，后去大学攻读文学和法律。大学期间他阅读了匈牙利和西欧、古希腊罗马大量的文学作品，深受西方启蒙运动时期先进思想的影响，25 岁即发表长诗《卓兰的出走》（1825），成为在全国享有盛誉的著名的爱国诗人。

1826 年，弗勒斯马尔蒂定居布达佩斯，从事文学创作和编辑工作。1828～1832 年担任著名的刊物《科学汇编》及其文学副刊《花冠》的主编。1830 年被选为匈牙利科学院院士。1837～1847 年参加文学杂志《祖国的晨曦》的编辑工作。

他作为匈牙利浪漫主义文学的先驱者，作品包括许多史诗和诗剧，其中影响较大有《废墟》（1830）、《两座邻堡》（1831）、《血的婚礼》（1833）、《面纱的秘密》（1835）等。这些作品歌颂民族英雄，抒发作者强烈的爱国主义感情，激发了人民的民族自豪感和爱国主义思想。

弗勒斯马尔蒂还善于借鉴民间文学作品的优势，他的诗剧《钟哥与金黛》（1831）和叙事诗《美丽的伊伦卡》（1833）等，即取材于民间传说。《钟哥与金黛》描写一对恋人为了自由与爱情，冲破层层阻挠，历尽艰辛追求幸福的故事。作者对黑暗势力进行了无情地抨击，赞美了青春和爱情。19 世纪 30 年代末～40 年代，欧洲资产阶级革命高涨，匈牙利民族民主革命迅猛发展，弗勒斯马尔蒂写了《号召》（1836）、《致李斯特·费伦茨》（1841）、《战歌》（1848）等，号召人民起来反对暴政，争取民主自由和民族独立。

弗勒斯马尔蒂曾积极投身于 1848 年匈牙利资产阶级民主革命运动和反对哈布斯堡王朝的民族独立战争。革命失败后他被迫隐居。

他晚年的诗篇如《序言》（1850）、《老汉冈》（1854）等，对国家落后和民族的不幸发出慨叹，为人类的前途忧心忡忡，流露出某些悲观消极情绪。

裴多菲

裴多菲，1823年1月1日生于屠户家庭，曾做过演员，当过兵。他少年过着流浪生活使他有机会同劳苦人民接近，进一步熟悉了他们的悲惨生活。

裴多菲于1842年开始发表作品，早期采用民歌体写诗，在形式上加以发展，创作了不少名篇。他用自己诗歌创作的实践，推翻了贵族阶级文学家一贯轻视农民语言，认为它只能表达低级感受的偏见。他歌颂大自然的美、草原上的牧羊人、多瑙河畔的渔夫和田野里劳动的男女青年。他的诗受到人们的喜爱。

裴多菲有50多首诗，如《谷子成熟了》（1844）、《树上的樱桃千万颗》（1844）、《傍晚》（1844）等，已经成了匈牙利真正的民歌，广为流传。1844年裴多菲从故乡来到首都佩斯，担任《佩斯时装报》的助理编辑并且出版了他的《诗集》（1844）、《爱德尔卡坟上的柏叶》（1845）和散文作品《旅行札记》（1845）。这几本集子出版后，资产阶级文学家攻击他把"农民的粗俗卑劣的语言带进了诗歌的神圣的宫殿"，攻击他"为卑贱的人歌唱"，但他不予理睬。这时他研究法国革命史，并从事莎士比亚戏剧和海涅诗歌的翻译工作。

1846年，裴多菲曾一度陷入"淡淡的哀愁"之中，他的组诗《云》中《希望之歌》、《疯人》、《大地，你吃的是什么?》等诗就流露了淡淡的忧伤。但是裴多菲的精神仍然是奋发的，在黑格尔左派哲学思想的影响下，他反对君主专制主义，主张进行彻底的资产阶级民主革命。他积极从事政治活动，组成了匈牙利第一个作家团体"十人协会"，并写了许多政治抒情诗，抨击到封建制度和王权统治。如《反对国王》（1844）、《贵族》（1844）、《匈牙利的贵族》

（1846）、《镣铐》（1846）等。1846年，裴多菲团结进步作家，创办了文艺刊物《生活场景》，同资产阶级和封建复古派作家们展开斗争。他写了长诗《仙梦》（1846）、《希拉伊·彼斯达》（1846）、《萨尔为城堡》（1846）以及剧本《老虎与土狼》（1846）等作品。他的政治抒情诗《我的歌》（1846）、《一个念头在烦恼着我……》（1847）等，号召奴隶们起来与统治者作斗争，打倒专制制度。

1846年9月，裴多菲同森德莱·尤丽亚结识，一年后结婚。他写了大量的爱情诗，诗中渗透着强烈的政治内容。例如著名的《自由与爱情》（1847）："生命诚宝贵，爱情价更高，若为自由故，二者皆可抛。"这是诗人走向革命的标志，也是他向革命迈进的誓言。1847年，裴多菲的诗歌创作直接涉及时事，例如《致十九世纪的诗人》、《为了人民》等诗篇，抒发了时代的声音。

1848年初，法国、意大利、奥地利等国相继爆发革命。以裴多菲为首的佩斯激进青年于3月15日发动了起义，诗人还写《民族之歌》、《大海沸腾了》、《把国王吊上绞架》等诗篇，裴多菲在起义爆发的清晨在佩斯的民族博物馆当众朗诵了《民族之歌》。从此爆发了1848～1849年由科苏特领导的伟大的民族解放战争，这次革命以是废黜封建制度，并把匈牙利从奥地利统治下解放出来为目标。

1848年秋天，奥地利侵略者向刚刚获得胜利的匈牙利发动军事进攻，革命遭到失败。裴多菲的这一时期的政治抒情诗比较完整而真实地反映了革命的爆发、发展、失败的全部过程，例如《老旗手》（1849）、《投入神圣的战争》（1849）等。1849年1月，裴多菲参加了贝姆将军所部反抗俄奥联军的战斗，同年7月31日英勇地"死在哥萨克兵的矛尖上"（鲁迅语），为祖国壮烈牺牲。

裴多菲一生中写了许多首抒情诗和8首长篇叙事诗，其中最著名的有3首：《农村的大锤》（1844）、《亚诺什勇士》（另译《勇敢的约翰》，1844）和《使徒》（1848）。《农村的大锤》讽刺了浪漫主义史诗中的夸张和矫揉造作的风格，表现了对贵族地主阶级的憎恨与轻蔑。《亚诺什勇士》是长篇叙事诗。主人公亚诺什勇士为了追求幸福的生活和爱情，经历了贫困的折磨、长夜的黑暗、大海狂涛的卷扑，战胜了巨人国和黑暗国的威胁，终于在仙人国，寻找到了幸福的牧歌式的国土、生命的泉水和忠实的爱人伊露斯卡。裴多菲向往美好的世界，热情地歌颂劳动人民。他赋予民间传说以新的色彩和生命，创造出富有浪漫主义色彩的英雄和世界。这部长诗在 19 世纪上半叶成了鼓舞人民斗争和进步的力量。《使徒》是诗人后期的作品。这是一部革命的、带有政纲性的长诗。它描写一个怀有崇高的理想因谋杀国王没有成功而被处死的革命者的一生。《使徒》是反映匈牙利人民为争取自由而斗争的光辉的史诗，它标志着诗人诗歌创作发展到最高峰。主人公锡尔维斯特是为平民谋福利的英雄，是匈牙利文学中第一个出现的资产阶级激进派的代表人物。《信徒》说明作者受到空想社会主义者傅立叶、欧文的影响。

裴多菲也写过小说和戏剧。他的长篇小说《绞吏之绳》深受鲁迅喜爱；他的政论文章有力地揭露敌人、鼓舞人民。但由于裴多菲本身是一位资产阶级革命家、诗人，他的思想观念有一定的局限性，跳不出资产阶级的思想范畴。

约卡伊

约卡伊，1825 年 2 月 18 日生于中产阶级家庭。父亲是律师，具有资产阶级自由主义思想。约卡伊先后在家乡和克奇克梅特等地上学。他深受欧洲文艺复兴和启蒙运动时期思想的影响。

约卡伊在学生时代就开始从事写作和绘画。1845 年他同裴多菲等人组成进步的作家团体"十人协会"。1847 年他主持具有进步思想倾向的刊物《生活场景》，传播法国资产阶级革命思想。1848 年 3 月 15 日佩斯举行起义，约卡伊参与起草著名的十二点纲领，要求实现民族独立、建立民族政府、实行出版自由等。1861 年他当选为国会议员。他在小说创作上有很大成就，因此，1894 年匈牙利全国为他举行创作 50 周年纪念活动、出版他的百卷作品集。约卡伊于 1904

年 5 月 5 日逝世。

约卡伊是匈牙利文学中浪漫主义流派的重要代表作家。在 50 年代初，约卡伊写了短篇小说集《战斗场景》（1852），他以隐喻手法描写 1848 年自由斗争时期的战斗故事和革命失败后被迫藏匿者的冒险故事，表示对哈布斯堡王朝的反动统治的不满。此外，他还写了《爱尔德伊的黄金时代》（1852）、《匈牙利的土耳其世界》（1853）、《傀儡兵的末日》（1854）等几部长篇历史小说，表达了对巴赫专制制度的不满。此外，还有一些作品，如《一个匈牙利富豪》（1853）和《卡尔帕蒂·佐尔坦》（1854），以 19 世纪初叶匈牙利民族复兴时期为背景，描写中小贵族的觉醒和为民族独立而进行的斗争，赞扬了民族的革命精神。

60 年代末到 70 年代中，他创作了《铁石心肠人的儿子》（1869）、《黑钻石》（1870）和《金人》（1872）等长篇小说，展现了 19 世纪匈牙利人民所经历的 20 年代改革时期、40 年代自由革命斗争时期和 60、70 年代资本主义发展初期的广阔社会画面。《铁石心肠人的儿子》描写了 1848 年革命中人民反对侵略、争取独立的许多动人的情节和轰轰烈烈的斗争，表现了强烈的爱国主义思想。《黑钻石》描绘资本主义发展初期的社会生活，抨击了奥地利金融资本勾结匈牙利统治者对人民进行的压迫和剥削。《金人》叙述一位富商的发家史，揭露资本主义罪恶、肮脏。1875 年后，他还写了《小皇帝们》（1886）、《黄玫瑰》（1893）等几部具有现实意义的小说，有较为浓厚乌托邦的思想色彩。

米克沙特

米克沙特，1847 年 1 月 16 日生于努格拉特州一个地主家庭。中学毕业后，进入布达佩斯大学法学院攻读。他毕业后当过短期的小官吏，不久从事新闻工作，先后在《塞格德日报》、《佩斯新闻报》担任编辑。

1881～1882 年，米克沙特相继发表短篇小说集：《斯洛伐克乡亲》（1881）和《善良的波洛茨人》（1882）都是以农民牧羊人的生活为题材。这些作品显示出作者的创作才能和独特的艺术风格。1887年他当选为国会议员。1889年他被选为匈牙利科学院院士。他于1910年5月28日去世。

米克沙特是一位多产的作家。从80年代起，他的作品的题材更为广泛，发表于1898年的长篇小说《在匈牙利的两次选举》及《围攻别斯特尔采城》（1895）、《新兹里尼阿斯》（1898）、《圣彼得的伞》（1895）等作品，揭露了封建制度的腐朽与社会习俗的落后，展示了匈牙利多方面的社会现状。

19世纪末20世纪初，米克沙特陆续发表了带有强烈社会批判内容的小说，其中著名的有长篇小说《奇婚记》（1900）、《年轻的诺斯季和托特·玛丽的故事》（1908）和《黑色的城市》（1910）等。《奇婚记》写男主人公在婚姻上所遭受到的不幸，反映了反动与进步力量之间的冲突，揭示了教会的虚伪，抨击了统治阶级中那些道貌岸然的伪君子。《年轻的诺斯季和托特·玛丽的故事》叙述了一桩企图猎取陪嫁财产的婚姻的失败，反映了国内阶级分化的过程。《黑色的城市》以一个采矿区的生活为背景，描绘了匈牙利资本主义发展初期的现状。这3部小说揭示了匈牙利封建社会的腐朽和它走向灭亡的必然性，以及新兴资产阶级的虚伪面目；表达了作者对受苦难人民的关心和同情。他的作品，特别是许多短篇小说，刻画了勤劳朴实、善良正直的劳动人民的形象。

米克沙特早期的作品带有浪漫主义色彩，后来向现实主义发展。他的作品充满了幽默、诙谐的特点，同时也有浓郁的乡土气息。

莫里兹

莫里兹，1879年7月2日生于贫苦的农民家庭。自幼跟随父母过着颠沛流离的生活，1899年进德布勒森神学院学习，不久转学法律。1903～1909年他在布达佩斯《新闻报》当编辑。1908年参加进步文学团体"西方社"，深受民主革命思潮和诗人奥第·安德莱的影响。1918～1919 年他参加匈牙利相继发生的两次革命，苏维埃共和国期间为作家执行委员会委员。苏维埃共和国失败后，他思想上曾一度陷入苦闷。1929 年与巴比契合编《西方》杂志。

莫里兹在大学时代开始写作。1908 年在《西方》上发表短篇小说《七个铜板》，以内容和形式上的创新轰动文坛。1916 年发表的短篇小说《穷人》，是当时反战小说的名篇。长篇小说《纯金》(1910) 和《在上帝的背后》(1911)，以农村和小城镇为背景，描写一生怀着善良愿望的人最后被停滞僵化的旧秩序所埋没。1917 年发表的小说《火炬》，描写一个有志于改革社会的青年牧师怎样被周围的习惯势力所同化。

莫里兹在 20 年代初期创作的小说，反映了作者在苏维埃共和国失败后遭受迫害的悲愤心情。例如《一生做个好人》(1920)，描写一个淳朴善良的小学生遭受凌辱而始终不屈的故事。长篇 3 部曲《爱尔德伊》（《特兰西瓦尼亚》）(1922～1935)，取材于 17 世纪爱尔德伊公国的历史，塑造了两种典型的政治家形象，提出如何处理国家的问题。他的长篇小说《通宵达旦》(1926)、《老爷的狂欢》(1928) 和《亲戚》(1930)，深刻地揭露了上层社会的贪赃枉法和醉生梦死的生活，其中《亲戚》，描写清廉奉公的检察长，后来终于贪污腐化，以致自杀。

30 年代匈牙利经济危机时期，莫里兹受工农大众反抗斗争的激励，在创作上有了新的发展，描写了农民的生活和他们的反抗。

1932 年，莫里兹发表小说《幸福的人》，作者以一个在命运摆布下逆来顺受的善良青年农民形象，批判了资本主义社会。长篇小说《山盗》(1936) 描写一个农民因为贫穷抢劫伯爵的钱财后带领一批人去寻找一个"人人平等"的世界。长篇历史小说《罗饶·山多尔》(1940～1942) 描写 1838～1849 年间的匈牙利农民起义，分为《罗饶·山多尔跃马扬鞭》和《罗饶·山多尔皱起眉头》两部，第 3 部因作者突然逝世而未完成。作者通过对农民起义和 1848 年匈牙利革命的描写，表明了"国家的繁荣和民族的独立只能建立在关心人民命运、充分依靠人民力量的基础之上"这样的观点。

第五节 奥地利现代作家

施蒂弗特

施蒂弗特，1805年10月23日生于波希米亚森林中的奥伯普兰村。他早年丧父，由祖父母抚养长大。1818～1826年，他在上奥地利天主教会办的学校求学，随后进入维也纳大学攻读法律，后转学数学和自然科学，并习绘画。读书期间，在一些贵族府邸中当家庭教师，生活贫苦。

1840年，施蒂弗特创作第一篇短篇小说《兀鹰》，开始走上文学道路。此后10年间，共完成13篇中、短篇小说，于1850年以《素描集》为总题名成集出版。同年他被任命为上奥地利国民学校的督学，1865年退休。曾出版短篇小说集《彩石集》（1853）。晚年完成《晚来的夏日》（1857）和《维提科》（1867）两部长篇小说。他于1868年1月28日因病自杀。

《晚来的夏日》继承德国"教育小说"的传统，以自述方式写一个人的成长过程。主人公一位年轻的科学家在里查赫男爵的庄园避雨，发现男爵与寡妇玛蒂尔德关系暧昧。在亨利希与寡妇的女儿娜塔利亚结婚前夕，男爵道出了他与玛蒂尔德的关系：他年轻时与玛蒂尔德发生了爱情，但没能结婚，如今玛蒂尔德已成为寡妇，两人只是相邻而居。亨利希和娜塔利亚的结合，给这对未成眷属的情人莫大的安慰，使他们的暮年充满了夏日的阳光。《维提科》是一部冗长的历史小说，它通过主人公维提科从20到64岁的经历和见闻，反映了12世纪波希米亚大公国的统治权力继承之争。书中宣扬的忠君思想和顺应现制度的主张，实际上反映了作者对1848年革命的否定立场。

施蒂弗特的文学成就主要是在中、短篇小说方面。最出色的几篇是:《高山上的森林》,写 30 年战争给人民和社会带来了不幸和破坏,唯有神秘美丽的波希米亚大森林依然存在。《林中小径》,写一个自认为病入膏肓的男子在林中与一姑娘邂逅,爱情的力量使他的身心俱得康复。中篇小说《曾祖父的记事册》,写一个刚从大学毕业的狂躁的青年到某乡村做医生,遇见一位老上校,向他学得用写日记的办法进行自我克制,最后终于得到老上校的女儿的爱情(以上3 篇均收入《素描集》)。《彩石集》中的《水晶》写一对小兄妹圣诞夜被困在山里的大雪中,但两人毫不气馁,互相安慰,互相勉励,终于脱险。

施蒂弗特追求"高贵的单纯和静穆的伟大",自称"我虽然不是歌德,却是他亲属中的一个"。他的作品语言生动朴实。

施尼茨勒

施尼茨勒,1862 年 5 月 15 日生于维也纳一犹太家庭。1879 年他入维也纳大学学医,1893 年开办私人诊所。后来他专门从事文学创作,成为"青年维也纳诗社"的核心人物。1901 年他发表中篇小说《古斯特少尉》,被认为有辱奥地利军队的荣誉,当局撤销他的后备军医官的资格。1931 年 10 月 21 日他于维也纳逝世。

施尼茨勒把心理分析方法运用于文学创作,被称为弗洛伊德在文学上的"双影人"。施尼茨勒自认为一生都在探索人的灵魂这个"遥远的国度",作品较少反映重大社会问题,自称:"我表现爱情和死亡。"他认为描写水兵暴动并不比写爱与死等现象更具普遍性、更有时代气息。他的作品多以描写没落贵族、资产阶级小市民等不同层次的人对爱情、婚姻、生活的不同看法为主题,反映了 19 世纪末 20 世纪初维也纳的社会风貌,在一定程度上暴露了资产阶级荒淫的生活和腐朽没落的文化。

施尼茨勒前期创作的主要成就在戏剧,重要剧作有《阿纳托尔》(1893)、《儿戏恋爱》(1895)、《绿鹦鹉》(1899)、《轮舞》

（1900）、《孤独的路》（1903）、《遥远的国度》（1911）、《贝恩哈迪教授》（1912）等。他也是当时维也纳戏剧界的代表人物之一，与奥地利戏剧家胡戈·封·霍夫曼斯塔尔齐名。

《阿纳托尔》是由 7 出独幕短剧构成的组剧，描写诗人阿纳托尔对待爱情的轻浮态度。《轮舞》是 10 场喜剧，描写妓女、士兵、艺术家、贵族等不同阶层的 10 个人物对待性生活的态度。施尼茨勒不给人物取名，其主要是披露典型的资产阶级生活的腐败和淫乱。剧本出版 20 年后才全部搬上舞台，演出时引起轩然大波，后被认为色情戏剧而禁演。悲喜剧《遥远的国度》对工厂主霍夫莱特夫妇在爱情生活中的虚伪与变态心理作了戏剧性刻画。

施尼茨勒的作品还有长篇小说《通向野外的道路》（1908）、《特雷塞》（1928）和其他中短篇小说。晚期作品有《梦的故事》（1926）、《清晨的赌博》（1927）、《逃向黑暗》（193）等。《古斯特少尉》是他的代表作，作者写古斯特少尉遭受侮辱后决定自杀，当听到侮辱他的人中风暴亡，却又如释重负。这些心理活动的描写，极端地讽刺了军官的丑态和虚荣心。在艺术上，施尼茨勒采用了"内心独白"的表现手法。他是德语文学史上第一个采用这种写作技巧的作家。1924 年发表的小说《埃尔塞小姐》中，"内心独白"再次成为主要表现手法。1902 年发表的《瞎子基罗尼莫和他的哥哥》描写了下层劳动人民的生活与痛苦。

施尼茨勒的作品运用心理分析学，把现实与幻觉、真实与假象融为一体，通过这种手法表现了人物的苦闷、彷徨、悲观、无聊等情感，这是现代小说中重要的艺术手法。

霍夫曼斯塔尔

霍夫曼斯塔尔，1874 年生于维也纳，1892 年在维也纳大学攻读法学，后改学法国文学。他曾遍游意大利、瑞士、德国、法国、英国和希腊。第一次世界大战爆发，他应征作后备军官，1916 年随使团去斯堪的纳维亚半岛和瑞士执行任务。

霍夫曼斯塔尔是德语文学19、20世纪之交唯美主义和象征主义的重要代表。他受尼采、马赫、弗洛伊德等人的影响的同时也受到资产阶级人道主义精神和欧洲基督教文化传统的熏陶，在思想和创作中都表现出复杂而深刻的矛盾。1891年，他在受到维也纳德国诗人奥尔格唯美主义文艺思想的感染。早期的创作在艺术上刻意求工，诗歌语言优美而富于音乐性，剧本中的对话都用典雅的诗句，情节与人物形象都带寓意性和象征性；但内容脱离现实，往往通过生与死、苦与乐的矛盾这类"永恒"主题抒发内心的感受，情调感伤、抑郁，表现了对世事无常和死亡的悲叹。

霍夫曼斯塔尔的诗歌大多写于1893～1900年之间，其中著名的有《生命之歌》、《早春》、《三行串韵诗节咏消逝》等，主要表达人已经失去认识世界和自我发展可能的思想。他的剧作大多为诗体短剧，早期重要的短剧有《傻子与死亡》（1900）。

1900年以后，他改变唯美主义倾向，同时又厌恶帝国主义时期的社会并感到和恐惧，因此试图建立古代人道主义传统同基督教"受难"的学说组合起来的宗教剧。为了革新古希腊悲剧，他写了《埃勒克特拉》（1904）、《奥狄浦斯与斯芬克斯》（1906），宗教神秘剧《每一个人》（1911），维也纳喜剧《困难的人》（1921）。1920年与赖因哈德一起创办"萨尔茨堡音乐戏剧会演节"，并写了《萨尔茨堡的世界大舞台》（1922）。《花花公子》（1911）、《失去影子的女人》（1916）是他与施特劳斯合作写的歌剧。

霍夫曼斯塔尔的作品还有小说《第672夜的童话》（1905），散文《尚多爵士致弗朗西斯·培根》。此外，他还编选了《德语小说集》（1912）、《德语读物》（1922或1923）、《奥地利文库》（1915或1916，共20卷）。

里尔克

里尔克，原名勒内·卡尔·威廉·约瑟夫·马里亚·里尔克，1875年12月4日生于布拉格。他曾入军官学校学习，后在林茨商学院、布拉格大学等校学习哲学、艺术史和文学史。1893～1898 年间，著有诗集《生活与诗歌》（1894）、《祭神》（1896）、《梦幻》（1897）、《耶稣降临节》（1898）等，情调缠绵，富有波希米亚民歌风味。

1897 年，里尔克与女作家鲁·安德烈亚斯·萨洛美相识，曾一同两次去俄国旅行，会见了列夫·托尔斯泰。《图像集》（1902）、《祈祷书》（1905）等都是这时期的作品，情感炽烈，语言精练，形成了独特风格。《祈祷书》是里尔克的成名之作，分为 3 部分：《修士的生活》、《朝圣》、《贫穷与死亡》，赞美单纯，赞美上帝，表现了作者的泛神论思想，同时也反映出资产阶级没落时期的精神矛盾。

1901 年，里尔克和女雕塑家克拉拉·韦斯特霍夫结婚。1905 年结识罗丹，并任罗丹的秘书。这期间受到法国象征主义诗人波德莱尔、魏尔兰、马拉梅等人的影响，他的诗作不再是早期偏重抒发主观情感的浪漫主义风格，而是写了许多象征人生和表现自己思想感情的"咏物诗"，收入《新诗集》（1907）和《新诗续集》（1908）。其中短诗《豹》最为脍炙人口，含蓄地表达了作者在探索人生意义时的迷惘、彷徨和苦闷的心情。

1912 年，里尔克到亚得里亚海滨的杜伊诺，动手写作著名的《杜伊诺哀歌》（1923）。这时资本主义各国出现了严重的社会经济危机和第一次世界大战的爆发，使他更加悲观失望。1922 年他完成了《杜伊诺哀歌》和《献给奥尔甫斯的十四行诗》（1923）。里尔克在这一阶段的生活中充满痛苦，他在思索人生的意义。《杜伊诺哀歌》和《献给奥尔甫斯的十四行诗》是这种痛苦思索的产物。前者收有 10 首哀歌，针对世界的存在是否合理，以及生与死、幸福与痛苦的关系等问题。他认为世界充满苦难，人生空虚渺茫，只有死亡才是人的解脱和永远的快乐。后者借希腊神话中的歌手奥尔甫斯入冥界寻妻失败的故事，讽喻诗人对人生意义的无望追求。两部诗集都用了许多比喻和隐晦离奇的象征词句。

此外，他还创作了不少中、短篇小说。散文诗集《旗手克里斯多夫·里尔克的爱和死亡之歌》（1906），主人公青年旗手在匈牙利抗击土耳其入侵时期经历了自己的初恋，最后死在了战场上，抒发了他对"英雄业绩"的向往。长篇日记体小说《马尔特·劳里茨·布里格记事》（1910）叙述一个性情孤僻敏感的丹麦青年诗人的回忆与自白，是作者自身的写照。他揭露了巴黎的贫穷、疾病和道德败坏等现象，表现了对人生的恐惧。这部作品与传统的讲故事方式不同，没有连续的情节，没有时间顺序，将童年生活的回忆、眼前的景象以及对未来的幻想交织在一起。这部小说是研究作者乃至现代资产阶级世界观和文艺观的重要材料。

里尔克是 20 世纪上半叶西方文艺界和知识界知名作家，作品多数充满孤独、感伤、忧虑、恐慌的情绪与虚无主义思想，在艺术方面也有一定的探索与创新。

里尔克于 1926 年 12 月 29 日病逝。

S·茨韦格

S·茨韦格，1881 年 12 月 28 日生于维也纳一个富裕的犹太工厂主家庭。青年时代在维也纳和柏林攻读哲学和文学。1904 年后任《新自由报》编辑。他在法国结识了维尔哈伦、罗曼·罗兰、罗丹等人，受到他们的影响。

第一次世界大战爆发后，茨韦格发表了反战剧本《耶雷米亚》（1917），在瑞士与罗曼·罗兰等人一起从事反战活动，成为著名的和平主义者。1919 年后长期隐居在萨尔茨堡，埋头写作。1928 年应邀赴苏联，与高尔基结识。1938 年流亡英国，并加入英国国籍。1942 年 2 月 23 日与妻子一起在里约热内卢附近的佩特罗波利斯自杀。

茨韦格的文学活动从诗歌创作开始。早期诗集《银弦》（1901）和《往日的花环》（1906）深受法国印象主义和霍夫曼斯塔尔、里尔克等人的影响。他的主要成就在传记文学和小说创作方面，作品有《三位大师》(1920)，为巴尔扎克、狄更斯和陀思妥耶夫斯基作传；《罗曼·罗兰》(1921)；《同精灵的斗争》(1925)，为德国作家荷尔德林、克莱斯特和尼采作传；《三个描摹自己生活的诗人》(1928)，为托尔斯泰、斯丹达尔和卡萨诺瓦作传；《约瑟夫·福煦》(1929)；《精神疗法》(1931)，为催眠术发明者梅斯默尔、"基督科学"的创始人玛丽·贝克一艾迪、心理学家弗洛伊德作传；《玛丽亚·斯图亚特》(1935)和《鹿特丹人埃拉斯穆斯的成败》(1935)。他的传记作品不拘泥于史实，着重表现人物性格。

他的主要中短篇小说集有《最初的经历》(1911)、《马来狂人》(1922)、《恐惧》(1925)、《感觉的混乱》(1927)、《人的命运转折点》(1927)、《象棋的故事》(1941)。唯一的长篇小说《焦躁的心》(1938)，描写一个瘫痪的少女的恋爱和自杀悲剧。茨韦格的中短篇小说大多描写孤独的人的奇特遭遇。《一个女人一生中的二十四小时》和《一个不相识女人的来信》，运用细腻的心理分析手法，刻画中产阶级妇女的思想感情。茨韦格的戏剧作品有诗剧《耶雷米亚》(1917)、悲剧《伏勒波尼》 (1927)和歌剧《沉默的女人》(1935)等。

茨韦格去世以后，他的遗作《昨日的世界》(1942)和《巴尔扎克》(1946)先后出版。前者为长篇回忆录，记录了两次世界大战之间奥地利和欧洲的生活风貌，后者是历时10余年而未完成的传记作品。

卡夫卡

卡夫卡，1883年7月3日生于布拉格的一个犹太家庭。他于1901年进入布拉格大学学习文学，后转修法律，1906年取得法学博士学位。1924年6月3日病逝于维也纳附近的基尔灵疗养院。

卡夫卡在中学时期就十分喜欢自然主义的戏剧和易卜生、斯宾诺莎、尼采、达尔文等人的著作。他在大学期间与布拉格的一些作家来往，结交了马克斯·布罗德，曾先后和布罗德夫妇游历意大利、法国、瑞士和德国等地。后来他受到丹麦哲学家、存在主义先驱者克尔凯戈尔深刻的影响。他对中国的老庄哲学也有浓厚兴趣，并在创作中有所反映。

卡夫卡主要的文学成就是小说。有代表性的 3 部长篇小说《美国》（1912～1914）、《审判》（1914～1918）、《城堡》（1922）均未写完。短篇小说有《乡村婚事》（1907）、《判决》（1912）、《变形记》（1912）、《司炉》（1913，后成为《美国》的第 1 章）、《在苦役营》（1914）、《乡村医生》（1917）、《致科学院的报告》（1917）、《猎人格拉克斯》（1917）、《中国长城的建造》（1918～1919）、《饥饿艺术家》（1922）、《地洞》（1923～1924）、《致父亲的信》（1919）等，均受读者的青睐。

卡夫卡临死时曾要求布罗德把他所有的作品"毫无例外地予以焚毁"，但布罗德违背了他的遗愿，对他的所有著作，甚至有书信和日记作了整理并出版。共 9 卷的《卡夫卡全集》（1950～1958）即是由布罗德主编的，其中只有一卷是卡夫卡生前发表过的。

卡夫卡的作品贯穿着社会批判的精神，小说《美国》（原名《生死不明的人》），采用传统的叙事手法，描写了卡尔·罗斯曼在美国的遭遇，展示了资本主义社会的贫富悬殊、劳资对立的现象和工人结社、罢工游行与资产阶级党派斗争的场面，以及都市一隅社会渣滓的活动情景。小说指出了资本主义腐朽黑暗的共同本质。

《审判》是卡夫卡独特的艺术方法形成的标志，它写一个公民无端遭到逮捕和处决，揭露了带有封建专制特征的资本主义社会司法制度的腐败及其反人民的本质。其中有些情节近于荒诞，但真实地反映了奥匈帝国的社会环境。

《城堡》中的主人公 K 去城堡（官府）要求批准在附近的村子里落户。城堡虽近在咫尺，由于受到层层阻挠，没法进入。小说没有写完，卡夫卡原定的结局是 K 将"奋斗至精疲力竭而死"，他临终时，才得到了批准。作者借这个城堡揭示当时社会制度的不合理。

短篇小说《中国长城的建造》写中国无数无辜老百姓，背井离乡去帮统治者建造长城。

短篇小说《变形记》中的主人公格里高尔·萨姆沙一天清早突然变成一只甲虫，因而失业了，成为家庭的累赘，最后在寂寞和孤独中死去。小说似乎荒诞，但深刻而生动地揭示了资本主义社会人与人关系的冷漠和"异化"现象。

《地洞》的主人公是一只不知名的动物，它造了一个又大又坚固的地洞，但仍时时担心外敌的侵袭。表现资本主义社会一般小人物的恐惧心理，揭示了第一次世界大战多数人的心理状态。卡夫卡塑造的人物共同特征是有一种自怨自艾的情绪，对强权统治（社会的、家庭的）有一定的畏惧而又无力反抗，对某种义务不能完成而内疚，《判决》就表现了这一思想。

卡夫卡笔下的主人公几乎都是受欺压，受凌辱的小资产阶级及其知识分子。奥匈帝国窒息的政治空气和资本主义经济畸形发展导致这些小人物虽勤勤恳恳工作却得不到合理的报偿，以及他们对社会不满，但无力反抗，逐渐变得孤独、烦闷、恐惧、内疚。第二次世界大战结束以来更有所发展，因而卡夫卡的作品引起广泛的共鸣，被认为具有时代意义的杰作。

卡夫卡的创作手法很特别，他善于通过特别的构思，把现实与非现实、合理与悖理并列在一起，作品并不点明时点、地点和社会背景，瞬间的直觉和梦幻，使画面显得支离破碎。这种写作方法与传统的写作方法相去甚远，但受到现代派作家的认可、效仿，甚至加以发展。从这一点来说，卡夫卡是现代派文学的鼻祖。

罗　特

罗特，1894年9月2日生于布罗迪一个犹太家庭。大学时期学习哲学和日耳曼语文学。1916年参加第一次世界大战，在俄国被俘。战后在维也纳和柏林等地当记者，1933年由于纳粹排犹，被迫流亡法国。1939年5月27日病逝于巴黎贫民医院。

罗特的小说创作继承奥地利和 19 世纪俄国与法国现实主义文学传统。长篇小说《萨沃伊饭店》（1924）是采用当时在德语文学中流行的"新实在主义"风格写的社会批判小说。小说《反叛》（1924）和《齐帕尔和他的父亲》（1927）都以战后的现实问题为题材。小说《约伯》（1930）写俄国一家犹太人的遭遇。代表作《拉德茨基进行曲》（1932）和《先墓室》（1938）是两部内容衔接的长篇小说，前者描写了特罗塔一家几代人的经历，展示奥地利哈布斯堡正朝从 1859～1916 年的盛衰史，后者以特罗塔家族末代子孙弗兰茨·斐迪南的经历表现奥地利专制政体从第一次世界大战前夕到 1938 年被法西斯占领的过程。

罗特还著有长篇小说《一个凶手的忏悔》（1936）、《第一千零二夜讲的故事》（1939），中篇小说《莱薇亚坦》（1940）以及散文诗《一个神圣酒徒的传说》（1939）等。

罗特的通讯、散文、随笔中，一部分对进步力量与军国主义的斗争作了描绘，表现了人民的勇气和对理性、人道主义的追求。他的作品内容面广阔，揭露并抨击了 20 世纪上半叶西方资本主义的败落与腐朽，忧伤失望的情感常掺杂其中。

多德勒尔

多德勒尔，1896 年 9 月 5 日生于维也纳附近的韦德林高。第一次世界大战期间为骑兵军官，1916 年被俄军俘虏，在西伯利亚俘虏营待了 4 年。这时他对陀思妥耶夫斯基的小说发生兴趣。

1920 年，多德勒尔徒步穿过吉尔吉斯草原，回到维也纳。1921～1925 年在维也纳攻读历史和心理学，获哲学博士学位。1933 年曾短期参加当时在奥地利还处于非法地位的纳粹党。第二次世界大战中参加法西斯空军，任上尉。战后回到维也纳研究历史，后来成为职业作家。他于 1966 年 12 月 23 日在维也纳去世。

多德勒尔于 1923 年出版第一部诗集《小巷与风光》，此后还发表过心理侦探小说《每个人所犯的一种谋杀》（1938）和巴罗克艺术风格的小说《弯路》（1940）。第二次世界大战以后完成长篇小说《斯特鲁德霍夫梯道，或梅尔策和年代的深度》（1951）。这部小说以 1911～1925 年间的维也纳为背景，描写了将近 30 个人物（包括管家、男爵、女佣、总领事、小贩和厂主）的命运，相当广泛地反映了维也纳各阶层人士的生活和思想。斯特鲁德霍夫梯道建于 1910 年，联系两个高度不同的城区。多德勒尔试图把它象征为时代和人类命运的桥梁。

他的另一部重要的长篇小说《恶魔》（2 卷）于 1931 年开始创作，1956 年完成。从主题来说可以认为是《斯特鲁德霍夫梯道》的续篇。它以 1927 年 7 月 15 日维也纳电气工人罢工并与警察发生冲突纵火焚烧司法大厦这一事件为中心，展示了 1926～1927 年间社会生活的图景，描绘了近 50 个人物的命运。由于这两部小说对维也纳社会作了广泛而深入的描写，多德勒尔被誉为"维也纳社会的编年史家"和第二个冯塔纳。

多德勒尔的重要作品还有讽刺小说《灯光明亮的窗户》（1951）、荒诞幽默小说《梅罗伟恩一家人或大家庭》（1962）、《斯卢尼的瀑布》（1963）、《界林》（未完稿，1967）。

第六节　瑞士现代作家

戈特赫尔夫

戈特赫尔夫，原名阿尔伯特·毕齐乌斯，1797 年出生于穆尔滕的牧师家庭。他年轻时在伯尔尼学神学，1820 年当了一年副牧师，次年到德国格廷根大学继续学习，并漫游德国各地。回瑞士后他在一些村镇当副牧师近 10 年，1832 年被选任为吕策尔弗吕村的牧师，并一度兼任教区督学。

1837 年戈特赫尔夫起开始写作，发表了 38 部以农村生活为内容的长篇和中短篇小说。

他的主要长篇小说《长工乌利》（1841）和《佃户乌利》（1849），写一个备受歧视的贫苦农民历尽艰辛终于致富的过程；《一位教师的苦恼和欢乐》（1838）暴露了农村儿童遭受剥削和忽视学校教育的现象。他的作品还有短篇小说《黑蜘蛛》（1842）和《怪女仆艾尔齐》（1843）。

他笔下的主人公往往都是普通人，作品朴实无华，富有浓郁的乡土气息，语言大众化，有"民众作家"之称。他写作的目的是谴责自私、虚伪、贪婪、欺诈等社会现象，却在客观上反映了农村的贫富矛盾以及宗法社会瓦解的过程。

1854 年，戈特赫尔夫去世。

凯　勒

凯勒，1819 年 7 月 19 日生于苏黎世附近格拉特费尔登一个工人家庭。他 5 岁时父亲离开了人世，由于家境贫寒，少年时代的凯勒在一所公益团体设立的贫民子弟学校上学。1833 年入苏黎世州立工业学校学习，不久离校，自学绘画。1840 年到慕尼黑学习，1842 年返回苏黎世，开始从事文学创作。

19 世纪 40 年代，凯勒受德国资产阶级革命的鼓舞，与德国一些政治流亡者接触，受到弗赖利格拉特和黑尔韦格的影响，写了大量政治诗，参加了革命志愿队，有力地支持了卢塞恩州的进步力量。1846 年他的《凯勒诗歌集》在海得尔堡出版。1848 年瑞士建立资产阶级民主制度的统一联邦国家，资本主义得到了迅速发展。凯勒对这种民主制度抱有很大信心。同年他获得苏黎世州政府的奖学金，到海得尔堡大学学习期间与费尔巴哈相识，受到了无神论和唯物主义思想的影响。

1850～1861 年间，他出版了《新诗集》（1851）、长篇小说《绿衣亨利》（1855）、短篇小说集《塞尔特维拉的人们》（1856）等作品。1861 年被选为苏黎世州政府的秘书长，任职 15 年。这个时期只写了《七个传说》（1872）。1876 年他辞去秘书长职务。1877 年出版

《苏黎世中篇小说集》，1878～1879 写了大量诗歌。之后，他相继创作了《绿衣亨利》第 2 稿（1879～1880）和《警句短诗》（1882）、《诗歌集》（1884）。长篇小说《马丁·萨兰德》（1886）是他的最后一部作品。1890 年 7 月 15 日凯勒在苏黎世去世。

凯勒的创作中最有成就的是著名的有中短篇小说《塞尔特维拉的人们》、《七个传说》、《苏黎世中篇小说集》。

《乡村的罗密欧与朱丽叶》是《塞尔特维拉的人们》中最优秀的一篇，主人公是一对青年男女，他们互相爱慕，双双坠入爱河，但彼此之间有家仇，婚姻受到阻挠，最后投河自尽了。小说以一个爱情悲剧为题材，揭露了资本主义社会贪婪地追求金钱的丑恶本质。《三个正直的制梳匠》和《人靠衣裳》也是出色的作品。它们表明凯勒不仅对当时社会中形形色色的社会人物的思想、心理观察的深刻透彻，而且能以传神的笔调进行描写，在描写人民生活风俗方向也颇有才华。《七君子的小旗子》是《苏黎世中篇小说集》中最著名的一部，以瑞士建立联邦政府后的生活为题材。小说通过 7 个反封建老战士组成小团体的活动以及新老两代之间矛盾的解决，颂扬瑞士的民主主义制度，表达了作者的爱国主义思想。

带有自传性质的长篇小说《绿衣亨利》是凯勒最重要的一部作品。这部作品有 2 种稿本，2 种结局。第 1 稿主人公死亡。第 2 稿则写主人公走上了与人民相结合、做自觉的国家公民的道路。这是一部"教育小说"，带有特定的瑞士宗法社会和联邦民主制度社会的色彩，描写了一个青年的成长，描写了广阔的社会画面，乡土气息浓厚，人物形象鲜明。

长篇小说《马丁·萨兰德》揭露了社会上贪污腐化、投机倒把、虚伪欺骗等现象。

凯勒的作品继承了德国古典现实主义传统，客观地反映社会现实，生活气息浓重，寓深刻的哲理于故事中。他是 19 世纪瑞士德语作家中最突出的一位。

世界文学知识漫谈 ④

美洲
现代作家
作品泛读

箫枫◎主编

辽海出版社

责任编辑:陈晓玉　于文海　孙德军

图书在版编目(CIP)数据

世界文学知识漫谈/萧枫主编. —沈阳:辽海出

版社,2008.6(2015.5重印)

ISBN 978-7-80711-712-4

Ⅰ.①世…　Ⅱ.①萧…　Ⅲ.①世界文学—基本知识

Ⅳ.①I1

中国版本图书馆 CIP 数据核字(2011)第 140258 号

世界文学知识漫谈

美洲现代作家作品泛读

萧枫/主编

出　版:辽海出版社	地　址:沈阳市和平区十一纬路25号
印　刷:北京一鑫印务有限责任公司	字　数:700千字
开　本:700mm×1000mm　1/16	印　张:40
版　次:2011年9月第2版	印　次:2015年5月第2次印刷
书　号:ISBN 978-7-80711-712-4	定　价:149.00元(全5册)

如发现印装质量问题,影响阅读,请与印刷厂联系调换。

前　言

马克思曾经说过："文学是一定的社会生活在人类头脑中反映的产物。"

文学是一种社会意识形态，与社会、政治以及哲学、宗教和道德等社会科学具有密切的关系，是在一定的社会经济基础上形成和发展起来的，因此，它能深刻反映一个国家或一个民族特定时期的社会生活面貌。文学的功能是以形象来反映社会生活，是用具体的、生动感人的细节来反映客观世界的。优秀的文学作品能使人产生如临其境、如见其人、如闻其声的感觉，并从思想感情上受到感染、教育和陶冶。

文学是语言的艺术，是以语言为工具来塑造艺术形象的，虽然其具有形象的间接性，但它能多方面立体性地展示社会生活，甚至表现社会生活的发展过程，展示人与人之间的错综复杂的社会关系和人物的内心精神世界。

作家是生活造就的，作家又创作了文学。正如高尔基所说："作家是一支笛子，生活里的种种智慧一通过它就变成音韵和谐的曲调了……作家也是时代精神手中的一支笔，一支由某位圣贤用来撰写艺术史册的笔……"因此，作家是人类灵魂的工程师，也是社会生活的雕塑师。

文学作品是作家根据一定的立场、观点、社会理想和审美观念，从社会生活中选取一定的材料，经过提炼加工而后创作出来的。它

既包含客观的现实生活，也包含作家主观的思想感情，因此，文学作品通过相应的表现形式，具有很强的承载性，这就是作品的具体内容。

文学的发展，既是纵向的，又是横向的；纵向发展是各民族文学内部的继承性发展，横向发展是世界各民族互相之间的影响、冲突和交会。这一纵一横的经线与纬线，织成了多姿多彩的各民族文学与世界文学。可以说，纵向的"通变"与横向的发展，是文学发展的两个基本动力。

总之，学习世界文学，就必须研究世界著名文学大师、著名文学作品和文学发展历史，才能掌握世界文学概貌。

为此，我们综合了国内外最新的世界文学研究成果和文学发展概况，编撰了《世界文学知识漫谈》丛书。本套书系共计5册，主要包括世界文学发展大讲坛、俄苏现代作家作品讲析、西欧现代作家作品展阅、美洲现代作家作品泛读、亚洲现代作家作品博览等内容。

本套书内容全面具体，具有很强的文学性、可读性和知识性，是我们广大读者了解世界文学作品、增长文学素质的良好读物，也是各级图书馆珍藏的最佳版本。

目　　录

第一章　美洲现代文学作家

第一节　阿根廷现代作家

第二节　加拿大现代作家

第三节　墨西哥现代作家

第四节 尼加拉瓜现代作家

第五节 古巴现代作家

第六节 巴西现代作家

第七节 智利现代作家

第八节 哥伦比亚现代作家

第九节 秘鲁现代作家

第十节 美国现代作家

第一章　美洲现代文学作家

第一节　阿根廷现代作家

萨米恩托

萨米恩托，1811 年出生于阿根廷。自小家境贫苦，16 岁随同叔父在故乡圣胡安主持一所学校，18 岁就在当地出版一份报纸。由于参与政治斗争，被迫于 1831 至 1836 年间流亡智利。1839 年创办《热风》周刊，刊登评介浪漫主义作家的作品。回国不久，因激烈反对罗萨斯独裁政权而再次流亡智利。在 1839～1851 流亡期间，他受智利政府的委托，先后赴欧洲、非洲和美国考察教育，写了《欧洲、非洲和美洲之行》（1848），并创建了拉丁美洲第一所师范学校。与此同时，受聘为《信使报》工作。

1850 年，他参加乌尔基萨反罗萨斯的军队，次年进入布宜诺斯艾利斯。后因与乌尔基萨政见不合，于 1852 年第三次旅居智利。1856 年回国后，当选为众议员。1864 年起，先后任驻智利、秘鲁和美国的外交使节。1868 至 1874 年任共和国总统。1875 年被选为参议员，1879 年

担任内政部长和全国教育最高总监。

萨米恩托的著作有全集 52 卷。著名的作品有《法昆多，又名文明与野蛮》（1845）、《关于公众教育》（1849）、《外省回忆》（1850）、《格兰德军队的战役》（1852）、《一百零一夜》（1853）、《美洲青年团结的基础》（1860）、《美洲的种族冲突与和谐》（1883）、《多明吉托的生平》（1886）等等。其中以文学传记《法昆多》最有代表性，作者通过对这个绰号为"草原之虎"的拉里奥哈省和卡塔马卡省军事寡头法昆多生平的剖析，探讨阿根廷独裁统治和社会无政府状态产生的根源，分析法昆多生平事迹，借以抨击时政。作者认为野蛮不化是阻止社会发展、文明繁荣的最大障碍。同时，通过对草原风光和高乔人生活的记录，表达出对祖国的热爱和未来的向往。

1848～1851 年间，他和委内瑞拉作家安德烈斯·贝略就语言和文学等问题展开了一场在拉丁美洲文学史上具有重要意义的论战。贝略主张拉美文学走古典主义道路，效法西班牙黄金世纪文学模式，维护西班牙语的纯正性。萨米恩托提倡浪漫主义文学，认为"人民才是语言真正创作者"。这场论战以萨米恩托的胜利告终，极大的推动了浪漫主义文学的发展。

萨米恩托是阿根廷著名政治家、作家、教育家、社会学家，也是拉美浪漫主义文学的散文大师。他的作品想象力强，感情丰富，风格奔放豪迈，语言辛辣犀利，被称为拉丁美洲的浪漫主义经典之作。

萨米恩托于 1888 年逝世。

马莫尔

马莫尔，1817 年出生于阿根廷。青年时代因反对罗萨斯独裁统治被监禁，后逃亡蒙得维的亚，加入当地的阿根廷流亡作家团体。罗萨斯政权崩溃后，回国从事新闻工作，曾担任参议员、众议员和布宜诺斯艾利斯国立图书馆馆长等职。他是浪漫主义诗人，他的诗歌感情充沛，想象丰富。

马莫尔创作于1846年的《巡礼者之歌》是受英国诗人拜伦的《恰尔德·哈罗尔德游记》的影响而写成，记叙了从蒙得维的亚到智利旅途中的见闻和感想。诗集《和声》（1851～1854）包括他的主要诗作，其中有揭露罗萨斯统治的政治诗，也有感情深沉的抒情诗。他还写了两部历史诗剧《诗人》（1842）和《十字军》（1851），都曾在蒙得维的亚上演。

长篇小说《阿玛利亚》（1851）的问世，确立了他在阿根廷文学史上的地位。这是阿根廷第一部长篇小说，以爱情故事为线索表达作者反抗独裁统治的政治理想。小说叙事曲折生动，人物性格鲜明，它与埃切维里业的《屠场》和萨米恩托的《法昆多，又名文明与野蛮》并称为拉丁美洲浪漫主义文学的3部名著。

小说叙述1840年5月4日罗萨斯进行大搜捕时，反罗萨斯的统一派分子爱德华多负伤后脱逃，与看护他的阿玛利亚产生了爱情。正当他们秘密举行婚礼时，警察突然破门而入，新郎在格斗中被杀死。

这部作品故事曲折生动，人物性格鲜明，虽然有一般浪漫主义小说叙事夸张而烦琐的通病，却生动地反映了罗萨斯独裁统治时期阿根廷社会的现实。

马莫尔作为阿根廷著名诗人、小说家、浪漫主义的重要作家，一生积极从政，反对罗萨斯的独裁专职，1871年逝世。

派　罗

派罗，1876年生于阿根廷。曾就学于布宜诺斯艾利斯的圣何塞学院。1891年担任《民族报》编辑。第一次世界大战期间，任驻欧记者。早年是社会党的活跃分子，1896年任"社会主义研究中心"主任。1908年在西班牙的巴塞罗那开办米特雷印刷所，出版阿根廷文学作品。他最初以写作报刊文章闻名，有文集《在阿根廷的意大利人》（1895）和《阿根廷的澳大利亚》（1898）等。

派罗的第一部重要小说是《劳乌乔的婚姻》（1906），作者企图把加乌乔文学和流浪汉文学两种体裁结合起来。随后写成《帕戈·奇科》（1908），暴露草原城镇帕戈·奇科官场上的尔虞我诈、争权夺利等腐败现象，作品中描绘了阿根廷乡村五彩缤纷的画面，反映了克里奥约，即土生白人后裔的心理状态。

《胡安·莫雷拉孙子的奇遇》（1910）是他的另一部重要小说，写一个不名分文的流浪汉冒充当时传奇戏剧中的英雄胡安·莫雷拉的孙子，利用上层社会中的种种矛盾，目的是骗取很高的社会地位，具有嘲讽现实的意味。

派罗的戏剧创作受易卜生的影响，赞同阿根廷戏剧的改革，和弗洛伦西奥·桑切斯等人为拉丁美洲现实主义戏剧的发展作出了贡献。作品有《马尔科·塞维利》（1902）、《悲歌》（1902）、《在废墟上》（1904）、《别人的胜利》（1907）、《我希望独自生活》（1913）等。还有如《假冒的印加王》（1905）、《维伽拉上尉》（1925）、《甜蜜的海》（1927）、《阿莱格利娅》（1922）等。

派罗于 1928 年逝世。

第二节　加拿大现代作家

普拉特

普拉特，1883 年生于加拿大纽芬兰岛的西海湾。曾在美以美会圣约翰学院学习，毕业后在沿海岛屿任教并进行传教活动。1907 年进入多伦多大学维多利亚学院攻读神学，1917 年获神学博士学位。1920 年在这所学院任教，直至 1935 年以荣誉教授退休。

普拉特早期的叙事诗集《巫婆施术》（1925）和《提坦》（1926）描写海上生活，后者以捕获一条巨鲸的情景比喻战争的破坏性。此后，发表了两部描写"泰坦尼克"游轮沉没事件的长篇叙事诗，其中也描绘了轮船与冰山相撞、旅客遇难等情节。

第二次世界大战后，普拉特转而描写战争和历史事件，如长诗《敦刻尔克》（1941）和《他们回来了》（1945）等。长诗《比勃夫和他的道友们》（1940）写17世纪天主教耶稣会教士比勃夫等人去休伦族印第安人聚居区（在今安大略省西北部）传教，10年后，易洛魁人入侵，出于宗教仇恨，将比勃夫等人烧死。诗中表现了比勃夫等人为宗教献身的精神，反映出作者对宗教的虔诚的态度。长诗《冲向最后一颗铁钉》（1952）取材于第一条横贯加拿大本土的大铁路建设工程。诗中对建设中的困难、人民的开拓精神、与保守思想的斗争等作了如实的描述。这两部作品先后获得总督文学奖。

普拉特作为加拿大著名英语诗人，受欧洲现代流派的影响，在诗歌的题材和形式上都突破了联邦时期浪漫主义诗人的创作。他的诗中有对偶体，但更多的是无韵体。他还以动物作为诗的主人公加以刻画。他的史诗选材别致，词汇丰富，写情写景细致入微。但篇幅冗长，结构不够严谨。普拉特于1964年病逝。

鲁 瓦

鲁瓦，1909年出生于中部马尼托巴省的圣博尼费斯。年轻时在家乡任小学教员，并参与当地"莫里哀俱乐部"的戏剧活动。1937至1939年赴英、法等国旅行。1939年定居于魁北克省蒙特利尔市。

她的第一部长篇小说《转手的幸福》（1945）通过一个饭店女招待员的经历，再现了第二次世界大战期间蒙特利尔一个工人区的生活，着重描写劳动人民因经济萧条所遭受的失业和贫困的痛苦。它获得1947年法国费米娜文学奖，并译成十几种文字。

此后她陆续出版了多种长篇小说。《亚历山大·谢纳韦尔》（1954）写一个银行出纳员为了追求有意义的生活而挣扎了一生；《秘密山冈》（1961）写画家、猎人比埃尔·卡托莱渴望前往僻远的、被人类遗忘的地方，一生都在漂泊与流浪中度过；《世界尽头的花园》（1975）则写离乡背井奔向远方的移民的生活。这些作品表现了开发者不断探求的精神和人们追求新生活的愿望。

她另有一些作品是以她的家乡中部平原偏僻的农村为背景的长篇小说。《小水鸡》（1950）描写加拿大西部开拓者艰苦创业的生活；中篇小说集《德尚博街》（1955）和长篇小说《阿尔塔蒙之路》（1966）具有自传性质，记述了她青年时代在故乡的生活；《我生命中的孩子们》（1978）是作者对早年在马尼托巴的教师生活的回忆。这些作品描绘了加拿大中西部平原的景色。

鲁瓦是加拿大著名法语女作家。她的作品描写了从东部到西部整个加拿大以及普通劳动者和社会下层的人民，表达了他们的愿望与要求以及它们与现实生活的矛盾。语言洗练，文笔朴素，被认为是当代加拿大法语文学最重要的小说家。

特朗布莱

特朗布莱，1942 年出生于加拿大蒙特利尔市一个印刷工人的家庭。他的第一部喜剧《姑嫂们》在 1968 年公演后，被认为是魁北克优秀的剧作家。

《姑嫂们》从 1965 年开始构思，主要为了真实地反映蒙特利尔工人的生活和他们的理想，作者让一个工人家庭的主妇日耳曼·洛尚获得 100 万有奖票据，并组织一次粘贴有奖票据的晚会。15 个邻居应邀参加，她们也都是以厨房为活动天地的家庭主妇，100 万有奖票据给她们平庸而封闭的生活带来了欢乐，她们似乎已经看到了即将到来的舒适的生活和社会地位的改善。剧本也没有对这种盲目的行动加以嘲笑，而是引导人们去思索。全剧没有贯彻始终连续发展的情节，而由 15 个妇女用当地工人区流行的口语分别进行独白，在表现手法上有所突破。

以后，特朗布莱还陆续发表了《碎片》（1969）、《朗热的公爵夫人》（1969）等剧作。1971 年发表的《永远属于你，你的玛丽·鲁》是一出荒诞剧，全剧 4 个人物，父母和两个女儿，分成两组，各组分别对话。人物在舞台上的位置固定不变，无论是他们的形体还是精神似乎都已凝固、僵化。作者完全破坏传统剧的时间、空间概念，通过演出本身表现剧作内在的时间和空间。

特朗布莱创作的小说，有带自传性的三部曲《皇家山高地纪事》，其中第一部《隔壁的胖女人已怀孕》和第二部《戴莱丝和比哀莱特在圣·尚日小学》已分别于 1978 年和 1980 年出版。他的小说将现实世界和幻想神奇的世界交织在一起，对理解生活、反映生活的手法作了新尝试。

第三节　墨西哥现代作家

乌西格利

乌西格利，1905 年出生于墨西哥。少年时期即从事戏剧活动，在墨西哥城哥伦布剧院当演员。1923 年进入"音乐朗诵群众夜校"。1924 年开始在期刊《星期六》上发表戏剧评论，后进入美国耶鲁大学戏剧艺术学院学习。毕业后，在墨西哥国立大学哲学艺术系讲授戏剧艺术和戏剧史，并任公众教育部的戏剧处主任。1940 年创办"夜半剧团"。1944 年被派驻巴黎担任外交职务，并代表墨西哥参加各种国际戏剧活动。1958 年任驻黎巴嫩大使。后任墨西哥群众剧团团长。乌西格利于 1980 年逝世。

乌西格利的著作有风俗喜剧、历史剧、社会讽刺剧、政治讽刺剧以及心理戏剧多种。1966 年他的《戏剧全集》出版，有《孩子与雾》是其中重要的剧本，反映 1920 年卡兰萨被刺和韦尔塔上台的政治事件；《做鬼脸的人》主人公鲁比奥是一个历史教员，因为名字相同，被误认为是多年前遭到暗杀未死的革命军将军鲁比奥，于是被推上政治舞台。正当他要有所作为的时候，又被原来暗杀鲁比奥将军的凶手所暗杀。讽刺了墨西哥政界的残暴和黑暗；《全家在家吃晚饭》是一部讽刺喜剧，揭露新贵族、旧世家、新兴资产阶级、穷苦艺人之间的阶级矛盾；《影子皇冠》再现马克西米利安皇帝和卡洛塔皇后的历史悲剧；《告别的功用》表现一个著名女演员在爱情和前程面前的抉择。

乌西格利的作品还有《火的冠冕》、《光的冠冕》、《假期过得好，总统先生》。他的作品以现实主义风格反映墨西哥社会情况，引起观众对墨西哥社会的政治现实和人们的精神状态的思考，在技巧和语言方面均有独到之处。

此外，他还著有《墨西哥的戏剧》（1952）、《剧作家的日程》（1940）等作品。

帕　斯

帕斯，1914年出生于墨西哥。父亲是墨西哥人，知名的记者、律师，曾任农民领袖萨帕塔驻纽约的代表。他的家庭在内战中败落，因此一直在拮据的环境中长大。受爱好文学的祖父的熏陶，从小就博览群书，并接受法国和英国式教育。14岁入墨西哥国立大学哲学文系和法律系学习。在校期间，与同学合作创办《栏杆》和《墨西哥各地手册》等大学生刊物。19岁时首次发表诗集《野生的月亮》。1937年赴西班牙参加世界反法西斯作家联盟大会，和那里的共和派事业发生强烈共鸣。回到墨西哥创办《车间》、《浪子》等刊物。1943年底去美国研究拉美诗歌。两年后进入外交界，先后出使法国、印度、日本和瑞士等国。1962年任墨西哥驻印度大使，这段生活使他的作品出现了东方色彩。1968年为抗议本国政府镇压学生运动而辞职，专心从事学术研究和创作。

帕斯于1949年发表的诗集《口头上的自由》，1960年经修订、扩充后收入作者自1935至1957年的作品，其中包括重要的诗作《在世界边缘》（1942）、《石与花之间》（1947）、《鹰还是太阳》（1951）以及散文诗《一支乐曲的种子》（1954）。这些作品描写作者在西方的见闻。《东山坡》（1969）记述作者出使东方的阅历。《狂暴的季节》（1958）表现诗人对现状所持的批判态度。《太阳石》是以阿兹特克太阳历石碑为题材的长诗。他的诗歌题材多样，内容新奇，富有抒情的美感。他抛弃了缠绵悱恻的感情，提出了具有生存意义的重大问题。

帕斯的散文集《孤独的迷宫》（1950）前4章是对墨西哥人性格的探讨，后4章对祖国历史进行分析，反映了作者的哲学思想。

帕斯还翻译过大量作品，都收在《翻译与消遣》中。曾在国内外多次获奖，其中重要的有比利时国际诗歌大奖（1963）、西班牙塞万提斯文学奖（1981）和诺贝尔文学奖（1981）。

富恩特斯

富恩特斯，1928年出生于墨西哥城一个富裕的外交官家庭。从小跟随父母周游南北美洲和欧洲。在墨西哥大学攻读法律，后入日内瓦国际高级研究院。50年代初参加共产党，1962年脱党。1975～1977年任墨西哥驻法大使。

富恩特斯的文学创作体裁很广，写过小说、报刊评论、杂文和电影剧本，其小说成就最大。第一部短篇小说集《戴假面具的日子》（1954）现实地和幻想地重复过去，预示着他后来的魔幻现实主义风格。

成名作《最明净的地区》（1958）以1910年墨西哥大革命以后到50年代墨西哥城的社会生活为背景，以一个流浪汉西恩富戈斯为主要角色，塑造了一群他所接触的不同阶级的人物，反映他们在革命前后的不同命运。

《好良心》（1959）写一个中产阶级青年背叛家庭，走入社会，但是与其他阶级的人物又格格不入，最后仍然回到中产阶级的舒适生活中去。

《阿尔特米奥·克鲁斯之死》（1962），是迄今为止作者最重要的一部作品，描写革命以后依靠外国资本发迹的新闻界、政界人物阿尔特米奥，在临死时回忆一生的经历，借以反映民主革命后墨西哥政治社会的变化。

《换皮》（1967）写一个墨西哥大学教授和他的妻子、情妇、朋友一行四人从墨西哥城到乔鲁拉游览古印第安金字塔，四个人各自讲述过去的经历，反映第二次世界大战前后欧洲和美洲的历史背景。

其他作品有短篇小说集《盲者的歌唱》（1964），中篇小说《兀鹰》（1962）、《神圣的地区》（1967），长篇小说《生日》（1969），文学论著《西班牙美洲新小说》（1969）、《两个门户的房子》（1970），以及戏剧集《原始的君主》（1971）。

富恩特斯的小说在艺术上大胆借鉴欧洲著名作家的创作手法，采用意识流、倒叙、蒙太奇、新闻短片、报刊摘录等方法。并将西班牙语中的过去时、现在进行时和将来时态罗列组合、对应及混用。他在小说技巧上的创新使他成为当今拉美文坛最著名的作家之一。

第四节　尼加拉瓜现代作家

达里奥

达里奥，1867 年 1 月 18 日生于尼加拉瓜的梅塔帕镇。1869 年随家迁居洪都拉斯，曾侨居萨尔瓦多。家境贫困，自幼由姑母和叔父抚养。11 岁时以布鲁诺·埃尔蒂亚等笔名开始在报纸上发表诗作。1882 年，应邀在国家议会上朗诵一百首十行诗，得到好评。他的诗作因此广泛流传。婚丧嫁娶的礼仪上，他也常去即席赋诗，借以挣钱糊口。他被认为是拉丁美洲的第一个职业诗人。1886 年来到智利，在圣地亚哥为报纸撰稿以维持生计，曾结识《时代报》文艺批评版的编辑曼努埃尔·罗德里格斯·门多萨，从他那里接受了法国高蹈派的影响；此外，法国高蹈派与象征主义的作品也对他以后的创作发生了很大的影响。1886 年末，在瓦尔帕莱索港

做海关职员，发表第一篇短篇小说《蓝色的鸟》。1887 年发表诗集《牛蒡》。1887 年 10 月以《献给光荣的智利的史诗般的歌》获得智利诗歌竞赛奖。1888 年 2 月发表第二部诗集《诗韵》。

1888 年 7 月出版诗文集《蓝》，它标志着现代主义诗歌新阶段的开端。在此之前，称作现代主义诗歌的前期；在此之后，称为现代主义诗歌后期或新世界主义时期。

1889 年赴欧洲任布宜诺斯艾利斯《民族报》记者。在巴黎与诗人魏尔兰交往，深受他的影响。在西班牙，由于著名作家巴列·因克兰、乌纳穆诺等人的介绍，他的诗歌在西班牙引起强烈的反响。1893 年回到阿根廷，哥伦比亚总统拉斐尔·努涅斯任命他为哥伦比亚驻布宜诺斯艾利斯的领事。这时发表的两部重要作品：诗集《奇异》（1896）和《亵渎的散文》，使他成为现代主义诗歌公认的领袖。1898 年后再度作为《民族报》记者访问西班牙、法国、意大利、比利时、德国和奥地利，出版《当代西班牙》（1901）、《国外游记》（1903）、《旅行队正在走过去》（1903）、《太阳的土地》（1904）等集子。1905 年在马德里出版重要诗集《生命与希望之歌》。1907 年又出版诗集《流浪之歌》。1908 年被尼加拉瓜政府任命为驻西班牙公使，曾发表《巴黎女人》（1908）、《尼加拉瓜之行》（1909）、《秋天的歌》（1910）。不久被停职，侨居巴黎。1911 年初，由于酗酒过度，丧失意志能力，沦为商业杂志的广告工具。第一次世界大战爆发，他感到惶惑不安。1915 年创作《和平》一诗谴责美国政府对战争袖手旁观。同年完成自传《鲁文·达里奥的一生》。1916 年 2 月 6 日去世。

达里奥的大部分作品体现了现代主义的特征，即形式上的创新，着墨于雅致的艺术珍品和异国风光，突出虚幻的意境和悲观的情调。在韵律和表现形式方面，他曾尝试使用九音节和十二音节的格律，灵活地安排重音和停顿，使诗句更富有音乐性。他曾经研究改进六音步，最后采用了现代的自由诗体。在用词方面他敢于创新，尽力赋予诗句新的意境。由于丰富了单词的含义，对西班牙语文学的发展起了推动作用。

达里奥追求"纯粹的美"，他认为天鹅是美的象征，天鹅有象问号一样弯曲的脖子，可借以表达对人世的不信任。他初期的作品反复描写天鹅，被称为"天鹅的诗人"。孔雀与百合花也被他认为是美的象征。他的作品中的主人公大多是仙女、王子、公主以及半人半仙的怪物等。他有时把仙女作为纯真、活泼和可爱的象征，或把仙女描写得非常神圣，有时则又突出仙女的纤弱无力和富于人性。

这里奥最重要的三部作品《蓝》、《亵渎的散文》和《生命与希望之歌》代表他的不同的艺术特点。《蓝》倾向于高蹈主义，内容脱离现实，但以象征主义手法反映了他对现实生活的一些观点。《亵渎的散文》表明他的现代主义诗歌达到了高峰，高蹈派和象征主义的倾向更加明显。《生命与希望之歌》汲取了西班牙谣曲的形式和格律，表现了他在艺术方面的独创精神，大部分诗章借景生情，表现悲观厌世的情绪和对人生的疑虑。

达里奥在创作风格上经历过三个不同的阶段：初期作品带有浓郁的异国情调，大量描写 18 世纪豪华的法国宫廷、文艺复兴时期的意大利、中古时期的西班牙以及古代的东方。自《亵渎的散文》开始，转而追求"纯粹的美"，诗集中充满天鹅、孔雀和百合花。从《生命与希望之歌》开始，常以美洲的本土和土著民族为题材，比较有代表性的作品有《哥伦布》和《献给阿根廷的歌》等。前期他是逃避现实的诗人，后期则是"美洲的诗人"。他的转变促进了新世界主义的兴起。

达里奥也写过一些具有进步倾向的诗歌，早期比较重要的有歌颂智利人民爱国主义的《献给光荣的智利的史诗般的歌》，歌颂拉丁美洲独立战争领袖的《献给解放者玻利瓦尔》（1883）和号召拉丁美洲联合反抗帝国主义的《中美洲联盟》（1883）。晚期有赞美智利人民保卫祖国的《一个乐观主义者的敬礼》（1902）、歌颂拉丁美洲民族独立运动的《献给阿根廷的歌》（1910）以及谴责美帝国主义侵略的《致西奥多·罗斯福》(1903)。

达里奥是现代主义诗人，同时也是充满矛盾的诗人：他住着简陋的房子，诗中却是豪华的宫殿，贫困简朴的生活与作品中的豪华雅致相矛盾；爱国的思想与艺术上的逃避现实相矛盾，对贫苦的底层人民的同情与羡慕豪富、赞美上流社会的诗句相矛盾；坚持现代主义诗歌的创作但又自认为是不值得效法的无规则美学的矛盾。这些矛盾是拉丁美洲民族文学曲折的发展道路的反映。

卡尔德纳尔

卡尔德纳尔，1925 年出生于尼加拉瓜的格拉纳达。最初在尼加拉瓜的耶稣会学校受教育，后到墨西哥攻读哲学和文学，在纽约哥伦比亚大学学习英国文学。1957 年因信仰天主教进肯塔基州特拉皮斯教会修道院，在诗人托马斯·莫顿指导下研究神学。1965 年得授神职。回国后在索伦蒂纳群岛建立天主教公社，从事传教活动，并进行诗歌创作。

早期作品写爱情、革命、政治斗争和中美洲日常生活，后期作品宗教色彩浓厚，在革命热情中同时出现对上帝的神秘的爱。他受美国当代诗歌影响较深，讲究音响和内容，不注意格律。有诗集《没有居民的城市》(1956)、《午夜零时》(1960)、《格言》(1961)、《盖斯塞马尼，肯塔基》(1964)、《诗篇》(1964)、《为玛丽琳·梦露祈祷及其他》(1965)、《向美洲印第安人致敬》(1969)、《关于马那瓜的预言》(1973)，并编有《尼加拉瓜新诗选集》(1974)。《午夜零时》是一首自由体长诗，描写尼加拉瓜民族英雄桑地诺被叛徒出卖遭到暗杀的经过。全诗充满激情，爱憎分明。诗句长短错落，具有内在的节奏感。《诗篇》完全模仿《圣经》中《诗篇》的体裁和格律，描写拉丁美洲人民苦难的生活，诗中通过雇工、牧民、种植园的农奴和矿工之口，向上帝和圣母申诉人间的悲苦和不平。《为玛丽莲·梦露祈祷及其他》是一部揭露美国社会黑暗的诗集，其中长诗《为玛丽莲·梦露祈祷》，是一部揭露美国社会黑暗的诗集，诗中的陈词滥调、标语口号、剪报、商业广告，成为人们无法沟通的象征。《向美洲印第安人致敬》以热情洋溢的诗句歌颂了美洲各地印第安人民的光辉历史，以及他们对人类文化所作的贡献，谴责欧洲殖民者对他们的残杀和蹂躏。

卡尔德纳尔是尼加拉瓜著名诗人。他的作品大都以关心民族解放事业为诗歌创作的出发点，在拉丁美洲文学界树起了一面新的旗帜。他反对帝国主义，主张民族解放，但是又主张通过宗教团结人民，并试图以宗教信仰实现无剥削的平等社会，在拉丁美洲青年中间有较大的影响。

第五节　古巴现代作家

马　蒂

马蒂，1853 年出生于哈瓦那的一个西班牙人家庭。最初在哈瓦那受教育，16 岁时创办报纸《自由祖国》。1868 年古巴爆发革命起义时，他因同情爱国主义分子，被判 6 个月苦役。1871 年被放逐到西班牙。1878 年 8 月回到哈瓦那，次年 9 月再次被捕并流放西班牙。1880 年到达美国纽约，在古巴移民中宣传民族独立思想。1881 年 3 月在加拉加斯创办《委内瑞拉杂志》，被驱逐出境。在国外流亡期间，坚持写作和发表报刊文章、诗歌、散文。重返纽约后，10 年内连续发表评论《纽约来信——美国即景》。1883 年主编《美洲》杂志。1884 年同马克西莫·戈麦斯和安东尼奥·马塞奥将军结识。1889 年 1 月创办儿童读物《黄金时代》。1890 年先后被任命为阿根廷和巴拉圭驻美国的领事和乌拉圭常驻美洲国际金融会议的代表。同年，相继辞去这些职务，全力从事古巴的独立革命事业。1892 年古巴革命党成立，被选为代表。1895 年 3 月同马克西莫·戈麦斯在多米尼加共和国签署《蒙特克里斯蒂宣言》。4 月渡海去古巴。5 月 19 日在战斗中阵亡。

马蒂是古巴独立革命的先驱，有大量著述。他的第一部诗剧

《阿布达拉》（1869）以努比亚青年抗击外国侵略者而牺牲的故事，表达了自己的政治抱负。在西班牙期间，除了描写流放生活的散文作品《古马的政治流放者》（1871）外，还写过剧本，如《爱情只能用爱情来报答》（1875）等。其散文帮助西班牙散文进行革新，被评论家认为是他对拉美文学的最大贡献。

他的诗歌创作一方面受到传统诗歌的影响，另一方面又不满足于当时流行的表现形式，在表现美洲主义精神方面作了努力的探索，从而开拓了拉丁美洲现代主义诗歌的道路。他的诗集《伊斯马埃刊约》（1882）是最早带有现代主义色彩的诗作品。诗集《自由的诗》（1891）表露了他内心的矛盾和苦闷，带有哲理和说教的意味。《淳朴的诗》（1891）是马蒂诗中的佳作，具有西班牙传统罗曼采的遗风，以淳朴的形式来表达深刻的内容。这部诗集具有浪漫主义和现代主义的双重特点。

他的小说《不祥的友情》（1885）用笔名"阿德莱达·拉尔"发表，写一个妒忌的女人怀疑情人与自己的女友相爱而受痛苦的折磨，有唯美主义的影响，被认为是拉丁美洲现代主义小说的开端。

卡彭铁尔

卡彭铁尔，1904年出生于古巴哈瓦那。父亲是法国建筑师，母亲是俄国人，由于父母的影响，从小就喜爱文学艺术。曾在哈瓦那大学攻读音乐和建筑学，后留学巴黎。1920年返回古巴，参加先锋派作家集团。在哈瓦那各大报刊发表文学评论，并担任有名的《公共》杂志编辑部主任。1927年公开谴责马查多独裁统治，被逮捕监禁，后逃往法国。他的第一部长篇小说《埃古·扬巴·奥》写于狱中，1933年，在西班牙马德里出版。流亡法国期间，与超现实主义作家过从甚密，并与危地马拉作家阿斯图里亚斯一道创办《磁石》杂志。1940年返回古巴，在哈瓦那大学担任音乐教授。1945年再度逃到委内瑞拉，直到1960年古巴革命胜利后回国。曾先后担任全国文化委员会副主席，作家和艺术家协会副主席，国家出版社社长以及驻法大使。

长篇小说《这个世界的王国》（1949）是一部历史小说，描写18世纪海地的独立革命。《消逝的脚步》（1953）描写一个白种人深入委内瑞拉的奥里诺科原始丛林，进行人种学和音乐方面的探索。小说《追踪》（1956）描写马查多统治时期一个学生告发了自己的伙伴，最后被杀。故事情节以贝多芬第三交响乐的演奏为背景，音乐的起伏同人物的内心世界融为一体，创作手法上有新的突破。《启蒙世纪》（1962）描写法国大革命时期加勒比海某国一个商人参加革命进行政治投机，后倒向法国反动派，成为法国殖民者统治加勒比地区的代理人。《方法的根源》（1974）描写拉丁美洲一位军事寡头的生平，是70年代揭露独裁统治小说的重要作品之一。此外，他还著有《古巴的音乐》（1964）、《巴罗克音乐会》（1974）等作品。卡彭铁洋1975年获墨西哥阿方索·雷耶斯国际奖，1977年获西班牙塞万提斯文学奖，1979年获法国梅迪西奖。他曾于1961年和1967年两次访问中国，对中国人民怀有友好感情。他于1980年去世。

第六节　巴西现代作家

马查多·德·阿西斯

马查多·德·阿西斯，1839年出生在巴西里约热内卢。家境穷困，父亲是黑人画家，母亲是葡萄牙血统的洗衣妇，自小刻苦自学。早年从事新闻工作，并开始文学创作活动，曾任政府机关职务，曾为巴西文学院主席。

早期的诗表现出明显的浪漫主义倾向，1861年第一部诗集《蛹》出版，1870年《灯蛾》出版，诗的风格和谐而伤感。长篇小说《复活》（1872）、《手与手套》（1874）、《埃莱娜》（1876）和《亚亚·加西亚》（1878），均属浪漫主义的前期作品，但已显露细腻的心理描写的特色。其中《埃莱娜》反映了作家的家庭环境，写埃莱娜为了不受到上层社会的歧视，所以假扮自己是富翁私生女，出入各种交际场所。这一时明他还创作了喜剧《门路》、《条约》和《假部长》。

1880年，长篇小说《布拉兹·库巴斯的死后回忆》开始在报刊刊载，以后《金卡斯·博尔巴》(1891)、《堂卡斯穆罗》(1899)、《埃绍和雅科》(1904)和《亚伊雷斯的回忆》(1908)相继出版，这些作品显示了现实主义倾向。他通过人物人物心理活动反映社会现象，以嘲讽的笔调描写生活中的失望和失败的情节，表现人生的艰难困苦。他把人类写成没有理性的动物，盲目行事，例如《布拉兹·库马斯的死后回忆》描写主人公与朋友的妻子和爱，把青春和精力消耗殆尽，虚度一生。《金卡斯·博尔巴》写鲁比昂接受了朋友的一笔遗产，连同一条名叫金卡斯·博尔巴的小狗，最后希望破灭，只剩下这条忠心的狗陪伴着他。《堂卡斯穆罗》中的本托逃出修道院与情人结婚，结果却在嫉妒中痛苦地生活。《埃绍和雅科》写分属于不同政党的两兄弟之争，以影射巴西现状。

阿西斯以创作短篇小说见长，作品以心理分析为主要特色，带有悲观色彩和嘲讽的风格，以致人物显得漫画化甚至荒诞可笑。有短篇小说集《半夜的故事》(1873)、《没有日期的故事》(1884)、《故事集》(1896)、《拾遗集》(1899)、《旧房子的遗物》(1906)。

马查多·德·阿西斯是作为巴西著名诗人、小说家，他的作品通过人物心理活动的刻画来反映社会现象，表现人生艰辛。他以创作短篇小说见长，但带有一些悲观色彩，于1908年逝世。

索萨·安德拉德

索萨·安德拉德，1890年出生于巴西圣保罗市一个富有家庭。1912年首次前往欧洲旅行，在法国结识了欧洲未来主义派作家，并受到欧洲现代文艺思想的影响。1917年毕业于圣保罗大学法律系。以后又数度赴欧洲旅行，并在巴西传播欧洲流行的新文学理论。

1920 年，索萨·安德拉德创办《纸与墨》报，倡导现代主义文学。1922 年他在圣保罗市举办的"现代艺术周"活动，标志着巴西现代主义文学正式登上文坛，索萨·安德拉德是这一活动的主要发起人和组织者之一。

在文学创作上，他主张不要被任何传统观念所束缚，对巴西过去的传统文学持否定态度，对高蹈派、象征派以及自然主义派也都予以抨击。他所创作的诗歌不讲究韵律，语言诙谐幽默而且通俗易懂。他的否定一切的创作主张受到不少批评家的非难，其作品在文学界引起强烈反应，至今仍有争议。

索萨·安德拉德的主要作品有诗歌《巴西红木》（1925）、《奥斯瓦尔德·德·安德拉德诗歌习作第一卷》（1927）和《诗歌汇集》（1945），长篇小说《囚徒》（1922）、《若奥·米拉马尔激动人心的回忆》（1924）、《阿布辛托之星》（1927）、《红梯子》（1934）、《忧郁的革命》（1943）和《地面》（1946），剧本《人与马》（1934）和《死亡》（1937）。此外，还有论文集《矛尖》（1945）、《救世主哲学的危机》（1950）以及回忆录《一个没有职业的人》。

索萨·安德拉德于 1954 年逝世。

第七节　智利现代作家

米斯特拉尔

米斯特拉尔，1889 年出生于圣地亚哥以北的埃尔基河谷，从小没有受过正规系统的教育，主要受《圣经》和但丁、陀斯妥耶夫斯基、乌纳穆诺、鲁文·达里奥等人的影响，从小表现出对诗歌创作的天赋。他的诗歌主要来源是乡村生活的艰辛和不幸的爱情悲剧。

1911 至 1919 年在家乡从事教育工作。1914 年以《死的十四行诗》获圣地亚哥花节诗歌比赛第一名。1918 至 1920 年任阿雷纳斯角女子中学校长。1921 年在圣地亚哥主持女子中学。1922 年应邀参与墨西哥的教育改革。同年发表第一部诗集《孤寂》，笔触细腻感人，突破当时风行于拉丁美洲的现代主义诗歌的风格。1924 年应邀赴美讲学，以后在拉美和欧洲一些国家任领事。

1930 年发表《艺术十条原则》，认为世界上不存在无神论的艺术；美就是上帝在人间的影子；美是指灵魂的美，美即是怜悯和安慰。此后她的诗歌创作有明显的转变，从个人的忧伤转向人道主义的博爱。诗集《有刺的树》（1938）为贫苦人们的不幸大声疾呼，为犹太民族的遭遇表示不平，为穷苦儿童祈求怜悯，这一创作倾向对拉丁美洲抒情诗歌的发展产生了深远的影响。1945 年 9 月"因为她那富于强烈感情的抒情诗歌，使她的名字成为整个拉丁美洲的理想的象征"而获诺贝尔文学奖金，成为拉丁美洲获得诺贝尔奖金的第一人。晚年曾任驻联合国特使。1955 年出版的诗集《葡萄压榨机》，表达了对祖国和人民的热爱。

也有不少诗作有宿命论和宗教神秘主义的倾向，显得晦涩难解，尤其是后期诗作更是如此。

米斯特拉尔作为智利著名女诗人，于 1957 年逝世。

聂鲁达

聂鲁达，1904 年 7 月 12 日生于帕拉尔城。早年丧母，父亲是铁路工人，16 岁进入圣地亚哥智利教育学院学习法语。曾任驻外领事、总领事和大使等职。1946 年因政局变化，被迫转入地下，继而流亡国外，从事世界和平运动，到过欧、美、亚洲的许多国家。1950 年获加强国际和平列宁奖金。1952 年政府宣布取消对他的通缉令，返回祖国。1957 年任智利作家协会主席。1973 年 9 月 23 日在圣地亚哥去世。

聂鲁达从 13 岁开始发表作品。1921 年以《节日之歌》一诗在全国学生文艺竞赛中获一等奖。第一部诗集《霞光》（1923）和成名作《十首情诗和一支绝望的歌》（1924）描写青年男女之间的爱情和自然风光，带有浓厚的浪漫主义色彩。早期写格律诗，后改写自由诗。诗集《地球上的居所》（1933）第一部分是诗人精神危机时代的产物，语言晦涩，格调低沉，充满悲观虚无主义。1935 年在马德里任职期间曾主编《绿马诗刊》，写成《地球上的居所》的第二部分。写在西班牙任外交官期间，诗人结识了洛尔加等进步诗人、作家，作品色彩较前明快。回国后写成著名长诗《西班牙在心中》（1937），是出色的政治抒情诗。这时他已成为一个关心人类苦难的人民诗人或政治诗人。

聂鲁达最重要的诗作是 1950 年完成的《诗歌总集》，它歌颂祖国，赞美拉丁美洲历史上的英雄人物和水手、鞋匠、渔民、矿工等劳动者，揭露反动统治阶级。全书共分 15 部分，其中包括以前单独发表过的组诗《在马克丘·皮克丘之巅》、《伐木者醒来吧》和《逃亡者》等。此后陆续发表诗集《要素之歌》（1954）、《葡萄和风》（1954）、《新要素之歌》（1956）、《一百首爱情十四行诗》（1957）、《英雄事业的赞歌》（1960）等。其中《葡萄和风》表现各国人民保卫和平的斗争，是作者最喜爱的一首长诗。聂鲁达晚年定居内格拉岛，撰写回忆性诗文，思想和创作都有明显的变化。死后发表的作品有回忆录《我承认，我生活过》（1974）、《我命该出世》（1978）等。

在拉丁美洲文学史上，聂鲁达是现代主义之后崛起的诗人，他的创作善于汲取民间诗歌的奔放精神和夸张手法，以浓烈的感情、丰富的想象和词汇，表达对于自然、祖国和人民的热爱，对敌人的憎恨，抒发自己的理想和希望，表现社会、人生的重大题材。1945年，聂鲁达获智利国家文学奖金，1971 年获诺贝尔文学奖。他从一个抒情诗人出发，吸收了先锋派、西班牙谣曲、惠特曼的自由诗、马雅可夫斯基的政治抒情诗等各种诗歌流派的优秀艺术技巧，创造出自己独特的声音，成为拉美和世界诗坛的一代宗师。

第八节 哥伦比亚现代作家

萨拉梅亚

萨拉梅亚，1905 年出生于哥伦比亚。在中学求学期间，游历中美洲许多国家，很早就开始参加文学和社会的活动。1934 年自由党阿方索·洛佩斯执政时，先后被派往西班牙和欧洲国家任领事。1936 至1937 年间任教育部长，后任驻意大利和墨西哥大使、国会议员、《时代报》主编等职。保守党执政后，离开政界，成为知识分子中最强烈的反政府派别的成员之一。

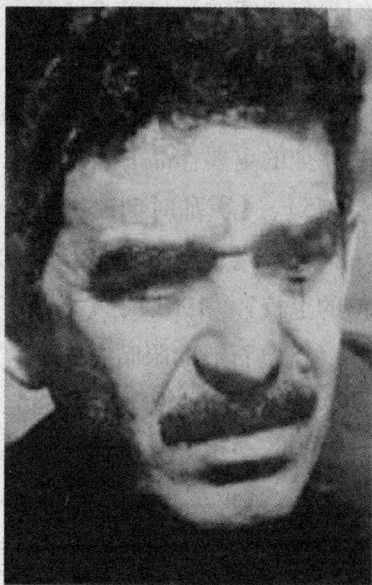

在文学上，他是"新人集团"的成员。它是 20 世纪前半叶由一批最有影响的思想家和作家所组成，致力于哥伦比亚的民族文学复兴运动，对近代哥伦比亚文学的发展作出了有益的贡献。

1927 年发表剧本《夏娃的归来》，以后《变形记》（1949）、《伟大的蒲隆图·蒲隆达死了》（1952）两部政治讽刺作品陆续出版。他的作品风格独特，近似巴罗克主义。此外，还著有散文集《书籍的奇妙经历》（1941）、《哥伦比亚九位艺术家》（1941）和诗集《楼梯上的梦》（1960）。1966 年编集了诗选《第三世界》，还担任过古巴《美洲之家》杂志的编委。

萨拉梅亚是哥伦比亚著名诗人、剧作家，于 1969 年病逝。

加夫列尔·加西亚·马尔克斯

加夫列尔·加西亚·马尔克斯，1927 出生于哥伦比亚马格达莱纳省的阿拉卡塔镇。他自小在外祖父家长大，13 岁时，迁居首都波哥大，18 岁进国立波哥大大学攻读法律。后因内战中途辍学，进入新闻界，同时从事文学创作。

马尔克斯为魔幻现实主义的杰出代表，他的作品的主要特色是幻想与现实的巧妙结合，善于用避实就虚、以虚喻实的曲折、夸张手法来反映现实生活，审视人生和世界。他认为这是用拉美人的认识方式来表现拉美现实的"真正的现实主义"。

他的重要作品有长篇小说《百年孤独》（1967）、《家长的没落》（1975）、《霍乱时期的爱情》（1985）、《迷宫中的将军》（1989），中篇小说《枯枝败叶》（1955）、《恶时辰》（1961）、《没有人给他写信的上校》（1961）、《一件事先张扬的人命案》（1981），短篇小说集《蓝宝石般的眼睛》（1955）、《格兰德大妈的葬礼》（1962），电影文学剧本《绑架》（1984），文学谈话录《番石榴飘香》（1982）和报告文学集《米格尔·利廷历险记》（1986）等。

《一件事先张扬的人命案》是马尔克斯为反对智利军政府，宣布"文学罢工"而停笔 8 年之后重新握笔写成的一部中篇，是他的代表作之一。作品虽以 30 年前哥伦比亚发生的一件命案为题材，但作者并未详述凶杀的细节和编选曲折的故事，而是采用看似平铺直叙的笔调从多种角度描述凶杀案的原因和背景，探究造成悲剧的根源。其创作意图，要通过这桩命案来反映哥伦比亚精神文明和物质文明的落后面貌，嘲讽权贵，鞭挞封建意识和仇杀行为。这篇作品虽然用的是"来访"式记录体手法，有着深刻的人物心理描写和精当的结构形式，但魔幻现实主义的风格犹存。

《百年孤独》中的一些表现手法，如预感和预兆、循环的时间观念、神奇的夸张、颜色的象征以及"意象"手法等等，在本篇中均有所运用。另外，文字精练，结构严谨，因而小说出版后，引起社会巨大反响，仅在哥伦比亚，两周内即售出 100 多万册，打破了拉丁美洲所有文学书籍的出版纪录。

1982 年，"因为他的长短篇小说把幻想和现实融为一体，勾画出一个丰富多彩的世界，反映了拉丁美洲大陆的生活和斗争"，马尔克斯获得诺贝尔文学奖。

第九节　秘鲁现代作家

帕尔玛

帕尔玛，1833 年出生于秘鲁利马。青年时期在利马的圣马科斯大学攻读法律，中途辍学。后刻苦自学，大量阅读浪漫主义作家的作品，投身当时风靡拉丁美洲的浪漫主义运动。最初从事诗歌创作，后转向散文。1855 年发表第 1 部浪漫主义《诗集》。1860 年因卷入反对卡斯蒂亚总统的活动，被放逐智利，在瓦尔帕来索编辑《南美杂志》，并继续文学创作。1862 年在智利发表历史研究著作《利马宗教法庭纪年》。后被任命为驻帕拉领事，曾去欧洲旅行，结识拉马丁等浪漫主义作家。1865 年在巴黎出版诗集《和声》。1868 年在巴尔塔总统任内担任政府职务，当选为国会议员。1870 年第 3 部诗集《西番莲》出版。1872 年巴尔塔总统被刺后，退出政界，专心从事著述。

帕尔玛最重要最有影响的作品是《秘鲁传说》。这部巨著共 7卷，从第 1 卷发表（1872）至最后一卷出版（1910），历时 40 年。全书共包括传说 453 篇，其中 339 篇写的是殖民时期。作者运用对秘鲁历史的渊博知识，根据各种奇闻轶事，编织出生动的传说，再现了殖民地时代的风貌，概括了秘鲁民族的生活。

传说按内容可分为宗教性、世俗性、戏剧性、流浪汉文学体、历史性、传奇性等 6 类；按反映的时代大致可分为：印加时代传说（至 1533 年）、总督时代传说（1534～1824）、独立时代传说（1825～1830）、立宪时代传说（1831 年以后）和历史时代不详的传说。

传说来源广泛，作者从史册、游记、诗文、传记乃至修道院的记录，以及成语、谚语、民谣、习俗、民间故事、传奇中发掘素材，编集成书，描写了从乞丐到总督各种人物，展示了各个历史时期内容极其广阔的画卷。

这部作品创造了一种新颖独特的文学形式，在拉丁美洲影响深远，模仿者很多，如智利的恩里克·德尔·索拉尔、乌拉圭的弗朗西斯科·埃斯卡多，墨西哥的巴列·阿里斯佩，秘鲁的何塞·安东尼奥·拉瓦列，以及玻利维亚的胡利奥·海梅斯等。

帕尔玛的其他著作有诗集《动词和形动词》（1877）、文学评论《破烂货》（1900）、文选《美洲弦琴》、游记《回忆西班牙》（1897）和《我那时代的流浪生活》等。

帕尔玛是秘鲁著名诗人、历史学家、散文作家，于 1918 年逝世。

贡萨莱斯·普拉达

贡萨莱斯·普拉达，1848 年出生于秘鲁，是秘鲁诗人、散文作家。年轻时在政治活动中失意，曾去利马郊区务农。1879 年太平洋战争爆发，应征入伍。战后参加少数党全国联盟，在欧洲旅居 7 年。

贡萨莱斯·普拉达一生致力于破除西班牙文学的狭隘传统和反对学院派的语言，并在诗歌形式和格律的改革方面作过多次尝试，对秘鲁诗歌的发展有一定的影响。他的诗歌是拉丁美洲浪漫主义后期诗歌的代表。他的散文简洁有力。他的作品带有现代主义诗歌的气息，有些文学史家因而把他列为现代主义前期诗人。

贡萨莱斯·普拉达的重要的作品有：《自由的篇章》（1894）、《小写》（1901）、《老修女们》（1909）、《战斗的时刻》（1908）、《奇情异调》（1911）、《生活的碎片》（1932）、《在丑行之下》（1933）、《秘鲁民谣》（1935）、《形象与巨大的形象》（1938）、《敬慕》（1947）等。

贡萨莱斯·普拉达于 1918 年逝世。

巴列霍

巴列霍，1892 年生于秘鲁北部安第斯山区的圣地亚哥·德·丘科。父亲是西班牙人后裔，母亲是印第安人。因家境贫困，中学未卒业即独立谋生。曾当过乡村教师、厂矿职员。1913 年入省会特鲁希略城自由大学哲学文学系攻读文学，1915 年改学法律。曾参加文学团体"北方"社。这个团体由一批对社会失去信心、对前途感到渺茫的知识分子组成。巴列霍受他们的影响，早期诗作中有悲观主义的色彩。

1918 年定居利马，担任新闻记者，并从事文学创作。同年，发表诗集《黑色的使者》，有象征主义和现代主义的痕迹，也有表现印第安土著民族疾苦的诗句。1920 年因思想激进被捕入狱，不久获释。狱中写成短篇小说集《音阶》和诗集《特里尔塞》（1922）中的许多诗篇。

1923 年前往法国，以后一直流亡在欧洲。1927 年加入西班牙共产党。1928、1929 年两度访问苏联。1930 年去西班牙。西班牙内战爆发后投入反法西斯的斗争。

1937 年发表的诗集《西班牙，我饮不下这杯苦酒》以及 1939 年他身后出版的诗集《人类的诗篇》，风格清新明快，感情真挚奔放，能够紧紧抓住人的心灵。他的中篇小说《钨矿》（1931）谴责美国垄断资本及其在秘鲁的走狗对印第安人的剥削和压迫，号召进行革命斗争。

巴列霍于 1938 年逝世。

马里亚特吉

马里亚特吉，1895 年生于首都利马。家境贫寒，14 岁辍学，为《新闻报》社做杂工。1914 年开始写作。1919 至 1923 年游历欧洲各国，为许多报刊撰写关于文学、政治、社会等方面的文章，后来大多收入《当代场景》（1925）一书。1923 年回国，曾先后创办《我们的时代》、《理智》、《阿玛塔》、《劳动》等报刊。1928 年创建秘鲁共产党。

马里亚特吉是拉丁美洲最早接受马克思主义思想的评论家，他力图以历史唯物主义观点研究文学。其主要著作《阐述秘鲁现状的七篇论文》（1928），是研究秘鲁以至拉丁美洲现实的重要文献，其中《印第安人问题》和《土地问题》两篇论文提出了著名的土著主义理论，为拉丁美洲土著主义印第安文学的发展奠定了基础。

马里亚特吉著名的论文还有《文学的发展》。他的重要著作还有《小说与生活》、《艺术家与时代》、《符号与作品》、《捍卫马克思主义》、《清晨的灵魂》等。

马里亚特吉于1930年逝世。

第十节　美国现代作家

欧　文

欧文，1783年4月30日出生于纽约市华尔街一个富商家庭，自幼爱好文学，阅读大量欧洲古典文学作品，深受英国浪漫主义作家司各特、彭斯等人的影响。1799年，欧文进入一个法律事务所学习法律业务，也曾协助家庭经营企业。1804年，欧文赴英、法、德、西班牙等国参观和旅游。1806年回国后，继续研读法律，1807年担任律师职务。1815年，欧文再度赴欧，遍游英国、苏格兰、爱尔兰名胜古迹。1832年，欧文返回祖国。1842～1846年间，欧文曾被任命为美国著名批判现实主义作家狄更斯、萨克富等成为知己。欧文的晚年是在美国度过的，1859年11月29日病逝于家中，终年76岁。

1807年，他和哥哥威廉等人共同创办一种不定期刊物《杂拌》，沿袭18世纪英国作家斯威夫特、菲尔丁以及艾迪生和斯梯尔的《旁观者》的传统，开始了他的文学创作活动。显露出他的幽默、风趣和含蓄的讽刺才能。

欧文的第一部重要作品是化名狄德里希·尼克尔包克尔所写的《纽约外史》（1809）。作者自称它的主要目的在于"以逗趣的形式体现我们这个城市的传统；阐述本地人的脾性、风俗和特色；给本地的风光与场所以及熟悉的人物披上一层唤起想象力的怪念丛生的联想"。书中讽刺了荷兰殖民者在纽约的统治，驳斥了殖民主义者为奴役和屠杀印第安人所制造的荒谬的论据。这部作品受到欧美广大读者的欢迎，英国小说家司各特曾说，他从未读过这样酷似斯威夫特的风格的作品。

《纽约外史》虽风靡一时，而欧文并没有进一步发挥他的文学创作才能。此后10年，除英美战争期间曾于1814年担任过短期军职之外，一直在帮助他的哥哥经商。1815年欧文去英国利物浦在他哥哥所开设的分行工作。1818年分行因战后经济萧条而倒闭，欧文从此留居英国，以写作为生。

1819年，欧文陆续发表许多散文、随笔和故事，共32篇，于1820年结集为《见闻札记》出版，引起欧洲和美国文学界的重视。英国诗人拜伦曾表示喜欢他的作品。欧文自己则说："我只想在全国协奏曲里吹长笛伴奏，而让别人来演奏小提琴和法国号。"这部作品奠定了欧文在美国文学史上的地位。其中的散文《威斯敏斯特教堂》、短篇小说《瑞普·凡·温克尔》和《睡谷的传说》等，都是脍炙人口、至今不衰之作。欧文还在《英国作家论美国》一文中回答了一个英国作家以极为轻蔑的口吻提出来的问题："有谁会读一本美国的书呢？"欧文说："……荣誉和声望并不单靠英国的意见，广大的世界才能给一个国家的名誉作出公断。"有人认为欧文的这篇文章可以看成美国文学的独立宣言。

继《见闻札记》之后，欧文写了体裁相似的《布雷斯布里奇田庄》（1822）和故事集《旅客谈》（1824），这两部作品都较《见闻札记》逊色。1826年，欧文在马德里任美国驻西班牙大使馆馆员。1828年发表《哥伦布的生平和航行》。1829年发表《攻克格拉纳达》，同年曾到格拉纳达的摩尔人故宫阿尔罕伯拉游览，后出版游记、随笔和故事集《阿尔罕伯拉》（1832）。

欧文在《阿尔罕伯拉》中以优美的笔调描绘西班牙险峻而悲凉的荒山原野，具有南国情调的幽雅的园林，质朴豪爽的西班牙人民及其风俗人情，同时也生动地叙述了西班牙民间和历史上有关摩尔人的神话和传说。在《阿拉伯星占家的传说》里，欧文利用一个流传很广的传说，揭露了侵略成性的统治者阿本·哈巴兹残忍荒淫的面目，以及道貌岸然、以哲人自居的星占家的卑鄙丑恶的灵魂。在《摩尔人遗产的传说》里，欧文塑造了朴实勤劳、见义勇为的卖水的贩子珀勒吉尔，与贪婪暴戾的法官和警察作对比。

欧文又曾担任美国驻英公使馆秘书。牛津大学曾授予名誉法学博士学位，英国皇家学会也向他颁发了勋章。1832 年欧文回到美国，在纽约受到热烈的欢迎。由于读者迫切需要他描写本国的生活，他曾到新开发的美国西部进行考察，写了《草原游记》。他还根据大皮货商约翰·雅各·阿斯托提供的材料，为这个大财阀写了一部发家史：《阿斯托里亚》（1836）。

1842 年，欧文再度赴马德里，出任美国驻西班牙公使。1846 年回国。晚年是在他曾经描写过的睡谷附近度过。这一时期他的主要作品是 3 部传记：《哥尔德斯密斯传》（1840）、《穆罕默德及其继承者》（1849～1850）和 5 卷本《华盛顿传》（1855～1859）。其中以《哥尔德斯密斯传》写得较好。

欧文的作品是中国读者所熟悉和喜爱的。他的几部名著被翻译成中文，其中有《拊掌录》（即《见闻札记》），《旅人达异》（即《旅客谈》）和《大食故宫余载》（即《阿尔罕伯拉》）。解放后翻译的有《阿尔罕伯拉》、《欧文短篇小说选》和《见闻札记》。

欧文是散文大师，是美国文学奠基人之一，也是一个浪漫主义作家，他的故事主要以殖民时期的生活为背景，描写了淳朴的人物性格，歌颂了淳厚的风俗人情和美丽的自然景色，创造了美国"童年"的画像。正是与这个"童年"画像相适应，欧文的故事清新闲适，轻松活泼，充满生活情趣和浪漫主义奇想。同时，欧文是个很会讲故事的人，又是个描写风景的能手；他的笔调诙谐幽默，文字优美精练，读起来娓娓动听，引人入胜。

詹姆斯·费尼莫·库柏

詹姆斯·费尼莫·库柏，1789 年 9 月 15 日生于美国新泽西州的伯林顿地区的一个地主家庭，父亲是国会议员、当地法官。1803 年库柏进入耶鲁大学学习，到第三年时被学校开除学籍。后来，曾在海军服役。1826 年，库柏出国旅游，达 6 年之久，大约于 1833 年回到美国。库柏的晚年是在自己的家乡库柏镇度过的，并一直专心致志地从事写作活动，直到 1858 年 9 月 14 日逝世为止。

库柏自幼生活在库珀斯敦，附近的湖泊森林，以及有关印第安人的传说，都深深吸引着他。1806 年他到商船上学习航海，后来在安大略湖畔一海军基地参加造船工作。并曾被任为海军上尉。1811 年辞去海军职务，同一个地主的女儿结婚，并定居在库珀斯敦。

库柏的文学生涯开始于 31 岁，他的第 1 部小说《戒备》于 1820 年自费出版。小说写他未曾经历过的英国上层社会的生活，很不成功。在妻子的鼓励下，他改变方向，写了一部他认为"应当是纯粹美国式的以爱国为主题的书"，即《间谍》。故事发生在独立战争时期两军争夺的要地韦斯切斯特。小说中成功地塑造了一个爱国的英雄哈维·柏契。他是贫穷的小贩，受起义军总司令华盛顿的派遣会刺探敌方的情报，在极其危险的环境中勇敢地执行任务，革命胜利后仍当小贩。小说在 1821 年出版后受到欢迎。库柏以后又写了反映边疆生活的《拓荒者》(1823) 和反映航海生活的《舵手》（1824），在美国文学史上开创了 3 种不同类型的小说，即革命历史小说《间谍》、边疆冒险小说《拓荒者》和海上冒险小说《舵手》。

《拓荒者》是以猎人纳蒂·班波为主要人物的五部曲《皮袜子故事集》之一。开始时库柏并没有通盘的写作计划。按内容顺序排列，1841 年出版的《杀鹿者》居先，依次为《最后的莫希干人》（1826）、《探路人》（1840）、《拓荒者》和《大草原》（1827）。库柏在《拓荒者》中着力描写独立战争后纽约州开发地上的小城镇生活。因使用鹿皮护腿而得到"皮袜子"绰号的纳蒂·班波在森林中以狩猎为生，与印第安人为伍，因两次救过法官的女儿，法官企图把班波置于他所代表的"文明"的保护之下。班波不喜爱这种"文明"，走向西部未开发的土地去过他热爱的森林生活。小说中还穿插描写传奇式的爱情故事。

五部曲中最出色的一部是《最后的莫希干人》，故事发生在 18 世纪中叶，英法殖民主义者为掠夺印第安人土地而发生战争，印第安人一方面被屠杀或者充当炮灰，另一方面又互相残杀，终于使整个部落绝灭。库柏虽然对印第安人的遭遇往往流露出同情和愤慨，但明显地站在英国殖民军一方，认为亲英的印第安人都是善良的，亲法的则是恶人。这部小说以英军司令的两个女儿前往司令部的经历为线索，展开了在原始森林中的探路、追踪、伏击、战斗等惊险情节的描写。

在《大草原》里，库柏描写班波在 90 高龄仍充当带路人，后来死在西部草原他视为兄弟的印第安人之中。这套"皮袜子故事"对后来美国的西部小说产生了很大的影响。

在关于海上生活的描写中，库柏也发挥了他擅长写惊险情节的才能。《舵手》以美国独立战争为背景，以当时著名的船长约翰·保尔·琼斯为原型，写"舵手"奉命前往英国海岸绑架英国上校霍沃德时被擒，设法逃脱，后来在海上经过多次战斗终于获胜。作品中有不少惊险情节。此后，库柏又创作了很多海上冒险小说，还写了各种海盗式人物。这类小说大多情节曲折，戏剧性强，描写生动，而且穿插着爱情故事，曾受到梅尔维尔和康拉德等作家的称誉。

1826 年，他出任美国驻法国里昂的领事，并到意大利和英国旅行。除了写海上冒险小说之外，他还写了反映欧洲生活的三部曲：

《刺客》（1831）、《黑衣教士》（1832）和《刽子手》（1833），表现教权和封建势力在资本主义兴起之前已日趋腐朽和衰落。

1835 年，库柏回到美国。这时的美国与他离去时人不相同。他对资本主义社会的庸俗和报界与政客的勾结表示厌恶，同时又支持联邦派而指责杰弗逊推行的资产阶级民主改革；他一方面积极支持英国、法国和荷兰的民主运动，另一方面又对"民主国家误解和增加公众权力的自然倾向"感到忧虑和恐惧。他甚至维护早已过时的荷兰殖民主义者的佃农制，反对在纽约州兴起的农民抗税运动。他在回国后写的小说《归途》和《家乡面貌》（1838）不仅讽刺了美国社会，还讽刺了库珀斯敦的一些人物的伪善和愚蠢，因此而受到舆论的攻击。晚年他甚至支持美国对墨西哥的侵略战争。1851 年 9 月 14 日去世。

库柏在 30 年创作生涯中写了 50 多部小说和其他著作。巴尔扎克曾说："如果库柏在刻画人物方面也达到他在描绘自然现象方面的同样成就，我们这门艺术就会以他的话为准。"库柏的小说描写惊险场面和自然景物著称。在他的笔下，大自然的景物被赋予了瑰丽的色彩；而环境描写又总是跟情节的发展、人物的心理交融在一起。另外，库柏的小说人物众多，结构复杂、情节曲折，引人入胜。但是由于当时美国小说还处在早期阶段，所以库柏的小说在艺术上难免使人有冗长、沉闷和矫揉造作之感。然而，库柏对推动美国小说的发展还是有一定贡献的。

拉尔夫·华尔多·爱默生

拉尔夫·华尔多·爱默生，1803 年 5 月 25 日生于波士顿一个牧师家庭。1882 年 4 月 27 日于马萨诸塞州康科德去世。8 岁丧父，家境陷入贫困。1817 年以前，他为积累学费已备考入高等学校，便在学院食堂里谋得一个侍者的职务，后来进入哈佛大学读书。在这期间，他阅读了当时英国浪漫主义作家柯尔律治、华兹华斯等人的作品。

1821 年毕业后，他为帮助几个弟弟求学，教了几年普通学校，然后在波士顿当牧师，属于唯一理教派。当时，唯一理教派在东部地区各教派中居优势地位，它虽然打破了加尔文教僵死教条的束缚，但也保留了不少迷信成分。爱默生出于自己的信念，毅然放弃教职，赴欧洲各国旅行，寻找思想出路。

1833 年回美国，专门从事写作和演讲活动。1836 年出版《论自然》一书，这部书几乎包含了他所有重要的思想的胚芽。书中认为，精神法则存在于自然的中心、自然对人来说，不仅是物质，也是过程和结果；每一个自然过程都是精神的体现。人的本质不在物质，而在精神，人本身就是有限的造物主，世界之所以缺乏统一，是因为人自身的不统一。每一种自然现象都可在头脑的能力和特性中找到其根源；梦比实验能够更深入地揭示自然的奥秘。书中还阐述了他的美学观。他认为美是上帝给德行打下的印记，美的创造是艺术；对美的爱慕便是趣味，美是诗人追求的主要目的。他在书中还提出摆脱传统的束缚的思想，主张"跟宇宙建立一种直接的关系"，要求建立一种有创见的而不是依赖传统的诗和哲学，要求有"给我们启发的自己的信仰"，反对"在往古的枯骨中摸索或将一代活人套进陈腐的假面具中去"。

1837 年 8 月 31 日，爱默生在美国大学生联谊会上以《论美国学者》为题发表演讲，抨击美国社会中灵魂从属于金钱的拜金主义和资本主义劳动分工使人异化为物的现象，强调人的价值；提出学者的任务是自由而勇敢地从皮相中揭示真实，以鼓舞人、提高人、引导人；他号召发扬民族自尊心，反对一味追随外国的学说。他提出

"不能永远靠外国宴席上的残羹剩菜过活"，"要用自己的脚走路"，"要讲出自己的思想"。这演讲轰动一时，对美国民族文化的兴起产生重大的影响，被霍尔姆斯誉为"我们的思想上的独立宣言"。

1838 年 7 月 15 日，爱默生在剑桥的神学院发表题为《神学院致辞》的著名的演讲，指出只要一个人秉心公正，他在一定范围内便是上帝，他也便有了上帝的安全、不朽与威严，他呼吁用原始的真理代替传统的宗教形式。他的这一演讲遭到新英格兰加尔文教派、唯一神教派等势力的抗议和攻击。爱默生的哲学思想中保持了唯一神教派强调人的价值的积极成分，又吸收了欧洲唯心主义先验论的思想，发展成为超验主义观点。其基本出发点是反对权威，崇尚直觉；其核心是主张人能超越感觉和理性而直接认识真理。这一观点有助于打破当时神学和外国的教条的束缚，建立民族文化，集中体现了时代精神，为美国政治上的民主主义和经济上资本主义的发展提供了理论根据。

自 1836 年开始，爱默生、阿尔科特、里普利等人在波士顿的康科德不定期地聚会讨论"神学与哲学的不良状况"，这可以说是超验主义运动的起点。这一运动没有组织形式，没有具体纲领，通称为康科德作家集团或康科德哲学学派，又被称为"超验主义俱乐部"。他们创办评论季刊《日规》（1840～1844），发表文学作品和主张改革教育、伦理、政治等方面的论文。爱默生一度担任主编，由于爱默生等人的影响日益深广，"超验"一词逐渐失去其贬义，最终成为了美国浪漫主义文学运动在理论上的概括，爱默生也因此成为超验主义思想运动的主要代表人物。

爱默生对资本主义社会中人的异化不满，提倡个性的绝对自由和社会改革。1830 至 1840 年，他曾认为解放思想和精神比解放黑奴重要，因而超然于废奴运动之外。但随着事件的发展，他改变了态度，也明确表示反对奴役黑人，反对农奴制。1859 年，他公开为约翰·布朗辩护。南北战争时期，他为庆祝黑奴解放宣言的颁布，写了著名的《波士顿颂》一诗，为黑人的平等权利而呼吁。

爱默生的作品虽然数量不多，但却包括了诗歌、散文、文艺论著等各种体裁和形式。其中较著名的散文作有《论自助》、《论超灵》、《论美国学者》等。这些散文著作，后来汇集成《散文选》第一集和第二集，分别在1841年和1844年出版。此外，还有文艺评论著作《诗人》（1844）和《历史人物传》（1850）等。

爱默生的创作独具特色。他的文字不追求典雅华丽的辞藻，有时简洁有力，犹如格言；有时用一连串的形象比喻来说明繁复的哲理，具有磅礴的气势和雄辩的说服力，被概括为"爱默生式风格"。

霍　桑

纳撒尼尔·霍桑，1804年7月4日出生于美国东部新英格兰地区的萨莱姆镇，是当地移民望族的后代。霍桑的父亲是一个船长，在他4岁时，父亲因病逝世于海外，霍桑由母亲抚养成人。霍桑的出生地萨莱姆镇在美国历史上曾以宗教迫害的"驱巫"案而闻名，这就是发生在17、18世纪之交的对上百名教会"异端"和无辜居民的迫害。霍桑自幼受了故乡宋教气氛的熏陶，当地流行的宗教迫害故事对他的思想和创作都有很大影响。1821年霍桑在亲戚资助下进入博多因学院，同学中有当选总统的皮尔斯等。1825年大学毕业，回到塞勒姆镇，从事写作。他曾匿名发表长篇小说《范肖》（1828）和几十个短篇作品，陆续出版短篇小说集《古宅青苔》（1843）、《雪影》（1851）等，逐渐得到重视和好评。

霍桑的短篇小说大多取材于新英格兰的历史或现实生活，着重探讨人性和人的命运等问题。著名的短篇小说《小伙子布朗》、《长的黑纱》揭露人人皆有的隐秘的罪恶，表达了人性是恶的和人是孤独的等观点。另一些小说如《拉伯西尼医生的女儿》，反映了他对科学和理性的怀疑，以及他反对过激和偏执的思想。《通天的铁路》则指出技术的进步虽丰富了人的物质享受，却败坏了人的精神。有少数作品正面表达了霍桑的理想，如《石面人像》；另外有些故事记叙了新英格兰殖民地人民的抗英斗争，但往往带有浓厚的宗教气氛和神秘色彩。

1836 年和 1846 年霍桑曾两度在海关任职，1841 年曾参加超验主义者创办的布鲁克农场。他于 1842 年结婚，在康科德村居住，结识了作家爱默生、梭罗等人。1848 年由于政见与当局不同，失去海关的职务，便致力于创作活动，写出了他很重要的长篇小说《红字》（1850）。这部作品以殖民地时期新英格兰生活为背景，描写一个受不合理的婚姻束缚的少妇犯了为加尔文教派所严禁的通奸罪而被示众，暴露了当时政教合一体制统治下殖民地社会中的某些黑暗。作者细致地描写了经过长期赎罪而在精神上自新的少妇海斯特·白兰，长期受到信仰和良心的责备而终于坦白承认了罪过的狄姆斯台尔牧师，以及满怀复仇心理以至完全丧失人性的白兰的丈夫罗杰，层层深入地探究有关罪恶和人性的各种道德、哲理问题。小说以监狱和玫瑰花开场，以墓地结束，充满丰富的象征意义。

《红字》发表后获得巨大成功，霍桑继而创作了不少作品。其中《带有七个尖角阁的房子》（1851）描写品恩钦家族的祖先谋财害命而使后代遭到报应的故事，说明财富是祸患，"一代人的罪孽要殃及子孙"；这部小说也反映了资本主义发展初期的血腥掠夺。另一部小说《福谷传奇》（1852）以布鲁克家场生活为题材，表达了作者对这种社会改良尝试的失望心情以及对狂热的改革者的厌恶。皮尔斯当选为美国总统后，霍桑于 1853 年被任命为驻英国利物浦的领事。1857 年后，霍桑侨居意大利，创作了另一部讨论善恶问题的长篇小说《玉石雕像》（1860）。1860 年霍桑返回美国，在康科德定居，坚持写作。1864 年，霍桑的健康恶化，在赴海外疗养时，逝世于旅途的航船之中。

霍桑是一个思想上充满矛盾的作家，新英格兰的清教主义传统对他影响很深。一方面他反抗这个传统，抨击宗教狂热和狭隘、虚伪的宗教信条；另一方面他又受这个传统的束缚，以加尔文教派的善恶观念来认识整个世界。作家赫·梅尔维尔曾指出，他的作品中渗透着"加尔文教派的'人性本质'和'原罪'的观念"。霍桑思想保守，对生产的发展和技术进步抱有抵触情绪，对社会改革持怀疑态度，对当时蓬勃开展的废奴运动不很理解。这些在他的作品中都有所流露。

霍桑的小说具有鲜明的艺术特色，驰骋的想象，神奇的象征，构成了浓厚的浪漫主义色彩。同时，霍桑还善于刻画和描绘人物的心理状态，揭示主要人物的病态心理或被抑制的思想感情。因此，霍桑被认为是美国文学史上浪漫主义小说和心理分析小说的开创者。

朗费罗

朗费罗，1807年2月27日生于美国东北缅因州的沿海城市波特兰。他的父亲是一个律师，母亲是一个诗歌爱好者。1822年，朗费罗进入缅因州的博多因学院读书，学习希腊文、拉丁文，也学习法、意等现代语。1825年毕业后，受学院委托，赴欧洲学习深造。1829年回国，在博多因学院讲授了6年现代语文。1835年，他接受了哈佛大学的聘请，并再度赴欧游学。1836年在哈佛大学任教。

1839年，朗费罗出版第一部诗集《夜吟》，其中包括著名的《夜的赞歌》、《生命颂》、《群星之光》等音韵优美的抒情诗。1841年再出版诗集《歌谣及其他》，其中有故事诗《铠甲骷髅》、《金星号遇难》，也有叙事中含有简朴哲理的《乡村铁匠》、《向更高处攀登》等。诗中充溢了淬砺奋发的精神和乐观情绪。这两部诗集在大西洋两岸风靡一时，朗费罗从此以诗人闻名于世。在组诗《奴役篇》(1842) 中，他不仅写了《奴隶的梦》、《奴隶的夜半歌声》，而且也写出了《警告》这样的诗，预言被奴役的黑人终将象《旧约》中备受屈辱的大力士参孙一样，"举起手臂，把这个国家制度的基础动摇"。

朗费罗于1845年发表诗集《布吕赫钟楼及其他》，因收有《斯普林菲尔德的军火库》、《桥》、《努伦堡》和《布吕赫钟楼》等佳篇而为人称道。《海边与炉边》（1849）包含了诗人向读者宣告创作意图的《献辞》以及通过造船的形象讴歌联邦的缔造的长诗《航船的建造》。

朗费罗的主要诗作包括 3 首长篇叙事诗，或"通俗史诗"：《伊凡吉林》、《海华沙之歌》和《迈尔斯·斯坦狄什的求婚》。《伊凡吉林》（1847）描写阿卡迪亚的一个和平的村庄遭到法国殖民者的焚毁，少女伊凡吉林及其未婚夫被迫离开家乡，流落失散，经过辗转寻觅，终于在死亡中团聚。这首诗采用六音步无韵诗体，着意描绘宁静的田园景色和劫后被拆散的恋人的痛苦。

1854 年朗费罗辞去哈佛大学教职，专事创作。次年发表《海华沙之歌》。这是采用印第安人传说而精心构思的 4 音步扬抑格长诗，写西风之子即印第安人领袖海华沙·生克敌制胜的英雄业绩，以及他结束部落混战，教人民种植玉米，清理河道，消除疾病等重要贡献。在美国文学史上这是描写印第安人的第一部史诗，它的意义不容忽视；但诗的素材主要来源于斯库尔克拉夫特的著作，作者缺乏直接的生活体验；诗的韵律完全模仿芬兰史诗《卡勒瓦拉》，当时虽然受到了读者的赞赏，却遭到后代一些评论家的责难。

《迈尔斯·斯坦狄什的求婚》（1858）根据普利茅斯移民的传说改写，大意是说一个军官请好友代自己求婚，结果成全了别人。此诗当时在英美两国受到热烈的欢迎。

从 1843 年起，朗费罗夫妇在幽静的克雷吉别墅中度过了 17 年幸福的家庭生活。1861 年他的夫人不幸被火烧伤致死，这一直使他无比悲痛。为了摆脱精神上的重负，他投身于但丁的《神曲》的翻译，还写了 6 首关于但丁的十四行诗，是他最佳的诗作。

《路畔旅舍的故事》（1863）大体上仿效乔叟的《坎特伯雷故事集》。第一首诗《保罗·里维尔的夜奔》描叙独立战争中平民的英雄保罗·里维尔夜半骑马奔驰，及时向起义民兵报告英军偷袭的情报，是一首家喻户晓的名篇。以《基督》命名的三部曲诗剧，着手于1851年，1872年完成，它的第1部《神圣的悲剧》描写基督的时代，象征"希望"；第2部《金色的传说》描写中世纪，象征"信念"；第3部《新英格兰悲剧》由殖民时期两个民间传说组成，象征"慈善"。

朗费罗晚年创作不辍，备受尊崇，牛津大学和剑桥大学曾分别授予他荣誉博士学位。他75岁生日那一天，美国各地的学校都举行了庆祝。1882年3月24日朗费罗逝世。伦敦威斯敏斯特教堂诗人之角安放了他的胸像，他是获得这种尊荣的第一位美国诗人。

朗费罗是19世纪美国杰出的诗人。100多年来，他的诗在美国和欧洲仍有广大的读者，获得很高的声誉。世界和平理事会把他列为1957年纪念的世界文化名人之一。诗歌技术娴熟，音韵优美，通俗易懂，雅俗共赏，并被编入教科书译成多种文字。

惠特曼

惠特曼，1819年5月31日出生于美国长岛。父亲务农兼作木匠，因为不能糊口，五岁那年全家迁往纽约附近的布鲁克林。老惠特曼从小就受启蒙主义思想影响，推崇独立革命时期的进步思想家托马斯·潘恩，使惠特曼从小就受到民主主义思想的熏陶。惠特曼为生活所迫，8岁就步入社会，先后做过跑差、艺徒、排字工人、小学教师、记者、编辑、水泥匠等。惠特曼青年时代对民歌产生浓厚兴趣、经常学习民歌，并且练习写作。1846年2月至1848年1月之间，他担任《布鲁克林之鹰》的编辑。1848年去新奥尔良编辑报纸，不久回到布鲁克林。此后的五、六年中，他帮助年迈的父亲承建房屋。经营

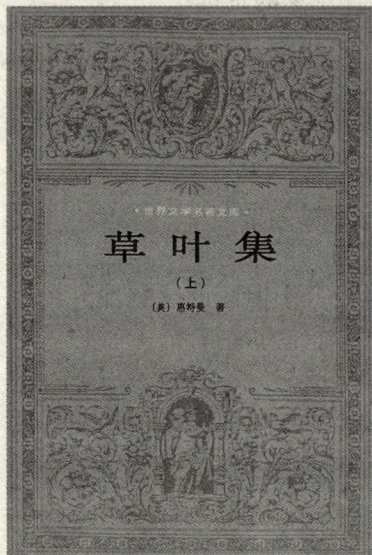

世界文学名著宝库

草叶集

（上）

[美] 惠特曼 著

小书店、小印刷厂，自由散漫，随意游荡；与少年时一样，尽情地和船夫、领航员、马车夫、机械工、渔夫、杂工等结交朋友。

《草叶集》是惠特曼的一部诗歌总集。1853 年，《草叶集》第 1 版问世，收入了《自我之歌》、《大陆之歌》等战前时期的 12 首诗。后来，惠特曼又对这部诗集进行多次修订，至 1892 年，共出 10 版，成为包括 296 首诗的洋洋巨著。这首诗的内容几乎包括了作者毕生的主要思想，是作者最重要的诗歌之一。诗中多次提到了草叶：草叶象征着一切平凡、普通的东西和平凡的普通人。诗的背景是纽约的街道和长岛的海滩，反映了各劳动阶层的生活：满载着稻草的车车、船夫和挖蛤蛎的人、屠夫的小伙计、铁匠、赶马车的黑人、木工以及领航员、纺纱女郎、排字工人、筑路者、拉纤者、妓女等等。诗人在诗中用十分漫柔的笔触写了一个逃亡中的黑奴形象。

《自我之歌》还表达了作者思想的其他重要方面。他十分重视、而且也经常描写人们极为自然的性生活，"我是肉体的诗人，也是灵魂的诗人。"他认为人的肉体和性行为没有丝毫必须鄙视的地方。这在长期以来习惯于清教徒成规的美国体面人的目光中是骇人听闻、大逆不道的；当时承继着新英格兰文化传统的著名诗人洛威尔和朗费罗对此都极不以为然，希望诗人把描写性的部分从诗集中删去，但是惠特曼却断然加以拒绝。

惠特曼自称是个喜欢户外生活的人。他虔诚地崇拜自己赤裸裸的、无罪的肉体。他认为性的结合就是肉体和灵魂的结合；灵与肉是人体不可分割的一个东西的两个方面。惠特曼思想中也有不少唯心主义和神秘主义的东西，在这里表现为上帝和"宇宙灵魂"的存在。诗人并不信奉基督教，他有时把上帝叫作长兄或同志，但有时他又认为有一个象爱默生的"超灵"那样的上帝存在。这是一个抽象的原则，存在于万物之中，因此每一个微小的生物或物件都包含着广阔的世界，都是神圣不可侵犯的，他自己也和万物相通，因此"自己"或"自我"也是神圣的，而且每一个男人或女人也都有一个神圣的"自己"。与此相联系的是他关于"死亡"的看法，他并不认为"死亡"就是一切的消灭，"死亡"恰好是一种属于精神的、新生命的开始，而且是一种更高的生命。

第 1 版《草叶集》中有一篇重要的序言，其中夸大了年轻的美利坚共和国的巨大成就，但是作者的坚定的民主思想也表达得很清楚。

这薄薄一册划时代的诗集受到了普遍的冷遇。只有爱默生给诗人写了一封热情洋溢的信：

> "我认为它是美国从未有过的一部不同寻常的具有才识和智慧的作品……我因它而极为欢欣鼓舞。里面有无与伦比的内容，其说法也是无与伦比的……我向你的伟大事业的开端致敬。"

惠特曼从这封信中得到巨大的鼓舞。

1856 年，第 2 版《草叶集》出版，共收诗 32 首。第 1 版的序言已为《在蓝色的安大略湖畔》所代替。每一首诗也都有了题目，诗集中的佳作之一《给一个遭到挫败的欧洲革命者》其实是献给全世界的革命者，诗人鼓励他们在遭到挫败后必须再接再厉，因为自由终究要胜利，胜利伟大的，但是失败也一样伟大；而他自己则是一个支持"全世界每一个无畏的叛逆"的坚定不移的诗人。

《一路摆过布鲁克林渡口》是诗人最优秀的作品之一。诗人写渡口的繁忙景象，特别写熙熙攘攘的来摆渡的人群，感到他和他们心心相印，和他们所想、所看到、所感受的完全一样，和他们浑然一体。他不但在当前和他达到了精神上的一致，即在将来，在数代之后，亦复如此。这里又表现出了惠特曼哲学思想中的"宇宙灵魂"、"极灵"的存在。

《阔斧之歌》的主人公是阔斧和它所创造的各种形象，它是拓荒者，在创造一个新世界。作品不但歌颂了阔斧的创业精神，也歌颂了"一切有进取心、有胆略的人们的美",以及有"独立精神,独立的出发点,和依靠自己力量的行动的美"。诗中还穿插了一段对"伟大的城市"的描写:伟大的城市不是一个物资多、数目大、体积和分量重的地方;伟大的城市必须既无奴隶又无主人,必须有最忠诚的朋友在那里立足,必须是个两性的白璧无瑕也站住了脚跟的地方。因此阔斧还有一个本来的重要任务,即创造一个理想的、真正民主的世界。

惠特曼在50年代后期和60年代曾草拟过许多演讲词,其中最重要的一篇是《论第十八届总统选举》,是在1856年总统大选之年写成。惠特曼这时脱离了民主党,支持新成立的反对奴隶制的共和党及其总统候选人。他在演讲词中指责16、17届总统完全支持奴隶主的利益,他要求消灭蓄奴制,甚至要求用武器人反对"逃亡奴隶法",但是他常常把理想的美国描写成小私有者的国家。他也讽刺了议会中的政客和官僚,要求青年工人进入国家机构。这篇文章直到1928年才出版。

1859年,《星期六周刊》的圣诞专号上刊出了惠特曼的一首优秀抒情诗《从永不休止地摆动者的摇篮里》,这是一首爱情和死亡的颂歌。在发表这首诗的前后三年中,惠特曼和在纽约百老汇大街普发福餐馆集会的一批文人过从甚密,其领袖人物是《星期六周刊》的主编亨利·克莱普。仅在1859至1860年一年之中,这家周刊就刊载了始终受着冷遇的惠特曼的大约25篇作品和评论惠特曼的文章。在餐馆集会的全盛时代,惠特曼应波士顿一出版家之请印行了《草叶集》的第3版(1860),这本诗集算是第一次"正式出版"。集中有124首新诗,包括《从永不休止地摆动着的摇篮里》和3组分别名为《民主之歌》、《亚当的子孙》、《芦笛》的诗歌。开卷的第一首诗《从鲍玛诺克开始》是自传体长诗,诗人在这里作为西方世界的一个崭新人物出现。《民主之歌》包括16首新诗,较好的一首是《我听见美洲在歌唱》。在《亚当的子孙》中,诗人认为失去乐园的不是亚当，而是他的子孙。他们本来是清白的，但却自以为堕落，其实肉体是无罪的，应把它升华为精神的东西。《亚当的子孙》写男女之间的情爱是肉体的；而《芦笛》则写男子之间的同志友好关系，是精神的，是民本精神的基础，同男女之间的情爱比更加热烈而持久。用诗人自己的话来说，芦笛是草类中叶片最大、最健壮的，而且清新，有芳香，是在水中成束生长的。"芦笛"显然是"草叶"的进一步发展，象征最坚毅、最能耐受风霜……的同志爱的各种特点。这一组诗因为流露出同性相爱的情绪而受到当时文学界的强烈斥责。

南北战争期间，惠特曼作为一个坚定的民主战士，显示了他的深刻的人道主义本色。1862年底战争激烈进行时，他主动到华盛顿去充当护士，终日尽心护理病的兵士，以致严重损害了健康。他的生活十分艰苦，借抄写度日，把节省下的钱用在伤病员身上。他充当护士将近两年的时间中，大约接触了10万士兵，有许多后来还一直和他保持联系。

战后惠特曼在内政部的印第安事务局任小职员，不久局长发现他是《草叶集》的作者，把他解职；后来他在司法部长办公室供职，工作8年。由于在内战中受到了锻炼；增加了阅历，政治思想认识也得到了提高，他的创作进入了一个新的阶段。1865年，惠特曼在纽约自费印行他在内战后期写的诗集《桴鼓集》，其中共收入新诗53首。几个月之后他又出版了一本续集，其中有悼念林肯的名篇《最近紫丁香在庭院里开放的时候》。

1867年的《草叶集》第4版只有8首新诗，都是并不出色的短诗，但是收入了《鼓集》及其续集。值得注意的是1871年发表的长篇文章《民主远景》，它总结了作者的文艺观和政治主张。与第1版《草叶集》的序言相比，惠特曼在这篇文章中对于美国的民主制度有了深刻得多的认识。而对劳动人民和普通群众的热爱和信任则始终十分坚定，他认为未来的美国文化和民主国家要靠他们来创造，但是当时的状况却完全不理想。作者没有在他的祖国见到真正的民主，他说："我们经常使用'民主'这个词，但是我必须不厌其烦地重复说，这个词的真实意义还在睡大觉，还丝毫没有醒过来，虽然笔底和舌尖为了这两个字发出了隆隆然愤怒的雷声和风暴。这是个伟大的词，我认为它的历史还没有写下来，因为这部历史还没有上演。"惠特曼的这篇文章表明作者在思想上的成熟，它的风格也很有气派。

《草叶集》的第 5 版在 1871 年和 1872 年各印刷了一次。第一次增收 13 首新诗，第二次收入一般评论家公认为诗人最后一首重要的长诗《通向印度之路》和少数几首新诗，其中有《啊，法兰西的明星》。惠特曼在这首诗中向以巴黎黎公社为最后高峰的法国革命浪潮致敬。他说："法兰西之星不仅仅属于法国，目前这场战斗和大胆进取是为了自由，为了理想，为了四海之内皆变成兄弟，为了使暴君和僧侣胆战心凉。"巴黎公社只持续了一周，但是作者认为法兰西之星十分美丽，明亮，金光闪闪，将永远放射光辉。《通向印度之路》歌颂了三项刚刚完成的重大工程：苏伊士运河的凿通，在水路上贯通了欧亚两洲；北太平洋铁路的建成，连接了美国大陆的东西两端；横贯太平洋和大西洋的海底电缆的铺设。这三大工程完全接通了东西半球，显示了科学技术的威力，具有社会政治意义，而对惠特曼说来还具有哲学意义。长诗描写现代科学技术把空间缩短了："远的变近了，不同的地域焊接在一起了"；也把时间衔接起来了——过去的古老的东方和现代的年轻的西方连接在一起。作者还描写了由苏伊士运河开创的海上活动、太平洋铁路所担负的运输和沿路瑰丽的自然环境；欧亚连接在一起实现了当年哥伦布想找一条到达印度的通道却找到了新大陆时的那种理想。

惠特曼认为，在精神领域里，诗人也要做工程师们；在物质领域里的工作，自然与人类不应再有隔阂。"一切分离与空隙必须挂起钩来，必须连接起来"。诗人和他的灵魂还渴望和上帝合一；他认为能够航行到的目的地应比印度遥远得多。"啊，必须朝更远更远的方向扯起风帆！"

惠特曼在编印各版《草叶集》时，经常变动诗篇的前后次序。他编排的原则不是按诗篇写作时间的先后，而是按照它们的内容、主题分类。他还随时更动某些诗篇或某组诗篇的前后次序。但是按照第5版第一次印刷的内容和编排来看，已经象是最后的一次安排。1873年他身患瘫痪症，后来始终没有恢复健康，他的写作能力从此也一蹶不振。但他的乐观主义，对生活的热爱和敏感，他的民主理想等还是至死不衰，1884年3月他在卡姆登买下一所小屋，并在那里终老。他的晚年郁郁不得志，除编印了几个版本外，偶尔写些诗文，在英美两地的报刊发表。

1876年他出版了《草叶集》的第6版，以纪念独立宣言的一百周年。这是一部包括散文作品在内的两卷集，第一卷即第5版的内容，第二卷他取名为《两条小溪》，包括散文、18首新诗、第5版的《通向印度之路》和附诗，诗句趋向于抽象。《草叶集》的第7版（1881～1882），它的文字、每首诗的题目和排列的先后次序，都已最后审定。而惠特曼还是继续写诗，直至1892年去世。他最后的诗作被列为"附诗一"（1888～1889）、"附诗二"（1892）；他还嘱咐他的死后遗作可列为"附诗三"，以使第7版保持原状，不可更动。第7版《草叶集》的另一个特点是，它是唯一由知名的出版商正式出版的本子。第7版共收20首新诗，都是短诗，没有佳作。

1882年诗人出版了他的散文集《典型的日子》，其中包括《民主远景》一文。1888年出版的《十一月枝丫》，收入62首新诗和一些文章，序言题为《回顾曾经走过的道路》，其中的诗篇后来收入《草叶集》的第8版（1889），并成为"附诗一"。1891年费城的出版家出版惠特曼的新作《再见吧，我的幻想》，其小的诗篇成为《草叶集》的"附诗二"；《草叶集》的第9版（1892）包括、"附诗一"、《七十之年》和"附诗二"《再见吧，我的幻想》。诗人去世后的遗诗《老年的回声》，作为"附诗"，见1897至1898年出版的集子，后来的个集也都收入。现在通用的全集，是所谓"临终版"，即1892年出版的第9版。

惠特曼是土生土长的美国作家，他并不崇拜古老的欧洲文明，而是全心全意为建立美国式的、民主的文学而奋斗。但是他也不是沙文主义者，他十分关心欧洲的革命运动，曾写过不少诗歌加以鼓励和祝贺，他是个热情的国际主义者。

惠特曼诗歌的艺术风格和传统的诗体大不相同，他一生热爱意大利歌剧、演讲术和大海的滔滔浪声，西方学者指出这是惠特曼诗歌的音律的主要来源。他只写过极少几首用传统诗法的诗歌，如流行的悼念林肯之歌《啊，船长啊，我的船长！》。他的诗行比较接近口语和散文诗的节奏，没有韵，也没有极为规律的重音，因而更加接近于他所要表达的思想感情。他的诗歌经得起推敲，而他的散文则常常显得粗犷、松散而庞杂。他的思想感情和泛神论的宇宙观，不大肯受传统习惯的约束和限制，但他的诗体仍有规律可寻，一个比较显著的特点是思想、形象和用词、造句上的平行法。最浅显的平行法是两行或多行的语法结构相同或每行中的思想相类似，甚至词类也相同。更加常见的是每一句的句首是同一个词、词类，或同一个短句，这种形式成为惠特曼常用的列举法———一连串类似的形象、动作或内容排列在一起，或多或少。诗句没有传统的一定数量的重音，但仍有节奏，有如海浪的节奏，口语的节奏，朗诵的节奏。一句诗不一定以重音为单位，而可以用思想、语调、标点符号或停顿为单位；一节诗或整首诗不一定按逻辑构成，而是由弱到强，由少到多，通过累积过程直到高潮。此外，也有整首诗的结构模拟意大利歌剧的形式。但不论是他抒发的思想感情，还是诗体形式，都是"离经叛道"、大胆创新的。

惠特曼的诗歌对我国五四运动以后的新诗创作产生了很大的影响。郭沫若译过惠特曼的一些诗，从他的《地球，我的母亲》等诗中可以看出受惠特曼影响的痕迹。

惠特曼是 19 世纪美国杰出的诗人，他的创作具有鲜明的民主色彩和乐观精神，反映出美国资本主义上升时期广大人民的情绪和愿望。他的诗歌以其民主的内容和革新的形式对美国以至世界的诗坛产生了深刻的影响。

惠特曼于 1892 年逝世。

狄更生

狄更生，1830 年 12 月 10 日出生于马萨诸塞州阿默斯特镇一个律师家庭，父亲任国会议员。她从小受到正统的宗教的教育，青少年时代的生活单调而平静，很少外出，仅作过一次旅行。20 岁开始写诗，早期的诗大都已散失。1858 年后闭门不出，70 年代后几乎不出房门，文学史上称她为"阿默斯特的女尼"。研究者至今仍不明白她长期隐居的原因。

她在孤独中埋头写诗，留下诗稿 1775 首。在她生前只有 7 首诗被朋友从她的信件中抄录出发表。她年轻时曾接触到爱默生的思想，爱默生反对权威、崇尚直觉的观点，使她与正统的宗教感情发生冲突，处于对宗教的虔诚与怀疑的矛盾之中。她的诗主要写高傲的孤独、对宗教追求的失望、死的安详等，反映了复杂的心理状态。她的诗稿没有注明创作的日期，在隐居写诗的 30 年中，诗的风格和题材也没有明显的变化，所以她的作品的年代都是编者所加。

据某些研究者估计，在 50 年代末至 60 年代上半期她写了 800 首诗，她的最佳之作大多出于这个时期。她的诗在形式上富于独创性，大多使用 17 世纪英国宗教圣歌作者艾萨克·沃茨的传统格律形式，但又作了许多变化，例如在诗句中使用许多短破折号，既可代替标点，又使正常的抑扬格音步节奏产生突兀的起伏跳动。她的诗大多押半韵，即听来似乎有韵，而实际上并不严格押相同的韵。形式上这些革新使她的诗避免19世纪维多利亚时期诗的风格中甜腻圆熟的音调，而具有许多现代派诗人所刻意追求的粗糙美。她的诗也摆脱了浪漫主义诗歌的直抒胸臆或感叹，善于用独特的形象和比喻，以表现复杂的内心活动。

狄更生还写过许多本书，但大多都于诗的内容一样，也说她生活的狭隘。

狄更生于1886年5月15日逝世。她的亲友于19世纪末发表她的遗诗3集，但却逐渐为人所遗记。到美国现代诗的兴起，她作为现代诗的先驱者得到欢迎，对她的研究也成了美国现代文学批评的热门。

马克·吐温

马克·吐温，原名塞缪尔·朗赫恩·克莱门斯，1835年11月31日生在密苏里州佛罗里达镇，长在密西西比河上的小城汉尼拔。父亲是个不得意的乡村律师和店主。1851年他在哥哥欧莱恩开办的报馆中充当排字工人，并开始学习写作幽默小品。1853年后在美国中西部和东部做排字工人。1856年去新奥尔良，想转道去巴西，在乘船沿密西西比河南下时遇见老舵手贺拉斯·毕克斯比，拜他为师，18个月出师后在密西西比河上做舵手，直至内战爆发，水路交通断绝，在战争中他曾一度参加南军。

1861年欧莱恩被林肯总统派去西部内华达领地政府任秘书，他随同前往，试图在经营木材业与矿业中发财致富，均未成功，便转而以写文章为生。1862年马克·吐温在内华达弗吉尼亚城一家报馆工作。1863年，他开始使用"马克·吐温"的笔名。这个词是密西西比河水手的行话，意思是"12英尺深"，指水的深度足使航船通行无阻。1864年，他在旧金山结识幽默作家阿·沃德和小说家布·

哈特，得到他们的鼓励和帮助，提高了写作的本领。1865 年在纽约一家杂志发表幽默故事《卡拉韦拉斯县驰名的跳蛙》。该故事根据一个流行已久的传说改写，生动地表现了当时在开发中的美国西部所特有的幽默的风格，加上突出的运用口语的文风，使他一举闻名。此后马克·吐温经常为报刊撰写幽默文章。1867 年马克·吐温作为记者乘"桂格城"号轮船随一批旅游者去欧洲和巴勒斯坦旅行。他写的报道后来辑成《傻子国外旅行记》（1869），此书嘲笑了欧洲的封建残余和宗教愚昧，也讽刺了富有的美国旅游者的庸俗无知。

1870 年马克·吐温与奥莉薇娅·兰登结婚，她是纽约州一个资本家的女儿。这段婚姻对马克·吐温的影响如何，历来有两种见解：一种认为他的妻子成了他的作品的检察官，妨碍他偏于粗犷的才能的发挥；多数人则认为这段婚姻不妨碍他的创作，反而是相辅相成，十分美满。

马克·吐温婚后居住在布法罗，自己编辑发行《快报》，一年后因赔钱过多而出让。1872 年他出版了《艰苦岁月》一书。该书反映了他在西部新开发地区的生活经历，其中记载了一些奇闻轶事，特别是富有美国西部特色的幽默故事。1873 年他同查·沃纳合作出版了第一部长篇小说《镀金时代》。这部小说讽刺了美国内战后资本主义迅速发展时社会上投机暴发以及政治腐败的情况。其中描写了两个著名的人物：赛勒斯上校彬彬有礼，慷慨好客，虽贫无一文，但充满轻易致富的幻想；参议员狄尔华绥是政客，满口仁义道德，其实投机欺诈，无所不为。这两个人物是"镀金时代"的精神体现。

1871 年马克·吐温举家移居东部康涅狄格州哈特福德，这时他已成为有名的作家和幽默演说家。在以后的 20 年里，他常和一些文人来往，也受到了他们的影响，这 20 年也是他创作的丰收时代。1875 年马克·吐温应豪威尔斯之约，为《大西洋月刊》撰文。他以早年在密西西比河上做舵手的生活为题材，写了 7 篇文章，后汇集成书，名为《密西西比河的往事》。这本书用自传体的形式，以幽默的笔法，现实主义和浪漫主义结合的风格，把密西西比河和河边小镇上的生活写得生动感人。8 年后，他回到家乡，把这本书扩充成为《密西西比河上》（1883），其中特别有价值的是记载了他早年在船上时与舵手们联合起来成立协会，为保护自身的经济利益与船长作斗争的事迹。此后密西西比河和在家乡汉尼拔的童年生活常常成为他的几本杰作的题材来源。

1876 年，长篇小说《汤姆·索耶历险记》。小说虽然是以密西西比河上某小镇为背景的少年读物，但为任何年龄的读者所喜爱。书中写淘气的汤姆和他的伙伴哈克贝里·费恩以及汤姆的女友贝姬·撒切尔的许多故事，不少是作者的亲身经历，有许多合乎孩子心理的有趣情节。书中也讽刺了宗教的伪善，但结尾写汤姆和哈克贝里发现藏金致富，哈克贝里又被一个有钱的寡妇收为义子，却落入俗套。

马克·吐温的另一部重要的小说《哈克贝里·费恩历险记》于1876 年开始执笔，1884 年出版。这部小说得到批评家的高度评价，深受国内外读者的欢迎，同时也不断遭到查禁。英国诗人托·艾略特说，这部小说在英美两国开创了新文风，是"英语的新发现"。他还认为哈克贝里·费恩的形象是永恒的，可以同奥德修斯、浮士德、堂吉诃德、唐璜、哈姆雷特等相比。美国小说家海明威说："全部美国文学起源于马克·吐温的一本叫做《哈克贝里·费恩历险记》的书。……这是我们所有的书中最好的一本书。"福克纳在 50 年代也表示了类似的意见。

马克·吐温 1889 年出版的《亚瑟王朝廷上的康涅狄格州美国人》和《王子与贫儿》（1881）都是以英国为背景讽刺封建制度和宗教的长篇小说。

1894 年，马克·吐温出版的《傻瓜威尔逊》，塑造的是一个富有斗争性的女黑奴罗克西的形象。在这前后，他的家庭遭到不幸：两个女儿一病一死，妻子的健康逐渐恶化；他因投资制造自动排字机失败而破产，为了偿还债务，他外出旅行演讲，访问了夏威夷、新西兰、澳大利亚、印度和南美等地。1897 年写成《赤道旅行记》，讽刺并谴责了帝国主义对殖民地人民的压迫。反对帝国主义成为他以后创作的中心思想。

1896 年出版的《贞德传》，描写 15 世纪法国民族女英雄贞德的一生。马克·吐温自称这是他最好的也是他最喜爱的一本书。在他的笔下，贞德是人民的女英雄，也是理想的美德化身，最后却被国王查理出卖，丧生于愚昧落后的教会之手。这是马克·吐温唯一的一本非幽默作品，他怕读者误会他创作的本意，出版时用了别的笔名。

1898 年马克·吐温还清了全部债务。1900 年 10 月，在离开美国旅居欧洲几近十年之后，他全家回到美国，受到热烈欢迎，成为文艺界的领袖。1900 年以后发表的许多时论作品，锋芒仍未稍减。如抨击帝国主义及其工具传教士而颂扬中国义和团运动的《给在黑暗中的人》（1901），批判美国镇压菲律宾民族独立运动的《为芬斯顿将军辩护》（1902），斥责比利时对刚果进行灭绝人性的侵略的《莱奥波尔德国王的独白》（1905），揭露沙俄侵略的《沙皇的独白》（1905），反对国内对黑人的歧视和私刑的《私刑合众国》，反对非正义战争的《战争祈祷文》等，都是富有战斗性的作品。

1904 年，妻子奥莉薇娅在意大利逝世。马克·吐温也进入了事业的最后阶段。他早期作品如《哈克贝里·费恩历险记》中已有表现的对"人类"的悲观情绪，此时成了他一些作品的主调。中篇小说《败坏了哈德莱堡的人》（1900），散文《人是怎么回事》（1906），故事《神秘的来客》（1916）等都有反映。晚年最重要的著作是他口授、由他的秘书笔录的《自传》。他于 1910 年 4 月 21 日去世。

马克·吐温出身寒微，通过写作而变成富有，享有盛名，他的心却和普通人民始终在一起。1907 年他赴英国接受牛津大学名誉学位时，受到码头工人的欢迎，他认为这是一种最可贵的爱，因为它来自"人民"，来自"我自己的阶级"。他的作品充满对人民，尤其是对被压迫被剥削人民的热爱和对伪善者、剥削者、压迫者的愤恨。他的幽默以及作品中使用的语言，是他对美国文学的贡献，而两者都扎根于人民。他的最重要的创作源泉是密西西比河和他在河上的生活，因而他被称为美国"文学中的林肯"。在中国，马克·吐温也是深受欢迎的作家。

马克·吐温的作品中最受世界人民喜爱的就是《哈克贝里·费恩历险记》。这部小说中所描写的事情发生在美国南北战争之前。作者通过一个名叫哈克贝里的白人孩子帮助黑奴吉姆逃亡的故事，描绘了19世纪中叶美国中西部生活的各个侧面，揭露和讽刺了美国文明社会的丑恶现实，尤其对腐朽的蓄奴制度予以愤怒的谴责和批判。作品的思想倾向集中地体现在主人公哈克贝里的身上。

哈克贝里从小就是一个无家可归的流浪儿，他没有受过文明的教化，不必到教堂去祈祷，也不必穿上体面的衣服，学那些文雅的举止。他喜欢独立的生活，本是个自由自在的孩子。后来，好心的道格拉斯寡妇收养了他，教他读书，送他进学校，一心想把他教成一个斯文体面，循规蹈矩的"模范"儿童，以便他将来能成为一个"文明人"。可是，哈克厌恶小市民呆滞的生活和虚伪的客套，觉得在他的保护人家里过日子"太闷气"，简直是"一天到晚活受罪"。他不断地逃学，还跑到树林里去睡觉，表示只要能"换换空气"，宁肯到"地狱"里去。对于世人所景仰的上流社会，哈克并不以为然。他非但不愿做体面的绅士，就是让他和"有身份的人"呆在一起，他也会觉得"浑身发痒"。他对周围的一切保持着一个纯洁的儿童所特有的好奇和敏感，凭着自己的亲身感受判断其正确与否，甚至对神圣的宗教信条他也提出了疑问："要是一个人能祷告什么就有什么，那为什么犹肯·韦恩卖猪肉亏的钱赚不回来呢？为什么寡妇让人偷掉的银鼻烟盒儿求不回来呢？为什么华杰小姐不能胖起来呢？

不，我心想，祷告根本就没有什么道理。"哈克终于因为忍受不了死气沉沉的生活和文明的教化，从那个环境中逃了出来，去寻求自己理想中的自由生活。在马克·吐温笔下，哈克与这个呆板的社会规范格格不入，这才使得他免于被环境所败坏，保持了他淳朴、正直、善良的性格和清醒、敏感的头脑，出落得更加天真可爱。

但是，作为一个在这样的社会中长大的十二、三岁的孩子，他不可能不受环境的影响。作者如实地反映了哈克思想中的矛盾，更加强了这个人物的真实性——当哈克与吉姆相遇，并且和他乘着一只木排在密西西比河上逃亡时，他不得不面对当时严峻的社会道德问题——如何对待种族歧视和蓄奴制度的问题。这时，社会环境所强加给他幼小心灵的传统观念与他正直、善良的性格激烈地冲突起来。在这种激烈的思想斗争过程中，哈克的叛逆性格才真正成长起来。

吉姆逃亡是为了躲避被卖到南方去的悲惨命运。当时，蓄奴制在美国南部占统治地位，这种统治比中部要残酷得多。在南方的种植园里，黑奴被当作牛马役使，即便是最强壮的劳力，经过七、八年的折磨，也就被榨干了血汗，凄惨地死去了。正如马克·吐温所说："……无论对于我们白人，还是对于黑人来说，南方的农场都纯粹是地狱，再没有更温和的字眼可以形容它了。"正是出于怜悯和同情，哈克愿意帮助一个将要被抛进"地狱"的人去争取自由。可是起初他并没有把吉姆当作一个具有人的尊严的同伴来看待，他总是戏弄他，取笑他。后来，他发现吉姆善良，忠厚；对待自己有时象朋友那样诚恳，有时又象父亲那样关切；发现他"也跟白种人一样"，"惦记着自己的家里人"，和白种人一样具有作为一个真正的人的尊严。于是，哈克否定了社会灌输给他的种族偏见，做出了自己的判断——吉姆"倒是一个挺好的黑人哩"。有一次，因为恶作剧而受到吉姆的埋怨，哈克自觉惭愧，"简直恨不得去亲亲他的脚"。从此，哈克再也没有取笑吉姆，两人成了知心朋友。

　　然而，在快到"自由州"的时候，蓄奴制的观念又开始一次次地折磨小哈克了。被他称作"良心"的那种东西在不时地警告他：拐走主人的财产是大逆不道。每当他听到吉姆为盼望自由而欢呼时，他就感到"浑身连发抖带发烧。"往日学校的教导也象瘟疫一样总是缠着他，老是有个什么东西对他说："谁要是象你那样，干出拐逃黑人的事来，就得到阴间去下油锅。"在哈克面前，告发吉姆是一条符合上帝意旨的"正路"，而帮助他逃跑则是一条通向"地狱"的邪路。在这岔路口上，哈克战栗了。

　　哈克的这种心理矛盾真实地反映了南北战争前奴隶制观念在一个善良孩子的心灵上所投下的阴影。马克·吐温就有过这样的亲身感受。马克·吐温6岁那年，他的父亲曾以地方法官的身份，参与对三个教唆奴隶逃跑的废奴主义者的审判。当时有许多本地人在场，他们一次又一次地威胁这三个白人，要把他们拉出去吊死。最后，在公众的欢呼声中，法官判处他们12年苦役。1895年马克·吐温在他的札记中写道：

　　"在过去那些奴隶制的日子里，全镇的人都赞许这一件事，那就是奴隶财产的不可侵犯的神圣性。帮助偷一匹马或一头牛是一桩低劣的罪行，而帮助一个被追捕的奴隶，……或是在有机会马上告发他时犹豫不决，则是一桩更卑鄙的罪行，那就带上了一个污点，一个洗刷不掉的污点。追捕奴隶的人持有这种观点是可以理解的，因为有可观的赏金；但是穷苦的人们持有这种观念，……而且是带着热烈的、不妥协的情绪，这是在我们久远的今天所不能理解的。那时，这种观念对我来说似乎理所当然；而且哈克……赞同它也是非常自然的，尽管在今天看来是那样荒唐。"

　　不难看出，奴隶制度正是当时那个文明社会的基础，一个白人孩子要想从奴隶制偏见的束缚中解脱出来将是多么困难。帮助一个黑奴争取自由意味着对社会的挑战，哈克必须拿出和自己的亲人、朋友以至于整个社会对抗的勇气来。

哈克的思想斗争是相当痛苦的。他一度抵挡不住"良心"的谴责，给吉姆的主人华森小姐写了一封信，告发吉姆的行踪。可是，他马上又想起他和吉姆在木排上和谐、友爱的生活，想起吉姆对他的关怀和照顾，想起吉姆亲热地叫他"宝贝儿"，称他作"老吉姆在世界上最好的朋友"。这时哈克瞧着自己刚写完的那封信，感到非常不安，作者写道：

这事真叫人左右为难。我把那张纸拾起来，拿在手里。我浑身哆嗦起来了，因为我得打定主意，在两条路当中选定一条，永远不能翻悔，这是我看得很清楚的。我琢磨了一会儿，好象连气都不敢出似的，随后，才对自己说：

"好吧，那么，下地狱就下地狱吧，"接着，我就一下子把它扯掉了。

这标志着哈克和奴隶制观念的彻底决裂。他表示"从此以后就再也不打算改邪归正了。"他不愿再走文明世界的"正路"，不愿再做被人们普遍称道的"好事"，背叛了那个虚伪的"上帝"，选择了一条被当时社会所不齿的"邪路"。这条路实际上正是当时美国人民和资产阶级民主力量所走的反对蓄奴制的正义道路。它最后导致了1861 年～1865 年的南北战争——美国的第二次资产阶级革命。

在两个逃亡者寻求自由的旅程中，哈克几次走进了密西西比河两岸的城市和乡村，这使他得以更广泛地接触社会，观察、认识那里所发生的一切。在这个游历的过程中，同样表现了他的叛逆性格。

有一次，哈克在河上遇险，被格兰纪福家收留。在那里，他亲眼看到了格兰纪福和谢伯逊这两个大家族之间世代相传的血腥械斗。最后一次殴斗的直接原因是格兰纪福的女儿和谢伯逊的儿子私奔，结果，格兰纪福父子都在苦斗中凄惨地、毫无价值地死去了。在这段经历中，哈克始终是一个旁观者，然而，却默默地表示出他对这种野蛮的社会现象的憎恶。哈克不能理解，这些高贵的名门世族、举止文明的绅士，为什么会无休止地互相残杀；当问起这世代宿怨的起因时，双方竟无一人记得。看到格兰纪福和谢伯逊两家人荷枪实弹地坐在教堂里听牧师讲"友爱"，听到他们热烈地谈论对上帝的虔诚，哈克感到讨厌，他想，"上教堂的人差不多都是万不得已才去的，猪可就不一样。"对于罗密欧与朱丽叶式的爱情，那些高贵的绅士们都抱仇视、厌恶的态度，而哈克则不然。他无意中当了爱情的信使，听说这对情人在夜里逃走，并且已经过河脱险，他感到由衷的高兴。哈克的这些思想与世俗观念是背道而驰的。

　　"国王"和"公爵"是哈克路遇的两个骗子。他们唯利是图，一路上不择手段地谋取金钱，甚至冒充玛丽小姐的叔叔，想要夺取她应分的遗产。他们靠着信口胡说，痛哭流涕，骗取了人们的信任，得到了一口袋价值6000块的金元，还拍卖了原主人所有的产业和奴隶。对金钱抱着贪婪欲望的不只是这两个骗子，还包括市镇上几乎所有的人。当"国王"和"公爵"把一袋金元拿到公众面前时，"大伙儿都冲着桌子跟前围拢过来"，"人人都瞧着眼馋，直舔舌头。"马克·吐温在这里揭露了美国文明的一个最突出的特征——拜金狂。但唯独哈克是个例外，他蔑视文明世界天经地义的公理。在小说的第四章里，就有一段描写哈克把自己的钱无偿地送给萨契尔法官的情节。后来看到两个骗子如此无耻，贪婪，他说："我一辈子也没见过象国王这么贪得无厌的家伙。他简直是什么都要吞掉才甘心。"这时，哈克已经不只是怀着厌恶的心情冷眼旁观，而是勇敢地站出来，救助孤弱者。他从"国王"和"公爵"屋里偷出了钱袋，使它物归原主；还向玛丽小姐揭露了这两个家伙的本来面目，并机智地安排了惩罚他们的计策。

　　哈克的旅程确实是一种"历险"。他一次又一次地怀着厌恶或恐惧的心情摆脱那个凶险、丑恶的现实世界。在小说的结尾，哈克说：

> 我觉得我只好比他们俩先溜到印江人那边去，因为莎莉阿姨打算收我做干儿子。让我受教化，这个我可受不了。我早就尝过这个滋味了。

这个含蓄的尾声暗示了哈克同美国传统观念的决裂。和哈克一样，马克·吐温厌恶当时的社会，同时又对自由理想的实现抱有一线希望。他曾经在哈克和吉姆的旅程中为他们安排了一个幻想中的自由州卡罗，但是，他也知道，这种希望很渺茫，因此让他们的木排在迷雾之中漂过了卡罗，始终没能找到这个幻想中的乐园。作者这样的处理是明智的，他自己在现实中没有看到一条通向自由的道路，也没有牵强地为他的小主人公指示这样的道路，于是便有了哈克性格中的适世主义倾向——哈克对现实社会的叛逆只能最终表现为消极的逃避，无可奈何的隐匿，而不是有力的反抗。

值得注意的是，马克·吐温把自然与社会相对立，并以这样的观点来批判现实。比起《汤姆·索亚历险记》来，《哈克贝利·费恩历险记》揭露社会更具有深度和广度；但就作者手中批判现实的武器来说，还依然如故。他没有力图从哈克的社会经历中寻找哈克性格形成的根本原因，而是把儿童们自然的天性——淳朴、善良、渴望自由、追求美好生活的天性与扼杀这一天性的文明社会加以对照，强调他本身的个性尚未被丑恶的环境所败坏，把他摆脱奴隶制偏见的原因也归结于"健全的心灵"战胜了"被毒害的良心"。同样，作者把文明世界的本质解释为社会对大自然的粗暴的败坏，社会道德对人的善良本性的粗暴的败坏。因此，作者以浪漫的、抒情的笔调描绘密西西比河上的自然风光和哈克同吉姆在木排上清新和谐的生活——它象征着自由。同时，他又以讽刺的、漫画式的笔触描写密西西比河两岸人们的粗野、残忍、虚伪和贪婪——它代表着文明社会。这种鲜明的对照固然使现实社会更显得丑恶，使作者理想的主人公更显得可爱，却也使哈克的形象带上了一些超脱现实的色彩。

在哈克的形象塑造上，马克·吐温采用了多种艺术手法，其中有些是极有特色的。例如，作品的构思很有独到之处。马克·吐温继承了传奇式流浪汉小说的传统，让哈克扮演一个天真无邪、对文明世界非常陌生的孩子，让他走进这个世界，一路漂泊，用一种孩子所特有的好奇、天真的眼光观察这个世界，怀着一种对周围的一切并不理解的心情游历这个世界。这样一来，既可以通过孩子天真的眼睛折射出来的景象，微妙地表现作者对那个世界的讽刺和批判，又可以反映主人公如何在游历的过程中逐渐熟悉那个世界，认识那个世界。有的美国评论家把这称作"导向觉醒的富有教育意义的旅行，"实际上这也就是哈克叛逆性格的自然的成熟和发展过程。

作者善于运用对比、衬托的艺术手法来刻画人物，而且重视人物之间的相互作用。小说中的两个最重要的人物——哈克和吉姆，是两个有着共同的追求自由的理想，而又具有不同性格、不同肤色、不同年龄、不同经历的角色，他们之间的这种异同，使得各自的性格显得更加鲜明。有了老吉姆的忠厚、诚恳、慈爱，才更烘托出小哈克的天真、淘气和善良；有了吉姆同哈克的友谊及吉姆的高尚人格对哈克的感染，才使得哈克对种族偏见的反抗更显得合情合理、真切动人。哈克的好朋友汤姆在书中是个次要角色，但是他对于哈克性格的塑造来说却是十分有意义的。他也是个善良、机智的孩子，与哈克不同的是，他读游侠小说入了迷，一心想要脱离社会现实，去追求书中惊险的英雄生活。汤姆的这种堂吉诃德式的幻想，正衬托出哈克的桑乔式的清醒。这两个人物在《汤姆·索亚历险记》中都出现过，对比之下，汤姆正是《汤姆·索亚》中的小汤姆，而哈克则在广泛接触社会之后成长起来了。他的思想更不受束缚，更实际，他不仅违反了传统的道德观念，而且对书本中的神圣信条也发生了怀疑。

这部小说采用了第一人称的写法，全书以主人公哈克自述的口气写成。哈克一本正经地把故事讲给读者听，还不断地谈着自己的感受，这样一来，他的性格就不仅是在他所经历的一系列事件中，而且还在他本人的叙述中细致、传神地表现出来了。哈克讲故事所用的语言正符合他这个乡村孩子的身份，字句间透着质朴、幽默，充满生动的口语和粗俗的俚语，没有一点矫揉造作的痕迹，而且极富表现力。就象哈克的性格与文明社会格格不入一样，他的语言也大大触犯了文明、优雅的规范，闻其声，知其人，用这种"叛逆式"的语言来塑造这个不接受教化的小叛逆者的形象是再合适不过了。

弗雷歇特

弗雷歇特，1839 年 11 月 16 日生于魁北克省莱维市，毕业于拉瓦尔大学法律系，后为律师。在大学期间便开始诗歌创作，早年的诗作有诗集《悠闲集》（1863）。1864～1865 年，曾与兄弟埃德蒙先后合办《莱维的旗帜报》和《莱维论坛报》，主张共和制，反对教会，都被勒令停办。因不堪忍受英国殖民统治者和天主教会对思想的严密控制，1866 年移居美国芝加哥。诗集《流亡者之声》（1868）即是在旅居美国期间所作，它讽刺了加拿大保守党人和文学上反对改革的传统派。1871 年回到家乡，1874 至 1878 年被选为反对党——自由党的议员，此后从事政治活动，并继续文学创作。

他的创作模仿法国浪漫主义作家雨果，有"小雨果"之称，成为加拿大法语地区浪漫主义文学的主要代表。他的诗歌大多描写操法语的加拿大人的历史和加拿大法语地区的自然景色，诗集有《杂诗》（1879）、《北国之花》（1879）、《雪鸟》（1880）、《人民传说》（1887）、《飞叶》（1891）和《诗的残骸》（1908）。其中《北国之花》和《雪鸟》获法国法兰西学院蒙蒂翁文学奖，在加拿大文学中是第一个获法国文学奖的作家。1880 年他赴巴黎领奖，曾会见雨果。诗集《人民传说》是受雨果的《世纪传说》的影响而作，是他最重要的优秀作品。它以加拿大的历史为线索，描述北美的开发和魁北克历史中的重要事件，歌颂各个历史时期的英雄人物。

弗雷歇特还著有剧本和散文作品。剧本大多写历史人物，如《柏比诺》（1880）、《费利克斯·普特雷》（1871）等，但艺术价值不高。他的故事集生动、风趣，如《奇特的人和受损害的人》（1892）和《加拿大圣诞节》（1900），其他尚有《童年回忆录》（1961），以幽默的笔触记述19世纪上半叶圣劳伦河畔人民的生活以及当地流行的传说。

弗雷歇特作为加拿大著名法语作家、政治活动家、曾住蒙特利尔文学的名誉主席，还是加拿大皇家协会创始人之一。

弗雷歇特于1908年5月31日去世。

亨利·詹姆斯

亨利·詹姆斯，1843年4月15日出生于美国纽约。祖父是百万富翁，父亲是宗教哲学家，哥哥威廉·詹姆斯是美国著名的哲学家和心理学家。他生长在一个富有教养的家庭中，羡慕古老的欧洲文明，自幼往来于欧美之间，1875年起定居伦敦。1915年因美国一时未曾参加世界大战，忿而加入英国籍。1916年2月28日于伦敦病故。

詹姆斯从小受教于家庭教师。1862至1864年在哈佛法学院求学，并与著名的现实主义小说家威·迪·豪威尔斯相识。1864年开始写作文学评论与短篇小说。1875至1876年在巴黎结识著名作家屠格涅夫、莫泊桑、福楼拜、都德和左拉，以及英国作家罗·路·斯蒂文森等。他因残疾未能在南北战争时服役，长期以来勤奋写作，著作浩繁。

1911 年获得哈佛大学的荣誉学位，1912 年获得牛津大学的荣誉文学博士称号。1916 年英国政府授予他最高文职勋章。

詹姆斯的主要作品是小说，此外也写了许多文学评论、游记、传记和剧本。1905 年开始，他曾用三年时间精心修订他的《全集》（纽约版），共 26 卷（1907～1917），附有重要的序言 18 篇，详细论述了主要著作的主题思想和创作方法以及一些重要的理论问题。早期的多卷本作品集还有伦敦版的《亨利·詹姆斯故事集》14 卷（1915～1919）和伦敦麦克米伦版的《全集》36 卷（1921～1923）。他的小说常写美国人和欧洲人交往之间的问题；成人的罪恶如何影响并摧残了纯洁、聪慧的儿童；物质与精神之间的矛盾；艺术家的孤独；作家和艺术家的生活等。这表明作家对个人道德品质的浓厚兴趣，这是深有文化教养的知识分子所怀有的人文主义倾向，而不是人们所熟悉的对贫苦大众的人道主义同情。作者赞美优美而淳厚的品德，把个人品质高高置于物质利益甚至文化教养之上，个人品质和他人利益高于一切。他的许多小说歌颂了纯洁、宽宏、轻易委身于人而受骗的女主人公（《贵妇人的画像》，《鸽翼》，《金碗》）。《波音敦的珍藏品》典型地反映了这种思想，女主人公是个贫寒的孤女，由于她有很高的鉴赏力，被指定为珍藏品的继承人，但她蔑视物质利益，忠诚卫护对珍藏品一无所知的儿子的幸福而舍弃了自己的一切。教养和鉴赏力并非最高价值，作者称许女主人公不为物质利益所桎梏的"自由精神"。在粗俗好利和文化教养之间，他宁取文化教养；但是在文化教养和"自由精神"之间，他宁取"自由精神"。文化教养深但心理复杂而阴暗的欧洲人，在作者心目中不及纯真、慷慨、轻信的美国人，这是作者经常处理的主题。

作者重要的长篇小说有《一个美国人》（1876、1877），《贵妇人的画像》（1881），《波士顿人》（1885～1886），《卡萨玛西玛公主》（1885～1886），《波音敦的珍藏品》（1896），《梅西所知道的》（1897），《未成熟的少年时代》（1899），《圣泉》（1901）和后期的三部作品《鸽翼》（1902）、《专使》《1903）和《金碗》（1904）。

《贵妇人的画像》女主人公伊莎贝尔得到一笔巨额遗产后，拒绝一个美国资本家和一个英国伯爵的追求，偏偏看中一个侨居意大利的美国"艺术鉴赏家"奥斯蒙特。结婚之后，她发现自己受了骗，原来奥斯蒙特同她结婚是因为看中了她的遗产，但是，她没有气馁，而是"骄傲地"生活下去。

《鸽翼》写另一个纯洁、慷慨的少女米莉也落入了欧洲人的圈套。她的生活目标是慷慨许身，奉献自己的一切，虽然最后发现了陷阱，但是对于她已经向之献出爱情的男子并无怨言，终于赢得了他的爱情，使他深知代表爱情的鸽子的两翼如何庇佑了他。

《专使》的内容稍有不同，它写美国东部某镇工业巨富的儿子在巴黎被情妇所迷，他的母亲派遣专人从家乡来到欧洲，劝说儿子回家继承家业。这时儿子已非过去粗鲁的少年，在情妇的影响下，他举止儒雅，文质彬彬。于是这个专使全力支持情妇把他留在巴黎，并认为他此时的生活内容比在家乡时大为丰富，谆谆嘱咐他使生活更为丰富。这与他的母亲的愿望相反，于是她又另派了几个专人来到巴黎，其中有一个能够吸引儿子的美丽的少女，儿子其实很想顺从母亲的心愿，第二批派来的专人看来是能够完成使命的。

作者的著名的中短篇小说有《黛西·密勒》（1878），《艾斯朋遗稿》（1888），《真正的货色》（1890），《小学生》（1892），《螺丝在拧紧》（1898），《丛林区兽》（1903），《快乐的一角》（1909），以及一组描写作家、艺术家生活的中短篇小说。《黛西·密勒》是早期作品中最受欢迎的一篇，写一个美国少女在欧洲的厄运，偏重于表现欧洲的风尚和美国习俗之间的矛盾。长住欧洲的美国人反映了欧洲的风格，他们不能接受黛西那样比较粗俗、不拘礼节但心地还善良的商人的女儿。作者力图对所谓的品德教养作出公正的评价。小说中那个爱慕黛西的长住欧洲的美国青年温特伯思始终不以"公众舆论"为然，反映了作者的观点。小说文字流畅，是初期作品的风格。

《丛林猛兽》的内容与文风和早期的作品大不相同，题材和《专使》有相同之处。在《专使》中，主人公敦促青年要尽情地生活，使生活丰富饱满。在《丛林猛兽》中，男主人公虚度年华，在过多的考虑和权衡是非中错过了炽热、真挚的爱情。他力戒自我中心主义，但仍为自我中心主义所束缚。作者揭示了一个受过高深教育而富有情操的男子最终的虚弱与无能为力。这部小说的文风十分复杂，多用冗长的句子，堆砌副词和比喻，有猜谜一样的对话，意思含混。

詹姆斯写了许多很有见地的评论文章，涉及英、美、法等国作家，如乔治·艾略特、斯蒂文森、安东尼·特罗洛普、霍桑、爱默生、巴尔扎克、乔治·桑以及屠格涅夫等。文集有《法国诗人和小说家》（1878），《一组不完整的画像》（888），《观感与评论》（1908），《有关小说家的短评》（1914），《笔记与评论》（1921）等。他的游记有《大西洋彼岸素描》（1875），《所到各地图景》（1883），《在法国的一次小小旅游》（1885），《在英国的时候》（1905），《美国所见》（1907），《在意大利的时候》（1909）。自传三篇：《童年及其他》（1913），《作为儿子与兄弟》（1914），《中年》（1917）。

詹姆斯曾被英国小说家约瑟夫·康拉德誉为"描写优美的良知的史学家"，但他对政治和社会缺乏深刻的认识，偶然涉猎，也反映了他的保守的思想，他甚至讽刺、嘲笑进步的民主运动。他无视道德品质的社会根源，很少描写社会环境；对上流社会虽然认识很深，而且经常持批判态度，对下层人民则所知甚少，而且对人对事怀有许多精神贵族的偏见。他的文章风格和他的思想境界是一致的；特别在后期作品中，往往句子又长又复杂，大量使用副词，力求细密、准确、恰如其分地反映思想感情的深处。他在艺术手法上多有创新，例如所谓"角度"的方法，即他认为作家不可能无所不知，只能通过作品中一个有洞察力的人物的"角度"叙述故事、铺展情节。

詹姆斯的小说着重心理分析，讲究小说结构。他的小说几乎全是一个结构：即必定有个重点，所有的线索都向那儿发展；而且这些线索不是直接进行的，重点在中央，线索是圆圈，许多个圆圈错落的围绕着那个重点展开。到了小说结尾，詹姆斯已经将小说的中心问题所涉及的道德方面、伦理方面、感情方面等多种因素都发掘和反映出来了。詹姆斯在资产阶级文坛获得很高评价，被称为"小说艺术的巨匠"。

欧·亨利

欧·亨利，1862年9月11日出生于美国北卡罗莱州一个小镇，父亲是医生。从15岁起，他就在叔父的药房里当学徒，后因健康关系到西部得克萨斯州的一个牧场当了两年牧童。1884年后做过会计员、土地局办事员和银行出纳员。欧·亨利在奥斯汀国民银行工作时，银行曾丢失一笔现金，他为了逃避受审，便抛下妻女到拉丁美洲避难。后来他得悉妻子病危，回家探望，终于被捕。他在狱中曾担任药剂师，便开始以欧·亨利为笔名写作短篇小说，在《麦克吕尔》杂志上发表。1901年，因"行为良好"提前获释，来到纽约专事写作。他虽也与上流社会来往，但经常出入贫民公寓、小酒馆、下等剧场，自认为纽约400万小市民中的一员，而不是400个富翁之一。

欧·亨利创作的短篇小说共有300多篇，收入《白菜与国王》(1904)、《四百万》（1906)、《四部百万》（1907）、《市声》(1908)、《滚石》(1813) 等集子，其中以描写纽曼顿市民生活的作品为最著名。他把那儿的街道、小饭馆、破旧的公寓的气氛渲染得十分逼真，故有"曼哈顿的桂冠诗人"之称。由于他在纽约《星期天世界报》这类通俗报纸上发表作品，读者对象是小市民，这就影响了他创作的格调。他对社会与人生的观察和分析并不深刻，有些作品比较浅薄，但他一生困顿，常与失意落魄的小人物同甘共苦，又能以别出心裁的艺术手法表现他们复杂的感情。因此，他最出色的短篇小说可列入世界优秀短篇小说之中。

《麦琪的礼物》写一对穷困的年轻夫妇相互赠送圣诞礼物中的巧合，刻画了他们捉襟见肘的生活与相互体贴的感情。

《警察与赞美诗》写无家可归的流浪汉想进监狱度过寒冬，屡次以身试法，警察都置之不理。而当他决心弃旧图新时，警察却毫无道理地逮捕了他。作者向人们揭示这个社会就是如此的黑白不分，是非颠倒。

《最后一片藤叶》感伤气氛浓厚。作者满怀深情地赞美了穷艺术家之间"相濡以沫"的友谊，突出地刻画了一个舍己为人，以自己的生命创作出毕生"最后的杰作"的老画家的形象。

《没有完的故事》对大都市中挣扎谋生的弱女子表示了深厚的同情。

《带家具出租的房间》也是一篇哀婉动人的故事，作者用神秘的气氛渲染了一对爱人先后在同一个房间里自杀的悲剧。

欧·亨利曾以骗子的生活为题材，写了不少短篇小说。作者企图表明道貌岸然的上流社会里，有不少人就是高级的骗子，成功的骗子。

如《黄雀在后》，写骗子、强盗与金融资本家比赛骗人的本领，结果骗子和强盗都自愧不如。

在《我们选择的道路》里，作者淋漓尽致地揭露了投机商与强盗是两位一体，而"合法的"投机商倒比不合法的强盗显得更加狰狞可怕。

欧·亨利是一位具有独特风格的作家。他的作品情节生动，笔调幽默；刻画人物笔触简洁，而人物性格栩栩如生。他善于把平常的生活现象加以概括综合，然后以不平常的形式表现出来；他常常引着读者按照逻辑的线路思索，以为已经可以测知故事的结局，但作者随即又将笔锋一转，出现了一个意料不到的结局。读者惊愕之余，细细品味，不能不承认故事合情合理，符合事物的内在逻辑，进而赞叹作者的构思巧妙。

但是，欧·亨利是一个十分矛盾的作家。一方面，他看到了资本主义社会的种种虚伪、丑恶和痛苦，对它进行了一定的揭露和讽刺；另一方面，他却始终不曾与这个社会决裂，而且还对它抱有幻想。因此，他常常一方面描写资本主义制度下小人物的苦难，一方面又通过所谓人情味等等，给这些痛苦现象敷上了一层止痛剂，为悲剧的故事添上一个圆满的结果，从而冲淡了作品的社会意义。

欧·亨利于 1910 年逝世。

西奥多·德莱塞

西奥多·德莱塞，1871 年 8 月 27 日生于印第安纳州的特雷霍特镇。父亲原是德国的纺织工人，为逃避兵役于 1846 年移居美国，开过纺织工场。母亲是摩拉维亚的农民的女儿，他们有子女 11 人。1870 年工场失火焚毁，一家生活贫困。德莱塞 12 岁起就当过店员和报童。17 岁时去芝加哥谋生，曾在一家小饭馆里洗碟子，在铁器店做伙计。1888 年 18 岁时，由小时候的一个女教师资助，进入印第安纳大学学习，他有机会接触到达尔文、赫胥黎和斯宾塞的著作。一年后又回到芝加哥，充当房地产公司的推销员和洗衣店的送货员。

1899 年开始写作《嘉莉妹妹》，第二年完成并出版。这时长篇小说《章鱼》的作者弗兰克·诺里斯为出版公司审阅《嘉莉妹妹》，大为赏识，认为发现了他"从未见过的一部最好的书"。可是公司老板认为此书有伤风化，只印了 1000 册，除极少数赠阅之外，全部封存在仓库里。

德莱塞仅得稿费 100 元，生活无着，几乎自杀。《嘉莉妹妹》叙述一个美貌天真的农村姑娘到芝加哥谋生后的不幸遭遇。嘉莉先生在一个贫穷的姐姐家住了一阵。沉重的劳动、贫困和失业，使她心力交瘁意气颓废。为生活所迫，她充当一位年青推销员的情妇。后来又与酒店经理赫斯渥同居，并与他私奔到纽约。赫斯渥到处碰壁，终于穷愁潦倒，死在乞丐收容所里。嘉莉离开赫斯渥后，一个偶然机会使她成为演员并出了名。她有了金钱和地位，但仍惆怅满怀，感到生活十分空虚。《嘉莉妹妹》虽在美国被禁，后来却在英国出版，1907 年在美国再次出版。

《嘉莉妹妹》被禁后，德莱塞被迫停笔 10 年，这 10 年中他仍任编辑工作。1904 年担任斯特里特和史密斯出版公司小说部编辑，1905 年任《史密斯杂志》主编，1906 年任《百老汇杂志》主编。1909 年他着手写作长篇小说《珍妮姑娘》，1911 年出版。这是《嘉莉妹妹》的姐妹篇，是又一部对贫富对立的社会的控诉书。读者还可以从中窥见作家幼时一家人凄苦生活的影子。门肯称《珍妮姑娘》为马克·吐温的《哈克贝里·费思历险记》以来美国最优秀的小说。

以后，德莱塞写了著名的《欲望三部曲》的第 1 部《金融家》（1912），第 2 部《巨人》（1914），第 3 部《斯多葛》（1947）。这个三部曲描写 19 世纪 20 世纪初美国垄断资产阶级攫取财富和权利的过程。德莱塞成功地塑造了一个好色而又贪婪的金融资本家柯帕乌的典型形象。小说写柯帕乌从发迹到死亡的一生为主线，以费城、芝加哥、纽约、伦敦等大城市为主要舞台，用大量生动的事实和逼真的画面广泛地揭露美国垄断资产阶级在政治、经济、法律、道德等各个领域里的黑暗内幕。这是一幅以泼辣的笔和重彩浓墨所描绘的美国资本主义发展的历史画卷，是较早描写垄断资本家的豺狼本性和丑恶灵魂的作品之一。

长篇小说《"天才"》（1915）写艺术家威特拉成为资本家所豢养的匠人，带引号的天才，以此揭露美国资本主义社会对天才的扼杀。此书也遭到围攻，被诬为"肮脏的书"，出版公司被迫停止发行，直至 1923 年才得以重版。

1917 年俄国十月革命的胜利给德莱塞以很大鼓舞，他热烈欢迎十月革命和苏维埃社会主义共和国的诞生，愤怒谴责帝国主义的武装干涉。这时期他迁居纽约的格林威治村，结识了威廉·海伍德、约翰·里德等人，积极参加各种政治活动，先后出版短篇小说集《自由及其他故事》（1918）、《十二个人》（1919）、《一个大城市的色调》（1923）、《锁链》（1927），以及散文《敲吧，鼓儿》（1920）等。

德莱塞的另一部作品《美国的悲剧》（1925）使他获得了世界声誉。作品的主人公克莱德·格甲菲斯是堪萨斯市一个穷牧师的儿子，一心追求奢侈的生活。后在伯父开的衬衣领子厂充当工头，与穷女工洛蓓塔有了私情，又得到大厂主女儿桑德拉的青睐。为了飞黄腾达，能与桑德拉结婚，他设下圈套，使得已有身孕的洛蓓塔坠入湖中淹死，造成了悲剧。作者认为，像克莱德·格里菲斯这类案件是"真正的、美国的悲剧"，"在美国，这类事发生之频繁已到了惊人的程度"。美国有很多人写信给作者说他们"也可能成为克莱德·格里菲斯"。美国不少评论家同意文学史家卡尔·范·多伦所说的话："《美国的悲剧》是写的整个文明。"作品清楚地表明美国的社会制度是造成这种悲剧的根源。

德莱塞在创作《美国的悲剧》过程中，仔细考察了实际发生过的 15 桩类似的案件，发现克莱德·格里菲斯正是"贫富对立的社会的产物与牺牲品"。克莱德·格里菲斯则是以契斯特·杰勒特为原型。1906 年纽约州赫基默县发生了一件情杀案，凶犯名叫契斯特·杰勒特，为了向上爬，他把已经怀孕的情妇格蕾斯·白朗骗到埃尔克湖溺死。凶杀案很快被侦破，凶手被判处死刑。德莱塞对这一案件进行了实地的、深入的调查研究，全书第 2、3 两部基本上是以它作为故事的主要骨架；连法院审判时在堂上宣读的女工洛蓓塔那些凄恻动人的信件，都是引用格蕾斯·白朗所写的原件。全书概括了美国资本主义社会的现实生活，力求每个细节以至环境和性格的描写都符合生活的真实性。

德莱塞在美国作家中比较早地利用弗洛伊德学说中某些有益的东西塑造典型人物。他在艺术上适当地运用性、下意识、幻觉、梦境、性的抑制与升华的学说，真切地描写了克莱德成为美国垄断资本所需要的那套人生哲学的俘虏，走上毁灭的道路。作为一个朦胧的社会主义者、鲜明的民主主义者与人道主义者，他把弗洛伊德学说和他的现实本义的"社会背景说"有机地结合起来。他着眼于社会心理现象，描写了垄断资本统治的社会里克莱德陷入了情欲的海洋，使作品富于强大的艺术魅力，又不同于某些现代派把性和下意识当作独立存在的力量加以膜拜。

《美国的悲剧》出版后两年，短篇小说集《锁链》（1927）出版。同年11月，德莱塞应邀访问苏联，归来后发表了《德莱塞仿苏印象记》1928）。对于新生事物组以充分的肯定，从中可以看出他晚年思想的转变。1929年短篇小说集《妇女群象》出版，塑造了一个女共产党的形象。1931年出版政论集《悲剧的美国》，对美国资本主义社会进行了冷静而严肃的全面的解剖。他认为资本主义在今天的美国已经破产，应该像俄国一样消灭私人产业，铲除为垄断托拉斯、卡特尔利益服务的现行寡头政治及其整套制度。这一年他又出版了带有自传性质的《黎明》。1941年发表政论集《美国是值得拯救的》。

德莱塞在美国文学史上的成就，在于突破了美国文坛极为顽固的"高雅传统"，取得了现实主义的胜利。辛克莱·刘易斯在1930年说过："不论和哪一位美国作家相比，德莱塞更显得是只身奋勇前进的人。他……在美国小说领域内突破了维多利亚时代式的、豪威尔斯式的胆小与高雅传统，打开了通向忠实、大胆与生活的激情的天地。要是没有他这个拓荒者的业绩，我很怀疑我们有哪一个人能描绘出生活、美与恐怖。"美国不少评论家把德莱塞称为自然主义的奠基人，以区别于豪威尔斯的"现实主义"。其实，正如他自己说的，他"从没看过左拉的一行字"。他的作品中一般也没有自然主义那种病态与色情的描写。德莱塞的创作道路表明了现实主义在美国的胜利。

德莱塞 1941 年当选为"美国作家同盟"主席。1944 年获美国文学艺术会荣誉奖。1945 年加入美国共产党。同年 12 月逝世于好莱坞寓所。在生命的最后几年，他还完成了长篇小说《堡垒》（1946）和《斯多噶》的创作。《嘉莉妹妹》、《欲望三中曲》等，都已有中文版本。

凯　瑟

凯瑟，1873 年出生在美国弗吉尼亚州，自小随父母迁居到中西部的内布拉斯加州。1895 年于内布拉斯加大学毕业，先后担任中学教员、记者和《麦克吕尔》杂志编辑。1912 年开始专事写作。她早期的作品受亨利·詹姆斯的影响。后来听从女作家沙拉·奥纳·裘维特的劝告，以自幼所熟悉的西部边疆生活为题材，创作富有地方特色的作品。

《哦，拓荒者们》（1913）与《我的安东尼亚》（1918）两部小说描写第一代东欧和北欧的移民与大自然搏斗的艰苦生活，以及他们处理新旧文化冲突中人与人之间的关系的情形。其中的女主人公坚毅、刚强的性格给人们留下了深刻的印象。

《一个沉沦的妇女》（1923）写一个开发西部的实业家的妻子被投机商引诱而走向堕落。《教授的住宅》（1925）写一个历史教授看不惯崇拜金钱的家人，与一出身清寒的青年学者托姆·奥特兰结成忘年之交。这两部作品反映了作者厌弃当时美国流行的追求物质享受和拜金主义的思想。后者写奥特兰如何发现印第安人的古文化遗迹时，描景状物十分生动，并且流露出作者对与大自然融为一体的古印第安人悬崖文化的赞赏，从另一个方面表达了她对现代物质文明的鄙夷。

凯瑟以后的作品进一步从北美洲的历史中发掘她所向往的精神美。在《死神来迎接大主教》（1927）中，她歌颂了19世纪在新墨西哥印第安人中间传教的天主教神父的献身精神。《莎菲拉与女奴》（1940）写南北战争前弗吉尼亚一个白人妇女如何帮助一个女黑奴逃往加拿大而获得了自由。这是凯瑟根据自己祖母的事迹写成的。

美国批评家麦克斯威尔·盖斯马尔指出，凯瑟是"工业社会中一个重农作家"，"不断物质化的文明中一个精神美的捍卫者"。她主张写"不带家具的小说"，反对叠床架屋的细节描写。她的作品结构匀称，节奏舒缓从容，文字清新优美。近年美国批评界认为她是20世纪美国最杰出的小说家之一。

凯瑟于1947年在美国逝世。

弗罗斯特

罗伯特·弗罗斯特，1874年出生于美国加利福尼亚一个贫苦家庭里，11岁时父亲因病逝世，母亲带着他迁居美国西部新英格兰小城镇，继续过着清贫的生活。从12岁起，弗罗斯特从事过多种职业，他当过皮鞋工场、农场、毛纺织厂的帮工，也做过小学教师和当地报馆的记者。虽然先后进过达特默思和哈佛两所学院，但由于经济困难只上了两年大学就不得不中途辍学。弗罗斯特25岁那年，他的祖父送给他一片小农场，从此，他就依靠经营农场来维持家庭生活。

弗罗斯特在青少年时代就爱好诗歌，并经常写作诗歌，用于他的诗歌没有得到美国文学界的承认。1912年举家迁往英国定居后，继续写诗，受到英国一些诗人和美国诗人埃兹拉·庞德的支持与鼓励。出版了诗集《少年的意志》（1913）与《波士顿以北》（1914），得到好评，并引起美国诗歌界的注意。1915年回到美国，在新罕布什尔州经营农场。他的诗名日盛，于1924、1931、1937、1943年4次获得普利策奖，并在几所著名的大学中任教师、驻校诗人与诗歌顾问。他晚年是美国的一个非官方的桂冠诗人。在他 75 岁与 85 岁诞辰时，美国参议院作出决议向他表示敬意。他的诗歌在形式上与传统诗歌相近，但不象浪漫派、唯美派诗人那样矫揉造作。他不追求外在的美，他的诗往往以描写新英格兰的自然景色或风俗人情开始，渐渐进入哲理的境界。他的诗朴实无华，然而细致含蓄，耐人寻味。弗罗斯特还写有著名诗歌《白桦树》、《修墙》等。他的诗歌从描写自然景物和农村生活而闻名于世。他早期的诗歌，多以牧场和农村的最平凡的事物为题材，在平凡的日常生活细节中发掘诗的情趣，开拓诗的意境。他不使用惊人的语言和奇特的诗体，既不死守格律，也不抛弃格律，只是运用象白描那样朴素无华的语言，来表露自己淡淡的哀愁、人道主义感情以及对于劳苦者的委婉同情。他的诗用词清新，运用口语，富有浓厚的生活气息，还不时流露出一个心胸开阔的乐观主义者所特有的诙谐和幽默感。

弗罗斯特于 1963 年去世。

斯泰因

斯泰因，1874 年出生于宾夕法尼亚州一个富裕家庭，早年就读于国外。1893 年入拉德克利夫学院攻读心理学，1897 年毕业，进入约翰斯·霍普金斯大学研究人脑解剖学。1902 年辍学，离美赴欧，此后大部分时间住在巴黎。在巴黎时对先锋派艺术运动发生兴趣，热心加以提倡和支持。20 年代许多新起的诗人、小说家、画家、音乐家、戏剧家出入于她在巴黎的文艺沙龙，使她名噪一时。"迷惘的一代"一词就出自她之口，以后成为美国文学中一个流派的名称。

斯泰因开始创作时就是文学改革的试验者。为了准确地描写真实，她一反前人作品中华丽和雕琢的修辞手法，而模仿儿童的淳朴、单调、重复和不连贯的语言，注重文学的声音和节律，从而创造出一种稚拙的文体。她还吸收电影的特点，用重复的但又有细微差别的文字和句子来表现一种流动的、连续不断的景象。她不大用标点符号，特别是问号、冒号和分号，认为是累赘。她的这些看法和写作实践，对海明威、司各特·菲茨杰拉尔德、舍伍德·安德森等人影响甚大。

斯泰因的主要作品有《三个女人的一生》（1909），是她文体上和题材上的试验之作，包括《安娜》、《莲娜》和《梅兰克塔》3个短篇，写两个女仆和一个黑白混血的女人不幸的一生；另一部作品《美国人的成长》（1925），是她的最有特色但也最为难懂的作品，写她一家三代的经历，《爱丽丝·B·托克拉斯自传》（1933）以她的秘书和朋友为主要人物，其实是她的自传。

她的论著有《作为解释的作文》（1926）、《怎样写文章》（1931）、《记叙文体》（1935）、《美国讲演集》（1935）等。

斯泰因于1946年逝世。

杰克·伦敦

杰克·伦敦，1876年1月12日生于加利福尼亚州旧金山一个破产农民家庭，幼年时就出卖体力谋生，曾干过牧童、报童、码头工人、麻织工人、帆船水手等职业，备尝穷困生活的滋味。15岁进入市立中学，仅以半年时间读完3年课程，后考入加利福尼亚大学半公半读。但因生活困难，只读了一个学期，就去阿拉斯加当淘金工人，第二年因患坏血症返回旧金山。从此，发愤读书，走上文学创作的道路，以自己丰富的阅历和文学才能，创作出多部小说。

他写了19部长篇小说，150多篇短篇小说和故事，3部剧本，以及论文、特写等。1900至1902年发表《狼的儿子》等3部短篇小说集，这些小说通称为"北方故事"，是他的成名之作。在这些作品中，他揭露资本主义社会的弊端和罪恶，表达他对于人类美好生活的梦想。他还描写淘金者和猎人以顽强的意志和毅力在严酷的环境中同大自然进行的艰苦斗争。

1902年，他根据在英国伦敦的实地观察，写成特写集《深渊中的人们》（1903）。他描写伦敦的贫民窟和贫民收容所的真相，控诉英国资产阶级对劳动人民的剥削。尽管所写的只是逆来顺受的劳动人民，但表明作者已从传奇式的"北方故事"转向现实的阶级斗争。

他有两部描写动物的小说《荒野的呼唤》（1903）和《白牙》（1906），被认为是卓越的作品。《荒野的呼唤》描写一只名叫巴克的人狗与群狗斗争后，逃入原始森林，变成了狼。《白牙》描写一只狼在主人的训练下克服了野性，最后咬死主人的敌人，救了主人一命。这两部小说描写动物在保存自己、消灭敌人的斗争中表现了巨大的勇气。这种"弱肉强食，适者生存"的思想在他的作品中经常出现。

在长篇小说《海浪》（1904）中，他揭露一个尼采式的"超人"——"海狼"劳森的兽性的残忍和利己主义。

19世纪90年代他参加社会主义运动，1905年以后并参加社会党的活动。1905至1910年期间他创作了一些优秀的现实主义作品，如：论文集《阶级的斗争》（1905）和《革命》（1908）；长篇小说《铁蹄》（1908）和《马丁·伊登》（1909）。他在这些作品中揭露资本主义社会的矛盾，描写劳动人民的苦难生活和工人阶级的革命斗争，同时预言资本主义的必然灭亡和社会主义的最后胜利。《铁蹄》是政治幻想小说，写主人公安纳斯特·埃弗哈德领导工人对"铁蹄"——美国资本家的寡头政治，即资产阶级专政进行斗争。小说控诉资本家对工人的剥削和压迫，揭露法庭、新闻、文艺、教会等机构充当统治阶级的工具，描写"铁蹄"培养工人贵族，破坏工人的团结，政府军队镇压人民群众，以及人民群众在芝加哥举行推翻"铁蹄"的武装起义。作者强调指出，美国的垄断资本家为了避免灭亡，一定会建立一个残酷的独裁政权，工人阶级必须准备进行长期的武装斗争。小说以埃弗哈德在监狱里准备第二次武装起义结束。但小说中过分强调了个人在革命斗争中的作用，把埃弗哈德塑造成"超人"式的英雄，同时把群众描写成没有政治觉悟的人民。

自传体小说《马丁·伊登》是杰克·伦敦的代表作，它描写一个出身于"劳动者的现实主义作家在资本主义社会中的命运。马丁

·伊登决心要在文学创作中建立一番事业，他忍受了巨大的痛苦，克服了重重障碍，终于获得了声誉、爱情和财富。但他成名以后，背离了劳动人民。他自称是个人主义者，信奉"捷足先登，强者必胜"的原则，而他在上流社会里看到的资产阶级各种人物全是势利的市侩，甚至他所爱的罗丝也使他失望。他感到理想破灭，精神极度空虚，终于自杀。作者在小说中否定马丁·伊登的个人主义思想，把主人公的个人奋斗写成悲剧，对资本主义社会作了尖锐批判，但他没有指出未来的希望。

杰克·伦敦在 1910 至 1916 年间还写了一些优秀的作品，如长篇小说《天大亮》（1910）和《月谷》（1913），短篇小说《德布斯之梦》（1913）、《墨西哥人》（1913）和《强者的力量》（1914）等，同时也写了不少迎合出版商的需要而粗制滥造的作品。

到了后期，杰克·伦敦逐渐脱离社会斗争，追求个人享受，他的"白人优越论"发展成为大国沙文主义，为 1914 年美国干涉墨西哥辩护。1913 年以后，他因经济上的挫折和家庭纠纷，精神受到严重打击，经常酗酒，1916 年 11 月 22 日服毒自杀。

杰克·伦敦的作品有以现实主义手法揭露资本主义社会的黑暗，表现工人阶级最初的社会主义愿望；有的以浪漫主义手法描写争取生存的原始斗争，形象鲜明，情节紧凑，文字精练，富有感染力。

辛克莱

辛克莱，1878 年 9 月 20 日出生于马里兰州的巴尔的摩市。祖上是名门贵族，传到他的父亲时，家境已经衰败。他的父亲以卖酒为生，收入微薄。他一边工作，一边求学，先后在纽约市立学院和哥伦比亚大学读书。15 岁开始给一些通俗出版物写文章，靠稿费维持生活。

1902 年参加社会党，曾对芝加哥的劳工情况进行调查，长篇小说《屠场》（1906）就是在这样的背景下诞生的，揭露芝加哥肉类加工厂恶劣的环境。小说主人公立陶宛移民约吉斯·路德库斯一家在美国定居，约吉斯的父亲因劳累过度，患病而死。约吉斯身受工伤，因而失业。他的妻子被工头奸污，他为了报仇，殴打工头，却被捕入狱。出狱后妻子和儿子均已死亡，他开始到处流浪，后在一些社会主义者的教育和帮助下才看到光明。

《屠场》出版后，在社会上引起强烈反响，不久就被译成十余种文字。由于书中写到屠场老板唯利是图，把腐烂发臭的肉当作好肉制成罐头销售，美国政府被迫通过一些有关食品卫生的法案。《屠场》是20世纪初期美国文艺界"揭露黑幕运动"的第一部小说，在它之后，连续出现了许多部作品，对美国各方面的问题进行了大胆的揭发。

1906年以后30年间，辛克莱继续创作揭露资本主义社会黑暗面的长篇小说，其中比较重要的有描写科罗拉多州煤矿工人罢工事件的《煤炭大王》（1917），抨击垄断资本家的《石油》（1927），揭露政治腐败和警察暴行的《波士顿》（1928）等。

辛克莱在写作之外还积极参加政治活动。他对"产业民主联盟"的建立起了推动作用。他支持"美国公民权同盟"争取言论自由的斗争。1934年他提出"结束加利福尼亚州的贫穷"的口号，作为民主党候选人参加州长竞选。

从1940年开始，辛克莱以《世界的终点》为总题，写了11部长篇小说，以主人公兰尼·勃德在国内外的活动为主线，描述两次世界大战之间美国和欧洲各国的社会情况，其中《龙齿》（1942）曾获得普利策小说奖。1962年出版自传。1968年11月25日于美国新泽西州逝世。

辛克莱以创作"揭露黑幕"的小说闻名，他在现代美国文学史上占有举足轻重的地位。他的大多数小说则属于新闻报道性质的作品，文字流畅，但人物描写一般化，缺乏艺术特色。

路易士

路易士，1885年2月7日生于美国中西部的白索克镇，母亲原籍加拿大，父亲是个乡村医生。18 岁时，路易士离开美国中西部，考进东部的耶鲁大学，因经济困难，曾中途辍学，到新泽西州和巴拿马等地从事过一些杂差，然后在纽约的"欧洲译文社"任助理编辑，后来又回到耶鲁大学，并于 1908 年结束全部学业。1910 年以后，曾先后在旧金山、华盛顿的几家报馆和杂志社工作过。1920 年，他的长篇小说《大街》出版，引起巨大的反响。接着，他又写成《巴比特》（1922）和《阿罗史密斯》（1925）。这三部小说被认为是他的最优秀之作。其中《阿罗史密斯》曾获 1926 年的普利策文学奖，但他拒绝受奖。此后他又写了《埃尔默·甘特利》（1927）、《多兹沃思》（1929）等长篇小说。30 年代以后，他的作品缺乏深度，写作技巧也大不如前。1951 年月 1 月 10 日逝世于意大利罗马。

20 世纪初期，美国有一部分作家打破了把乡村生活田园诗化的传统，开始以现实主义的手法描写乡村生活。这一文学现象被称为"乡村的叛逆"，路易士是它的代表作家。他的作品大多以乡村和小市镇生活为题材。

《大街》的女主人公卡罗尔与丈夫威尔·肯尼科特来到明尼苏达的戈弗草原，发现生活平庸而乏味，人们安于现状，对新鲜事物怀有固执的偏见。卡罗尔立志改造环境，为沉闷的生活带来生气和乐趣，但遭到大多数人的抵制，威尔对此颇不以为然。被路易士称为"乡村毒菌"的可怕的习惯势力扼杀了卡罗尔的热情。她在失望中只身离开戈弗草原，来到华盛顿，但两年之后又随前来找她的威尔回到戈弗草原，决心像大多数人一样地生活下去。《大街》揭示了小市镇生活的闭塞和保守，嘲讽了市民的偏狭、愚昧，也讽刺了知识分子的浅薄和软弱。由于路易士的这部作品，"大街"几乎成了美国社会保守生活的代名词。

《巴比特》中的主人公巴比特是个经营地产的掮客。他家境富有，追求享受，有一天，他突然对一成不变的生活感到厌倦，想方设法去开辟新的生活天地。但他的行动遭到非议，他无力摆脱外界的压力，最后不得不回到原来的生活轨道上。作者把巴比特这一人物写得惟妙惟肖，给读者留下很深的印象，"巴比特"这个词成了庸俗的市侩的同义词。不少评论家认为这部书是路易士文学创作的顶峰。

《阿罗史密斯》反映了 20 年代美国医学界的状况。阿罗史密斯曾在乡间行医，也曾在城市的卫生部门工作，都因工作不顺利先后离开。最后他来到纽约的玛格克学院，希望能够专心从事有益于人类的科学研究，但那里同样存在着竞争，人们对名利的追求使他感到压抑。后来有个地区发生传染病，他去试验他研究的噬菌体，不幸失败，妻子也死去。他回到玛格克学院，由于不能忍受第 2 个妻子频繁的社交活动对他的干扰，他离开纽约，来到一个农庄，继续进行科学研究。这部小说反映了两种对立的道德观念，对于医学的商业化及腐朽的社会给予了辛辣的讽刺。

《埃尔默·甘特利》刻画了一个灵魂丑恶、手段卑鄙、到处招摇撞骗的教士，揭露了美国宗教生活中的虚伪和欺诈。

路易士一生写过 20 多部长篇小说，有的还被改编成剧本在舞台上演。他的主要作品有《大街》（1920）、《巴比特》（1922）、《阿罗史密斯》（1925）、《艾尔摩·耿特里》（1927）、《格定·普兰尼希》（1943）等。《大街》是当时最受欢迎的"畅销书"，据说先后印行了 50 万册，被译成多种欧洲语言广泛流行。

路易士的小说很少以情节取胜，她的特点是对细节作详尽的描绘，采取夸张的手法，达到漫画式的讽刺效果。美国当代的批评家一般认为他不是一个有独创性的艺术家，而是目光敏锐的观察家，文笔生动的新闻报道家，杰出的小说摄影师。美国中产阶级的言谈举止及精神风貌通过他那支生花妙笔跃然纸上。

1930 年，路易士荣获诺贝尔文学奖金，得奖原因是"由于其描写的刚健有力、栩栩如生和以机智幽默创造新型性格的才能"。

尤金·奥尼尔

尤金·奥尼尔于 1888 年 10 月 16 日出生于美国纽约市。父亲是个著名演员，母亲是个出色的芭蕾舞蹈家。幼年时代，奥尼尔随父母到处巡回演出，直到 7 岁时才进小学就读。1906 年入寄养学校，后又进普林斯顿大学，一年之后辍学，从事水手、工人等多种职业。1912 年因劳累过度，身患肺病。也是从这个时候，他开始对写作剧本产生了浓厚兴趣，为了更好地创作，他进入哈佛大学学习和研究了一年古代希腊的悲喜剧。1914 年，奥尼尔创作了第一个剧本《蛛网》。1920 年，他写了两部多幕剧《天边外》和《琼斯皇帝》，他的第一出长剧《天外边》在百老汇公演，受到广大观众的欢迎，从而使奥尼尔一举成名，誉满全国。此后，他的大部分时间都致力于剧本创作，直到 1953 年 11 月 27 日逝世为止。

《天边外》描写一个美国农民家庭的不幸的生活。罗伯特·马约和安德罗兄弟二人同时爱上邻女露芝，露芝决定和罗伯特结婚，罗伯特本幻想去天边外生活，结了婚就只得留在家中务农；他的哥哥安德罗本想在家务农，只好去天边外。罗伯特不会经营农业，家境日益困难，露芝婚后不久就与他感情不和。他最后死于肺病，临死前对安德罗说，他和露芝都是生活中的失败者，而安德罗则走他们三人中最大的失败者，因为他放弃了他应该从事的农业去经营商业投机。马约一家的生活理想都被无情的现实所破坏。《天边外》被认为是一部标准的现代悲剧，它也反映了作者对待人生的消极态度。这部剧作保持着悲剧情节的一致性，它继承了古代的悲剧创作传统，为作者首次赢得普利策奖。

《琼斯皇帝》是一部表现主义的剧作，它描写一个岛上的黑人首领琼斯的悲剧故事。他背叛了自己的种族，遭到黑人群众的反对，企图穿过一座森林逃走，结果被追捕者杀死。这个剧本不分幕，只分场，许多场面只是描写琼斯一个人在森林里的活动，他的紧张的心情，恐惧的心理，精神恍惚和下意识的行动以及在这种情况下出现的种种幻象等，都是表现主义的创作特征。剧中用节奏不断加快的鼓声一步步加紧催促琼斯在艰难的环境中走向死亡，具有强烈的戏剧效果。这部剧作还包含着象征主义、浪漫主义、神秘主义和情节剧的多种特征。演出时运用复杂的布景、灯光以及蔚为奇观的服装道具，借以展现创作主题；然而它的思想内容却有很大的局限。

奥尼尔的《克里斯·克里斯托夫逊》也是1920年的作品，后来被改写成《安娜·克里斯蒂》（1922），作者因此再次获得普利策奖。它主要描写船长的女儿安娜的遭遇，她的父亲对海上生活已十分厌倦，让她居住在内地，避免和海员结婚。不料她后来沦落成为妓女，几经周折，结果仍然要与一个海员结婚。为什么事情的发展总要违背人们的主观愿望呢？这在奥尼尔看来是个不可理解的问题。对于安娜这个人物，作者是深表同情的，他希望她能够结婚，重新做人，因此给剧本安排了一个易卜生式的没有结局的结局。

在完成《安娜·克里斯蒂》的同时，奥尼尔创作了一部兼有现实主义、表现主义和象征主义的戏剧《毛猿》（1922）。主人公扬克是一艘远洋轮船上的司炉，以身强力壮得到同伴的敬畏而自豪，但遭到旅客中一个有钱的女人的侮辱，便到处去寻找他的生活地位，最后只好与动物园的一只大猩猩结交朋友，结果却死在它的大力拥抱之中。剧本表明在冷酷无情的资本主义社会，像扬克这样的工人只能忍受非人的待遇，要想改变这种状况，只会遭到更加悲惨的结局。

奥尼尔运用各种创作方法反映社会问题，1925年完成的《榆树下的欲望》则是他在创作中又一次取得的重要的现实主义成就。这个剧本描写资产阶级家庭争夺财产及其后果。75岁的伊弗拉姆·卡博将前妻的田庄据为己有，希望他的新婚妻子艾比能够生一个孩子继承这一产业。艾比因此去向卡博和前妻生的儿子埃本调情，两人生了一个孩子，同时也产生了真实的爱情。埃本向父亲说明了事情真相，卡博也向埃本透露艾比和他生的孩子将继承遗产，埃本大怒。艾比为了表明她对埃本的爱情，把孩子杀死。埃本不得不去报警，并承认自己也参与了这一罪行，和艾比共同接受法律的惩罚。这部剧作的主题具有普遍的社会意义，从中也可看出古代希腊悲剧的影响。

1926年，奥尼尔又发表了一部象征主义戏剧《伟大之神布朗》，描写一个具有创造性的艺术家在资本主义社会所经历的失败和痛苦，但内容比较抽象，象征性的东西很多。作者运用面具以表现人物的双重人格，运用独白以表现他的内心活动。这种表现手法在他的剧作《拉撒路笑了》（1927）中得到进一步的发展。

《拉撒路笑了》写拉撒路从坟墓里回来以后的生活。他是征服死亡的爱情和快乐的象征。剧中有许多时代不同的人物和各种合唱队，使用面具，场面奇特。这表明作者越来越脱离现实主义的创作道路，它企图表现死亡把人们从现实生活的痛苦中解脱出来而进入永远快乐的境界。

在《奇妙的插曲》（1928）中，奥尼尔力图反映人们所经历的痛苦的生活。这是一部九幕长剧，主要描写一个女人和几个男人之间的关系。女主人公尼娜由于父亲的阻挠，不能和心爱的人结婚，和她结婚的人，她又不爱。她和情人生下了一个孩子，却不让他知道谁是他的父亲，以后她也百般阻挠儿子和他心爱的女子结婚。她的父亲和丈夫先后逝世，儿子也离她而去，她对生活已感到十分厌倦，只求安静地等待死亡。剧本着重表现了人物的情欲以及内心活动和痛苦，进行了种种心理分析，从中可以看出弗洛伊德对作者的影响。

在此以后，奥尼尔又完成了一部著名的长剧《哀悼》（1931），这是套用古希腊悲剧家埃斯库罗斯的三部曲《奥瑞斯忒亚》的格式写的一个三部曲。古希腊英雄阿伽门农及其一家被改为美国将军曼农及其一家。剧情发生在新英格兰，时间在美国内战以后。奥尼尔通过曼农家族复仇的故事，企图表现个人理想和现实生活之间的矛盾冲突。古希腊人的命运观念和复仇观念被个人情欲和弗洛伊德的心理学所代替，妨碍人们实现理想的各种阻力，使曼农一家遭到悲惨的结局。这也表现了作者的宿命论观点。

《哀悼》曾经引起美国评论家和广大观众的兴趣，一般评价都很高。但从此以后，奥尼尔的创作力逐渐衰退，作品的数量与质量都不能和过去相比。他计划写的剧本，有的没有完成，有的则被他撕毁。

1933 年，奥尼尔写了一部喜剧《啊，荒野！》，它描写 20 世纪初美国一个小城市的故事。作者称它为"回忆的喜剧"，其中可能包括他本人童年时的某些生活。1940 年他写了一部重要的自传体戏剧《直到夜晚的漫长一天》（1956），描写一个家庭的不幸的生活。奥尼尔在剧中提出这样的问题：这种不幸和痛苦有什么意义？谁应该对这种悲剧负责？奥尼尔始终为这类问题所困扰。

1939 年，奥尼尔写了一个比较重要的剧本《卖冰的人来了》（1946），写一群失业者终日喝酒聊天，无路可走，充满幻想，等待着一个五金推销商的到来。有一天他终于来到他们中间，却劝他们放弃幻想，面对现实，以得到平静。剧本反映了 30 年代美国经济危机之后所出现的严重的社会问题，以及作者的消极悲观的态度。这个剧本于 1946 年上演，打破了作者自 1934 年以来在美国剧坛上的沉寂状态。但这时他已在经受疾病的折磨，生活不能自理，几乎无法创作。

奥尼尔是美国戏剧史上具有划时代意义的剧作家。美国戏剧真正成为美国文学的一部分，在 20 世纪 20 至 30 年代达到前所未有的发展和繁荣局面，获得世界各国的广泛重视，首先应该归功于奥尼尔在戏剧创作中所取得的成就。

奥尼尔的大部分作品是剧本，也曾发表过一本诗集。他从1916年正式登上剧坛以后，曾4次获得普利策文学奖。1936年，奥尼尔荣获诺贝尔文学奖。

奥尼尔严肃地对待戏剧事业，他一贯反对美国商业性质的戏剧，对于美国的戏剧改革运动作出了杰出的贡献。他的作品取材于他所熟悉的现实生活，特别是海上生活和美国新英格兰的生活；他又深入研究了美国社会问题的病根，对它们进行高度的艺术概括，因此他的创作内容具有普遍意义。但他看不到解决这些社会问题的途径，愈来愈感到烦恼、痛苦和失望，因而给一些作品涂上了悲观主义和神秘主义的色彩。

奥尼尔的作品把现实主义和浪漫主义巧妙地交织在一起。但是，奥尼尔基本上是一位现实主义家，也是第一个把心理研究成果结合到自己作品中的作家。他的早期作品对于美国资本主义社会中心丑恶现实作了一定的揭发和批判，但又表现了过多的变态心理描绘。有人说他受了弗洛伊德学说的影响，实际上他并不是弗洛伊德的热情追随者。他注重人物的性格以及人与人之间的关系，但又不是从正确的阶级观点出发去认真研究各种关系之间的复杂矛盾。奥尼尔多才多艺、兴趣广泛，在剧本主题、形式以及舞台设计等方面，进行了广泛的尝试，促进了现代剧的发展。

米 勒

米勒，1891年出生于美国纽约市。1909年进入大学学习，两个月之后辍学，在各地流浪，从事过各种工作。1930年迁居法国，开始文学创作。1942年回到美国，在加利福尼亚定居，并继续从事写作。

米勒的小说大部分带有自传性质。他的代表作《北回归线》（1934），是根据他在巴黎的生活写成，描写主人公放荡不羁的生活，刻画人物极为生动，对性生活的描写十分露骨。小说描写主人公在当教员期间由于生活枯燥而陷入精神崩溃的边缘。

《南回归线》（1939）是他的又一部重要作品，记述了他早期在纽约的生活，他的家庭，他最初对知识的追求，以及他的移居欧洲，写得平稳凝重，淫秽描写较少，但除米勒的父亲的形象外，人物刻画都比较平淡。

他的著名的《马洛西的大石像》（1941）是一部近于游记的作品，颇受评论家的赞赏。他的其他作品还有《黑泉》（1936）、《在玫瑰色的十字架上受刑》（三部曲，1949、1953、1960）等。

米勒的作品涉及许多哲理和社会问题，并喜欢谈论"人类的倒退"，他曾说人失去了"生活的艺术"。他在作品中对性的问题的大胆处理在同时代作家中显得非常突出，自称深受美国诗人惠特曼的影响，希望能像惠特曼一样歌颂肉体的美。实际上，他描写的是性变态和性生活的丑陋方面，因而受到一些评论家的指责。他的一些作品一直被认为是黄色书籍，美国政府曾列为禁书。

如《北回归线》和《南回归线》在巴黎出版后，美国政府明令禁止在美国出版，也禁止将这两本书带进美国。米勒曾希望到英国访问，英国当局宣布他是不受欢迎的人。直到60年代，他的代表作品才获准在美国出版。

米勒对美国文学方面有一定的影响。50年代中期兴起的"垮掉的一代"作家，在生活方式以至作品的内容、风格方面，都从米勒的作品中汲取了不少东西。

米勒于1980年逝世。

肯明斯

肯明斯，1894年生于马萨诸塞州的剑桥，父亲是哈佛大学教授，唯一的神教牧师。肯明斯自幼喜爱绘画和文学，1915年毕业于哈佛大学，其毕业演说以《新艺术》为题，对现代艺术，主要是立体主义、未来主义的绘画，作了大胆的肯定。

第一次世界大战期间，曾参加救护车队在法国战地工作，进过集中营，后用超现实主手法法把这段经历写进《巨大的房间》

（1922）一书。

战后在巴黎和纽约学习绘画，并开始写诗。第一部诗集《郁金香与烟囱》（1923）收有短歌和咏爱情的十四行诗。以后陆续发表《诗四十一首》（1925）、《1922至1954年诗选》（1954）等12部诗集。1957年获得博林根诗歌奖和波士顿艺术节诗歌奖。

肯明斯有些诗集的题名离奇古怪，诗行参差不齐，在语法和用词上也是别出心裁。词语任意分裂，标点符号异乎寻常，除了强调一般不用大写，连自己的名字也是小写。他认为在科学技术发达的时代。人们用眼睛吸收外界的事物比用耳朵多。他在解释为什么要使用文字做特技表演时说：

"我的诗是以红玫瑰和火车头作为竞争对象的。"

在奇特的形式外壳上下，肯明斯显示了卓越的抒情才能和艺术敏感。他的小诗，如《正是春天》、《这是花园色彩多变》，勾画出儿童的天真形象，散发着春天的清新气息；他的爱情诗，如《梦后的片刻》、《我从没去过的地方》，在温柔中含有凄怨；他怀念父母的诗《如果有天堂，母亲（独自）就在那一方》也真挚感人。

同时，他也善于用辛辣的讥讽表达他对现实生活中丑恶面的蔑视和挑战，他把现代资本义社会中野蛮的争夺、感情上的冷漠、行为中的伪称为"非人类"或"非世界"，加以嘲弄和鞭挞。

肯明斯作为美国著名诗人却被有的人称为为"打字机键盘上的小丑"，并指责他的诗是肢解了诗歌语言的"假实验"。但又有些文字批评家却认为他是"最有成就的城市诗诗人之一"。

肯明斯于1962年逝世。

罗 宾 逊

罗宾逊，1896年出生在顷因州加德纳镇。1891年进入哈佛大学，后因家境贫困，2年后辍学，去纽约谋生，曾做过地下铁道的稽查员。1896年自费印行诗集《急流与昨夜》（后易名《夜之子》），

引起轰动，受到老百姓的喜爱。1902 年，诗集《克莱格上尉》出版，一向欣赏他的诗才的西奥图·罗斯福总统帮他在纽约市海关谋得一个较为清闲的差事，使他有充裕的时间写诗。1916 年，诗集《天边人影》出版，获得好评，并确立了他在诗坛的地位。他后来出版的重要作品是长篇叙事诗三部曲：《墨林》（1917）、《朗斯洛》（1920）与《特里斯丹》（1927）。他曾于 1922、1925、1928 年三次获得普利策奖。

罗宾逊的诗歌一般可分为两类。一类是后期以中世纪亚瑟王传说为基础写成的长篇叙事诗，用抑扬五步格的无韵体。它们不是古老传说的刻板复述，而是根据现代诗歌的特点进行了再创作。在这些诗中，他用人物各自独特的激情来解释他们的行为，而不象以往那样用超自然的因素来说明。他的叙事诗中人物的心理描写比较深刻。他的另一类诗歌更为一般读者所喜爱，都是用传统的诗体写的短诗，特别是其中一组"人物肖像"诗，每一首描画了蒂尔伯里镇上一个人物的肖像。他们大多是郁郁不得志的失败者与畸形人。如"比国王还富有"的理查·柯瑞，他受到全镇的羡慕，却偏偏要开枪自杀；又如米尼弗·契维，他鄙视金钱，却又无法离开金钱；还有年老的伊本·弗洛德，他孤苦伶仃，只得借酒浇愁。这些诗反映了当时新英格兰小镇上的真实情景，表现了诗人对资本主义社会的不满，观察细致深刻，语言淳朴、简明。诗中所写的一些人物形象，在美国几乎是家喻户晓，带有一定的典型意义。

罗宾逊的诗力图摆脱维多利亚时期浪漫主义诗歌的传统，追求构思与意象的新奇。把激情、冷嘲与幽默熔于一炉，并注意挖掘人物心灵深处的东西。这些特征与稍后的美国现代派诗歌相一致，因此他常被看作现代派诗歌的先行者。

罗宾逊于 1935 年逝世。

菲茨杰拉尔德

菲茨杰拉尔德，1896 年生于明尼苏达州圣保罗市一个商人家庭。普林斯顿大学毕业。1917 年入伍，但没有上过战场。1919 年退伍，在一家商业公司当抄写员，业余致力于创作。他的创作倾向与"迷惘的一代"相似，表现第一次世界大战后年轻的一代对美国所抱的理想的幻灭。1920 年发表第一部长篇小说《人间天堂》，一举成名。小说出版后他与柳尔达·赛瑞结婚。柳尔达对他的生活与创作影响很大，他的小说里许多女主人公都有她的影子。1925 年，他的代表作《了不起的盖茨比》出版，确立了他在文学史上的地位。

菲茨杰拉尔德称他所处的从第一次世界大战结束到经济危机爆发这 10 年间是"爵士时代"，他的作品反映了中产阶级青年在那个时代中的感受，尤其是对于上层资产阶级又羡慕又不满的情绪。他对上层社会醉生梦死生活的描写深藏着幻灭感，他曾说他"脑子里浮现出来的故事都有点灾难感"。《人间天堂》描写一个名叫阿莫瑞·布莱恩的青年成长过程中的幻想和失望，感情真挚，其中的人物被称为大学生中间的"迷惘的一代"。

《了不起的盖茨比》表现了"美国梦"的幻灭。青年商人涅克·卡拉威在纽约结识一个邻居，名叫盖茨比。盖茨比在战争期间与涅克的表妹苔西相爱，但因为他当时贫穷，苔西嫁给了有钱的托姆，而托姆却另有所欢，苔西的生活并不幸福。战后盖茨比因经营非法买卖致富，天天设宴以吸引苔西，最后通过涅克的安排与苔西重温旧梦，托姆对此十分妒忌，利用一次车祸陷害盖茨比，置之于死地。这部小说谴责以托姆为代表的美国特权阶级自私专横，为所欲为，以同情的态度描写了盖茨比的悲剧，并指出他的悲剧来自他对生活和爱情的幻想，对上层社会人物缺乏认识。小说采取印象式的描写手法，常用美丽奇特的比喻，作者的描写既热烈又冷静，在欢乐的故事后面隐藏着一股哀伤的细流。

他的另一部重要的长篇小说《夜色温柔》（1934），描写一个年轻有为的医生狄克，在欧洲研究神经病原理颇有成效。他爱上一个亿万富翁的女儿尼柯尔，她患有神经病，狄克与她结婚后，为了照顾她，毅然放弃工作，最后使她恢复了健康，但她却将狄克抛弃。狄克痛苦万分，回到美国，流落在纽约州一个小镇上行医。这部小说成功地表现了上层资产者的自私与腐化，对主人公的沉沦满怀同情。但评论界对它反映冷淡。

1936 年菲茨杰拉尔德在病中写了自传《崩溃》。后来以好莱坞一个电影导演为主人公创作长篇小说《最后的一个巨头》，没有完成，于 1940 年去世。遗稿由他的朋友、批评家埃德蒙·威尔逊整理出版（1941）。

多斯·帕索斯

多斯·帕索斯，1896 年生于芝加哥一个富裕的律师家庭。1916年毕业于哈佛大学，去西班牙学习建筑，不久参加第一次世界大战，先后在法国战地医疗队和美军医疗队服役。他第一部反映美国青年一代厌战和迷惘情绪的作品《三个士兵》（1921）是根据亲身经历而写成的。小说着重描写一个名叫安德路斯的青年知识分子怎样在战争环境中被迫放弃音乐创作的理想。

1925 年发表的《曼哈顿中转站》以大战前后的纽约社会为背景，描写了记者、律师、演员、水手、工会干部等人物形象。他们都是资本主义社会的失意者，生活苦闷，精神空虚。作品中没有一个贯穿全书的主人公，人物相互之间没有联系，有的只在某些事件中相遇。评论家们称它为"群像小说"。

多斯·帕索斯虽然在作品中反映了战后一代的迷惘情绪，但他的思想并不消极。他当时对资本主义社会十分不满，自称"放弃了对它的希望"，"向往革命"。1926 年参加《新群众》杂志编委。他作为美国共产党的支持者，采访罢工斗争，为共产党的刊物写稿。

1927 年因参加营救萨柯和樊塞蒂的活动被捕入狱。1932 年曾支持共产党的总统候选人，但没有加入过共产党。

多斯·帕索斯的代表作是《美国》三部曲，包括《北纬四十二度》（1930）、《一九一九年》（1932）和《赚大钱》（1936）。这部作品规模宏大，时间从本世纪初直至 1929 年经济危机爆发，描写了 12 个人物形象。他们的故事独立成章，情节上偶尔有所联系。其中有站在资产阶级立场鼓吹劳资调和的约·华德·摩尔豪斯，有流浪工人麦克，有从技术人员上升为资本家的查理·安徒生，有软弱、摇摆的知识分子狄克，还有共产党员班·康普顿，进步、坚强的知识妇女玛丽·弗兰奇，资产阶级小姐陶特尔等。这些人物各自活动，小说没有一个贯彻始终的中心人物。作者从人物的社会地位来分析并解释他们的思想和行为，描写了他们一生的经历和归宿，力图客观地表现出不同阶层人物的经历和命运，并以他们的故事为经纬，织成纵横交错、复杂的生活画面。

就人物描写来说，《美国》三部曲的创作方法是现实主义的，它在广阔的生活场景中尽量表现出典型的、最常见的人物。写法的特点是藏而不露，多含讽刺，语言简练流畅。作者还试用"新闻短片"、"人物传记"和"摄影机镜头"等三种新的手法。"新闻短片"共 68 篇，包括新闻剪辑、报纸大小标题、流行歌曲、广告、官方文件等，穿插在人物描写的章节之间，以突出各个历史发展阶段的重大事件，提供广阔的时代背景，加强三部曲的史诗风貌。"人物传记" 25 篇，包括这 30 年间美国各界著名的人物，如工人运动领袖德布斯、总统威尔逊、汽车大王福特、银行家摩根、发明家爱迪生、进步作家约翰·里德、工人歌谣作者乔·希尔等等。作者把这些"人物传记"插在小说章节之间，以突出历史的轮廓。这些"人物传记"不是人物志，而是用文学笔调写成，透露出作者的爱憎：对所赞同的人物，常用抒情笔调；对所否定的人物，则多藏讽刺。"摄影机镜头" 51 篇，常接在人物描写或"新闻短片"后面，以散文诗体裁描写作者自己的成长过程，并用意识流手法表达他对书中所描写的事件的反应。

《美国》三部曲试图运用以上各种技巧写出美国五光十色、瞬息万变的广阔的社会场景。书中写资产者投机钻营、野心勃勃，知识分子清高孤独，时而激奋，时而灰心，第一次世界大战前工人的流动性，20年代末工人的高昂情绪等等，表现出美国的特色。有的文学史家称《美国》三部曲是"一部伟大的民族史诗"。

多斯·帕索斯对美国社会的前途并不乐观。他笔下的人物，不论是资产阶级、知识分子，还是工人阶级、共产党人，没有一个具有令人喜爱的个性，也没有一个有好的下场。批评家马尔克姆·考利曾指出："《美国》三部曲虽然背景广阔，内容丰富，但它没有表现出当代生活的一个方面——战斗向前的意志、战斗中的同志情谊、新一代的觉悟和正在不断增长的新的力量。"

30年代中期以后，多斯·帕索斯在政治见解上开始与美国共产党和进步阵营发生分歧。西班牙内战爆发后，这种分歧加深。他后来的作品大多宣扬资产阶级的民主自由，对美共和苏共多所指责。

多斯·帕索斯于1970逝世。

威廉·福克纳

威廉·福克纳，1897年9月25日出身于南方密西西比州北部一个庄园主的家庭。曾祖父是庄园主，在南北战争中是南军的上校；战后，经营过银行的铁路，也写过小说。他的父亲开马车行和金店。第一次世界大战时，在加拿大空军中服役。战后曾在大学肄业一年。1925年在新奥尔良结识著名的小说家舍伍德·安德森，在他的帮助下出版了第

一部小说《士兵的报酬》（1926），写参加第一次世界大战的青年的痛苦与幻灭感。

第二部小说题为《蚊群》（1927），写患有 20 年代"时代病"的艺术家和艺术爱好者。这两部小说没有引起注意。

1929 年，威廉·福克纳的第三部小说《萨托里斯》出版。这是以虚构的约克纳帕塔法县为背景的第一部小说，写南方贵族地主有害的精神遗产对子孙的不良影响。这部小说被称为"站在门槛上"的书，从它可以看出福克纳日后的重要作品中将要出现的主调、题材、情绪与艺术手法。福克纳自称从此开始，他发现他的"家乡那块邮票般小小的地方倒也值得一写，只怕一辈子也写不完"。他一共写了 19 部长篇小说和 70 多篇短篇小说，其中绝大多数以约克纳帕塔法县作为故事发生的地点，人们称他的作品为"约克纳帕塔法世系"。这部世系主要写这个县及杰弗逊镇属于不同社会阶层的若干家族的几代人的故事，时间从美国独立之前直到第二次世界大战以后，出场的人物有 600 多人，其中主要的人物在他的长篇小说与短篇小说中交替出现。小说中的故事互相都有一些关系，每一部书既是一个独立的故事，又是整个"世系"冲的一个组成部分。福克纳写第一部作品时，似乎对约克纳帕塔法县里所有的人和事，大致上已有轮廓。

1929 年出版的《声音与疯狂》是福克纳最有代表性的作品。书名出自莎士比亚的悲剧《麦克白》第 5 幕第 5 场麦克白的台词：

"人生就像一个白痴讲的故事，充满了疯狂的声音，没有意义。"

这部小说写杰弗逊镇的望族康普生家庭的没落及其各个成员的遭遇与精神状态。故事发生在上世纪末至本世纪 20 年代。全书分 4 个部分，由 4 个人物分别叙述故事。

第 1 部分是"班吉的部分"，通过康普生的小儿子白痴班吉的眼睛来反映周围的世界。以朦胧的意识流的手法，使读者体会到他失去姐姐凯蒂的关怀之后所感到的悲哀。

第2部分是"昆丁的部分"。昆丁是班吉的哥哥，哈佛大学学生。小说中通过他的现实生活，他的回忆、思考、梦呓与潜意识活动，继续描绘凯蒂。昆丁对妹妹凯蒂的感情已经到了不正常的地步。凯蒂行为放荡、被丈夫遗弃等遭遇，使他受到沉重的打击，精神崩溃，最后投河自尽。

第3部分是"杰生的部分"。杰生是凯蒂和昆丁的弟弟，是个实利主义者。由于凯蒂使他不能谋得银行里的职位，他恨凯蒂和她的私生女小昆丁。作者通过杰生的大段独白，把这个人物自私卑下的精神状态作了淋漓尽致的刻画。

第4部分是"迪尔西的部分"，所叙的事情发生在1928年的复活节。康普生家发现17岁的小昆丁跟一个流浪艺人私奔。康普生一家的自私自利、生活中没有爱、遭受挫折和失败，与基督临死时告诫门徒的"你们要彼此相爱"形成强烈的对照。作者在这一部分里通过黑女佣迪尔西的描写来补述小说中没有交代清楚的情节。前面3个叙述者或是白痴，或是精神濒于崩溃的人，或是偏执狂；迪尔西可以说是书中唯一健康的力量。她的忠心、忍耐、毅力与仁爱与前面3个叙述者的精神状态恰成一个鲜明的对照，作者通过她体现了"人性的复活"的信念。

福克纳在《声音与疯狂》中不但描绘了一个南方地主家庭的没落，也刻画了南方传统价值标准的破产。凯蒂的堕落，意味着南方道德法规的失败。班吉根本没有思想的能力。昆丁丧失了行动的能力。杰生眼里只看到钱，他干脆抛弃了旧的价值标准。

1929至1936年是福克纳创作力最为旺盛的时期，除了《声音与疯狂》，还写了长篇小说《我弥留之际》（1930）、《八月之光》（1932）、《押沙龙，押沙龙》（1936）。《我弥留之际》的脉络并不复杂。安斯·本德仑在妻子艾迪临终时答应把她的遗体运回杰弗逊安葬。艾迪死后，一家人扶柩回故里，路上遇到种种磨难。尸体发臭，一个儿子想放火烧棺，被送进疯人院。另一个儿子为了不让棺木掉到水里，被大车压断一条腿。经过 6 天跋涉，受尽折磨，终于到达杰弗逊。这部小说在艺术表现上作了大胆的试验。全书共分 59 节，每一节是一个人物的内心独白或"意识流"，出场的人物共有 15 个。每一节描写与这次跋涉有关的一部分场景。这些人物所用的语言都是南方农民的生动的口语，但每人的口气各不相同。小说通过人物的叙述、他的内心活动和别人的观察这三种方法刻画人物的性格，比一般采用第三人称的写法更为深入细致。

《八月之光》是福克纳的一部描写种族问题的小说。书中写一个被社会遗弃的孤独者如何受到嘲弄、虐待终于悲惨地死去，表明了福克纳反对种族偏见与宗教偏见的态度。这部小说主人公是裘·克里斯默斯（字首 J. C. 与耶稣基督的相同），从小被送进育婴堂。他 5 岁时，偶然窥见一个女保健员的隐私，女人怕他揭发，便向院长说他是黑白混血儿，他被赶出育婴堂。以后白人社会不接受他，认为他是黑人；黑人也对他猜疑，怕他是白人派来的密探。他失去了"身份"，一系列悲惨的事由此发生，最后促使他杀死心爱的白种女人，并于星期五（耶稣受难日）主动接受白人对他的私刑处死。与这条线索同时进行的是莱娜·格鲁夫的故事。她是亚拉巴马州农村的姑娘，与情人相恋怀孕后遭到遗弃，徒步来到杰弗逊寻找情人，却遇到拜伦·本奇。拜伦设法把她安顿下来，找人替她接生，还替她寻找情人。作者认为在莱娜与拜伦这样没有受到"文明"的污染的"原始人"身上，才有真正的人性。作者这种"归真返朴"、唾弃资本主义文明的思想在以后的作品中有了进一步的发挥。

《押沙龙，押沙龙》是一部复杂、难懂的小说，描写庄园主塞德潘一家的盛衰史。托马斯·塞德潘于 19 世纪初来到杰弗逊镇，率领20 个黑奴开垦荒地，兴建大宅。后生了一子一女。儿子亨利的朋友查尔斯其实是托马斯与一黑白混血女人所生的儿子，与亨利的妹妹裘迪丝相爱并订婚。托马斯怕血统混杂，竭力反对，并唆使亨利将查尔斯打死，接着亨利逃亡，不知去向。托马斯后与穷白人窝许·琼斯的外孙女朱莉同居，因故被窝许·琼斯杀死。亨利在外流浪，于衰朽之年悄然回家，重病在身。不久，大宅起火，夷为平地，全家都被烧死。

福克纳通过托马斯一家的盛衰，写一个有罪孽的庄园主的"现世报"，也写出了庄园制社会必然灭亡的命运。

在艺术手法上，《押沙龙，押沙龙》颇有特色。作者安排洛莎小姐与康普生2人叙述托马斯·塞德潘的故事；又让昆丁带引读者分析故事中出现的问题，使叙述出现了多种层次。作者既塑造了故事主要人物的形象，也刻画了叙述者的面貌，3人的经历、性格不同，所用的语言和叙述方法也各有特色。而且作者不把故事说得一览无余，而是让读者来究真辨伪。这些使得这部小说具有扑朔迷离的神秘气氛，闪烁着奇幻的光彩。

福克纳后期最重要的作品是《村子》（1940）、《小镇》（195）与《大宅》（1959）。这3部小说都写弗莱姆·斯诺普斯及其周围的人的故事，主题与情节有连贯性，因此合称为"斯诺普斯三部曲"。其中以《村子》最为重要，在风格上，它与《押沙龙，押沙龙》恰好成为对照。《押沙龙，押沙龙》结构谨严，故事阴森可怖，使用伊丽莎白时期庄严的英语。而《村子》则是由许多个插曲组成的结构松散的喜剧般的故事，用的是美国现代南方的口语。

弗莱姆·斯诺普斯是福克纳精心塑造的一个人物，他于1902年来到杰弗逊镇附近威尔·凡纳的杂货铺里做伙计，逐渐接管了店里的账目。接着他放高利贷，开铁匠铺，又与威尔·凡纳已怀孕的女儿尤拉结婚，成了富户。后来他把捕来的一群野马假冒驯马卖给当地居民，又把一块地伪装成埋有窖藏以高价出手，然后便离此而去杰弗逊。

弗莱姆·斯诺普斯是新兴资产阶级的代表，福克纳对之役以最大的轻蔑。福克纳笔下的地主也做了不少坏事，但他认为他们都是感情的奴隶，这是受"激情"的驱策。弗莱姆·斯诺普斯则是绝对地冷酷无情。他从不触犯法律，像一架计算机那样冷静、精确地实现他的计划。福克纳不从正面描写他，也不刻画他的内心活动，而是用别的人物来衬托他。首先是他的妻子尤拉，她是"爱神"与"情欲"的化身，与冷酷无情的弗莱姆恰好是两个极端。作为对照的还有郝斯顿，他为了一个心爱的女子吃尽了苦，结婚后她却被公牛踢死。另一个对称式的人物是明克·斯诺普斯。郝斯顿的公牛侵入明克的地界，他一怒之下杀死了郝斯顿，并毁尸灭迹。福克纳认为他为"激情"所左右，至少证明他还有人性。第3个人物是拉波夫，他向尤拉求爱不成，险些犯罪，终于怅怅离去。第4个人物霍克也是感情的奴隶，他为了保护尤拉，单身打退了纠缠尤拉的一群人，自己也被打断胳膊。尤拉为了谢恩而自愿委身，霍克因此而再次折断臂膊。第5个人物是白痴艾克·斯诺普斯，他爱上一头母牛，把它从郝斯顿手中盗走。

以上5个故事有的很残酷，有的表现出严重的病态，但都是痴情人的故事。弗莱姆看准他们的弱点，从他们身上榨走了财富。对比之下，弗莱姆更为可怕。

在结构上，《村子》分为4部分，一头一尾写弗莱姆，中间部分写这些"感情的奴隶"，有声有色。

《小镇》是三部曲的第2部。作者的意图是把弗莱姆与尤拉这两个性格迥异的人放在更广阔的社会中，看他们对周围的人们会产生什么影响。弗莱姆进入杰弗逊镇后，利用尤拉的姿色，爬上银行副董事长的职位，然后把尤拉逼死。

《大宅》的主线是明克·斯诺普斯的复仇。明克杀死郝斯顿，被判徒刑20年，他对堂兄弟弗莱姆没有出面解救怀恨在心。而弗莱姆为了阻挠他出狱，设下圈套，引诱他假扮女人逃走，结果加重罪名，延长刑期20年。数十年的监狱生活结束后，明克马上来到杰弗逊镇，杀死了弗莱姆。故事另一根主线围绕弗莱姆的女儿林达展开。林达离开杰弗逊来到纽约，成为进步人士，1936年曾去西班牙支援共和政府，于丈夫死后回到美国。她是美共党员，曾受到联邦调查局的调查。在明克打死弗莱姆时，林达也在场，她对父亲毫无好感，等于是明克的同谋。

在《大宅》的前言中，福克纳写道，经过 34 年的写作生涯，他总算懂得"人心以及它的复杂性"。福克纳认为世人都是上帝创造的可怜的罪人，他们必然具有各种弱点。尽管他仍把弗莱姆看作最坏的恶棍，但他在《村子》里对弗莱姆的强烈憎恨，在《大宅》中已为另一种感情所代替。弗莱姆在即将被明克杀死时，已对一切都很冷淡，似乎他对生命已经疲倦。另外一方面，作者也并不把明克看成是报复私仇。在一定意义上，他反对的是命运，是在与逆境搏斗，是反对使他这一类人一贫如洗、受苦受难的别一个阶级，用书中的语言来说，是"他们"。"斯诺普斯三部曲"表明福克纳能够驾驭广阔的时代画面，作品气象万千。

《寓言》（1954）是福克纳晚年的一部重要长篇小说，它的主题是反对帝国主义战争。书中的主人公为了争取和平而被杀害，但又像基督那样"复活"，他的精神仍在指引人们前进。

福克纳还写了许多中、短篇小说，其中也有不少重要的作品。如《老人》（1939）与《熊》（1942）。

《老人》写一次密西西比河河水泛滥，监狱当局派一个囚徒划船去搭救树上的一个孕妇与屋顶上的一个男子。囚徒把孕妇接上了船，小船即被大水冲走。他与洪水和鳄鱼搏斗，最后又帮助孕妇登上一个小山去分娩。几个星期以后，他带了母子回来复命，监狱当局却因为他逾期归来而延长他的刑期。

《熊》是福克纳最重要的作品之一，写少年艾克·麦卡斯林通过打猎，从印第安人和黑人的混血儿山姆·法泽斯身上学习到许多优秀的品质，体会到原始森林是最纯洁的，就连他的对手大熊也是高贵的。自由、勇敢、智慧、繁衍都与大森林紧密联系在一起。而作为文明社会的象征的他的祖父传下的大庄园则是罪孽深重，账本里充满了黑奴的血与泪。艾克为了保持良心的洁白，放弃遗产，决心像耶稣的父亲约瑟那样，做一个自食其力的木匠。

福克纳在西方文坛上被看作"现代的经典作家"。他的作品题材广阔，他的"约克纳帕塔法世系"及其他小说规模宏大，人物众多，描写了两百年来美国南方社会的变迁和各种人物地位的浮沉及其精神面貌的变化。他是美国"南方文学"流派的主要代表人物。他笔下反映的种植园世家子弟精神上的苦闷，也正是现代西方不少知识分子普遍感到困惑的问题，例如如何对待从祖先因袭的罪恶的历史负担，如何保持自身良心的纯洁，从何处能获得精神上的出路等等。福克纳对传统、对物质主义的怀疑与否定引起了他们的共鸣，他们认为福克纳表现出了"时代的精神"。

福克纳在英、美及欧洲影响很大，在拉丁美洲、亚洲与非洲的文学界，也有不同程度的影响。福克纳的创作之所以受到如此广泛的注意，不是没有原因的，从许多方面看，他都是一个独树一帜的作家。从所反映的题材上看，福克纳创造了一套"约克纳帕塔法世系"。这套小说规模强大，人物更多，时代漫长，生动的描述了两百年来美国南方社会的变迁，各阶层人物地位的浮沉，各种类型人物精神面貌的变化。从表现人们的精神状态看，福克纳反复描写的南方种植园主世家飘零子弟的精神苦闷，反映现代西方不少知识分子普遍感到苦闷的一些问题，从艺术表现手法上看，福克纳也有很多独创性。他尝试各种"多角度"的手法，以增加作品的层次与逼真感；他运用"时序"颠倒的手法，借以突出历史与现实的因果联系。此外，他还采取了"对位式结构"、"象征隐喻"等艺术手段，企图使他的作品像万花筒一般繁复、杂乱并且引人入胜。在语言风格上，他想突破常规，试图通过晦涩、朦胧、冗长、生硬的文体取得特殊的效果。

富克纳 1949 年获诺贝尔文学奖金、是美国被评论、研究的最多的一位作家。1951 年获得全国图书奖，1955、1963 年两次获普利策奖。此后，被国务院派往国外从事文化交流工作。1962 年 7 月 6 日因病在家乡牛津镇逝世。

海明威

海明威，1899 年 7 月 21 日生于伊利诺伊州芝加哥附近的奥克帕克村。他的父亲是当地一位有名的医生，医术高明，喜欢打猎、钓鱼、射击、采集标本等活动。他的母亲是一个具有一定艺术修养和宗教观念的妇女，喜爱音乐和绘画，从小就让海明威学大提琴。在这样一个家庭环境的熏染下，海明威从童年时代就培养起了对文学、艺术及体育运动的热爱。1917 年中学毕业前夕，美国参加第一次世界大战，他因患眼病未能入伍。同年 10 月，他进堪萨斯市《星报》担任见习记者，报社提出"用短句"、"用生动活泼的语言"等要求，使他受到初步的文字训练，对日后形成他简练的文体产生了影响。

1918 年 5 月，海明威参加志愿救护队，担任红十字会车队的司机，在意大利前线身受重伤。1919 年初回到家乡，练习写作。1921 年去多伦多，担任特写记者。数月后他作为《多伦多星报》驻外记者赴欧洲担任记者，撰写关于日内瓦与洛桑国际会议的报道以及希土战争的电讯。1924 至 1927 年担任赫斯特报社的驻欧记者。

海明威驻欧期间，一直坚持写作。他通过作家舍伍德·安德森的介绍结识了侨居巴黎的美国女作家格特鲁德·斯泰因和诗人埃兹拉·庞德。斯泰因鼓励他写作，并开导他如何写得精练和集中。1922 年，他开始在报刊上发表作品，包括寓言、诗歌和短篇小说。1923 年出版第一个集子《三个短篇和十首诗》。1924 年在巴黎出版另一个集子《在我们的时代里》，包括 18 个短篇，发行量甚少，影响不大。次年同名的集子于美国出版，包括 13 篇短篇小说和夹在各篇故事之间的 16 篇插章。这部小说集和模仿安德森的作品写成的长篇小说《春潮》（1926），虽然销路不大，却以其独

特的风格引起批评界的重视。当时已经成名的小说家司各特·菲茨杰拉尔德称海明威"具有新的气质",形成了一种"不会败坏的风格"。

《在我们的时代里》的一些小说描写涅克·阿丹姆斯的青少年时期的生活,例如《印第安帐篷》写涅克跟随父亲出诊,见到一个印第安人自杀的情景;《某件事的终结》写涅克初恋的终结;《大二心河》中,涅克已从欧战复员回家,整天钓鱼,以摆脱噩梦般的战争在他心灵上留下的创伤。这些作品表现了暴力世界中孤独的个人,在艺术上已经形成含蓄简约的风格。他不直接吐露人物的思想情绪,而是通过细致的动作描写透露人物的心情。

1926年,海明威发表了他头一部重要的长篇小说《太阳照样升起》(英国版题名《节日》,1927),小说描写战后一批青年流落欧洲的生活情景。女主人公勃瑞特·艾希利是英国人,战争中失去了亲人;男主人公杰克·巴恩斯是美国记者,战争中因下部受伤而失去性爱能力。杰克与勃瑞特相爱,但无法结合,战争给他们带来生理上和心理上的创伤,他们对生活感到迷惘、厌倦和颓丧。小说还描写了一个美国作家罗伯特·柯恩,他自以为富有英雄气概,对生活抱有浪漫的幻想;他追求勃瑞特,但勃瑞特和她的朋友都不喜欢他,觉得他的生活观是陈旧的,虚妄的。这部作品表现了第一次世界大战后青年一代的幻灭感,斯泰因曾经对海明威等人说过:"你们都是迷惘的一代。"海明威把这句话当作小说的一句题辞。由于小说写出这一代人的失望情绪,《太阳照样升起》成了"迷惘的一代"的代表作。

1927年,海明威回到美国,并发表第二部短篇小说集《没有女人的男人》,其中著名的有《打不败的人》、《五万大洋》和《杀人者》。《打不败的人》描写西班牙一个体力已弱的斗牛士为了维护昔日的荣誉,在斗牛中竭尽全力坚持到底;《五万大洋》写一个拳击手宁可失败也要保持职业的体面;《杀人者》的主人公涅克·阿丹姆斯面临一桩凶杀案件感到恐惧。海明威在这些小说里创造了临危不惧、视死如归的"硬汉性格",这类人物形象对后来美国通俗文学产生了影响。

1929 年,海明威发表长篇小说《永别了,武器》(旧译《战地春梦》),主题是反对帝国主义战争。主人公亨利是美国志愿军,在意大利前线负伤,住院期间受到英国护士凯瑟琳的细心看护,两人产生了爱情。他返回部队后,在一次撤退的途中被意军误认为德军的奸细而逮捕。他在等待处决时伺机逃脱,与凯瑟琳一起流亡到瑞士,过了一段愉快的生活,不幸凯瑟琳和婴儿死于难产,亨利悲痛欲绝。海明威在《永别了,武器》中把个人在战争中所遭受的苦难看作人类的灾难。在他看来,人好比"着了火的木头上的蚂蚁":有的"烧得焦头烂额,不知往哪儿逃";而"多数都往火里跑","到来了还是烧死在火里"。作者也没有把希望放在战后的和平生活上,他认为人在这个暴力世界中是无能为力的:"世界杀死最善良的人,最和气的人,最有勇气的人。……如果你不是这几种人,迟早也得一死,不过它不急于要你的命罢了。"海明威之所以坠入悲观失望虽然是由于他未能全面认清第一次世界大战的性质,但他对于帝国主义的战争宣传是极为厌恶的,他通过亨利的内心独白讽刺道,"我一听到神圣、光荣、牺牲这些空泛的字眼儿就觉得害臊",在这场"拯救世界民主"的战争中,"我可是没有见到什么神圣的东西,光荣的事物也没有什么光荣,至于牺牲,那就好比芝加哥的屠宰场似的,不同的是肉拿来埋掉罢了"。海明威从批判帝国主义的战争宣传出发,进而否定资产阶级社会的一切精神价值,因此他笔下的人物失去任何信仰,甚至丧失了思想的能力:"脑袋是我的,但不能用,不能思想,只能回想,而且不能想得太多。"

《永别了,武器》是海明威的代表作,充分显示出海明威艺术上的成熟。情景交融的环境描写,纯粹用动作和形象表现情绪,电文式的对话,简短而真切的内心独白,托讽于有意无意之间,简约洗练的文体以及经过锤炼的日常用语等等,构成他独特的创作风格。

海明威 1927 年离开欧洲后,先居住在美国佛罗里达州的基韦斯特岛，后迁至古巴。他常去各处狩猎，还曾登上他的"皮拉尔号"游艇出海捕鱼。30 年代上半期他发表的作品有写西班牙斗牛的专著《死在午后》（1932），短篇小说集《胜者无所得》（1933），关于在非洲狩猎的札记《非洲的青山》（1935）。在《死在午后》中他总结了他的创作经验，提出冰山的比喻："冰山在海里移动很是庄严宏伟，这是因为它只有八分之一露出水面。"说明作家有了深厚的感情基础，才能含蓄简约；在这种情况下，读者自会"强烈地感觉到他所省略的地方，好象作者已经写出来似的"。1936 年，海明威发表他有名的短篇小说《乞力马扎罗的雪》，以现实与幻想交织的意识流手法描写一个作家临死之前的反省。

1937 年，海明威的长篇小说《有的和没有的》出版。主人公哈利·摩根是佛罗里达一个难民，在经济大萧条年代靠海上捕鱼根本无法维持生活，于是不得已铤而走险进行海上走私。他偷运酒类、军火甚至奴隶，结果被打坏一只臂膀。作为一个贫穷的无产者，哈利在临死前终于从自己痛苦、多难的一生中悟出了一个真理，那就是"孤孤单单一个人"的奋斗是"不成的"。这是海明威明确地接触到劳苦群众团结战斗的社会主题。

1937 年，海明威以北美匠业联盟记者的身份去西班牙报道战中。他积极支持年轻的共和政府，为影片《西班牙大地》写解说词，在美国第二届作家会议上发言斥责法西斯主义。1938 年发表剧本《第五纵队》。西班牙内战结束后，他回到古巴，在哈瓦那郊区创作长篇小说《丧钟为谁而鸣》（旧译《战地钟声》），于 1940 年发表。这部小说以西班牙内战为背景，叙述美国人乔顿奉命在一支山区游击队的配合下炸桥的故事，集中描写乔顿炸桥前 3 个昼夜的活动，包括游击队内部的分歧，胆小的游击队长与他勇敢的妻子之间的矛盾，淳朴、勇敢的游击队员的反法西斯情绪，乔顿和一个西班牙姑娘的恋爱，另一支游击队的英勇奋战和牺牲，乔顿因情况有变而与上级联系的过程，国际纵队最高军事领导机构的混乱以及他们面临的困难等等。小说也以厌恶的情绪描写农民对一些法西斯分子进行肉体上的惩罚。最后，乔顿在未能与上级取得联系的情况下执行炸桥任务，身负重伤，独自在山顶上阻击敌人。《丧钟为谁而鸣》从民主主义立场反对法西斯主义，主人公具有高度的责任感，乔顿临死之前回顾了一生，肯定自己为反法西斯而牺牲是光荣而崇高的。

40年代初，海明威来中国报道抗日战争。1942至1944年间，他驾驶"皮拉尔号"游艇巡逻海上，因而得到表彰。他曾率领一支游击队参加解放巴黎的战斗，因此被控为违反日内瓦会议关于记者不得参与战斗的规定。海明威出庭受审，结果宣告无罪，后来还获得铜质奖章。

50年代，海明威发表长篇小说《过河入林》（1950）和中篇小说《老人与海》（1952）。《过河入林》写康特威尔上校凭吊过去的战场，顾影自怜，悲观懊丧，重复孤独、爱情、死亡的主题，艺术上也缺乏光彩。批评界对此书评价不高。《老人与海》的主题思想是人要勇敢地面对失败。小说中的渔夫桑提亚哥在同象征着厄运的鲨鱼的斗争中虽然失败，但他坚忍不拔，在对待失败的风度上取得了胜利。小说中有一句名言：

"一个人并不是生来要给打败的，你尽可以把他消灭掉，可就是打不败他。"

桑提亚哥这个孤军奋战的形象是海明威20、30年代创造的"硬汉性格"的继续与发展。它的艺术概括程度更高，达到寓言和象征的高度。《老人与海》获得1952年度普利策奖。

1954年，瑞典皇家科学院授予海明威以诺贝尔文学奖金，以表彰他"精通现代叙事艺术"。他在授奖仪式上的书面发言中指出：

"对于一个真正的作家来说，每一本书都应该成为他继续探索那些尚未到达的领域的一个起点。他应该永远尝试去做那些从来没有人做过或者没有做成的事情。"

古巴革命后，海明威夫妇迁居美国爱达荷州。晚年患有高血压、糖尿病、铁质代谢紊乱等病，精神抑郁症十分严重，多次医疗无效。1961 年 7 月 2 日的早晨，海明威用猎枪自杀。

海明威去世后，他的妻子玛丽发表了他的两部遗作：《不散的筵席》（1964）和《海流中的岛屿》（1970）。前者是一部回忆录，追忆 20 年代他在巴黎的写作生活以及他与一些作家的交往。长篇小说《海流中的岛屿》约写于创作《老人与海》的同时，写画家赫德森生活中的 3 个片断：《别米尼》写画家与他 3 个儿子在岛上度假的情景；《古巴》写画家与他离了婚的第一个妻子和好又复分手的故事；《在海上》写画家在海上执行巡逻任务，追踪一群纳粹分子。其中以《别米尼》写得较好，有《老人与海》的遗风。

海明威的文字节奏鲜明，流畅自然，字斟句酌，极其具体精确；人物对话、口语化、性格化，三言两语就使人物跃然纸上。同时，海明威经常使用象征手法，给抽象的思想感情赋予具体的形象。如《永别了，武器》以雨象征不幸和死亡，运用得非常成功，常为评论家所称道。

海明威的散文风格朴实无华，简明清新，1954 年授予他诺贝尔文学奖金时，就特别强调他独创一格的现代散文的叙事能力。

世界文学知识漫谈 ⑤

亚洲

现代作家

作品博览

箫枫◎主编

辽海出版社

责任编辑:陈晓玉　于文海　孙德军

图书在版编目(CIP)数据

世界文学知识漫谈/萧枫主编.—沈阳:辽海出
版社,2008.6(2015.5 重印)

ISBN 978-7-80711-712-4

Ⅰ.①世…　Ⅱ.①萧…　Ⅲ.①世界文学—基本知识
Ⅳ.①I1

中国版本图书馆 CIP 数据核字(2011)第 140258 号

世界文学知识漫谈

亚洲现代作家作品博览

萧枫/主编

出　版:辽海出版社		地　址:沈阳市和平区十一纬路25号	
印　刷:北京一鑫印务有限责任公司		字　数:700 千字	
开　本:700mm×1000mm　1/16		印　张:40	
版　次:2011 年 9 月第 2 版		印　次:2015 年 5 月第 2 次印刷	
书　号:ISBN 978-7-80711-712-4		定　价:149.00 元(全 5 册)	

如发现印装质量问题,影响阅读,请与印刷厂联系调换。

前　言

　　马克思曾经说过："文学是一定的社会生活在人类头脑中反映的产物。"

　　文学是一种社会意识形态，与社会、政治以及哲学、宗教和道德等社会科学具有密切的关系，是在一定的社会经济基础上形成和发展起来的，因此，它能深刻反映一个国家或一个民族特定时期的社会生活面貌。文学的功能是以形象来反映社会生活，是用具体的、生动感人的细节来反映客观世界的。优秀的文学作品能使人产生如临其境、如见其人、如闻其声的感觉，并从思想感情上受到感染、教育和陶冶。

　　文学是语言的艺术，是以语言为工具来塑造艺术形象的，虽然其具有形象的间接性，但它能多方面立体性地展示社会生活，甚至表现社会生活的发展过程，展示人与人之间的错综复杂的社会关系和人物的内心精神世界。

　　作家是生活造就的，作家又创作了文学。正如高尔基所说："作家是一支笛子，生活里的种种智慧一通过它就变成音韵和谐的曲调了……作家也是时代精神手中的一支笔，一支由某位圣贤用来撰写艺术史册的笔……"因此，作家是人类灵魂的工程师，也是社会生活的雕塑师。

　　文学作品是作家根据一定的立场、观点、社会理想和审美观念，从社会生活中选取一定的材料，经过提炼加工而后创作出来的。它

既包含客观的现实生活，也包含作家主观的思想感情，因此，文学作品通过相应的表现形式，具有很强的承载性，这就是作品的具体内容。

文学的发展，既是纵向的，又是横向的；纵向发展是各民族文学内部的继承性发展，横向发展是世界各民族互相之间的影响、冲突和交会。这一纵一横的经线与纬线，织成了多姿多彩的各民族文学与世界文学。可以说，纵向的"通变"与横向的发展，是文学发展的两个基本动力。

总之，学习世界文学，就必须研究世界著名文学大师、著名文学作品和文学发展历史，才能掌握世界文学概貌。

为此，我们综合了国内外最新的世界文学研究成果和文学发展概况，编撰了《世界文学知识漫谈》丛书。本套书系共计 5 册，主要包括世界文学发展大讲坛、俄苏现代作家作品讲析、西欧现代作家作品展阅、美洲现代作家作品泛读、亚洲现代作家作品博览等内容。

本套书内容全面具体，具有很强的文学性、可读性和知识性，是我们广大读者了解世界文学作品、增长文学素质的良好读物，也是各级图书馆珍藏的最佳版本。

目 录

第一章 亚洲现代作家

第二章 亚洲现代文学作品

第一章　亚洲现代作家

坪内逍遥

坪内逍遥，1859 年出生于美国。坪内逍遥自小喜欢中国古籍，而后在外语学校学英语。

1883 年获得东京大学文学学士学位，曾任东京专门学校（即后来的早稻田大学）讲师。1885 年，他的《小说神髓》出版，他提出写小说应以人情为主，着重心理观察与持客观态度，为日本现代文学一部重要理论著作。他为实践自己的主张而创作的长篇小说《当世书生气质》，用写实主义手法，写当代学生生活，使之成为明治时代现实主义文学的先驱者。其后陆续发表小说和翻译英国文学作品，并致力于文学评论工作。曾就理想主义文学与现实主义文学问题与森鸥外展开辩论，成为明治文坛最初的一场大论争。

1887 年后，坪内停止小说创作，转而戏剧文学和演剧运动；从事文学人才的培养和戏剧的改良运动。1890 年为学生讲授莎士比亚，1891 年创刊《早稻田文学》杂志，他发

表《美辞论稿》，指导学生演剧活动，并加入江户时代大戏剧家近松研究会。这一时期，他发表历史剧《桐一叶》（1894），并被授予文学博士学位。还成立"文艺协会"，创办露天剧场。1909 年译完《莎士比亚全集》40 卷，用 20 多年的时间和心血完成第二次新译，成为享誉全球的学者。在此期间陆续创作《子规鸟孤城落月》（1897）、《新曲浦岛》（1904）、《留别新月夜》（1917）、《义时的最后》（1918）等著名戏剧作品。

1928 年是坪内的 70 寿辰，为了表彰他在文艺及戏剧的多方面贡献，为他建立戏剧博物馆。

二叶亭四迷

二叶亭四迷生于 1864 年，他的父亲是地方的下级武士，明治维新后担任地方小官吏。明治维新后，随其父辗转于名古屋、东京、松江等地，少年时代受过良好的汉学教育。他把为人正直、"俯仰无愧于天地"当作座右铭。当时沙皇俄国向亚洲扩张，引起日本朝野的愤慨。

他的青年时期正值明治初年，民主思想高涨，民族情感炽热。他受到维新志士的影响，有图谋大业、忧国忧民的思想。他本身想置身于军界为国效劳，但因身体条件差，转而学外语，希望从事外文事业为国增光。1886 年，他毕业前夕，外语学校突改为商业学校，他因不满这种改变，愤然退学。

二叶亭四迷在俄国文学的影响下，开始热衷于文学创作，同时进行评论和翻译活动。1886 年他拜访了当时成名的作家坪内逍遥，在其帮助和鼓励下，同年发表了文学论著《小说总论》，针对当时日本文坛占主导地位的娱乐文学和单纯摹写现实的创作方法提出不同的看法，主张作为艺术的一种形式的小说应是直接表现和宣传真理的手段，在创作方法上应通过现象描写现实的本质，提出了较为完备的近代现实主义论。1887 年，发表反映他文艺观点的第一部长篇小说《浮云》，写在明治 20 年代，一个正直的青年被录用为政府的下级官吏，只希望和自己相爱的堂妹阿势结婚，把在家乡过着孤苦生活的老母亲接来同住，共享天伦之乐，但他不谙世俗，也不会违背自己的良心去迎合上司的需求，终于被政府机构革职。小说揭露了明治时代官场的黑暗和世态的炎凉，也触及明治社会单纯模仿西方的种种浮浅的所谓"文明开化"的现象。

此后，他认为"文学不是大丈夫的终身事业"，停止了文学创作活动，曾当过情报翻译员，陆军大学和东京外国语学校教授。1904 年入大阪"朝日新闻社"。任《朝日新闻》记者和中国清朝的北京警务学堂的干部。直到 1906 年才发表第二部长篇小说《面影》。这部小说写一个中年知识分子因和妻子感情不和，却与守寡回家的妻妹产生了爱情。这种爱情违背了社会的伦理道德，他只有抛下情人和家庭到中国流浪，最后变成穷愁潦倒的酒鬼。小说对封建势力作了揭发控诉，对拜金主义的世俗风气作了深刻揭露。1907 年发表最后一部长篇小说《平凡》，描写了才华出众的知识青年在艰难岁月中空虚而无聊地度过半生的凄凉景象，反映明治社会中"才秀人微"的不合理现象。作品夹叙夹议，对当时的社会风气和文学状况进行冷嘲热讽。

这三部小说以现实主义手法，描写了不与世俗社会同流合污，但又承受不了时代的重压，缺乏冲破现状的勇气，为时代的压力所挫伤，成为明治近代社会被排挤的"多余人"。作品通过对这些"多余人"的描写，对明治社会作了广泛的批判。另外，他的作品清新流畅言文一致，为近代日本文学语言的发展奠定了基础。

二叶亭四迷被认为是日本近代文学的先驱者。他于 1908 年以朝日新闻社特派员的身份出使俄国彼得堡采访，在回国时，因旅途劳累，肺病加重，于 1910 年死于途中，时年 46 岁。他还翻译了一些俄国文学作品，并写有回忆录、日记和杂文等。

夏目漱石

夏目漱石，1867 年生于江户武士家庭。明治维新后家道败落，先后当过两个人的养子。漱石自幼好学，在中学时代受汉学的熏染，就对汉诗文和小说极为爱好。1888 年中学毕业后入大学本科英语专业，专攻英国文学。这时期他曾致力于汉诗文的创作，后收为一集，题名《木屑录》，其书序文明确表明"予有意以文立身"。

夏目漱石大学毕业后，去松山、熊本等地教书，此时受到学友、俳句诗人正冈子规（1867～1902）的影响，积极参加子规倡导的俳句改革运动。1900 年漱石被政府选为官费留学生，到英国伦敦学西方文学。在异国，他度过了两年"不愉快"的生活。人地生疏，经济困难，生活不习惯，又遭到西方人的冷眼使他觉得自己象"狼群中的一只长毛狗一般"，与世格格不入。1903 年回到日本，在东京帝国大学任教。1905 年，漱石发表了第一部长篇小说《我是猫》。小说以独特的艺术风格，强烈的讽刺、批判精神，惊动了文坛。此后，漱石发表了中篇小说《哥儿》（1906）、《旅宿》。前者用第一人称的手法，塑造了一个刚刚步入社会，诚实、憨厚、富有正义感的知识青年的形象，批判了教育界的腐败和黑暗。后者则通过一个画家的眼睛，描绘了一个超脱世俗的美的世界。他以"非人情"的情感，用"无心与稚心"来尽艺术家的天职写诗作画。作品描绘了秀丽的山水，渲染出一派"世外桃源"的景色。它充分表露出他的唯美主义文学倾向。这三部作品被认为是漱石的前期三部曲。

1907 接受《朝日新闻》社的邀请，辞去教职成为该社文艺专栏作家。直到去世的大约 10 年的时间里，先后写了 10 多部长篇小说，均在《朝日新闻》上连载。《三四郎》、《其后》、《门》是他中期创作的三部曲。《三四郎》（1908）写农村青年三四郎在东京大学求学的生活和他对女性的爱慕，以及遭到拒绝，使他的幻想破灭。表现一个农村青年的成长过程。《其后》（1909）写的是一个近而立之年的知识分子长井代助的恋爱问题，小说最后在寻求职业的烦恼中结束。《门》（1910）描写出身小资产阶级的宗助夫妇的穷困生活，悲观、失望情绪笼罩着小说，表现了一个个性觉醒者的悲哀。

1909年漱石患了严重的胃病，多次危及生命，不得不住院治疗。他拖着病身，仍然顽强地坚持创作，直到生命最后一瞬。连续发表了《过了春分时节》（1912）、《行人》（1912）、《心》（1914），这3部长篇小说被称为"后期三部曲"。后三部曲把创作重心由外部生活转移到人的内心世界，深入探讨了近代知识分子的苦恼、孤独及个人主义、利己主义与道德之间的深刻矛盾，形成了鲜明的心理剖析和哲理探求的创作倾向。1916年正当他执笔长篇小说《明暗》之时病情恶化，治疗无效，于当年年底病故。

德富芦花

德富芦花，1868年生于熊本县。少年时受自由民权运动熏陶。1885年皈依基督教，曾向往托尔斯泰的创作和生活。1888年在熊本县任教，翌年人民友社任校对，并开始写作。1898年至1899年发表连载小说《杜宇》，因而闻名。小说通过一个女人的爱情悲剧，批判封建伦理和家族制度。随笔小品集《自然与人生》（1901），描写了大自然的景色，隐含着作者对社会现实的讥讽。《回忆》（1901）塑造了一个不满现实、渴望立身扬名的资产阶级理想主义者形象。1903年震动文坛的长篇小说《黑潮》，是一部形象

的社会政治史，以明治初年欧化主义盛行时期的生活为背景，描写了天皇重臣的擅权仗势、生活腐化，也表现了受到封建礼教压迫的贵族妇女的不幸。归国后作《顺礼纪行》，抒发他对托尔斯泰的崇敬之情。《寄生木》（1909）刻画了一个不满现实、苦斗致死的青年形象。在幸德秋水事件中，曾发表《谋叛论》，用折射的方式曲折地暴露了天皇制政府的强权统治。1908年后在东京郊外实践了托尔斯泰式的晴耕雨读的生活。1913年写下的随笔集《蚯蚓的梦呓》，纪录了他的田园生活。同年还写有批判封建主义伦理道德的《黑眼睛与黄眼睛》。他的作品以剖析和鞭笞社会的黑暗在日本近代文学中独树一帜。但晚年作品《富士》（1925）和《新春》已失去昔日的批判锋芒。

德富芦花是一位激进的民主作家，其作品洋溢着深厚的人道主义思想。他关注社会，对近代日本资本主义极为不满，探求社会出路，寄情于社会主义思想。

由于作者作品揭露深刻，大胆地触及上层统治者，引起广大读者的兴趣。

武者小路实笃

武者小路实笃，1885年出生于东京贵族家庭，父亲武者小路实世是子爵，祖父实藏为著名的歌人。他幼年进入贵族子弟学校学习院学习，青年时对文学发生兴趣。受到托尔斯泰作品的影响，在哲学上接近禅学和阳明学派，这对他以后的创作思想有重要的影响。

武者小路实笃于1908年在学习院高等科毕业，入东京帝国大学社会科，次年退学，1909年发表处女作《芳子》。1910年，他和有岛武郎、有岛生马兄弟等创办文艺刊物《白桦》，提倡新的理想主义的文艺，形成"白桦"派。他早期的主要作品有：中篇小说《天真的人》（1911），长篇小说《幸福者》（1919），剧本《他的妹妹》

（1915）、《一个青年的梦》（1916）以及《爱欲》（1926）等。他的作品风格朴实，通过平实的记叙，表现作者对人生明朗而强烈的愿望。如《天真的人》写一个在恋爱上遭受打击的青年，直到他所爱的女子同别人结了婚，他还相信对方是爱自己的。《一个青年的梦》则从不同的视角，反映了人类爱好和平的愿望。武者小路实笃是乐观的理想主义者，曾发起"新村运动"。为建设乌托邦式的社会，在日向创办劳动互助、共同生活的模范新村。1918 年创办《新村》杂志。1925～1936 年，主办杂志《大调和》和杂志《独立人》。其后因为马克思主义在日本的普及，他的新村运动和社会主义思想遭到批判。在这次批判的风暴中他坚持自己的信念，并在这一时期写出了一系列长篇和中篇传记小说，如《释迦》、《孔子》、《托尔斯泰》、《二宫尊德》（1929）等。

1937～1945 年日本侵略战争失败的这一阶段内，他除继续创作一些戏剧和长篇小说外，还从事美术著述，有《美术论集》、《读美》、《生活在艺术中的人们》等新著刊行。战后致力于绘画，并从一般的文人画转向西洋画的制作。1951 年以后完成长篇小说《真理先生》。

日夏耿之介

日夏耿之介，1890 年生于长野县。毕业于早稻田大学英文科。在大学时和西条八十等创办同人杂志《圣杯》（后改为《假面具》），开始写诗。第一部诗集《转变颂》于 1917 年出版，以第二部诗集《黑衣圣母》（1921）成名。1921～1945 年在早稻田大学教授英国文学，并写了《古风之月》（1922）、《咒文》（1933）等诗。他的诗技巧独特，想象奇异，用象征手法和汉语式句法来吟咏神秘幻想主题，具有浪漫主义风格。他认为洗练、艺术性是文学的本质。自称其诗为"哥特式浪漫诗体"，倾向于艺术至上主义。曾任《奢霸都》、

《万神殿》、《游牧记》等杂志总编。译有《王尔德诗集》（1920）、《英国神秘诗抄》（1922）等。评著有获读卖文学奖的《明治大正诗史》（1929）、《晚近三代文学品题》（1941）和《明治浪漫文学史》（1951）。

日夏耿之介一生创作了大量的诗歌。日本因他在诗歌创作上的突出成就而荣获艺术院奖。

广津和郎

广津和郎，1891 年生于东京。1913 年早稻田大学毕业。发表短篇习作《夜》和《疲惫的死》，并翻译契诃夫的小说，受到二叶亭四迷和俄国 19 世纪现实主义作家的影响。于 1914 年任东京每日新闻社记者，后为《洪水以后》等杂志撰写文艺评论，发表《愤怒的托尔斯泰》（1917），在文坛引起轰动。他的成名之作《神经病时代》（1917）是短篇小说，写一个知识分子对残酷丑恶的现实感到愤懑不平，但又无力反抗，彷徨苦闷，这是一个"多余的人"的形象，是当时一部分知识分子的典型。类似的作品还有《两个不幸的人》（1918）、《怀抱着死去的孩子》（1919）等。

此外，还有抒写个人婚姻不幸的作品《师崎之行》（1918）、《壁虎》（1919）、《在波浪上》（1919）等。20、30 年代日本无产阶级革命运动高涨时期，创作了《昭和初年的知识分子作家》（1930）和《暴风雨更猛烈些吧》（1934），被看作"同路人文学"。战争年代，发表描写下层人民生活的《小巷春秋》（1940）和评论《德田秋声论》（1944），表示对法西斯的反抗。战后不久写了讽刺日本政府对占领军奴颜婢膝的短篇小说《幽灵列车》（1945），此后陆续发表《美佐和她的女友》（1949）、《港湾小镇》、《到泉水去的道路》（1954）、《微风吹过街头》（1960）以及评论《加缪的＜局外人＞》、《那个时代》（1950）、《岁月的踪迹》（1963）和政论《松川审判》

（1958）等。战后最能体现他人道主义精神的是《松川审判》和《到泉水去的道路》。《松川审判》是写"松川事件"完全是冤狱，为争得社会的同情而写的作品；《到泉水去的道路》战后的小资产阶级知识分子从苦闷走向斗争而写的作品，它有中文译本。

藤森成吉

藤森成吉，1892 年生于长野县一药商家庭。在东京第一高等学校学习期间对文学产生兴趣。

1913 年发表长篇小说《波浪》（1914），表达了青年知识分子追求理想的矛盾心理，自费出版，受到知名作家的好评。

1915 年以在《新潮》杂志发表短篇小说《云雀》成名。

1916 年毕业于东京大学，1918 年发表《在研究室里》、《旧先生》、《妹妹的结婚》等小说。随着日本无产阶级革命运动的高涨，思想日益左倾。

1921 年参加社会主义同盟，1924 年发表的报告文学《狼》就是根据他在工厂、农场与工农群众一起劳动的这段生活经历而创作的。

1926 年转向戏剧创作，写作《茂左卫门遭磔刑》，描写不堪领主盘剥的农民决心发动武装暴动，一个叫茂左卫门的农民情愿替农民上诉，避免暴动引起过大的牺牲，结果却和美女一起被领主处以磔刑。这件事使农民觉醒起来。《牺牲》是以不满现实的作家有岛武郎的自杀事件为题材创作的小说，被禁止出版。

1927 年发表剧本《是什么使她变成了这样》，描写一个被百般折磨的年轻女性的反抗。

藤森成吉创作过许多优秀的长篇小说如《渡边华山》、《悲哀的爱》等。1928 年被选为全日本无产者艺术联盟（纳普）第一任委员长。1949 年加入日本共产党。1960 年发表长篇小说《悲歌》和剧本《独白的女人》。

芥川龙之介

芥川龙之介，1892 年出生于东京。

芥川龙之介出生后不久，因为母亲生病，不得不送给舅父芥川道章家寄养，后成为芥川家养子，更姓芥川。舅父是没落武士出身，虽有薄产，但还需依靠供职的薪金过活。养父尚喜南画与俳句，居住地区又是江户时代文人墨客萃聚之处，芥川自幼在这样一个文化艺术氛围浓郁的环境中生活，因此熟通琴棋书画。

他自幼聪明、好学善思，但体弱多病，神经异常敏锐，少年时期就阅读了大量的文学作品，表现出浓厚的文学兴趣。1913 年中学毕业，以优等生被优先录取在东京高等学校学习。

大学时代，他更广泛地接触了西方文化，尤其是 19 世纪末的西方文学对他影响更深，如斯特林堡、法朗士、波德莱尔、王尔德、爱伦·坡等作家，正如他自己所述："我也是在 19 世纪 90 年代的艺术气氛中成长起来的"（《萩原朔太郎》）。这初步形成他的人生观和艺术观：在思想倾向上，他有早期法朗士的怀疑主义思想和波德莱尔的悲观厌世情绪；在艺术观念上，他有王尔德的唯美主义的美学观。他同时开始了文学创作尝试，参加了"新思潮"文学组织，并是其中得力的一员。后来经文友的介绍加入了夏目漱石的"星期四聚会"，成为夏目的门生。在夏目指导下进行创作，取得了文坛上的名声。

大学毕业以后，在海军军官学校任教。这时期出版了小说集多种，成为当时知名的作家。1919 年 3 月辞去教职，加入"每日新闻"社，专门从事文学创作。1921 年 3 月曾被新闻社委派到中国考察，先后旅行了上海、杭州、南京、武汉、长沙、北京、沈阳等地，因身体健康不佳和中国动乱，不得不提前回国。在中国，他游览了许多名胜古迹，结交了不少中国名士，也目击了日本帝国主义者的侵略给中国造成的灾难，这些内容都写进了《中国游记》里。

芥川龙之介晚年过着"多事、多难、多忧"的日子。他身体病弱，精神恍惚，由于社会矛盾的加剧引起思想的恐慌愈来愈严重，加之家族经济的负担加重，使他悲愁难消、痛苦难解，终于在1927年7月24日凌晨服毒自杀。他的死是社会问题。他在遗书中说他"对未来怀着莫名其妙的不安"（《致友人书》），正是因为这种不安的感觉导致出自戕的行为。这体现了一个敏感的小资产阶级作家在动荡不安和矛盾加剧的社会面前的恐惧感和绝望感。

芥川龙之介一生创作了中短篇小说一百多篇，还写下不少童话、小品、随笔、札记、评论、戏剧等等，他为日本人民留下了一笔丰富的文学遗产。他在艺术上精益求精，苦心孤诣，所以篇篇作品构思奇巧、寓意新颖、俊逸精当，构成一个绚丽多姿的艺术世界，取得了很高的艺术成就。因之他被称为日本近代文学中的"短篇小说巨擘"；又由于他的作品奇特、别致、诡谲，所以他又被称为旷世的"鬼才"。他的文学成就是巨大的。正因为如此，一些文学评论家把他那个时代称之为"短篇小说全盛时期"。

芥川龙之介十多年的创作生涯可以分为两个时期，以他辞去教职而专事文学事业的1919年为界，前后两期在创作倾向、艺术风格方面，有很多不同。

第一个时期是以历史小说为主，他发挥了自己学识丰富的特长，广采历史轶事、传闻，写出了众多的特色鲜明的历史小说。他的两篇成名作品《罗生门》（1915）和《鼻子》（1916）都取材于日本古代故事文学集《今昔物语》，利用历史的场景，写出当时日本资本主义社会中的人和事。《罗生门》写在古代平安朝末期，灾难横生，京都荒凉，一个被解雇的仆人走投无路，来到罗生门楼避雨，见门楼上尸骨如山，一个瘦弱老婆在拔死人的头发。他本想申斥老妇的不义行为，转念在生死攸关之时无道德观念可言，旋即持刀胁迫老妇，剥其衣裳而去。《鼻子》描写一位寺院方丈，鼻子长半尺，受人讥笑，使他甚为苦闷。他多方求助偏方，使鼻子短如常人状，但又招来更多的人讪笑，这更使方丈不安，以致日夜苦恼，忽然一夜鼻子长如以往，才使方丈安心。这两篇作品，洗练精悍，立意奇巧，而且语言幽默、诙谐，得到夏目漱石很高的赞赏。前篇借用仆人的转念，深刻地揭示人们在生死关头，只为个人打算的自私自利的心理；后者以方丈鼻子受尽别人的嘲弄，披露了人们专以别人不幸而快慰的阴暗心理。尽管作品让人忍俊不禁，但其背后却潜藏着作者的不安和痛苦的心情，他把人情的冷漠看成是人类堕落的深渊。

《戏作三昧》（1917）描写的是封建末期江户时代小说家曲亭马琴晚年的一天生活，通过马琴潜心于完成终生大作《南总里见八犬传》的创作活动，吐露出芥川创作的甘苦，表达了他在艺术上刻意追求和不懈努力的精神。他笔下的马琴是"想表现我内心活动而假托的马琴"（《致边渡库辅书》）。

《地狱图》（1918）也是取材于艺术家生活的历史小说。它描写封建领主大公名下的一位名画师良秀的不幸遭遇和追求艺术完美的精神。良秀与《戏作三昧》的马琴一样，也是一位艺术大师，他自恃艺术高明，不屈从封建势力的压迫，作画嘲弄僧侣和佛陀，就连封建领主大公他也不放在眼里。他和秀丽端庄、温驯善良的女儿相依为命，但女儿不幸自幼成为领主府邸的使女。良秀除作画之外，唯一的愿望是把女儿领出府门团聚。他愿为领主画一幅地狱图的屏风以换得女儿的自由。他为了在创作上有实感，养了鹰、蛇之物，还把弟子捆绑起来让鹰、蛇来咬，使弟子恐慌万状，以便诱发出他的创作灵感。他想目击火烧华贵牛车和车子中嫔妃的凄惨景象，以便作画。阴险的领主答应画师的要求。领主骄奢淫逸，贪图画师女儿的美色，几次下手均未得逞。他借画师的要求，报复画师父女，把画师女儿捆在牛车里，架火燃烧。良秀见之，无限惊愕，但当看到女儿在烈火弥漫当中痛苦万状之时，又触发了他的艺术天性。他随即作画，在完成精美的屏风之后的第二天夜里，就悬梁自尽了。

作品情节紧凑、气氛紧张。它没有幽默、诙谐的语调，代之以肃穆、严厉的批判。作者以极大的愤怒把批判矛头指向封建统治者的残暴。大公是扼杀人性和艺术的暴君，他所统辖的府邸就是人间地狱。作品生动有力地勾画了一幅封建社会的地狱图。画师良秀不惜一切，甚至不顾女儿的生命来追求艺术的精美，体现了作者的艺术至上主义倾向。作品最后以领主的惊慌和屏风地狱图成为传世之宝来结束，指出了社会最有价值的是精美的艺术品，艺术家要不惜一切追求艺术的完美。芥川说过："人生不如波德莱尔的一行诗"（《某傻子的一生》）。他这种唯美主义倾向，对后来的日本作家颇有影响。自然这种倾向是唯心的，但在当时却是对污浊现实社会的一种反抗，而且为了艺术完美而刻意求精，努力于技巧的提炼和纯熟，也是值得称道的。

芥川的历史小说是出色的，它题材多样，形式小巧玲珑，而且立意新颖，代表了日本近代历史小说的最高成就，尤其借助历史的装束，演出现代生活的悲剧，寄寓着深刻的哲理，这在盛行自然主义描写的时代以及盛行"白柳派"溢于言表的情感的抒发的文坛上，的确给人耳目一新的感觉。

1919 年以后，在俄国十月革命的影响下，日本社会发生了激烈的动荡，当时社会思想活跃，民意沸腾，反政府的群众活动不断涌现，革命的、民主的力量迅速增强。社会的巨大变动也冲击了芥川的书房，使他从艺术迷宫中走了出来，关注社会的激变。在创作上，他开始脱去历史的外衣，逐渐直接取材于现实生活，描写了日本资本主义社会的种种现象。第一篇具有鲜明现实倾向的作品是短篇小说《桔子》（1919），它是一幅列车上的即景写生，寥寥几笔，勾画出一幅生动感人的画面。一个乡村小姑娘去城里做佣人，在停车的三岔路口上见到前来送行的三个弟兄，她探身窗口报之微笑，并把手中的几个桔子酬谢了弟兄。贫家孩子姐弟之间的真诚情谊跃然纸上，使人感到社会的光明。在一旁观看的"我""顿时恍然大悟"，

"忘记那无形的疲劳和倦怠，以及那不可思议的、庸碌而无聊的人生"。作者捕捉到劳动人民的真挚淳朴的情感予以表现，反映了他的人道主义的思想和对人类的希望。《桔子》是他作品中少有的对生活抱以明快心情的佳作。

继《桔子》之后，芥川又写出表现近代知识青年生活苦恼的作品：《保吉的札记》（1923）、《大导寺信辅的前半生》（1924）、《秋》（1926）以及《玄鹤山房》（1927）等。

《玄鹤山房》以老画家崛越玄鹤死前病榻的生活为中心，揭示了资产阶级家庭中的明争暗斗。画家的女儿女婿从不把重病的父母放在心上，而是希望父母早死，家产可以早日到手，并且还防范父亲外室阿芳母子前来干扰财产继承。老画家目睹家庭的矛盾，自叹一生"卑劣"，感到绝望。自缢未遂之后不久病故。作者深刻剖析了这个家庭的成员无不是自私自利者，他们每一个欲念，每一个行动无不牵动个人的私利。只有出身下层的外妾阿芳才真诚希望丈夫病愈，前来尽心侍奉。作品最后写画家死后出殡，作者让一个进步的大学生出场，暗示了旧时代即将过去，新时代将要到来。小说用一幕资产阶级家庭日常生活的悲剧，揭示了资本主义社会的黑暗。作品阴沉灰暗，是芥川自称为"极为阴郁的力作"（《致吉田泰司书》）。

《水虎》（又译《河童》，1927）是一部杰出的现实主义讽刺小说。它借用一个精神失常的人口述，偶入半人半妖的水虎世界的所见所闻，全面抨击了日本资本主义社会。水虎国是异常发达的工业国，"平均每月发明七八百种新机械"投入生产，每月也有大批水虎失业。失业的水虎被瓦斯成批毒死，制成肉食品，倾销市场，以消除水虎罢工反抗。水虎社会也有法律，它以指控罪名为手段，受害者承受精神压力自行暴亡，它也用军警镇压不合时流的艺术表演。水虎国里党派之争尖锐，各党派都标榜自己是全体水虎利益的代表者。执政党受报界政客的指使，报界则受到资本家的支配。统治者还可以随意发动战争，驱使成千上万的水虎去当炮灰，而资本家乘机大作投机生意，大发不义之财。水虎世界在作者笔下，就是一个活脱脱的资本主义社会的写照，作者借它影射业已军国主义化的日本，对其予以讽刺和批判。

芥川后期创作有不少的优秀作品，现实主义批判精神加强，同时，悲观、厌世的情绪也有所增长。《竹丛中》（1921）借用历史题材，写了一件情杀案，由于供词相异，案情难以辨认。作品的目的不在于制造一件情节离奇、悬念众多的奇案，而是要说明客观真理难以掌握，表露出作家的深刻的悲观主义倾向。

正因为如此，他在晚年背负着沉重的思想压力，在社会矛盾加剧、革命发展的形势下，终不能弃绝旧物、摆脱旧时代的束缚而自灭。

从日本文学发展来看，芥川龙之介的创作标志着一个时代文学的转换，而他的死则标志着日本近代文学的结束。

他的文名早已超出日本疆界，在世界上享有盛誉。20世纪20年代我国鲁迅先生就曾翻译了他的作品，以飨我国读者；二次大战之后，他的作品被译成多种文字，成为世界人民共享的艺术珍品。日本文学界为了纪念他，每年召开"水虎"忌，还设立了以他为名的芥川文学奖——日本文坛上最高的文学奖。

黑岛传治

黑岛传治，1898 年生于日本香川县小豆岛一贫农家庭，做过渔夫和酱油厂工人。青年时期靠苦学入早稻田大学预科，不到一年即被征入伍。1921 年随军开往西伯利亚，次年因患肺病而回乡，后进行创作。并参加无产阶级文学运动。后因日本政府对进步文学运动镇压加剧，肺病转重，被迫于 1938 年回乡。

黑岛传治在文学活动期间，创作了大量的作品，有长篇小说《武装城市》和短篇小说 60 余篇，以及《军队日记》和评论文章

《论反战文学》等。黑岛的短篇小说《两分硬币》（1925）、《电报》（1925）、《猪群》、《盂兰盆会前后》（1926）、《被砸断腿的人》、《农民的鞭子》（1927）、《泛滥》（1928）、《波动的地价》（1930）等，大多以故乡为背景，描写农民的贫困、地主富农的残暴、资本主义侵入农村以及农民的破产和他们的反抗斗争。《猪群》是这类作品中具有代表性的佳篇。它以革命乐观主义精神、风格独特、笔法犀利，揭露和讽刺了地主兼工厂老板及其帮凶法院官吏的恶毒和愚蠢，歌颂农民的团结斗争精神，批判落后农民的自私自利。

反战作品以十月革命为题材，具有很重要的现实性。长篇小说《武装的城市》（1930）和个别短篇小说描写日本帝国主义侵略剥削中国和中国人民的抗战斗争。《风雪西伯利亚》（1927）和《盘旋的鸦群》（1928）在以出兵西伯利亚为题材的作品中，是具有代表性的名著。《盘旋的鸦群》描写驻扎在西伯利亚东部的侵苏日军，一个军官为了一个女人而和两士兵争风吃醋，在一怒之下，遂派两个士兵的连队去执行危险任务，致使全连被冻死在雪地里。第二年的春天，群鸦去啄尸体的故事。作品结构严谨，匠心独特，文笔简练流畅。

川端康成

川端康成，1899 年生于大阪。自幼失去父母，16 岁时与之相依为命的祖父也去世。他体弱多病性格孤僻。孤儿的生活感受对他后来创作产生了重大影响。

1920 年 9 月，他进入东京大学英文系，第二年转入国文系。在东大期间，他热心文学事业，积极参加编辑出版东大文科系统的同人杂志《新思潮》（第六届）。在这个刊物上，他发表过一些短篇小说，其中《招魂节一景》获得意外好评，打开了他通向文坛的大门。

1924 年，川端从东大毕业。他决心走上文坛，成为专业作家。同年 10 月，他和横光利一、片冈铁兵等人一起创办同人杂志《文艺时代》。他们受欧洲达达派、未来派、表现派等现代文艺思潮的影响，主张艺术至上主义，追求"新的感觉"、"新的表现方法"，以及"革新文体"，用以对抗既成文坛的衰落和无产阶级文学的兴起。新感觉派衰落后，他创办《文学界》杂志，参加了"新兴艺术派"和"新心理主义"的文学运动，发表了一些用意识流手法创作的小说，如《水晶幻想》等。

川端前期作品一是描写他的孤儿生活的孤独感情，描写他的失恋过程和痛苦感受。二是描写舞女、艺妓等处于社会底层妇女的悲惨命运与生活的追求。如《参加葬礼的名人》（1923）、《十六岁日记》（1925）、《伊豆的舞女》（1926）、《致父母的信》（1932）等。其中短篇小说《伊豆的舞女》是作者的成名作，描写一个 20 岁的高中生在旅游途中与一个 14 岁的卖艺舞女之间短暂而朦胧的爱情经历，充满了淡淡的哀愁和感伤情调。

他战后的创作产生了相当大的变化，走向成熟与完美。他的作品集传统的美和现代技巧于一身，融东西文学精华为一体，表现了"日本人内心的精髓"。他以《雪国》（1937～1947）、《千只鹤》（1951）和《古都》（1962）三部中篇小说荣获 1968 年诺贝尔文学奖，成为继泰戈尔以后第二个获得此奖的东方作家。《雪国》描写贪图享乐、坐食祖产的东京人岛村 3 次去雪国同艺妓驹子相会的故事。表现了下层艺妓对生活的无望追求、对爱情渺茫的期望，集中体现了作者的美学观念。《千只鹤》写主人公同亡父的情人及其女儿间的恋爱故事。《古都》主要描写一对贫寒的孪生姐妹，分别在贫富不同的两个家庭中长大成人，重逢相识而又分离的故事。

川端康成一生创作了 100 多篇中短篇小说。由于深受佛教禅宗和虚无主义哲学的影响，他的作品表现的可能是他内心的痛苦和郁闷（如美的理想难以突现，对爱的追求不能得到满足，面对老年和死亡感到不安和恐惧等），有着独特的创作风格。

由于在创作方面成绩斐然，川端在战后获得了多种荣誉头衔和奖金奖章。如 1948 年起任日本笔会会长，1958 年起任国际笔会副会长，1960 年获法国艺术文化勋章，1961 年获日本文化勋章。

1968 年 10 月，瑞典决定将当年的诺贝尔奖金授给他，表彰他以卓越的感受和高超的技巧表现了"日本人内心的精髓"。

宫本百合子

宫本百合子，1899 年生于东京中产阶级家庭。中学时代喜爱俄罗斯文学，特别是托尔斯泰的作品，深受其影响。1916 年入日本女子大学英文系。同年发表以穷苦人民的生活为题材的处女作《贫穷的人们》，作为人道主义作家登上文坛。1918 年去美国，曾在哥伦比亚大学旁听。1920 年回国。20 年代发表的主要作品有《宫田神官》（1917）、《午市》（1922）、《伸子》（1924～1926）和《一朵花》（1927）等。长篇小说《伸子》描写一个婚姻失败的女性为追求个性解放而走过的曲折道路，在她的创作中占有重要地位。1927年去苏联，并访问波兰、德、法、英等国。1930 年回国，加入全日本无产者艺术联盟（纳普）。1931 年参加日本无产阶级文化联盟（考普），同年加入日本共产党。1932～1941 年间曾 5 次被捕，先后在狱 9 年。这期间除著文介绍苏联外，还写了《一九三二年的春天》和《时时刻刻》（1932）、《乳房》（1935）、《广场》（1940）、《三月的第四个星期日》（1940）等小说和论文。她的小说比较注意结构和心理描写，情节复杂多变。

战后参加创立新日本文学会工作。她的小说《知风草》（1946）和自传性记录文学《播州平野》（1946～1947）描写日本战后的生活，尖锐地批判了法西斯独裁专制和侵略战争的罪恶。长篇小说《两个院子》（1947）和《路标》（1947～1950）描写知识妇女逐步提高觉悟，倾向社会主义的过程。她的作品大多情节曲折，结构谨严，以内容具体、描写细腻、感情真挚见长。1951年1月21日去世。我国曾翻译出版《官本百合子选集》4卷。

三好达治

三好达治，1900年生于大阪。中学时代因爱好文学，广泛阅读著名作家的作品，写了1000多首俳句。1925年入东京帝国大学法文系，参加同人杂志《青空》，同年发表诗作。诗集《测量船》于1930年出版，以其清新明丽的抒情风格赢得好评。1932年后，《南窗集》、《闲花集》、《山果集》3部诗集陆续出版，运用白描手法和四行诗的形式，描绘乡间的自然景物。1937年，以《改造》和《文艺》两杂志特派员身份，赴上海等地日本侵略军中作战地考察，写了一些所谓战争诗，歌颂侵略战争。这类作品都收在《捷报传来》、《干戈诗吟》等诗集中。这一时期还有《草千里》、《一点钟》、《花筐》、《故乡之花》、《沙之堡垒》等抒情诗集出版。作品在构思和艺术技巧上虽较前成熟，但由于从口语诗转向咏叹调，往往受到歌与汉诗的意境所拘束，大多缺乏新意。1952年出版的《骑在驼峰上》和《百旅之后》，是他的代表作品。

三好达治曾发表大量散文、评论和译著，并编辑、注释如《日本现代诗大系》、《现代日本诗人全集》，三好达治于1963年被推选为艺术院会员。

小林多喜二

小林多喜二，1903年生于秋田县一贫农家庭。幼年随父母投奔北海道小樽市的伯父，并在伯父资助下从小学读到高等商业学校毕业。1924年任北海道拓殖银行小樽支行职员。他从少年时期就参加劳动，爱好绘画，喜欢写作诗歌、散文和小品等。1929年发表《在外地主》，揭露银行勾结地主狼狈为奸的掠夺行为，他以所谓"自愿辞职"的方式被银行解雇。1930年迁居东京，成为职业作家和革命家。次年参加日本共产党，成为革命作家组织的主要领导人。1932年被迫转入地下。1933年2月20日与同志秘密接头时被捕，因伤势重当晚致死，年仅30岁。

小林多喜二的创作开始于十月革命后日本国内阶级斗争日趋尖锐的时期，大致可分为三个阶段。在第一阶段，从1919～1927年，为习作和初期阶段。主要作品有《泷子及其他》和《牢房》等，写工人和劳动妇女面对残酷的政治压迫和经济剥削而奋起反抗的自发行动。在第二阶段，1928～1929两年，为深入探索和逐步提高的阶段。连续发表《一九二八年三月十五日》（1928）、《东俱知安行》（1928）、《蟹工船》（1929）和《在外地主》等小说，在当时的无产阶级文学运动的高潮中发出最强音。《蟹工船》描写作者深入周密地对蟹工船（既是捕蟹的母船，又是制造蟹肉罐头的工厂）上的状况进行调查，并广泛搜集有关蟹工船的资料和劳动结晶。作者成功自觉地运用无产阶级现实主义的创作方法，揭

露日本帝国主义政府对外推行侵略政策，对内与资本家相互勾结残酷剥削和野蛮镇压工人的行径。第三阶段，从 1930～1933 年，为坚持斗争和创作、继续提高的阶段。作品有《工厂党支部》（1930）、《组织者》（1931）、《安子》（1931）、《转折时期的人们》（1932）、《沼尾村》（1932）、《为党生活》（1933）和《地区的人们》（1933）等。前三篇是中篇小说，其余都是未完成的长篇小说可以独立成章的部分。《为党生活》是他的代表作，为人们塑造了一个血肉丰满，感人至深的无产阶级知识分子兼共产主义战士的光辉形象，集中表现了 30 年代日本无产阶级先锋战士为劳苦大众的解放而忘我斗争的献身精神，生动地表现出革命者艰苦的自我改造过程。这部作品在作者牺牲后发表。

他的作品被译成多种文字。中国解放前翻译出版有《蟹工船》。1958、1959 年间已翻译出版《小林多喜二选集》3 卷和他的主要作品的单行本多种。

日本这位"足以夸耀于世界的受人敬爱的无产阶级作家"虽然被日本反动政府杀害了，但是他为世界无产阶级和广大人民创造的精神财富却是永存的。

石川达三

石川达三，1905 年生于秋田县平鹿郡横手町。1924 年关西中学毕业。1925 年入早稻田大学，中途退学，在《国民时论》社任编辑。1930 年移居巴西，又回国，仍在《国民时论》社任职，写了游记《最近南美往返记》（1930）。1932 年任《摩登》等杂志编辑，并参加《新早稻田文学》、《星座》等同人杂志的工作。

石川达三的小说《苍氓》（1935），描写日本贫苦农民在移居巴西前后所遭受的苦难，获第一届芥川奖。《活着的工兵》（1938），是作者根据现实情况，描写日本帝国主义发动侵华战争。在客观上起了揭露日本侵略军队制造南京大屠杀的作用，从而遭到日本军部的查禁，受到刑事处分。之后，他在军部的压力下，写了《武汉作战》等，肯定侵略战争。他还写过一些具有风俗派倾向的作品，如《堕落的诗集》（1940）、《恶的愉快》（1954）、《在自己的洞穴中》（1955）等。

战后恢复了现实主义的创作方法，大多数作品反映战争期间人民的苦难生活和战后人民为争取独立、和平、民主的斗争，以及揭露社会的弊端。代表作品《风中芦苇》（1951）描写一个杂志社的社长对侵略战争持消极抵抗的态度，揭露战争发动者的野蛮行为。《人墙》（1959）以日本教职员工会反对"勤务评定"的斗争为背景，描写富有正义感的教师反对向学生灌输军国主义思想。《破碎的山河》（1964）以战后一个垄断资本家为主人公，对他的为人和事业进行了批判。《金环蚀》（1966）是写日本保守党内部由于一件贪污行贿案引起的勾心斗角的故事。

此外，还写过一些有风俗派倾向的作品，有《恶的愉快》、《自己的在洞穴中》等。

井上靖

井上靖，1907 年生于北海道上川郡旭川，父亲是军医。自幼离开父母寄居在祖籍静冈县汤岛庶祖母家，过着乡村的孤寂生活。在九州大学法文系学习未毕业，后到京都大学学习美学。毕业后任每日新闻社记者。1936 年发表处女作《流转》，在文学界崭露头角。1949 年发表的小说《斗牛》，奠定了他作家地位。同年辞去报社工作，开始作家生涯，获得各种文学奖。日本政府于 1976 授予他文化勋章。

井上的作品，无论是现代题材小说和历史小说，都有特色。《井上靖小说全集》，凡 32 卷。在现代题材的作品中，早期的《斗牛》

为其成名作，它写大阪新兴报社编辑津上，以报社做赌注，组织了一场斗牛赛，结果惨遭失败。作品反映了日本战后初期的社会黑暗面。

此外，《比良山的石楠花》（1950）、《一个冒名画家的生涯》（1950）、《射程》（1956）、《冰壁》（1957）等大多反应了日本战后初期社会的混乱、丑恶和种种不合理现象。他后期的作品也同样具有鲜明的时代特征，如《夜声》（1967）、《榉树》（1970）和《方舟》（1970），反映了 60、70 年代日本经济高速度发展所带来的严重环境污染，表现了对公害威胁人民生活和生存的愤慨和不安。

井上靖的历史小说，以写中国历史题材居多，主要作品有《天平之甍》（1957）、《楼兰》（1958）、《异域人》（1958）、《敦煌》（1959）、《苍狼》（1959）、《风涛》（1963）、《杨贵妃传》（1963）、《永泰公主的项链》（1964）等。还有自传体小说《夏草冬涛》、《北海》等。《天平之甍》写唐代高僧鉴真于 11 年内历尽千辛万苦，克服航海困难和社会上各种阻力，5 次东渡均告失败，至第 6 次终于成功地抵达日本的故事，反映了中日人民的传统友谊和文化交流的业绩。《敦煌》描写一个落第的书生赵行德在奔赴西域途中，搭救了一位汉族和维吾尔族混血的王女，并对她产生爱恋之情；后来王女被人抢占，跳楼殉情，赵生落户边疆，在战乱中将大批经卷藏入千佛洞，成为敦煌石窟文化的一部分。

井上靖的作品形成了自己的风格。人物描写细腻入微，在委婉含蓄之中蕴藏着批判的锋芒，结构安排自由灵活，文章情调既美且悲，在文学上颇有值得借鉴之处。

水上勉

水上勉，1919 年生于福井县。父亲是穷木匠。水上勉 8 岁时被送到寺院当徒弟。几年后逃跑，靠半工半读上完中学，后肄业于立命馆大学。做过30几种职业，非常熟悉日本下层社会的生活。长篇小说《雾和影》（1959）、《饥饿海峡》（1962）等大多都反映了在尔虞我诈的社会里被迫走上犯罪道路的人们的心理。《红花的故事》（1969）塑造了对工作精益求精的手工业者的形象。短篇小说《棺材》（1966）通过次郎作夫妇的惨死，揭露了侵略战争给本国人民带来的伤害和痛苦。长篇传记体小说《古河力作的生涯》（1973）写明治末年被无辜处死的花匠的遭遇。

水上勉还有很多作品都以他的家乡为背景，富于乡土气息。他笔下的妇女命运悲惨。短篇小说《西阵之蝶》（1962）中的阿蝶、《越前竹偶》（1963）中的玉枝等，都是描写被迫害、被期辱与被损害的妇女形象。

此外他还写了一些以僧侣为题材的作品，从而揭露僧侣腐烂的生活。水上勉的作品结构安排紧凑，笔道老练辛辣。

司马辽太郎

司马辽太郎，1923年生于大阪。1943年毕业于大阪外语学院蒙语系，1946年入京都新日本新闻社，两年后任产经新闻社记者，同时发表作品。1961年开始专业作家的生活。

司马的多卷本历史小说《龙马奔走》（1962～1966），叙述19世纪60年代封建社会没落时期的黑暗政治以及错综复杂的阶级矛盾和斗争，赞扬进步阶层的反抗精神和变革愿望。长篇小说《窃国故事》（1963～1966），描写日本战国时代斋藤道三和他的女婿织回信长两个封建阶级上层人物的一生，他们实行新的政治经济措施，兴修水利，发展贸易集市，比较彻底地消灭庄园制，为封建社会的日本经济发展起了重大作用。政治历史小说《凌云壮志》（1968～1972）企图通过明治时代的"昌明隆盛"和统治阶级代表人物的"励精图治"来鼓舞人们的乐观和进取精神，但对战前军国主义者和甲午、日俄等非正义战争的批判不够。长篇小说《殉死》（1967）以甲午、日俄战争中侵犯中国的日本陆军统帅乃木希典为主人公，基本上肯定他为天皇效命和殉死，同时也讥讽了他刚愎自用，指挥无能。《世上日日》（1971）塑造了日本明治维新志士的形象。他还写了《多谋善断的人》、《两个军师》和《骏河夫人》等短篇小说。

长篇小说《空海的风采》（1973～1975），以公元804年空海和尚来中国唐代学习佛教和回国后在宗教、文化方面的贡献，来反映中日两国人民要求友好相处和发展文化交流的愿望。1980年出版历史小说《项羽与刘邦》。

司马的小说，善于以历史事件构成波澜壮阔的艺术画面，把历史推动生产力向前发展的人物放在革新与守旧势力尖锐斗争的环境中，从各个方面来歌颂他们的"励精图治"和"文治武功"。

三岛由纪夫

三岛由纪夫，1925年生于日本一个官僚家庭。1947年毕业于东京大学法律系，曾在大藏省银行局供职，后辞职走上专业作家的道路。1947年以短篇小说《烟草》获得好评。1949年发表《虚假的告白》，奠定了作家的地位。

三岛的文学活动，分为前后两期。前期唯美主义色彩较浓，代表作有《虚假的告白》、《潮骚》（1954）、《金阁寺》（1956）等。《虚假的告白》写一个青年的"性的觉醒"和爱情故事，带有自传性质。《潮骚》的男主人公是18岁的船员，同船主女儿相爱，但遭到船主反对，

后因在一次航行中冒生命危险抢救货船，受到船主赞赏，一对情人终成伴侣。《金阁寺》描写一个年轻和尚放火烧毁京都金阁寺的犯罪事件，宣扬日本一切的"美"都应伴随战败投降而彻底毁灭。

后期作品主要有《忧国》（1960）、《明日黄花》（1961）和《英灵之声》（1966），宣扬他们反动落后的世界观、作风、性格和气质。此外，还著有《丰饶之海》四部曲：《春雪》（1965）、《奔马》（1967）、《晓寺》（1968）、《天人五衰》（1970）。

60年代，三岛连篇累牍发表政论文章，反对进步群众运动，组织"盾会"，自任队长。1970年煽动军队组织武装政变失败，切腹自杀。

有吉佐和子

有吉佐和子，1931年生于和歌山市。幼年曾随父亲到过印尼的爪哇，10岁回国。1952年毕业于东京女子大学英文系。1956年发表以艺术界新旧两代矛盾为题材的短篇小说《地歌》。自1959年赴美国研究种族问题，次年绕道欧洲和中近东回国。1961年以来曾多次访问中国，写了以中日两国人民的友谊为主题的短篇小说《墨》（1961）和长篇报告文学《中国报道》（1979）等。她在作品中敢于提出社会中存在的重大问题，具有明显的时代特征。长篇小说《并非因为肤色》（1963）和《暖流》（1968）是最能代表他创作倾向的作品。前者通过战后一个嫁给美国黑人士兵移居纽约的日本姑娘的遭遇，表明"美国的种族歧视是阶级斗争"。后者以热爱家乡的阿阳婆为主人公，描写御藏岛民反对美军修建投弹演习场的故事，反映了日本人民争取民族独立的爱国热情。

长篇小说《恍惚的人》（1972）、《综合污染》（1975）以及历史小说《出云的阿国》（1967～1969）等，在读者中影响较大。她还写过不少反映艺人生活的作品，其中以中篇小说《木偶净瑠璃》

（1958）和短篇小说《黑衣》（1961）著称。

有吉是继承明治维新以来日本近代文学传统、浪漫主义色彩较浓的现实主义作家。她的文笔娴熟，有强烈的现实感，他还写过优秀的长篇小说、历史小说、中篇小说和短篇小说。其中，历史上说《出云的阿国》，在读者中反应较大。

大江健三郎

大江健三郎，1935 年 1 月出生在日本四国爱媛县喜多郡大濑村。1941 年入大濑国民学校，1947 年升入大濑中学。1950 年离开家乡考入爱媛县立内子高中，第二年又转入松山东高中。1954 年来到东京，进入东京大学文科二类；1956 年正式成为法文系学生。他从农村到地方城市，再从地方城市到首都东京，这是在日本现代化过程中许多知识青年所走的共同道路。

在东大法文系读书期间，他深受著名教授、法国文学研究专家渡边一夫的影响，热心阅读法国存在主义作家萨特的作品。与此同时，他着手从事文学创作。起初写有《兽声》等剧本，其后有短篇小说《奇妙的工作》和《死者的奢华》先后问世。前者发表在《东京大学新闻》（1957）上，被荒正人推荐为"五月节奖"作品，平野谦则在《每日新闻》文艺评论栏中著文，称之为"具有现代意义的艺术作品"。小说写三个学生勤工俭学到医院去杀狗，结果由于投机肉贩子从中捣鬼，终于一无所获的故事。作者通过主人公"我"的心理活动，对当时青年学生的特质作了如下概括："我们这些彼此相似、缺乏个性的日本学生被拴在了一起，完全丧失敌意，显得有气无力。我对政治不太感兴趣。对我来说，那些热衷于包括政治在内所有事情的举动，不是过分年轻，就是过于老成。我今年 20 岁。对这个奇妙的年龄，我也觉得太累了。"这个有气无力而又疲惫不堪的青年，杀了一天多狗所得的报酬只是被狗咬的一个伤口，而且还有可能被警察传去作证。这种"徒劳"乃是当时青年所陷入的阴暗环境的形象体现。后者于1957年刊载于《文学界》上，故事内容与前者相似，主人公"我"也是到医院里去勤工俭学，只不过不是杀狗，而是搬运死尸，结果又由于管理人员的失职，差不多也是白干了一场。

大江健三郎之所以反复描写战后日本青年这种"徒劳"意识，乃是由于他对社会现状的不满。在他看来，这个社会犹如一个封闭的实体，四周都是"墙壁"，而自上而下的强权统治和美国军队对日本的占领等则是构成"墙壁"的内涵。这种意向可以从他1958年发表的小说里得到证实。在获得第39届芥川奖的短篇《饲育》里，他写的是战争期间一个美国黑人士兵因飞机坠毁而降落山村的故事。起初，村人们害怕他，仇视他，把他当成怪物；后来，则逐渐喜欢他；亲近他，把他当成伙伴，尤其是村里的孩子们更是如此。然而，好景不常，不久村里便接到上级命令要把黑人送到县里去，于是一场悲剧发生了——黑人在抗拒中被杀死，主人公"我"也受了伤。这表明村人们和黑人的友谊只能维持一段时间，一碰上"墙壁"就会被粉碎。在中篇《拔芽打仔》（讲谈社出版）里，也表现了类似的思想。

如果说以上两部作品是将自上而下的强权统治视为"墙壁"的话，那么短篇《人羊》（刊载于《新潮》）则显然是把美国军队对日本的占领当作"墙壁"的。这篇小说所写的故事发生在一辆公共汽车上。由于主人公"我"偶然碰了一下一个跟着一群外国兵（当然是指美国兵）鬼混的女人，这伙外国兵便蛮不讲理地惩罚"我"，强把"我"的裤子扒下来，让"我"光着屁股站在车上示众，然后又让其他在车上的日本人也光着屁股罚站，连司机都未能幸免。

总之，在大江健三郎的初期创作（1957、1958）中，"徒劳—墙壁"意识居于主导地位，因为有"墙壁"意识，所以产生了"徒劳"意识，又因为有"徒劳"意识，所以加强了"墙壁"意识，二者互相作用。正如作者在短篇小说集《死者的奢华》（1958）一书《后记》里所写的那样："这些作品大体上是我在 1957 年后半年写的，其基本主题是表现处于被监禁状态和被封闭墙壁之中的生活方式。"

1959 年 3 月，大江健三郎毕业于东大法文系。随后，他踏上了专业作家的道路。在 1959～1963 年的创作中，"性"意识和"政治"意识占有中心的地位。

据说他之所以特别重视"性"，是因为受到美国作家诺曼·梅勒所说"留给 20 世纪后半叶文学冒险家的未开垦的处女地只有性的领域了"的启示和刺激，于是便接连不断地写起有关这个问题的作品来。在第一部长篇小说《我们的时代》（1959）里，作者企图通过主人公南靖男的性生活展示日本战后闭塞的社会现状，探求通向未来的道路，结果却得出了悲观的结论。虽然这部作品受到攻击性的、否定性的批评，可是作者本人却置之不顾，声称"我现在仍然深爱这部长篇小说，认为这只能是我的小说"，并且表示"在动手写这部小说之前，我可以说是牧歌式的少年们的作家，但从这部小说起，我却希望成为反牧歌式的表现现实生活的作家。另外，通过这部小说我还明确地决定了以'性'作为自己最主要的方法"（《〈我们的时代〉和我自己》）。发表于 1963 年的中篇《性的人》（刊载于《新潮》）可以看作是《我们的时代》思想的继续和发展。在这篇小说里，作者进一步描绘了主人公 J 的种种同性、异性滥交行为，据说是为了证实人和人性都是真实、可靠的存在。这表明作者在这条路上走得更远了。

大江健三郎"政治"意识的重要内容之一是对天皇制的态度。不言而喻，他对天皇制的态度不是一成不变的。在上小学时，他曾因每天早晨到奉安殿参拜天皇照片时不认真而被校长用巴掌或者拳头痛打。这或许可以看出他那幼小的心灵中藏着某种反抗强权的种子。在日本战败时，当听到天皇宣布投降的广播后，他又曾暗下决心，要为天皇而死。这说明学校长期的思想教育已在他的身上发生了作用。不过，他对天皇制的态度主要还是在战后才最终形成的。日本战败投降时他只有 10 岁。当他世界观形成的关键时期，所接受的是新宪法所宣布的民主主义思想，是社会上日益浓厚的民主主义空气，而这些因素则促使他成为一个民主主义者。"所谓民主主义者，可能是我的人生理想吧。我打算尽可能地与地上和天上各种各样的权威毫无关系地生活下去……在政治上反对天皇制，也是因为我希望成为民主主义者。"

《大江健三郎和＜吉尔普军团＞》，采访记——这可以说是他政治态度的宣言。

在体现他"政治"意识的小说中，1961 年先后发表于《文学界》的两篇作品《十七岁》和《政治少年之死——〈十七岁〉第二部》占有重要地位。这两篇作品都以 1960 年 10 月属于日本右翼团体——大日本爱国党的少年山口二矢刺杀社会党委员长浅沼稻次郎的政治事件为题材，尖锐揭露和严厉谴责政治暴徒的行为，因而受到日本右翼势力的严重威胁，迫使《文学界》杂志不得不登出谢罪广告才算暂且了结，但《政治少年之死》仍长期不能收入其后出版的各种短篇集里。

大江健三郎是个执著的人，只要确定某种主张便不肯轻易更改，哪怕遇到什么阻力也要坚持己见。当上述两篇小说发生麻烦时，作者本人始终没有退让。非但如此，他还在此后发表的小说中继续与天皇制对抗。从一定意义上说，当他获得诺贝尔文学奖金后，日本政府决定授予他文化勋章，他当即表示拒绝的举动，也是他的"政治"意识在起作用。

1963 年是大江健三郎思想和创作的转折点之一。在这一年，有两件事对他产生了深刻的影响：一是他的长子于 6 月出生，但这个孩子因头盖骨异常而濒临死亡状态，经医生抢救后勉强活命，成为残疾婴儿；二是他于 8 月前往广岛进行原子弹爆炸后果调查，深受刺激，颇有感触。残疾儿的出生是他个人的不幸，核武器的威胁是人类的不幸，而他则必须同时承受这两种不幸。所以，他把这两件事紧密地联系在一起了。

围绕残疾儿问题，他在 1964 年先后发表了短篇《空中怪物阿归》和长篇《个人的体验》。有趣的是，这两部小说却形成了鲜明的对照。在《个人的体验》里，当主人公听说妻子生下一个残疾儿时，起初他曾经想尽办法逃避现实，不打算千方百计去救活婴儿，而希望听任婴儿自然而然地死去；可是最后他终于通过长期痛苦的精神磨炼，猛醒过来，全力以赴拯救婴儿生命，并且下定决心要和他共同满怀希望地、坚韧不拔地活下去。但在《空中怪物阿归》里，主人公却采取了完全相反的态度，他没有救活婴儿，自己也自杀身亡。作者之所以会在同一年里写出两部结局相反的作品，也许可以说在作者的头脑中存在着两种思想的矛盾和斗争；或者不如说当作者的精神处于正常状态时，他便会像《个人的体验》的主人公那样最终采取拯救孩子、养活孩子的态度；当作者的精神处于不正常状态时，他便会像《空中怪物阿归》的主人公那样采取放弃孩子的态度。

1964 年以后，他又继续写了一系列小说和随笔，表示自己养育残疾儿的决心，诸如长篇小说《万延元年的足球队》（1967）、随笔《核时代的想象力》（1970）和《冲绳核记》（1969～1970）、对话录《遭受原子弹爆炸后的人类》（1971）和长篇小说《洪水涌上我的灵魂》（1973）等都涉及这个问题。除此之外，还应特别谈到 1983 年由讲谈社出版的系列短篇小说集《新人啊，醒来吧》。这本书的各短篇篇名取自 19 世纪英国神秘主义诗人布莱克的诗句。作者有意把自己的个人问题，特别是自己与残疾儿 20 年共命运的问题提到前面，这可以从其中安排的环境和人物与作者周围现实生活大体吻合得到证明。不过，《新人啊，醒来吧》仍与日本传统的私小说有所不同。这就是说，作者并非单纯地记述自己和残疾儿，而是通过布莱克的诗句，通过残疾儿的生活，讨论在核威胁状况下当今世界人类命运这个全局性的大课题。

大江健三郎对于日本现实社会是不满意的，但又没有发现能够取而代之的实际楷模，于是便在自己的想象中描绘乌托邦——理想国的形象。早在1966年，他就在一篇题为《乌托邦的想象力》的文章里，第一次提出了自己关于乌托邦的设想。其后，他经常不断地在自己的小说、随笔和谈话里提起这个话题，进一步具体细致地描述乌托邦的内容。如在对话录《寻找乌托邦，寻找物语》（1984）里，他说自己所谓的乌托邦存在于"森林和山谷"。不过他又加以解释道，这个"森林和山谷"，"虽与实际存在的东西相似，但又似是而非"。可见他的乌托邦仍然不是实际存在的东西，只存在于主观想象之内。

《同时代的游戏》（1979）可以说是他所写的一部有代表性的乌托邦小说。这部长篇是经过作者周密设计和考虑之后写成的，是他的重要创作成果之一。全书由6封信组成，这些信是主人公"我"写给妹妹的。在信里，"我"讲述了培育自己的山村的创建故事和历史，自己家族的发展历史。其中有三个不同时间层次的事件交织在一起，共同在一个平面上展开，即几百年前山村的建立过程，昭和初年山村人和大日本帝国军队的50天战争，"我"所参加的现代反体制运动。在这6封信中，最令人感到兴奋的恐怕是第4封信，即"武功赫赫的50天战争"了吧。这封信生动地描述了武装精良的大日本帝国正规军与普通村民百姓的斗争过程，刻画了不屈不挠、敢于与强权作斗争的英雄形象。在这些英雄形象身上寄托了作者的希望和理想。在日本历史上当然并不存在这样一场战争，它完全是作者头脑中的产物。作者希望通过这场战争表现自己的乌托邦理想。

1986年作者又出版了一部具有浓厚乌托邦色彩的长篇小说——《致令人怀念年代的信》。小说的基本内容是写主人公"我"和"我"的友人——"义兄"的交往。"我"是作家，住在城市；"义兄"是"我"小学时代的老师，住在森林。"义兄"在森林里创建了一个根据地（即公社），但后来由于一个突发事件而瓦解。这说明根据地虽是为人们所欢迎的，但毕竟是不能长久的，是理想化的和非现实的。

上文已经说过，大江健三郎心目中的乌托邦存在于"森林和山谷"。这表明他的"乌托邦"意识是和"森林"意识密切结合在一起的。在他的笔下，"森林"有时是具体的、实际的存在，但在更多的情况下则往往是抽象的、非实际的存在，是体现其想象世界以至神话世界的所在。他初期的不少作品，如《饲育》和《拔芽打仔》等的故事都是在森林和山谷展开的，其中的"森林"显然具有象征意义。在稍后问世的长篇小说《迟到的青年》（1962）里，有主人公"我"潜入森林的一段描写："我走进森林，犹如游泳者走下游泳池铁梯子让身体完全没入水中一般，在森林中屏住呼吸慢慢下沉，觉得森林覆盖了自己的头部，好像游泳者的头部被水面覆盖了那样。于是，夜幕降临了。我站立不动，低垂下头。我必须让森林把自己同化，如同野兽、树木、小草、腐蚀土中的菌类一样，把自己的肉体和灵魂还原为森林的细胞。"

进入70年代以后，他的"森林"意识继续以各种不同的形式表现出来。如《洪水涌上我的灵魂》的主人公及其周围的人物都对"核时代的森林隐遁者"怀有同感，并且最后不得不和核时代权力的代表者进行决战。这表明作者的"森林"意识更进一步朝着批评时代的方向发展。又如《同时代的游戏》将对抗帝国正规军队的普通村民的根据地设定在"森林"里。这个"森林"显然含有象征意义，它使村民更加充满生机和活力。作者可能想要通过这种方式启示读者在当今时代应如何生活。此外，长篇小说《M/T与森林的奇异故事》（1986）和《致令人怀念年代的信》等也是"森林"意识的体现，而短篇小说集《倾听雨树的女人们》（1982）和最近新作长篇小说三部曲《燃烧起来的绿树》等围绕"树木"展开故事的作品则可以视为"森林"意识的延续和发展。

丁若镛

丁若镛，1762年生于京畿道广州郡瓦阜面马岘里（今扬州瓦阜面陵内里）的一个两班贵族家庭。7岁能作汉诗，22岁中进士，28岁文科及第。历任弘文馆修撰、京畿道暗行御史同付承知、谷山府使等职。他为人刚直，不求权贵，特别是在任暗行御史时，曾弹劾官吏的贪污舞弊，不断受到反对派的诬告和陷害。40岁时被贬，流放康津等地18年。1818年释放回国，专心从事写作和研究学问，直至去世。

丁若镛是实学派思想的集大成者，也是最有代表性的实学派诗人和作家。他对政治、哲学、经济、科学技术等都提出了自己独到的见解，最关心农民问题，认为大量土地集中在少数富户之家"是残九千九百九十人之命，以肥一人"，提出"农者得田，不农者不得之"的主张。他认为一切没用到实际学问都算不得学问，"新我旧邦"的思想指导着他一生的活动。

在诗歌创作方面，他反对单纯"吟风咏月"和形式主义，强调文学的教育意义，即要有"美刺劝惩"的效果。作有汉诗2500余首，有不少是表现农村生活和在封建剥削制度下农民艰难度日的悲惨处境，谴责封建官吏的剥削和儒学者的伪善，指斥封建两班制度的不合理，表达了对农民的同情及对不合理制度的训责。《奉旨廉察到积城村舍作》和《饥民诗》是两首有代表性的作品。前者描写一户农家的穷苦和敢于和豪吏作斗争的景象。后者描绘了一幅农民由于迫于生活而颠沛流离的图景。

在康津流放期间，他创作了很多同情劳苦大众，反映残酷剥削官吏罪恶的优秀作品，其中有杜甫韵的三吏：《龙山吏》、《波池吏》、《海南吏》；三行：《猎虎行》、《狸奴行》、《僧拔松行》以及长诗《夏日对酒》、《耽津衣歌》、《耽津渔歌》、《耽津村谣》、《哀绝阳》等。他熟悉多种诗歌表现形式。他的一些散文和政论也写得生动、犀利，很有感染力和说服力。在创作手法上，善于运用比喻来刻画他所要表现的对象。

他逝世 70 多年以后，李朝政府追赠他为正宪大夫奎章阁提学。

李光洙

李光洙，1892 年生于平安北道定州。父母早亡，由祖父抚养长大。曾在早稻田大学攻读文学哲学科。1919 年到中国上海，主编"朝鲜临时政府"机关报《独立新闻》。1921 年回国，开始投靠日本帝国主义，任过《朝鲜日报》副社长，《东西日报》编辑，还主编《朝鲜文坛》杂志。1922 年发表《民族改造论》一文，诋毁、抹煞朝鲜民族传统，引起有志之士的反对。20 年代中期，朝鲜无产阶级文学运动兴起，他是反对派的一员主将，声称"对阶级文学不感兴趣"，咒骂"革命是像瘟疫一样可怕的疾病"。1939 年参加"北支皇军慰问"，来到中国东北地区，为侵华日军效力；不久出任日本统治当局的御用团体"文人报国会"会长。1943 年又去日本动员朝鲜留学生参加"学徒兵"，要他们为日本发动的侵略战争效劳。1945 年参加"大和同盟"，任理事。

李光洙于 1909 年开始创作，主要有小说、诗歌、随笔、评论、童话和时调等多种。其中长篇小说 20 部，代表作品有《无情》、《麻衣太子》、《革命家的妻子》、《泥土》、《有情》、《那女人的一生》、《异次顿之死》和《爱情》。1917 年他的长篇小说《无情》在《每日申报》上连载，从体裁形式上看，是朝鲜第一部现代长篇小说。有的评论家认为，他的创作是人道主义、民族主义、启蒙主义于一身。《革命家的妻子》是一部丑化革命者、歪曲事实的作品。他的作品中大多是色情和变态恋爱心理的描写，从而反映朝鲜亡国后的悲惨现状及对悲苦劳动人民的深切同情。

李箕永

李箕永，1895 年生于忠清南道牙山，一个贫苦的农民家庭。7 岁时入平里村私塾学习汉文，读过不少古典文学作品。12 岁时又入天安私立宁进学校学习，接触到新学，并读了一些流行的新小说。1914～1918 年在朝鲜南方各地流浪，做过矿工、苦力和短工。回到故乡后，任教会学校教员和银行雇员。1922 年春，他满怀真理、拯救祖国的热切愿望，克服重重困难，东渡日本半工半读，接触到俄国古典文学和进步文学，尤其喜欢高尔基的小说。1923 年因日本关东大地震，他提前回国。1924 年进《朝鲜之光》杂志社作记者。1925 年参加朝鲜无产阶级文学团体"卡普"，并负责出版部工作。1931 年和 1934 年两次被捕入狱。1944 年避居在江原道金刚郡的山村里，直到 1945 年解放。后任朝鲜民主主义人民共和国最高人民会议副议长、朝鲜文学艺术总同盟委员长。1955 年获国家颁发的劳动勋章。

李箕永于 1924 年发表处女作短篇小说《哥哥的秘密信》，以后陆续创作短篇小说《贫穷的人们》、《老鼠的故事》、《民村》、《农夫郑道令》和《五个儿女的父亲》等。这些作品仍属于批判现实主义范畴，他不单单只停留在对黑暗现实的揭露上，而且还进一步探索造成这些社会悲剧的社会根源。

1928～1929 年发表的短篇小说《元甫》和《造纸厂村》，表明他的创作进入一个新的时期。他笔下的知识分子是懂得只有进行斗争才能推翻旧世界的先觉者了。

1933 年发表中篇小说《鼠火》，接着出版长篇小说《故乡》。

1934 年在狱中完成长篇小说《人间课堂》和《春》的构思，40年代初出版。《故乡》是朝鲜早期革命文学的一部重要作品，以 20 世纪 20 年末朝鲜农村为背景，以生动感人的艺术形象，广泛展示了沦为殖民地的朝鲜，在帝国主义和封建主义双重压迫下出现的种种黑暗现实：农民破产，生活贫困，工人不满，举行罢工与援助，广大朝鲜人民日益觉醒，不断反抗斗争，正逐渐形成有组织、自觉的工农运动，它标志着朝鲜民族解放斗争已经入新的历史时期。小说多方面的揭示了时代的、社会的、人生的种种矛盾，表现出历史的厚度与人性的深度。

1946 年 7 月，短篇小说《开辟》问世，不仅标志着作者又开始了新的创作生活，而且表明创作题材向纵深开拓。1948 年～1949 年，在《开辟》的基础上，它完成了长篇著名小说《土地》的创作。小说同样以土地改革为题材，通过农民郭巴威解放前后翻天覆地的生活变化，反映了土地改革以后广大农民和大自然以及阶级敌人进行斗争时的英雄气概和精神面貌。

长篇小说《图门江》以贫苦农民朴熊孙父子两代人的生活道路为主线，在充满重大历史事件的广阔背景上，反映 19 世纪末～20 世纪前期朝鲜人民反对日本帝国主义侵略和封建主义压迫，争取民族独立和人民解放的战斗历程。

李箕永从事文学创作近 60 年，文学成就卓著。这笔留给朝鲜人民的宝贵精神财富，反映了朝鲜人民的伟大历史进程，也使之享誉朝鲜现当代文学史。

韩雪野

韩雪野，1900 年出生于咸镜南道咸州郡一个趋于没落的封建家庭。少年时代，他一方面耳闻目睹了日本宪兵逮捕和监禁父亲，以及日本殖民主义者对朝鲜广大人民的荼毒等罪行；另一方面又亲身感觉到封建家庭虐待他家养女的事实，这使他幼小的心灵里深埋下对日本殖民者仇恨、对封建陋习不满的种子。

韩雪野毕业于咸兴普通学校，1916 年考入汉城第一高等普通学校学习，1918 年又转入咸兴高等普通学校。这一系列学习生活，培养了他对小说、古典音乐、戏剧、电影等文学艺术门类的兴趣，这对他日后的文学创作极有益处。1919 年，他因积极参加"三一"反日爱国运动而被日本殖民当局逮捕入狱达 3 个月之久。"三一"运动对他的思想发展产生了深远的影响。

出狱后，他到中国北京自修文学，并阅读到有关宣传社会主义的书刊。为了进一步寻求救国救民的真理，他又于 1921 年渡海去了日本东京。在日本大学里取得了学籍，在社会学系求学期间他研究社会科学和文学，并开始接触到并认识了马克思主义理论。

1924 年，他于日本大学毕业后回国，开始在北青私立大成中学任教，同时从事文学创作活动。这期间他先后发表了短篇小说《在那天晚上》（1924）、《饥饿》（1924）、《憧憬》（1925）等。这些作品以描写男女间的爱情，反映知识分子内心苦闷，表达时代心声，显露出作者的文学才华。

1925 年，他到汉城开始与李箕永等进步作家一起创建"卡普"，朝鲜无产阶级文学从此步入正轨，这也成为他正式开始文学创作活动的标志。从此，他树立了创作的正确方向。1926 年，他到中国东北旅行。1927 年回国后又与李箕永等人一起改组了"卡普"，坚持以马克思主义为指导思想的新纲领。为此，他写了《关于阶级文学》、《无产阶级艺术宣言》、《阶级对立和阶级文学》等理论文章，用以宣传无产阶级文艺思想，主张为无产阶级利益而创作，批判资产阶级文学的反动性，谴责民族改良主义的欺骗性。在撰写这些文学评论的同时，还致力于文学创作。1929 年前后，他根据"卡普"

新纲领创作了短篇小说《摔跤》（1931）和《过渡期》（1932）等。

《过渡期》主要反映了日本帝国主义侵占朝鲜农村以后，农民破产和农村阶级分化的现实。描写世代以土地为生存之本的农民面对残酷的现实，所进行的反抗、斗争，乃至流浪，最后仍难以逃脱到日本资本家的工厂里去受残酷剥削的悲惨命运。《摔跤》可以说是《过渡期》的续篇，两篇作品的人物虽然不同，但是反映了相同的主题。在《摔跤》里，农民不仅开始进行有组织的、群众性的反抗活动，而且原先被迫进入工厂的农民现已成为觉悟了的工人。他们和农民联合起来，组成劳动会和佃农组合，共同向资本家进行斗争，终于取得了胜利。这两篇作品反映了农民和工人觉醒的全过程，揭示出工农联盟的伟大力量和意义，是朝鲜无产阶级文学初始时期的代表性作品。

1930年，他参加了左翼杂志《朝鲜之光》的工作。1932年，他进入"朝鲜日报社"工作，与社内的资产阶级民族主义者进行过坚决的斗争。1934年，他与200多名"卡普"作家一起被日本警察逮捕，关进全州监狱。当他在狱中得知日本殖民当局利用变节分子解散了"卡普"时，他毫不动摇自己的信念，与狱中同志研究恢复和发展"卡普"的对策。他在1935年底获释至1943年这段极为艰难的时期里，写有著名短篇小说《洪水》（1936）、《劳役》（1936）、《山村》（1938）、《泥坑》（1939）等，以及优秀长篇小说《黄昏》（1936）、《青春期》（1937）、《草香》（1938）、《塔》（1941）。

小说《洪水》、《劳役》、《山村》以朝鲜山区农村为背景，仍然表现佃农与日本帝国主义及其走狗地主间的对立斗争，富有时代特色。《青春期》则更富有30年代的社会特点，通过对各类知识分子的塑造，再现了那动荡变革的历史时期，苦闷、彷徨的知识分子最终走上与工农结合的艰难历程，回答了当时知识分子应走什么道路的社会问题。小说以娴熟的艺术技巧和多样化的主题，成为30年代朝鲜无产阶级文学的佳作。

1945 年朝鲜解放后，他的作品遵循历史发展轨迹，表现鲜明的时代特征。短篇小说《村里的人们》（1946）反映土地改革后，朝鲜农民焕然一新的精神面貌。《煤矿村》（1946）描写煤矿技校的学生在时代的感召下，成长为新一代劳动青年的过程，颇有教育意义。《凯旋》（1948）描写金日成领导的抗日游击队，经过 15 年的漫长斗争，凯旋归国的史实。长篇小说《黄草岭》（1952）通过女主人公护士福实形象的塑造，表现了朝鲜青年对美帝国主义的仇恨之情和无限热爱人民的高尚情操。《大同江》（1952，第一部）通过敌占城市的青年工人和少年对美帝国主义侵略者的斗争，表现出朝鲜人民反对侵略的强烈爱国主义精神。

韩雪野是一位多产作家，他以自己的笔记录了朝鲜人民自 20 年代以来走过的革命斗争历程，形成一幅形象的历史画卷。他也是一位社会活动家，曾任朝鲜文学艺术总同盟中央委员会委员长、朝鲜教育文化部长、朝鲜劳动党中央委员会委员、最高人民会议副委员长、朝鲜作家同盟中央委员会委员长等职。

朴钟和

朴钟和，1901 年生于汉城。1921 年发表诗歌《烦恼的青春》和《奶色的街道》；1922 年同洪思容、罗稻香、玄镇健等创办《白潮》文学杂志，写了《回到密室去》等诗。1924 年诗集《黑房秘曲》出版。此后作为一个颓废派诗人走上文坛。同时，开始创作短篇小说。

《父与子》写两代人的矛盾：父亲要儿子继承祖业学医，儿子执意要学美术，父子反目，儿子离家出走。据说作者意在表现对旧道德的反抗。在朝鲜沦为日本的殖民地、处于民族生死存亡的时期，这早已不是社会的尖锐问题。《灌肠汤》对当时的革命作家加以讥讽和丑化，可看出他的文学和政治倾向。

1929 年以后，转为写历史小说。代表作品有《锦衫上的血》、

《待春赋》、《多情佛心》和三部曲《前夜》、《黎明》、《民族》。

1945年日本战败以后，他居住韩国，出版了《洪景来》、《青春的胜利》和《壬辰倭乱》、《升官路》、《三国风流》、《女人天下》。这类历史题材的作品均有所影射，如1954年创作的《壬辰倭乱》，便是为美帝国主义和李承晚发动的朝鲜战争服务的。

朴钟和曾任南朝鲜文学家协会会长、文化团体总联合会会长、艺术院院长、文人协会理事长、艺术文化团体联合会会长、民族文化推进委员会会长等职务，并设立"月滩文学奖"。

朴世永

朴世永，1902年生于京畿道高阳郡。1917～1922年在汉城培材高等普通学校求学。1922年到中国上海留学。1923年和宋影等人组织朝鲜第一个革命文学团体"焰群社"。1925年参加朝鲜无产阶级文学团体"卡普"，曾主编儿童文学刊物《星之国》。

他的创作生涯以组织"焰群社"为开端，其中诗《黄浦江畔》，反映了旧中国遭受的苦难；又写了《北海和景山》、《江南的春天》等诗，揭示了帝国主义、军阀的罪恶，预示革命风暴即将来临。

解放前的作品，始终保持着革命的倾向，如《山燕》、《沉香江》、《夜夜都来的人》等诗，有的倾吐对自由的向往，有的控诉日本帝国主义对朝鲜的压迫和掠夺，有的歌颂革命者的无畏英勇的斗争精神。

1945年日本投降，1946年他从朝鲜南方来到解放了的北方，是解放后创作量最多的诗人之一。写战争题材的《不死鸟》和歌颂抗日武装斗争的长篇叙事诗《密林的历史》，最为著名。他还编写朝鲜民主主义人民共和国国歌《爱国歌》的歌词。

他还创作了歌颂中朝友谊的诗如《致六亿兄弟》。先后出版的诗集有：

《山燕》（1937）、《流火》（1946）、《真理》（1947）、《朴世永诗选》（1956）。长篇叙事诗《密林的历史》已译成中文并出版。

宋　影

宋影，1903 年生于汉城。祖父是汉学者，父亲是新小说家。1919 年与朴世永等人秘密油印《自由晨钟报》。由于多种原因，被迫停印后，又办同人传阅刊物《新宇》。同年，停止学业后，到邮局工作。1922 年前往日本东京一家玻璃厂当学徒，并在大学夜校部艺术科听课。不久回国，在一制药厂工作。1923 年春，组织朝鲜第一个革命文艺团体"焰群社"，在《焰群》第二期发表了处女作短篇小说《男男对战》。1925 年，无产阶级文学团体"卡普"成立，被选为中央执委、书记局长，并参与"卡普"机关刊物《文学创造》、《集团》的编辑工作。1926 年发表的短篇小说《石工组合代表》，写石工朴昌浩的觉醒和反抗。20 年代后期，他主要从事戏剧创作。1929 年发表剧本《拒绝一切会面》，揭露纺织公司经理以伪善手法剥削工人。1931 年和 1934 年两次被捕入狱。

1945 年解放后，从汉城来到平壤，他的创作进入了新的领域。继续写剧本、散文、小说。主要的剧作有《金山郡守》、《两家邻居》、《江华岛》、《爱国者》、《不死鸟》等，其中以反抗日本帝国主义侵略为题材的《江华岛》为最有名。他的剧本《爱国者》和短篇小说《石工组合代表》已有中文版本。宋影还曾任朝鲜对外联络委员会委员长。

赵基天

赵基天，1913 年 11 月 6 日出生在朝鲜咸镜北道会宁郡一个贫农的家庭里，后来随全家流亡到苏联西伯利亚地区谋生，1945 年 8 月随同苏联红军回到朝鲜，投入了建设祖国的伟大事业。1951 年 7 月 31 日，他在美国飞机轰炸平壤时牺牲，年仅 39 岁。

赵基天的创作生涯只有短短 5 年。但在这短暂的时间里，却写出了大量的诗篇，其中不少堪称佳作。他的诗歌在形式上是多种多样的，在内容上是丰富多彩的。从题材和主题的角度来看，大体属于以下三种类型：

一是表现祖国新面貌的诗歌。这类作品大多写于朝鲜解放之后，抗美救国战争爆发之前。面对祖国的新生和民族的解放，诗人怀着无限喜悦的激动心情，写下了许多热情洋溢的诗篇，歌唱祖国，歌唱人民。抒情叙事诗《土地之歌》（1946）、长篇叙事诗《生之歌》（1950）是这种类型的代表作品。

二是反映抗美救国战争的诗歌。这类作品写于炮火连天的年代。在那些年代里，诗人随军队参加过战斗，还曾到过洛东江前线。在《在燃烧着的街道上》（1950）、《朝鲜的母亲》（1950）、《让敌人死亡》（1950）、《朝鲜在战斗》（1951）和《我的高地》（1951）等激动人心的诗篇里，尖锐地揭露了美国侵略者在朝鲜所犯下的血腥罪行，热情地赞颂了朝鲜人民血战到底的英雄气概。

三是讴歌抗日武装斗争历史的诗歌。这类作品在诗人全部创作中占有一席重要地位，其中最出色的作品是《白头山》。

抒情叙事长诗《白头山》（1947）是赵基天的代表作品，也是朝鲜当代的优秀作品之一。这部长诗以普天堡战斗为中心，热情地讴歌了金日成同志所领导的抗日武装斗争的辉煌业绩。

《白头山》在艺术上的显著特色是叙事与抒情密切结合。在叙述故事、描写人物方面，诗人充分发挥

诗歌的特长，善于通过典型事件进行艺术概括。他所选择的典型事件具有如下特点：一是抓住主要之点，反映本质方面，避免面面俱到，防止捡芝麻丢西瓜；二是注意彼此之间内在联系，既有一定跳跃，又不使人产生割裂之感；三是生动形象，有启发性，有感染力，给人以鲜明而强烈的印象。

因此，他笔下的故事是生动的，情节是紧凑的，人物是鲜明的。同时，这部长诗又具有大量的抒情因素，充满浓郁的抒情气息。诗人是怀着满腔热情进行创作的，他的感情渗透到全篇的字里行间。不仅如此，他还往往压抑不住自己的激动，通过优美动人的抒情插笔直接抒发感情。

千世峰

千世峰，1915 年生于咸镜南道高原郡，自幼家境贫苦。小学毕业后在家务农，并创办农民夜校。1940 年初在郡城运输部门当雇员和公务员。1945 年开始创作生涯。1946 年 2 月发表第一部短篇小说《岭路》。1947 年以后创作的《五月》、《新的脉搏》、《土地的序曲》、《虎老爹》、《故乡之子》、《青松》、《新管理委员长》、《新春时节来了一个年轻人》等短篇小说，大多取材于农村生活。《虎老爹》是他短篇小说中最著名的一篇，主要描写农民之间为争交公粮而发生的故事，反映他们对人民政权的热爱和建设新农村的热情。他的中篇小说《战斗的村民》和《白云缭绕的大地》是两部较优秀的作品。前者描写朝鲜祖国解放战争时期一支活跃在敌后的农民游击队的战斗事迹；后者以修复被敌人破坏的水电站为中心，多方面反映了后方人民群众的生活和斗争。因作家曾参加过游击队，对农村生活很熟悉，所以塑造出来的游击队员和农民形象真实、善良、个性鲜明。长篇小说《大河奔流》是继李箕永的《土地》之后一部反映朝鲜土地改革的作品。千世锋的《战斗的村民》和《白云缭绕的大地》均有中文版本。

黄 健

黄健，1918年生于两江道丰西部一贫苦农民家庭。他曾在普成高等普通学和全州师范讲心所学习。毕业后，在全罗北道茂朱郡和中国长春当过教员。两次去日本留学，就读于明治大学政治经济专科。1940年以后，在家乡从事畜牧业。1945年朝鲜解放，开始了他的创作生涯，先后创作了《旗帜》，《矿脉》、《牧畜记》等短篇小说，在文坛引起轰动。朝鲜解放战争期间，他随军到前线，发表了朝鲜人民军保卫祖国英勇事迹的短篇小说《燃烧的岛》，被评为描写战争题材的优秀短篇小说。他两部有影响的长篇小说《儿女》和《盖马高原》，都是战后所创作。前者着力塑造了一个坚强的抗日战士的形象。后者反映朝鲜青年一代在解放后的成长过程；他的作品结构严谨，手法细腻，擅长于心理描写。

黄健的代表作还有《燃烧的岛》、《盖马高原》等。均有中译本。在中国来访期间，写下《六亿人民的呼声》一书，受到好评。黄健还历任朝鲜作家同盟小说分科委员长和两江道作家同盟委员长等职务。

密尔·穆罕默德

密尔·穆罕默德，1722年生于北方邦阿格拉，在德里求学。由于他的用词简练，通俗易懂，又尖锐辛辣，在北印度和德里享有声誉。1782年移居勒克瑙，直至去世。

密尔用乌尔都语写了6部诗集，用波斯语写了一部诗集。他写了大量的抒情诗，以"闺阁语言"抒情诗著称。他的诗反映了莫卧儿王朝没落、印度沦为殖民地后社会的动荡不安和穆斯林的艰难处境。他采用波斯写诗语韵律，从而屏弃宗教哲理的俗套，以双行诗、三行诗和四行诗等诗体，用明快通俗的口语，反映印度现实的社会生活。他的抒情诗创作被推崇为开创了乌尔都语文学史上诗歌的新阶段。他的长篇叙事诗大多反映印度的社会生活和自然景色。富有浪漫主义色彩，其中以描述印度王公出巡回猎场面的《狩猎篇》，自比为龙，把别的文人比作被龙征服的蛇虫鸟兽的《龙篇》，反映他一生的痛苦和18世纪印度社会的动荡不安与民不聊生的《家境》等，至今仍备受广大读者喜爱。密尔还写有自传和用评论介绍乌尔都语的《密尔的言论》和《诗人的警语》等。

贝克姆·查卓·查特吉

　　贝克姆·查卓·查特吉，1838年出生在印度西孟加拉邦奈哈蒂附近的农村。他的父亲是农村税务官。11岁进入胡克利学院预科学习。17岁进入加尔各答大学。1858年在加尔各答选拔学士比赛中获学士学位。同年任财务检查员。1869年通过法科学士的考试就任法官。他早年写了一些诗，但却未取得很大成功，于是便开始创作长篇小说。1864年用英文写成他的第一部长篇小说《拉贾莫汉之妻》。后来用孟加拉语写作。1865年出版他的第一部孟加拉语历史小说《将军的女儿》。以后又接连发表了几部小说。在70年代初～80年代初是他的创作旺盛时期，由他主编的孟加拉语杂志《孟加拉之镜》也于1872年创刊。这份刊物在当时影响很大，它不仅促进了新孟加拉文学的发展，而且还激发了人民的爱国热情和民主思想，为培养新作家也作出了贡献，泰戈尔曾说它"征服了我们孟加拉人的心灵"。

　　他的作品大致可以分为两类。一类是长篇历史小说，如《将军的女儿》、《格巴尔贡德拉》（1866）、《茉莉纳丽尼》（1869）、《钱德拉谢克尔》（1873～1874）、《拉吉辛赫》（1875～1876）、《阿难陀寺院》（1882）等。当时英国殖民主义者诽谤印度民族没有历史，印度人民没有能力管理自己的国家，他用小说的形式再现了印度的光荣历史和人民反抗外来侵略的英雄主义精神，加以反击。他的小说多以历史事件作为背景但又具有现实意义。

《将军的女儿》是写 17 世纪印度人民反抗阿富汗人入侵的故事；《阿难陀寺院》描写 18 世纪中期印度北部人民反对英国殖民者的斗争，塑造了吉瓦南德、香蒂等人不畏强暴、英勇作战的爱国者形象。其中有一首写《礼拜母亲》的诗则表达了人民的爱国主义情感，到处传唱，成为印度独立运动的第一首颂诗，泰戈尔于 1906 年为之谱曲后成为印度的国歌，直至 1950 年。另一类是写社会题材的长篇小说，如《毒树》（1872）、《英迪拉》（1872）、《拉吉尼》（1874）、《拉塔拉尼》（1875）等，主要是描写社会生活中新旧思想的斗争，妇女的不幸遭遇，以及西方资产阶级的文明的影响。触及现实生活的各个方面，提出了一些尖锐的社会问题。但其中表达的某些观点是保守的，例如《毒树》写寡妇再嫁如有毒之树。但是，用小说的形式描写现实生活，他是首倡者之一。

此外，他还撰写评论文章，抨击时弊，也提倡复古思想。还著有《作家的技巧》一书，总结了他的创作经验。他被誉为孟加拉语现代文学的先驱，泰戈尔、普列姆昌德、萨拉特、拉梅什等人都受到他的影响。

泰戈尔

泰戈尔，1861 年出生于加尔各答市的一个地主兼商人家庭。他的父亲是一位哲学家、诗人和宗教改革家。兄妹也多热心于社会改革和文学事业。他的家庭是加尔各答许多知识分子的聚集地，经常高朋满座，讨论国家大事，并举行朗诵会，演出戏剧等，这种环境对泰戈尔的世界观，文艺观的形成产生了积极影响。

泰戈尔七、八岁时便开始练习写诗，14 岁时发表爱国诗篇《献给印度教庙会》；16 岁时发表长诗《诗人的故事》。1878 年，遵从家训到英国学习法律，但到伦敦后，他便按自己的志趣学习英国文学和西方音乐。1880 年回国，专门从事文学创作。1884～1901 年间，泰戈尔大部分时间住在他父亲的庄园里。这段生活经历对他有着很重要的意义。在此，他接触并了解了农村生活，写了一系列表达爱国精神的故事诗和近 70 篇反帝反封建的优美的短篇小说。其中《河边的台阶》（1884）、《弃绝》（1892）、《摩诃摩耶》（1892）等短篇小说揭露和抨击了封建婚姻制度以及种姓制度给妇女造成的悲惨命运。1901 年，他怀着改造社会的目的在圣地尼克坦创办了一所与劳动结合的新型学校（以后发展成为著名的国际大学）。

1905 年后，印度掀起轰轰烈烈的民族解放的高潮。这时，泰戈尔来到加尔各答，积极投身于反英斗争，并写了许多激发人民爱国热情的歌曲。但不久他与运动的领袖们产生分歧，便退居乡间，过着脱离现实斗争的退隐式生活，埋头于文学创作。这一时期，他连续发表了《小沙子》（1903）、《沉船》（1906）、《戈拉》（1907～1909）、《家庭与世界》（1916）、《四个人》（1916）、《最后的诗篇》（1929）等中长篇小说，14 篇短篇小说和包括《暗室之王》（1909）、《邮局》（1911）在内的十多个剧本。同时，他还把以前诗集中的诗有选择地译成英文，编写成诗集《吉檀迦利》（1912）在英国一经出版，即引起轰动。于 1913 年，获诺贝尔文学奖。也成为东方第一个诺贝尔文学奖的获得者。《新月集》（1913）、《园丁集》（1913）

和《飞鸟集》（1916）也陆续在英国出版。这些带有浓厚哲学色彩的优美的诗篇，反映了泰戈尔在艺术上的独创性和高度成熟。

第一次世界大战前后，泰戈尔应邀访问了日本、美国、加拿大和欧洲许多国家，并发表演讲集《民族主义》，其中充满了爱国主义热情，洋溢着为振兴亚洲而献身的精神。1919年，面对英国殖民主义者镇压爱国群众的野蛮暴行，泰戈尔拍案而起，他愤怒地写信给英国总督表示强烈抗议，并庄严声明，放弃1915年英国国王授予他的男爵爵位和特权。1924年，泰戈尔访问中国，回国后发表了《在中国谈话》，对中国人民的反帝反封建斗争以及苦难处境深表关切和同情。1930年，泰戈尔访问了正在进行社会主义建设的苏联。

1941年，泰戈尔在加尔各答逝世，享年80岁。他一生共写下了50多部诗集、30余种散文著作、12部中长篇小说、近100篇短篇小说、20多个剧本、2000多幅画、2000多首歌曲以及其他方面许多论著创作。在印度文坛和世界文坛上，像泰戈尔这样多才多艺、创作丰富的作家是十分罕见的，他以自己的优秀作品建造了一座人工所不能建造的千古不朽的纪念碑。

塞若特·查特吉

塞若特·查特吉，1876年生于印度西孟加拉邦胡克利县德瓦南达村。他的父亲穆迪拉尔·查特吉由于家境贫寒，又经常失业，最后不得不将全家迁到比哈尔邦帕格尔布尔县依靠妻弟生活。他的童年在极端贫困中度过，中学毕业后无力升入大学。

查特吉的创作活动是在父亲的影响下以写短篇小说开始的。他的父亲是一位酷爱文学的学者，对于各种文学体裁都进行过尝试，但是从未写成一篇完整的作品。17岁的查特吉常常翻阅这些未完成的手稿，往往因考虑它们该是怎样的一种结局而彻夜不眠。这便促使他自己动手写小说。不久，因为就业问题和父亲发生冲突，逃离家庭，到处流浪，接触了印度各阶层人民，并且深入地了解城乡生活，这就为他日后小说的创作奠定了坚实的基础。

1904 年，查特吉来到缅甸谋生，在仰光政府机关里当了 10 年小职员。1907 年，他的第一部长篇小说《大姐》在《帕罗蒂》杂志上发表，获得好评。1913 年回到加尔各答，专事写作，靠不固定的稿费收人生活。从 1913 年起，他的小说在《耶摩纳》、《印度》和《文学》等杂志陆续发表，成为孟加拉最为读者喜爱的作家。1934年，达卡大学赠予他荣誉博士学位。

查特吉写了多部短篇小说和 30 部中、长篇小说。他的短篇小说集有《宾杜的儿子》（1914）、《二姐》（1915）、《贝昆特的遗嘱》（1916）、《卡西纳特》（1917）、《斯瓦弥》（1918）、《画像》（1920）、《何莉拉克什弥》（1926）和《奥努拉塔·萨蒂和帕瑞什》（1934）等。他早期的短篇小说大多描写家庭生活和母爱。代表作有《宾杜的儿子》、《拉摩的悔悟》和《诉讼的结果》等。后期的作品着重揭露社会中不合理的现象。《摩黑什》描写一个身受经济剥削和宗教歧视的穆斯林佃农贫困的生活和无权的地位。《奥帕吉的天堂》叙述了贫民奥帕吉悲惨的一生，就连他死后想用几根木柴举行火葬也不能如愿。这两篇小说被认为是他最优秀的作品。

他的中、长篇小说中，重要的有《斯里甘特》（第 1 卷，1917；第 2 卷，1918；第 3 卷，1927；第 4 卷，1933）、《乡村社会》（1916）、《嫁不出去的女儿》（1916）、《道德败坏的人》（1917）、《婆罗门之女》（1920）和《秘密组织——道路社》（1929）等。《斯里甘特》是一部自传体小说，描写斯里甘特和歌女拉佳拉克什弥相爱，但在传统道德观念的束缚下，他们最后被迫分手。小说展示了一幅从乡村到城市、从王公贵族到贱民各阶层社会生活的广阔画面，塑造了为抗议对贱民的侮辱而毅然脱离大家庭过着清贫生活的苏南达和安诺达姐姐、拉佳拉克什弥以及敢于离开无情的丈夫而和患难与共的男人相结合的奥帕雅等许多令人难忘的妇女形象；特别是奥帕雅，她是查特吉所有作品中唯一能够冲破封建牢笼的勇敢的女性。《斯里甘特》第一卷是四卷之中的佼佼者，被译成英语和法语。《乡村社会》主要描写青年罗迈什回乡进行农村改革时遇到的种种阻力，揭露了地主之间的勾结和倾轧。《嫁不出去的女儿》对传统的社会和奁资制习俗提出了有力的控诉，描写了一个既无美丽的容颜、又无金钱做陪嫁的姑娘的悲哀。《道德败坏的人》提出了寡妇再嫁的社会问题，刻画了两个年轻寡妇的性格。萨维德莉美丽、聪明，喜欢上了大学生萨迪什，但由于自己是寡妇而不敢表达，抑制了自己的感情；吉尔娜敢于公开向对方表示爱慕之情，却遭到了拒绝，于是，在社会的种种压力下而精神失常。

查特吉生活在印度民族解放运动蓬勃发展的年代，然而他直接反映政治斗争的作品却不多。《秘密组织——道路社》是以反抗殖民统治、争取祖国自由独立为主题的重要作品。其他作品大多以爱情为题材，描写农村中、小地主及其知识分子的思想感情。他的作品充满对于普通人的命运的关怀，他憎恨地主的专横、婆罗门的伪善；而对农民和低等种姓，特别是对处于被压迫在底层的妇女，寄以了无限的同情。他的每一部作品几乎都有一些令人难以忘怀的妇女形象，尤其是那些从童年就守寡、被剥夺了再婚权利的少女和被侮辱与被迫害但仍不失内心清白"沦落风尘"的妇女，她们温顺、善良，富于自我牺牲精神，但命运又往往极为悲惨。

查特吉从 1914 年在加尔各答附近的豪拉县定居起，便积极参加政治活动。1921 年担任印度国民大会党豪拉县委员会主席。他倾向于国大党激进派的政治纲领，要求印度在政治上完全独立。他支持工人罢工，也曾参加过印度共产党召开的群众大会。但在他的作品里，却又常常流露出他思想中保守的一面。这在他处理寡妇的爱情生活和再嫁问题上表现得最为明显。他的短篇小说《光与影》、《指出的道路》以及长篇小说《大姐》和《乡村社会》中的女主人公都在为爱情而备受折磨，却没有一个敢于冲破封建礼教的藩篱。查特吉曾经在给朋友的信中说，他的小说"从来不曾出现过寡妇嫁给她心爱的男人的情节"。他的保守思想使他对触犯现存的社会制度、风俗习惯持审慎态度。他往往只写生活中的矛盾和现实的冷酷无情，只写男女主人公背负着社会习俗的枷锁在痛苦、忧伤、憔悴，却没有进一步指出解决根本问题的这些办法。

查特吉是班吉姆·查特吉和泰戈尔之后最有影响的作家。他熟悉农村生活，了解中产阶级的心理。反映现实生活中的社会矛盾，展示社会各阶层的生活画面，充满对被压迫人民的关怀与同情。他用朴素流畅、幽默风趣的语言塑造出一些既具有进步倾向而又性格软弱的人物形象。泰戈尔指出："查特吉看透了孟加拉人内心的秘密，在他描绘着悲欢离合的绚丽多彩的创作中，人们清楚地认识了自己。"

阿拉马·穆罕默德·伊克巴尔

阿拉马·穆罕默德·伊克巴尔，1877 年生于旁遮普省亚科特市一个穆斯林商人的家庭。他的故乡现在巴基斯坦境内。

1899 年大学毕业，随后在大学任教，开始从事诗歌创作和哲学研究。1905 年赴欧深造，先后在德国、英国学习，1908 年获得哲学博士学位。在欧洲期间，亲眼目睹了"金玉其外，败絮其中"的西方资本主义世界的丑恶和黑暗，促进了他的反殖民主义反封建主义思想的发展。

回国后，一面从事教学和社会活动，一面继续进行哲学研究和文学创作活动。1911 年放弃教职，专门从事爱国、民主的政治活动。20 年代后期当过议员，30 年代初当过全印穆斯林联盟主席，1931 年曾代表穆斯林联盟参加过第二次英印谈判会议，1938 年病逝。

伊克巴尔生活的年代是印度（包括巴基斯坦）最艰苦的年代，英国殖民主义者完全控制了印度，殖民主义者利用印度宗教的矛盾，制造事端，削弱印度人民爱国力量。面对国家的不幸、民族的灾难、宗教的混乱，诗人沉思、忧伤，用自己的诗歌唤醒民族的觉醒。他的早期诗歌贯穿着鲜明的爱国主义思想，对国家的复兴和民族的崛起，怀着乐观的希望。他热情地歌唱：

> 我们的印度斯坦举世无双，
>
> 她是我们的花园，我们是园中的夜莺。

在伊斯兰传统诗歌观念中，花园和夜莺是一对热恋的情侣。诗人用这一象征性的比喻，把诗人对祖国真挚的痴情完美地表达出来了。它一面赞美祖国美丽富饶，十分可爱，一面用夜莺在花园中的生息、欢叫，体现诗人对祖国的依赖和爱恋之情。诗人在另一首《全印度儿童之歌》里，更为直接地赞美了祖国。他热情地诵唱：

> 这块土地的高处与九天接壤，
>
> 生活在这儿犹似生活在天堂。
>
> 这就是我的故乡，
>
> 这就是我的故乡。

在这里，诗人以重叠的诗句增强诗歌雄浑的旋律，唱出了热爱祖国的最强音。

然而，诗人的祖国正处在受人宰割、内部分崩离析的危难之中，他目睹祖国的惨景，悲叹地诉说：

> 啊，印度！你的境遇使我哭泣；
>
> 你的故事在所有故事中最有借鉴意义。

诗人一面痛斥掠夺者的野蛮行径，一面总结历史的教训：

> 啊，折花人！你将园中的花草洗劫一空，
> 这是你的幸运，因为园丁们争斗不息。

诗人并没有为祖国的沉沦悲伤不已，他从国难之中看到了光明；国家统一、民族团结，不给殖民者可乘之机；增强团结，反对分裂是振兴祖国之道。他号召祖国人民：

> 宗教信仰并没有教相互仇视，
> 我们都是印度人，印度斯坦是我们的祖国。

诗人决意要在印度的宽广国土上，建立一个新的庙宇，它是爱的象征，用"爱的信仰"改变"从偶像那里你学会了自相残杀，真主也默示他的教长明争暗斗"的分裂状态，让所有的民族、教派和人民都沐浴在爱的阳光下：

> 信徒的赞美诗蕴涵和平与力量，
> 世间居民在爱中可以重获拯救。

在诗人眼里，国家命运、祖国存亡是高于一切的。它超出了个人、民族、宗教的利益，是消除隔阂、平息纠纷和矛盾的巨大力量。为祖国的解放，必须动员千百万群众，"当被压迫民族的热血一旦沸腾，世界就将颠倒，大地就要颤抖"（《汉志的赠礼》）。他希望"用信仰的烈火使奴隶们心血沸腾"，"让那渺小卑微的麻雀敢向兀鹰进击"（《列宁》）。

伊克巴尔早期诗歌是民族情感的抒情诗，也是他探索祖国自新道路的结晶。曲调高亢，情感激越，充分表达了诗人对祖国的深沉、诚挚的热爱情感。他说过："熟悉民族的脉搏，并以自己的艺术医治

民族病症的人，才是真正的文学艺术家。"他正是这样一位热爱祖国、热爱民族，把个人命运与国家、民族命运紧密结合起来的爱国的文学艺术家。

诗人为国家、民族引颈高歌，他自比驼队的驼铃，希望唤起沉睡在人们心中的民族情感。然而，陈习观念严重的印度民众却木然置之。这不免使诗人悲伤、凄凉：

> 多么令人沮丧！驼队被抢劫一空，
> 驼队的主人竟丝毫不感到心痛！
> 孤寂冷漠的花朵不在意你唱与不唱，
> 麻木不仁的商队不闻驼铃响与不响。

为此，孤独、寂寞之情占据诗人的心田："唉，伊克巴尔！有谁理解你内心的苦楚，在这世界上到何处寻觅一知音。"（《印度人之歌》）

为了摆脱自己的孤独，启发民众的觉悟，诗人要探索一条新的诗歌道路。他收敛了溢于言表的情感，把炽热的感情化为哲理的诗句，用智慧的光芒照耀民众的心灵。他为自己立下座右铭：

> 在世间就要像火炬那样生活，
> 点燃自己去照亮别人的眼睛。

于是开始了诗人的中期诗歌创作。他沉思在伊斯兰宗教神秘的思辨之中，向伊斯兰教义索取新生之路。为伊斯兰世界的各个民族描绘一幅理想的蓝图。他旅欧归来不久，创作了一部重要的长诗《指路人黑哲尔》，借用伊斯兰永生不死的先知黑哲尔的传说，倾吐其忧国忧民的思绪，在强烈批判帝国主义的掠夺和热情歌颂俄国社会主义革命胜利的同时，加强了宗教哲理性的深思，显示了诗风转向的征候。接着写了两部宗教哲理诗《自我的奥秘》和《无我的奥秘》，系统地阐明了诗人的哲理思想。诗人接受了中古波斯宗教诗人莫拉维（鲁米）的哲理观念："自我"和"无我"。他又融合西方近代理性思想，赋予了新的内涵。诗人主张的"自我"既非过去宗教的寂灭、无为、超脱的"自我"，也非西方无限扩张、无限自由的"个性"。他认为"自我"是宇宙万物的本质、生命，是个性的最高形式的体现，它的形式就是运动、创造和斗争：

升腾，兴奋，飞翔，发光，呼吸，
燃烧，点燃，杀戮，死亡，生长。

在《生命和斗争》诗里，诗人借助奔腾的波浪之口，道出了"……我运动，我才活着，假如我停留，我就会死去。"肯定了人类的创造活动，否定了宗教的超脱、无为的观念，指出人类无限地活动，扩展才能生存。

"无我"是"自我"经过修炼、净化达到的最高境界，它体现了"真主"的意志，同时也是人类集体"自我"的表象。诗人用"无我"观念协调个人与集体、民族的矛盾，他指出"自我"作出牺牲，才能融合在集体之中，达到"无我"之境。这种以民族、国家、整个穆斯林世界的利益为重的观念，正是诗人探索宗教哲理的目的。他写道：

个人一旦消失在集体之中，
宛如水滴变成广阔无垠的海洋。

诗人在强调"自我"的创造力的同时，也指出"爱"的力量，它是"自我"控制内外的力量。"自我"只有依靠自爱、自尊，才能显示自我力量的存在。诗人反对乞求和依赖，主张以个人的智能和行动，奋斗不息。

诗人用凝练的诗句、哲理的思辨，为伊斯兰世界的人民，树立起在殖民统治时期的新的宗教观念、道德标准和行为准则，启发人民觉醒。

在此，诗人摆脱了民族观念，提出了泛穆斯林主义的思想——"穆斯林是兄弟"，把伊斯兰世界的盛衰、荣辱，视为个人和民族的大事。他在《穆斯林之歌》中唱道：

> 我们是穆斯林，世界是我们的国家，
> 我们一直只信奉一个神，
> 谁想毁灭我们，不是容易事，
> 我们曾在刀光剑影下孕育成长，
> 我们的国徽是新月形的短剑。

诗人为了把自己的宗教哲学思想传播到整个穆斯林世界，他的宗教哲理诗，不用本民族的乌尔都语，而改用伊斯兰世界通用的波斯语。诗歌形式也是沿用穆斯林世界所熟悉的中古波斯的双行诗。这些宗教诗歌不仅使他成了著名的伊斯兰诗人，也使他成为著名的伊斯兰思想家。他的建设伊斯兰世界的理论，广为伊斯兰各国所欢迎。

诗人在晚年创作时期，政治活动频繁，接触了国际。国内的种种政治问题，开阔了他的眼界，打开了他的思路。晚年的诗歌题材广泛，政治性强，体现了一位注视社会改革的政治家的诗风。晚年的诗作提出了政治、经济、文化、教育、妇女、宗教等等社会问题，表达了诗人鲜明的态度和改革的热情。这个时期创作的揭露西方资本主义世界的腐朽、殖民主义的残暴和歌颂被压迫民族的解放斗争的诗篇最为出色。

在《列宁》里，诗人一针见血地写道：

东方的上帝是欧洲的白人！

西方的上帝是亮光闪闪的金属！

一人获利换来数十万人意外死亡！

这就是科学，哲理，策略，政府！

喝的是鲜血，传授的是平等！

失业，淫逸，酗酒，贫困，

欧洲文明的胜利品何止这些？

诗人站在被压迫民族的立场上，怒斥了西方殖民主义者给东方民族带来的灾难。他在《欧洲和叙利亚》一诗中写道：

叙利亚的土地献给欧洲人

一位纯洁、富有同情心和慈祥的先知。

叙利亚从欧洲得到的酬劳是

酗酒，赌博和大批娼妓！

诗人也曾为中国人民反殖民主义、反帝国主义的斗争欢欣歌唱：

沉睡的中国人民正在觉醒，

喜马拉雅山的喷泉开始沸腾！

诗人在世界无产阶级革命中获得了信心，看到了人类的曙光。在俄国十月社会主义革命成功之后，他最早地欢呼了这次革命的胜利，不仅写出激情洋溢的长篇献诗《列宁》，而且还在其他诗作中，歌颂世界革命人民的领袖马克思：

是没有圆光的摩西，是没有十字架的基督，

虽然他是先知，可是他没有圣书。

伊克巴尔是民族诗人，也是宗教诗人。澎湃的爱国激情和深邃的宗教哲理观念是他诗歌的突出特点。他的诗歌创作突破了印度乌尔都语传统诗歌的模式，抛弃了传统题材和抒情格调，开拓了一代新的诗风。他是乌尔都现代诗歌的奠基者。

梅　农

梅农，1878 年出生在喀拉拉邦默拉巴尔农村的一个小知识分子家庭。从小跟随叔父学医，后改学文学。12 岁便用梵语写诗，后成为学者。27 岁起先后担任《拉摩奴吉》、《喀拉拉福利》、《心灵抚育》等报刊的编辑。34 岁因病失去听力，写了一首抒情长诗《痛诉听力的丧失》，表达了继续从事文学和艺术活动的决心。35 岁时，为拯救濒于灭亡的民间艺术——卡塔卡利舞，组织"喀拉拉艺术团"，在国内和东南亚各地巡回演出。定居在鲁杜鲁蒂，后成为南印度艺术中心。1916 年前后投入印度民族独立斗争。1947 年印度独立后，积极参加世界和平运动，先后访问美、法、意、波、苏和中国。他写了 70 部作品，大部分是诗。他曾用马拉雅拉姆语翻译梵语的《罗摩衍那》、《梨俱吠陀》、《沙恭达罗》，创作史诗《吉特尔瑜伽》和《时令之欢》等。在民族独立运动的影响下，他用马拉雅拉姆语的自由韵律，写了许多激发民族尊严、歌颂祖国山河的

抒情诗；还根据民间神话传说创作了许多长篇爱情叙事诗。诗歌内容和形式上的革新，对许多青年诗人的创作产生很大影响，成为当时浪漫主义诗歌运动的主要诗人。代表作有《被囚禁的阿尼鲁敦》、《受罚君王》、《娜基拉》和《父女俩》等，具有鲜明的反封建主题。他的《虔诚的玛丽叶娜》通过妓女的悲惨生活和归依宗教的过程和描写，来反映黑暗的社会。表达作者想以宗教来洗刷心灵上的创伤。

1948 年印度独立后，马德拉斯政府授予他"民族诗人"的称号。

普列姆昌德

普列姆昌德，1880 年生于印度北方邦贝拿勒斯（现名瓦腊纳西）附近的拉莫希村，原名腾伯德·拉伊。祖上务农，有少量的土地。他 8 岁的时候，母亲病逝。父亲在邮局供职，在他 16 岁时死去。他 5 岁开始在旧式村学中学习波斯语和乌尔都语，后转入正规小学。16 岁时为负担一家的生活，他不得不到另一个地方去做业余家庭教师，为孩子补课。19 岁开始在公立学校当教员，此后长期从事教育工作，曾通过自学取得学士学位。1921 年他响应甘地号召，不与殖民当局合作，主动辞去了督学职务，从此专心致力于文学创作。并先后主编《时代》、《荣誉》、《甘美》、《天鹅》和《觉醒》等杂志，创办"智慧之神"出版社。1936 年 4 月主持印度进步作家协会第一次大会。作为大会主席，他发表了题为《文学的目的》的演说。6 月，他在代表作《戈丹》出版后不久便病倒了，于 10 月 8 日不幸去世。

普列姆昌德一生创作了 15 部中篇和长篇小说（包括未完成的两部），约 300 篇短篇小说。此外还有论文著作、电影剧本、儿童文学作品和翻译作品。早期用乌尔都语写作，1915 年前后开始改用印地语写作。他的第一部短篇小说集《热爱祖国》出版后遭到英国殖民当局查禁，书被烧毁。1932 年他的短篇小说集《进军》又遭到查禁。1916 年出版的长篇小说《服务院》被称为是他的成名之作和印地语文学中第一部优秀的现代小说。这部作品描写一个妇女由于没有陪嫁，不能嫁到体面的人家，后又被丈夫遗弃，沦为妓女，受尽歧视和欺凌，最后在一所服务院栖身。小说揭露了索取嫁妆的恶习、人与人之间冷漠无情暴露印度许多尖锐的社会问题而引人注目。

《博爱新村》（1921）是印地语文学史上第一部成功地反映农村生活的巨著。小说以地主普列姆和葛衍纳两兄弟的活动为主，展开了印度农村生活的广阔画面。地主葛衍纳横行乡里，贪婪无耻，阴险狡诈，为了争夺财产甚至谋害亲人。通过他的罪恶展示，揭露了农村阶级压迫的残酷，生动反映了农民的生活状况与思想感情。但作品把普列姆描写成关心人民疾苦、努力解除农民枷锁的好地主，则带有很强的理想化色彩。末尾新王公宣布农民是自己土地的主人，农村出现一片欢乐景象，完全违背了真实，即反映了作家的美好愿望，也暴露出他改良主义的政治倾向。

《妮摩拉》（1923）描写不合理的婚姻制度对妇女的摧残和买卖婚姻的罪恶，通过一个妇女的悲剧批判了封建制度。《舞台》（又译《战场》（1928）是以资本主义的发展给农村带来的破坏为题材的长篇小说，写一个资本家企图抢夺沦为乞丐的盲人的一片荒地修建工厂，展开了斗争，最后乞丐死去，工厂终于建立在他的荒地上。揭示了资本主义的残酷性及发展的必然性。

《圣洁的土地》（1932）反映了 30 年代初期甘地领导的不合作运动，但斗争以妥协告终。

《戈丹》（1936）是作者的重要作品。这部被称为印度农村史诗的长篇小说，体现了作者的最高艺术成就也就是 30 年代印度文学的代表作。作品的主人公何利是一个善良、淳朴而又谨慎教规的贫苦农民。小说通过何利所经历的几次"事件"来表现主题。第一件是"奶牛事件"：何利唯一的希望就是想买一头奶牛，即可以挤奶，又可以为家增添光彩。后来赊购的奶牛被毒死。他的美梦化成泡影，第二件事"教籍事件"：何利儿子和戈巴尔和薄拉的寡居女儿袭妮亚私下相恋。结果逃跑，何利收留，但触犯教规，被开除教籍接着又成雇工。第三件事"嫁女"：为嫁大女孩子儿，借200卢比，从此债台高筑。又一次陷入高利贷剥削的罗网之中。第四是"卖女还租"：因欠3年地租，被地主控告，要抽回他的耕地、走投无路，只得把女儿卖给一个丧妻的老头作继室，从而得到100卢比。这部小说揭示了农村中尖锐的阶级矛盾，塑造了典型人物，被誉为印度农村的一部史诗。

普列姆昌德的短篇小说，大多收集在题名为《圣湖》的8部集子中。他的短篇小说选材广泛，人物性格鲜明，真实感人。著名的短篇小说有：《赫勒道尔王公》、《大家女》、《沙伦塔夫人》、《礼教的祭坛》、《牺牲》、《进军》、《老婶娘》、《棋友》、《一把小麦》、《首陀罗姑娘》、《如意树》、《解脱》、《神庙》等。在这些作品中，有的反映了印度人民反殖民主义的斗争，有的揭露祭司的虚伪和毒辣，有的批判荒谬的种姓制度，有的抨击地主高利贷的残酷，有的反映农民和妇女命运的悲剧。通过人物性格的刻画和曲折的情节，表现了他对现实的批判。

普列姆昌德还写了不少政论、杂文和文学理论方面的文章。他强调文学要写真实，不能脱离时代生活；它的任务是为被压迫者向社会提出辩护和申诉，作家应该成为人民的代言人和律师。他认为文学和伦理学同样都为了改变人的心灵，而后者是诉诸人的理智，前者则诉诸人的良心。他还要求作家为民族的独立而斗争。

普列姆昌德的作品在印度语文学中所取得的成就，对不少作家也产生了重要影响，并且也受到中国读者的欢迎。从1953年起，我国先后出版了他的许多短篇和长篇小说《妮摩拉》、《戈丹》、《舞台》、《仁爱道院》和《一串项链》等。

苏比拉马尼亚

苏比拉马尼亚，1882年出生于泰米尔纳德邦的一个婆罗门家庭。11岁时因即兴赋诗受到称赞，被称为"巴拉蒂"（意为知识之神）。1904年担任《祖国之友报》副编辑。1907年主办《印度报》。受到铁拉克和西丹巴伦的影响，积极投身于民族解放运动。同年加入铁拉克为首的国大党激进派。西丹巴伦和铁拉克先后被捕，他不顾英国殖民当局的镇压，继续在《印度报》上发表文章抨击殖民当局。1908年《印度报》被封闭。同年，为免遭迫害，他前往法属殖民地本地治里，继续出版《印度报》。他在那里度过10年政治流亡生活。这期间，创作了许多诗作。有小史诗之称的《巴姆扎利的誓言》、《耿嫩之歌》以及被誉为泰米尔诗歌之高峰的爱情诗《百灵鸟之歌》等。1918年11月被逮捕。1920年重返马德拉斯，参加《祖国之友报》的工作。他的诗作具有强烈的爱国主义感情。他在《印度河山》、《泰米尔故乡》、《泰米尔语》等诗中，歌颂了祖国和故乡。他的《侍候人的奴隶》、《解放》、《自由之歌》等诗号召反对殖民主义统治，争取民族独立。《印度大众的现状》、《在甘蔗园里》等诗体现了对劳动人民的同情。《宝宝之歌》、《新女性》、《妇女解放》、《印度社会》等表达了反对种姓制度、主张男女平等、要求社会改革的观点。1918年发表的《新俄罗斯》一诗是印度文学界对十月革命的最早反响之一。

苏比拉马尼亚还是印度著名的泰米尔语诗人、作家、社会性会活动家。

伯勒萨德

伯勒萨德，1889 年生于印度北方邦贝拿勒斯的富商家庭。青年时代曾协助其兄经商。1909 年开始发表诗歌，他的作品有 8 部诗集和长诗，12 部剧本，3 部长篇小说（包括一部未完稿），5 部短篇小说集。

伯勒萨德一般被认为是"阴影主义"（即浪漫主义）三大诗人之一，《眼泪》（1925）是他的第一部成名的诗集，被认为是这支流派早期诗歌的代表作之一，约收入 190 首抒情四行诗，用各种比喻和象征的手法描写过去的爱情，反映了一种失望和伤感的情绪。这种感情脱离社会生活，脱离时代环境。《水波》（1930）收诗 30 多首，大部分是抒情诗，同样反映了诗人的苦闷和失望，但有一部分诗也表现了人生的欢乐、健康的期待和丰富的幻想，表明诗人的感情发生了积极的变化。

《迦马耶尼》（1935）是著名的长诗，故事取自神话传说，是一部深含哲理的隐喻诗。全诗共 5000 多行，分为 15 章，主要叙述人类始祖由于贪图享受而走向末日，世界被洪水所淹没，只有极少数的人得以幸存，摩奴就是其中之一。当世界成为一片汪洋时，他站在高山顶尖，望着滔滔大水，内心产生了"忧虑"，后来太阳升起，大地逐渐显露它的面貌，自然微笑了，这使他对世界又产生了"希望"。有一天他遇到一个非常美丽的姑娘"夏塔"，对她产生了"情欲"和"性念"，两人在一起生活，夏塔感到"羞涩"。两人结合后，摩奴却沉湎于祭祀的"事业"之中，不久就抛弃了夏塔，使她产生了"嫉妒"之心。摩奴后来遇到另一个姑娘"伊拉"，他和她共同创造了新的国家，自任国王。夏塔在"幻梦"中发现摩奴遭到人民的反抗，双方进行"斗争"。从此，摩奴感到"痛苦"、失望，想寻求一个宁静的场所，但没有夏塔他一事无成。后来夏塔来和他

"会晤"，并告诉他生活中得到和平和宁静的"秘密"，于是两人前往喜马拉雅山的仙境，得到了真正的"欢乐"。

诗人利用神话是想曲折地反映现代的社会生活。印度古代的哲学思想中存在着理性和感性（亦即理智和良知）相矛盾的理论。长诗也表达了这种哲学思想。夏塔和伊拉分别代表人类的良知和理智。当良知在人的内心占主导地位时，就能获得人生的真谛；而理智占了上风，则适得其反。诗中的摩奴代表资本主义社会中的个人主义者，伊拉代表资本主义社会中阶级分野和建立在剥削基础上的理性，而夏塔则代表人类的良知、良心和感情。

诗人通过三个人物分析了现代资本主义社会中不可调和的矛盾，表现了社会上的阶级对立和阶级斗争。批判了资本主义社会，批判了资本主义的强权、虚伪、非正义与阶级鸿沟。但诗人没有看到社会矛盾发展的前途，他只是想寻找一条能使人们得到幸福和安宁的道路，但却没有如愿，结果只好采取逃避现实的方法。

伯勒萨德的剧本大多是历史剧，企图以古代印度民族的光辉业绩激发人们复兴民族的精神。《健日王塞健陀笈多》（1928）主要写笈多王朝末代皇帝统治时期王朝内部的矛盾以及抵御外族入侵的故事，以影射印度当时受英国殖民统治的现实。《旃陀罗笈多王》（1931）主要写公元前3世纪孔雀王朝的旃陀罗笈多率兵成功地打败希腊军队的入侵。这是印度历史上反抗侵略的光荣的一页，也是为了说明现实。

他的第一部长篇小说《骨骼》（1929）写几个妇女不幸的遭遇，揭露了社会的黑暗。另一部长篇小说《蒂德里》（1934）透露了不仅在印度，在英国也存在贫富悬殊的现象，剖析了地主、资本家和宗教头目的真实面目。他的短篇小说中浪漫主义色彩较浓，大多描写爱情，故事情节较简单，写景较多，有的短篇小说更象散文诗。小说引人入胜的不是曲折的情节和人物性格的刻画，而是对环境的富有诗意的渲染。也有一部分小说是揭露种姓制度的残酷，主要描写不合理的社会，下层人民艰苦的生活，以此来抨击权势者的专横跋扈。

尼拉腊

尼拉腊，1896 年出生于孟加拉邦，祖籍是北方邦农村。他自幼追求自由的理想，反对旧传统的枷锁。编选过《恒河丛书》。在《狂人》、《甘霖》等杂志作编辑工作。由于他的作品多为自由体诗而斗争，又被称为"革命诗人"和"叛逆诗人"。

他是"阴影主义"（即浪漫主义）的代表诗人之一，青年时代开始写作，受泰戈尔的影响，写过 10 多部诗集和长诗。诗集《芳香》（1930）是他的成名之作，收自由体诗 78 首。他的诗打破了旧的格律，运用新的音节和韵律，因而遭到反对和攻击。还有描写大自然的美丽景色，如《致叶木纳河》、《春风》等。有几首《云之歌》，对云彩寄托了种种幻想。有的诗象征革命的暴风雨即将来临。有的诗号召人们反对外国的统治，反映了爱国主义思想，如《再一次觉醒吧》、《西瓦吉的信》等。还有的诗同情劳动人民的苦难，也有的诗反映了诗人本身的苦闷和彷徨。诗集《无名指》（1938）是他的代表作，收入 56 首诗。他创作这些诗时深受当时进步思潮的影响，较多地反映了社会现实，发展了《芳香》的一些积极的主题，如反映爱国主义精神的《德里》和《废墟》抨击上流社会的《施舍》，描写雷电以象征革命的《激情》和对穷苦人民表示同情的《敲石头》等。诗集《新叶》（1946）中的题材更多地取自现实社会，有的诗直接描写了地主的勒索以及农民和地主之间的斗争，揭露了官吏的残酷剥削。

尼拉腊还写了很多小说作品，短篇小说集《皮匠杰杜利》（1945）中的几篇优秀作品，如《正义》、《女神》等。中篇小说《牧羊人比勒苏尔》（1944）等。

耶谢巴尔

耶谢巴尔，1903 年出生于北方邦费洛杰镇。学生时代曾和印度著名的革命者帕格德·辛赫共同进行地下武装斗争，两次被捕入狱。他根据自身的斗争生活写了不少作品，抨击英国殖民主义和封建教族主义以及各种资产阶级思潮。

长篇小说《达达同志》（或译《大哥同志》，1941）和中篇小说《党员同志》（1947）写印度革命者和共产党人在 30 年代和 40 年代的斗争。长篇小说《叛国者》（1943）描写印共党员在第二次世界大战中组织工人群众反对德、日法西斯的故事。历史小说《蒂沃亚》（1945）描写古代遭受压迫的妇女。著名的长篇小说《不真实的事实》（1960）分为上、下两卷，上卷《故土和国家》描写印度独立前后教派骚乱的情景，下卷《国家的前途》描写印度独立后十多年间的社会面貌。围绕 3 个中心人物——布利、他的妹妹达拉和他的恋人格纳格。他们因争取自由恋爱，表现出对社会的不满。布利最后成为邦议员，为了金钱地位而随波逐流，丧失了反封建的正义感。达拉虽然最后也成了有地位的人物，仍然保留着同情人和救人之危的品德。格纳格则是一个坚强果断的女性，敢于与比她社会地位低的布利结婚，而当她一再发现他的虚伪和专横时，就毅然和他决裂。她不仅追求婚姻自由，也向往和男子平等的权利和社会地位。这二个人物代表了 40～50 年代一代人的某些特点。作品反映了印度独立前后的历史，批判了教族主义，展示了新与旧、进步与保守、民主意识与传统观念的深刻矛盾。长篇小说《我、你、他的故事》（1975）也是一部优秀的作品。

作者有多部短篇小说批判种姓制度和宗教，揭露富人的为富不仁和社会上的贫富悬殊，表现妇女的悲惨的命运。他的三卷回忆录记述了他早年的斗争生活，真实感人。他写的政论和杂文针砭时弊，辛辣讽刺都是他文学创作的重要组成部分。

穆吉克·拉吉·安纳德

穆吉克·拉吉·安纳德，1905年出生于印度北部的白沙瓦城，父亲本是铜匠，后来成为一名军人，母亲是一个农民的女儿。安纳德于1925年在旁遮普大学毕业后，去英国研究哲学、文学和艺术，1929年获哲学博士学位。最初，他从事文艺理论研究工作，后来开始创作。1936年，安纳德同普列姆·昌德等创建了印度进步作家协会。1937年他作为一名记者到西班牙，写了许多反法西斯的政论。1948年，他访问了一些社会主义国家。印度独立后，他积极从事世界和平运动，1953年，获得世界和平理事会颁发的国际和平奖金。

对安纳德思想和创作起重大影响的因素有三：

一是少年时期的生活。他在少年时代，随着父亲所在军队的流动而辗转各地，有机会接触印度社会的下层人民，如工人、游民、农民、军人等，了解他们的悲惨命运，逐步看清了殖民主义残酷统治的罪恶，这为他后来的创作奠定了生活基础。后来，安纳德在谈到他的创作时曾这样说："我最熟悉的世界，是那块游民、农民、士兵和劳动人民的小天地。"因而，在他的创作中，大都取材于下层人民的生活。

二是在英国学习和生活期间，他结识了包括拉尔夫·福克斯（1900～1937）在内的许多进步作家。在他们的影响下，他曾研究过马克思文艺理论，为他的现实主义创作提供了理论根据。

三是受高尔基创作的影响。他说，高尔基是一位不仅用文字，而且用整个生命为革命而斗争的作家。他接受高尔基的影响，特别注视印度社会下层人民的生活，怀着对自己民族和人民的深厚情感，努力表现他们的痛苦、挣扎和斗争。

安纳德是一位创作十分丰富的作家。30年代，他写的著名作品

有《不可接触的贱民》（1935）、《苦力》（1936）和《两叶一芽》
（1936）。40 年代，他写了三部曲：《村庄》（1939）、《越过黑水》
（1940）和《剑与镰》（1942），这三部作品以第一次世界大战为背
景，通过一个农民的故事，反映了印度民族的觉醒。1945 年创作的
长篇小说《伟大的心》，反映了手工艺匠的不幸遭遇。50 年代以后：
他写了长篇小说《七个夏天》（1951）、《一个印度王子的私生活》
（1953）、《道路》（1960）等。此外，他还写了许多优秀的短篇
小说。

他的作品，大都取材于苦力、农民和贱民等下层人民的生活，
反映殖民地人民的苦难，谴责种姓制度等封建恶习的荒谬，批判殖
民者的罪恶统治，表达印度人民的怀疑、不满、悲愤、反抗和对未
来的幻想与希望。他在 30 年代创作的《不可接触的贱民》、《苦力》
和《两叶一芽》，从各个不同侧面，展示了 30 年代印度社会生活的
艺术画面，使我们看到了 30 年代印度人民奋斗的足迹。这 3 部作
品，在题材的选择、主题的开掘和艺术原则的运用等方面，都具有
重要的意义。

印度在远古年代，就奉行一种特有的种姓制度，把人们划分为
婆罗门、刹帝利、吠舍和首陀罗等，这是一种具有浓厚宗教色彩的
严格的等级制度。一个家族的政治地位、财产状况可能变化，而所
属的种姓则世代相传。此外还有一种"贱民"，大都是世代相传的鞋
匠和打扫工。印度教认为：粪便是不洁之物，人体不能接触；而打
扫粪便的打扫工，也就成为"不可接触者"了。

在千百年的印度社会历史中，贱民成为被神所抛弃的卑下者，
始终过着悲惨的、贫困的奴隶生活。安纳德在他的《不可接触的贱
民》中，不仅第一个把贱民作为小说的主人公，还无情地揭露了种
姓制度的残酷和荒谬，嘲笑了僧侣的虚伪道德，表现了对于贱民悲
惨命运的深刻同情。

小说的主人公巴克哈，是一个世代相传的打扫工，早就代替年

老力衰的父亲清扫厕所。这个身强力壮、勤劳能干的 18 岁青年，在他的结实的双肩上，载负着说不清、甩不掉的因袭的精神重担。严格的种姓、浓厚的宗教观念和社会恶习，像重重大山，压在他的头上。从他刚懂事时起，就时时有一种犯罪感笼罩在他的心头。他的灵魂，除了恐惧而外，几乎处于麻木状态。他从来没有在人前抬起过头，更从没有举起手来反抗过任何人。他总是卑躬屈膝，露出卑贱的笑容，任凭打骂，任人宰割，忍受非人的奴隶生活。

这部作品，通过巴克哈在一天内所遭受的侮辱、责骂、恶意的折磨等情节，剖析他的灵魂的微小变化。他悲愤地说："我随便走到哪儿，都只会遭人谩骂和嘲笑。玷污，玷污，我做不出好事，只会玷污人家。"但是，这个被视为"讨厌的贱民"、"黑心鬼养的小畜生"的巴克哈，也抱着摆脱现状的幻想。然而，他的幻想却是渺茫的，失望的，对他来说，"他们的生活，只有沉默，阴森森的沉默。死里求生的沉默"。这种悲剧性的结局，使我们更具体地看到了封建恶习的吃人真面目。

《两叶一芽》是一部以反殖民主义为主要内容的优秀小说，它通过对一个契约劳工的命运浮沉的描写，反映了深重的民族灾难，尖锐地揭露了殖民主义统治的罪恶。小说的主人公甘鼓，是一个破了产的农民，在工头布塔的诱骗下，他带着妻儿，离开世代居住的家园，经过 12 昼夜的行程，来到英国人经营的茶叶种植园做工。甘鼓一到茶园的工棚时，一位过了 20 年奴隶生活的老工人纳延对他说："唔，现在你横竖逃不掉了，你永远也回不去了。"果然如此。甘鼓来到茶园不久，灾难也接踵而至。在他患病尚未痊愈时，妻子反而染病身亡；又因为参加"暴动"而被罚款，债台高筑，走投无路；最后，在他的女儿被茶园经理强行奸污时，甘鼓也被枪杀而死。小说通过这个悲惨的故事，把批判的锋芒直指殖民主义。这座茶园，就是英国殖民主义统治下的印度的一个缩影。殖民者使用血腥屠杀、残酷掠夺和无耻欺骗的手段，占有了这块茶园。殖民者把印度工人视为自己的财产，有生杀予夺之权。茶园的副经理勒吉·韩特，是一个典型的殖民强盗，他强奸印度妇女，毒打和枪杀工人，反而被殖民政府视为英雄。作品也揭示了殖民者灵魂的空虚和卑污，指明印度民族的苦难根源，就是殖民主义的"血腥的制度"。

这部作品中的主人公甘鼓，是殖民地印度苦难农民的典型。他忠厚、诚实、和善而勤劳，在地主和高利贷的压榨下出卖了仅有的3亩地后，背井离乡，到茶园去谋生。他虽然不相信工头布塔所说的"人间天堂"，但在迷惘中也带着渺茫的希望，梦想得到土地。可是，殖民者的罪恶行径，却使他家破人亡。

作者在描写这个不幸者的人生旅程时，特别着眼于揭示他的灵魂的变化和发展过程。历史的沉积污垢，荒谬的封建习俗，特别是殖民者的残酷统治，使他形成一种逆来顺受的性格。他破了产，不怨恨任何人；他明知工头在欺骗自己，却还故意装出相信工头诺言的样子，去忍受凌辱和不幸。他任从命运的拨弄，在幻想中过日子。"妻子死后，他带着印度教徒的那种万念俱灰的漠然态度，认为丧妻不过是过去造了孽的又一次报应罢了"。他还想在天堂和自己命运之间架起一个光辉灿烂的梯子来。因此，他保持缄默，力图去掉愤懑情绪，忍受屈辱，宽恕一切，以求活下去，修来世。可是，即使是这样与世无争的人，面对难以生活的困境，也不断产生疑问、不满和反抗。他的宿命论思想，也曾被一种闪烁着复仇的怒火所代替，成为"暴动"的带头人之一。

然而，他的这种反抗意识，仍然是模糊的、空幻的、自发的，也是脆弱的。他既摆脱不了千年积习的精神枷锁，又跳不出宗教的魔法圈子，心头仍然带着永远无法解开的疑问，终于在绝望中结束了他的人生航程。这是甘鼓的悲剧，也是30年代印度民族命运的悲剧。这告诉人们：印度社会的解放，还要走许多更为艰苦的路程。

安纳德在30年代所写的几部长篇小说，代表了他的艺术风格，也促进了印度现代文学的发展。首先，在题材的选择方面，打破了禁区，扩大了文学表现生活的范围，着重描写社会下层人民的生活，把工人、农民和贱民的悲惨命运，作为主要题材。这既不是为了猎奇，也不是哗众取宠，而是时代的推进，文学发展的历史需要，也是出于他对这些下层人民生活的了解和深厚的同情。

其次，他这些小说的主题的开掘，在印度现代文学史上，具有深化和推进的作用，他不仅注意把反封建和反殖民主义的主题有机地结合起来，而且还特别着眼于从正面提出反殖民主义的主题，表达了印度民族的愿望和要求。第三，他在创作中对现实主义艺术原则的运用和革新，对印度现代文学的发展，具有积极的推动作用。

克里山·钱达尔

克里山·钱达尔，1914 年出生于印度。是印度乌尔都语作家，他的创作题材是多方面的。他的《慈善家》（1944，中译名为《我不能死》），是一部著名的讽刺性中篇小说，取材于 1943 年孟加拉的大灾荒。在二次大战期间，由于粮价迅猛上涨，地主和高利贷者逼迫农民把所有的粮食都用来缴纳地租和高利贷，以便囤积居奇，牟取暴利。这就造成了著名的 1943 年的大饥荒。到处是求乞的人群，遍地是饿莩。仅孟加拉邦，就有 400 万人死于饥饿。

这部小说用讽刺手法，侧面描绘了这场令人恐怖的灾荒，揭露了帝国主义和"高等印度人"的丑恶嘴脸，反映了印度民族的悲愤和仇恨。

1947 年 8 月印巴分治前后，印度教徒、锡克教徒和伊斯兰教徒之间，发生了极为悲惨的大屠杀。克里山·钱达尔也被赶出自己的家园。他目睹这一历史悲剧，以极端沉痛的心情，写了许多有关大屠杀的作品，编为《我们是野蛮人》出版。

短篇小说《北夏华快车》（1948）就是一篇出色的作品。这篇小说以火车的独白形式，叙述了自己的见闻：一次 200 多个难民，被伊斯兰教徒枪杀了，尸体堆在月台上，鲜血流到路基，连铁轨好像也被漂起来了。在印度教徒居住区，伊斯兰教徒却又整批地遭到杀害。作者借火车之口，愤怒地指出"那一帮领袖连同他们的子子弟弟，真该受到千万人的咒骂。他们把这片美丽、英雄、光荣的土地撕成一片耻辱、欺诈、血腥的脏土，他们使这片土地和灵魂染上了梅毒，使它的身上充满了杀人、放火、强奸的病菌。"

印度独立之后，由于贫富悬殊，两极分化严重，人们对独立的热情冷却下去了。失望、沉默和不满，就是克里山钱达尔创作的主题。短篇小说《花是红的》（1954）是一篇描写工人反抗的优秀作品。它写的是孟买纱厂的工人为反抗压迫和剥削，开展了罢工斗争，一个死难工人的儿子，12 岁的瞎子也参加了游行，他手拿红旗，走在队伍的最前面，反动军警血腥镇压工人的反抗，瞎眼小孩被杀死了，但红旗并没有倒。小说写道："尽管反动派把瞎眼孩子枪杀了。但是，他的鲜血却一定会开出红的花，自由的花，幸福的花。"

短篇小说《马哈勒米桥》是一篇描写社会下层人民生活苦难的优秀作品。小说写桥的右边是一座赛马场，而桥的左边则是贫民区。在桥的左边，晒着 6 条破烂的纱丽，每一条纱丽的主人，都有自己的辛酸史。这个故事说明印度独立之后，普通下层人民并没有享受到独立的好处。小说的结尾，作者号召人们走向桥的左边，到人民中去，为他们摆脱苦难而努力。

50 年代中期~60 年代中期，克里山钱达尔的创作发生了重大变化，在继续保持以前创作的社会批判精神的基础上，融会了大胆奇特的想象和曲折离奇的故事，形成独特的创作风格。50 年代中期发表的长篇小说《流浪恋人》，通过主人公的经历，反映了印度独立后农民的贫困和城市贫民的艰难生活，揭示了两极分化的社会现实。小说中主人公的性格鲜明，传奇式的情节引人入胜。小说有许多对自然美的描述和对回归自然的向往，体现了浪漫主义的特点。50 年代末，他还写了反映印度妇女不幸命运的中篇《一个少女和一千个求婚者》，也表现出浓郁的浪漫主义色彩。60 年代初发表的中篇小说《钱镜》和《一头驴子的自述》都采用拟人化手法，以貌似荒诞不经的情节揭露批判社会。这时期他还创作了一些以资本主义金钱关系破坏艺术、毁灭艺术家为主题的小说，代表作有《五十二张牌》（1956）、《银色的伤痕》（1964）等。还有以农村生活为题材的作品，代表作有长篇小说《心中的谷地沉睡了》和《痛苦的运河》（1963）。此外还有童话《一棵倒长的树》等。

60 年代后期，他的创作思想发生了重大变化，优秀作品不多，社会批判意识减弱。《末班汽车》是他晚年较有代表性的短篇。小说围绕着车上乘客太多，谁该下车的问题，展开情节，颂扬了铁路工人顾全大局，鄙视自私的高尚品质。

他的作品已被译成 60 多种文字在国外出版，在世界上享有较高的声誉，在我国也产生了较大影响。

仁 亲

仁亲，1905 年生于北部的恰克图城。7 岁学蒙文，9 岁学俄文。中学毕业后去苏联列宁格勒东方语言学院留学。长期在蒙古《真理报》和《火星》、《曙光》、《科学》等杂志任主编和编委。20 年代发表了为数不多的几首诗，《给黄色寄生虫们》是最著名的一篇，描写上层反动喇嘛贪财好色，揭露其虚伪性。30 年代致力于蒙古语文的研究。第二次世界大战期间，他在蒙古《真理报》工作，发表反映苏联卫国战争的随笔和短篇小说。1944 年创作的电影剧本《朝克图台吉》，被拍成了电影，先获乔巴山奖金，后又受到批判，被指责为美化历史人物，宣扬阶级调和，有资产阶级民族主义倾向。作者后又被指责有民族主义思想，多次受到批判。

三部曲《曙光》（1951～1955）是重要的长篇小说，描写19世纪末～20世纪30年代约60年间错综复杂的历史事变，小说主要写主人公西尔臣因家贫被卖，后来当了兵，为"外蒙古自治"流血打仗，但却未给贫穷牧民带来一点好处。生活越来越苦。从而反应封建统治者是根本不会为贫苦牧民的利益着想，以致作者看到现实社会的黑暗，投身于革命。60年代和70年代，有长篇历史小说《扎阿那·扎鲁岱》和《大游牧》出版，小说反映匈奴时代以来的重大历史事件，在内容上和《曙光》有连贯性。中国已有《曙光》译本。

仁亲通晓多种外文，翻译过不少作品。还撰写过中国电影《白毛女》和赵树理的小说《李家庄的变迁》。他还有学术著作《蒙古民间传说故事》、《蒙古语比较语法》等作品。他于1956年在匈牙利获得语言学博士学位，并成为蒙古科学院院士。是蒙古最著名的学者之一。

达·纳楚克道尔基

达·纳楚克道尔基，1906年生于土谢图汗部达尔汗亲王旗（现属中央省）一破落贵族家庭。20世纪20年代初参加"苏赫巴托尔俱乐部"的活动。后去苏联、德国学习。1923年任军事委员会委员和秘书长，1925年任少年先锋队工作局局长。1925年去列宁格勒军事学院学习。1926至1929年在德国莱比锡学习新闻。1930年回国，开始文学创作。

纳楚克道尔基是蒙古现代文学奠基人之一，他的作品控诉封建压迫，揭露寺院罪恶，歌颂革命后的新生活，题材比交广泛。小说《浩沁夫》是他的代表作。主人公浩沁夫（意为旧时代的儿子）愚昧、无知，相信天意不可违抗，但是革命使他觉醒，成为生活的主人。小说《年节和眼泪》通过一个富人家的使女在封建阶级的压迫和剥削下的悲惨遭遇。《从未见过的事情》和《喇嘛大人的眼泪》描写寺院的反动和大喇嘛的伪善面目。《草原上的光辉》、《飞快的白马》和《春天的喜日》等，反映了革命后人民的新生活。抒情长诗《我的祖国》是蒙古现代最有影响的诗歌之一，它描写高山、河川、戈壁、草原，充满对祖国和新生活的热爱。歌剧《三座山》写革命前夕一个官吏巴拉干仗势抢走青年猎人云登的未婚妻南萨尔玛，云登为夺回情人和巴拉干搏斗，受了重伤，南萨尔玛不畏强暴，杀死了巴拉干。以后诗人策·达木丁苏伦对剧本作了一次修改，把个人斗争改为牧民群众和封建主的斗争，悲剧的结局改为团圆。

纳楚克道尔基翻译过普希金的诗歌和莫泊桑的小说；他的作品也曾被译成多种文学出版。蒙古人民共和国为他建立了纪念碑，设立了纳楚克道尔基文学奖。

僧　格

僧格，1916 年出生于牧民家庭。幼年丧父，14 岁丧母。蒙古革命胜利后，进师范学校学习。后被派到苏联留学，毕业于高尔基文学院。回国后一直担任蒙古作家协会领导职务，并在保安部门担任工作。30 年代开始写诗，40 年代以后是创作最旺盛时期。作品多取材于现实生活。在表现手法上，喜作新探索。《和平鸽》、《一个老游击队员的话》、《给斯大林》、《骑着自己的马去参军》、《答日本武士》、《突击工人》，都是较有代表性的作品。有《真理集》和《早晨的太阳》等诗集。歌剧《真理》的歌词曾获得好评。著名中篇小说《阿尤喜》中的主人公是个真实人物，描写他在第二次世界大战末期在对日战斗中牺牲的英雄事迹。这篇作品和《和平鸽》、《一个老游击队员的话》等诗曾获乔巴山奖金。

僧格的作品《深厚的感情》等已有中译本，他曾于1953年到中国访问。

洛德依当巴

洛德依当巴，1917年生于戈壁阿尔泰省一个牧民家庭。中学在乌兰巴托中学学习，毕业后，去苏联留学。1939年日本侵略蒙古，回国参加哈勒欣河战役。1941年在蒙古人民革命党中央宣传部工作。第二次世界大战后，当过技师、教员，主编过理论刊物《宣传员》和《火星》文学双月刊；担任蒙古作家协会书记和蒙古人民革命党文学艺术科学委员会主席等。1944年发表第一篇短篇小说《戴帽子的狼》，以后陆续创作了短篇小说《昔日的英雄》、《地毯》、《瘟神》和中篇小说《谁之过》。他与桑达嘎合著的《额尔德尼·道尔基》、同僧格合著的《走自己的道路》等剧本，主要反映了农牧业中先进与保守的斗争，塑造了新牧民形象。1949年他的小说《在阿尔泰山》出版。这是蒙古文学中的第一部长篇小说，描写地质勘察队进入阿尔泰山探寻地下资源的故事，塑造了几个性格鲜明的献身科学事业的知识分子形象，并插入了一些历史故事和民间传说。1952年创作的中篇小说《我们的学校》于1954年获乔巴山奖金。1954年获乔巴山奖金。他的作品还有短篇小说《未断的栋梁》和长篇小说《清澈的塔米尔河》（1961），后者反映了1921年蒙古革命前后的社会面貌。被译成中文的主要有《我们的学校》、《在阿尔泰山》等。

旺 干

旺干，1920年生于扎布汗省图德布台县的一个牧民家庭。曾入布里亚特蒙古乌兰乌德工农专科学校学习。从1940年起，在杂技团当演员、编导和艺术指导。1946～1951年在莫斯科剧院学习，回国后任国家剧院编导，曾导演苏联和中国的戏剧。旺干从40年代后期起开始创作，作品有剧本《医生们》（1949～1952）、《在前进的道路上》（1955）、《个人主义者》（1958）、《在阿尔拜赫雷草原上》（1961）、《普通人》（1965）、《司机陶昭》（与达喜尼玛合著）、《塔米尔地方来的媳妇》（与僧德合著），电影剧本《星火》（与朝·奇木德合著）以及儿童剧《售货员的梦》和《白颈小熊和歪脚小熊》等。剧本《医生们》曾获国家奖金。

他还创作了许多优秀的剧作品，其中《医生们》写大学医学系毕业生布仁娜原分配在城市，但她却申请到艰苦的牧区去工作。由于她的努力，牧区的医疗卫生条件有所改善。她不仅为群众治病，而且以自己的模范行动医治了她的同学桑达嘎和某些领导人的坏思想、坏作风。剧本《在前进的道路上》第一次描写国营农场领导人的思想作风和工作方法。《司机陶昭》反映了运输公司司机中的先进与落后的矛盾和斗争。《塔米尔地方来的媳妇》描写一个牧业生产合作社的女社长南苏拉经过艰苦斗争改良牦牛品种的事迹。《个人主义者》批评了身为草原站长的萨乌日的自私自利行为。《在阿尔拜赫雷草原上》表现了以萨本坦为首的青年突击队员们开垦荒地和兴修水利的动人情景。

旺干的剧本情节曲折，丝丝环扣主题。大多取材于人民群众的现实生活，劳动和斗争，塑造出各式各样的人物形象。

顺吞蒲

顺吞蒲，1786年生于曼谷王朝一世。自幼随母入宫，在吞武里一所寺院里接受了启蒙教育，后做过文书。因与宫女簪恋爱而被判刑，获释后去孟格亮城投奔他的父亲，写了《孟格亮城游记》一诗。他与簪结婚，后来却遭到她的抛弃，便用诗作来表达对她的怀念之情。曼谷王朝二世时，顺吞蒲在朝廷任职，深受国王宠信，官至顺吞欧含、诗歌顾问与太傅。三世王继位后，以旧日嫌隙，罢免了他的官职，顺吞一气之下既而出家。还俗之后，生活穷困。四世王帕宗告继位后又受到重用，再次为官六年，直至逝世。

顺吞蒲的作品有游记诗、诗剧、色帕（格律诗的一种）、长篇叙事诗、夏普（格律诗的一种）、格言诗、摇篮诗。代表作是长篇叙事诗《帕阿派玛尼》。此诗作于 1828 年之前，共 2. 5 万余行，结构宏大，人物众多，故事情节曲折复杂，是泰国最著名的古典作品之一。它叙述拉达纳国的两个王子帕阿派玛尼与西素旺被父王逼出国门后的奇异经历。帕阿派玛尼被水鬼虏去，并强逼成亲。8 年后逃走。他在海上遇见帕惹国公主素婉玛丽，两人一见钟情，在战胜其未婚夫武沙林之后，成为夫妇，并当了帕惹国王。武沙林不甘失败，率兵来犯，被擒羞死。其妹拉薇公主前来报仇，全用女兵作战，帕阿派玛尼因迷恋拉薇公主而战败。素婉玛丽又打败拉薇。后经道士调解，共享太平。后来帕阿派玛尼落发为僧，素婉玛丽与拉薇亦出家为尼。这部长诗表现了善良与邪恶的斗争，其中有战场的搏斗，爱情的纠葛，神奇的法术，充满了浪漫主义情趣。

顺吞蒲的诗歌对泰国诗歌界出了巨大贡献。被文学史家称为"格仑之父"。他的诗通俗易懂，想象丰富，语言简洁凝练。是泰国第一个把格仑用来叙事的诗人。直到现在，他的诗作也深受广大人民的喜爱。

西巫拉帕

西巫拉帕，1905 年出生在曼谷一职员家庭。在瓦贴西林学校读完中学后，即从事新闻工作和文学创作。后进曼谷法政大学深造。曾担任过多种报刊主笔和泰国报业协会主席。

西巫拉帕是泰国现实主义文学流派杰出的代表。在日本侵略军占领泰国时，他因反日而被捕入狱。1952 年因追求和平民主自由而被捕，判刑 13 年 4 个月。1957 年因佛诞 2500 周年而大赦获释。1958 年，他率泰国文化代表团访问我国时，因泰国发生政变而滞留中国，1974 年 6 月 16 日在北京逝世。

早年的西巫拉帕强调小说的思想内容和社会功效，主张文学"好像糖衣裹着苦药一样，起到药到病除的作用。他在 1928 年~1930 年间的主要作品有《降服》、《人类的恶魔》、《男子汉》、《色情世界》（以上均为 1928 年出版），《向往》（1929）、《惹祸》、《宫女之毒》、《精神威力》、《爱与仇》（均为 1930 年出版）等。

《生活的战争》和《一幅画的后面》是西巫拉帕成名之作。前者采用书信体裁，写一对患难与共的情人最后分手的故事，说明不同地位的人不可能有真正的爱情，抨击了社会的丑恶和人性的伪善。后者写青年诺帕蓬和一个贵族妇女之间的爱情悲剧，抨击了封建的婚姻制度，要求个性解放。《向前看》是西巫拉帕的小说中思想价值最高的一部。小说带有一定的自传性。小说的主人公詹塔是一个农村穷孩子。小说通过他在贵族公馆和贵族学校的遭遇以及后来成为一个有觉悟的民主革命者的成长过程，再现了 1932 年泰国资产阶级民主革命前后的社会生活，表现 20 年代~50 年代泰国社会的历史变迁，真实地刻画了那一时期各阶层人物的思想面貌，着意描绘一代知识分子追求真理的曲折道路，突出地表现了人民群众的觉醒和对未来前途的坚定信念。

作为"泰国文学天空的王鸟"，西亚拉帕的作品昭示了泰国现代文学发展的历史。正如一位批评家所言，在泰国的文坛上，西亚拉帕的作品好比一颗光彩夺目的宝石，他的作品总是走在时代的最前列……西亚拉帕在佛历 25 世纪最后 10 年（1947~1957）的作品，好像光辉灿烂的朝阳，给泰国文坛照亮了前进的道路。

索·古拉玛洛赫

索·古拉玛洛赫，1908 年生于泰国。曾在青年时参加新文学团体"君子社"。1928 年到香港学习中文和英文。1931 年在中国燕京大学修习哲学、历史、经济和中国文学。1936 年回国后，在泰国教育部任职。1946 年转入新闻界，并从事文学创作。曾任泰国作家协会主席。他在政治上标榜第三条道路，经济上主张用合作社的形式组织劳资合作。晚年专门从事政治、经济、社会方面的著述。

索·古拉玛洛赫的作品有诗集、长篇小说、戏剧、电影剧本、翻译小说，以及政治、经济、社会问题的论文集等。他的著名作品大多都是以中国为题材或以中国作为背景。《北京——难忘的城市》(1940) 写的是一个泰国青年学生在北京与十月革命后流亡在中国的俄国少女的一段邂逅，表现了对流亡的俄国人的同情。《中国自由军》(1950) 曾获泰国金象奖，它描写中国青年学生的抗日救亡活动，宣传政治上的第三条道路。

其他较著名的作品有《世界所不需要的好人》、《当积雪融化的时候》、《蒋飞》和《褐色的血》等。他的作品行文流畅，以抒情见长，艺术上有一定成就，在泰国文坛上有较大影响。

社尼·绍瓦蓬

社尼·绍瓦蓬，1918 年生于北榄府一农民家庭。1936 年入朱拉隆功大学，后转入法政大学。学习期间曾任《暹罗报》、《首都报》记者。1941 年获法学士学位。1941～1943 年任《黄金地报》国际新闻记者。1943 年以发表长篇小说《失败者的胜利》和《东京无消息》而成名。1944 年进入泰国外交部，而后在泰国驻外使馆任参赞、大使等职。1979 年退休。

社尼·绍瓦蓬的作品有短篇小说、长篇小说、文艺理论、报告文学、游记等。长篇小说《失败者的胜利》、《东京无消息》是作者早期的作品，内容都是写在爱情上失意的男子离乡背井来到举目无亲的异国，遇到了各种各样的人，彼此争论着人生、爱情等问题。

作品充满了浪漫主义和感伤的情调。第二次世界大战后所写的《宛拉雅的爱情》和《魔鬼》是作者在创作上取得最大成就的标志。前者以法国为背景，探讨了生活、爱情、男女平等以及艺术等问题，表现了作者对旧思想的批判和对新的价值观念的渴望与追求。《魔鬼》（1957）是作者的代表作，被认为是泰国现代文学史上的一部优秀作品。《魔鬼》突破了泰国才子佳人小说的老框框，塑造了一个公正、无私、蔑视封建权贵、为人民的利益而奋斗的泰国新知识分子的形象和一个打破等级观念的束缚、走出封建家庭牢笼的新的女性典型。

1961 年以后发表的《冷火》和《亚马孙河畔的荷花》以拉丁美洲为背景，前者写一个女革命家的故事，情节并不连贯，后者描写原始森林的神奇以及印第安人的历史。

1952 年，社尼·绍瓦蓬还发表了《浪漫主义和现实主义》的论文，对当时新文学起了巨大作用。他也是泰国现实主义文学开拓者之一。

马尔戈·卡托迪克罗摩

马尔戈·卡托迪克罗摩，1878 年生于爪哇炽布。1914 年加入新成立的社会民主联盟，联盟改组为印度尼西亚共产党后入党。1914 年用马来语（印度尼西亚语）写成的鞭笞殖民主义的小说《疯狂》，和用爪哇文学成的揭露封建主义的小说《宫廷秘史》被殖民政府判刑，出狱后又被梭罗封建当局驱逐出境。1916 年作为当地新闻工作者的代表赴荷兰出席新闻工作者会议，回国后因被指控为煽动性文章而再度入狱。1918 年发表诗集《香料诗篇》，多为狱中所作，因有强烈的反荷思想被拘禁。1919 年写的小说《大学生希佐》，因揭露荷兰殖民统治者的荒淫无耻和白人社会的腐朽堕落而又遭到迫害。1924 年发表最后一部小说《自由的激情》。之后，他担任印度尼西亚共产党梭罗特区的领导工作和人民联盟主席，领导梭罗地区人民的起义斗争。1926年起义失败被捕，并被流放到西伊里安的迪古尔。1928年经"甄别"后被关进塔纳丁宜的隔离营。1930年因患严重肺病被送入塔纳默拉医院，从此杳无音讯。

马尔戈是20年代无产阶级反帝文学的代表作家，他的作品大多反映无产阶级领导的现实斗争并为现实斗争服务。代表作《自由的激情》描写一个官吏家庭出身的青年知识分子，对殖民地社会不合理的现象表示不满，为寻求真理，放弃仕途，走上了革命的道路。这部小说结构安排队紧凑，用阶级观点揭露现实生活中的种种丑态，勾画出一个个荷兰殖民者的丑恶嘴脸。并塑造出20年代革命者的形象。

马尔戈的作品用大众语言进行创作，打破文学语言的旧传统，为印度尼西亚语言的革命作出较大贡献。

凯里尔·安吐尔

凯里尔·安吐尔，1922年生于棉兰，1940年迁居雅加达。1943年开始写诗。他的诗突破了印度尼西亚的传统形式，所以不易让人接受。诗的内容也不符合当时日本推行"大东亚战争"的需要。1946年11月，凯里尔同一些年轻诗人和画家创立"文坛社"。开始写诗来歌颂民族独立革命，为艺术而艺术的倾向日益明显，有许多反映消极颓废的作品。

作者第一个采用西欧现代派表现主义的手法，但却打破相沿成俗的传统格律，为印度尼西亚新诗歌开辟了道路。他从事诗歌创作的时间不长，作品不满百首，由于他大胆创新，影响非常深远，引起的争议也非常激烈。他的诗从思想内容到艺术风格深受荷兰现代派诗人马尔斯曼、斯劳沃霍夫等人的影响，宣扬"活力论"，强调表现自我感受和主观意志，认为"活力"是体现美的不可缺少的因素。

他的"活力"在受到民族独立斗争的鼓舞时，可以表现为积极的战斗精神，例如他的著名诗作《蒂波尼哥罗》（1943）就是一首慷慨激昂的战歌，但这类作品不多；而更多地则表现为要求个人欲望得到最大的满足，个人主义、无政府主义和纵欲主义成了他的诗歌的基调。最突出表现这种风格的是诗作《我》（1943）。写自己不愿受到任何束缚像野兽一般无拘无束。

凯里尔的诗歌对印度尼西亚文坛作出过巨大贡献。有人称他为"四五年派的年锋"，却遭到许多进步作家的反对，主要是由于他诗里存在许多个人主义和无政府主义的思想，而给后来的诗人造成许多不良影响。但不可否认的是，在许多地方，还是颇有借鉴之处。

凯里尔的诗集有《尘嚣》（1949）、《尖石、被剥夺者和绝望者》（1949）以及同阿斯鲁尔·萨尼、利法伊·阿宾二人合写的《三人向命运怒吼》（1950）。

普拉姆迪亚·阿南达·杜尔

普拉姆迪亚·阿南达·杜尔，1925 年生于中爪哇的小市镇布洛拉，幼年深受家庭民族意识的影响和艰苦生活的磨炼。日本占领时期曾在新闻机构工作。他积极投身于八月革命的热潮之中，任新闻军官，开始了创作生涯。

1947 年，他任印度尼西亚自由之声出版社编辑。不久即被荷兰殖民军逮捕入狱，直到 1949 年才获释。狱中两年多是他创作最旺盛的时期。1959 年被选为人民文化协会中央理事会理事、文化协会副理事长以及《东星报》文艺副刊主编等职务。1965 年"九·三零事件"后被捕至 1979 年才获释，过了 14 年禁锢生活。

他是印度尼西亚独立后最有代表性的作家。也是个已有 40 多年创作历史的多产作家。前期作品大多以八月革命为题材，作品表现了对被压迫、被奴役、受侮辱、受损害的下层人民的深切同情。40

年代末一度受"普遍人道主义"思潮的影响。八月革命时期的代表作长篇小说《游击队之家》（1950），以荷兰发动的第二次殖民战争为背景，描写游击队员萨阿曼的家庭在1949年初的三天三夜中遭到破灭的故事。普通的家庭，在抗击外敌、争取民族独立的战争中所做出的重大牺牲。八月革命失败后，一度陷于苦闷，对"移交主权"后的现实感到失望和不满，写了不少暴露社会黑暗的小说。中篇小说《贪污》（1954）和短篇小说集《雅加达的故事》（1957）是他这个时期的代表作。后者获全国文化协商机构1960年小说创作奖。50年代中期起，思想有很大的转变，认为悲观失望减轻不了自己的重负，文学应为绝大多数人民去斗争。1964年获耶明基金会文学奖的中篇小说《南万丹发生的故事》（1958）已越出暴露文学的局限，正面描写贫苦农民反抗恶霸地主的斗争，宣扬了农民的胜利。《铁锤大叔》（1965）则以满腔的热情描写了1926年印度尼西亚民族的大起义。这些作品就是他新的文学观点的体现。

他的作品还有：短篇小说集《革命随笔》（1950）、《黎明》（1950）和《布洛拉的故事》（1952）获全国文化协商机构1953年小说创作奖，中篇小说《追捕》（1950，获图书编译局的最佳小说奖）、《不是夜市》（1953）、《镶金牙的美女米达》（1953）和《雅加达的搏斗》（1953），长篇小说《被摧残的人们》（1951）和《勿加泗河畔》（1957）等。

普拉姆迪亚获释后于1980年发表了第一部长篇小说《人世间》，它是作家最突出的代表作，在印尼当代文学史上，占有最重要的地位；不仅震惊印尼文坛，而且还被译成各国文字，在世界上产生了广泛的影响。

萨迪克·赫达亚特

萨迪克·赫达亚特，1903年生于德黑兰的豪门望族，自幼受到良好教育。中学毕业后留学欧洲，侨居巴黎 4 年，熟谙法国语言文学。在国外创作了著名的小说《活埋》、《三滴血》，话剧《萨珊姑娘帕尔雯》和《开天辟地的传说》。1930 年归国，先后在国家银行、经济管理委员会、建筑公司、音乐学院、美术学院任职，相继发表了历史小说《阿廖维耶夫人》（1933）、话剧《马吉亚尔》（1933）、民间故事《拜火教堂》（1933）、短篇小说集《淡影》（1933）和文艺论著《海亚姆的歌》（1934）等。1936 年他的中篇小说《盲枭》问世。1936 年后他移居印度孟买，钻研前伊斯兰时期的波斯文化，翻译了《阿尔德希尔·巴伯康的业绩》等古典文献。两年后回国，在音乐协会工作，发表了《无家之犬》（1942）等短篇小说，并热心搜集民间故事、传说、歌谣和谚语。1945 年写出了著名的中篇小说《哈吉老爷》。1950 年，他去巴黎寻找新的出路，次年 4 月 9 日在巴黎自杀。

赫达亚特的小说取材广泛，内容丰富，描写了社会上地位卑下的人们的痛苦和不幸，但明显地受到西方颓废主义的影响，带有感伤色彩。中篇小说《盲枭》，以怪诞的构思，隐晦曲折地揭露统治者的骄横、宗教的虚伪、社会道德的堕落。作品阴郁、沉闷和忧伤情调，正反映了当时伊朗统治者摧残进步人士的政治气氛对作者心灵的影响。后期创作的《哈吉老爷》，风格迥然不同，别开生面地以自然准确、轻快流畅、朴实风趣、讽刺效果很强的语言进行叙述，奠定了现代伊朗文学语言的基础。

纳齐姆·希克梅特

纳齐姆·希克梅特，1902 年生于萨洛尼卡城。伊斯坦布尔高中毕业后，入海军学校学习。1920 年参加反对帝国主义占领的斗争，被学校开除。1921 年去莫斯科东方大学学习，深受苏联文学的影响。1924 年回国，从事进步的文学活动。1950 年因遭到当局的迫害逃到苏联。曾获得列宁国际和平奖金。1963 年在莫斯科病故。

希克梅特的作品多以自由体诗描写社会现实生活。20 年代末 30 年代初，写过许多优秀的诗篇，收在《八百三十五行》（1929）、《1+1＝1》（1930）、《已经三个了》（1930）和《沉默的城市》（1931）等诗集中。他的诗多为歌颂爱情和反对黑暗势力，写人民的疾苦，号召广大人民为建设新生活而奋起斗争。30 年代还写了有名的长诗《致塔兰塔·巴布的信》（1935）和政论《德国法西斯主义与种族论》（1936）等，反对法西斯主义。在狱期间所写的著名的史诗《我的同胞们的群像》，反映了 20 世纪初至第二次世界大战期间土耳其的社会和政治生活，刻画了农民、工人、地主、资本家、政客和作家等许多人物形象。在苏联居住期间，写了一些以维护和平为主题的诗歌。政治家一些伤口是表达他对祖国的热爱和思乡的感情，于 1952 年来华访问。并作了 7 首关于中国的诗。

希克梅特还著有剧本《被遗忘的人》、《土耳其故事》和长篇小说《罗曼蒂克》等。

巴哈尔

巴哈尔，1886 年出生于伊朗马什哈德一知识分子家庭。他受到父亲的影响，自幼学习波斯古典文学，少年时已能熟练运用"嘎扎勒"（抒情诗）诗体写诗。

1904 年他被封为"诗人之王"。1906 年他在马什哈德参加有进步倾向的知识分子组织"萨达特协会"，与封建王权展开斗争。1909 年参加了代表资产阶级与小资产阶级利益的霍拉桑民主党，并被选为中央委员。

他在马什哈德创办《新春》杂志，由于它的反帝反封建的进步倾向，曾被当局多次查封，他也屡受迫害，多次被捕入狱或流放。他曾多次当选为议员，曾任伊朗保卫世界和平委员会主席。为伊朗科学院创始人之一。

巴哈尔的诗集有两卷，共8000余行，已被译成英、法、俄等多种文字。他的许多诗篇，如《夜莺》、《达马万德峰》、《诗人的理想》、《夜颂》、《跳蚤之歌》、《文学的勇敢》、《德黑兰》等都被人们广为传诵。他的诗描写现实生活，笔锋犀利，感情炽烈，洋溢着爱国主义和人道主义精神。

巴哈尔曾校正、注释古代名著《锡斯坦历史》，著有《历史简编和古代传说》、《风格探讨》以及《政党简史和凯加王朝的覆灭》。他对于伊朗文学乃至世界文学的发展起到了推动了作用。

萨巴哈丁·阿里

萨巴哈丁·阿里，1907出生于军官家庭，师范学校毕业。后去德国留学，接触到马克思主义著作和德国革命运动。回国后任语文教师，并从事文学活动。初期的作品受德国浪漫主义文学和苏联文学的影响，逐渐转向现实主义。1933年由于写了一首讽刺总统的诗，被监禁14个月。狱中是他的创作多产时期，由于结识了共产党人和农民，又写下了许多反映农民生活的现实主义小说，其中著名的有短篇小说集《磨坊》（1935）、《呼声》（1937）和长篇小说《孤儿优素福》（1937）等。第二次世界大战初期发表的长篇小说《我们心中的魔鬼》（1940），写知识分子中各种政治派别的代表人物，揭露了为德国法西斯效劳的文人的丑恶面目，因而遭到激烈的攻击，书也被焚毁，直到战后还被列为禁书。第二次世界大战后和阿齐兹。内辛还创办了幽默杂志《马尔科·帕夏》，发表寓言和政论、讽刺诗，鞭挞出卖祖国的反动派，因而再度被捕入狱。获释后被迫脱离写作生活，只能靠当搬运工糊口。后逃亡国外，在过境时被暗杀。

他的长篇小说《我们心中的魔鬼》已有中译本。

潘佩珠

潘佩珠，1867 年生于义安省南坛县。自幼跟随父亲攻读汉文。1885 年，组织学生军准备起义，未成。1903 年写成《琉球血泪新书》，引起越南思想界和政界的震动。1904 年组成维新会。1912 年组织越南光复会，鼓动青年出国深造，掀起"东游运动"，形成留学日本的高潮。1905～1925 年间，他在中国、日本和暹罗等地进行革命活动。在日本时与孙中山有过交往。他主张民主立宪。俄国十月革命后，他的思想又有新的转变。1924 年，他与阮爱国（即胡志明）约定 1925 年在广州商讨越南革命组织和方针政策问题。不料，临行前在上海被法国密探绑架，送回越南，被软禁在顺化香江畔，直到逝世。

潘佩珠在国外流亡期间，多用汉文写作，被捕以后则多用越南文写作。爱国爱民的思想贯穿在他的全部作品中。他的创作开创了越南一代爱国革命文学的文风，对越南爱国抗敌文学作出了贡献。

潘佩珠用越文和汉文写了许多著名作品。如越文作品《黎大祖传》、《巢南文集》、《征女王传》等。汉文作品有《狱中书》、《越南亡国史》、《海外血书》等。

阮辉想

阮辉想，1912 生于北宁慈山县。幼时就喜读汉文和法文。17 岁开始参加印度支那共产党所领导的革命活动，1941 年越盟阵线成立后，他是文化救国会的创建人之一。越南人民政权成立后，1946 年当选为越南第一届国会代表，并在越南文化协会和文艺协会等组织中任职。越南和平恢复之后，任越苏友好协会和越南作家协会的执行委员。在1942～1945年间，当越南处于法国和日本双重黑暗统治下的时期，他创作了一些借古讽今、以历史事件为题材的小说和剧本，如写一个与人民为敌的艺人终于遭受人民惩罚的《武如苏》；暴露封建帝王腐朽生活的《龙池夜会》；反映陈朝抵抗外族侵略的《安思》等。八月革命成功后，1946 年写成剧本《北山》，歌颂北山人民的起义事件。1948 年完成剧本《留下来的人》，塑造了抗战初期与首都共存亡的战士们的形象。1950 年写成的《高谅纪事》，是作者在抗战期间随军生活的纪实。后写出了以土地革命为题材的长篇小说《阿陆哥》。1958 年以后的作品有中篇小说《四年后》。

阮辉想作过很多作品，而且热心于儿童文学，曾参加金童出版社的创办工作。

纪伯伦

哈利勒·纪伯伦，1883 年生于黎巴嫩北部美丽的山乡卜舍里的一个农民家庭。12 岁时随母去美国波士顿。两年后回到祖国，进贝鲁特"希克玛（睿智）"学校学习阿拉伯文。学习期间，曾创办《真理》杂志，抨击时弊，揭露封建礼教和陈规陋习。1908 年发表小说《叛逆的灵魂》，激怒当局，被开除教籍。他再次前往美国，后去法国，在巴黎艺术学院学习绘画和雕塑，曾得到艺术大师罗丹的奖掖。1911 年，纪伯伦学成返美，先在波士顿定居，旋即迁往北美阿拉伯侨民文学家汇聚的中心纽约，潜心从事文学艺术创作活动，直到 1931 年 4 月 10 日去世。

纪伯伦从 18 岁起就开始自己的创作。他的创作活动大致可分为两个时期。前期以小说为主，几乎都用阿拉伯文写成；后期则转向散文和散文诗的写作，大都用英文写作。有短篇小说集《草原新娘》（1905）、《叛逆的灵魂》和中篇小说《折断的翅膀》（1911）等。《折断的翅膀》写东方妇女的悲惨命运和她们与命运的苦斗，反映那个时代阿拉伯妇女低下的社会地位和苦难命运，深刻地揭露宗教势力和封建习俗的凶残冷酷。他用阿拉伯文发表的作品还有散文《音乐短章》（1905），散文诗集《泪与笑》（1913）、《暴风雨》（1920），诗集《行列圣歌》（1918），以及《珍闻与趣谈》（1923）、《与灵魂私语》（1927）等。他用英文写的第一部作品是散文集《疯人》（1918）。此后陆续发表散文诗集《先驱者》（1920）、《先知》（1923）、《沙与沫》（1926）、《人之子耶稣》（1928）、《先知园》（1931）、《流浪者》等，以及诗剧《大地诸神》、《拉撒路和他的情人》等。《先知》是纪伯伦用全部心血浇灌出的一株奇葩。作者以临别赠言的方式，论述爱、婚姻、孩子、饮食、工作、欢乐与悲伤、理性与热情、法律、自由、友谊、美、死、宗教等26个一系列人生和社会各个方面的问题，是一个饱经沧桑、历尽人间坎坷的过来人的经验之谈。纪伯伦并自绘了充满浪漫情调和深刻寓意的插图。

纪伯伦是第一个使用散文诗体的作家。到了20世纪20年代，一个以散文和散文诗为主流的阿拉伯文学流派就形成了，这就是"叙美派"文学。他和艾敏·雷哈尼、米哈伊尔·努埃曼一起组织和领导了阿拉伯著名的海外文学团体"笔会"，他们已经成为"叙美派"的代表人物，为创立阿拉伯语的新文体——散文和小说，为发展阿拉伯新文学作出了重大贡献。

纪伯伦的作品已被译成多种文学，在世界各国广为流传。

吴邦雅

吴邦雅，1812年生于缅甸中部实皆镇。其父吴妙特瓦曾任沙耶瓦底王即位前的师傅。8岁剃度为沙弥，20岁受戒为僧。1837年任实庋寺方丈，后又在王都从莫寺中挂褡。1852年还俗，在王储加囊亲王门下任内廷诗人，因文采过人，后又被召入宫中任侍茶官。1866年因被控参与敏贡、敏空岱王子叛乱事件被害。被救出后，一直隐居在毛淡棉一带。

吴邦雅目睹宫廷、官场及社会的黑暗，他感受颇深。他的创作活动没有局限于佛教文学和宫廷文学，同时也关怀人民的疾苦和抒发忧国忧民的胸怀。他有一部分作品系奉命而作，诗文中也有一些对国王的颂辞。现代文学评论家认为他有些过分夸张的颂词并非由衷之言。但他敢于反映人民疾苦，讥讽社会甚至宫廷中的黑暗面，讽喻影射国王与王后，从而又使人民喜爱他的诗文。他学识渊博，有不少即兴作品。他的诗人用词优美、诙谐、构思独特、标新立异。

他的作品有茂贡（纪事诗）、讲道故事诗、密达萨（诗文间杂的书柬）、剧本和其他杂体诗。代表作有讲道故事诗《六彩牙象王》，诗中暗喻王后的嫉妒和国王的昏庸，故事紧凑，引人入胜。密达萨《香艾草油》揭示富人施舍的虚伪性。密达萨《回复》是反驳对他的非难诬蔑之作。剧本《卖水郎》影射当时国王与王储的不和。剧本《巴杜玛》嘲讽淫乱无度的宫妃。

吴邦雅是著名的诗人和剧作家。1963年被世界和平理事会列为应予纪念的世界文化名人之一。

德钦哥都迈

德钦哥都迈，1875年生于下缅甸卑谬地区瓦垒村。从小出家在寺庙中读书。19岁还俗。当过排字工人报社编辑，教授等职务。后任《太阳报》和《达贡》杂志编辑，巴罕国民学院缅文与历史教授。缅甸独立后，曾任缅甸作家协会名誉主席。从此易名德钦哥都迈，投身于民族独立斗争。1950年获缅甸政府所授"文学艺术卓越者"称号。

德钦哥都迈从事文学创作，正当缅甸戏剧鼎盛时期。他以"瑞当塞耶龙"笔名写过80余部取材于佛本生经故事的剧本。20世纪20年代，政界和缅甸知识界受殖民文化的影响，崇拜英国，一些人都在自己名字前冠以"密斯特"的称谓。德钦哥都迈取当时流行小说《卖玫瑰茄菜的貌迈》中的主人公、诡计多端的骗子貌迈的名字，前面冠以"密斯特"，作为笔名。1914年用"密斯特貌迈"为笔名而发表的《洋大人注》在缅甸引起极大的震动。

德钦哥都迈精通缅甸历史、文学和佛学。写作许多歌颂古代缅甸人民的聪明才智，激励民族自尊心，号召为摆脱外国人的统治而斗争；同时热情地记叙了缅甸人民为独立而战的光辉业绩。英国殖民当局曾企图用重金收买，要他写诗歌颂英王子，遭到拒绝。

德钦哥都迈写了许多"注"（一种以诗歌与散文间杂的文体）的长篇著作，代表作有：《孔雀注》（1919）、《猴子注》（1922）、《狗注》（1924）、《鲲鹏注》（1930）和《德钦注》（1934），它们有的谴责出卖民族利益的无耻政客，有的揭露英国殖民当局，有的歌颂缅甸农民起义。作品倾注了作者对祖国强烈的感情。

德钦哥都迈的作品还有长篇小说《嘱咐》（1916、1919和1921年先后出版3卷），描写了敏东王时代曼德勒一带人民的风俗习惯和文化生活，以及他们反帝爱国斗争历史事件。他的作品形象鲜明，语言生动，感染力强。

德钦哥都迈于1952年曾访问中国，写有《访华长诗》。他的许多作品生动地反映，真实地记载了近代史实，被誉为政治诗史，在缅甸民族斗争史和文学史上占有重要地位。

黎萨尔

何塞·黎萨尔，1861年生于内湖省的卡兰巴一个富裕的地主家庭。1872年进入马尼拉的阿登尼奥学校学习，1876年毕业。1877年转入圣托玛斯大学。大学期间积极参加社会政治文化活动。开始从事文学创作。这一时期他最优秀的作品是热情宣传爱国思想的诗篇《献给菲律宾青年》；（1879）。

由于黎萨尔为民族独立解放运动奔走呼号，因而不断遭到西班牙殖民当局的迫害。1882年，诗人不得不离开菲律宾出走欧洲。他先在西班牙马德里大学学习医学、文学和哲学。1885年，赴巴黎专攻眼科，1886年入德国海德堡大学学习历史和心理学。同时，又研究欧洲古典文学，毕业后获硕士学位。这期间，黎萨尔虽远离祖国，却时刻关心民族的命运。他与友人一起创办刊物，掀起改良主义的宣传运动，抨击殖民者，揭露教会，提出改革殖民制度、民族平等、驱逐西班牙教士等要求；宣扬民族自豪感。同时，又进行文学创作。

1886年，他创作了《海尔德堡之花》、《玛丽亚·克拉腊之歌》1887年发表长篇小说《不许犯我》，并特此书偷运回国。同年7月返回菲律宾，不久即被驱逐出境，因而重返欧洲。1891年在比利时发表《起义者》，转年又在马德里与友人共创《团结报》。

1892年6月黎萨尔回国创办了"菲律宾联盟"，促进民族独立运动。不久被捕，流放达4年之久。1896年菲律宾爆发了波尼法秀领导的武装起义，黎萨尔与起义无关，却遭逮捕，军事法庭以"组织非法团体"和煽动人民造反为罪名，于1896年12月30日将他杀害于马尼拉。临刑前写了绝命诗《我最后告别》，表达了他对祖国的热爱和献身精神。

黎萨尔的创作还有诗歌《劳动赞歌》、《旅行者之歌》、剧本《和巴锡在一起》、《众神的忠告》、自传《一个马尼拉大学生的回忆》及民间故事《猴子与海尔日》等。

菲律宾人民在独立后，将 12 月 30 日定为"黎萨尔日"，并在他牺牲的卢内塔广场为他树立了纪念碑和铜像。

鲁萨菲

鲁萨菲，1875 年生于伊拉克巴格达。他曾在军事学校受训，中途辍学。后跟随著名学者穆罕默德·舒克里·艾卢西受教。其后曾到伊斯坦布尔、巴格达、耶路撒冷教授阿拉伯语言和文学。

1914 年担任奥斯曼众议院议员。1921～1928 年在伊拉克教育部任职。1928～1936 年任伊拉克议会议员。1941 年参加拉希德·阿里·凯拉尼领导的反英斗争，失败后隐居，直至逝世。著有《鲁萨菲诗集》(1910)、《阿拉伯文学报告集》以及语言文学著作多种。

鲁萨菲是伊拉克复兴时期的重要诗人，以抨击奥斯曼哈密德二世残暴统治的诗篇成名。他的诗题材广泛，形式多样，反映了伊拉克知识分子为社会进步而进行的斗争。

《为了思想的自由》表达诗人对真理和自由的追求；《我们和过去》劝导民众不要沉湎于过去的光荣，要努力建立新的业绩。他提倡科学教育，宣传破除迷信，争取妇女的平等权利。叙事诗《节日的孤儿》、《巴格达监狱》描写下层人民的悲惨生活，以对比手法揭露社会的黑暗和不平等。

英国占领伊拉克后，他曾对英国抱有幻想，期望英殖民者会使国家繁荣强大，以后转而抨击英国的殖民主义政策。

政治讽刺诗《殖民者的政治自由》、《尾巴内阁》等揭露了殖民者高唱"自由"的虚伪性，抨击了国内反动派搞假独立、真叛卖的行径，号召人民起来打倒傀儡政权，洗刷国耻。

第二章 亚洲现代文学作品

浮 云

《浮云》是日本作家二叶亭四迷的出世之作，也是他的代表作，写于明治 20 年代。

二叶亭四迷，生于 1864 年，卒于 1910 年，是日本近代现实主义文学的奠基作家，本名长谷川辰之助，生于明治元年。

日本明治 20 年代，明治初期的动乱时代已过，代表民主、自由的民权运动也失败了，天皇专制政体经过多次波动之后，终于牢固地确立起来。天皇政府接连颁布了各种律令，在国内形成了强权的统治，一切都按照政府的官僚机构的要求行事。社会各个阶层的人们也发生了变化，一部分人追随时代，甘愿成为政府的奴仆；一部分人感到压抑、苦闷，不满政府的各种律令。《浮云》就是描写新时代变化之下的"青年男女的倾向"。

小说通过一个被解职的小官吏内海文三的平凡生活和他周围人们的活动，表现了"明治青年"的不同倾向，暴露了官僚机构的腐败和

社会上小市民的庸俗习气。

内海文三是一个贫困的小资产阶级知识分子。父亲死后，他寄居东京叔父家里，勤奋学习，毕业后在政府谋得一个低微的职位。他为人善良、诚实，工作勤恳，安身于自己平凡的生活，只希望和自己相爱的堂妹阿势结亲，把在家乡过着孤苦生活的老母接来同住，共享天伦之乐。但他不谙世俗，也不会违背自己的良心去迎合上司的需求，终于被政府机构革职。失去职业之后，他首先遭到婶母阿政的责骂、非难和同事本回升的嘲讽、讥笑，继之情人阿势也转向他人。他感到痛苦和烦恼，为自己不平的际遇而愤懑。

内海文三是个小人物，他没有图谋伟业的志向，也不是卓尔不群的高傲人物。他的理想是正直做人和勤恳工作，过一种与世无争的小康生活。他懦弱无能，优柔寡断，缺乏坚定的信念和勇敢的行为，最终被排除在社会幸福大门之外。

但是在他身上也存在一种纯正的品性，"正直"的秉性，有维护人格尊严的明确意识。他从来不违背自己的良心去随俗沉浮，与腐朽的势力同流合污。他看不起无工作能力、只会溜须拍马的同事本田升，称他为"猫狗不如的东西"；也敢于蔑视上司，对上司的非分要求不予理睬。他的这种品性，与当时官场风气大相径庭，所以他才被政府机构排挤出来，成为世人嘲弄的对象。尽管文三的这种观念并不自觉，但却闪耀着近代个性觉醒的光芒，它是近代民主思想对陈旧的封建习俗的冲击，是一种"执著的社会正义感、责任感，对辱没人性的反抗力"。

它反映了明治知识青年的民主倾向。自然，这种新时代的倾向在文三身上还很微弱，更没有形成自觉的意识。他不能割断与旧传统、旧观念的千丝万缕的联系，置身于社会的叛逆行列之中，他性格怯弱、遇事踌躇、即使失业之后，在遭到婶母的白眼、情人的背义之后，也没有勇气离开叔父家而自立。这不仅因为难于割舍与阿势的恋情，寄希望于情人的转变；也是因为在叔父不居家时，把整顿家族的责任看作是家族男儿的任务。这种封建处世的原则，成为使他不能以全新面貌立身的羁绊。作家对文三的软弱无能作了批判，但他着意之处还是通过一个平凡人物写出新的时代对民主思想的召唤。

与文三相对照，作者也刻画了另外两种倾向的青年：本田升是官场豢养出来的市侩人物，当僚友一个个被革职之时，正是他被上司看重加官晋级之日。他卑躬屈节、溜须拍马赢得上司的青睐；他甚至乘人之危，挑拨文三与情人阿势的关系，勾引阿势以满足自己的色欲。他行为卑劣、灵魂肮脏，却是明治社会的得意者。他的得意反衬了文三的失意和落魄，进一步暴露了官僚机构的黑暗。文三的堂妹阿势处处以"新女性"自居，她骄纵轻佻，追逐时尚，虚荣浮华，见异思迁，对文三的爱情缺乏真挚深沉的感情，随着文三的落魄而转向他人。她的"时髦"不过是日本近代开化的肤浅性的表现，究其底她不过是一个势利的小市民。对阿势的描写表达了作家对明治社会欧化倾向的否定。婶母阿政是旧式的小市民，嫌贫爱富，当文三在职时，视文三为"珍宝"，"爱不释手"；文三被解雇之后，又视为路人，恶语相讥，"竖目横眉"。阿政与阿势尽管面貌不同，却是一对气味一致的世俗小人。

《浮云》以社会中平凡的事件和人物，反映了明治时代的社会面貌，尤其深刻地揭露了日本天皇政府官僚机构的庸俗、腐败。它不愧为日本近代批判现实主义文学的奠基之作。

小说对人物描写个性突出，具有典型特征，富有时代色彩。作家在谈到人物创造时说过："当然并非偶然发现一个模特儿，就觉得它很有趣；而是首先在自己的脑海里，对当时日本青年男女倾向产生某种模糊的、抽象的观念，然后考虑为了使它具体化，究竟描绘什么样的形象好呢？在这种酝酿过程中，我就会在某处见过的人，或者自己过去认识的人中，发现多少与自己的抽象观念血脉相通的人。于是便以这人为基础创造典型。"

《我的前半生忏悔》依据现实主义典型化的原则，突出小说中各色人物的性格，并且加以互相对照，加强人物关系的描写，深化作品的主题。作家在塑造人物上擅长人物内心的描写，把人物复杂，矛盾的心理状态予以细腻、真实的描绘，突出了人物性格。例如对文三一步三思的内心活动的写照，充分展示了他那种优柔寡断、好思少行的性格特征。《浮云》在日本近代文学史上还是第一部采用白话文语体的文学作品，是运用生动、鲜明、活泼、形象的口语进行创作的。它为日本近代文学的语言指引了新的方向。

《浮云》是日本近代文学的奠基之作，但在当时，它不为文坛所接受，得不到应有的社会反响。这大大刺痛了二叶亭的内心，他感到自己的文学才华不为人们所重视。他在《浮云》三编发表之后，愤然弃笔。这成为日本近代文学的憾事。《浮云》按照作家原意，是以阿势的堕落、文三的发狂告终。可以看出作品悲剧性的结局将能更有力的控诉明治社会的黑暗与不平。

我是猫

《我是猫》是日本作家夏目漱石的著名作品，写作于1905～1906年之间，是漱石全部创作中最受读者欢迎、社会影响最大的作品。

夏目漱石，生于1867年，卒于1916年，是日本近代文学史上的著名作家，日本近代文学的杰出代表。

《我是猫》问世时，明治维新已经过去了30多年。在这个期间，确立了以天皇为中心的地主资产阶级联合政权。这个政权对内压迫剥削人民，镇压了"自由民权运动"；对外发动侵略战争，掠夺了大量赔款，搜刮了大批资财。

通过这些罪恶活动，天皇专制政权得到进一步的巩固和加强，地主资本家的腰包塞得越来越鼓，劳动人民的日子却过得越来越穷。

漱石作为一个头脑清醒的知识分子，生活在这个环境之中，虽然没有可能看清历史的全貌和实质，但是确实感到这个社会存在种种问题。从广泛的意义上说，他的这部小说主要就是针对日本社会的各种弊病而发的。

《我是猫》在艺术形式方面有两个显而易见的特点：一是它借用一只猫的眼睛来观察世界，展开故事。这只猫从出生不久到最后淹死，在苦沙弥家里生活了两年，小说所写的诙谐有趣的故事，都是它的所见所闻；二是它没有一般小说那样的故事情节。作者自己说过，这部作品既无情节，也无结构，像个海参一样无头无尾。当然，通过猫的眼睛写人未必是什么了不起的创造，没有故事情节也不一定是什么特长。但是，当时日本文坛视野狭窄，作品中的人物限于小市民，主题不出男女恋爱和人情纠葛，此外似乎没的可写。在这种情况下，《我是猫》采用一种新颖的形式，描写的内容不仅超出一般的恋爱和人情，而且俯视自私自利的社会，嘲笑其中的丑恶，揭发其中的污秽，就变成了崭新的创造。

小说的场面几乎全部集中在主人公苦沙弥的家里。苦沙弥和他的同学、朋友、学生等中年和青年知识分子，在苦沙弥的客厅里说笑话，讲故事，高谈阔论，嬉笑怒骂，指斥社会，批评人生，构成小说的主要内容。要说情节的话，只有苦沙弥家和邻居金田家发生冲突，金田施行阴谋诡计激怒苦沙弥，苦沙弥大动干戈加以反击可以算得。到小说结尾的地方，这场风波逐渐平息下去，苦沙弥的生活又恢复到原来的老样子；苦沙弥家的猫也感到无聊得很，便偷喝了啤酒，掉进水缸里淹死了。

苦沙弥是个中学英语教师。他为人老实正直，自命清高，不求荣达，住着简陋的房子，过着清贫的生活，对社会上的富有者和权势者抱着强烈的憎恶，对世界上的不良现象感到深深的鄙夷。与此同时，他又是脾气暴躁的，缺乏办法的，不知如何对付环境，常常为了一点小事大动肝火，弄得自己十分苦恼。不用说是更大的黑暗势力，仅仅一个资本家施了一些诡计，就闹得他焦头烂额。他进行的所谓斗争，无损于对方一根毫毛，只搞得自己无法忍受下去。

由此可见，苦沙弥的性格是复杂的、矛盾的，既有崇高的一面，又有渺小的一面；既有可爱的一面，又有可笑的一面。作者对他的态度也是复杂的、微妙的，既有深切的同情，也有善意的讽刺。

作者对于明治社会的一切黑暗和罪恶是憎恶的，他的讽刺则是辛辣的。他的笔锋主要指向以下几个方面：

一是勾勒资本家的丑恶嘴脸。小说没有正面描述资本家金日的"事业"，而是采取漫画式的笔法丑化他的相貌，通过他对苦沙弥耍弄的卑劣手段勾勒他的丑态，一针见血地指出他们这些人的特点是精通"三缺"，即缺义理，缺人情，缺廉耻。

二是揭露官吏、侦探等资产阶级统治工具的实质。小说指出，官吏凭借人民给他们的职权耀武扬威，狂妄得很；而侦探更是什么事情都干得出来，其实是和小偷、强盗一类的东西，奇臭无比。

三是讽刺统治阶级所推行的对外侵略扩张政策。为了发动侵略战争，当局大肆鼓吹所谓大和魂。苦沙弥写了一篇短文，对它加以嘲弄，指出尽管人人大喊大叫，却没有人能够说清大和魂究竟是什么，它永远是缥缥缈缈的，好像天狗一样。

四是嘲笑资本主义制度下人与人之间冷漠的、虚伪的关系。小说指出，在这个社会里，一个人为别人而蹙眉、流泪、长叹，决非自然的态度，而是虚伪的表演，说一句公平话，也是煞费苦心的艺术。

五是指出这个社会所面临的穷途末路。小说写道，这个社会已经糟糕透顶，不可救药；人们已经无法生活下去，只有想法死掉，设法自杀。

从以上几个方面可以看出。小说对于明治社会黑暗和罪恶的揭露是有相当的广度和深度的。

这部小说在艺术风格上的特色是通篇充满幽默和讽刺。通过猫眼观察人生，通过猫语批评人生，这本身就给人以诙谐之感；再加上大量荒诞的笑话、有趣的故事、惊人的妙语和夸张的描述之类，便构成了一幅幅意趣横生、滑稽可笑的图画。不过，虽然都是幽默和讽刺，可是由于对象不同，态度也有所差异。例如，同是写人的脸，对苦沙弥的麻子，讽刺比较轻微；而对金田夫妇的鼻子，讽刺则要辛辣得多。虽然都是幽默和讽刺，可是随着故事的发展，态度也就发生变化。如果说起初是谐谑的嘲笑，那么越到后来便越发带有悲愤和凄凉的味道了。

伊豆的舞女

《伊豆的舞女》是日本作家川端康成的短篇小说，发表于1926 年。

小说描写一个高中生，在伊豆旅游与一伙江湖艺人邂逅相遇，被那个美丽纯洁的小舞女所吸引，便结伴而行。舞女天真无邪的品性净化了"我"的情感，互相爱恋。艺人们的善良真诚，使"我"沉浸在亲密的人情之中。小说结尾，写"我"出于爱和同情，曾倾囊相助，由于用光了旅费，只得与舞女分别，割断了令人心醉的初恋之情。作者以抒情的笔调，把少男少女之间不意而起的微风般的初恋，表现得晶莹、隽永。细致地刻画了"我"与舞女初见、相识、同处和分离时的情绪变化，充分体现了那种美的情致，失落的哀怨凄婉，种种萦绕心扉，让人难于忘怀的感情世界。

小说中作者用景物描写衬托人物情感的变化，创造了情景交融的意境。小说中景物描写采用素描式笔调，勾画出雨中林景、苍翠群山、薄雾笼罩的海面，及那水光山色映衬下的淳朴率真的人物，给人以美的情韵、诗的意境。读者沿着小说中人物心灵的小路向前探索时，能使人领略到笼罩着淡淡哀伤的纯洁的爱情世界。

世界文学知识漫谈②

俄苏现代作家作品讲析

箫枫◎主编

辽海出版社

责任编辑:陈晓玉　于文海　孙德军

图书在版编目(CIP)数据

世界文学知识漫谈/萧枫主编. —沈阳:辽海出

版社,2008.6(2015.5 重印)

ISBN 978-7-80711-712-4

Ⅰ.①世…　Ⅱ.①萧…　Ⅲ.①世界文学—基本知识

Ⅳ.①I1

中国版本图书馆 CIP 数据核字(2011)第 140258 号

世界文学知识漫谈

俄苏现代作家作品讲析

萧枫/主编

出　版:辽海出版社		地　址:沈阳市和平区十一纬路25号	
印　刷:北京一鑫印务有限责任公司		字　数:700 千字	
开　本:700mm×1000mm　1/16		印　张:40	
版　次:2011 年 9 月第 2 版		印　次:2015 年 5 月第 2 次印刷	
书　号:ISBN 978-7-80711-712-4		定　价:149.00 元(全 5 册)	

如发现印装质量问题,影响阅读,请与印刷厂联系调换。

前　言

马克思曾经说过："文学是一定的社会生活在人类头脑中反映的产物。"

文学是一种社会意识形态，与社会、政治以及哲学、宗教和道德等社会科学具有密切的关系，是在一定的社会经济基础上形成和发展起来的，因此，它能深刻反映一个国家或一个民族特定时期的社会生活面貌。文学的功能是以形象来反映社会生活，是用具体的、生动感人的细节来反映客观世界的。优秀的文学作品能使人产生如临其境、如见其人、如闻其声的感觉，并从思想感情上受到感染、教育和陶冶。

文学是语言的艺术，是以语言为工具来塑造艺术形象的，虽然其具有形象的间接性，但它能多方面立体性地展示社会生活，甚至表现社会生活的发展过程，展示人与人之间的错综复杂的社会关系和人物的内心精神世界。

作家是生活造就的，作家又创作了文学。正如高尔基所说："作家是一支笛子，生活里的种种智慧一通过它就变成音韵和谐的曲调了……作家也是时代精神手中的一支笔，一支由某位圣贤用来撰写艺术史册的笔……"因此，作家是人类灵魂的工程师，也是社会生活的雕塑师。

文学作品是作家根据一定的立场、观点、社会理想和审美观念，从社会生活中选取一定的材料，经过提炼加工而后创作出来的。它

既包含客观的现实生活，也包含作家主观的思想感情，因此，文学作品通过相应的表现形式，具有很强的承载性，这就是作品的具体内容。

文学的发展，既是纵向的，又是横向的；纵向发展是各民族文学内部的继承性发展，横向发展是世界各民族互相之间的影响、冲突和交会。这一纵一横的经线与纬线，织成了多姿多彩的各民族文学与世界文学。可以说，纵向的"通变"与横向的发展，是文学发展的两个基本动力。

总之，学习世界文学，就必须研究世界著名文学大师、著名文学作品和文学发展历史，才能掌握世界文学概貌。

为此，我们综合了国内外最新的世界文学研究成果和文学发展概况，编撰了《世界文学知识漫谈》丛书。本套书系共计5册，主要包括世界文学发展大讲坛、俄苏现代作家作品讲析、西欧现代作家作品展阅、美洲现代作家作品泛读、亚洲现代作家作品博览等内容。

本套书内容全面具体，具有很强的文学性、可读性和知识性，是我们广大读者了解世界文学作品、增长文学素质的良好读物，也是各级图书馆珍藏的最佳版本。

目 录

第一章 俄苏现代作家

第一节 俄罗斯现代文学大家

第二节 苏联现代作家

第一章　俄苏现代作家

第一节　俄罗斯现代文学大家

普希金

普希金，1799 年出生于莫斯科一个没落的贵族家庭。他是俄国浪漫主义文学的主要代表，又是俄国现实主义文学的奠基人。同时，他也是俄罗斯文学语言的奠基人。

他青年时代讴歌自由、反对专制的政治抒情诗，如《自由颂》等，流传极广，引起了沙皇的愤怒。1820 年 5 月，诗人被流放到南方。由于普希金继续歌颂自由，后来过着颠沛流离和实际上被幽禁的生活。

在流放期中，普希金创作了《高加索的囚徒》（1821）、《强盗兄弟》（1822）和《茨冈》（1824）等长诗，历史悲剧《鲍里斯·戈都诺夫》（1825），完成了《叶甫盖尼·奥涅金》的中心部分，此外，还写了许多优美的抒情诗。1825 年，十二月党人起义失败后，沙皇政府企图笼络诗人为专制制度服务。但普希金依然高唱"旧日的颂歌"，写了

怀念和歌颂十二月党人的诗《致西伯利亚》（1827）等。1830 年秋普希金在领地包尔金诺度过 3 个月。《叶甫盖尼·奥涅金》八、九章，《别尔金小说集》、4 个小悲剧和 30 多首抒情诗都在这时完成。30 年代普希金还写了长诗《青铜骑士》（1833）、中篇《黑桃皇后》（1833）、《杜布罗夫斯基》（1833）、《上尉的女儿》（1836）及不少更加朴素、完美的抒情诗。1837 年 1 月 27 日普希金因年轻美丽的妻子的事与法国七月革命时的逃亡者丹特士决斗，于 1 月 29 日逝世，年仅 37 岁。决斗事件与沙皇政府的阴谋有联系。普希金的死震动了俄罗斯。普希金短促的一生，是反对沙皇专制势力的一生，是为人民歌唱的一生。他在《致诗人》（1830）一诗中就表明：诗人不应取悦于上流社会，不要计较他们的批评。《纪念碑》（1836）一诗则是他对自己一生创作的总结，他用诗作"为自己建立了一座非人工所能造的纪念碑"他相信人民将来必然会承认他的劳绩，因此他对上流社会的毁誉褒贬抱着同样冷漠的态度。

普希金一生创作了 800 多首抒情诗。他被称为俄国现实主义抒情诗之父。普希金的抒情诗内容丰富，题材广泛，语言生动优美，大体包括政治抒情诗（如《自由颂》、《致卡达耶夫》、《毒树》、《致西伯利亚》、《阿里昂》），关于大自然的诗（如《致大海》、《秋》、《乌云》、《我又造访了……》），关于友谊和爱情的诗（如《十月十九日》、《致凯恩》、《我曾爱过你……》、《假如生活欺骗了你》）及关于诗与诗人题材的诗（如《先知》、《致诗人》、《回声》、《纪念碑》）等。

《茨冈》（1824）是普希金在南方流放时期所写的一组浪漫主义长诗中的一篇。长诗的主人公贵族青年阿乐哥厌倦城市生活，自愿到茨冈人中过流浪生活，与茨冈女郎真妃儿相爱结合。但后来，当真妃儿爱上另一个人时，阿乐哥终于抑制不住自己，去杀死了妻子和她的情人。阿乐哥不了解，也不尊重淳朴的茨冈人的生活权利。而老茨冈则完全是另一种性格，他并没有因为自己的妻子丢下儿女离开他而打算复仇。普希金在阿乐哥身上揭露了贵族阶级的利己主义思想、习惯和矛盾。原来的封建社会环境和教养在阿乐哥心里形成的道德观念仍然根深蒂固。在这里，普希金谴责了拜伦所歌颂的个人主义英雄，批判了阿乐哥生长的"文明的上流社会"，但同时，普希金对茨冈人放浪不羁的生活也有所美化。

《驿站长》是《别尔金故事集》（1830）所包括的5个短篇中最优秀的一篇小说。写一个地位低微的驿站长维林常受各种达官贵人的侮辱，他唯一心爱的是他的美丽的女儿。但一天，忽然一个旅客把他女儿拐骗走了。过了几年，女儿就被折磨而死，驿站长过着孤独无依的晚年。这篇小说对下层人物驿站长的不幸满怀同情，通过他的遭遇暴露了社会的不平。《驿站长》是俄国文学中第1部描写"小人物"的短篇，它不仅标志着俄国文学的进一步民主化，而且对于从果戈理的《外套》，陀思妥耶夫斯基的《穷人》到契诃夫的《苦恼》的整个19世纪俄国文学同情下层人民的进步传统有深远的影响。

30年代普希金对农民问题特别关心，创作了《杜布罗夫斯基》（1833）和《上尉的女儿》（1836）两个中篇小说。《上尉的女儿》直接描写了18世纪普加乔夫领导的农民起义，是普希金30年代创作的最高成就，也是俄国文学上第1部描写农民起义的现实主义作品。

《上尉的女儿》以主人公、贵族青年军官格里尼约夫回忆的形式写成。小说的重大成就是塑造了农民起义领袖布加乔夫的形象。普希金笔下的布加乔夫聪明、风趣、"朴素不凡"、"十分可爱"，同时具有坚强不屈的性格，他仇视贵族，宁死不屈。当格利尼约夫问他为什么要起义时，他讲了一个老鹰和乌鸦的童话作为回答。老鹰说："不！乌鸦兄弟，与其吃死尸活300年，不如痛痛快快地喝一次鲜血。"小说另一突出成就是对混入起义队伍的投机善变的军官施伐勃林的刻画。这一形象的塑造是普希金现实主义的胜利。但普希金对农民起义的态度是矛盾的，既有同情和赞扬，也有曲解和歪曲，同时他美化了女皇。

在艺术上，《上尉的女儿》巧妙地把家庭纪事、个人遭遇和历史事件3者结合在一起。在不大的篇幅里，容纳了广阔的生活内容。小说充分体现了普希金的朴素、简洁、圆熟和明快的散文风格。

果戈理

果戈理，1809年出生于乌克兰的小地主家庭。他的早期创作具有浪漫主义色彩，1831～1832年发表的《狄康卡近乡夜话》是他的成名作，这是一部乌克兰民间故事集。1835年，果戈理写了小说集《密尔格拉得》和《小品集》，这是作家的现实主义发展的新阶段。《小品集》中的小说后又被收入《彼得堡故事集》（1835～1841），《故事集》多方面地反映了充满矛盾的彼得堡社会生活。

果戈理继承了普希金《驿站长》的人道主义精神，在《狂人日记》（1835）和《外套》（1841）中描写了官僚制度统治下的"小人物"的悲惨命运，深刻地揭露出社会的贫富悬殊，提出反对等级制度的民主主义思想。1836年果戈理又创作了剧本《钦差大臣》。果戈理最杰出的代表作是《死魂灵》。

从1842年《死魂灵》第1部问世到1852年果戈理逝世，是他的思想危机时期。

《死魂灵》第1部出版后，果戈理受到了反动势力的攻击。1842年果戈理再次出国。他和进步文学界疏远了，他的贵族偏见和宗教情绪抬高，世界观中消极的一面占了上风。他认识到社会"处在十字路口"，认识到农奴制社会瓦解的趋势，但却不理解资产阶级革命的意义，而把古代宗法制社会理想化。1847年他发表了《与友人通信选录》，书中否定了过去创作中某些艺术形象的真实性，宣扬从道德、宗教方面改善社会，使进步的知识界感到痛心和愤怒，特别是别林斯基在著名的《致果戈理的信》（1847）中，对于果戈理对人民利益的背弃进行了严厉的谴责和原则性批判。果戈理没有反驳，但也没有改正自己的错误。果戈理在《死魂灵》第2部中企图描写改恶从善的乞乞科夫和一些正面的地主和官僚形象。由于这种思想倾向的错误，招致了艺术上的失败。果戈理的思想危机是在阶级斗争激化的年代，已觉醒的贵族摆脱不掉本阶级沉重思想影响的悲剧。

著名喜剧《钦差大臣》（1836）是俄罗斯现实主义戏剧发展中的新阶段。作品描绘了30～40年代农奴制俄国官僚统治的真实画面，《钦差大臣》是对专制、官僚制度的讽刺，对贿赂、盗窃公款、横暴、堕落和卑鄙的揭露。果戈理说："《钦差大臣》中，我把那时所知道的俄罗斯的全部丑态，把一切非正义的行为集中在一起，统统加以嘲笑。"高度的概括性和猛烈的讽刺、嘲笑是果戈理成熟期创作的特征。剧本前的题词"脸丑莫怪镜子"表明了作品的现实主义特色。

《钦差大臣》通过一个彼得堡的花花公子赫列斯达可夫被县城的官吏们误认为钦差而引起的喜剧性冲突，深刻揭露了官场的腐败和罪恶。以市长为代表的县城官吏们的行为和心理，概括了媚上欺下、残暴愚昧、无恶不作的俄国官吏的特点，构成了一部"完备的关于俄国官僚的病理解剖学教程"。

果戈理在剧中通过刻画其他官吏和地主形象，补充了市长和赫列斯达可夫的性格特征。这里有自称"自由思想者"的法官、一个滥用职权的屠夫；有专在"告密"方面"尽责"的督学；有专为好奇而乱拆信件的邮政局长；横行霸道的警察；散布谣言的地主……通过他们相互间的勾心斗角，果戈理成功地描绘了官僚集团和贵族内部的矛盾，这是一幅生动多彩的官场现形图。

果戈理用喜剧手法概括了社会典型形象。他把笑提高为讽刺和谴责社会罪恶的手段。他认为，在《钦差大臣》中没有一个正面人物，唯有笑是个正面形象，"一下子把一切嘲笑个够"，就是说，把笑当成鞭挞沙皇统治的有力武器。果戈理正是通过笑启发人们深思。赫尔岑认为在果戈理的笑里有着某种革命的东西，这不是没有道理的。

《钦差大臣》演出后在当时进步文学界和反动派之间引起了一场激烈的争论。统治阶级代表和反动文人力图贬低剧本的意义，说它是对俄罗斯社会的诽谤，是罪恶。别林斯基却正确指出喜剧的悲剧性，肯定了果戈理在形成俄国民族戏剧中的重大贡献和他的喜剧的人民性和民主主义思想基础。但是，在沙皇专制压迫下，果戈理感到害怕和苦闷，终于在1836年离开祖国，侨居巴黎、罗马等地。果戈理在《钦差大臣》中其实并不根本否定专制制度，他想用美来教育台下的市长和赫列斯达可夫之类的人，从道德说教的角度批判沙皇专制制度，幻想他们改邪归正，幻想有正直的钦差出现。

《钦差大臣》中的反面人物的名字已成了通用词汇。列宁不止一次在论战中引用过它们。列宁把爱吹牛的孟什维克称作"赫列斯达可夫"。

《死魂灵》（第1部，1835～1842）是果戈理创作的顶峰，是批判现实主义的伟大名著。果戈理说过，他要在《死魂灵》中把"整个俄罗斯显示出来"，要"用不倦的雕刀，加以有力地刻画"，使地主、官僚以及资产阶级的性格"分明地，凸出地呈现在读者眼前"，用"分明的笑和不分明的泪，来历览壮阔的人生"。

《死魂灵》无情地揭露了沙皇俄罗斯社会，揭露了农奴制度下贪得无度的地主和悲惨的农奴生活，揭露了沙皇官僚机构的无耻和丑恶，并反映了农奴制的日趋瓦解以及新的资本主义关系的发展。

整部小说由乞乞科夫为购买死魂灵（即死农奴的名单）而周游俄罗斯贯穿起来。

果戈理善于用典型的细节描写来塑造人物形象。在一系列地主形象中，最先出现的玛尼罗夫是懒惰、虚伪、假文明、好空想、不务实际的贵族寄生虫，地主阶级中知识分子的典型。

女地主科罗皤契加的个性和玛尼罗夫完全相反，她不用任何纱幕掩盖自己的愚蠢无知，她没有任何空想。这个形象的贪婪、闭塞、浅薄、狭隘，反映出小地主经济和资本主义的联系。

罗士特莱夫是地主中的恶少和无赖，他是闹事鬼、吹牛家、赌棍、酒徒和浪子的类型。这种人，粗相识，与你一见如故，看来如豪爽的英雄，狂暴的好汉；几经交往，细体察，原来是地道的流氓，十足的无赖。

地主梭巴开维支是保守、顽固、冷酷专横的俄国农奴制度的化身，俄国封建反动势力的支柱。他赤裸裸的奉行这一制度弱肉强食的原则。

地主形象画廊中的最后一个是泼留希金。剥削者的自私、堕落、吝啬、贪婪，在泼留希金身上发展到了可怕的程度。这是一个可怕的吝啬鬼，一个丧失全部活人感情，猥琐、卑微、僵硬、麻木，成为"人的灰堆"的地主典型。

果戈理通过泼留希金的形象，在客观上显示了农奴制崩溃的必然性，同时，通过这批地主的形象的描绘，展现了一幅农奴制下贵族社会经济、道德总崩溃的揭露性图画。这些人才是真正的"死魂灵"。

此外，《死魂灵》还描写了与地主生活有密切联系的外省官僚世界，这是一股残酷统治人民、保护封建贵族利益的专制势力。与此同时，在整个作品中，渗透了果戈理对农奴的悲惨命运的同情和对他们的伟大潜力的赞扬；虽然果戈理并没有正面写出地主阶级对农奴的剥削，更没有把这两大阶级的矛盾作为小说的主要矛盾。果戈理并不同意农民起义，他是从人道、人性的角度来揭露地主的丑恶和同情农奴的。此外，果戈理心目中的"俄罗斯祖国"也是抽象的，是包括一切俄罗斯人在内的"全俄"。

在《死魂灵》中，果戈理早期小说中的怪诞情节和神秘主义消失了，讽刺批判力量更为深刻、强烈，农奴制统治者的典型形象比《钦差大臣》更丰满了。果戈理现实主义的人民性、民主主义和人道主义思想更成熟。典型化原则已经到炉火纯青和独具特色的程度。

他善于通过社会环境和生活条件，通过对人物的具体物质生活和细节描写，刻画具有鲜明个性的典型形象。5个地主各有性格，决不互相重复，这在典型创造中是杰出贡献。作者对人物的态度明显地流露在他描写地主、官吏时所用的讽刺手法中。由此并产生了果戈理创作最大的艺术特色——"含泪的笑"。果戈理对人民和祖国的爱和有关的思考则体现于小说里经常出现的抒情插笔中。作者的爱国主义不能突破他的思想矛盾和阶级偏见，而只能局限在对农奴制和地主的反人性的恶德的控诉和对祖国未来的浪漫主义幻想上面。

《死魂灵》的体裁也是俄国文学中特殊的现象。叙事的散文和诗的意境结合在一起。作家称这部小说是"长诗"并不是偶然的。果戈理的创作对19世纪的杰出作家如屠格涅夫、涅克拉索夫、谢德林、托尔斯泰、契诃夫等人都有很大影响。

果戈理促进了俄罗斯文学语言更接近生动的口语。这种语言以其简练、有力、确切、惊人的灵活和逼真而受到欢迎。

别林斯基

别林斯基（1811～1848）是俄国革命民主主义的第一个光辉代表，杰出的文艺批评家、理论家。别林斯基不顾尼古拉一世反动统治的迫害，坚决主张文学要揭露专制农奴制的黑暗，以唤醒人民的觉悟，并且从理论上阐明了批判现实主义的社会意义，对俄国进步文学的发展作出了卓越的贡献。

别林斯基出生于一个清寒的医生家庭。1833年起任杂志《望远镜》编辑，1834年发表论文《文学的幻想》，探索了从罗豪诺索夫到果戈理的俄国文学发展过程。1835年发表的《论俄国中篇小说和果戈理君的中篇小说》，标志着别林斯基现实主义文学理论的初步形成。1839年底别林斯基由莫斯科迁居彼得堡，他逐渐成为坚定的唯物主义者和革命民主主义者。他担任《祖国纪事》杂志的编辑工作，1846年转到涅克拉索夫主编的《现代人》杂志，直到逝世都在《现代人》工作。

从 1840 年起，别林斯基每年都在杂志上发表他对一年来俄国文学的综合性评述。《1847 年俄罗斯文学一瞥》（1848）一文形成了他的现实主义艺术观的最后结论。别林斯基在《祖国纪事》上共写了 11 篇文章分析普希金的创作（1843～1846）。1847 年 7 月写的《给果戈理的信》，对果戈理晚年的错误进行了严肃的批判，对俄罗斯革命民主主义思想的发展和俄罗斯文学的发展，起了非常积极的作用。这封信是别林斯基文艺批评活动的总结。

别林斯基是在解放运动中"完全代替贵族的平民知识分子的先驱"（列宁）。他的思想发展通常分为两阶段，即 30 年代的民主主义—启蒙主义阶段和 1840～1848 年的革命民主主义和空想社会主义阶段。别林斯基克服了唯心主义错误，转到革命民主主义和空想社会主义立场后，认为社会主义对他来说是"思想中的思想，存在中的存在，问题中的问题"（《18 年给鲍特金的信》）。

在文艺理论批评上，别林斯基作出了多方面的贡献，主要是：

第 1，他提出了文学的人民性理论。他认为人民性首先就是民族特性，因为文学"不可能同时又是法国的，又是德国的"；这民族独特性"不在于汇集一堆凡夫俗子的言语"，"而在于俄国式的对事物的看法"（《文学的幻想》，1834）。人民性是和忠实地反映社会问题紧密相联系的。同时他还指出了文学"必须把全部注意集中于群众、大众，描写普通的人。"

第 2，别林斯基阐述了批判现实主义的理论及其巨大意义。在《论俄国中篇小说和果戈理君的中篇小说》（1835）中，他提出"理想的诗歌"和"现实的诗歌"的区别，强调后者更符合于时代的要求（但这时他把两种诗歌过分对立起来，后来作了纠正）。他对典型化问题作出许多论述，指出塑造典型是"创作本身最显著的特征之一"。

第 3，他从俄国 18 世纪以来的文学发展中具体论述了以果戈理为代表的"自然学派"即俄国现实主义派的巨大意义和创作特色。

他肯定了"自然派"文学的批判讽刺倾向和揭露社会黑暗的战斗作用，驳斥了认为揭露黑暗是"诽谤"现实的谰言。

第4，他对普希金、莱蒙托夫、果戈理及其他许多作家的作品进行了具体、深刻的论述，开创了俄国文学批评的实事求是、以理服人和具体分析的优良传统。

冈察洛夫

冈察洛夫，1812年6月18日出生于辛比尔斯克一个商人家庭，1834年毕业于莫斯科大学语文系，30年代末期起在几种手抄文集上发表文学习作。1842年所作特写《伊凡·萨维奇·波德查勃林》，运用自然派写实手法，是他早期较好的作品。1846年与别林斯基相识，对他此后的思想和创作有很大影响。

1847年，冈察洛夫在《现代人》杂志上发表第1部长篇小说《平凡的故事》，描写一个在外省地主庄园中长大、爱好空想的贵族青年如何在彼得堡生活环境影响下变成一个讲求实际的官吏和企业家的故事，抨击了庄园生活所形成的种种传统习气——浪漫主义、耽于幻想、感伤情调和外省作风，表明资产阶级关系正在兴起。

这部小说得到别林斯基的好评。1852～1854年，冈察洛夫随海军中将普佳作环球航行。1858年出版《战舰巴拉达号》，生动地记述了欧亚一些国家的风土人情。1856～1860年任图书审查官，对进步文学抱同情态度。1862至1863年主编官办的《北方邮报》，1863～1867年任出版事业委员会委员，1891年9月27日逝世于彼得堡。

他的代表作长篇小说《奥勃洛莫夫》（1847～1859），表达了农奴制改革前夕社会上强烈的反农奴制

情绪和要求变革的愿望，细腻地描述了地主知识分子奥勃洛莫夫精神上的死亡过程。

奥勃洛莫夫养尊处优，视劳动与公职为不堪忍受的重负。尽管他设想了庞大的行动计划，却无力完成任何事情，最后只能躺在沙发上混日子，成为一个彻头彻尾的懒汉和废物。他标志着传统的"多余人"蜕化的极限，是一个没落地主的典型，同时还具有更大的概括性。杜勃罗留波夫称赞这个形象丰满逼真，有立体感。他说："冈察洛夫才能的最强有力的一面，就在于他善于把握对象的完整形象，善于把这形象加以提炼，加以雕塑。"

60年代阶级斗争的尖锐化使冈察洛夫世界观中的保守因素加强。他和屠格涅夫一起脱离《现代人》杂志，与民主阵营分道扬镳。他的第3部长篇小说《悬崖》写作达20年之久，反映了他的思想的演变，暴露出他在60年代世界观中的矛盾。小说一方面批评贵族自由主义知识分子的无能（莱斯基），并以同情的笔调描写藐视旧传统、追求新生活的薇拉；一方面又歪曲平民知识分子、"虚无主义者"伏洛霍夫的形象，攻击革命民主派，并美化封建家长制生活原则（祖母的形象），因而受到进步阵营的批评。

冈察洛夫的3部长篇小说实际上形成一个整体，连续反映了40~60年代俄国社会的演变：农奴制俄国墨守成规的积习逐渐为新兴资产阶级积极实干的精神所代替。冈察洛夫虽然看到资产者的狭隘与冷酷自私，但认为他们代表时代的发展方向，因此他笔下的企业家形象带有一些理想化色彩。《奥勃洛莫夫》中的奥尔迦、《悬崖》中的薇拉是优秀妇女的典型，体现着俄国进步思想界对新生活的向往。

冈察洛夫晚年写了一些短文、回忆录，如《文学晚会》（1877）、《在大学》、《记别林斯基的为人》（1881），以及文学评论《万般苦恼》（1872）、《长篇小说〈悬崖〉序》（1869）、《长篇小说〈悬崖〉的意图、任务和思想》（1876）和《迟做总比不做好》

（1879 发表）等。《万般苦恼》评格里鲍耶陀夫的《智慧的痛苦》，指出其中的主人公恰茨基不仅是农奴制的揭发者，而且是社会上每个转折时期必将出现的与旧事物斗争的英雄。《迟做总比不做好》总论自己的 3 部长篇小说，捍卫现实主义，反对自然主义和"为艺术而艺术"。

冈察洛夫指出，"现实主义是艺术最重要的原则之一"，现实主义的关键是塑造典型，而"如果形象是典型的，它们就一定要或多或少地反映出本身生活于其中的时代，唯其如此，它们才是典型的"。

赫尔岑

赫尔岑，1812 年 4 月 6 日生于莫斯科大贵族家庭。自幼深受十二月党人起义影响，1829 年进入莫斯科大学数理科学习，与奥加辽夫等人组织政治小组，研究社会政治问题，关心西欧革命运动，宣传资产阶级启蒙主义、空想社会主义思想。

1833 年，赫尔岑大学毕业后，因出版宣传革命思想的刊物，于 1834 年和小组成员一起被捕，以"对社会极其危险的自由思想者"的罪名先后两次被流放。在长达 6 年的流放期间多方面接触黑暗的社会现实，加深了对专制农奴制度的憎恨和对下层人民的同情。1836 年起以伊斯康捷尔笔名发表文章。1842 年回到莫斯科，站在西欧派左翼立场，积极从事革命活动和文学创作活动。

40 年代，赫尔岑形成唯物主义世界观，在政治思想上逐渐转向革命民主主义立场。他与别林斯基一起，主张俄国走革命的道路，先是反对保守的斯拉夫派，到了 40 年代后半期，又同自由主义西欧派分道扬镳。主要哲学著作《科学上一知半解》（1842～1843）、《自然研究通信》（1844～1845），继承黑格尔的辩证法和费尔巴哈的唯物主义，要求哲学密切联系自然科学和社会实际，肯定自然和人、物质和意识的统一，认为"真实的世界无疑是科学的基础"，强调辩证法是"革命的代数学"，矛盾是自然和社会进步的基础。列宁认为，赫尔岑"在19世纪40年代农奴制的俄国，竟能达到当代最伟大的思想家的水平"，他"已经走到辩证唯物主义跟前，可是在历史唯物主义前面停住了"。

由于在沙皇专制统治下无法进行社会活动，1847年携家赴法国，成为政治上的流亡者。次年目睹法国二月革命以及革命失败后工人的被血腥镇压、反动势力的"可耻的凯旋"，他思想上发生危机，对西欧社会主义运动感到失望，转而把希望寄托于俄国日益高涨的农民运动，认为俄国在消灭农奴制后可以通过农民村社实现社会主义，为后来的民粹主义奠定了基础。

1852年8月，赫尔岑移居伦敦，1855年在伦敦建立"自由俄国印刷所"，出版过许多革命传单和小册子；1855年创办文艺丛刊《北极星》，1857年又同奥加辽夫合办《钟声》报，发扬十二月党人革命传统，号召人民推翻沙皇专制制度。这些报刊大量地秘密运回俄国，促进了解放运动的发展。农奴制改革前夕，他曾有过动摇，表现了自由主义倾向，在《钟声》上呼吁亚历山大二世自上而下地解放农奴；同时，在评价贵族知识分子对解放运动的历史作用上，又同车尔尼雪夫斯基等人有分歧。不过，在他身上民主主义毕竟还是占了上风。60年代，他坚决站在革命民主派一边，反对自由主义，促进秘密革命组织"土地与自由社"的建立，支持1863～1864年波兰起义。晚年侨居日内瓦，期待西欧革命运动的新高涨，把视线转向"马克思所领导的国际"，寄希望于"劳工世界"。1870年1月21日在巴黎逝世。

赫尔岑在反对俄国专制农奴制度的斗争中，确立和发展了唯物主义美学观、现实主义文艺观。他认为"社会主义和现实主义是革命和科学道路上的试金石"，这里所说的现实主义是指唯物主义的世界观，也包括以它为基础的尊重现实、热爱生活的美学观。他肯定人的审美活动同社会实践的联系，强调美"不能置身于自然规律之外"，美来源于现实生活。确认艺术是社会生活的反映，而艺术的特征在于"艺术是想象，科学是理解"，艺术家的思想"由语言表现出来，体现为形象"。他强调文艺的社会作用，坚持文艺的思想性和人文性，认为文学"作为人民的语言，是他的生活的表现"。

他在在《科学上一知半解》、《论俄国革命思想的发展》(1850)等著述中，提出对俄国文学史和世界艺术史的系统见解，论证现实主义代替古典主义、浪漫主义的历史必然性，揭露现代资产阶级文化艺术的腐朽没落。他在《终结和开始》(1862)等文章以及书信中，一再指出"市侩精神……对艺术来说是格格不入的"，它在艺术上的两个主要表现形式，就是"为金钱而艺术"和"为艺术而艺术"。他认为在当时的俄国，"文学是唯一的论坛，可以从这个论坛的高处，向公众发出自己愤怒的呐喊和良心的呼声"。这一思想贯穿于《谈谈描写俄国人民生活的长篇小说》(1857)和《俄国文学中的新阶段》(1864)等论文中。

赫尔岑肯定俄国文学同解放运动的密切联系，强调以果戈理为代表的"新文学的主要特点是病理解剖"，"对现存秩序的新的否定"；同时十分重视出类拔萃的正面人物的塑造，认为通过这种典型能最充分、最鲜明地体现时代的理想和美。

赫尔岑的文学创作贯穿着反农奴制的主题，形式多样，独具一格，在俄国现实主义文学发展上占有重要地位。他在30年代以浪漫主义开始创作活动。一些早期作品着重表现对未来的朦胧理想，歌颂以个人精神力量与现实对抗的浪漫主义英雄。

1840～1841年发表的自传体中篇小说《一个青年人的札记》，标志着赫尔岑转向现实主义。这篇作品真实描写知识分子的精神成长，得到别林斯基的好评。长篇小说《谁之罪》(1841～1846)，通过3个出身不同的青年的爱情悲剧以及对他们周围人物的描写，暴露农奴主的残酷专横、下层人民的悲惨遭遇、远离人民的知识分子的软弱无能。贵族青年别里托夫形象的塑造，丰富了俄国文学中"多余的人"的画廊。中篇小说《偷东西的喜鹊》(1848)写一个农奴出身的女演员的血泪史，揭露了摧残人的尊严和创造才能的专制农奴制度；《克鲁波夫医生》（1847）辛辣地讽刺农奴制社会的"普遍疯狂"的现象。这一时期的作品具有浓厚的政论色彩，对生活的真实描写、人物的深刻心理分析同富于激情的哲理性议论相结合，在俄国社会心理小说中别开生面。别林斯基认为他的才能的"主要力量"在于"思想的威力"，并称他为"人道的诗人"。

流亡国外期间，赫尔岑主要以政论、随笔、回忆录、书信等形式进行创作。《法意书简》、《来自彼岸》（1847～1850）等论文集，以犀利的笔锋抨击西欧资本主义社会，抒发作者因目睹法国二月革命失败而引起的精神悲剧和激情，笔墨饱含血泪，情理交融，形成独具一格的抒情性政论。代表作《往事与随想》（1852～1868），是一部包含着日记、书信、散文、随笔、政论和杂感的回忆录。作者自称这是"历史在偶然出现于它的道路上的一个人身上的反映"。全书共7卷，内容丰富，反映从十二月党人起义到巴黎公社前夕半个世纪俄国和西欧的社会生活及革命事件，在广阔的历史画面上描写出形形色色的人物，并把重大事件同作者个人的生活道路和思想发展有机地联系在一起。贯穿全书的中心线索是这位思想家一生对革命真理的不倦探索和对光明未来的坚强信心。

赫尔岑的作品文笔生动活泼，富于感情，人物刻画鲜明、简练，善于通过细节描写概括深刻的时代内容，在俄国以至全世界自传体文学中占有重要地位。他以独特的文体家著称。屠格涅夫认为"俄罗斯人中间只有他能这样写作"，"这种语言是有血有肉的东西"。

赫尔岑的许多著作在俄国长期被禁，到1905年后才准印行；在国外，19世纪70年代后期即已出版，后来被译成多种文字，广泛流传。其主要哲学著作和文学作品已陆续介绍到中国，《谁之罪》、《偷东西的喜鹊》等都有中译本。

莱蒙托夫

莱蒙托夫，1814年10月15日出生于莫斯科。父亲是沙俄退役军官。莱蒙托夫出生后不久被送到奔萨省塔尔哈内外祖母的庄园，由外祖母抚养成人。1827年随外祖母去莫斯科。1828年进入贵族寄宿中学，从此开始写诗。1830年考入莫斯科大学，次年丧父。1832年离开大学，进入彼得堡近卫军骑兵士官学校。

1829～1832年间他写了一些长诗和剧本，以及抒情诗300余篇，约占他全部抒情诗3/4。这些诗篇之中比较著名的有《乞丐》、《天使》、《帆》等，最有代表性的是《一八三一年六月十一日》，诗里所抒写的"生的渴望"、行动的企求和生怕一事无成的哀愁，是他笔下的主人公的感情特点。

1834年，莱蒙托夫于士官学校毕业后，被派到彼得堡近郊近卫军骠骑兵团服役。1835年第一次发表作品长诗《哈吉·阿勃列克》，开始引起注意。同年写了剧本《假面舞会》，主人公是一个反抗上流社会的悲剧性人物。1837年2月8日普希金在决斗中受伤，两天后逝世。莱蒙托夫写了《诗人之死》一诗，指出杀害普希金的凶手就是俄国整个上流社会。作者愤怒地对这些屠夫说，他们虽然躲在法律的荫庇下，公论与正义都噤口无声，但是"神的裁判"在等着他们。"神的裁判"就是指人民的裁判。诗人因此被流放到高加索。这篇诗震动了整个俄国文坛，他被公认为普希金的继承人。在流放高加索的途中，载有他的长诗《波罗金诺》的那一期《现代人》杂志出版。这首纪念1812年卫国战争的诗篇是莱蒙托夫重要作品之一，标志着他的创作活动进入成熟时期。诗中充满爱国主义，说明战争的真正英雄是人民。

1838年4月，莱蒙托夫返回彼得堡原部队。不久，他发表用民歌体写成的长诗《沙皇伊凡·瓦西里耶维奇、年轻的近卫士和勇敢的商人卡拉希尼科夫之歌》，写16世纪伊凡皇帝时的一个故事。诗中青年商人不畏强权，挺身维护自己的尊严，博得正直善良的人们的尊敬。1838年在《祖国纪事》发表了《咏怀》一诗，严厉地批判当时的一代人，谴责他们缺乏理想，没有斗争勇气。接着又写了著名的诗篇《诗人》，继承十二月党诗人和普希金的传统，宣称诗人的使命在于唤起人们崇高的思想。

1840 年新年，莱蒙托夫参加了一个贵族的假面舞会，写成《一月一日》一诗，引起宫廷贵族和上流社会的很大不满。次年 2 月因同法国公使的儿子巴兰特决斗，又遭逮捕。沙皇决定把他再度流放高加索。临行前他写了那篇有感于自己"永恒流浪"的沉痛的诗《云》。路过莫斯科时参加了果戈理命名日宴会，向果戈理朗诵了刚写好的长诗《童僧》（1839）的片断。长诗描写一个想要摆脱修道院的监狱般生活而返回家乡的少年的悲剧性故事，用第一人称叙述的方式揭示出主人公的内心活动。

莱蒙托夫于 1840 年 4 月出版的长篇小说《当代英雄》，在高加索广阔的背景上凸显了主人公毕巧林的复杂的性格。毕巧林对当时贵族社会抱有批判的甚至是敌对的态度，他精力充沛，才智过人，在当时社会条件下得不到合理的发挥，只能在一些琐细无聊的小事上浪费自己的才力，乃至生命。

毕巧林是俄罗斯文学中继普希金的奥涅金之后又一个"多余的人"形象。莱蒙托夫以批判的态度对待他，在《当代英雄》第二版序言中说，这个形象"是由我们这整整一代人身上充分发展了的缺点构成的"。《当代英雄》虽然带着浪漫主义色彩，但主要是现实主义的作品，结构完美，并富有特色，心理分析细致，语言准确优美，成为俄国文学中最早最出色的长篇小说之一。

莱蒙托夫于 1840 年 6 月到达高加索，7 月就参加了瓦列里克河上的战役，事后写了《瓦列里克》一诗，以战役参加者的身份，用第一人称真实地描写了战役中的一切细节。对沙皇俄国发动的这种对高加索人民的战争，诗人显然是反对的，他用与《波罗金诺》迥然不同的语气写道："这血的日子他们忘不了！"

1841 年 1 月，他得到两个月休假。2 月回彼得堡，对他在中学时期动笔经过多次修改而未发表的长诗《恶魔》的稿子，作了最后的加工。《恶魔》（1829～1841）体现了诗人叛逆的思想。恶魔是一切公认的破坏者，是束缚人一切力量的反抗者。他离开天国来到人间，但仍然感到孤独。他的失败证明，个人利己主义的反抗不但得不到结果，反而会带来更大的不幸；而且也表明，光是"否定"是不够的，还应当肯定积极的生活原则。《恶魔》和《童僧》一样，是莱蒙托夫浪漫主义创作的最高成就，洋溢着现实主义的气氛。恶魔和童僧这两个形象，可以概括诗人全部作品中的形象。他笔下的主人公基本上就是这两种性格：前者是个人主义者，后者则是自由的战士。1841年在《祖国纪事》上他又发表了另一篇重要诗作《祖国》。诗中否定了"用鲜血换来的光荣"，指出热爱祖国山河和劳动人民才是真正的爱国主义。

莱蒙托夫本想趁休假之便设法离开军队，完全献身于文学事业，但所得到的却是限48小时之内离开彼得堡返回高加索的命令。回高加索后，一些来自彼得堡的贵族预谋已久，唆使军官马尔特诺夫与莱蒙托夫决斗。1841年7月27日，莱蒙托夫在决斗中被杀害。

莱蒙托夫没有活到27岁，他成熟期的创作活动只有短短4年，但他的作品对俄国文学作出了巨大的贡献。作为诗人，他在普希金和涅克拉索夫之间起了承前启后的作用。在展示人物内心生活的心理描写方面，他是俄国文学中的先驱，后来为陀思妥耶夫斯基、列夫·托尔斯泰等所师承和发展。

鲁迅在1907年的《摩罗诗力说》中介绍过几个"精神复深感后世人心"的诗人，其中之一就是莱蒙托夫。莱蒙托夫的诗篇及其小说《当代英雄》，在中华人民共和国成立以后陆续有较完整的译本出版。

屠格涅夫

屠格涅夫，1818年出身于贵族家庭。1837年大学毕业。1838～1841年在欧洲游历。他于30年代末～40年代初开始创作。

屠格涅夫早期创作受革命民主主义的有益影响。他曾参加过

《现代人》的撰稿和编辑工作。屠格涅夫创作写成的第 1 部现实主义作品是短篇小说及散文集《猎人笔记》（1847～1852）。这是俄国文学中把农民的贫困生活同他们的内心美结合起来描写的第 1 部作品。《霍尔与卡里内奇》、《歌唱者》、《孤狼》、《森林和草原》等，都是其中的名篇。《猎人笔记》还以出色的大自然风景描画著称。《猎人笔记》是"富有诗意的对农奴制的控诉书"，但它不否定整个贵族阶级，而力图在贵族中找到健康和正直的力量来解决农村中的矛盾。

从 1856 年发表《罗亭》起，屠格涅夫转入长篇小说的创作。他共发表了 6 部长篇小说。此外，屠格涅夫还创作了一组以爱情和个人幸福为题材的中篇小说《浮士德》（1856）、《阿霞》（1858）等。他的著名作品还有短篇小说《木木》（1852）、《初恋》（1860）及晚年所写的《散文诗》（1878～1882）。在《散文诗》中，屠格涅夫把自己一生对社会、人生和创作问题的长期思索，凝聚压缩成非常精炼的、带有象征性的小故事或抒情独白中。其中脍炙人口的有《门槛》、《麻雀》、《爱之路》、《俄罗斯语言》等。

屠格涅夫写的 6 部长篇小说是：《罗亭》（1856）、《贵族之家》（1858）、《前夜》（1860）、《父与子》（1860～1861）。《烟》（1866～1867）和《处女地》（1877）。代表作是《父与子》。

《罗亭》的主人公罗亭是新的历史条件下"多余人"行列中的新典型，是 40 年代先进贵族知识分子的代表。他头脑清晰、热爱真理，唤醒了 17 岁的少女娜塔丽亚对真理的热爱和对美好生活的向往。但罗亭不了解俄国和人民，他是"言语的巨人，行动的矮子"。

当被他唤醒的娜塔丽亚准备抛弃家庭，随着他去追求崇高的事业的时候，他却动摇、退缩了。他不仅在爱情上表现软弱，在他致力的农业改革、通航计划、教育事业中，也都遭到了失败。但罗亭始终不与周围环境妥协。小说通过罗亭型人物的命运，肯定了他们在40年代的进步作用，并谴责了使他们痛苦的贵族上流社会。

《贵族之家》继续探讨贵族中进步知识分子在40～50年代的社会作用问题。小说男主人公拉夫列茨基立志改革，比罗亭更积极，但却更加一事无成。他与华尔华拉结了婚，但却没有爱情幸福。他后来与丽莎真诚相爱，但由于他有妻子，丽莎遵守着严格的封建宗教道德，他们的幸福也化为泡影。正如杜勃罗留波夫所说："拉夫列茨基处境的戏剧性已经不是因为他和自己的无力做了斗争，而是因为跟这样的见解和风习起了冲突——跟这些见解和风习的斗争是可以把坚毅和勇敢的人都吓退的。"拉夫列茨基最终成了一个"仍然活着，却已经退出了人间舞台的人"。在《贵族之家》中，屠格涅夫客观上表现了贵族知识分子的历史作用已经终结，为贵族阶级唱了挽歌。小说充满平静忧伤的哀歌情调和抒情气氛。小说有细腻的心理描写。

50年代末，俄国解放运动进入第二阶段，平民知识分子代替贵族革命家登上政治舞台。对社会问题十分敏感的屠格涅夫写了《前夜》，从创作以"多余人"为中心的小说转向反映"新人"题材的小说。《前夜》是俄罗斯文学史上第一部以平民知识分子为中心人物的长篇小说。主人公英沙罗夫具有明确坚定的理想。小说肯定了他的历史作用。女主人公叶琳娜·斯塔霍娃是一位比娜塔丽娅和丽莎更自觉更坚强的妇女形象，反映了俄国社会对于新的生活、新的人物的需求。

屠格涅夫敏捷反映俄国社会中新的动态，这是他的功绩。但是《前夜》所创造的还不是俄国的"新人"，主人公英沙罗夫来自保加利亚。屠格涅夫借此表示，俄国还只处在出现这类英雄人物的"前夜"。英沙罗夫是一个反对土耳其侵略的爱国主义者，而俄国的英沙罗夫要反对俄国的专制农奴制度，反对"内部土耳其人"。此外，英沙罗夫的形象在艺术上有某些概念化的缺点，缺乏生动精细的性格刻画。

60 年代革命被沙皇镇压下去后，加深了屠格涅夫思想和创作中的矛盾。他一面对国内政治上的反动怀着愤慨，另一面又害怕革命变动。这种矛盾反映在他著名的第 5 部长篇小说《烟之中》小说透露出虚幻的悲观主义思想，"烟，烟，……他好象觉得一切都是烟"。

屠格涅夫最后 1 部长篇《处女地》是反映 70 年代末俄国民粹派到民间去的运动的，作者写了民粹派运动的社会根源和失败原因，但小说以自由主义观点解释这一事件，并带着悲观主义色调。

《父与子》（1860～1861）是屠格涅夫创作的最高成就。小说所写事件与创作时间大致平行。屠格涅夫对当代现实的敏锐态度在这里又一次充分体现。

小说写青年医生巴扎洛夫到他的同学阿尔卡狄家做客，与阿尔卡狄的伯父巴威尔发生了尖锐的思想冲突。巴威尔是旧贵族保守派，年轻时他放荡不羁，寻欢作乐，而到中年后他却要故意表现贵族的高傲和优雅。起初他看到巴扎洛夫不拘守贵族礼节，心里不痛快；后来听说巴扎洛夫不信任任何贵族的神圣原则，就更加愤慨了。这两代人的代表经常争论不休。在父辈和子辈的论战中，阿尔卡狄站在巴扎洛夫一边。后来，两个青年人到省城去，在舞会上认识了优雅动人的富媚阿金左娃，随后又应邀到她的庄园做客。巴扎洛夫明知他和这个好享受、对谁也不迁就的地主太太之间隔着很大距离，但却对她产生了爱情。她虽也为巴扎洛夫不凡气度所吸引，但终因不愿改变平静舒适的旧生活而拒绝了他。巴扎洛夫苦恼地回到父母身边，当他第二次又去阿尔卡狄家做客时，他与巴威尔的矛盾更加激化，终于为一件偶然的事发生决斗。巴威尔受了轻伤到国外去了。巴扎洛夫又回到家中，帮父母行医。一次在解剖尸体时，手指被细菌感染而死去。通过这样一个并不复杂的故事，屠格涅夫展开了一幅"父"与"子"两代之间不可调和的冲突的画面，创造了俄罗斯文学中第一个"新人"，即60年代平民知识分子出身的民主主义者巴扎洛夫的形象。

巴扎洛夫的形象基本上概括了车尔尼雪夫斯基和杜勃罗留波夫的一些特征和哲学政治观点。他是一个唯物主义者，承认客观存在，蔑视抽象的概念和原则。巴扎洛夫尖锐地批判自由主义，认为他们的所谓"揭露"，只批评政府一般的缺点，而不接触到制度本身，这反映了革命民主主义者的态度。巴扎洛夫对贵族阶级是极端憎恨和尖锐否定的。他无情批判贵族的一切生活习俗，他们的文化和唯心主义哲学。他尽情嘲笑各种感伤、温柔、"美丽的词句"和那种把爱情看成是某种超自然而"神秘"的感情的观点，他把这一切都叫作"浪漫、荒唐无稽、腐败和做作。"巴扎洛夫关于"原则"和"感觉"的言论，虽然有某些夸大，仍基本上反映了杜勃罗留波夫的观点。

屠格涅夫把60年代的新思想归结在"虚无主义"的名义下，并明显暗示其中包括对沙皇专制制度及其思想体系的否定。他在给斯鲁切夫斯基信中写道："把他（即巴扎洛夫）叫做虚无主义者，那就应该当作革命者来解释。"和巴扎洛夫相对，屠格涅夫创造了各种类型的贵族形象。在对垒鲜明的形象系统中，巴扎洛夫是唯一具有高度智慧和意志的现实力量，找不到一个人能与之相抗衡。死守贵族原则，顽固而保守的巴威尔·彼得罗维奇虽"用全副心灵来恨巴扎洛夫"，并屡次主动挑起争论，但丝毫不能动摇巴扎洛夫的信念。屠格涅夫在致赫尔岑的信中写道："还用说，他（巴扎洛夫）当然压倒了蓄着香喷喷小胡子的人……"

至于善良软弱而喜欢感伤的尼古拉·彼得罗维奇，他根本不敢渴望成为巴扎洛夫思想上的对手。阿尔卡狄则不过是一个"软软的、爱自由的少爷"，他和巴扎洛夫短暂的"友谊"，只是说明当时革命民主主义思想流行之广，以致一些思想上完全异己的人也暂时附和进来。巴扎洛夫在道德力量上压倒了他周围的一切贵族，显示着民主主义对贵族的胜利。

但是，屠格涅夫并不相信巴扎洛夫型人物的理想和事业。他抱着自由主义的怀疑态度，认定巴扎洛夫注定要灭亡，因而给他安排了一个意外的早死，给这个形象涂上了一层悲剧性的色彩。他一面刻画巴扎洛夫和人民的关系，一面又夸大巴扎洛夫和人民之间的隔膜和互不理解。屠格涅夫还赋予巴扎洛夫一些不属于革命民主主义者的性格特征，如否定一切，只信自然科学等。在屠格涅夫笔下，巴扎洛夫在永恒无垠的宇宙面前，有时感到个人渺小和最终不免死亡而悲观失望，并因此怀疑为人民福利而斗争的必要性。这些局限性使《父与子》有别于车尔尼雪夫斯基描写"新人"的小说《怎么办》。

《父与子》出版后引起了文学界激烈的论战，说明小说的迫切现实意义。革命民主主义阵营对小说的评价也有分歧。

屠格涅夫的艺术造诣很深。他的小说结构严谨完整，形象生动鲜明，爱情主题具有深刻的社会内容。他不主张对人物心理作过分细致的挖掘，而采用简洁的综合性的手法，如通过人物外部表情动作，人物对话，通过音乐和风景的描写以刻画心理活动。他使散文语言和诗的语言接近起来，不但优美、鲜明、准确，而且具有诗的抒情性和音乐性。

如小说中关于巴威尔与巴扎洛夫争论的描写：一天傍晚，巴威尔警告巴扎洛夫说："贵族制度是一个原则，在我们这个时代里头只有不道德的或是没有头脑的人才能够不要原则地过日子。"可是巴扎洛夫却反驳说：贵族制度"一点儿用处也没有"，并质问说：像巴威尔这种贵族，"整天袖手坐着，对社会有什么用处？"巴威尔听了脸色气得发白。巴威尔反问巴扎洛夫说："我实在不明白一个人怎么能够不承认原则、法则！是什么东西在指导您的行动呢？"巴扎洛夫回答说："凡是我们认为有利的事情，我们就依据它行动，……现在最有利的事就是否定，因此我们就来否定。"语言针锋相对，简练有力，使父子两代人的冲突跃然纸上。

陀思妥耶夫斯基

陀思妥耶夫斯基，1821 年出生于一个医生家庭，青年时期他受到别林斯基和果戈理的影响。其处女作《穷人》（1846）得到别林斯基的很高评价。接着他又发表了《两面人》（1846）、《女房东》（1848）等流露出神秘主义倾向的作品。充满诗情画意的中篇小说《夜》（1848）也是这一时期的作品。1849 年，陀思妥耶夫斯基因为在反农奴制的进步团体彼德拉谢夫斯基小组朗诵别林斯基《给果戈理的信》而被捕、流放。在西伯利亚流放期间（1849～1859）陀思妥耶夫斯基消极的哲学政治理论逐渐形成。他错误地认为革命宣传在人民中间没有"基础"，因为人民笃信宗教、顺从、忍耐；唯一的道路是从道德伦理方面改造社会。

1859 年回彼得堡后，他在《时代》和《世纪》两杂志上宣扬这些观点，反对革命民主主义。但他的思想始终存在着矛盾，正象他自己所说，在"对信仰的渴望愈来愈强烈时"，"心中的反叛声音也愈来愈强烈"。小说《死屋手记》（1861～1862）以惊人的艺术力量描写了苦役犯的生活，但同时又宣扬了犯罪出于天性的思想。小说《被侮辱与被损害的》（1861）继承《穷人》的主题，描绘恶毒的富人和被损伤的穷人之间的矛盾。小说对社会罪恶的揭露和对被侮辱与被损害者的同情比较感人。《冬天记的夏天印象》（1863）概述作者到西欧旅行的印象。陀思妥耶夫斯基对资本

主义社会的所谓"自由、平等、博爱"作了一针见血的深刻批判，但认为资产阶级个人主义已经渗透到一切阶级，看不到社会的任何出路，宣扬只有资本主义尚未充分发展的专制和正教的俄国，才有一切阶级精诚团结的可能性。

60 年代末和 70 年代，陀思妥耶夫斯基的主要作品有《白痴》（1868）、《群魔》（1873）、《少年》（1876）、《卡拉马卓夫兄弟》（1880）等。其中小说《白痴》通过女主人公娜斯塔西雅的悲惨遭遇，进一步发挥了"被侮辱与被损害"的主题。对于在资本主义社会中被当作商品拍卖的妇女命运的揭示，达到尖锐的社会讽刺高度。另一方面小说通过男主人公梅希金公爵的形象，宣扬用道德伦理来感化人们，改造社会，反对革命民主主义，歪曲了革命者的形象。

陀思妥耶夫斯基的处女作《穷人》（1846）继承和发展了普希金和果戈理关注和同情"小人物"的民主主义传统，被别林斯基称为俄国文学史上"社会小说的第一次尝试"。涅克拉索夫读了《穷人》的稿子后就惊呼"一个新的果戈理诞生了！"《穷人》通过年老的小官吏杰符什金和被迫害的孤女瓦尔瓦拉的来往书信，描绘出彼得堡穷人们的悲苦生活。陀思妥耶夫斯基在小说中描写了瓦尔瓦拉走投无路，沦为妓女，在杰符什金的帮助下跳出火坑，开始自食其力的生活，但最终还是逃脱不了贫困和迫害，她被迫嫁给了原来侮辱了她的地主贝科夫。作者对两个被迫分开的小人物之间的深情写得十分凄婉动人，并对"小人物"的精神世界作了深入的挖掘。在官僚社会里，杰符什金饱尝了生活的折磨，但开始意识到穷人也是一个人，对人们的冷酷和社会的不平感到愤慨，为自己能够照顾一个孤女而得到安慰。别林斯基认为《穷人》的主题不在于描写"被生活击溃、压扁的人"，"作者的想法要深刻得多，人道得多；他想告诉我们，在最浅薄的人类天性中蕴藏着多么美好的、高尚的和神圣的东西"。

《罪与罚》（1866）是陀思妥耶夫斯基的代表作。小说描写资本主义社会在道德伦理方面深刻的矛盾。小说描绘了一个贫穷的法科大学生杀害了放高利贷的老太婆后，受到良心的谴责而自首和"新生"的故事。大学生拉斯柯尔尼科夫和醉汉马尔美拉多夫两个家庭的遭遇，表现了彼得堡社会贫富对立和穷人们颠沛流离、走投无路的悲惨生活。这构成小说中有力的批判成分。但在社会生活画面的描写中也弥漫着悲观、消极的情绪。小说的主要部分是对于拉斯柯尔尼科夫心理活动分析。他是在"不做奴隶，就做统治者"的资产阶级掠夺心理和"超人"哲学的支配下，也在无政府主义反抗情绪的支配下犯罪的。作者通过主人公在犯罪后的矛盾心理，深刻地揭露和批判了这些资产阶级心理的反人道主义的实质。但陀思妥耶夫斯基从基督教的顺从、忍耐、爱别人的原则出发，把信仰宗教、忍受人间苦痛的女主人公索尼亚的形象描写成黑暗社会的一线光明。作者还以拉斯柯尔尼科夫这一形象来影射当时的革命平民知识分子。但他与革命平民知识分子没有共同之处。他和作者其他作品的许多主人公一样，离群索居，住在阁楼或地下室，在资产阶级意识的支配下彷徨、苦恼、不安。

陀思妥耶夫斯基的作品对 19 世纪末、20 世纪初的西欧文学具有很大影响。他具有很高的艺术描写技巧，最大的特色是长于对他所爱的下层人物的灵魂和心理进行深入细致的描写，并着力发掘出他们在极其困苦不幸的境遇中仍然保持着崇高的灵魂。鲁迅把陀思妥耶夫斯基称为"人的灵魂的伟大审问者"，他指出："他把小说中的男男女女，放在万难忍受的境遇里，来试炼他们，不但剥去了表面的洁白，拷问出藏在底下的罪恶，而且还要拷问出藏在那罪恶之下的真正的洁白来"。茅盾也指出陀思妥耶夫斯基以"可惊的细腻和深刻显示出他那动荡时代下层社会的心理。他爱那些'被践踏者与被损害者'，他在他们的污秽的生活中找出灵魂的洁白"。但是陀思妥耶夫斯基醉心于病态心理描写，这是和他主张忍耐、顺从的人生哲学有联系的。

列夫·托尔斯泰

列夫·托尔斯泰，1828 年 9 月 9 日出生于图拉省克拉皮文县的亚斯纳亚·波利亚纳（今属图拉省晓金区）。托尔斯泰家是名门贵族，其谱系可以追溯到 16 世纪，远祖从彼得一世时获得封爵。父亲尼古拉·伊里奇伯爵参加过 1812 年卫国战争，以中校衔退役。母亲玛丽亚·尼古拉耶夫娜是尼·谢·沃尔康斯基公爵的女儿。托尔斯泰 1 岁半丧母，9 岁丧父。1841 年他的监护人姑母阿·伊·奥斯坚·萨肯去世后，改由住在喀山的姑母彼·伊·尤什科娃监护。于是他全家迁到喀山。

托尔斯泰自幼接受典型的贵族家庭教育。1844 年考入喀山大学东方系，攻读土耳其、阿拉伯语，准备当外交官。期终考试不及格，次年转到法律系。他不专心学业，迷恋社交生活，尤其对道德哲学产生兴趣，喜爱卢梭的学说及其为人，并广泛阅读文学作品。在大学时代，他已注意到平民出身的同学的优越性。1847 年 4 月退学，回到亚斯纳亚·波利亚纳。这是他母亲的陪嫁产业，在兄弟分产时归他所有，他漫长的一生绝大部分时间在这里度过。

回到庄园后，他企图改善农民生活，因得不到农民信任而中止。1849 年 4 月曾到彼得堡参加法学士考试，只考了两门课就突然回家。次年秋天为农民子弟兴办学校。12 月被提升为十四品文官，实际上却周旋于亲友和莫斯科上流社会之间。但他渐渐对这种生活和环境感到厌倦，1851 年 4 月底随同服军役的长兄尼古拉赴高加索，以志愿兵身份参加袭击山民的战役，后作为"四等炮兵下士"在高加索部队中服役两年半。虽然表现优异，但也有赖亲戚的提携才晋升为准尉。1854 年 3 月，他加入多瑙河部队。克里木战争开始后，自愿调赴塞瓦斯托波尔，曾在最危险的第四号棱堡任炮兵连长，并参加这个城市的最后防御战。在各次战役中，看到平民出身的军官和士兵的英勇精神和优秀品质，加强了他对普通人民的同情和对农奴制的批判态度。

托尔斯泰在高加索时开始创作，在《现代人》杂志上陆续发表《童年》、《少年》和《塞瓦斯托波尔故事》等小说。1855 年 11 月他从塞瓦斯托波尔来到彼得堡，作为知名的新作家受到屠格涅夫和涅克拉索夫等人的欢迎，并逐渐结识了冈察洛夫、费特、奥斯特洛夫斯基、德鲁日宁、安年科夫、鲍特金等作家和批评家。在这里他以不谙世故和放荡不羁而被视为怪人，他的不喜爱荷马和莎士比亚也使大家惊异。不久，他同车尔尼雪夫斯基相识，但不同意后者的文学见解。当时德鲁日宁等人提倡为艺术而艺术的所谓"优美艺术"，反对所谓"教诲艺术"、实即革命民主派所主张的暴露文学。托尔斯泰倾向于德鲁日宁等人的观点，但又认为任何艺术不能脱离社会生活。至 1859 年，他同《现代人》杂志决裂。

1856 年底，托尔斯泰以中尉衔退役。次年年初到法国、瑞士、意大利和德国游历。法国的"社会自由"博得他的赞赏，而巴黎断头台一次行刑的情景则使他深感厌恶。在瑞士看到英国资产阶级绅士的自私和冷酷，也激起他很大的愤慨。但这次出国扩大了他的文学艺术的视野，增强了他对俄国社会落后的清醒认识。

对于 50～60 年代之交的农奴制改革以及革命形势，托尔斯泰的思想是极其矛盾的。早在 1856 年他曾起草方案，准备以代役租等方法解放农民，并在自己庄园试行，因农民不接受而未实现。他同情农民，厌恶农奴制，却认为根据"历史的正义"，土地应归地主所有，同时因地主面临的是要性命还是要土地的问题而深深忧虑。他不同意自由主义者、斯拉夫派以至农奴主顽固派的主张，也看到沙皇所实行的自上而下的"改革"的虚伪性质，却又反对以革命方法消灭农奴制，幻想寻找自己的道路。

由于无法解决思想上的矛盾，他曾企图在哲学、艺术中逃避现实，但很快又感到失望；1860 年因长兄尼古拉逝世，更加深了他的悲观情绪。1859～1862 年间几乎中辍创作，先后在亚斯纳亚·波利亚纳和附近农村为农民子弟办了 20 多所学校，并曾研究俄国和西欧的教育制度，1860～1861 年还到德、法、意、英和比利时等国考察学校。后又创办《亚斯纳亚·波利亚纳》教育杂志。这些活动引起沙皇政府的注意。加之在农奴制改革中，他作为本县和平调解人，在调停地主和农民的纠纷时，常常同情农民，又招致贵族农奴主的敌视。1862 年 7 月他外出时，家中遭到宪兵连续 2 天的搜查。不久他关闭了学校。这段时间他思想上所受的震荡以及因同农民的频繁接触而接受的他们对事物的一些看法，成为他的世界观转变的契机和开端。

1856 年夏～1857 年冬，托尔斯泰曾一度倾心于邻近的瓦·弗·阿尔谢尼耶娃，此后又为婚事作了多次努力，但都没有成功。

1862 年 9 月，托尔斯泰同御医、八品文官安·叶·别尔斯的女儿索菲亚·安德列耶夫娜结婚。在他一生中，他的夫人不仅为他操持家务，治理产业，而且为他抄写手稿，例如《战争与和平》就抄过多次。但她未能摆脱世俗偏见，过多为家庭和子女利益着想，不能理解世界观激变后托尔斯泰的思想。

新婚之后，革命形势逐渐转入低潮，他也逐渐克服了思想上的危机。他脱离社交，安居庄园，购置产业，过着俭朴、宁静、和睦而幸福的生活。从 1863 年起他以 6 年时间写成巨著《战争与和平》。这段时间的较重要的事件是 1866 年他出席军事法庭为士兵希布宁辩护。希布宁因不堪军官的虐待打了军官的耳光，虽经托尔斯泰为之奔走，终被枪决。这一事件使他开始形成反对法庭和死刑的看法。

托尔斯泰心灵的宁静与和谐没有保持多久。1869 年 9 月因事途经阿尔扎马斯，深夜在旅馆中突然感到一种从未有过的忧愁和恐怖。这就是所谓"阿尔扎马斯的恐怖"。在这前后，他在致友人书信里谈到自己近来等待死亡的阴郁心情。1868 年秋～1869 年夏，他对叔本华哲学发生兴趣，一度受到影响。从 70 年代初起，社会运动的兴起，使他开始新的思想危机和新的探索。他惶惶不安，怀疑生存的目的和意义，因自己所处的贵族寄生生活的"可怕地位"深感苦恼，不知"该怎么办"。他研读各种哲学和宗教书籍，不能找到答案。他甚至藏起绳子，不带猎枪，生怕为了求得解脱而自杀。这些思想情绪在当时创作的《安娜·卡列尼娜》中得到鲜明的反映。此后，他访晤神父、主教、修道士和隐修士，并结识农民、独立教徒康·修塔耶夫。他终于完全否定了官办教会，接受了宗法制农民的信仰，最后在70～80年代之交新的革命形势和全国性大饥荒的强烈影响下，弃绝本阶级，完成了60年代开始酝酿的世界观的转变，转到宗法制农民的立场上。

在《忏悔录》（1879～1880）和《我的信仰是什么》（1882～1884）等论文里，他广泛阐述自己思想转变的过程，对富裕而有教养的阶级的生活及其基础——土地私有制表示强烈的否定，对国家和教会进行猛烈的抨击。然而，他却反对暴力革命，宣扬基督教的博爱和自我修身，要从宗教、伦理中寻求解决社会矛盾的道路。这是因为他不仅反映了农民对统治阶级的仇恨和愤怒，也接受了他们因政治上不成熟而产生的不以暴力抵抗邪恶的思想。作为俄国千百万农民在俄国资产阶级革命快到来的时候的思想和情绪的表现者，托尔斯泰是伟大的。托尔斯泰富于独创性，因为他的全部观点，总的说来，恰恰表现了俄国革命是农民资产阶级革命的特点。

从此托尔斯泰厌弃自己及周围的贵族生活，不时从事体力劳动，自己耕地、缝鞋，为农民盖房子，摒绝奢侈，持斋吃素。他也改变了文艺观，指斥自己过去的艺术作品包括《战争与和平》等巨著为"老爷式的游戏"，并把创作重点转移到论文和政论上去，以直接宣传自己的社会、哲学、宗教观点，揭露地主资产阶级社会的各种罪恶。当时写的剧本、中短篇小说以及民间故事，同样为了这一目的。他还从事广泛的社会活动：1881年因子女求学全家迁居莫斯科，他访问贫民窟，参加1882年莫斯科人口调查，深入了解城市下层生活；1881年他上书亚历山大三世，请求赦免行刺亚历山大二世的革命者；1884年由其信徒和友人弗·契尔特科夫等创办"媒介"出版社，以印发接近托尔斯泰学说的书籍；1891 年给《俄国新闻》和《新时代》编辑部写信，声明放弃 1881 年后自己写的作品的版权；1891～1893 年和 1898 年，先后组织赈济梁赞省和图拉省受灾农民的活动；他还努力维护受官方教会迫害的莫洛康教徒和杜霍包尔教徒，并在 1898 年决定将《复活》的全部稿费资助杜霍包尔教徒移居加拿大。

从 90 年代中期开始，托尔斯泰增强了对社会现实的批判态度，对自己宣传的博爱和不抗恶思想也常常感到怀疑。这在《哈泽·穆拉特》等作品中有所反映。沙皇政府早就因他的《论饥荒》一文而企图将他监禁或流放，但慑于他的声望和社会舆论而中止。至此又因《复活》的发表，指责他反对上帝，不信来世，于 1901 年以俄国东正教至圣宗教院的名义革除他的教籍。这个决定引起举世的抗议，托尔斯泰却处之泰然。同年他因沙皇政府镇压学生运动而写《致沙皇及其助手们》一文；次年致函尼古拉二世要求给人民自由并废除土地私有制；1904 年撰文反对日俄战争。他同情革命者，也曾对革命的到来表示欢迎，但却不了解并回避 1905 年革命。而在革命失败后，他又反对沙皇政府残酷杀害革命者，写出《我不能沉默》一文。

托尔斯泰在世界观激变后，于 1882 年和 1884 年曾一再想离家出走。这种意图在他 80～90 年代的创作中颇多反映。在他生前的最后几年，他意识到农民的觉醒，因自己同他们的思想情绪有距离而不免悲观失望；对自己的地主庄园生活方式不符合信念又很感不安。他的信徒托尔斯泰主义者和他的夫人之间的纠纷更使他深以为苦。最后，他于 1910 年 11 月 10 日从亚斯纳亚·波利亚纳秘密出走。在途中患肺炎，20 日在阿斯塔波沃车站逝世。遵照他的遗言，遗体安葬在亚斯纳亚·波利亚纳的森林中。坟上没有树立墓碑和十字架。

托尔斯泰的创作，大致可以分为三个时期：

早期（1851～1862）是他的探索、实验和成长的时期。思想和艺术风格都在发展和变化，个别作品带有模仿的痕迹。他后来作品中的一些基调和特色也已初具雏形。

托尔斯泰早在 1847 年起开始写日记，以后一直坚持到晚年。大量的日记和书信，几乎占他的文学遗产的1/2。日记是他朝夕反省和不断进行探索的心灵的纪录，也是锻炼写作、通过自身研究人的内心生活秘密的手段。像《昨天的故事》（1851）那样的早期作品，就是由日记扩充和艺术加工而成的。

托尔斯泰的许多作品带有自传性质，这首先见于最早发表的作品、在高加索写成的中篇小说《童年》（1851～1852）以及后来陆续发表的《少年》（1852～1854）和《青年》（1855～1857）（据他的构思还要写最后一部《青春》，构成长篇小说《四个发展时期》，但没有写成）。这个三部曲表现主人公如何在周围环境影响下成长。他不满自己，醉心于反省和自我分析，追求道德完善。作品洋溢着贵族庄园生活的牧歌情调，但也表现了一定的民主倾向，尽管作家晚年说这是不真诚的。同一时期创作的《袭击》（1853）、《伐林》（1853～1855）和《塞瓦斯托波尔故事》等军事小说，是根据作者亲身经历和见闻写成的。这些作品克服俄国文学中战争描写的虚假的浪漫主义倾向，表现流血和死亡的真实场面，描写普通士兵和军官的朴素但却悲壮的真正爱国主义，揭示贵族军官的虚荣心和装腔作势。车尔尼雪夫斯基指出的托尔斯泰才华的两个特点：“心灵的辩证法”（即写心理的过程）和道德感情的纯洁，主要就是根据上述作品概括出来的。

从他的心灵探索和精神面貌发展的线索来说，继3部曲之后的是：《一个地主的早晨》（1856），探索在农奴制下通过改善农民生活

以协调地主和农民的关系的道路。这也是他亲自观察所得，因此能够"钻到农民的心灵中去"（车尔尼雪夫斯基语）。

《家庭幸福》（1858～1869），有他同瓦·弗·阿尔谢尼耶娃爱情关系的反映，但也表现了他当时逃避现实、追求与世隔绝的家庭"幸福小天地"的幻想。他很快就否定了这篇作品。

《哥萨克》（1853～1863，这是原计划中的上半部，下半部没有写成），表达了作家要脱离自己环境、走"平民化"道路的初步尝试。主人公奥列宁厌弃上流社会的空虚和虚伪，他认识到幸福的真谛在于爱和自我牺牲，为别人而生活，但他未能摆脱贵族的习性，这幻想以破灭告终。这个"出走"的主题后来不断出现在作家晚年的作品中。在艺术上《哥萨克》开始从心理的细致刻画转向客观地广泛描写现实生活的史诗画面，为创作《战争与和平》作了准备。

这个时期的其他作品：《两个骠骑兵》（1856）写父子两代人，作者欣赏父辈的热情豪迈的骑士风度，而鄙弃子辈的猥琐自私的实利观点。《阿尔别特》（1857～1858）和《琉森》（1857）都是写艺术家的。前者的中心思想是"自由创作"问题，作品中宣称"美是人世间唯一无可置疑的幸福"，是作家一度醉心"为艺术而艺术"的观点的产物。《琉森》以作家旅游瑞士时的见闻为基础，揭露资产阶级的自私本性和资本主义同艺术相敌对的实质。但这里已出现否定资本主义文明的相对进步意义的倾向，他的批判又是从抽象的宗教、道德的真理出发，是托尔斯泰主义的最初表现。这篇作品的向往自然和归真返朴的思想在《哥萨克》和《三死》（1859）中得到最充分的发挥，后两部作品以大自然和接近大自然的人的意识作为衡量真理的尺度。这里有卢梭的影响。

50年代末～60年代初因同农民接近，他开始直接描写农民生活。未完成的作品《田园诗》（1860～1861）和《古洪和玛兰尼娅》（1860～1862）对古老的农民生活方式过分美化。《波里库什卡》（1861～1863）表现农奴制下不可能为农民造福的思想，女地主的

"仁慈"却导致波里克依的自杀,作品充满了阴暗的色彩。在这部作品里,作家第一次提出金钱万恶的问题。

中期(1863~1880)是托尔斯泰才华得到充分发展、艺术达到炉火纯青的时期,也是思想上发生激烈矛盾、紧张探索、酝酿转变的时期。

托尔斯泰从1856年开始想写关于十二月党人的小说,在1860~1861年间写了开头3章(1884年发表;1877至1879年曾再用这个题材写了一些片断,但与原来的构思毫无联系)。他的注意力渐渐转移到关于1812年卫国战争的《战争与和平》(1866~1869)。他试图从历史上给贵族阶级寻找存在的价值,用以解答当时解放运动应由哪个阶级领导的问题。但由于长期的亲身体验和同人民的接近,他深深感到人民在民族历史上的作用,从而使小说成为一部波澜壮阔的人民战争的史诗。

小说展示了一个重大的历史时期——从1805年到十二月党人起义的前夜。出现于前景的是两种类型的贵族。一类接近宫廷,谈吐优雅,雍容华贵,但道德败坏,利欲熏心,醉生梦死,崇拜法国文化,漠视祖国命运。另一类是理想化的宗法制的领地贵族,主要是罗斯托夫和包尔康斯基两家,忠厚慷慨,感情强烈,富于爱国主义精神。属于这类贵族的还有彼埃尔·别祖霍夫,他和安德烈·包尔康斯基是中心人物。他们两人都不断进行思想探索,饱尝生活中的甘苦,都在卫国战争中了解到人生的真谛,并在精神上得到新生。最后安德烈因负伤死去,彼埃尔成为十二月党人。

小说所热情歌颂的真正爱国英雄是人民,是许多平民出身的士兵和军官,他们朴实英勇,藐视死亡,和贵族军官的哗众取宠形成对照。小说还把库图佐夫写成人民智慧的体现者。他和作家心目中代表资本主义的傲慢自负而实际渺小的拿破仑不同,他了解人民的情绪,听任事物的客观发展,因此高于拿破仑并取得对后者的胜利。

在托尔斯泰看来,俄国的前途在于"优秀"贵族和人民的合作,这种思想是错误的。但在小说中，这种结合是在面临民族矛盾时实现的，因此有其合理的地方。同时，他虽然也写到彼埃尔和安德烈所实行的农业改革，却并不隐讳农民对地主的不满心理。

小说中也反映了作者的一些很典型的偏见。例如婚后的娜塔莎表现了宗法制家庭的贤妻良母理想；库图佐夫形象表现了反对理性、崇奉无意识活动和自发的生活原则。特别是卡拉塔耶夫形象，美化了宗法制下的落后的农民，宣扬逆来顺受和不抗恶的思想。

《战争与和平》写成后，面对俄国资本主义的急剧发展和宗法制农村旧秩序的分崩离析，托尔斯泰企图从彼得一世时代寻找当代社会变化的原因。他承认彼得做了伟大而必要的事，但又责备他把欧洲文明移植到俄国。从1870到1873年他研究了彼得时代的大堆史料。但这项工作为《启蒙读本》所打断。后来只写成关于彼得的小说的开头部分，便转向现代生活题材的《安娜·卡列尼娜》的创作。

《启蒙读本》（1871～1872）涉及的国民教育问题，在当时也是迫切问题。托尔斯泰自称这本书的宗旨在于教育俄国"整整两代的孩子"——"不管沙皇的孩子还是农民的孩子"。这部书共包括373篇作品，有关于自然科学的，但大部分是文学方面的，思想倾向保守。而且由于托尔斯泰不同意科学的启蒙作用，《启蒙读本》反对新教育学的基本方法和原则，因此遭到教育学家的反对。他曾为此撰文辩解，并公开辩论。但《启蒙读本》确有可取之处：它摆脱了新教育学的机械方法，其中很多经过改编的民间故事都富于艺术性，语言简洁、明确、生动。特别是1875年经过他修改的《新启蒙读本》，很受欢迎，在作者生前就印行了30多版。

《安娜·卡列尼娜》的构思始于1870年，到1873年才开始动笔，写一个上流社会已婚妇女失足的故事。而在1877年写成的定稿中，小说的重心转移，主要是写农奴制改革后俄国资本主义发展所产生的灾难性后果：贵族阶级家庭关系的瓦解和道德的败坏，贵族地主在资产阶级进逼下趋于没落以及农村中阶级矛盾的激化。

　　主人公安娜·卡列尼娜不能忍受丈夫的虚伪和冷漠，追求真正的爱情和幸福。但她既无力对抗上流社会的虚伪和冷酷，又不能完全脱离贵族社会，战胜自己身上贵族的传统观念，在极其矛盾的心境下卧轨自杀。

　　另一主人公列文，是作家的自传性人物。他痛心地看到地主经济的没落，寻求避免资本主义发展的道路，希望借地主和农民合作来缓和阶级矛盾，并把这种"不流血的革命"推广至全世界。这种空想破灭后，他悲观失望，怀疑人生意义，甚至要从自杀中求解脱，最后在家庭幸福和宗法制农民的信仰中得到精神的归宿。这部作品已没有《战争与和平》中和谐明朗的色彩和历史乐观主义，人物充满着矛盾、紧张和惶恐的心情，全书闪现着噩梦、宿命的预感和死亡的阴影。这反映了"一切都翻了一个身，一切都刚刚安排"的社会生活的变化无常和作家世界观中悲观情绪的滋长。

　　晚期（1881～1910）托尔斯泰作品的倾向是：一方面揭露当代社会的各种罪恶现象，另一方面是表达自己的新认识，宣传自己的宗教思想。创作是多方面的，有戏剧、中短篇和长篇小说、民间故事，而占重要位置的则是政论和论文。

　　托尔斯泰在50～60年代就曾写戏剧，其中《一个受传染的家庭》（1862～1864）是反对"虚无主义者"即革命民主派的。80年代起又对剧作发生兴趣。重要作品有：《黑暗的势力》（1886）揭露金钱的罪恶，同时宣扬拯救灵魂的说教；《教育的果实》（1891）以贵族和农民的不同生活方式为冲突的基础，讽刺前者的游手好闲和精神空虚，表达后者因缺乏土地而产生的强烈愤慨；《活尸》（1911）写一个觉醒的贵族因社会制度不合理而离家出走，同时揭露贵族的自私冷酷和他们的合法婚姻的虚伪性。经过长时间创作的《光在黑暗中发亮》（1911）反映作者在世界观转变后同家庭和社会的冲突，宣扬不抗恶，而剧情的发展又反驳了这种说教的无力，是他最矛盾的作品之一。

这一时期他的创作写出了中短篇小说《伊凡·伊里奇之死》
（1884～1886）、《克莱采奏鸣曲》（1891）、《魔鬼》（1911）、《谢尔
盖神父》（1912）和《舞会之后》（1911）的主题主要是精神觉醒或
离家出走，并反对性爱，宣扬宗教的禁欲主义；另一方面则是批判
贵族资产阶级的空虚和荒淫生活，此外，《霍尔斯托密尔》（1863～
1885）揭示私有财产对其牺牲者以至私有者本人的毁灭性的危害；
《伪息券》（1911）则接近《黑暗的势力》的主题。在1905年革命
前夕写成的《哈泽·穆拉特》（1904）描写山民的强烈的生的意志
和至死不屈的英勇精神；在这次革命中写成的《为什么》（1906）
歌颂波兰人民的英勇起义，揭露沙皇的残酷镇压；两者是对当时暴
力革命的反应，但就在同时写成的《柯尔涅依·瓦西里耶夫》
（1905）则又重复博爱和宽恕可以摆脱邪恶的论调。

长篇小说《复活》（1889～1899）是托尔斯泰晚年的代表作，
情节的基础是真实的案件。贵族青年聂赫留道夫诱奸姑母家中养女、
农家姑娘卡秋莎·玛斯洛娃，导致她沦为妓女；而当她被诬为谋财
害命时，他却以陪审员身份出席法庭审判她。这看似巧合的事件，
在当时社会却有典型意义。小说一方面表现作者晚年代表性主题
——精神觉醒和离家出走；主要方面则是借聂赫留道夫的经历和见
闻，展示从城市到农村的社会阴暗面，对政府、法庭、监狱、教会、
土地私有制和资本主义制度作了深刻的批判。不过，作品的后面部
分，渐渐突出了不以暴力抗恶和自我修身的说教。托尔斯泰的力量
和弱点，在这里得到最集中最鲜明的表现。

《民间故事》（1881～1886）大多渗透着宗教伦理思想和美化宗
法制古风遗习的倾向，但却以情节紧凑、语言简朴著称。某些作品
也具有积极意义，如《一个人需要很多土地吗?》谴责土地私有，
《两个老头》批判私有财产，《蜡烛》反映人民的反抗情绪等等。

托尔斯泰的文章和论著保存至今的共290篇，已完成的164篇，
构成他文学遗产的重要部分。政论性的论文占大多数，其写作始于

青年时代。60～70年代写过关于教育问题和关于萨马拉饥荒的论文。最有意义的是世界观激变以后的文章。《教条神学研究》（1879～1880）、《我的信仰是什么》（1882～1884）、《教会和政府》（1885～1886）等，揭露官方教会是"有产者政权"的婢女、并宣传新的基督教的世界观；《那么我们该怎么办》（1882～1886）、《天国在您心中》（1890～1893）和《当代的奴隶制》（1899～1900）等文指出资本主义制度实即奴隶制，而工厂奴隶制是土地奴隶制的直接后果；国家是保卫有产者并压迫人民的工具；私有制则是"战争、死刑、法庭、奢侈、淫荡、凶杀和使人毁灭"的万恶之源。在90年代初俄国许多省份受灾时，他写了《论饥荒》（1891）、《可怕的问题》（1891）和《饥荒抑或不是饥荒》（1898），指出当时饥荒的严重性，并断言"人民之所以饥饿，是由于我们吃得太饱"、应该"从人民的脖子上爬下来"，把土地等归还他们，在1905年革命的时期，他宣称自愿充当"从事农业的一亿人民的辩护士"，写了《论俄国的社会运动》、《深重的罪孽》、《致农民的论土地的信》（1905）等文，认为革命的根本问题是土地问题。而在《关于莫斯科的调查》（1882）、《唯一的手段》（1901）、《论俄国革命的意义》（1906）和《究竟该怎么办》（1906）等文中还陈述城市下层的贫困境况和工人的沉重劳动。此外还有一些反对侵略战争和军国主义的文章。这些论文同样有其消极面，如否定一切国家、一切暴力，幻想人们的团结，鼓吹爱的作用和自我修身等。

托尔斯泰早期写过文学论文，如《人们为什么写作》（1851）肯定文学的崇高使命；《在俄罗斯文学爱好者协会上的讲话》（1859）反对暴露文学，但仍主张文学应当适应社会的要求。在60～70年代的论文中，主要强调应为人民而写作。最值得注意的是晚年的论著。《莫泊桑文集序》（1894）要求忠于现实主义艺术的原则；要求作家对所描写的事物抱道德的态度，明确"善和恶之间的区别"。《什么是艺术》（1897～1898）批判"为艺术而艺术"的美学观点，指出当时一些美学理论为统治阶级的口味进行辩解的实质，揭示颓废派艺术反人民的本性及其哲学思想基础；同时提出艺术是人们交流感情的工具。《论莎士比亚及其戏剧》（1906）指责莎士比亚的剧作反民主和不道德，但也能道出他的剧作的某些艺术特点。这些论著都阐明作者后期关于艺术实质和作用、形式和内容的关系、艺术的道德意义等问题的见解，后两部还同时要求文艺传达宗教意识。

托尔斯泰是伟大的思想家和艺术家。从他的创作初期开始，特别在60年代以后，他始终不渝地真诚地寻求接近人民的道路，"追根究底"地要找出群众灾难的真实原因，认真地思考祖国的命运和未来，因此，他的艺术视野达到罕有的广度，在自己作品中能够反映1861年农奴制废除后到1905年革命之间的重要社会现象，提出这个转折时期很多的"重大问题"，尽管他的立场是矛盾的，他的解答是错误的。然而，托尔斯泰的伟大，主要还由于他以天才艺术家所特有的力量，创作了无与伦比的俄国生活的图画，而那些"重大问题"大多就是在"图画"中艺术地提出来的。

托尔斯泰的艺术是博大精深的。首先，他以特有的概括的广度，创造了史诗体小说。如《战争与和平》那样的巨著，再现了整整一个时代，气势磅礴，场面广阔，人物众多（500以上）。历史的事实融合着艺术的虚构，奔放的笔触糅合着细腻的描写；在巨幅的群像中显现出个人的面貌，于史诗的庄严肃穆中穿插有抒情的独白，变化万千，蔚为奇观。他善于驾驭多线索的结构，千头万绪，衔接得天衣无缝；又能突破小说的"封闭"形式，波澜壮阔，像生活那样无始无终。然而托尔斯泰的艺术魅力，不只在于再现宏观世界，而且在于刻画微观世界。他洞察人内心的奥秘，在世界文学中空前地把握心灵的辩证发展，细致地描写心理在外界影响下的嬗变过程；并且深入人的下意识，把它表现在同意识相互和谐的联系之中。托尔斯泰的艺术力量是真实，它突出表现在性格塑造上。他总是如实地描写人物内心的多面性、丰富性和复杂性，不只写其突出的一面或占优势的一种精神状态。他不隐讳心爱人物的缺点，不粉饰，不夸张或不理想化，总是借助真实客观的描写，展示其本来面目，从而于平凡中见伟大，或者相反，于平凡的现象中显示其可怕。他还善于描绘性格的发展和变化，自然浑成而不露痕迹。

托尔斯泰的风格主要特点是朴素。他力求最充分最确切地反映生活的真实或表达自己的思想，因此，他虽然在艺术上要求严格，像《战争与和平》就7易其稿，却不单纯以技巧取胜，不追求形式上的精致，也不回避冗长的复合句，而只寻求最大的表现力。晚年，他的艺术有显著的变化。在心理分析上力求简洁，不写感受的整个过程，只写心理过程的各个阶段的主要环节；有时采取戏剧的方法，通过行动和对白来表现。不写性格的顺序发展过程，而写突然事故引起的决定性转变。在结构上，为了表现人物的醒悟，常常采用倒叙的方法；为了集中，长篇小说也不再多用线索，而用单线索逐渐展开的方式。在语言上，则力求质朴洗练和浅显易懂，接近民间故事。

托尔斯泰是现实主义的顶峰之一。他的文学传统不仅通过高尔基而为苏联作家所批判地继承和发展，在世界文学中也有其巨大影响。从19世纪60年代起，他的作品开始在英、德等国翻译出版。70~80年代之交以《战争与和平》的法译本出版获得国际上第一流作家的声誉，成为当时欧美"俄国热"的主要对象。

80~90年代法、英等国最早论述他的评论家，都承认他的现实主义创作对自己国家文学的振兴作用。在19世纪末~20世纪初成长的进步作家法朗士、罗曼·罗兰、亨利希·曼和托马斯·曼、德莱塞、萧伯纳、高尔斯华绥以及其他欧美作家和亚洲作家都受到他的熏陶。在中国，1900年就出现评价他的文字，1907年评介过他的"宗教小说"（《主与仆》及民间故事）。1913年、1917年先后有《复活》（易名《心狱》）和《安娜·卡列尼娜》（易名《安娜小史》）的不完全的文言译本。

"五四"前后，托尔斯泰的作品大量被译成中文。抗战期间分别出版了郭沫若和周扬翻译的《战争与和平》和《安娜·卡列尼娜》，以及其他作品的译本。中华人民共和国成立以后，托尔斯泰的重要作品大多已翻译出版，而且根据原文翻译，不少名著都有几种不同的译本。

车尔尼雪夫斯基

车尔尼雪夫斯基（1828～1889）是俄国解放运动第二时期最卓越的革命家代表，革命民主主义派领袖，唯物主义哲学家、经济学家，同时又是著名的美学家、文学批评家和小说家。列宁称他为"唯一真正伟大的俄国著作家"。

车尔尼雪夫斯基于1828年7月12日生于萨拉托夫，父亲是个神父。大学时期（1846～1850）车尔尼雪夫斯基的唯物主义世界观、革命民主主义立场和空想社会主义观点便已形成了，他"迫不及待地期望革命来临"。

1850年车尔尼雪夫斯基大学毕业后，在彼得堡陆军军官学校当了临时的教员，旋即被任命为萨拉托夫中学的教员。他不顾危险宣传革命思想，决心献身革命。1853年车尔尼雪夫斯基去彼得堡。他在《现代人》工作期间（1854～1862）正是俄国准备和实行"农奴制改革"的时期。他和杜勃罗留波夫、涅克拉索夫一起把《现代人》杂志变成了革命民主主义派的机关刊物。改革法颁布后，车尔尼雪夫斯基和他的战友们起草了一系列传单。他用通俗的语言向农民分析了改革的欺骗性，直接号召农民起义，同时还

从事革命组织工作。

车尔尼雪夫斯基的活动引起了反动分子的恐惧和仇恨，1862年7月，反动当局卑鄙地制造假证据逮捕了车尔尼雪夫斯基，把他关在彼得堡罗要塞。车尔尼雪夫斯基表现了革命家的英勇气概和忠贞气节。在狱中他用唯一可能的形式继续进行革命宣传，写了长篇小说《怎么办》。案件的审讯延续达一年半，政府找不到任何证据来判罪，只好无耻地收买奸细，伪造证据，1864年1月宣判服苦役14年，终身流放西伯利亚。亚历山大二世伪善地把苦役期减为7年，流放前举行了侮辱性的褫夺公民权仪式，但人群中投来了花束。当"罪人"被押走时，人们还尾随不舍。在流放地车尔尼雪夫斯基继续利用文学创作来宣传革命思想，写了小说《序幕》（1867～1869）。

俄国先进人士想尽方法营救。马克思也曾多次组织力量设法营救他。当局想诱使车尔尼雪夫斯基递书请求赦免，遭到了他的严正拒绝。

车尔尼雪夫斯基从1862年被捕到1883年，在监狱、苦役和流放中度过了21年，经历了无数折磨和苦难，但他一直表现了高尚的革命气节。1883年沙皇政府把车尔尼雪夫斯基移往阿斯特拉罕，在这个炎热地区又被流放了6年。直到1889年6月，健康被彻底摧毁的车尔尼雪夫斯基才被允许回到故乡萨拉多夫，同年10月一代伟人与世长辞。

车尔尼雪夫斯基是无产阶级革命时代以前伟大的革命家、哲学家和美学家。他的美学代表作《艺术与现实的美学关系》（1853～1855）一反当时流行的美是观念的产物、艺术是填补客观现实中美的欠缺等唯心主义观点，鲜明地提出"美是生活"，"是显示出生活或使我们想起生活"，是"依照我们的理解应当如此的生活"的唯物主义见解。车尔尼雪夫斯基写了许多文学论文。《俄国文学果戈理时期概观》（1855～1856）是他的文学批评代表作。文章充分肯定了别林斯基文学批评的功绩，指出俄国文学从普希金到果戈理的发展主要体现在批判精神的不断加强；高度评价了果戈理所奠定的文学批判倾向；号召作家成为人民的喉舌，无情揭露当时社会的丑恶，激发人民追求美好的未来。他的文学评论善于从具体作品出发，深入阐释作品的社会价值，巧妙地提出当时迫切的社会政治问题。此外，著名论文还有《幽会中的俄罗斯人》（1858），《托尔斯泰伯爵的（童年）、（少年）和战争小说》1856）等。

长篇小说《怎么办》是60年代革命民主主义文学中辉煌的作品。车尔尼雪夫斯基是在异常艰难的环境——彼得堡罗要塞中写成这部小说的，前后只写了短短的4个月（1862年12月～1863年4月）。

小说描写的女主人公薇拉·巴甫洛芙娜出身于彼得堡一个小市民家庭，她渴望自由平等。她的母亲玛丽亚贪图富贵，要她嫁给上流社会的有钱人。在家庭教师、医科大学生罗普霍夫革命民主主义进步思想的启发下，薇拉思想豁然开朗。罗普霍夫为了把她从地下室般的家庭拯救出来，决定放弃学业，未毕业就工作谋生。薇拉离开了家庭，并同罗普霍夫结了婚。薇拉在革命民主主义和空想社会主义思想影响下，组织缝纫工场，采用"社会主义"原则，改善工人福利，兴办学校。罗普霍夫的同学和好友吉尔沙诺夫也是出身贫寒的平民知识分子，他们热心为工人教书，免费为盲人治病，经常集会讨论重大问题，从事革命活动。不久薇拉发现，自己虽然与罗普霍夫结了婚，却并不爱自己的丈夫，性格也不一致。相反，她却发现自己爱上了吉尔沙诺夫，这种感情愈来愈强烈。吉尔沙诺夫也爱上了她。但吉尔沙诺夫为了朋友的家庭幸福，尽量避免同薇拉见面。罗普霍夫虽深爱着薇拉，但他了解薇拉和吉尔沙诺夫的真正感情后，就假装自杀，秘密出国，改名换姓，以成全他们的爱情。这样，薇拉就与吉尔沙诺夫结合了。后来，化名的罗普霍夫回国，并且同薇拉的女友在真正相爱中结合。两个家庭都生活得很幸福，一直保持着亲密友好的关系，并为共同的事业而努力工作。在这三个主要人物的故事中，小说还写了革命派领袖拉赫美托夫性格成长的故事及他的一些活动。

小说通过恋爱故事，塑造了一系列革命民主主义者的光辉形象（作品以"新人的故事"为副标题），表现了社会主义自由劳动、妇女解放和社会革命三个重大主题。作者还在作品中提出了他在爱情婚姻问题上的理想和新的道德准则婚姻是建立在真正的爱情基础上而不以其他条件为转移的，以及对对方，特别是对妇女的尊重。这部作品回答了时代的迫切问题：要反对专制农奴制度应当怎么办，渴望造福于祖国人民的人应当做什么。

小说在描写"新人"之前，展现了一卷旧世界的画幅。这个世界的代表是小市民玛丽亚。她的人生哲学是：我不抢人，人必抢我，宁作抢人的骗子不作被人抢的傻瓜。作者指出她的种种丑行是罪恶的社会环境促成的，在另一种合理的社会中这类人是可以被改造的。

小说的中心内容是"新人"的生活和精神面貌。作者描写了普通的和杰出的两类"新人"。他们正直不阿，勤奋地学习科学，从小习惯于以自己的劳动和才智为自己开拓道路，为社会进步踏踏实实地工作。与精神苦闷、怀疑生活的"多余人"不同，他们具有明确的革命民主主义世界观，热爱生活，敢于行动。他们也具有启蒙者的特点，相信科学，崇尚理性。他们奉行"合理的利己主义"，主张有节制地追求个人利益，并把个人利益同社会利益结合起来。在私生活上，他们提倡男女平等，相互尊重，反对爱情中的自我牺牲，因为他们认为牺牲会使对方痛苦，给自己带来不幸。"合理的利己主义"在当时实际上是一种利他主义，既反对了顺从忍受、牺牲节欲的封建道德，也打击了损人利己、唯利是图的资产者道德。但这种伦理道德仍然是从"我"，从"人的本性"的要求出发的。

小说中两个大学生各有个性特点，罗普霍夫比较深沉严肃，吉尔沙诺夫是热情外露、温柔随和的人。联结作品情节的中心人物是女主人公薇拉·巴甫洛芙娜。她是小市民玛丽亚的女儿。在罗普霍夫的帮助下，开始了新的生活。在有益于社会的事业中，她找到了妇女解放的道路，并且建立了幸福的家庭。作者通过薇拉创办的缝纫工场，表达了她的社会主义自由劳动的理想，并指出妇女的解放是与社会革命分不开的。薇拉的 4 个梦不仅是她的性格发展阶段的标志，而且更深入地揭示了劳动的意义，说明了社会革命的必要。特别是在第四个梦中，展现了未来社会的美妙图景，号召人们"向它突进，为它工作，使它早日到来，尽可能使它成为现实。"

职业革命家拉赫美托夫是比普通的新人更高、更优秀的人物。拉赫美托夫出身于贵族地主阶级，但他在吉尔沙诺夫等人的影响下坚决背叛了自己的阶级，把自己的命运同人民联系起来。作者告诉我们，作为革命领导人物的拉赫美托夫的性格和思想是在艰苦地学习理论，参加实际劳动和社会观察中，在艰苦的自我锻炼中形成的。在他身上体现了当时职业革命家的主要特征。他有明确的革命目的和高度的自觉。他信心百倍地迎接革命风暴。他以普通人的生活为标准来安排自己的生活，不允许自己有任何奢侈行为。他坚持严格的生活方式：刻苦锻炼体力，不穿舒适温暖的衣服，吃最坏的、普通人的食物，不喝酒，不恋爱。甚至为了考验自己，他整晚躺在钉着无数小钉的毛毡上。他忘我地劳动，不浪费一分一秒，艰苦克己，严格要求自己，顽强地学习，选择最主要的著作阅读。他自觉地投身于群众之中，从事各种体力劳动，徒步遍游俄罗斯，当过樵夫、锯匠、石工、拉纤夫，力图消除与老百姓之间的隔阂。他虽然获得了"严肃主义者"的称号，但不是冷酷的人，内心蕴藏着丰富的感情，熟谙人情世态，他把一切都服从于革命的需要。

作者通过拉赫美托夫表现了革命的主题。这样的人在当时还很少，作者说："到现在为止，我只碰见过 8 个这样的典型"，但作者强调这种人对革命的作用。他说："不要跟着他们走，高贵的人们，因为他们正在号召你们走上一条缺少个人乐趣的道路；但高贵的人们不听我的话，倒说：不，个人乐趣并不缺少，反而很丰富，就算在某个地段缺少吧，这个地段也不会长，我们有足够的气力走过它，来到那乐趣无穷、辽阔无边的地方"。"他们的人数虽少，但有了他们，人类生活能够欣欣向荣，没有他们，人的生活就会凋萎和腐烂，他们的人数虽少，却能人人呼吸，没有他们，人们便会窒息而死，正直善良的人随处皆是，这种人却为数不多……"这里虽过分强调了个别人物的作用，但作者对革命者的赞颂却无可非议。

拉赫美托夫是俄国文学中第一个职业革命家的形象。他在书中所占篇幅不大，与其他人物和事件似乎也没有什么情节上的联系，但他是革命主题的体现，是小说的一个重要主人公。

拉赫美托夫成了当时及后来许多多俄罗斯革命者及青年的榜样，教育了一批批青年走上反对沙皇专制的革命斗争道路。他与"薇拉·巴甫洛芙娜的第四个梦"中表达的社会主义理想一起，鼓舞着人们为消灭旧制度而斗争。在俄罗斯文学中，还没有一本书起过《怎么办》这样大的革命作用。

列宁对于《怎么办》曾给予很高的评价。他说过："在它的影响下成千成百的人变成了革命家……比方说，车尔尼雪夫斯基就吸引了我的哥哥，他也吸引了我。他使我受到了非常巨大的影响。"列宁认为"这部小说能使人整个的生命都充满活力"。《怎么办》成了进步青年的"生活教科书"。普列汉诺夫写道："自从俄国有了印刷机以来到现在为止，没有一部印刷作品曾有过《怎么办》这样的成就。"《怎么办》的影响还不限于俄国。杰出的国际共产主义运动战士、保加利亚革命家季米特洛夫也受过这部小说的强烈影响。

车尔尼雪夫斯基在《怎么办》中表现了独特的艺术技巧。小说的布局颇具匠心，它既能引起读者兴趣，又能蒙蔽敌人。作者把革命理论问题的提出与新人活动的描写，对现实社会的揭露和对未来社会的理想，个人性格的描写与伦理道德问题的探讨巧妙地结合了起来，小说中对于"敏感的男读者"的奚落、揶揄，以及议论性的插笔，使小说获得了政论色彩。作者对"新人"的心理分析入情入理，善于挖掘和强调他们身上的正面品质；作者对"新人"的这种浪漫主义热情和对性格的现实主义的分析，往往是结合着的。车尔尼雪夫斯基运用了各种不同的描写手法。为了骗过检察官，作者还利用了伊索式的语言。

契诃夫

契诃夫是 19 世纪末杰出的短篇小说家和戏剧作家，是俄罗斯批判现实主义文学的最后一位代表。

契诃夫在 1861 年帝俄废止农奴法的前一年诞生，而在 1905 年革命的前一年逝世。他经历了沙皇专制统治最反动黑暗的时代，同时又是第一次俄国革命的准备时期。他的全部创作深刻地反映了这个过渡时代错综复杂的社会矛盾，描写了各阶层中各种地位、各种性格人物的生活面貌。

契诃夫，1860 年生于南俄塔冈罗格市一个小商人家庭。1880 年在莫斯科大学医科读一年级时开始发表短篇小说。他一生写了 470 多个中短篇小说（其中主要是短篇）和十几个剧本。

契诃夫的创作一般分为三个时期。

早期（1880～1886）是契诃夫艺术风格初步形成的时期。他主要写了两类作品。

1. 幽默讽刺短篇。

《变色龙》（1884）是早期幽默讽刺短篇代表作之一，它通过一只狗咬伤了人，被咬者要求赔偿损失，巴结权贵的警官三番五次地改变态度的故事，嘲笑了看风使舵、趋炎附势的奴才心理。阿谀逢迎、趋炎附势是 80 年代反动时期极为普遍的

社会心理，契诃夫还在《一个小公务员之死》（1883）、《胖子与瘦子》（1883）、《假面人》（1884）、《普里希别叶夫中士》（1885）等等杰出短篇中揭露了各种表现形式的奴才心理。《胖子与瘦子》创造了善于拍马谄媚的小官吏形象。《小公务员之死》所批判的奴才心理，则是同等级观念和唯恐权势者打击报复的社会流行病分不开的。《假面人》描写一群在百万富翁前奴颜婢膝不知羞耻的知识分子。《普里希别叶夫中士》中的普里希别叶夫中士同样也是奴才，但普里希别叶夫性格是专制警察制度的产物。契诃夫的这些小说使人禁不住去思考那形成种种奴才心理的窒息人的社会环境。但是大学时代的契诃夫对俄国社会生活的观察还较窄，他嘲笑了那也许只有他才能发现的庸俗与丑恶，但对产生这庸俗与丑恶的原因却似乎不感兴趣。他的讽刺较之果戈理和谢德林耐人寻味有余，尖锐泼辣不足。

2. 描写下层人民境遇的短篇。

80 年代中期，契诃夫的作品愈来愈多地出现受侮辱受损害的下层人民的形象，如：妻子病死，自己成了残废的木匠（《哀伤》，1885）；晚年失子，孤独无靠的马车夫（《苦恼》，1886）；远离家乡，挨打受饿的小学徒（《万卡》，1886）和被女主人无理搜查的女家庭教师（《风波》，1886）。纯粹的戏谑嘲笑的调子减少了，喜剧性和悲剧性的因素开始有机地交织在一起，反映着更为深广的社会生活内容。

在短篇《苦恼》里，马车夫姚纳想要倾吐失去儿子的痛苦和周围人漠不关心的态度发生了尖锐的矛盾。周围人对他的不理睬似乎是完全正常而无可指责的，而姚纳几次三番想要找人谈谈心里的痛苦而无人听他，以至最后居然只好对马说起话来。小说在幽默里包含着一种对于整个生活的思索，对于千千万万"小人物"的痛苦命运的同情。

中期（1886～1896），契诃夫的创作对现实的概括更广，批判更深，同时，知识分子的思想和生活逐渐成为契诃夫创作的中心课题。

在体裁上，逐渐过渡到刻画社会心理的中篇小说。著名的有《一个乏味的故事》（1899）和《第六病室》（1892）。前者批判了没有"主心骨"即没有理想的知识分子。《第六病室》直接批判托尔斯泰主义。它写的是一个小医院里专门住"精神病患者"的第六病室中发生的事。这个病室肮脏、紊乱，对病人任意虐待、殴打。病室简直和监狱无异。医生拉京初来时曾想把病室整顿一番，但他在遇到人们漠不关心的冷淡之后，却得出了一个结论："人的安宁和满足不在他的身外，而在他的身内"，因此，就没有必要斗争。他相信托尔斯泰"不以暴力抗恶"的哲学。25 年过去了，医院的情况愈来愈糟。后来，拉京因为同被迫害的"病人"格罗莫夫谈得很投机，他也被别人当作精神失常关进了"第六病室"，同样落到挨打受罪的境地。这时他后悔已晚，很快就死了。

当时，俄国许多知识分子面对病室似的丑恶社会，像拉京一样采取消极逃避的态度。小说通过拉京的经历说明这种消极态度的危害。

《第六病室》被柯罗连柯称作表现了契诃夫"第二阶段情绪"的作品。另一个俄国作家列斯柯夫说："……到处都是第六病室。这就是——俄国……"青年时代的列宁在一封信中曾谈到这篇小说："昨天晚上我读了这篇小说，觉得可怕极了。我在房间待不住，站起来走了出去。我觉得自己好象也被关在第六病室里了"。

此外，这个时期契诃夫还写了几篇探索理想的小说如《草原》（1888）、《跳来跳去的女人》（1892）、《带阁楼的房子》（1896）、《我的生活》（1896）等。

晚期（1896～1904），作家的思想进一步民主化，创作题材扩大，对社会问题的挖掘更为深入，是小说和戏剧创作的繁荣时期。"不能再这样生活下去了"的思想在这时期的作品中日益突出，作家也朦胧意识到美好的未来必然要到来。

著名作品《套中人》（1898）的中心人物别里柯夫胆小怕事，

维护旧制度，害怕及反对任何新事物，墨守成规，完全脱离现实.他的性格主要是通过他的"套子"，口头禅"可别出什么事才好!"及他与同事的关系等描写揭示的。和瓦利亚恋爱的情节加强了人物的喜剧性。

别里柯夫的性格不仅可笑，而且是一种可怕的力量。周围的人都在他的"可别出什么事才好!"的信条影响下，不敢做任何稍微越出常规的事情。因为他为了扼杀一切不符合"套子"的事物，不惜对别人盯梢、告密。于是，整个城市居然处在别里柯夫这个看来既可笑又可怜的人物的控制下。这个形象是窒息生机的社会环境的产物。别里柯夫死了反倒使人们喘了一口气。契诃夫借小说中人物的一句话——"不能再这样生活下去了!"表示他对这种人物及其生活原则的否定。列宁和斯大林都在自己的著作中多次引用这个形象来嘲笑那些保守顽固、阻碍新生事物的人。与《套中人》主题近似的还有《醋栗》（1898）和《关于爱情》（1898）等。此外《姚内奇》（1898）是批判庸俗习气的著名小说。对庸俗的揭露一直是契诃夫创作的中心主题之一。

从1887年到1900年，契诃夫接连写了几部直接反映农民生活和农村资本主义势力发展的作品，如：《农民》（1897），《出差》（1899），《在峡谷里》（1900）等。《农民》里展开了一幅改革后农村极端贫困的可怕图画。在繁重的劳动、长年的饥饿和疾病的压迫下，农民甚至对死亡都视为乐事。

20世纪初，俄国社会革命情绪更加高涨，契诃夫的作品中，过去那种怀疑、压抑的调子也大大改变。这在他最后一篇小说《新娘》（1903）中得到明显的反映。《新娘》中的娜嘉是作家对妇女形象探索的新阶段。从《一个乏味的故事》中的卡嘉到《三姊妹》中的伊林娜，都是环境的牺牲者，娜嘉则能够摆脱庸俗的生活环境，走向新生活。娜嘉固然还不是革命者，但那诱惑和召唤着她那"崭新、宽广而又充满了秘密的生活"，也召唤着读者，鼓舞他们和娜嘉一起告别旧生活。

契诃夫还创作了 5 个多幕剧，《伊凡诺夫》（1887）、《海鸥》（1896）、《万尼亚舅舅》（1897）、《三姊妹》（1901）和《樱桃园》（1903）。这些剧本都反映知识分子的生活和情绪：或彷徨苦闷，或空虚无聊，或向往追求。代表作是《樱桃园》，剧中樱桃园更换主人的情节成了俄国生活更换主人的象征：以郎涅夫斯卡雅和加耶夫为代表的地主贵族已经退出历史舞台；以罗巴辛为代表的资产阶级暂时还在得势，但也没有希望；未来属于以安妮亚和特罗菲莫夫为代表的新的一代. 这里表现的已不是生活的停滞，而是生活的历史运动。契诃夫没有科学地认识历史运动的真正原因和全部图景，他对未来的信念也仍很朦胧，但却敏感到了这个运动的大体趋势，对新生活充满了信心。他借特罗菲莫夫之口，发出了"新生活万岁！"的激动人心的呼唤。《樱桃园》不仅是契诃夫创作的最后总结，同时也体现了 19 世纪俄国批判现实主义文学最后发展阶段上的一个特点——基于对新生活的不明确的预感而产生的浪漫主义因素。

契诃夫是个伟大的批判现实主义作家。他善于在情节简单、短小精悍的作品里容纳丰富、复杂的生活内容。他语言的最大特点是精炼，他善于以两三根线条刻画出人物性格，生动地展示形象或内心心理。契诃夫的小说达到了形象的高度典型化、思想的哲学深度与语言风格的优美含蓄这三者的有机统一。列夫·托尔斯泰把他称作"散文中的普希金"。他在戏剧领域里的革新大大扩展了戏剧刻画人物内心活动的可能性，促进了俄国舞台艺术新学派——斯坦尼斯拉夫斯基体系的建立。显然，契诃夫的创作是人类文化宝库中一分珍贵的遗产，值得我们很好地研究和继承。

叶赛宁

叶赛宁出生在一个农民家庭，曾就读于教会师范学校，毕业后在莫斯科当店员、校对等，同时在民众大学学习，后成为左翼社会革命党人。

1916年他的第一部诗集《扫墓日》发表，其中包括优美的风景诗和宗教诗，受到好评。十月革命后曾创作过许多歌颂革命的诗歌，如《同志》、《宇宙的鼓手》等。

20年代进入创作上的黄金时期，发表了诗集《一个流氓的自白》、《小酒馆式的莫斯科》、《俄罗斯与革命》，长诗《四十天祈祷》、《回归祖国》、《列宁》、《孤独的俄罗斯》、《安娜·斯涅金娜》、《黑影人》，诗剧《普加乔夫》、《坏蛋的国度》等。

他的诗歌，意象和感情水乳交融，充满乡土气息和田园风情，对城市的喧嚣和腐朽表现出极大的憎恨。他是俄罗斯抒情和意象派诗歌的代表。

叶赛尔于1925年12月自杀身亡。

库普林

库普林，1870年出生于奔萨省一个小职员家庭。他早年丧父，随母迁居莫斯科。1880年进入士官学校，军校生活对他的性格产生很大影响。他于1890年毕业，编入驻波多利斯克省步兵团。这时期他开始创作。1894年退伍，在基辅以写作为职业。1896年曾任顿涅茨矿区工厂职员。1897年在波列耶西边陲地区当过诵经师。1901年迁居彼得堡，次年结识高尔基。后写了反映1905年革命的特写《塞瓦斯托波尔事件》。

第一次革命失败后，思想趋于消极，同知识出版社断绝往来。他对十月革命态度矛盾，既赞美革命中表现出的英雄主义，又担心祖国文化的命运。1919年全家流亡国外，长期定居巴黎。1937年身患重病，回到祖国，次年病逝于列宁格勒。

库普林的作品多以亲身经历为题材，以现实主义笔法揭露沙皇军队的腐败和资本主义社会的罪恶。中篇小说《莫洛赫》（1896）抨击工厂主对工人的剥削，《奥列霞》（1898）讴歌民间少女的纯真爱情，短篇小说《石榴石手镯》（1911）以浓郁的诗意描写小职员的爱情悲剧。揭露沙俄军官野蛮与腐败的长篇小说《决斗》

（1905），在他的创作中占有显著地位，曾受到以高尔基为首的进步文学界的好评。同类题材的小说还有《大转变》（1900）。长篇小说《火坑》（1909～1915）描述资本主义社会妓女的悲惨生活，但带有自然主义色彩。在国外时期的创作多带回忆性质，并缺乏重大社会内容。主要作品《士官生》（1928～1933）流露出无法排遣的伤感情调。

库普林是俄国批判现实主义的最后代表之一，受到托尔斯泰、契诃夫和高尔基文学思想的影响。他善于通过细腻的心理描写，塑造鲜明的人物性格，揭示社会矛盾，烘托环境气氛。题材广泛，几乎触及俄国社会生活各个方面，抨击沙皇专制制度的残酷与愚昧，歌颂底层人民的勤劳与善良。但也有个别带颓废倾向和歪曲现实的作品。

他的重要作品如《莫洛赫》、《奥列霞》、《决斗》和《火坑》等已有中文译本。

第二节　苏联现代作家

绥拉菲莫维奇

绥拉菲莫维奇，1863 年 1 月 7 日生于顿河州下库尔莫雅尔斯克镇一个哥萨克军人家庭。他早在彼得堡大学数理系学习时，就曾参加进步学生运动，1887 年因起草反对沙皇的宣言被开除学籍，并遭逮捕和流放。1890 年刑满获释，在顿河地区从事新闻工作。1902 年迁居莫斯科，同年与高尔基相识，并建立了深厚的友谊。

绥拉菲莫维奇在流放期间开始文学创作活动，1901 年第一部短篇小说集出版。早期作品如短篇小说《在冰块上》、《扳道工》和《冰雪荒漠》等，用简朴生动的语言，反映北方劳苦大众的生活，因期题材新颖，引起文坛注意。

1902 年，在莫斯科参加"星期三"文学社，不久成了高尔基主

持的"知识"丛刊的经常撰稿人。1905 年，写了《送葬曲》、《街上的尸体》、《炸弹》等许多特写和短篇小说，及时生动地反映了革命工人的英勇斗争和普通劳动者的觉醒，控诉沙皇政府对人民群众的血腥镇压。

在革命失败后的反动年代里，他创作了长篇小说《草原上的城市》(1912) 和中篇小说《耗子王国》(1912) 等。前者描写偏僻荒原上一个城市的诞生和发展，通过生动的艺术形象反映革命前俄国资本主义发展导致阶级矛盾激化的过程，揭示资产阶级的贪婪、残暴及其灭亡的必然性，批判一部分知识分子的背叛和堕落，同时表现了工人阶级队伍的成长和壮大。后者以 20 世纪初俄国外省城市生活为背景，描绘了被压迫者的凄惨境遇、小市民的狭隘自私和沙皇警察统治的凶恶，同时指出"生活的火光"就在前面。第一次世界大战期间，他任《俄国公使报》记者，对帝国主义国家的沙文主义狂热以及它们对人民的大屠杀进行猛烈抨击。

1917 年十月革命爆发，绥拉菲莫维奇坚定地站到无产阶级一边。

1918 年加入共产党。国内战争期间，一直担任《真理报》和《消息报》记者，通过实地采访，写了大量的通讯、特写和短篇小说，歌颂工农红军的英雄主义，揭露反革命白军的凶恶残暴。

20 和 30 年代，绥拉菲莫维奇曾先后主持莫斯科市苏维埃的宣传鼓动部和苏联人民教育部的文学处，领导《创作》和《十月》等大型文学杂志的编辑工作。在创作方面，先后发表长篇小说《铁流》(1924)、《集体农庄的土地》(1933～1938) 以及短篇小说《加尔卡》(1928) 等。其中《铁流》描写国内战争时期一支散乱的旧哥萨克部队突破敌人重围，历尽艰险，终于找到红军主力的感人故事。这部长篇以浪漫主义笔触和诗一般的语言，表现了布尔什维克党领导下一个铁一般坚强的革命集体的形成过程，被公认为早期苏联社会主义文学的优秀作品之一。1943年他获得斯大林奖金。

绥拉菲莫维奇于1949年1月19日在莫斯科逝世。他是中国读者最喜爱的苏联作家之一。他的名著《铁流》早在1931年就由曹靖华译成中文出版，鲁迅在译本的序言中曾称赞它是"鲜艳的铁一般的鲜花"。

高尔基

高尔基早期的创作

高尔基原名阿列克赛·马克西莫维奇·彼什科夫。马克西姆·高尔基是他的笔名。1868年3月28日，他出生在俄国伏尔加河畔的下诺夫罗德城。

高尔基一生写了几百篇短篇小说，大致可分为两大类，一类是浪漫主义作品，另一类是现实主义作品。

他的处女作《马卡尔·楚德拉》以及《少女与死神》、《小仙女与青年牧人》是最早的几部浪漫主义作品。它们的共同特点是通过自由和爱情的主题来反映社会中的问题。

在《马卡尔·楚德拉》中，高尔基通过老茨冈马卡尔讲故事的方法，以浓郁、豪放的浪漫主义手法，刻画了两个坚强不屈的性格。青年左巴尔和少女拉达彼此相爱，对于他们来说世间最宝贵的东西是自由。在爱情、生命、自由三者中选择，他们选择了自由，抛弃了爱情甚至生命。

1892年，高尔基写了另一篇美丽的爱情诗《少女与死神》。他以轻快、鲜明、优美的文笔刻画了3个形象：沙皇代表社会的黑暗势力，死神代表自然界的恶势力，而少女则是爱情的象征，是人的力量的象征。沙皇败了回来，路过一个村庄，听见一个正在恋爱的少女欢乐的笑声，他非常气愤，命令士兵把少女交给死神。但这个少女既不害怕沙皇，也不理睬死神，在爱情的力量下，死神终于让了步，允许少女继续留在人间。《少女与死神》歌颂了爱情战胜死亡，善良战胜邪恶。这首诗实际上歌颂了人的不可战胜的力量，捍卫了人间的不可剥夺的幸福权利。

《小仙女与青年牧人》写的是林中小仙女被放牧人的歌声所吸引，不顾母亲和姐姐的劝说，终于来到草原的故事。最初，由于草原生活的新奇和与牧人的爱情，小仙女感到很开心，也很满足，后来暴风雨突然来临，草原上雷鸣闪电，大雨倾盆，小仙女的幸福感顿时一扫而光。她虽然仍然爱着青年牧人，但更向往在母亲身边的生活，于是她来到森林，却发现母亲已经不幸死去，自己遭到姐姐们的责备与冷遇。后来，在青年牧人的歌声的召唤下，小仙女又回到了草原。欢乐的春天和夏天很快过去，阴晦可怖的秋天即将来临，她感到在草原上孤独、恐惧，牧人也为失去自由而闷闷不乐。最后，小仙女终于在忧虑和惊惶中死去。作品赞美了对理想的不倦追求和对战斗生活的向往，谴责了对舒适、恬静、消极的生活的眷恋。

90 年代中期，随着俄国工人运动的开展和现实生活对作家的启发，高尔基浪漫主义作品中的社会主题和正面形象越来越具体化。1895 年发表的《伊则吉尔老婆子》和《鹰之歌》标志着高尔基的革命浪漫主义作品进一步发展。在这两篇中，作者转向对生活意义的具体探讨。这两篇作品可称为高尔基早期浪漫主义的代表作。

《伊则吉尔老婆子》是由两个民间传说和一个生活故事共同组成的。第 1 个是关于腊拉的神话传说。腊拉是雄鹰和少女生的儿子，长期离群索居，形成孤傲、自私的性格，他杀死了一个拒绝他爱情的女子，人们惩罚他永远过孤独的生活，最后他变成了一个空虚、黑暗的影子。高尔基通过这个神话传说谴责了极端个人主义。

第 2 个故事描写的是伊则吉尔的一生。她年轻时美丽健壮，向往自由。本来可有所发展的，但她没有正确的生活目的，只追求个人享乐，虚度青春年华，老来成了"一副赤裸裸的骷髅"，也几乎是个影子。作者通过她的一生指出了个人主义的害处。

第 3 个是关于丹柯的传说。古时候有一族人住在茂密的树林里。后来，一些异族人侵占了他们的土地，并且想把他们赶走。丹柯是一个勇敢的青年，他挺身而出，自告奋勇地领着大家走出森林。当大雨来临时，林子一片漆黑，恐怖异常。在这最危急的时刻，丹柯忽然抓开自己的胸膛，掏出了他的心，把它高高地举过头顶。他的心燃烧得比太阳还要亮，整个森林被照亮了。人们走出了森林，而丹柯却死了，丹柯是高尔基理想的英雄，是他早期浪漫主义作品中最光辉的形象。作者通过丹柯歌颂了为集体献身的英雄主义精神。

《鹰之歌》是老牧人拉吉姆在海边讲的一个故事。高尔基在作品中描写了美丽的，似乎正在深思的自然景色，造成了神话般的意境。第 1 章写了鹰和蛇的对话，第 2 章写出了蛇的独白，最后以波涛合唱热情赞许了鹰的奋不顾身的精神。

《鹰之歌》中有两个不同的形象，即在奔腾的山泉上飞翔着的鹰，在潮湿的峡谷里俯卧着的蛇。鹰受了重伤，但仍爱辽阔的天空，认为生活的意义就是战斗、拼搏，它是追求光明，视死如一的革命战士的象征性的形象。

而蛇与鹰截然不同，它对峡谷里那种"又暖和、又潮湿"的生活感到十分满足。它认为，"无论飞也好，爬也好，结局只有一个：大家都要躺在地里，变成泥土。"这象征着安于现状，害怕斗争，缺乏理想的小市民形象。

热情的歌颂和无情的讽刺结合是这篇作品的又一独特风格。高尔基谴责了安于现状的蛇，热情地赞扬了英勇顽强的鹰。

高尔基虽写了一些浪漫主义的作品，但现实主义的作品所占的比重还是最大的。他的现实作品中的主人公大多是失业工人、流浪汉、苦力、乞丐、小偷、妓女等。他怀着同情描写他们的不幸生活，有时还表达他们的反抗精神。同时，他又无情地揭露了沙皇专制制度和资本主义制度残酷、罪恶。

　　高尔基也关注和同情妇女的命运。他把自己对妇女生活的细致观察和对妇女问题的思索写进了许多短篇小说。《有一次，在秋天》写的是作者在一个寒冷的秋夜同一个妓女的不期而遇。女主人公虽然饥寒交迫，无处栖身，却有着一颗淳朴善良的心。《醒悟》、《游街》、《鲍列司》描写了下层妇女的悲惨命运，《因为烦闷无聊》的女主人公是车站的厨娘——阿琳娜，她快 40 岁了，从未感受到生活的温暖。她对扳道员戈莫佐夫产生了感情。可是站长等人由于无聊，寻找开心，残忍地嘲弄了她的爱情。阿琳娜感到悲愤交加、无地自容，最后上吊自杀。高尔基对她给予了深切的同情，同时对站长等人的市侩习气进行了深刻的批评。

　　高尔基的现实主义作品风格是多种多样的。《童话》是以童话的形式描写了一位少女的身世。魔法师为报答少女的好意，同意她提出任何要求，于是她预见到了自己未来的一生。她婚后勤劳肯干，为丈夫和孩子献出了青春、美貌，所有的一切，最后孑然一身，死后很快被孩子们所遗忘。高尔基在这个短篇中第一次提出了"母爱"的主题，后来成为他创作中的重要一部分。

　　高尔基的许多现实主义作品中，还怀着强烈的愤慨和同情，塑造了贫苦儿童的形象。不仅真实地反映帝俄时代儿童备受欺凌的苦难生活，并揭示了他们的优秀品质和精神。

　　《没有冻死的男孩和女孩》是一篇十分具有儿童特色的文学作品。作品描述了圣诞夜两个乞讨的孩子冒着严寒沿街乞讨的情形。他打破了当时流行的"圣诞节故事"的传统格式，不限于只写孩子们忍饥挨冻，却看重描写他们积极同贫困作斗争的勇敢精神。男主人公米沙丝毫不屈服于困难的环境，反而鼓励他的小女伴同严寒以及欺压他们的人作斗争。高尔基热情歌颂贫苦儿童那种英雄顽强、不屈不挠的精神。

　　《科柳沙》和《孤儿》两篇作品可以说是高尔基早期以儿童为主题的、最具悲剧性的作品。《科柳沙》的主人公是 12 岁的男孩科柳沙，他因家境贫困，故意撞马车，他以为这样可以得到过路人的同情和施舍，帮助家里渡过难关，没想到却白白地送了自己的命。作品很短，但科柳沙母子的形象却给人留下难忘的印象。

《孤儿》描写的是阴雨天在墓地的情景。一群神父在安葬了一位太太之后，为了几个戈比同马车夫没完没了地讨价还价，把死者临终前托付给他们的孩子忘在脑后。此时，哭肿了眼的孤儿独自站在墓地的十字架下，默默地望着这新坟，不时地叹着气。这篇作品写得较为深沉含蓄。

90年代后期，高尔基的创作中对于资本主义剥削制度的批判更加深刻了。这由于他参观了1896年在下诺夫戈德罗举行的全俄工业展览会，有了更多的机会观察商人的生活。他写了《钟》、《闲逸的生活》、《苦恼》等揭露了资本主义剥削和资本家精神空虚的作品。《钟》的主人公是个暴发户，是垄断全城政治经济命脉的头，他用剥削来的钱向教堂捐献了一口大钟。5年来，钟声震响四方，显示着"主人"的威严。但在复活节那天，钟不知为什么破裂了。商人深受震动，以为这是上帝对他的惩罚。高尔基是为了表明资本家事业的不巩固。

《闲逸的生活》虽然只写一对开杂货铺的老夫妻日常生活中的一幕——晚上商店关门后他们算账时的情景，却给我们展现了两个贪婪、刻薄的资本家的丑恶面目。

《苦恼》描写了一个终日感到痛苦无聊的磨坊主的生活。他从一个普通的劳动工人爬上了"主人"的地位后，对生活的意义产生了怀疑，对幸福的生活感到失望，他为了摆脱这种情形，整天酗酒放荡，寻欢作乐，逃避现实，结果使他更加苦恼，这是高尔基笔下的第一个对资产阶级事业的信念产生了动摇和怀疑的人物形象。这是他最早描写资本家内心空虚的作品之一。

流浪汉题材的短篇，在高尔基早期现实主义作品中最为常见。《叶美良·皮里雅依》是高尔基最早描写流浪汉的作品之一。流浪汉叶美良已经40多岁了，不仅没有一个窝，连面包也没有一块。他长期没有工作，也没有人愿意雇佣他，他只能饿着肚子，到处流浪。

叶美良由于环境所迫，也因为对富人的仇恨，曾经企图杀死一个商人，而当他手持铁棒在桥头等候的时候，来了一个悲痛至极，想投河自尽的少女。叶美良忘了自己原来的打算，怀着同情劝说这位失恋的少女，使她恢复了对生活的信心。在那黑暗、丑恶的社会背景下，这个不幸的流浪汉的心灵被刻画得纯洁而高尚。

《我的旅伴》和《草原上》是两篇受到契诃夫和托尔斯泰赞誉的小说。《我的旅伴》中的夏洛克公爵是一个地主的独生子，他偶然参加到流浪汉的行列中，作者通过旅途中许多故事的描写和夏洛克对待这些事件的态度，提示了他这个地主少爷贪生怕死、庸俗下流、懒惰无能等剥削阶级的本质。

《草原上》，作者以辛辣的笔调鞭挞了一个自称为"大学生"的资产阶级知识分子。他同几个伙伴在草原上过夜，趁别人睡熟之时勒死了生病的细木匠，抢走了他的钱财，逃跑的时候却把细木匠的手枪塞到一个同伴的怀里企图嫁祸于人。在这两篇作品中，高尔基描写了两种人，一种是寻求自由生活的流浪汉，他们心胸开阔，犷悍不羁，品质善良；另一种却是自私自利的人。

《切尔卡什》应该是高尔基写流浪汉的作品中最具代表性的一篇。开篇序曲中，作者以死气沉沉的大海、沉重的船只和刺耳的嘈杂声为背景，在以这海港为背景下，作者描写了两个流浪汉之间发生的一场冲突。切尔卡什是一个饱经沧桑、独立不羁的流浪汉，他雇用破产的农民加弗里拉深夜泛舟，盗卖码头上的货物。在紧张的走私活动中，切尔卡什表现出沉着大胆机智的样子，而加弗里拉却显得胆小迷信。但第二天分钱时，加弗里拉却起了贪心，想杀死切尔卡什，独吞巨款，切尔卡什轻蔑地把钱全部抛给了加弗里拉，他"觉得自己是一个英雄"，觉得自己"尽管是一个贼，一个和一切亲属断绝了关系的流浪汉，却永远不会这样贪婪、这样下贱、这样忘乎所以。永远不会这样!"

最接近《切尔卡什》的《马尔华》也是描写流浪汉的名篇。女主人马尔华在律师家当过厨娘，为了反抗妇女在家庭里的奴隶地位，她来到海边当了渔工。她和切尔卡什一样，向往自由生活。她既放荡，却又保持着自己的独立和尊严，她虽然贫穷，却鄙视自私自利。她憎恶现实，对任何灾难都无所畏惧。作者歌颂了她那落拓不羁的性格，批判了狭隘自私的华西里父子。但马尔华的人物性格也有局限性，她并不懂什么是真正的自由，也不知道怎样为自由斗争，只以玩世不恭的态度来安慰自己，她的反抗是无助无用的。

高尔基笔下的流浪汉，有一些人物具有强烈的反抗精神。

1896 年的《柯诺瓦洛夫》中的主人公，柯诺瓦洛夫是一个烤面包的能手，他正直热情，当他听到有人朗读描写斯坚卡·拉辛的作品时，他那淡蓝色的眼睛像焰火般发着光，为拉辛受的苦难而放声痛哭，他对面包房里令人窒息的生活十分不满，最终走向了无边无际的草原和辽阔的大海，尝受了流浪汉的自由生活。但柯诺瓦洛夫的命运很悲惨，后来他开始酗酒、自暴自弃、忧郁的生活，最后竟然自杀!他的结局给人以十分沉重的打击，在他的内心里已有了反抗和觉醒的萌芽。

高尔基为什么对流浪汉这么感兴趣呢?一方面是由于 19 世纪末俄国资本主义的发展，使大批城市手工业者和农村的农民破产，沦落为流浪汉，当时描写流浪汉的非人生活，就是对资本主义制度的抗议。另一方面，高尔基曾经在流浪汉的队伍中生活过，他很熟悉这种生活。他在下层人民中寻找正面人物时，发现大多数的流浪汉都爱好自由、敢于反抗、放纵不羁、重义轻财，他们在精神上不仅高于因循守旧的小市民，而且也远远高于资产阶级。

高尔基在运用语言方面是一位要求极为严格的作家。在他早期的作品中已充分体现出了这一点。他力求形象生动、色彩鲜明、语言精炼，而且富于音乐的旋律。他广泛地运用了隐喻、象征、对比、讽刺、夸张和拟人化等艺术手法，善于用简练的文字表达出丰富而深刻的内容。

1897 年，高尔基开始写长篇小说，1899 年，他的长篇小说《福马·高捷耶夫》问世。1901 年初，他又完成了中篇小说《三人》。

《福马·高捷耶夫》的主人公福马出身于暴发商人的家庭，他继承了父亲的全部家产和事业，但他不愿和商人们同流合污。由于福马在同商人社会发生冲突之时，总是孤立无助，结果遭到了失败，被认为是危险人物。后来被送进了医院。

高尔基在小说中出色地刻画了 3 个不同类型的资产阶级代表人物。福马的父亲是俄国新兴资产阶级的代表，他是从船老大变成一个大富翁的。他以超人的精力，在争夺金钱的斗争中，成为巨富。福马的教父是另一种类型的资本家。他的人生格言是："不做吃人者，就要被人吃。"他比福马的父亲阴险得多，不但能够意识到自己阶级的存在，而且会想方设法地去巩固这个阶级的地位，希望他所在的阶级在政治上也成为统治者。年轻一代的代表人物是福马少年时代的同学斯莫林，他继承了老一辈的做法，又从西欧资本主义国家学了一套新的剥削劳动者、吞并弱小同行的本领。

小说的主人公福马无疑是俄国资产阶级社会中的一个特殊人物。福马的父亲因为是晚年得子，所以对他特别宠爱。福马从小傲慢而胆大，他父亲非常喜欢他的这个样子。父亲和教父在福马小的时候就教给他资产阶级的人生道理，希望把他培养成一个出色的资本家。但福马对这些却毫无兴趣，当他渐渐长大时，他看到资本主义社会中的罪恶，所以他不满现实，在他的行动中，他的这种态度也流露了出来。

福马的父亲死后，他发生了令人难以置信的变化。他成了百万家财的继承人，但是严酷的现实迫使他不断地进行思索。他最苦恼的问题是：一个人是否只为金钱而活着。他痛苦地探讨生活的意义，却找不到答案。他有强健的身体，旺盛的精力，但是却无处发泄。

福马找不到生活的意义，残酷的现实无情地折磨着他，于是他的不满终于成为反抗。一天，在庆祝一条新轮船下水的宴会上，当他的教父同许多资本家举杯喝酒的时候，福马站出来痛骂全城的资本家："你们这些恶棍！你们建立的不是生活，而是监狱！你们创造的是束缚人的锁链！你们是杀人犯！……"正当福马痛快淋漓地揭发资产阶级罪行的时候，周围的资本家把他绑了起来。马耶金眼看吞并福马财产的时机已经成熟，立即宣布福马神经错乱，于是福马就被送进了疯人院。

中篇小说《三人》通过贫民窟3个青年走的3条道路，描写了小城市居民的生活。

其中的一个青年雅可夫是酒店老板的儿子，他性情懦弱，逃避斗争，想通过信教来打发日子，结果也就走上了绝境。

另一个青年是铁匠的儿子工人巴维尔，由于接近了进步知识分子索菲亚，他走了光明之路。索菲亚是邮递员的女儿，革命小组的成员。她是《母亲》中的革命知识分子先驱，是她把巴维尔指引上了革命的道路。

小说中的主人公伊里亚出身于破产的农民家庭。他没有什么奢望，只是想做一个小买卖人，住上一间屋子，娶上一个老婆。后来他爱上了一个妓女，却被妓女的抚养人，一个老财迷挖苦。第二天，他偶然走进了老财迷的店铺，一时冲动竟然把那个老财迷勒死了，顺手还拿走了几千卢布。从这以后，伊里亚的生活好像有了保障但是心里却充满了矛盾，他不满现存的社会，最后自杀，他的生活道路是不幸的。

《三人》在当时赢得了读者，并获得了托尔斯泰和契诃夫的表扬。

在19世纪90年代的俄国作家中，没有任何人像高尔基那样具有丰富而复杂的下层社会的生活经验，像他那样深刻了解下层人民的疾苦，像他那样身受老板们压迫和剥削。高尔基的作品给当时的文坛带来了新的气息。

欧洲爆发工业危机的 19 世纪末，俄国也同样受到了影响。

1900 ~ 1903 年的危机年代里，俄国有 3000 多家企业倒闭，10 万多工人被解雇。工人失业，农村破产，工人运动大规模地开展，工人们游行示威，喊出了"打倒沙皇专制"的口号。

高尔基成为反对沙皇统治的文化主将之一。他开展广泛的文化活动和政治活动，积极投入到工人阶级革命运动中。列宁《火星报》创刊以后，他从这个报刊中找到了革命的方向和斗争的力量。因为高尔基本人参加了革命实践，又接受了列宁的革命思想，他的文学创作逐渐与无产阶级的革命斗争紧密地联系起来。《海燕》的出现，标志着高尔基的创作进入了一个新的阶段。

在《海燕》这部作品中，高尔基把自然现象都赋予了某种社会意义。如狂风、雷、闪电、乌云等象征着黑暗的反动势力；海鸥、企鹅、海鸭等象征着害怕革命的资产阶级社会阶层。而太阳则是象征着无产阶级革命的胜利，海燕则是象征着革命斗争中涌现出来的无产阶级革命战士。海燕是作品歌颂的中心形象。

这首诗描写了暴风雨来临之前、暴风雨逼近和即将来临时的情景，在 3 幅自然画面的背景上，步步深入地刻画了英勇搏击，不畏艰险的海燕的形象。

"在苍茫的大海上，狂风卷集着乌云。在乌云和大海之间，海燕像黑色的闪电，在高傲地飞翔。"

"一会儿翅膀碰着波浪，一会儿箭一般地直冲向乌云，它叫喊着，——就在这鸟儿勇敢的叫喊声里，乌云听到了欢乐。"

作者描写了暴风雨来临之前群鸟的丑态，采用了讽刺的手法，衬托出海燕勇敢的战斗英姿和崇高的思想境界。

暴风雨来临了，在斗争最关键的时刻，群鸟早已飞得杳无踪迹。

只有海燕"像黑色的闪电，箭一般地穿过乌云，翅膀掠起波浪的飞沫。"它由"飞翔"而"飞舞"，由"欢乐"而"大笑"，它"从雷声的震怒里，早就听出了困乏"，它深信"乌云遮不住太阳，——是的，遮不住的!"

最后，暴风雨迅猛来临："狂风吼叫……雷声轰响……"当暴风雨一触即发之际，海燕作为"胜利的预言家"发出洋溢着战斗豪情的呼唤："让暴风雨来得更猛烈些吧!"

《海燕》是一首表现时代精神、歌颂革命理想、洋溢着革命激情的战斗诗篇。这首诗发表以后，立即成为革命人民跟沙皇进行斗争的有力武器。

沙皇当局十分害怕这首诗的影响，连忙封闭了《生活》杂志。1901年4月，又把已经患了重病的高尔基逮捕，并关进了监狱。

高尔基被关进监狱这一事件，激起了人民群众的义愤。抗议之声遍及整个俄国。沙皇政府不得不对公众抗议之声让步，在5月的时候将高尔基释放，改为囚禁在家中。

尽管这样，沙皇政府仍然害怕高尔基与地下党、工人以及革命学生发生联系。9月的时候，沙皇政府把高尔基放逐到一个毫无生气的小城市。但是当时高尔基的病情十分严重，医生认为必须去南方治疗，因而沙皇对他的迫害当时并没有得到机会实现。高尔基的朋友们对当局施加的强大压力终于产生了效果，10月份，他去南方休养治病。

在高尔基临行前，当地的革命青年巧妙地组织了一次示威游行来为高尔基送行。高尔基来到车站的时候，站台上已经聚集了许多学生和工人，群众高唱着革命歌曲，在与他们敬爱的作家告别。警察命令车子提前开走。火车在口号声中离开了车站："高尔基万岁!""言论自由万岁!""打倒专制主义!"

1902年5月~9月，高尔基被流放到阿尔扎马斯。这里的居民，除了已经退休的公务员和教士，其余的都是商人。专制政府把高尔基流放到这里的原因是为了使他不再宣传革命。

从 1902 年 9 月开始，高尔基同俄国社会民主工党的革命活动联系得更为紧密，经常同一些马克思列宁主义小组有来往，他还及时地阅读列宁的《火星报》。他丝毫不畏惧警察的严密监视和迫害，对《火星报》给予大力的帮助，还为《火星报》筹集资金。

1903 年，俄国社会民主工党分成布尔什维克和孟什维克两个派别，高尔基坚定地站在了布尔什维克一边，"我真诚地、永远地忠实于工人阶级的伟大事业，对工人阶级能最终地战胜'旧世界'这一点，我是深信不疑的。"

无论是在俄国的文学史上，还是在高尔基自己的活动中，高尔基几年来在《知识》出版社和《星期三》文学联合会的活动都有很大的意义。他在 1900 年参加了彼得堡《知识》出版社的工作。他们在政治上采取反对政府的立场，在文学创作上坚持批判现实主义的传统，这是当时进步文学的核心。

《星期三》文学联合会由一批与《知识》出版社有联系的莫斯科作家组成。高尔基是这些团体的思想上的领袖，在他们的周围团结了一大批当时最优秀的作家。丛刊第一集中发表了高尔基的长诗《人》，这首长诗是《知识》丛刊带纲领性的作品，诗中进一步发展了高尔基在《底层》中提出的革命人道主义思想：必须反抗压迫，维护人的尊严，相信人民的创造力量。从此以后，高尔基还在丛刊中发表了剧本《消夏客》、《太阳的孩子们》、《野蛮人》，小说《母亲》、《夏天》等重要作品。

进入 20 世纪后，高尔基想利用舞台来宣传革命，因此他开始写剧本。高尔基最开始写的剧本是同莫斯科艺术剧院的活动分不开的，它们之间有着紧密联系。

1898 年，在俄国革命运动开始高涨的情况下，富有革命精神的革命戏剧家斯坦尼夫斯基和聂米罗维奇——丹钦柯创办了这个剧院。这个剧院坚持上演有高度思想性的现实主义剧目，是帝俄时代戏剧革命的先驱。

1901 年，高尔基为这个剧院写了第一个剧本《小市民》。《小市民》描写的是帝俄时代小市民别斯谢苗诺夫一家过着空虚的生活。

老别斯谢苗诺夫是一个专横顽固、愚昧无知、害怕新生事物的保守人物。他是一个宗法式的、保守的小市民典型。他的儿子和女儿则是"文明的"市民。他的儿子虽然表面上不满意他的家庭，还有社会，而且因为参加学潮被学校给开除了，但是他很快就感到后悔了。他的女儿则苦闷无聊，想自杀又没有成功，也渐渐地和她的父亲妥协。

别斯谢苗诺夫父子之间的冲突是表面的、不真实的。剧本的真正冲突是这一家人和养子工人尼尔之间的冲突。火车司机尼尔是剧中的主要人物。他乐观热情，有坚定的革命信念，深深相信工人阶级一定会成为生活的主人。因此他说："谁劳动，谁就是主人。"他富有改造生活的激情，宣称"没有不变的火车时刻表。"他也知道，要通过斗争才能够改变现存的制度。他是俄国文学，也是世界文学中第一次出现的革命无产者形象。

高尔基剧本的影响使沙皇政府十分恐惧。《小市民》这个戏剧，直到 1920 年 10 月，莫斯科艺术剧院才获准演出。观众把《小市民》当成了政治宣传书，对它表示了热烈的欢迎。2 个月以后，莫斯科艺术剧院又演出了高尔基的第 2 个剧本《底层》，观众对它的反应比第一个更为热烈。

高尔基自己说过，《底层》是他 20 年来观察流浪汉生活的总结。

首先出现在观众观众面前的一幕是"一个像窑洞一样的地下室"，一幅阴森可怕的墓地图景。这里居住着一群生活在底层的流浪汉。他们在这里仍然摆脱不了被剥削的命运。夜店的老板是一个残暴的吸血鬼，他剥削、压榨着每一个房客，老板娘是比她的丈夫更贪婪、狠毒，想借刀杀害她丈夫的女人。

夜店的房客是同老板们相对立的。他们是一群无家可归的小流浪汉。尽管这些人是在死亡线上挣扎，但他们仍然保留着一些健康的东西。贝贝尔坚强、有毅力、心胸开阔，幻想过另一种生活。娜思佳向往着纯真的爱情。锁匠克列士勤劳正直，戏子则是一个感情丰富的浪漫主义者。

剧本告诉人们，像专制俄国这样摧残和压迫人的社会制度，是不能存在下去的。它是对资本主义社会的严厉的控诉。

鲁卡是一个外表善良、对人亲切的老人。他处处都安慰别人，向人们散布着幻想。可是在第 3 幕的结尾，在一场斗殴打架中，娜达莎被打得半死，贝贝尔一怒之下打死了老板，夜店一片混乱，这时鲁卡却不见了。

在第 4 幕中，剧情的发展出现了出人意料的结果。鲁卡劝说贝贝尔去西伯利亚寻找"黄金宝地"，但是贝贝尔却是作为一个犯人去西伯利亚服苦役。鲁卡对戏子说，某地有一所免费治疗酒精中毒的医院，但是戏子却上吊自杀了。鲁卡所宣扬的那条与现实妥协的道路证明是根本行不通的。

《底层》表现了高尔基戏剧创作的许多重要特点。这部作品虽然没有异乎寻常的情节和舞台效果，但却带有深刻的哲理性质。在《底层》中，作者没有着重描写流浪汉的个人生活，但却强调他们的个人特征。

莫斯科艺术剧院首次演出《底层》时，高尔基亲自出场观看。整个演员队伍是人才济济。剧本新颖而深刻的内容和演员们的出色演艺使演出获得了辉煌的成功。据说当时观众都欣喜若狂，一再向作家欢呼，高尔基亲自出场答谢 15 次之多，当最后一次高尔基独自出场的时候，全场掌声如雷鸣，加上一片暴风雨般的欢呼声。

《小市民》和《底层》在莫斯科艺术剧院上演以后，斯坦尼斯拉夫斯基曾经把高尔基称为"艺术剧院的社会和政治路线的创始者"，因为《底层》的上演使下层人民群众登上了戏剧舞台。

高尔基中期的创作

19 世纪末 20 世纪初，各帝国主义国家加紧争夺太平洋上的统治权和瓜分中国的斗争。但是沙皇政府在远东进行侵略的时候，却遇到了另一个强盗——日本。1904 年，日俄战争爆发。俄国在战争中遭到惨败，进一步暴露了专制政府的腐败和无能，同时也加速了革命的进程。

1905 年 1 月 9 日，彼得堡的工人们怀着向沙皇寻求保护的想法去冬宫游行。他们抬着沙皇的相片，举着教堂的旗帜，唱着祷告的歌曲，带着致沙皇的请愿书向冬宫走去。

然而，沙皇尼古拉二世竟然下令枪杀这些手无寸铁的工人。这天有 1000 多工人被沙皇军队击毙，2000 多工人受伤，彼得堡的街道染遍了工人的鲜血。

这就是俄国历史上有名的"流血星期日"。这一事件标志着革命风暴的来临。在这支工人队伍中，高尔基也是其中的一员。他听到了开枪的信号，听到了人们发自内心的愤怒斥责，亲眼目睹了这幕流血惨剧。高尔基非常愤怒，回到家里立即写了《致全国公民及欧洲各国舆论界的控诉书》。他痛斥彼得堡大街上发生的事件是一场有预谋的凶杀，大胆揭露凶杀的主犯是沙皇。控诉书最后说："我们再也不能容忍这种暴行。我们要唤起全国人民，以迅速的手段、坚毅的精神、团结奋斗，一致反对专制政治。"

控诉书的手稿，落到了沙皇警察的手中。他们认出这是高尔基的笔迹。"流血星期日"后的第 2 天，高尔基被捕，被押送到了彼得堡，关在了彼得堡罗要塞里。

面对高尔基被捕这一事实，整个欧洲似乎都要站出来为这位作家辩护了。

法国著名人士联名电慰高尔基，当时的俄国刚被日本打败，威望一落千丈，加上国内各种困难重重，所以不得不对各国的呼声加以考虑。沙皇政府无奈再一次让步，将高尔基释放了出来。

即使是在监狱里，高尔基还是写了剧本《太阳的孩子们》，这个剧本和《消夏客》、《野蛮人》都是写知识分子的剧本。高尔基在这些剧本中，一面揭露了为资产阶级服务的知识分子，称他们为"消夏客"、"野蛮人"，一面又刻画了接近人民的知识分子，肯定了他们的正确道路。

高尔基患有肺病，在被关押期间，他的肺病又严重起来，出狱之后，他不顾当局的限制，去克里米亚养病，但是他被那些宪兵们严加监视。

即使是这样，高尔基还是与布尔什维克党取得了联系。

高尔基第一次见到列宁是12月莫斯科武装起义的前夕，他们是在彼得堡的一次讨论武装起义和《新生活报》的秘密会议上见面的。《新生活报》在战斗的环境中出了5个星期，警察经常从报贩身上，甚至从买报者身上查到报纸，也禁止报摊和商店出售它。12月初，这份报终于被查封了。但在高尔基的促进下，莫斯科又筹备了另一份布尔什维克报刊——《斗争报》。这份报纸在准备12月莫斯科武装起义的过程中，发挥了重要作用。

在激烈的革命斗争中，高尔基加入了布尔什维克党，那是1905年的下半年，在莫斯科武装起义的日子里，高尔基一直住在莫斯科，给起义者提供资金和武器，反动的黑色百人团企图加害于高尔基。布尔什维克莫斯科市委专门派遣了一支武装起义的工人战斗队来保卫高尔基的住宅。

莫斯科武装起义失败了。1906年1月，高尔基写了《致全国工人的信》，这封信的打印稿，传遍了整个俄国。高尔基在信中写道：

"……无产阶级虽然受到损失，但并没有被敌人打败。革命已经被新的希望巩固起来，革命的力量大大得到扩克……俄国无产阶级正在向着决定性的胜利前进……"

1906 年 2 月，高尔基秘密从芬兰出发经过瑞典、德国、瑞士和法国，最后前往美国。

高尔基在柏林的时候，为俄国革命作了许多宣传工作。他还会见了德国社会民主工党的领袖李卜克内西、倍倍尔和考茨基。德国人民把他看成俄国革命的象征来欢迎他，而不仅仅是一位作家。美国舆论界对于俄国同日本作战以及压迫本国人民的行为都非常反感。"流血星期日"惨案发生以后，高尔基的名字多次在美国报刊上出现，引起许多人的同情。高尔基一到美国，数千人去码头上欢迎他，各报都在头版用大字刊登高尔基到达美国的消息。著名作家马克·吐温代表美国文学界参加了欢迎他的盛会。

因为高尔基在美国的影响很大，所以沙皇俄国驻美大使馆费尽心机地破坏高尔基的威信。他们四处散布谣言，说高尔基是"无政府主义者"，不能准许上岸。但是这个计划失败了。这时，俄国大使馆收买了黄色报纸大肆诽谤高尔基，说随高尔基来美国的那位夫人不是他合法的妻子。这样一来，他们居然达到了目的。高尔基在美国的声誉立即受到了很大的影响。纽约的旅馆拒绝租给高尔基和他的夫人房间居住。这件事情使美国工人和进步知识分子对于这种迫害表示了极大的愤慨。他们都写信来安慰高尔基，许多人还邀请他们去自己的家里去住。最后，高尔基和夫人接受了马丁夫妇的邀请，搬进了他们的别墅。

因为俄国大使馆的迫害，高尔基为革命筹集的资金没有能够达到预定的数目。但高尔基始终是斗志不减，丝毫没有被遇到的困难吓倒。

1906 年春夏两季，高尔基在马丁夫妇的别墅的领地，写了政论集《我的会谈录》和《在美国》。前者包括 6 篇讽刺性的抨击文：

《高举自己旗帜的国王》、《美国的法兰西》、《俄国沙皇》等，后者
包括《黄色魔鬼的城市》、《无聊的王国》、《暴民》。也在这时，高
尔基完成了剧本《敌人》和长篇小说《母亲》的第一部。

剧本《敌人》以1905年初莫洛佐夫工厂发生的事件为素材，这
是一个描写工人"暴动"的剧本。

这个剧本讲述的是：某工厂有两个厂长。一个叫米哈伊尔，一
个叫札哈尔。工人们要求开除一个作恶多端的工头。如果厂方不同
意，他们就要罢工。刚刚休养回来的厂长米哈伊尔闻讯后大怒，责
怪札哈尔做事不果断，把工人们都给惯坏了。他认为宁可关闭工厂，
也绝不能让工人们得寸进尺。因为工人们已经散发了很多传单。可
是札哈尔怕这样做会闹出乱子，所以很是犹豫。

工人代表请求厂长同他们商谈。米哈伊尔却对工人们大发雷霆，
最后竟然还拔出手枪来威胁工人。在无法忍受的情况下，一个工人
夺过手枪把厂长打死了。

米哈伊尔死后，他的妻子大吵大闹，认为是因为札哈尔的犹豫
不决和软弱使她的丈夫被杀害。但是札哈尔害怕把事情闹大了，所
以决定工厂继续开工。

这个剧本中，最反动的是米哈伊尔夫妇和他们的弟弟尼古拉，
他们是工人阶级的死敌。另一类是札哈尔这样的自由资产阶级分子。
在工人运动高涨的形势下，他试图用欺骗手段调和阶级矛盾。他和
米哈伊尔之间的矛盾并不是真实的。第三类是和哈尔的弟弟那种不
愿当资本家，也不愿接近工人，终日无所事事的人。

在工人方面，最突出的人物是工人代表辛佐夫，他是一个富有
斗争经验的布尔什维克，对无产阶级的事业他忠心耿耿。他明知道
自己会被逮捕，但还是留下来与工人们共度难关。其他的工人也表
现了高度的觉悟和团结互助的精神。青年工人阿基莫夫出于对厂长
的仇恨而开枪打死了厂长，他的家庭负担很重，这时另外一个青年
工人自愿充当他去入狱，表现了工人阶级的顾全大局、富于自我牺
牲的崇高的品德。这个剧本在当时的俄国是不可能上演的，因为它

是一部歌颂工人革命斗争的剧本。

《敌人》这部作品比《小市民》又大大迈进了一步。在俄国文学史上具有重要意义。

高尔基在国内外进行的革命活动和创作活动使他不能回国。1906 年 10 月，他从美国来到意大利，成为一个流亡国外的政治分子。

1907 年春天，俄国社会民主工党在伦敦举行第 5 次代表大会。布尔什维克党邀请高尔基作为有发言权的代表出席这次会议。在这次代表大会上，以列宁为首的布尔什维克和以普列汉诺夫为首的孟什维克之间，进行了激烈的斗争。布尔什维克路线取得了胜利。

高尔基在后来的回忆录《列宁》中描写了列宁在会议期间给他的印象：

"一只手摸着那苏格拉底式的前额'另一只手握着我的手，亲切地闪动着那一双灵活得惊人的眼睛，立刻就谈到《母亲》这本书的缺点。"高尔基说出了他对列宁的主要印象："这个人的一切都太朴素了，在他身上感觉不到有丝毫'领袖'的气派。"

通过这次会议，高尔基对列宁有了一定的了解，高尔基更深刻地认识到列宁是唯一一位无产阶级革命的伟大领袖。大会以后，列宁和高尔基都旅居国外，接触的机会更多，关系也更加亲密了。

早在 1905 年，高尔基就开始准备写小说《母亲》。这部小说的第 1 部是在 1906 年 9 月在美国完成的，第 2 部则于 1906 年底在意大利完成。

《母亲》的人物和素材来自真人真事。1903 年，一批革命工人举行了五一游行。游行的组织者工人扎洛莫夫被捕，他的母亲安娜继续儿子的事业。后来扎洛莫夫在法庭受审时发表了演说，他被判决终生流放。他在监狱里的时候，高尔基给了他极大的关怀，鼓励他和同志们不要害怕审讯。扎洛莫夫被流放后，高尔基又和他通信，每月寄钱给他。1905 年，扎洛莫夫从流放地逃回来，专程去芬兰会见高尔基。高尔基询问了他的生活和革命活动情况。《母亲》就是以索尔莫沃的工人运动为背景，以扎洛莫夫母子的英雄事迹为素材写成的。但是作者并没有只限于写真人真事。他根据 1905 年革命中积累的丰富经验，概括地反映了 20 世纪初俄国的革命运动，使高大的无产阶级英雄形象第一次进入了文学领域。

《母亲》这部小说的一开始就描绘了阴森森的工厂画面，在资本家的剥削压迫下，工人们过着悲惨的生活。小说的主人公巴威尔·符拉索夫是高尔基精心刻画的革命英雄。巴威尔生活在工人运动蓬勃发展的时代，跟地下党组织有了联系。在革命知识分子的帮助下他迅速找到了献身于工人解放事业的光明大道。

巴威尔和工人们组成了马克思主义工人小组，勤奋地学习革命理论，懂得了资本家的剥削是工人痛苦的根源。随后他在工厂里散发传单，向工人做宣传工作。他意志坚强，头脑清醒。不但赢得了工人小组成员的爱戴，而且使工人群众对他充满了敬意。

巴威尔在革命斗争中，依靠群众，教育群众，和群众一起成长。在"沼地戈比"事件中，工人们自发地起来进行斗争。但是大多数工人只知道同厂主进行经济斗争，并不懂得工人阶级的历史使命。这个时候，巴威尔代表先进工人，积极站出来领导这场斗争。但是，由于巴威尔还缺乏领导斗争的经验，加上当时的群众还没有觉醒，所以，最后斗争还是以失败告终，巴威尔也被捕入狱了。

通过这场斗争，加上监狱生活对巴威尔的磨炼，巴威尔逐渐掌握了如何去斗争。出狱以后，巴威尔做了大量发动群众的工作，为举行五一游行做准备工作。反动派出动大批武装警察来镇压群众的这次游行。但坚定勇敢，毫不动摇的巴威尔带领广大人民群众同武装警察进行了毫不妥协的斗争，表现了大无畏的英雄气概和对革命事业的无限忠诚。

巴威尔因为领导了五一游行而再次被捕入狱。在敌人对他进行审讯的时候，他丝毫不畏惧，并且在法庭上发表了义正辞严的演说。

他大力宣扬布尔什维克的政治主张，即推翻专制制度和资本主义制度，进行社会主义革命。同时他还揭露了资本主义的种种罪恶，宣判了旧世界的死刑。这个时候的巴威尔已经成为有高度政治觉悟和理论修养成熟的革命者。

世界文学中第一个高大的有血有肉的无产阶级英雄形象就是高尔基笔下的巴威尔。高尔基突出地描写了他高度的政治觉悟和革命英雄气概。在任何严峻的考验面前，巴威尔总是一马当先，站在斗争的最前列。无论是面对蛮横无理的厂主，还是沙皇的爪牙，或者是在法庭上，他都毫不畏缩，英勇无畏。高尔基通过巴威尔这个形象，成功地表现了 20 世纪初俄国无产阶级革命家的成长过程和高尚的无产阶级品德。

《母亲》中的中心人物是巴威尔的母亲尼洛芙娜。高尔基生动地描写了这位灾难深重的普通工人的妻子和母亲觉醒的过程。母亲开始是一位普通劳动妇女，她受尽折磨，逆来顺受，胆小怕事。在经济上受到剥削，在政治上又毫无权利，还经常被丈夫打。

就是这样的一位母亲形象，在她的儿子和革命同志的影响下，她的精神面貌逐步发生了变化。在儿子第一次告诉母亲，他在读"禁书"的时候，母亲感到十分的害怕。但是工人小组在家里的革命活动使她慢慢地受到启发，觉悟有所提高。她逐渐认识到这项工作的重要意义。在狱中与儿子见面的时候，她因为自己参加了这一工作而感到自豪。

五一游行的时候，母亲和儿子一齐走向了街头。她被儿子和同志们的行动所感动，她亲身体会到了革命的正义性，真理的无穷力量，因此使母亲更自觉地投入到革命的活动中来。

在巴威尔第 2 次被捕后，这时的母亲已经是一位有着高度觉悟的革命工作者。她扮成各种女人，如修道女、小市民或女商贩，带着传单和革命书刊奔走于市镇和乡村。巴威尔在法庭上的演说更加提高了母亲的觉悟。小说的结尾，母亲是冒着生命危险去散发印有儿子演说稿的传单，不幸在车站被暗探围住。这时，她勇敢地把传单散发给车站上的群众，不顾暗探的毒打，她大声地疾呼："大家要齐心协力，团结一致呵！"

母亲是 20 世纪初俄国正在觉醒的革命群众的艺术典型。作为先进工人代表的巴威尔和革命群众代表的母亲，这两个光辉的形象以不同的方面深刻地揭示了小说的主题。

在世界文学史历程上，《母亲》是一部划时代的巨著。是无产阶级文学的奠基之作。它开辟了无产阶级文学的新纪元。小说的情节是革命运动的产生、扩大和蓬勃发展。它具体地反映了无产阶级革命时期的典型环境和典型性格，

可以说，高尔基是在《母亲》这部作品中奠定的新的创作方法——社会主义现实主义。《母亲》标志着高尔基在正面人物描写方面达到了一个新的高峰。

1906 年的某天，高尔基乘坐着纽约驶来的一艘远洋巨轮开进意大利西海岸的海湾，来到了风光明媚的南欧胜地——那不勒斯城。

高尔基作为俄国的著名作家，在 20 世纪以来，越来越受到意大利人民的尊敬和爱戴。在高尔基到达那不勒斯城的第一天晚上，来到剧场观看话剧的时候，大厅里的灯都亮了起来，演员们从幕后走了出来，观众也都纷纷起立，向高尔基欢呼："高尔基万岁！""俄国革命万岁！""打倒沙皇！"乐队演奏马赛曲，整个剧院都在向这位远道而来的客人致以最热烈的欢迎。

这是一个热情的城市。在高尔基来到的第 3 天，这个城市的无产阶级组织举行了有数千人参加的欢迎大会。

美好的时光总是短暂的，一周的时间匆匆而过。高尔基一心渴望参加工作，于是他离开了美丽的那不勒斯市，选择了幽静的喀普里岛，定居在那里，以便专心致志地进行写作。

高尔基就是在这个美丽的小岛上完成了他的长篇小说《母亲》第 2 部。他在这个小岛上生活了 7 年，一共写了 6 部中篇小说，一部长篇小说，3 本短篇小说集，5 个剧本和若干短篇小说。他每天从清晨起床就开始写作，每天要坚持工作 14 个小时左右。他每天写到

下午2点钟左右，会休息一段时间，然后晚上再坚持写作若干个小时。他严格要求自己，每天坚持快节奏，高效率的工作。他休息的时候会在岛上旅行，洗海水浴和捕鱼。晚上有时候会在家里或朋友家举行音乐晚会或文学作品朗诵会等活动。

高尔基一直非常关心年轻一代的成长。这一点可以从他对自己的独生子马克西姆的深切关怀中体现出来。高尔基尽自己的努力培养儿子热爱一切美好事物的感情，热爱人民，热爱大自然。在他的儿子马克西姆第一次离开喀普里后，高尔基给他写了一封信：

"你走了，而你栽的花，还留着，还在生长，我看见这些花，就愉快地想，我的好儿子走后在喀普里留下了一些好东西——花。

如果你随时随地，在你的一生中只给人们留下好东西——花、思想和关于你的美好回忆，那么你的生活就会轻松愉快。那时你会感到自己是别人所需要的，这种感觉会使你的心灵丰富起来。你要知道，给予永远比取得更为愉快。"

高尔基对待儿子，既是一位慈父，又是一位知心的朋友。高尔基给儿子的信总是写得真挚亲切，从不用教训的口吻，字里行间充满着幽默感和对儿子的爱。

高尔基在喀普里居住的时候，正是1905年革命失败后的斯托雷平反动统治时期。沙皇政府疯狂镇压革命，大批革命者惨遭屠杀、监禁和流放。大部分革命的"同路人"消沉、变节。在哲学方面，"批评"和"修正"马克思主义成了一种时髦。在文学方面，出现了大量赞美变节的反动作品。面对这种状况，在列宁思想的指导下，他对充斥于思想界和文学界的反动逆流进行了猛烈地抨击。

高尔基写了揭露专制警察政权的中篇小说《没用人的一生》、剧本《最后一代》，写了批评文学界悲观情绪的政论文《个人的毁灭》、《论犬儒主义》。

革命道路却是崎岖坎坷的，谁也无法摆脱曲折的道路。在这场斗争中，高尔基在思想上也犯过错误，为了争取和教育高尔基，列宁在这些年间两次来喀普里进行访问。第一次在 1908 年，第二次是在 1910 年。

1907 年的伦敦党代会之后，高尔基和列宁之间虽然建立了友好的通讯联系，但 1908 年 4 月间的这次会见对于他们两个人来说，都很不轻松。因为这时在喀普里同高尔基在一起的，还有波格丹诺夫、巴札罗夫、卢那察尔斯基等人。这是 3 个在政治上要求党放弃公开合法的斗争机会，召回参加国家杜马的工人代表，因而被称为"召回派"。在哲学上，他们攻击唯物主义，宣传"寻神论"和"造神论"，即寻找和创造一种新宗教，使马克思主义和宗教结合起来。

高尔基受了他们的影响，也主张"造神论"，而且，在高尔基的心目中，这 3 个人是知识渊博、极有才干的"大人物"，布尔什维克党不能没有他们。

而此刻的列宁正在紧张地写作《唯物主义和经验批判主义》一书，对各种各样气焰嚣张一时的修正主义思潮进行反击。但列宁懂得，这是高尔基思想探索中一个复杂的时期，而对于党和无产阶级来说，争取高尔基有着十分重大的意义。因此列宁暂时中断了《唯物主义和经验批判主义》的写作，来到了喀普里。

列宁一直把对高尔基的态度与其他意见有分歧的人区分开来，他对高尔基采取了特别耐心的态度。列宁在喀普里岛一共住了 6 天，每天都是在同波格丹诺夫等人进行激烈的论战。而列宁此刻也不能说服高尔基。

1910 年 6 月，列宁第 2 次来到喀普里。这次会见有着特别重要的意义。首先是由于高尔基这时的政治观点已经有了很大的变化，他看到了波格丹诺夫等人的哲学是修正主义的，认识了"造神论"的危害。

其次，过去的多次会见周围总是有许多人，这次他俩有机会单独相处，时间还比较长。会见是愉快的，气氛十分融洽，对双方都有良好的作用。他们经常促膝畅谈，充分地交换了意见。

高尔基把自己的创作计划告诉了列宁。他接受了列宁的劝告，将《阿尔达莫诺夫家的事业》的写作推迟到革命胜利以后。高尔基还向列宁讲了许多故事，谈到自己的故乡，谈到伏尔加河，谈到他的童年和外祖母，谈到他的少年时代和流浪生活。列宁专心致志地听他讲，那双眼睛充满了真诚与友爱。

这一次，列宁的喀普里岛之行是愉快的。高尔基陪同他游览了岛上的古迹：14世纪岛上一位封建主建筑的修道院；公元1世纪罗马皇帝提庇留宫殿的遗址。

高尔基陪列宁攀登维苏威大山，目睹冒着滚滚浓烟和汽团的火山口的奇景壮观，参观了庞贝城的遗址。用高尔基自己的话来说列宁是这样的，列宁是"一位极好的同志，一个愉快的人，对于世界上的一切怀着强烈的无穷无尽的兴趣，对于人们抱着异常温和的态度。"对于高尔基来说，列宁是最理想的人。

这次访问使列宁对高尔基更加了解了，因此也更加信任他。正因为这样，在1913年，当高尔基在《再论卡拉玛佐夫气质》一文中重复"造神论"的错误时，列宁立即坦率地给他写了两封信，严厉批评了高尔基的错误。列宁指出，任何"神的观念"都是统治阶级"麻痹人民和工人"的工具，"美化神的观念，也就是美化他们用来束缚落后工人和农民的锁链"；主张"造神论"就是"拿最甜蜜的、用糖衣和各种彩色纸巧妙地包着的毒药"去诱惑小市民的灵魂。高尔基接受了列宁的意见，在再版这篇文章时候将有关"造神论"的段落删除。

意大利的喀普里，是高尔基各方面都成熟的时期。

在这个期间，高尔基同国内的许多作家，艺术家建立了广泛的通信联系。同时还有一些革命者也络绎不绝地来喀普里访问他。

这一时期的高尔基，在创作上也是一个丰收期。这时写的重要作品有《夏天》、《奥古洛夫镇》、《玛特维·克日米亚金的一生》、《意大利童话》、《俄罗斯童话》、《童年》以及剧本《瓦萨·日列兹诺娃》、《怪人》、《崔可夫一家》等。

1909 年，高尔基创作了中篇小说《夏天》，这部作品表现了俄国农村的觉醒。小说通过一位职业革命家到农村中进行革命宣传等活动，反映了在 1905 年革命的影响下农村进步力量的成长。作者塑造了一批先进的农民形象，也揭露了富农的反革命活动。小说以革命家的被捕而结束，虽然是一个悲剧的结局，但却充满了革命乐观主义精神。

1905 年革命失败后，是进行总结经验教训的时期，这时期很有现实意义的作品是描写偏僻城镇小市民的作品。高尔基构思的以奥古洛夫镇为中心的 3 部曲就是这样的作品。中篇小说《奥古洛夫镇》和长篇小说《玛特维·克日米亚金的一生》是 3 部曲的前两部。

《玛特维·克日米亚金的一生》描写了小市民玛特维和他父亲的一生，从 19 世纪 60 年代直到 1905 年革命。《奥古洛夫镇》展示了第一次俄国革命时期的小市民世界。这些作品描绘了半个世纪以来小市民世界的停滞生活，1905 年革命打破了这种死气沉沉的局面。

高尔基认为，所谓"奥古洛夫精神"是沙皇专制和资本主义制度的产物，是保守、自私、涣散的俄国的集中表现。这在当时是有很大的政治意义的。但高尔基在这些作品中对小市民的反动性和他们在社会生活中的作用估计过高，而对无产阶级的力量却估计不足。这种看法与高尔基在当时的错误思想有着密切的联系。

1911 年底，高尔基创作了《意大利童话》，这时的他已经敏锐地感觉到革命运动重新在高涨。

《意大利童话》这个集子由 27 篇美丽的童话故事组成。它描写的是意大利的自然景色、人物和生活。从古代传说、乡土风情，一直到里巷琐事。作者虽然写的是意大利的生活和自然景色，但实际上反映的是俄国及欧洲新的革命高涨。

高尔基的肺病这时越来越严重了，这使他不得不推迟回国的日期。高尔基只好去意大利的北部去养病。非常幸运的是，为他治病的医生成功地运用了一种新疗法，病情很快地好转了。

1913 年 12 月底，这时正是革命重新高涨的时刻。高尔基离开了喀普里向他的祖国归来，结束了一段异地漂泊之旅。刚刚归来的他尽管受到了广大群众的热烈欢迎，但同时也立即受到沙皇宪警的监视。

高尔基，一位伟大的革命文学家，又将在自己祖国的土地上开始新的耕耘。

高尔基后期的创作

1913 年底。高尔基回国后，在彼得堡距离不远的一个芬兰村庄——穆斯塔米亚住下来了。这样，他与年轻作家的联系就更加密切了。高尔基在《论自学的作家》一文中曾经说过，还在喀普里的时期，从 1906～1910 年，他就阅读过"民间作家"寄给他的 400 多部手稿。1914 年，他主编第一部《无产阶级作家文集》。

高尔基对青年作家是十分爱护和关怀的。十月革命前夕步入文坛的谢苗诺夫斯基、弗谢渥洛德·伊凡诺夫、马雅可夫斯基等都受到高尔基亲切的教诲。

一位青年作家弗谢渥洛德·伊凡诺夫原是西伯利亚某个城市的排字工人，爱好文学，尤其热爱高尔基。1916 年，他贸然将自己写的一个短篇小说寄给高尔基，高尔基很快给他写了回信，赞扬小说是"很好的作品"，答应将它收入《无产阶级作家作品集刊》，并热情地鼓励伊凡诺夫：

"您无疑是一位有才华的人，您的文学才能是不容争辩的。但是，如果您不想埋没自己，不愿把精力无益地浪费在琐事上，您就应该认真努力自修。您的文字不大通顺，您写了许多错别字。您的语言虽然鲜明，但词汇贫乏……我劝您要专心地学习！要读书，要研究别具风格的作家契诃夫、屠格涅夫、列斯科夫的艺术手法。列斯科夫的词汇尤为丰富……总之，您应该认真提高自己……不要写得太多。宁可少写，但要写好。"

对于少年儿童的成长，高尔基也一直是非常关心的。1916年前后，他打算请国内外著名作家为13～18岁的青少年写一套名人传记，由他主持的《帆》出版社出版。他想请挪威航海家南森写《哥伦布传》，英国的作家威尔斯写《爱迪生传》，罗曼·罗兰写《贝多芬传》，生物学家季米里亚采夫写《达尔文传》，他自己写《加里巴的传》。

在这个时期，高尔基继续写他的自传体小说3部曲。1914年完成了3部曲的第3部即《在人间》，全文发表在《纪事》杂志上。

1912～1917年间，高尔基创作了《俄罗斯浪游散记》。书中包括29个短篇，都是根据高尔基年轻时的经历和见闻写的。

《一个人的诞生》是这部作品的第一篇文章，因此带有纲领性。故事发生在1892年这个饥饿年。

讲故事者和一群"饥民"曾在苏呼姆修筑公路，完工以后准备转到另一个地方去做工。旅途中，"饥民"中一位孕妇掉了队，马上要生孩子。讲故事者听到树林中有人哭泣，于是他对这位产妇产生了怜惜之情，便代替助产士帮她接生。婴儿平安出生，母亲感到十分的幸福、高兴。

小说的结尾，讲故事者抱着新生的婴儿，搀着这位母亲，继续向前走去。

作品似乎告诉读者，尽管目前人们的生活条件十分艰苦，但今日诞生的人应该过上另一种幸福美好的生活。

在这部作品中，第27个短篇《大灾星》也是颇为著名的作品。

《大灾星》讲述的是在一个闷热的夏夜，讲故事者在市郊荒凉偏僻的胡同里看到了一幅奇怪的情景：一个女人在雨水中一边哼着歌曲，一边跺着脚。讲故事者把这个喝醉了的女人送回了家。原来她是一个极其贫穷的女工，她的家在地窖里，家中还有一个患病的小儿子。这个女工虽然面容已经被毁坏，但她却是一个善良、朴实、乐观的人，也是一位热爱儿子的伟大母亲。孩子虽然有疾病，但却是一个天真、可爱、热爱一切有生命的东西的孩子。

同高尔基的早期短篇相比，这些作品的技巧更为成熟，达到了一个新的高度。书中的人物也有着独特的、鲜明的性格。

但是，高尔基也有其思想的局限性。

高尔基的局限在于是他认为在文化和科学都很落后的俄国还不具备进行社会主义革命的条件，并且反对采取暴力革命手段。因此他对列宁提出的从资产阶级民主革命迅速过渡到社会主义革命的方针表示怀疑，否定十月武装起义的必要性。在起义取得胜利以后，他又采取了一系列的反对态度。

高尔基对俄国各阶级的错误分析，对形势的错误估计和对革命主要任务的错误认识是高尔基激烈地反对十月革命的主要原因。

高尔基否认农民的革命性，认为工人阶级只有撇开农民单独同知识分子结成联盟，才能掌握政权。然而，以列宁为首的布尔什维克党却认为，工人阶级和贫苦农民争取政权不仅是工人阶级的唯一出路，也是进一步发展文化的首要前提。

高尔基只能看见生活中的阴暗面，却看不见布尔什维克党在苏维埃政权建立后最初日子里所做的大量工作。

列宁一面严厉批评高尔基的错误，一面却坚信高尔基必定会回到革命队伍中来。十月革命后的一段时间，许多工人和红军战士纷纷给高尔基写信，或去拜访他，希望他回到苏维埃政权方面来。

然而，十月革命之后将近一年，高尔基才同列宁见面，这发生在列宁被刺之后。

高尔基后来在回忆录《列宁》中，描述了他同列宁的这次见面的情景：

"我们的会见是很友好的，但是毫无疑问，亲爱的伊里奇明察秋毫的锐利的眼睛，是带着明显的惋惜神情注视着我这个'迷路的人'。"

就像 1910 年在喀普里的时候一样，高尔基又回到了列宁的身旁。高尔基重返革命行列，受到广大群众的热烈欢迎。

现实生活的教育和列宁的帮助使高尔基逐步认识自己的错误，他积极参加了国内的政治生活和文化建设。

高尔基转到苏维埃政权方面来以后，致力于拯救文化的工作。他重视保护历史文物和艺术珍品。在他的倡议下，成立了艺术和历史文物保管委员会。

高尔基不仅重视保护历史遗产，而且努力保护活着的科学家、作家、诗人等对文化有贡献的人，耐心地给他们做工作，促使他们为苏维埃政权服务。

高尔基作为一位有世界声誉的作家，他的言论在国外有相当的影响，使各国无产阶级和进步知识分子了解苏维埃俄国的真实情况。

在文学创作方面，高尔基于 1918 年发表了回忆柯罗连科的片断和短篇小说《我怎样读书》等。但其中最重要的，是 1919 年发表的回忆录《列夫·托尔斯泰》。

这篇作品的重点是展示托尔斯泰充满矛盾的精神世界。它是由 1900 年以后与托尔斯泰接触时所写的日记，以及 1910 年托尔斯泰逝世后所写的信札等组成的。

高尔基一方面对托尔斯泰的禁欲主义、精神上的恭顺和宗教信仰都感到格格不入，另一方面对托尔斯泰热爱生活的态度和惊人的文学才能表示高度的崇敬。

这篇作品是高尔基深刻而且大胆地刻画这位伟大作家的矛盾形象的艺术杰作。

这是高尔基迷途知返的一段旅程，作为一位革命文学家，失误是难免的，但他一直是一位人民群众的坚定的革命战士。

繁忙的工作和极为艰苦的生活条件使高尔基的身体状况越来越不乐观。1921 年夏天，高尔基的肺病发展到非常严重的程度。列宁写信坚决地劝他出国去治疗。在列宁的劝告下，高尔基去德国养病。

高尔基在德国和捷克的两年半期间，尽管他的健康状况不好，但他的创作热情却在急剧增长。这期间他完成了中篇小说《我的大学》，还部分完成了《回忆录》、《日记片断》和《一九二二—二四年短篇小说集》。

《我的大学》标志着作家创作中一个新阶段的开始。高尔基在发表《我的大学》的同时，还发表了一组带自传体性的短篇小说和回忆录。

《守夜人》反映了高尔基第一次漫游俄罗斯途中在多布林卡和博里索格列勃斯克两个火车站当守夜人的生活。

《柯罗连科时代》写了第一次漫游后返回故乡的生活以及他与柯罗连科最初的几次会面。

《论哲学之危害》描述了1890年高尔基跟随一位学化学的大学生学习哲学的情景。

《柯罗连科》主要是写第二次漫游后作家与柯罗连科的交往，柯罗连科对他在创作上的指导和帮助。

总之，在这组作品中，高尔基离开喀山后7年的生活得到了片断的反映。它们在时间上是《我的大学》的续篇，在主题上也有着密切的联系，表现了青年主人公进一步的思想探索。作者原来想将这组作品作为自传体小说的第4部，总标题叫《在知识分子中》，但他的这一构思没有能实现。

《我的大学》和上述的短篇发表后，评论界肯定了作品的思想和艺术成就，指出这些作品对研究高尔基创作的重要作用。

回忆录在高尔基20年代的创作中占有很重要的地位。在高尔基一生中，共写过30多篇回忆录，其中有很大一部分是在20年代写的。

1924年1月，列宁逝世。他的逝世对于高尔基是一个最沉重的打击。在很长的一段时间内，高尔基心中想的只有列宁和俄国，他立即开始写有关列宁的回忆，他在一封信中写道：

"列宁的逝世使我悲痛万分。我正在写关于他的回忆。我热爱他，对我来说，他没有死。这是一位真正伟大的人……他热爱并坚信自己的思想。他的死是非常巨大的损失。"

列宁的去世使高尔基的思想感情发生了深刻变化。回忆与列宁相处的点点滴滴，他悔恨自己没有很好地接受列宁的帮助，于是发誓要纠正自己的错误，坚决走列宁所指的道路，此后果然从未发生动摇。

1924年春天，高尔基完成了一篇回忆列宁的文章，但他本人对它却很不满意。这就是著名的回忆录《列宁》。

这部回忆录共有2部分。第1部分写革命前高尔基与列宁在伦敦、巴黎、喀普里的会见，第2部分写十月革命后2个人之间的接触。

第1部分高尔基是从伦敦代表大会写起的，对这次大会的气氛及列宁在与孟什维克的斗争中表现的坚毅和刚强进行了精彩的描写。

接着，高尔基又写了同列宁在巴黎、特别是在喀普里的见面。作者从两方面来写列宁。一方面描写了政治家的列宁，列宁到达喀普里后一下船就向高尔基坚决表示："您始终希望我和马赫主义者和解"，但"这是不可能的。"另一方面，列宁又是一个乐观、愉快的好同志。在第一部分的结尾，高尔基写道：

"在我看来，列宁之所以特别伟大，正是在于他对人类不幸的这种不可调和、永无休止的敌视……我想把他的性格的这个基本特点称作唯物主义者的战斗的乐观主义。正是这个特点使这个人——以大写字母开头的人对我的心又发生了特殊的吸引力。"

在第二部分，高尔基写的是列宁在十月革命后作为一位国家领导人的形象。

高尔基把十月革命后初期的俄国比做"巨大而沉重的海船"，列宁则是它英明的舵手。高尔基结合自己所犯的错误，热情地歌颂了列宁高度的革命坚定性和预见性。这一部分有两个显著的特点：一是材料丰富。高尔基在回忆列宁的时候，许多亲身经历的事情就一幕幕地在脑海中浮现，从而使这一部分包括了极其丰富的历史事实；二是感情充沛。高尔基在追忆往事的时候，充满了对列宁的怀念之情，常常为了抒发自己的感情而中断了叙述。

高尔基曾写过 6 篇关于革命家的回忆录，其中有《米嘉·巴甫洛夫》（索尔莫沃的工人革命家）、《列昂尼德·克拉辛》（早期布尔什维克革命家）、《米哈依尔·维洛诺夫》（喀普里时期结识的工人革命家），但是最为人传诵的是关于列宁的这部回忆录。

高尔基还写了更多的关于文学家的回忆录。除前面提到的关于托尔斯泰和柯罗连科的回忆录以外，他还写了关于布洛克、托尔斯泰夫人、普利什文、加陵·米哈依洛夫斯基等人的回忆录。

这些回忆录中不仅记载了这些人物的人与事，而且因为他们都与高尔基有过交往，所以难免有许多地方也写到作家高尔基本人。通过这些回忆录，我们也可以看到高尔基这位追求真理，热爱生活，热爱生命，热爱人民的伟大作家的光辉形象。

20 世纪 20 年代，高尔基第二次来到意大利。此时的意大利，已经是一个政权日益法西斯化的国家。高尔基亲眼目睹法西斯分子是如何迫害民主力量的。

高尔基这次来意大利并没有打算久留。他以为这里的气候会使他很快地恢复健康，他就可以回国去，但事实并不如此，他的身体状况使他无法实现最初的想法，他需要较长期地留在索仑托。

来到意大利的第一年，高尔基深居简出，同外界接触较少。这是因为与政治形势有一定关系，同时也因为这时的高尔基想集中精力来从事写作。

高尔基每天写作达 10 多个小时，到索仑托后仅仅 4 个月就完成了《阿尔达莫诺夫家的事业》的初稿。在此后的半年时间，他对这部小说又做了 2 次修改。1925 年 3 月，他开始写作《克里姆·萨姆金的一生》。这部书直到 1927 年，他才写完了第 2 部。

1925 年，苏联驻英国大使，老布尔什维克革命家克拉辛来索仑托访问高尔基。此后便形成一个传统，无论苏联的哪一位来意大利，都必然来拜访高尔基。

高尔基非常热诚地欢迎来自祖国的每一位客人，其中有学员、工程师、演员、工人、海员等许多种职业的人。当然，来他这里更多的是作家。

高尔基关心祖国发生的一切重大政治事件，对年轻的苏联文学的发展特别关注。他阅读了大量的新书、报刊上的广告和大量的手稿。

高尔基与祖国的几十位青年作家都经常通信。给他写信的人有从事各种职业的人。不仅仅是一大批已经久负盛名的作家，或者是那些初露头角的作家。而且还有大批的工人通讯员、农民通讯员，甚至是普通的社会主义建设者。

这些人每天从全国各地给高尔基寄来大量的书信、手稿、文学试作，提出各种要求，像对待自己的老师或朋友一样谈论自己的工作。高尔基每天收到的书信达 40~50 件之多。

远在 1917~1918 年间，当高尔基在对待十月革命的问题上同列宁发生分歧的时候，马克西姆就站到了列宁的一边。1917 年 4 月，他参加了布尔什维克党，同时积极参加了十月革命，当时他不断地把父亲的情况告诉列宁。

例如：1918 年上半年，马克西姆写信给列宁，他说："爸爸开始改正错误——'变得左一些了'。"1919 年，马克西姆曾想参军上前线，但是列宁反对他这样做，列宁对他说："您的前线——就在您父亲的身旁。"

马克西姆深刻地领会了列宁说的话，并将这番话告诉了他的母亲和妻子。他懂得，帮助像高尔基这样的父亲，不仅是儿子的职责，而且是十分有意义的工作。1921 年，他作为外交信使出使德国，高尔基去德国养病后，马克西姆就一直生活在父亲的身边。他掌握四门外语，也经常为父亲做翻译、打印手稿，还经常为父亲开车或者去完成父亲的委托。

20 年代中期，苏联人民轰轰烈烈地进行社会主义建设，国家的面貌日新月异地变化着，这一切使高尔基非常激动。他特别盼望能返回祖国，可是他又希望写完长篇史诗后再回国。

在 1926 年的一封信中，高尔基说："在俄罗斯有许多有趣的事物，我真想亲手去摸一摸。但我陷在一部长篇小说里边了，不写完它，我是看不见俄罗斯的。"

但是，在 1928 年春天，当高尔基刚写完史诗第二部的时候，他的归乡之心实在难以忍受下去。他终于中断了写作，5 月 28 日，在这个春光明媚的日子，高尔基到达了莫斯科。

在通往白俄罗斯车站的大街小巷，都挤满了或者高举旗帜、或者拿着各色彩色的气球、或者捧着鲜艳花朵的欢迎人群。欢迎人群中既有红军战士、少先队员、工人，又有作家和学者。当高尔基走出车厢的时候，千百只手向他伸过来，把他举了起来。高尔基感到无比幸福，激动得说不出话来。

高尔基回国后立即去列宁墓地，在这位朋友墓前，他默默地站了半个小时。

从回到祖国的那一天起，高尔基就开始积极投身到苏维埃文化建设的工作中去了。

在高尔基回国的第 3 天，他提出一项建议。创办专门登载特写的大型杂志《我们的成就》。高尔基认为，苏联劳动人民应该树立一面镜子，他们在这面镜子中不仅能见到自己某一方面的成就，而且应当看到科学、文化、生产各个方面的成就。

与青少年的会见，使高尔基感到特别振奋。在一次中学的集会上，一个 14 岁的男孩和一个比他大不了多少的女孩相继讲话。男孩讲的题目是《论目前形势和教育的任务》，女孩讲的是《论科学的意义》。高尔基写道："那个男孩，也许是出乎他自己的意料之外吧，说出了我闻所未闻、使我大为惊奇的话。

高尔基还亲自到街头去观察生活。为了使自己不被群众包围，他有时还会进行化装改扮，会穿上旧大衣，贴上大胡子，戴上假发，打扮成一个工人模样，走在大街小巷，到市场上，同工人们谈话，谁也没有把他认出来，他却观察到许多有趣的事情。

高尔基有一个旅行全国的庞大计划。所以他在莫斯科没有住多久。

1928年7月，他开始在苏联旅行。这一年，他游历了伏尔加河、高加索、克里米亚、乌克兰等地，最后他到了下诺夫戈罗德和列宁格勒。

1929年夏天，他又作了第2次旅行，先到北方的列宁格勒、索洛夫卡、穆尔曼斯克，然后沿伏尔加河南下，到了斯大林格勒、阿斯特拉罕，随后还到了罗斯托夫、第比利斯等一些地方。

这2次旅行中，高尔基几乎游遍了他的祖国。他到了遥远的边区，参观了工厂、农庄、工学团，广泛接触了工人、农民、青少年和儿童。他看到了新人的成长，祖国欣欣向荣的景象。

高尔基把这些印象都写进了反映俄罗斯新面貌的特写中去。还在国外时，高尔基就向往着"写一本关于新俄罗斯的巨著"。这个计划没有完成，但高尔基回国后写的《苏联游记》、《英雄们的故事》和许多政论文，可以说是他"关于新俄罗斯的巨著"的一些片断。

《苏联游记》共包括5篇特写。这本书在结构上的特点是把新的苏维埃国家和过去的沙皇俄国进行对比。

第1篇特写开头就是对旧俄时代巴库的描写。第2篇特写集中描写儿童的成长。第3篇特写描绘了第聂伯河水电站。

与高尔基的特写和短篇小说紧密相连的，还有他的政论文。高尔基在十月革命前虽写过不少这类文章，但他最后的10年是写政论文最盛的时期。

1932年，高尔基在一篇带纲领性的论文《论剧本》中写道："我们正生活在一个具有空前深刻而全面的戏剧性的时代里，一个充满着破坏和建设过程的紧张的戏剧性的时代里。"

高尔基在30年代写了好几个剧本来表现这个"紧张的戏剧性的

时代。"这个时期写的剧本有《索莫夫和别的人》、《耶戈尔·布雷乔夫和别的人》、《陀斯契加耶夫和别的人》。同时，他写了以改造流浪儿为主题的电影剧本《罪犯》，又把中篇小说《在人间》改编成剧本。在生活的最后一年，高尔基还改写了剧本《瓦萨·日列兹诺娃》。

30 年代初，高尔基打算写戏剧 3 部曲，内容是反映十月革命前夕到 30 年代这个时期资产阶级的没落，但非常遗憾的是他只完成了头两部：《耶戈尔·布雷乔夫和别的人》和《陀斯契加耶夫和别的人》。

《耶戈尔·布雷乔夫和别的人》是以 1917 年 2 月资产阶级革命前夕的俄国社会为背景，成功地刻画了一批俄国社会的代表人物。

在这些人物当中，最突出的是"聪明放肆、胆大妄为"的巨商布雷乔夫的形象。他原来是伏尔加河上的一个木排工人的儿子，年轻时是东家的小伙计，后来娶了东家的女儿，开始发迹，又靠着自己进一步的剥削和掠夺，变成了一个企业主。后来他患了肝癌，疾病迫使他重新评价自己的一生，他觉得自己被生活欺骗了。同时，当他看到比他还无赖百倍的人反而生活得很舒服，于是他认为自己的死是最大的不公平，对命运提出了愤怒的抗议，并进一步揭露资产阶级的罪行。布雷乔夫看透了虚伪、腐朽、丑恶的资产阶级生活，意识到整个资本主义社会，就像他本人一样，已经无药可医。

这个人物是高尔基笔下一系列背叛自己阶级的商人形象中最完美的一个。

在布雷乔夫的周围，主要有两种人：一种是千方百计维护统治地位、对抗革命的资产阶级分子，包括反动教士、地主、资本家、律师。

更值得注意的另一个人是无孔不入的商人、政治野心家陀斯契加耶夫。他眼见沙皇政权快要垮台，想像美国那样由"老板们自己掌握政权"，他看到布雷乔夫的病况严重，便溜掉了。他听到革命队伍涌上街头，便连忙混入游行行列，以便日后从革命队伍内部来破坏革命。这是一个阴险、狡猾的人。

布雷乔夫周围的另一种人，却是革命无产者和进步群众。他们同垂死的资产阶级进行坚决斗争。

布雷乔夫的教子拉普捷夫是一个坚定的地下革命工作者。他在剧本中虽然出场的次数不多，但这个布尔什维克的光辉形象却给人留下深刻的印象。

布雷乔夫的雇工多纳特，知识分子嘉钦都是拉普捷夫的忠实助手。布雷乔夫的私生女舒拉和女仆格拉菲拉等人，也在不同程度上帮助了革命。这些开始觉醒的人已经不甘心为资产阶级的"主子们"做奴隶了。

剧本的结尾是意味深长的。雄壮的革命歌声在街头巷尾回荡，传到布雷乔夫家中。害怕革命的人狼狈不堪地抱头鼠窜，垂死的布雷乔夫望着窗外，女儿舒拉跑向窗前，注视着游行队伍，向往着窗外新的生活。这一结尾似乎宣告了新生活即将来临。

《耶戈尔·布雷乔夫和别的人》对苏联30年代戏剧的发展有着深远的影响。剧本"决不矫揉造作"，不采用说教的方式，不从形式上进行模仿，不单纯追求戏剧效果，而是"简洁、朴实"地刻画了一个十分复杂而又矛盾的人物。

第2个剧本《陀斯契加耶夫和别的人》同第一个剧本有着共同的主题和登场人物，不过描写的是1917年7月10月这个历史时期的事件。

剧本的主人公是资产阶级代表人物陀斯契加耶夫。他跟布雷乔夫一样，比周围的资本家聪明。但他是一个"两面派"，他的口号是"适应"。他大言不惭地用达尔文的话来教训人："必须适应环境！万物之所以能够生存，就是因为能适应环境。"

陀斯契加耶夫的"适应"是资产阶级对抗无产阶级、同无产阶级进行斗争的一种形式。他的社会理想是大资产阶级当权的美国，他不择手段地保全自己的财产，以便有朝一日恢复过去的地位。他是社会主义最狡猾、最危险的敌人。在苏维埃年代，他将成为暗藏的反革命分子。

在剧本中，同陀斯契加耶夫相对立的，是一些新生活的创造者：拉普捷夫、多纳特、李雅比宁、大胡子兵等。

多纳特是一位守林老人，他的形象比在前一个剧本中的人物有所发展。他被现实生活教育，而且阅历丰富，这是一个在革命中找到真理的人物形象。

李雅比宁是这些人物中最突出的形象。他是一个布尔什维克，一个普通士兵，他体现了人民群众的革命胆略，革命信心和那种对胜利的坚定信念。

剧本的结尾，出现了一个大胡子兵，他是到陀斯契加耶夫家来搜寻革命的敌人的。他虽然是一个群众角色，但他什么世面都见过，作者认为这是一个很有分量的人物，是"那个时代的一个典型人物。"

在 1910 年，高尔基写过一个剧本，名叫《瓦萨·日列兹诺娃》，是一部揭露资产阶级的剧本。到 1935 年底他又改写了这个剧本。改写后的剧本同 1910 年的版本相比，改写本中的瓦萨的形象写得更加鲜明、深刻，更有说服力。而且还增加了女革命家腊塞尔的形象。这样一来，剧本的中心就不是通过一个富商家庭来揭露资产阶级生活的腐化和道德的沦丧，而是强调指出：资产阶级不可能有继承人，未来世界的主人一定是无产阶级。

1932 年，联共中央颁布了改组文学艺术团体的决议，取消了当时存在的所有无产阶级作家团体，把一切拥护苏维埃政权的纲领和渴望参加社会主义建设的作家团结起来，成立统一的苏联作家协会。

高尔基被选为作协组织委员会的名誉主席，成为苏联作家协会的组织者和领导者。他进行了大量的组织工作，并在许多发言和文章中总结了自己的创作实践和苏联文学的经验。高尔基的这些活动，对苏联文学的发展有很大的意义。

在30年代，苏联文学界对创作方法问题展开了热烈的讨论。在1906年，高尔基在《母亲》中首次运用了一种新的方法来表现新的人物和新的革命现实。

在20年代，革拉特珂夫的《水泥》、法捷耶夫的《毁灭》和绥拉菲莫维奇的《铁流》等在这一方面又积累了许多新的经验。

到了30年代，如何从理论上对新的创作方法进行阐述并给它一个合适的名称，成为一个迫切的问题。

高尔基积极参加了关于创作方法的讨论。20年代末30年代初，高尔基在与作家谈话时和文学论文中多次谈到："应该探索、发掘和表现新人的优点……我认为必须把现实主义和浪漫主义结合在一起。"

1932年10月，在高尔基的寓所里举行了一次文学家的座谈会。1934年召开的第1次苏联作家代表大会确定了社会主义现实主义为苏联文学的创作方法。

20、30年代是大批民间出身的作家进入文学界的时期，因此高尔基非常注意提高无产阶级文学的技巧。他认为技巧是用最完美的形式反映现实生活的本领。

他在《谈谈我怎样学习写作》、《谈技艺》、《论文学技巧》、《论散文》、《论剧本》等文章中谈到艺术技巧的许多具体问题：典型和性格、情节和结构等。他也特别重视文艺作品的语言。

这些年间，高尔基在培养青年作家方面，更是有着巨大的贡献。高尔基热爱成长起来的文学新苗，对他们加以百般呵护，耐心培养。

高尔基要求青年作家细心地观察现实，具有严肃的创作态度，要求作品在意境、内容和语言各方面都达到很高的水平。

高尔基对苏联文学在各个方面都做出了卓越的贡献，受到苏联人民的热烈赞扬。1932年，苏联隆重庆祝高尔基文学创作活动40周年，授予他列宁勋章，并建立了以高尔基命名的世界文学研究所。莫斯科艺术剧院、列宁格勒大剧院也都以高尔基命名。他的故乡下诺夫戈罗德改名为高尔基市，下诺夫戈罗德州改名为高尔基州。

高尔基的晚年，有2件大事发生。

第1件是他的爱子马克西姆·彼什科夫突然病逝，第二件是他与老朋友罗曼·罗兰首次相见。

1934年的5月，高尔基遭到巨大不幸，他的儿子突然病逝了，这使他异常悲痛。可以想象得出，一位老人在生命的暮年失去儿子的痛苦之情。

在那些沉痛的日子里，苏联人民的慰问和同情使高尔基深深感动。党和政府的领导人联名写信给高尔基："我们同您一起哀悼，共同感受突然袭击我们的悲痛。我们深信，您那无坚不摧的高尔基精神和伟大的意志一定可以战胜这一次沉痛的考验。"

事实证明，高尔基精神的确是无坚不摧的，他仍然回到他繁重的工作中去。1934年8月，在高尔基的主持下，第一次全苏作家代表大会开幕。50多个民族的近600名代表参加了大会，这是对建国近20年来苏联文学的一次大检阅，显示了各民族文学的繁荣，也标志着苏联文学发展的新阶段。高尔基在大会上，作了题为《苏联的文学》的总结报告。在闭幕词中，他号召"文学工作者和文学战士们亲密而牢固地团结起来"，热烈欢迎新的读者朋友。高尔基被选为全苏作家协会主席，他在文学界的领导任务也就更加繁重了。

1935年6月，高尔基同罗曼·罗兰在莫斯科相见。

两位作家之间的往来达20年之久，但直到这一年罗兰来到莫斯科，两位作家才实现第一次相见。两人友谊从1931年起直到高尔基逝世为止的五、六年是这段友谊的高潮。

这种真挚、高尚的情谊在世界文坛上一直传为佳话。

由于繁重的工作，高尔基的健康状况越来越不尽如人意。

1936年5月，克里米亚的气候干旱而又炎热。高尔基乘火车来到莫斯科，莫斯科也是闷热异常。6月1日，高尔基在哥尔克村患重感冒，这使他的肺病和心脏病变得更加严重起来。

全国人民十分关心高尔基的身体健康情况，慰问电、慰问信像雪片似的向哥尔克飞来，大家都希望敬爱的作家早日恢复健康。

气喘使高尔基不能躺下来，他终日坐在圈椅里，顽强地忍受着疾病的折磨。每当他感到轻松一点的时候，他就会同周围的人谈天。

1936年6月18日上午11时10分，世界文坛一颗巨星陨落了，高尔基在哥尔克逝世。

6月20日，莫斯科的红场被上了黑纱，高尔基追悼大会在这里隆重举行。会后将高尔基的骨灰葬在克里姆林宫墙内。

高尔基是世界文学史上一位伟大的作家。他的逝世不仅是苏联人民的巨大损失，同时也是世界人民的巨大损失。

是的，在他伟大的著作中，我们仿佛见到了大师的音容笑貌。大师没有离我们而去，他活在永远思念他的读者心中。

马雅可夫斯基

马雅可夫斯基，是苏联著名的无产阶级革命诗人，社会主义革命和建设的歌手。斯大林称他为"苏维埃时代最优秀、最有才华的诗人"。在艺术表现上，他属于未来主义派。

1890年，马雅可夫斯基生于格鲁吉亚的库塔伊西省巴格达季村，他的父亲是林务官。1908年他16岁时便参加俄国社会民主党，曾3次被捕入狱。后来，他把"搞社会主义艺术"和党的工作对立起来，离开了党，走上个人奋斗的道路。1911年他进入绘画学校，与未来派诗人布尔柳克等出版了诗集《给社会趣味一记耳光》，加入未来主义派。诗人在自传中写道："大伟（布尔柳克）具有超过同代人的匠师的愤怒，而我具有知道旧世界必然崩溃的社会主义激情。于是，俄国未来派就诞生了"。马雅可夫斯基以满腔革命热情否定资本主义，但他对社会主义的理解是抽象的，带有无政府主义和虚无主义色彩。

十月革命前，马雅可夫斯基最重要的作品是长诗《穿裤子的云》

（1915）。这首长诗从主人公"我"与玛丽雅的爱情悲剧写起，引申为对资本主义的揭露和批判。诗人称它是早期创作中纲领性的作品。在1918年长诗第二版序言中诗人谈到诗的思想意义时说："打倒你们的爱情，打倒你们的艺术，打倒你们的制度，打倒你们的宗教，——这就是4个章节中的4个口号。"但诗中的"我"是作为孤独的反抗者出现的。

诗人坚定地迎接十月革命。他称十月革命是"我的革命"。在革命后他写了《我们的进行曲》（1917）、《向左进行曲》（1918）、《给艺术大军的第二道命令》（1921）等大量抒情诗。

为了庆祝十月革命一周年，诗人写成剧本《宗教滑稽剧》（1918），这是第1部反映十月革命的剧本。在长诗《150，000，000》（1920）中，作者通过1.5亿苏联人民的代表、俄罗斯勇士伊凡和代表资本主义世界的美国总统威尔逊两个对立的形象，歌颂了苏联劳动人民的英雄气概。这些作品都采用了未来主义手法。

从1919年10月到1922年2月，诗人在"罗斯塔（俄罗斯电讯社）之窗"工作。马雅可夫斯基密切配合国内大事，进行宣传鼓动，他写了许多短诗、歌曲、寓言、诗体杂文，板话等。所有他作的但未署名的作品，有数千件之多。1929年，诗人把它们汇编成小册子《森严的笑》。

20年代初，马雅可夫斯基发表了《开会迷》（1922），无情地嘲笑了整天忙于开会的官僚主义者。诗人以夸张的手法，写到他看见在一个房子里："坐着的都是半截的人，噢，活见鬼！那半截在那儿呢！砍死人了！杀死人了！我满屋乱转，大声叫喊。这可怕的景象使我的理智失去了常轨"。这时，秘书用异常平静的声音回答说："他们一下子要出席两个会，一天要赶20个会。不得已，才把身子劈开！"诗人最后写道：

假使
能再召开一次会，

来讨论根绝一切会议，那该多好。

　　1922年3月6日，列宁在全俄五金工人代表大会共产党团会议上说："昨天我偶然在《消息报》上读了马雅可夫斯基的一首政治题材的诗……从政治和行政的观点来看，我很久没有感到这样愉快了。他在这首诗里尖刻地嘲笑了会议，讥讽了老是开会和不断开会的共产党员。诗写得怎样，我不知道，然而在政治方面我敢担保这是完全正确的。"列宁的评价鼓舞了诗人。

　　1924年，马雅可夫斯基写成了著名的长诗《列宁》。1927年，写了著名的叙事长诗《好!》。20年代后半期，马雅可夫斯基创作了许多歌颂社会主义建设的抒情诗，如《给聂德同志——船和人》（1928）、《苏联护照》（1929）、《突击队进行曲》（1929）、《关于库兹涅茨克的建设，关于库茨涅茨克的人们的故事》（1929）。此外，马雅可夫斯基还写作（并参加演出）了两个剧本《臭虫》（1928）和《澡堂》（1929），作者用怪诞的情节和喜剧手法讽刺了蜕化变质分子、官僚主义者和小市民的庸俗习气。

　　马雅可夫斯基深切同情帝国主义压迫下的中国，写了不少关于中国和中国第一次国内革命战争的诗，如《滚出中国》（1924）、《莫斯科的中国人》（1926）、《忧郁的幽默》（1927）、《歌就是闪电》（1929）等。1927年，当中国工人和广州军队占领上海，诗人写了《最好的诗》。这是马雅可夫斯基献给1927年中国大革命的一首最有名的诗，表现了对中国革命的无限同情和关心。在大革命失败后，诗人仍然对中国人民寄予很大的希望，在逝世前不久写的《致中国的照会》（1929）中，他支持中国人民，反对中国军阀。

　　马雅可夫斯基对诗的创作极其严肃，为了用确切的字眼表达思想，他把一行诗写成十几种不同的表达法。他把做诗比作镭的开采，"想把一个字安排得停当，那么，就需要几千吨语言的矿藏"，"而这些恰当的字句，在几千年间都能使亿万人的心灵激荡。"

　　1930年2月，马雅可夫斯基加入了"俄罗斯无产阶级作家联盟"。1930 年 2 月，他举办创作 20 年展览，还写了总结自己一生的长诗《放开喉咙歌唱》。在展览会上他初次朗读了这首长诗的序曲，受到热烈欢迎。

1930 年 4 月 14 日，马雅可夫斯基自杀而死，他在《致大家》的信中说，这是由于"个人原因"。

马雅可夫斯基是一个在诗歌艺术上勇于探索和创新的诗人。他的诗句结构特殊，把一句诗分成若干行排列——即"楼梯式"，使诗的节奏更加鲜明。

叙事长诗《列宁》（1924）是关于列宁和革命的史诗，诗人第一次在诗歌中成功地塑造了列宁的光辉形象，歌颂了列宁及其伟大事业。长诗在列宁逝世后的当年完成。全诗由序诗和 3 章正诗组成。第 1 章叙述列宁出生前资本主义的发展和无产阶级革命运动的发展，说明俄国无产阶级的成长壮大，需要自己的领袖。长诗第 2 章，是占中心地位的一章，叙述俄国解放运动第三阶段的历史，主要叙述俄国的革命运动和列宁的活动。列宁的生平活动与祖国的历史发展紧密联系着。长诗第 3 章，叙述列宁的逝世和苏联人民的悲痛情景及他们继承列宁事业的信心和决心。

在创造列宁的形象时，马雅可夫斯基坚决反对把无产阶级领袖看作"上帝的赐予"、"帝王的风采"、"天才"、"超人"等。诗人说，他"生怕那甜言蜜语的美侮辱了列宁"。那么，诗人表示，他将冒着"被踩成肉酱"的危险，也"要把渎神的话炸弹似的掷上云霄，向克里姆林宫怒吼：打倒！"诗人说："这些崇拜的仪式，这些纪念的制度，会用甜腻腻的圣油掩盖住列宁的淳朴。"

马雅可夫斯基强调列宁是群众的一员，和人民有血肉的联系："他也和我们一样，有着自己的兴趣，他也和我们一样，克制自己的病痛"，"他属于人世"，是"在人世间生活过的所有人中最深入人世的一个人"。与此同时，列宁决不是眼睛盯着食槽的庸夫俗子。

列宁是人民的领袖，同时又从人民中吸取力量。马雅可夫斯基着力刻画了列宁淳朴平凡的性格，列宁在平凡中见伟大，淳朴中显崇高。诗人说："他和你，和我，完全没有区别，要说有，那就是他的眼角被深沉的思想多打下了几个皱褶，而嘴唇也比我们善于讽刺，比我们坚决"，不过，"这不是飞扬跋扈、扬鞭驱车从你身上碾过去的那种暴君的'坚决'"。"他对同志满怀着深厚的爱，他对敌人坚决得赛过钢铁"，列宁是"最人道的人"。

马雅可夫斯基把列宁身上普通人的和领袖的特质高度地统一起来了。列宁的形象对苏联人民异常亲切，但列宁是劳动人民的杰出代表。诗人非常注意列宁和党的关系，把对列宁的歌颂和对无产阶级政党和党的事业的歌颂紧密结合起来。因此，列宁形象不仅具有鲜明的个性特征，而且也体现着无产阶级革命运动的本质力量。

长诗中交替着叙事和抒情的笔调。长诗的语言富于表现力。诗人时而用谈话和叙事的语气讲述历史事件，时而用热情亲切的语调表达自己内心的感受，时而用愤怒的音调斥责敌人，时而用嘲笑的语气同那些坚持陈腐的美学观点的诗人和批评家争论。《列宁》是苏联社会主义诗歌的丰碑，它对于文艺塑造领袖形象提供了有益的经验。

长诗《好!》（1927）最初叫《十月》，后改为《1917年10月25日》，最后将要出版时才定名为《好!》，并附有一个副标题：《十月的诗》。

《好!》是十月革命和社会主义祖国的赞歌。它以艺术的形象再现了伟大的十月社会主义革命、国内战争以及当时刚刚开始的社会主义建设。长诗共19章，可以分为4大部分。

第1部分（1~6章），叙述从二月革命到十月革命的重要历史事件：革命前夕的国内形势，十月武装起义的准备和实行，党和列宁组织人民对资本主义进行革命冲击。最后一章是十月革命的伟大场面：工人赤卫队和水兵们袭击冬宫，临时政府的30几位部长被革命工人和士兵逮捕了。

长诗第2部分（7~9章）：关于党、人民和国家。诗人反映了

"共产主义义务劳动星期六"，强调党的组织和领导作用。

长诗第 3 部分（10 ～ 16 章）：描写国内战争时期的艰难和人民的奋斗。诗人叙述千百万人民同党和政府分担艰苦，经受着严重的考验。冬天，"牙齿冻得格格地响"，"肚子想要吃东西，把腰带——勒得更紧，拿起了枪——走上前线"，诗人忆起自己在那些艰苦岁月，曾因御寒取暖被木柴的煤气熏昏，他曾吃过马肉充饥，和自己家里的人共食比指头多一点点的一撮盐。诗人写道：在这艰苦的年代，社会主义的祖国比任何时候更为可爱。"我选过许多温暖的国家，但是只有这个冬天才使我真正体会到爱情、友谊和家庭的温暖。只有睡在这样的大冷天，大伙儿紧紧抱着，牙齿格格发颤，才能够真正明白对人们不能吝惜棉被和关怀。"

长诗第 4 部分（17 ～ 19 章）：讲到建设和在红场上对烈士的怀念。最后一章诗人用最高亢的音调歌唱祖国的未来："我赞美祖国的今天，但我要三倍地赞美祖国的明天！"

长诗《好！》语言丰富生动，诗人把宣传鼓动语言与抒情语言结合起来，往往一章中语言的多样形式相交织。长诗是诗人作品中韵律最丰富之作。长诗每一章都有自己独特的韵律。

诗人曾在莫斯科和其他城市朗诵过 30 多次《好！》，受到听众热烈欢迎。在一次朗诵《好！》的晚会上，当诗人朗诵到第 19 章中的诗句"列宁在我们的脑中，枪在我们手中"时，一位青年红军战士站起来说："还有你的诗在我们心中，马雅可夫斯基同志！"

1930 年，马雅可夫斯基在莫斯科逝世。

爱伦堡

爱伦堡，1891 年 1 月 27 日生于基辅一个工程师的家庭。1907 就读于莫斯科第一中学，因参加布尔什维克地下组织被开除学籍。1908 年被捕，遂即脱离组织关系。不久获释，于同年 12 月流亡巴黎，1910 年开始发表诗作，都是模仿象征派诗歌的习作性质的作品。

第一次世界大战爆发后，1915 ～ 1917 年间，爱伦堡担任莫斯科《俄国晨报》和彼得格勒《市场报》军事记者，到法德前线采访。

战争使他产生了怀疑、悲观情绪。这在诗集《前夜之歌》中有所反映。这个时期他还写有军事通讯，后来编辑成集，以《战争的外貌》（1920）为名出版。1917 年 7 月回国。十月革命后，曾参加苏维埃政府部门工作。1918～1923 年间还出版了诗集《火》（1919）、《前夜》（1921）、《随想》（1921）、《国外随想》、《毁灭性的爱》（1922）、《兽性的温暖》（1923）等，表示欢迎"另一个伟大的世纪"的诞生，同时对此感到"既狂喜又恐惧"。

1921 年春开始，爱伦堡以苏联报纸记者身份长期驻在国外。20 年代初，发表一些评论俄罗斯当代艺术和诗歌的论文，宣传结构主义的艺术思想。1922 年发表哲理性讽刺长篇小说《胡里奥·胡伦尼多及其门徒奇遇记》，受到列宁的注意。小说描写第一次世界大战和革命时期欧洲和俄国的生活，对资本主义世界作了尖锐的讽刺和批判，同时也反映了作者矛盾复杂的思想。这个时期发表的其他小说，如《尼古拉·库尔波夫的一生和毁灭》（1923）、《让娜·涅依的爱情》（1924）等，则以个人与社会的对立为主题。在有些小说中，如《十三个烟袋》（1923）和《德·叶·托拉斯》（1923），加强了对于资本主义社会和资产阶级道德的批判，以及对资产阶级文化内在矛盾的分析。

1931 年他周游欧洲各国，目睹了法西斯主义的猖狂活动；回国后参观访问第一个五年计划工业建设的工地，受到了鼓舞，增强了对苏维埃国家前途的信心。这个时期写出反映苏联社会主义建设和新人成长的长篇小说《第二天》（1933）。1936～1939 年西班牙内战时期，他作为《消息报》记者几次去西班牙，写出一些诗歌和短篇小说集《停战以外》、长篇小说《人需要什么》（1937），表现他的反法西斯主义和国际主义的思想。

第二次世界大战开始时在法国，他目击法国的沦陷，以此为题材创作了长篇小说《巴黎的陷落》（1941），获 1942 年度斯大林奖金。卫国战争时期，在《消息报》、《红星报》及前线报纸上发表了许多政论，揭露法西斯主义的政策和道德，呼吁世界各国人民奋起斗争，并鼓舞他们必胜的信心。这些政论使他赢得了世界的声誉，后来收集出版了3卷政论集《战争》（1942～1944）。

二战结束后，他完成2部长篇小说：写战时生活的《暴风雨》（1948年度斯大林奖金）和写战后生活的《九级浪》（1951～1952）。50年代中期发表的中篇小说《解冻》（第1、2部；1954～1956）和各种形式的文艺论文，60年代发表的内容庞杂的回忆录《人、岁月、生活》（6卷，1961～1965），在苏联文艺界都引起激烈的争论。

1967年，爱伦堡因病医治无效在莫斯科逝世。

凯尔巴巴耶夫

凯尔巴巴耶夫，1894年生于土库曼斯坦一个普通农民家庭。1930年前后曾在列宁格勒大学学习。1948年加入苏联共产党。

1923年，凯尔巴耶夫开始写作，尝试过不同体裁，既写诗歌，也写小说和剧本。在诗歌《妇女界》（1927）、《一个被奴役的女人》（1928）、《走向新生活》（1928）、《干枯的嘴唇》（1929），短篇小说集《现实》（1931），中篇小说《拜兰节》（1934）、《勇士》（1935）等作品中，凯尔巴巴耶夫着力于描写土库曼妇女过去的痛苦生活，反对封建残余，宣传妇女解放，号召人民建立新的生活。

卫国战争期间，他写有中篇小说《库尔班·杜尔德》（1942），长诗《艾拉尔》（1943），诗剧《马赫图姆库里》（1943），剧本《爱祖国》（1941）、《兄弟们》（1943）等，歌颂前方战士的英勇无畏和后方农业生产者的忘我劳动。长篇小说《决定性的步骤》，是土库曼苏维埃文学第1部反映革命历史的著名作品。中篇小说《白金国的爱素丹》荣获1951年度斯大林奖金，塑造了土库曼集体农庄女庄员的动人形象。

凯尔巴巴耶夫的长篇小说《涅比特·达格》（1957）反映石油工人的真实生活和工作生活中新旧思想的斗争；《天生的奇迹》（1965）描写土库曼著名革命家和政治活动家阿塔巴耶夫的事迹。

凯尔巴巴耶夫1942～1950年任土库曼作家协会主席。曾为土库曼科学院院士，荣获过苏联社会主义劳动英雄称号。他被认为是土库曼苏维埃文学奠基人之一。

布尔加科夫

布尔加科夫出生于乌克兰基辅市一个教授家庭。自幼喜爱文学、音乐、戏剧，深受果戈理、歌德等的影响。1916 年基辅大学医疗系毕业后被派往农村医院，后弃医从文，开始写作生涯。

1920 年，布尔加科夫开始在《汽笛报》工作，并发表了中篇小说《不祥的鸡蛋》、《魔障》和长篇小说《白卫军》等作品。他的作品以幽默辛辣的文笔著称，但因在"红"、"白"两个对立阵营中的"中立"立场引起争议。

布尔加科夫晚年坚持用业余时间写出了他一生最重要的长篇小说《大师和玛格丽特》（又译《撒旦起舞》），小说有一实一虚两条线索，一是撒旦及其随从在人间的见闻，一是大师的小说，写耶稣之死。最后大师和玛格丽特在魔王的带领下离开了莫斯科，飞向永恒的栖身之地，意味着大师和爱情远离了莫斯科。

布尔加科夫的小说极富魔幻色彩，被评论界称为是魔幻现实主义的开山之作。

世界文学知识漫谈①

世界文学发展大讲坛

箫枫◎主编

辽海出版社

责任编辑:陈晓玉　于文海　孙德军

图书在版编目(CIP)数据

世界文学知识漫谈/萧枫主编．—沈阳:辽海出
版社,2008.6(2015.5重印)

ISBN 978-7-80711-712-4

Ⅰ.①世…　Ⅱ.①萧…　Ⅲ.①世界文学—基本知识
Ⅳ.①I1

中国版本图书馆 CIP 数据核字(2011)第 140258 号

世界文学知识漫谈

世界文学发展大讲坛

萧枫/主编

出　版:辽海出版社	地　址:沈阳市和平区十一纬路25号
印　刷:北京一鑫印务有限责任公司	字　数:700千字
开　本:700mm×1000mm　1/16	印　张:40
版　次:2011年9月第2版	印　次:2015年5月第2次印刷
书　号:ISBN 978-7-80711-712-4	定　价:149.00元(全5册)

如发现印装质量问题,影响阅读,请与印刷厂联系调换。

前　言

马克思曾经说过："文学是一定的社会生活在人类头脑中反映的产物。"

文学是一种社会意识形态，与社会、政治以及哲学、宗教和道德等社会科学具有密切的关系，是在一定的社会经济基础上形成和发展起来的，因此，它能深刻反映一个国家或一个民族特定时期的社会生活面貌。文学的功能是以形象来反映社会生活，是用具体的、生动感人的细节来反映客观世界的。优秀的文学作品能使人产生如临其境、如见其人、如闻其声的感觉，并从思想感情上受到感染、教育和陶冶。

文学是语言的艺术，是以语言为工具来塑造艺术形象的，虽然其具有形象的间接性，但它能多方面立体性地展示社会生活，甚至表现社会生活的发展过程，展示人与人之间的错综复杂的社会关系和人物的内心精神世界。

作家是生活造就的，作家又创作了文学。正如高尔基所说："作家是一支笛子，生活里的种种智慧一通过它就变成音韵和谐的曲调了……作家也是时代精神手中的一支笔，一支由某位圣贤用来撰写艺术史册的笔……"因此，作家是人类灵魂的工程师，也是社会生活的雕塑师。

文学作品是作家根据一定的立场、观点、社会理想和审美观念，从社会生活中选取一定的材料，经过提炼加工而后创作出来的。它

既包含客观的现实生活，也包含作家主观的思想感情，因此，文学作品通过相应的表现形式，具有很强的承载性，这就是作品的具体内容。

文学的发展，既是纵向的，又是横向的；纵向发展是各民族文学内部的继承性发展，横向发展是世界各民族互相之间的影响、冲突和交会。这一纵一横的经线与纬线，织成了多姿多彩的各民族文学与世界文学。可以说，纵向的"通变"与横向的发展，是文学发展的两个基本动力。

总之，学习世界文学，就必须研究世界著名文学大师、著名文学作品和文学发展历史，才能掌握世界文学概貌。

为此，我们综合了国内外最新的世界文学研究成果和文学发展概况，编撰了《世界文学知识漫谈》丛书。本套书系共计5册，主要包括世界文学发展大讲坛、俄苏现代作家作品讲析、西欧现代作家作品展阅、美洲现代作家作品泛读、亚洲现代作家作品博览等内容。

本套书内容全面具体，具有很强的文学性、可读性和知识性，是我们广大读者了解世界文学作品、增长文学素质的良好读物，也是各级图书馆珍藏的最佳版本。

目　录

第一章　世界古代文学发展

第一节　亚非古代文学发展概论

第二节　欧洲古代文学发展概论

第二章　世界近代文学发展

第一节　近代亚非文学发展概论

第一章　世界古代文学发展

第一节　亚非古代文学发展概论

上古埃及文学

埃及是具有悠久历史的文明古国，是人类最古老文明发源地之一。早在公元前 5000 年，古埃及人就已经开始在尼罗河两岸的高地进入定居的农业生活，创造了发达的古埃及文化。埃及文学是古埃及文化的重要组成部分，它反映了古埃及人在原始公社制社会末期和奴隶制社会的生活和生产斗争。

在尼罗河两岸，原始公社制的解体，早于其他地方。在公元前 4000 年前后，这里就出现了一系列小的奴隶制国家，随后又合并成两个大的国家，即上埃及和下埃及。两国经过多年的战争，上埃及战胜了下埃及，建立了统一的奴隶制国家。

在公元前 3315 年，埃及第 1 王朝建立，国王是明纳，建都于中埃及的基尼斯。一般把埃及从第 1 王朝建立到第 26 王朝复灭划分为 4 个时期，即第 1 至第 2 王朝（公元前 3315～公元前 3000 年）为早期王朝时期；第 3 至第 8 王朝（公元前 3000～公元前 2360 年）为古王国时期；第 9 至第 17 王朝（公元前 2360～公元前 1584 年）为中王国时期；第 18 至第 26 王朝（公元前 1584～公元前 525 年）为新王国时期。并把第 1 王朝建立前的约 1000 年称为前王朝时期。

埃及第 1 王朝建立后，大约于公元前 3300 年发明了象形文字和用尼罗河两岸生长的纸草制成的纸草卷。这样，过去依靠口头传述的事情，现在有了文字记载。人类社会进入了有史时期。过去在民间流传的一些文学作品也得以保存下来。

埃及文学中，神话出现得最早，当时的人们由于对自然界的现象无法解释，认为生活的每一个领域都由一个神或几个神在掌管，如太阳神拉，水神努，尼罗河、土地及丰收之神奥西里斯，恶神赛特，死神内布其司，智慧与司书之神托司，爱情女神赫托尔，战神贺尔等。相应地也产生了有关这些神的神话。首先出现的是关于开天辟地的神话，有的神话说世界是天牛创造的，也有关于赫诺姆神塑土创造世界的说法，但最普遍的说法是太阳神拉是开天辟地之神。据说在混沌初开之际，拉在水神努的体内孕育成形，以蛋形花苞状升起于水面，显形为一轮太阳，大地便开始得到了光和热。拉神创造了天、地、日、月、星空和万物。

在古代埃及神话中，关于奥西里斯的神话流传得极广。奥西里斯是水和植物之神，是尼罗河、土地以及丰收之神，也是耕作和文化的传播者，死后又成为冥界之王。

古代埃及文学中，诗歌比较发达，也是最早产生的一种文学体裁。在古埃及墓地的石柱和墙壁上，在纸草卷以及宗教诗文集中，保存下了大量的诗歌作品。它们内容丰富，形式多样，有世俗诗、宗教诗、宗教哲理诗、赞美诗等。

在古埃及的世俗诗中产生得最早的是劳动歌谣，大约出现于公元前3000多年前，先在口头上传唱，后来被记录下来。如在埃及埃尔·开布的帕赫里墓壁上发现的《庄稼人的歌谣》、《打谷人的歌谣》和《搬谷人的歌谣》等。这类作品保存下来的不多，但却真实地反映了当时奴隶们的生活、生产劳动和思想情趣，是古代文学中的精华。此外，还有一些表现当时青年男女之间互相爱慕的纯真感情的爱情诗，也属于世俗诗之类。

在古代埃及，人们盛行对神灵的崇拜，他们把一切文学艺术、建筑、雕刻等方面的活动都看作是神的活动，在他们的神力万能的观念中，包含着这样一个真理，即文艺不是现实世界事物的简单的和消极的反映，而是它们生命的反映，是在人们记忆中延长它们存在的一种手段，这是在远古时期对自然崇拜的基础上发展起来的。因而出现了大量的宗教性诗篇。

《亡灵书》就是一部庞大驳杂的宗教性诗歌总集，它汇编了大量的神话诗、祈祷诗、颂神诗、歌谣、咒语等。古埃及人相信，人死之后，人的灵魂"库"，必须经历一段下界生活，经受诸般考验，然后才能重睹光明，升入上界或得到再生。因此，古埃及人十分重视尸体的保存和死后生活的指导，把死者的尸体制成木乃伊，并在石棺中放进这类诗篇作为死者亡灵在下界旅行的指南。

《亡灵书》虽成书于新王国时期，但它却包括古王国时期的《金字塔铭文》和中王国时期的《石棺铭文》的一些篇章在内，因此它是集古埃及宗教诗大成的作品。

在古埃及诗歌中，还有大量对太阳神、地神、水神、奥西里斯和一些国王的赞美诗，如《阿顿（太阳神）颂诗》、《尼罗河颂》等，都是古埃及诗歌中的名篇。

古埃及的宗教哲理诗最著名的是《失望者和自己灵魂的谈话》，它不仅把死亡比拟为人的幸福，并且发出了反抗的呼声，它被认为是古代埃及诗歌中成就最高的诗篇之一。

此外，在古代埃及的每个时期，都产生过传记文学、箴言和戏剧作品。传记文学有古王国时期的《梅腾传》、《大臣乌尼传》，新王国时期的《乌努·阿孟游记》、《桡夫长亚赫摩斯传》、《图特摩斯三世传》等。箴言作品有古王国时期的《普塔霍台普箴言》，中王国时期的《赫提三世箴言》、《伊浦味箴言》、《涅费尔蒂箴言》，新王国时期的《阿曼莫奈普箴言》等。

古埃及戏剧作品是在宗教祭祀活动中发展起来的，如古王国时期的《金字塔铭文》中有对奥西里斯的哀悼和复活的片断戏剧脚本，中王国时期有埃西斯和纳弗齐斯在奥西里斯尸体前哀哭的诗体戏剧脚本，在伊赫列特石柱上保存下来的个别戏剧演出场面的绘画等。

神 话

神话是古埃及流传下来的最早的文学形式之一，其中最著名的有：

关于拉神（太阳神）的神话。神话说：拉神居于莲花之中，升起而显形为太阳，从此人间有了光明。有一天拉神哭泣，他的眼泪中生出了人类。后来拉神衰老了，他的肉变成金子，骨头变成银子，头发变成石头。这个神话反映了古埃及人对天地形成、人类诞生、金银来源等问题的解释。

关于奥西里斯的神话。在远古，埃及人认为水、土、植物、丰收都是一位自然神奥西里斯所掌管的。但原始社会向奴隶社会过渡后，这位自然神被改造成了社会神，成了埃及的一个国王。神话说，这个国王对人民很仁慈，但却被他的坏弟弟赛特所杀，他的尸首被装进棺材扔入尼罗河。后来，他的爱妻借助众神之助使他复活，他的儿子为他复仇，杀死了赛特。他的儿子就成了埃及国王。奥西里斯死后则成了冥间的国王。

这个神话的演变，曲折地反映了埃及从氏族制到奴隶制的演变，但在演变中被打上了阶级的烙印。宣扬了"王权神授"的思想。

故 事

故事是古代埃及文学创作的主要体裁之一，在各个历史时期都有大量的故事作品流传下来。故事起源于人民口头创作，尽管在后来的流传、记录和加工过程中受到了统治阶级或专业文人的影响和修改，不免带有浓厚的统治阶级意识、神秘主义和宗教迷信色彩，但它仍具有民间口头创作的明显特征，具有强烈的批判力量和战斗精神，始终受到埃及人民的喜爱。

现在保存在柏林博物馆"维斯特卡纸草"上的《魔术师的故事》，是古埃及流传下来的最早的一篇故事作品。它形成于古王国时期的第 4 至第 6 王朝（公元前 2650～公元前 2200 年），写定于中王国时期的第 12 王朝（公元前 2060～公元前 1783 年）。

这个故事包括 3 个小故事，记述了克胡甫王的 3 个王子每人讲述的一个魔术师的故事。它们虽然都是用浪漫主义的写法，叙述了一些神奇的魔法，但从整个故事的情节和艺术形象来看，展示的都是当时统治阶级中一些王公贵族和祭司实际生活中的事情。它们宣扬了埃及国王都是"拉神之子"的君权神授思想和对统治阶级有利的一些道德规范，以达到巩固奴隶主阶级统治的目的。

中王国时期，是埃及古代文学繁荣的时期，史称古典文学时期。这时，随着社会经济活动范围的扩大，随着文学事业的发展，文学作品中的故事也增多了，出现了《乡民与雇工》、《遭难的水手》、《撒奈哈特历险记》等这些埃及故事中的名篇。这些故事大都叙述主人公的游历冒险，情节一般都比较曲折，表明当时埃及人的社会视野和知识领域更为开阔，也反映了埃及奴隶制国家的军事政策、贸易政策以及和海外邻邦的往来日益增多，统治阶级鼓励人们向海外发展、谋取财富的冒险精神。这些故事有的是历史事件的真实反映，有的则是虚构的。

《乡民与雇工》是古代埃及故事中最优秀的作品之一。

它叙述一个家住盐乡名叫赛克赫提的农民，用驴子从家乡驮运土特产到亥嫩赛坦的南方去出售，途中遭到王室总管、专管地方治安工作的麦卢伊坦撒大人手下的管事亥木提的有意刁难，借口说驴子吃了总管大人麦田的麦苗，不仅把赛克赫提毒打了一顿，抢去了货物和驴子，并且还威胁他不许大声叫嚷，不然就让他去见无声鬼。赛克赫提在这里呆了整整一天的工夫，好说歹说，亥木提都不理睬。最后他在忍无可忍的情况下，只好到亥嫩赛坦去向王室总管麦卢伊坦撒大人处告状。王室总管听了他的 2 次指控亥木提罪状的陈词，便立刻去告诉国王说，他在农民中发现了一个善于辞令的人。国王就吩咐总管千万不要急于决断，让他继续讲下去。直到赛克赫提告到第9次，国王才决定惩办抢劫者。

这个故事通过一个农民的巧妙辞令，反映了中王国初期的阶级矛盾，揭露了统治阶级的豪门恶仆的为非作歹，发出了广大被压迫人民的正义呼声，颂扬了一个普通农民反对掠夺与迫害的不屈不挠的斗争精神。

古代埃及发展到新王国时期，统治阶级和广大人民群众之间的矛盾越来越尖锐，加之异族入侵频繁，统治阶级内外交困，处在风雨飘摇之中。因此，这个时期产生的故事作品，不仅数量多，情节更加离奇曲折，而且反映的社会生活面更广，内容也更深刻。新王国时期出现的故事作品有《占领尤巴城》、《厄运被注定的王子》、《昂普、瓦塔两兄弟》、《赛特那和魔术书》、《真话和谎话的故事》、《身体与头的争论》、《威纳蒙旅行记》等。

《厄运被注定的王子》产生于新王国第18王朝末叶，它的题材是全世界共通的，但它是这类故事中最早产生的。它的内容是叙述从前有个国王由于缺乏子嗣，向众神祷告而得子。但众神预言，王子将来要遭到厄运："他将死于一条鳄鱼，或者一条蛇，或者一只狗。"国王为了使王子逃脱命中注定的厄运，命人在沙漠中建造了一座府第，配备了一切用品和仆人。但王子长大后，认为既然自己命中注定要遭厄运，那就听从上天的安排好了。他在取得国王的同意后出外漫游，在美索布达米亚地方和一个酋长的女儿结了婚。婚后，他把自己命中注定的厄运告诉了妻子，妻子加意防范，虽然先后杀死了要爬进城的鳄鱼和爬进屋的蛇，但最后仍被自己从小驯养的狗咬死。

这个故事通过人的求生存的愿望同神意和命运的冲突的描写，表现了人们开始意识到要对神意和命运进行反抗，具有一定的进步意义，它也间接地反映了奴隶主统治阶级后继无人，行将崩溃的危机。

《昂普、瓦塔两兄弟》是19王朝记录下来的故事。它叙述昂普和他的妻子把弟弟瓦塔从小抚养长大，瓦塔敬重兄长和嫂嫂如父母，一心一意地为哥嫂做好家里和地里的一切活计的故事。一家人生活本来过得平静和睦，但昂普的妻子后来见瓦塔年轻英俊，魁梧有力，乘一次瓦塔单独和她在一起的时候，用言语挑逗瓦塔，遭到瓦塔的严词拒绝。她恶人先告状，晚上等丈夫从地里回来后，诬告瓦塔调戏她。昂普在气愤之下，不辨真假，逼走瓦塔。瓦塔后来在胶树谷单独生活。因他是九神的公牛转生，众神怜他冤枉，为他造了一个美女陪伴他。后来这个美女被法老劫去。她丧心病狂地在法老面前一再陷害瓦塔。瓦塔多次变形，几次死而复生，历尽种种磨难，最后当上了国王，终于得以报仇雪恨。

这个故事想象丰富，情节曲折，通过对瓦塔几次死而复生、多次变形的描写，影射了瓦塔是自然界的死而复苏之神奥西里斯的化身，显示了劳动人民的机智和力量，侧面地反映了当时劳动人民希望摆脱受压迫受奴役的奴隶地位的美好愿望。

古代埃及故事，无论在思想内容或艺术技巧上，都达到了较高的水平，典型地反映了埃及民间口头文学创作的特点，它不仅是埃及文学的珍贵遗产，对后来世界文学的发展，特别是散文创作的发展，产生了有益的影响。

诗　歌

在古代埃及文学中，诗歌比较发达。在古埃及墓地的石柱和墙壁上，在纸草卷和宗教诗文集中，保存下了大量的诗歌作品，有世俗诗、宗教诗、赞美诗、宗教哲理诗等。它们集中地反映了当时人们的生活和生产状况、思想感情以及他们对未来的向往。

在古代埃及诗歌作品中，产生得较早的是劳动歌谣，它们大致产生于公元前3000年以前。这类作品大多是口头文学创作，人们先在口头上传唱，后来才用象形文字记录下来。由于历代统治阶级的偏见，这类作品流传下来的不多，但它却深刻地反映了当时劳动人民的生活斗争和思想愿望。

《庄稼人的歌谣》、《打谷人的歌谣》和《搬谷人的歌谣》是保存在埃及埃尔·开布地方帕赫里墓壁上的3首古埃及劳动歌谣。这3首劳动歌谣据说是公元前16世纪18王朝时期的作品。这是我们现在能够看到的最早的劳动歌谣，它们在未被记录下来以前，可能已经存在了相当长的时间，是村民和奴隶们伴随着劳动在田野上、打谷场上和码头上歌唱出来的。它们都是用象形文字记录下来的，歌谣旁还配有绘画，诗画并茂，栩栩如生。如《庄稼人的歌谣》：

　　赶快，领队的人，
　　快驱打那群公牛！
　　瞧，王爷站在那儿，
　　正望着我们呢。

从这首诗的文字内容和配画看，这是当时为王室劳动的村民或奴隶们在田野间放牧或耕种时所唱的歌。他们在劳动时远远看到王室牧主来了，感到紧张，就赶紧提醒自己领工的头儿，赶快驱打公牛，以免受到主人的呵斥或责罚。

从这首歌谣简朴的语言、急促的节拍、紧张的心理来分析，它表现了当时村民或奴隶们被迫劳动的情景以及他们对奴隶主的恐惧和不满心理。再看《打谷人的歌谣》：

　　给自己打谷，给自己打谷，
　　哦，公牛，给自己打谷吧！
　　打下麦秆来好给自己当饲料，
　　谷子都要交给你们的主人家。
　　不要停下来啊，
　　要晓得，今天的天气正风凉。

　　这首诗看来是村民或奴隶们在打谷场上一边打场一边吟唱的歌。它的特点是村民或奴隶们假借同公牛谈话，用反语发泄自己满腔的怨恨，间接反映了奴隶主对村民或奴隶们敲骨吸髓的剥削，说明奴隶们一年到头辛辛苦苦地耕耘、播种和收割，但打下来的谷子却完全交给了奴隶主，而他们自己则只能落下一些糠糠皮皮，用以充饥。还有一首《搬谷人的歌谣》：

> 难道我们应该整天搬运大麦和小麦吗？
> 仓库已经装得满满，
> 一把把谷子滚出了边沿；
> 大船上也已经装得满满，
> 谷子也都滚到了外面，
> 但还是逼着我们搬运，
> 好像我们的心是用青铜铸成！

　　这首诗更明显地表现出了村民或奴隶们对自己紧张劳动和处境的不满和反抗情绪。他们已经直接提出了"难道我们应该整天搬运大麦和小麦吗？"这样尖锐的问题。这首歌谣说明了那些被征调来搬谷的村民或奴隶们对沉重而又持久的强迫劳动的极度愤懑和不平。

　　这3首劳动歌谣和古埃及流传下来的大量宗教诗和赞美诗不同，它们是最古老的反映阶级矛盾的文学作品。它们以浓厚的生活气息、明快有力的语言、清新隽永的艺术手法和直接抒发内心情感的对话形式，表现了古埃及劳动歌谣独特的艺术风格和民间口头创作的鲜明特色。因此，这些劳动歌谣不仅是古埃及文学的精华，而且也是古埃及重要的文献资料，具有很高的史料价值，值得我们倍加珍视。

　　除上面所谈的劳动歌谣外，还有一些表现爱情生活的情歌。古埃及的情歌，通常都是可以用笛子和竖琴伴奏进行歌唱的。在这类情歌中，情郎和女情人在对唱中互相以兄妹相称，表达了当时青年男女互相爱慕的纯真感情。下面是一首流传至今的情歌的片断：

> 她是举世无双的妹妹，
> 谁也比不上她漂亮。
> 看啊，她像天上的星辰，
> 象征着幸福的一年的诞生。
> 她神采奕奕，肌肤娇嫩，
> 她的明闪闪的眼睛迷人。
> 甜蜜啊，那两片轻巧的嘴唇，
> 从来没有说过多余的话。
> 修长的颈，匀称的头，
> 纯真的天青石是她的发。
> 她的手胜过黄金，
> 她的指头宛如莲花。
> 她的脚载着她的美，
> 地面上飘舞着她轻盈的步伐。
> 人们只要走过她的身边啊，
> 就都扭转脖子来看她。

在这首情歌中，情郎直截了当地把自己所爱慕的姑娘的美丽同当时完全现实而且最被珍视的物品相比较，头发比作天青石，手比作黄金，指头比作莲花等，显示出当时普通埃及人朴实的审美观念。

在古代埃及，由于盛行对神灵的崇拜，因此，宗教对文学艺术的影响非常大，人们把一切文学艺术、建筑、雕刻等方面的活动都看作某种神灵的活动。在古埃及人的神力万能的观念中，也包含着这样一个真理，即文艺不是现实世界事物的简单的和消极的反映，而是它们生命的反映，是在人们的记忆中延长它们存在的一种手段。这是在远古时代对自然崇拜的基础上发展起来的。

　　在古王国时期，中央法老政权强化以后，埃及兴起了统一的对太阳神的崇拜，太阳神拉被奉为最高神。中王国时期，由于底比斯统一埃及，阿蒙神也成为全国的最高神。新王国时期，第18王朝的埃赫那顿对宗教进行改革时，曾一度以阿顿神为唯一的太阳神。因而在古代埃及文学中，出现了大量的宗教性诗篇，这类诗篇历代都有记载，但以中王国时期保留下来的最多。

　　埃及最古老的文学作品之一是《亡灵书》（或译《死者之书》）。《亡灵书》中的大部分诗篇具有浓厚的宗教思想，反映了古埃及人的宗教信仰和冥国观念，主要是表现奴隶主阶级的思想倾向，但其中个别诗篇或某些诗段也反映了人民大众的思想感情。如在《另一个世界》中写道：

　　你不再在你的
　　　选中的小径中颠踬，
　　一切的邪恶与黑暗
　　　全从你的心灵中落下。

　　在这里的河旁，
　　喝水和洗你的手脚罢，
　　或者撒下你的网，
　　它一定就充满了鱼。

　　古埃及的诗歌中，还有大量对太阳神、地神、水神、奥西里斯和一些国王的赞美诗。《阿顿（太阳神）颂诗》是古代颂诗中的名篇，这是在第十八王朝的法者埃赫那顿时代，宣布太阳神是国家崇拜的唯一最高之神时写的，它热烈地赞颂了使大地产生生命的太阳神的伟大力量：

在天涯出现了您美丽的形象，

您这活的阿顿神，生命的开始呀！

当您从东方的天边升起时，

您将您的美丽普施于大地。

当您在西方落下时，

大地像死亡一样地陷在黑暗之中。

　　对尼罗河的赞颂是历来埃及文学的重要主题之一。古埃及人赞美尼罗河，把它看成伟大而美妙的事物，因为它用自己泛滥出来的河水灌溉他们的田地，从而带来了蓬勃的生机和美好的日子：

赞美你，尼罗河，你从大地中向外冒涌，

你的到来，为了使埃及欣欣向荣！……

你把拉神创造了的田地灌溉，

为了使普天下的生灵安乐康泰……

它创造了大麦和小麦，

使神殿里充满了节日的景象。

……

人们那个乐呀，

嘴也合不上了。

它带来了粮食和丰富的食物，

它创造了一切美好的事物……

　　至于古埃及的宗教哲理诗，最著名的是《失望者和自己灵魂的谈话》，它被认为是古代埃及诗歌的最高成就之一。诗中说：

死神今天站在我面前，

像康复的征兆，

像脱离了病魔的缠扰……

死神今天站在我面前，

像荷花的芳香，

像是沉醉在烟雨茫茫的岸上……

死神今天站在我面前，

像消失了的风暴，

像游子从远方回到了自己的故乡……

死神今天站在我面前，

像一个被监禁了多年的囚徒，

渴望见到家屋的墙垣。

　　诗中的主人公把死亡比拟为人的幸福的话语所表达出来的消极厌世情绪，显然是属于上层阶级某些人的想法。但诗中也揭露了社会的不平，发出了叛逆的呼声。这在古代埃及的长篇诗歌中，是十分难得的。它是中王国时期社会矛盾和阶级斗争在文学创作中的反映。

上古巴比伦文学

　　巴比伦位于美索布达米亚（即"两河之间的地方"）南部，是古代两河流域文化的中心。它正处于底格里斯河和幼发拉底河的接近点上，由于自然条件的优越，成为人类文明的发源地之一。

　　早在公元前4000年左右，"美索布达米亚"地区开始从氏族社会末期向奴隶社会过渡。大约在公元前2800年（或更早些时候），苏美尔人建立了自己的王朝。大约到了公元前2350年，阿卡德人又建立了阿卡德王朝。他们继承了苏美尔人的文化并取得新的惊人成就。大约在公元前1900年，古巴比伦建立了奴隶制国家，国势盛极一时，著名的汉谟拉比王（前1792年~前1750年在位）统一了苏美尔和阿卡德。此时的巴比伦已成为西亚的经济文化中心之一。公元前1795年古巴比伦毁于赫梯人的入侵。继后，虽有加美特巴比伦和新巴比伦出现，但昔日的雄风已不再。至公元前 539 年，终于被波斯所灭。

在远古时期，苏美尔人和阿卡德人就创造了丰富的文化，并用楔形文字保存下不少文学作品，巴比伦文学是在继承苏美尔和阿卡德文学传统的基础上发展起来的。因此，通称苏美尔－巴比伦文学。大约在公元前 4000 年末，苏美尔－巴比伦就已有了用楔形文字记录下来的书面文学作品。通观苏美尔－巴伦比长达 3000 余年的文学发展，它虽属奴隶制社会的文学，但又不乏反映原始社会末期的情况。

这些文学作品丰富多彩，主要有神话、传说、史诗、哀歌、赞歌、故事、格言、谚语、咒文等。这些作品从不同角度反映了当时人们对自然界的朴素理解与探求。其中诗歌和神话较发达。

巴比伦神话在继承苏美尔神话的基础上，有了较大的发展，形成了自己的神话世界。其中包括了宇宙生成、人类创造、长生不老、天命观等神话主题。最有代表性的是创世神话，它描写玛尔杜克从英雄升为主神，创造天地万物的壮举。赞美了光明战胜黑暗的正义性。《伊什妲尔下冥府》源于苏美尔神话《伊南娜下冥府》，略有删减。它通过女神伊什妲尔下降到冥府搭救丈夫的曲折故事，反映了古巴比伦人对四季变化，万物枯荣的自然现象，有着自己特殊的探求和理解。

古巴比伦文学是在继承苏美尔时代文学遗产的基础上发展起来的，故通称为苏美尔－巴比伦文学。这是人类最古老的文学宝库之一。它包括了神话传说、史诗、哲理抒情诗和戏剧等。

苏美尔－巴比伦人和其他民族一样，在远古时代都创造了自己的包括开天辟地、创造万物等神话故事以及英雄传说。大神阿努是诸神之首，居住在第三重天上。日神舍马什是正义的维护者和国王的保护者，最受人们的欢迎。水和智慧之神埃阿是人类的朋友，他把一切技艺和知识教给人类。大地之神是恩里尔。爱情与生命之神伊什塔尔，是一个十分活跃的女神。植物之神坦姆兹是故事最多而又最受人们关注的一位神。关于洪水的神话，在苏美尔－巴比伦神话系统中流传极为广泛。这则神话说，众神会议决定用洪水来毁灭人类和世界上的一切生物，祭司赛苏陀罗因为虔诚奉神，神则梦示他造大船一只，得以脱险后升而为神。这则神话在史诗《吉尔伽美什》中是一则十分精彩的插曲、希伯来民族古代文献汇编《旧约》中的"挪亚方舟"和阿拉伯人的《古兰经》中的"努哈的故事"，都源于此。

在苏美尔－巴比伦文学创作中，史诗和神话创作特别丰富，除著名的《吉尔伽美什》外，还有《埃努玛·埃立什》、《阿古沙伊雅》、《阿达帕》和《伊什塔尔下降冥府》等。现存除《吉尔伽美什》较为完整外，其他大都只发现片断。

《埃努玛·埃立什》是流传极广的创世神话，刻写在7块泥板上，约千余行，因泥板上第一句话是"埃努玛·埃立什"而得名。

这篇神话叙述古巴比伦王国保护之神马尔都克创造天地万物的的故事。神话写道：太初之始，只是一片水渊而无天地之别。那时，蒂阿玛率群妖怪蛇、恶龙、狂犬和人蝎等，向诸神进攻。诸神惊恐万状，不知所措。大神安夏尔派遣自己的儿子马尔都克率军应战，马尔都克用枪刺死蒂阿玛，夺取其掌握的命运之册，又把他的尸体一分为二，上为天，下为地，形成宇宙，然后又创造了人类和万物神话以马尔都克受到众神赞美被尊为神王而结束。这部神话无疑反映了古代两河流域民族对于世界的起源及社会的形成的理解和幻想。马尔都克是春天、创造、太阳的象征，而蒂阿玛则是水渊中黑暗、凶恶力量的代表。马尔都克杀死蒂阿玛而创造世界，就是光明、幸福和秩序对邪恶的胜利。

《阿古沙伊雅》是写伊什妲尔和萨尔图这两位女神因在人间争夺神庙而不和，智慧之神埃阿应女神阿古沙伊雅之请，为她们调解的故事。神话以3位女神在人间同样受到尊重而结束。这篇神话曲折地反映了以母系为中心的氏族社会的发展、权力的再分配和各祭司集团之间的矛盾。

《阿达帕》写智慧之神埃阿的儿子阿达帕的故事。南风吹翻了阿达帕的小船，阿达帕就打伤南风的翅膀作为报复，因而受到大神阿努的审判。阿达帕按照父亲的指点去天庭，得到了天神们的怜爱、同情和关心。本想用有毒食品害死阿达帕的阿努，也因而改赐长生不死的食品。可是，阿达帕牢记父亲的告诫，害怕食物有毒而不愿吃，以致失去了永生的机会。这篇神话，反映了两河流域的远古居民对生命追求的幻想和愿望。

《埃达那》是叙述埃达那为儿子求不死之草和王权的故事。埃达那听信预言，即他生下的儿子将成为国王。于是，他就乘鹰飞上天空，去索求不死长生草和王笏，不幸从鹰背上坠地而死。这篇神话反映了人类对生命的追求却又无能为力的思想。

《伊什塔尔下降冥府》是反映古代人对大自然运行规律的认识的神话：植物神坦姆兹落入地府受苦，爱情与生命女神伊什塔尔下到地狱去救助。她过了7重狱门，会见了坦姆兹，但无法回到人间。在这两位神被囚在地府时，大地之上，自然界的万物停止了生命，陷入一片混乱之中。众神会议决定放回这两位被囚的神之后，春回大地，万物恢复了生机，人间充满欢乐。神话以人间庆祝坦姆兹的复活而结束。这部巴比伦神话源于苏美尔时代的神话故事《印妮娜降入冥府》。苏美尔时代的印妮娜，为伊什塔尔所替换。

在古巴比伦文学中，还有充满宗教色彩和哲理意味的抒情诗。这些诗作，大都源于苏美尔时代。如赞美诗、忏悔诗等，多为由祭司收集而在举行宗教仪式时诵唱的。还有反映巴比伦时代社会矛盾的诗篇，如《咏受难的诚实人的诗》和《主人和奴隶的对话》等。前者写一个诚实人对自己的困难生活处境不满，他认为自己处处遵守神示和法规，可是却得不到神的恩惠。他说，"我召唤我的神，但是他并不转过脸来向着我。我向自己的女神祈求，但她甚至连头都不抬"。这就表现了他对神的怀疑和不满。后者以主人和奴隶对话的形式，反映了奴隶主的悲观情绪和奴隶的不满。

古巴比伦文学保存下来的还有宗教剧、故事等的断片。

古巴比伦文学创作相当丰富，各种文学作品具有其共同特点：

首先是古老性。人类在其生存和延续的历史进程中的最早阶段，同自然界的敌人（包括自然灾害和猛兽毒虫在内）作斗争，了解自然，利用其规律，以求生存和发展。古巴比伦文学所描写的内容，主要就是人和自然的斗争，这就说明了古巴比伦文学所反映的时代和形成时间的古老性，意味着影响的深远。

其次，具有共同的对生命探索的主题。神话《阿达帕》、《埃达那》和史诗《吉尔伽美什》等，都从不同角度写了英雄对生命的探索和寻求长生不死的药草，然而都未能实现长生的愿望。对于生命奥秘的探索和对于命运的反抗，都反映了古巴比伦人强烈的生存意志和勇敢的探求精神。

第三，宗教哲理性。古巴比伦文学描写人和自然的斗争时，具有浓厚的宗教色彩和哲理内容。宗教，在某些时代和地域，会使人悲观、消极和厌世，但在遥远的古代的原始宗教信仰中，却具有极为丰富的文化内涵，其中包括了人们认识自然和社会的自然观、历史观等。哲理的内容表现了人们对事物认识和探索的最深层次。因此，古巴比伦文学的含义深刻，具有令人回味的艺术力量。

巴比伦神话

早在远古时期，苏美尔人就创作了神话和诗歌。巴比伦王国建立后，继承并发展了这些遗产。古巴比伦文学是靠刻在泥板上的楔形文字记载下来的，近代楔形文字的译读成功使我们有可能逐渐了解巴比伦文学。

巴比伦文学中，神话传说占重要地位。

巴比伦神话中的众神之王是马尔都克。他通过与代表混沌和黑暗的恶魔梯阿马特的斗争而成了诸神之王。马尔都克神把梯阿马特的身体一撕为二，一半做成天，一半做成地，同时做出了星宿，又用黏土和一片援助过梯阿马特的神的血创造出人类。在创造了宇宙以后，众神便在天上建立起巴比伦，拥戴马尔都克为主神。巴比伦人在这个神话中表达了对世界和人类起源的解释，同时以此为巩固他们在两河流域的统治服务。他们把马尔都克奉为巴比伦的保护神。

关于洪水的神话传说也是巴比伦文学的创造。神话说，神创造了人类，但后来由于人得罪了神，天神决定用洪水将人消灭。只有吉尔伽美什的祖先乌特那庇什提牟预先得知消息，造了船，带上妻子儿女和财物，因而免遭其难，从而人类才得以生存繁殖下去。这个神话反映了古巴比伦人与大自然的斗争生活和愿望，并说明了《圣经》中"挪亚方舟"的故事是巴比伦人创造的神话的移植。

上古希伯来文学

古代希伯来文学在世界文学上占着十分重要的地位。它的产生是与古代迦南的历史以及宗教的创立分不开的。

迦南（今巴勒斯坦）指地中海东海岸的一条狭长地带，即从黎巴嫩山南麓延展到阿拉伯沙漠北边的一块地方。迦南的历史大约开始于公元前3600年。古代迦南人在周围的埃及、腓尼基、苏美尔、巴比伦等文明古国的影响下，曾创造了丰富的文化。稍后，在公元前2400年中叶时，有希伯来人侵入。希伯来人为闪族的一支，原为游牧于幼发拉底河畔的民族，因而"希伯来人"即指"从河那边来的人"。他们来到迦南后，经过长期的征战，占领了迦南广大地区，并逐渐与迦南人融合而定居下来。大约公元前12世纪时，希伯来人曾受到海上来的强敌非利士人的进攻。在同非利士的战斗中涌现出不少英雄人物，这在《旧约》中都有所记述。

公元前11世纪至10世纪时，希伯来人开始建立国家，由部落联盟推选扫罗（公元前1028～公元前1013）为第一任国王。扫罗父子在与非利士人斗争中中剑而死后，由犹太部落的首领大卫（公元前1013～公元前973）登上王位。大卫通过征伐，统一了以色列和犹太部落，建都于耶路撒冷。大卫去世后，由他的儿子所罗门（公元前973~公元前933）接替。所罗门统治的时代是希伯来人的国家兴旺发达的鼎盛时代，经济和文化出现了空前繁荣的局面。此后，国势逐渐衰微，终于于公元前925年分裂为南北两个国家：犹太和以色列。这两国经常争战不停，致使外敌乘虚而入。以色列王国于公元前722年被亚述所灭。犹太王国的首都耶路撒冷也于公元前586年亡于新巴比伦。巴比伦军侵入后劫走了数万犹太人到本国去供驱使，从而造成了东方古代历史上著名的"巴比伦俘虏事件"（"巴比伦之囚"）。犹太人在被俘虏期间，不堪忍受侮辱和虐待，逐渐在一部分人中产生了有"救世主"可以拯救自己的宗教观念，他们通过秘密传播，鼓动建立重返故土的信心。公元前538年，新巴比伦王国被波斯战败，波斯王决定恢复耶路撒冷，令犹太人返回家园，重建都城，成立傀儡政权。从此，希伯来人一直在异族统治、奴役之下。希伯来民族的历史大约至公元1世纪时告一段落。

犹太人回到耶路撒冷后，很快建立了一神教的神权统治，尊奉耶和华神为天地万物的最高主宰。犹太教创建后，由宗教祭司把自公元前13世纪流传下来的各种古文献和作品进行加工、整理，编成了自己的经书。这部经书后来被基督教所接受，称为《旧约》，成为圣经（《新旧约全书》）的组成部分。

《旧约》是希伯来文学的基本汇集。除《旧约》外，希伯来文学还包括《次经》、《伪经》等多卷。

希伯来文学是希腊人在各个历史时期创作的各种文学作品的总和，主要用希伯来文书写，也有用亚兰文、希腊文或拉丁文写成。希伯来文学又称为《旧约》文学，因为它们主要保存在希伯来人的宗教经典《圣经·旧约》中。

《旧约全书》最早被译为希腊文时，正经被分为39卷，这39卷现在被分为四部分：

一、经书或律法书，即所谓的"摩西五经"，包括《创世纪》、《出埃及记》、《利未记》、《民数记》、《申命记》。这一部分成书最早，公元前444年就被确定为"圣经"了。它的内容包括天地创造、伊甸乐园、洪水方舟等神话，以及希伯来人的始祖亚伯拉罕、雅各、摩西等人的传说，以及犹太教所订的教规国法。托名创国英雄摩西受命于天所写，因此被称为"经"或"律"。

二、历史书有《约书亚记》、《士师记》、《撒母耳记》上下，《列王记》上下，《历代志》上下，《以斯拉记》、《尼希米记》等10卷。是以色列和犹太立国到亡国的史记，成书年代大约是公元前300年左右。

三、先知书有从《以赛亚书》、《耶利米书》以下15卷《旧约》的目录中有先知书18卷，其中的《耶利米哀歌》、《约拿书》和《但以理书》3卷，是诗歌和小说，应归入第4类"诗文集"。所谓"先知"是先知先觉的社会改革家和思想家，他们愤怒地谴责社会的不平等，奔走呼号，演说、诵诗唤醒群众，警告欺压者。他们所处的年代大约是公元前8世纪到公元前3世纪，正是国家的多难之秋。

四、诗文集有《诗篇》、《雅歌》等抒情诗集，有《箴言》、《传道书》等哲理诗集，有《约伯记》那样大型的诗剧和《路得记》、《以斯帕记》、《但以理书》等小说。这部分作品成书年代最晚，大约在公元前400年到公元前150年之间。编入"圣经"的时间，最迟的在公元100年左右。

以上4部丛书，与我国《四库全书》或《四部丛书》"经、史、子、集"的四分法有异曲同工之妙。各卷的写作年代，上自公元前12世纪，下迄公元前2世纪，其间经过1000年。被编为"圣经"的时间，最早的是"五经"，于公元前5世纪时，最晚的是《雅歌》，在公元后1世纪，历时约800年。被收为基督教的《旧约全书》后，近2000年来，由于基督教的传播，各国翻译者的辛劳，传诵于世界各地，对于各国的文学，产生了深远的影响。

希伯来神话

《旧约》中的神话故事非常引人注目，因为作为西方文化的两大源头之一，希伯来文学对西方文学产生了重大影响。其影响的重要一方面，便是《旧约》中的神话在后来的西方文化中成为尽人皆知的典故。

神话是希伯来人最早的精神产品，主要保存在《旧约·创世纪》的前11章中，主要有创世造人、伊甸园、大洪水等神话。与其他民族的神话相比，希伯来文学中保存下来的神话较少，主要原因是希伯来人所信仰的犹太教是一神体系，禁止多神崇拜。

创世造人的神话说，世界起初是一片混沌，上帝耶和华以命名的方式创造了光明与黑暗、海洋与陆地、日月星辰和动物植物等。第六天，上帝按自己的样子用泥土创造了人类，并让人类管理地上的一切。第七天，上帝休息，并将这一大定为"圣日"，即"安息日"。

上帝创造的第一个人就是亚当，因为怕他寂寞，上帝取下亚当的肋骨为他创造了一个女人夏娃。亚当和夏娃生活在上帝为他们建造的东方伊甸园里，在那里，他们衣食无忧，过着幸福快乐的生活。但是，在上帝所有的创造物中，蛇最狡猾。它引诱夏娃违背上帝的禁令，偷吃了智慧树上的果子，亚当也禁不住夏娃的劝说吃了果子。上帝得知后非常愤怒，将他们逐出了乐园，从此人类失去了永生的希望。

这一则失乐园的神话对世界文化产生了巨大而深远的影响。犹太教和基督教认为人类受到上帝的惩罚和诅咒，是源于"原罪"的观念。就是基于此，神话将人不能永生的原因归结为对上帝意志的违背，突出强化了一神信仰的巨大作用。这个神话中的"伊甸园"、"偷吃禁果"、"智慧树"等典故已经成为一种象征和意象，不断为后人引用。

希伯来神话中另一则著名的神话便是洪水灭世的神话。地上的人越来越多，罪行也越来越猖獗。上帝对此非常失望，决定用洪水灭掉人类。但上帝爱怜义人挪亚，让他赶快造一只方舟，保护自己的家人，并且带上所有的植物，以及动物一公一母逃避灾难。果然，洪水来了，其他一切生灵全部死了。40多天后，挪亚先后两次放出鸽子，第二次放出的鸽子飞回时，衔着一支崭新的橄榄枝，证明洪水已经退去。

大洪水神话是东方各大神话体系中都具有的一个文学母题，而希伯来人的这个洪水神话在东方洪水神话中影响最深远。现代考古学家和历史学家认为这则神话中包含着人类远古历史的真实记录；人类学家和心理学家认为，大洪水是人类对于初民阶段的遥远记忆和集体无意识。但在希伯来神话中，大洪水用于宣扬的是上帝惩恶扬善的宗教目的。在这个神话中，"方舟"、"橄榄枝"、"鸽子"也都已经成为具有永恒普遍性的象征。

希伯来诗歌

诗歌在《旧约》中占着突出的地位，取得了更高的成就。影响较大的作品有英雄赞歌、雅歌、哀歌等。

英雄赞歌的最有名的作品是《底波拉之歌》。这首歌是女士师底波拉为赞颂以色列人对迦南王的将军西西拉作战取得胜利而作。歌中首先从正面讴歌了胜利后的欢快心情和高昂士气，然后又以幽默讽刺的口吻从侧面描写了西西拉的母亲还不知道自己儿子已经死去，在家里依窗盼儿子得女子和财物而归的可笑情景。它是英雄战歌的典范。

雅歌，即爱情诗篇，在《旧约》中被称为《所罗门之歌》，其实它只是一部民间情歌的汇集。这些情歌以细腻的笔触描写了青年男女间爱情的欢乐和痛苦，也表现了他们忠于爱情的坚贞态度。如：

爱情，众水不能熄灭，
大水也不能淹没。
若有人拿家中所有的财宝
要换取爱情，就全被藐视。

同时雅歌在艺术上也保留了民间情歌那种清新、质朴、健康的特点，它的卓越的艺术技巧曾引起后世许多作家的称颂和赞叹。

哀歌是一种独具特色的诗歌形式，为巴比伦俘虏事件过程中的犹太人所作。当时广大犹太人面临国破家亡、背井离乡的生活处境，写下了不少悲愤哀怨之歌，以表达他们痛恨敌人、热爱祖国的深厚感情。其中《耶利米哀歌》具有代表性。先知耶利米是巴比伦俘虏事件的目击者，他亲自感受了亡国之痛，因此他的诗歌爱憎强烈、哀怨感人，有力地表达了苦难的犹太人的心声。

此外，《诗篇》卷5第137首诗也是一篇杰出的作品。这首哀歌不仅思想深刻，真实生动地表现了犹太人被俘虏到巴比伦以后的怀念祖国和故乡的深情，而且艺术上也取得了卓越成就。哀歌是希伯来诗歌发展到高峰的重要标志。这些优美、哀怨的诗歌是完全可以列入世界古典名著之林的。

《旧约》中收入的先知预言不仅文辞优美，而且带有鲜明的政论性。这里所说的"先知"是指当时的一些社会改革者和宣传真理正义的爱国志士。由于所处的社会地位比较低下，与上层统治者和宗教祭司集团有矛盾，因而他们敢于在自己的预言中揭露黑暗现实，批判社会上种种不合理的现象，表达出进步的思想倾向。

先知预言的优秀作品有《阿摩斯书》、《以赛亚书》、《弥迦书》等。《阿摩斯书》中的阿摩斯，出身于劳动人民，他在预言中强烈地谴责国王、官吏、宗教祭司的罪行，揭露奸商、高利贷者欺诈人民的丑恶面貌，并且对美好前景做了展望，表达了对未来的向往和信心。这些爱憎分明、政治色彩浓厚的先知预言对当时的被压迫者无疑起了巨大的鼓舞作用。

《约伯记》是《旧约》中唯一的一部大型哲学诗剧。

它通过主人公约伯无论在任何情况下都能坚守纯正、笃信上帝从而得到好报的过程，赞颂了人的正直、善良的品德，寄托了人民美好的生活理想。但其中也宣扬了委曲求全、善恶报应的思想，明显地表现出它的局限性。

《约伯记》把深刻的哲理和浓郁的诗情融于一体，具有较强的艺术感染力。它对以后不少作家的创作产生了影响。

希伯来小说

希伯来文学中的小说和戏剧都是产生于流亡以后的作品。相比较而言，小说晚于戏剧，但成就比戏剧高，是希伯来文学光辉的结束。这类作品包括《路得记》、《约拿书》、《以斯帖记》等，《路得记》是其中的名篇。

《路得记》是一篇充满温情的田园牧歌式的作品。希伯来人拿俄米与她的丈夫和儿子一起在外乡生活，她的两个儿子也都娶了外族的女子为妻，路得是其中之一。但是，很短的时间里，拿俄米先后失去了丈夫和两个儿子。拿俄米决定让她的两个儿媳各自回家，她自己则要长途跋涉回到自己的故乡。另一个儿媳走了，路得却不忍心抛下年迈的婆婆，决定陪她回家。经过旅途的艰辛，拿俄米和路得回到了希伯来人的故土。这时拿俄米已经不能劳动，只有依靠路得每天去田间拾麦穗过日子。善良的财主波阿斯是路得的亡夫的亲戚，他同情两位妇人的遭遇，让手下人每天多留一些麦穗在田里。慢慢地，路得发现了他的好意。婆婆拿俄米则作主将路得许配给了波阿斯。这个篇幅不长的小故事，歌颂了婆媳的相亲相爱和不同民族间的宽容与接纳，这与后来希伯来人强烈的民族排外情绪极不相容。因此，这部作品也是用以说明希伯来民族早期生活和情感交流的重要作品。

除这部作品外，《约拿书》号召打破狭隘民族主义，向世界开放；《以斯帖记》描绘了犹太女子以斯帖为民族的存亡而斗争的故事，是希伯来人在"希腊化"时期爱国精神的体现。

希伯来文学的意义

总体来说，《旧约》中的希伯来文学是人类历史中产生较早的，几乎反映了他们本民族的发展和王国兴亡的全部历史。由于希伯来民族的文学都保存在他们的宗教典籍《圣经·旧约》中，因此，它们的文学具有很强的宗教性，表现了希伯来人对上帝耶和华虔诚的敬畏与赞美，由此而产生的真挚的情感化倾向也是世界文学史中少有的。

《旧约》文学在艺术上的特色也十分明显：首先，它的题材广泛。早至开天辟地、万物伊始，晚至民族罹难、国人四散；上至上帝的权威，下至人类在世上的生活……上天入地，谈古论今。在这广阔的时空之中，《旧约》文学为我们描述了宇宙的形成，万物的起源，人类的繁衍，部族的残杀，王国的兴衰，上帝的戒律，摩西的伟业，亡国的惨景，智者的思虑，暴君的昏庸，民族的仇恨……等等。因此，《旧约》文学如同希伯来民族的生存史和创造史，是一幅广阔的画卷。其次，《旧约》文学体裁多样。散文、神话、史诗、小说、戏剧、抒情诗、哲理诗、叙事诗、寓言、谚语等，成为后来世界文学发展中各种体裁的雏形，为各类文学的发展奠定了基础。第三：想象丰富、人物众多、情感真挚。

《旧约》文学的产生时期，还是人类文学发展的初级阶段，它的很多成就反映了人类童年时代的思想状态。希伯来人的文学天马行空，想象大胆。对世界的主宰者上帝耶和华的描述、对世界形成的想象、对自然和神迹的波澜壮阔的抒写，无不表现了希伯来人卓越的文学才能。此外，在《旧约》中为我们刻画了无数性格鲜明的人物形象：意志坚定的摩西、骁勇善战的大卫、智慧而富有的所罗门、悲壮的大力士参孙、温柔善良的路得、勇敢无私的以斯帖等等。这之中的很多人物都成为后世各国文学艺术形象的原型。

希伯来文学是世界文学宝库中极其重要的组成部分，它与古希腊、古罗马文学一起组成了西方文学的两大源头，但"与希腊文学作品相反，希伯来文学一般更简朴、更世俗、更直接。更富有自发性。它的组织往往较差，不注重形式，更不注意节制。为了最雄辩地表述内心情感，希伯来文学使用了夸大的形象（'晨星一起唱歌'）和具有想象力的比喻（'主是我的牧羊人'）。此外，在《路得记》等简朴和感人的故事中，还洋溢着温暖的人性。文献中到处可见娓娓动情的描述。在涉及人类犯错误的可能性时，往往流露出令人释然的坦率。整个希伯来文献充满了举世无双的宏伟和庄严感（'众城门哪，你们要抬起头来！永远的门户，你们要被举起！那荣耀的王将要进来'）。"

《旧约》作为希伯来人的文学总集，对后世的世界文学影响深远。如果说，古希腊、罗马文化中那种将秩序井然的世界视为一种理性的原则为西方古典主义传统提供了基础，那么，希伯来文学中的宗教情绪，使得西方文学中也充斥着对信仰的重视和对纯洁心灵的赞美。

中世纪时代，教会文学的宗教剧、梦幻故事以及圣徒传说大多都是取材于《旧约》文学，对上帝的颂扬、禁欲主义思想和宿命论观点也多是来源于犹太人的传统。这种影响，不仅局限于中世纪。从文艺复兴开始一直到20世纪的现代主义文学，《旧约》的影子不断出现在后世作家的创作，如班扬的《天路历程》、弥尔顿的诗剧《失乐园》、《复乐园》和《力士参孙》、拜伦笔下的《该隐》、雪莱的《撒旦逃脱》等等。

除此之外，莎士比亚在每出戏剧中平均引用《圣经》14次；《小癞子》以拉撒路为典故命名；歌德的《浮士德》涉及《约伯记》，以及福楼拜的《圣安东尼的诱惑》、麦尔维尔的《白鲸》、霍桑的《红字》、奥尼尔的《拉撒路笑了》、叶芝的《幻相》、福克纳的《押沙龙，押沙龙》等无不与《圣经》有着千丝万缕的联系。

由此可见，《圣经》，尤其是《旧约》，无论在内容还是形式上，都对世界文学的发展产生着巨大影响。无疑，《旧约》文学是世界文学遗产中最重要的遗产之一，也是东方文学值得骄傲的组成部分。

上古印度文学

印度，作为世界文明古国之一，创造了光辉灿烂的古代文化。印度河流域是印度文化的发源地。公元前 2500 年左右，居住在印度河流域的土著民族最早创造了印度河文化，并在对外交流过程中汲取外来文化营养，发展和壮大了自己。约在公元前 2000 年，生活在伏尔加河流域的雅利安民族大举南迁，其中一支进入印度河流域，并带来了自成体系而风格迥异的雅利安文化。自雅利安人入主印度以后，民族斗争转化为种族冲突，继而又进一步衍化为纷繁的种姓斗争和教派斗争；在永无休止、错综复杂的斗争中，雅利安文化与印度河文化渐渐合流，并不断吸收其他民族的文化，汇成了属于整个印度民族的吠陀文化以及后来各个时期的印度文化。这是印度文化发展的基本史纲。印度文化的种种风格与特征，均由此而来；印度文学的种种风格与特征，也均由此而来。

印度现存最早的文献是四大吠陀本集，其中以《梨俱吠陀》为最早、最重要，也最具文学意义。以四大吠陀本集为主，再加上注释、阐述吠陀的《梵书》、《森林书》、《奥义书》等，组成了一个庞大的"吠陀文献"。人们通常所说的"吠陀文学"就是指吠陀文献中富于文学性的成分，主要有颂诗、神话、咒语诗、传说等。四大吠陀从总体上说是韵文作品，《梵书》、《森林书》、《奥义书》则基本上是散文作品。

吠陀文献中包含一整套宗教哲学思想体系，雅利安人借此建立起自己的宗教——吠陀教发展成婆罗门教和印度教，也都奉吠陀为根本经典。吠陀是印度最早的文献总汇，几千年来对印度人产生了深远而巨大的影响。

梵书又称净行书、婆罗门书，是一大类典籍的总称，现存 10 多种。各种梵书分属四大吠陀，其主要内容是介绍如何进行祭祖，所以，梵书实际上是婆罗门祭司的职业用书。它的意义主要集中在宗教与文学两个方面：在宗教上，梵书对于婆罗门教与印度种姓制度的确立与巩固，起着重要的作用；在文学上，梵书起着上承吠陀，下启史诗的作用。

《森林书》现存八种，如《梵书》是《吠陀》的附属一样，《森林书》是《梵书》的附属。但其作者不是梵书的继承者，而是对梵书思想的反叛或对立；由于《森林书》的作者当时处于反对派的地位，所以他们在远离城镇的森林里秘密著书立说，秘密传授，故此得名。《森林书》反对婆罗门垄断知识，在当时是进步的。后来，很多非婆罗门的大学问家的涌现，不能说与此无关。《森林书》开启了对诸多哲理问题的探讨，标志着由梵书的"礼仪之路"转向奥义书的"学问之路"。

《奥义书》又附于《森林书》之后，数量巨大，有200多种，最古老的约有13种。奥义书的原意是"坐在某人身旁"，有"秘传"之意。它内容庞杂，最主要的内容是有关世界终极原因的哲学思辨。奥义书不是文学作品，但有一定的文学性。它的梵我同一和轮回业报思想，几乎成了印度人的思维定势，其对印度文学创作的影响，无时无处不在。

婆罗门上层人物不但通过梵书、奥义书从宗教、哲学的角度为种姓制度大造舆论，而且还直接通过立法手段，来强制推行种姓制度。

古代印度有众多法典、法经，其中以《摩奴法典》最为著名。它成书于公元前2世纪到公元2世纪，内容驳杂，涉及法律、宗教、哲学、政治、伦理、习俗等问题，是研究古代印度社会和文化的极有价值的历史文献。它本身虽不是文学作品，但也记载了不少神话传说，常常在印度文学作品中被提及。它的思想特别是人生四行期和种姓制度对社会生活和文学创作的影响是不可抗拒的。尤其是它以法律条文的形式对种姓制度作了真实的记录，而种姓制度不知给多少印度人带来悲欢离合与生死荣辱，正是这一代又一代人的悲欢离合与生死荣辱，构成了印度文学创作的一大主题。

印度文学史上，吠陀文学之后的又一个高峰是史诗文学。《摩诃婆罗多》和《罗摩衍那》并称印度两大史诗，不但是印度文学宝库中的无价之宝，也是世界文学太空中彪炳千秋的星座。如果说吠陀文学是宗教文学。那么，两大史诗为代表的英雄颂歌则是宗教化了的世俗说唱文学、两大史诗的形成与发展，是一个漫长的历史过程，经过了无数婆罗门和民间歌手的加工修改。

两大史诗规模浩大，举世难匹：《摩诃婆罗多》有 10 万颂，号称 10 万本集；《罗摩衍那》有 2．4 万颂。它们成书的时间并不确定，一般认为《摩诃婆罗多》是在公元前 4 世纪至公元 4 世纪之间；《罗摩衍那》是在公元前 4 世纪至公元 2 世纪。前者作者相传是毗耶婆，意译广博仙人；后者相传是跋弥，意译蚁蛭仙人。但这两大史诗成书时问各自前后相距上千年，不可能由某一个人完成，所以毗耶婆或跋弥只能是群体编订者的代称或专名。

《摩诃婆罗多》的书名意思是"伟大的婆罗多族的故事"。全书共分 18 篇，主要分 3 个部分。一是主干故事。主干故事以列国纷争时代的印度社会为背景，叙述了婆罗多族两支后裔俱卢族和般度族争夺王位继承权的斗争。代表正义一方的般度族长子坚战被指定为王位继承人，但遭到代表邪恶一方的俱卢族难敌的反对。难敌设计陷害坚战等人。坚战开始时处处忍让，最后忍无可忍，于是在黑天（大神毗湿奴的化身）的支持和众兄弟的帮助下，与难敌展开决战，终于取得王位继承权。坚战在位 36 年后，与 4 个弟弟与妻子一起升天。二是围绕这个主干故事，有大量的神话传说和寓言故事等各种插话，共有 200 多个，以《那罗传》和《莎维德丽传》最著名。插话不是无目的的文字堆积，而是为史诗主题服务的，是情节发展的需要。三是史诗中有不少宗教、哲学、政治、伦理性的说教文字，又以宗教长诗《薄伽梵歌》影响最大。《薄伽梵歌》作为这部史诗的一部分，被认为是综合性的宗教哲学诗，它神化黑天，宣扬对黑天的崇拜，开创了后来印度教虔诚运动的先河，同时也为虔诚文学的出现和发展定下了基调。《摩诃婆罗多》以其内容的丰富和庞杂，不愧是一部百科全书式的巨典。

《罗摩衍那》书名的意思是"罗摩的游行"或"罗摩传"。全书共分7篇，以罗摩和悉多的悲欢离合为故事主线，描写印度古代宫廷内部和列国之间的斗争。阿逾陀城十车王指定罗摩为王位继承人，但他的爱妃反对，要求由她自己生的儿子婆罗多为王位继承人，并要十车王答应把罗摩流放14年。十车王不得已答应。罗摩带着妻子悉多和弟弟罗什曼那在森林中到处漫游，过着艰辛的流放生活。10年后，楞伽城十首魔王罗波那的妹妹向罗摩求婚未成，遂怂恿哥哥罗波那劫走悉多。罗摩帮助猴王须羯哩婆登上猴国王位，须羯哩婆派神振哈奴曼帮助罗摩寻找悉多。罗摩与罗波那大战，最终杀死罗波那，夫妻团聚。14年流放期满，婆罗多主动退位与罗摩。在罗摩治理下，阿逾陀出现太平盛世。但此时，罗摩听信谣言，怀疑妻子悉多被劫后失贞，于是把怀孕在身的她抛弃在恒河岸边。悉多得到蚁蛭仙人的救护，住在净修林里，后生下一对双生子，长大后由蚁蛭仙人授予《罗摩衍那》。在罗摩举行马祭时，二子演唱《罗摩衍那》，罗摩得知演唱者是自己的儿子。但罗摩表示仍难以信服。悉多求救于地母以证其贞洁，大地顿时开裂，悉多投入地母的怀抱。大梵天预言，罗摩全家将在天堂团圆。

两大史诗被看作印度教圣典，在印度家喻户晓，妇孺皆知，是印度人精神生活中不可少的太阳和月亮，也是进行文学再创造的最重要的源泉。没有任何一个国家，没有任何文学作品能像两大史诗这样，对它的人民产生如此深广而久远的影响。两大史诗的世界意义，也正在被越来越多的人所发现和认识。

叙事诗主要有五部"大诗"——迦梨陀娑的《罗怙世系》、《鸠摩罗出世》，婆罗维的《野人和阿周那》，摩伽的《童护伏诛记》和室利诃奢的《尼奢陀王传》；另外还有佛教诗人马鸣的《佛所行赞》，跋底的《罗波那伏诛记》，毗尔诃纳的《遮娄其王传》，迦尔诃纳的《王河》,泰米尔诗人甘班的《甘班罗摩衍那》,泰米尔语史诗《大往世书》,印地语长篇叙事诗《地王颂》、《赫米尔王颂》,加耶西的《莲花公主》,苏尔达斯的《苏尔斯海》,杜勒西达斯的《罗摩功行之湖》等等。

抒情诗主要有迦梨陀娑的《云使》、伐致呵利的《三百咏》、阿摩卢的《百咏》、摩由罗的《太阳神百咏》、毗尔诃纳的《偷情百咏》、牛增的《阿利耶七百首》、胜天的《牧童歌》、格比尔达斯的《真言集》等等。

印度戏剧起源于公元前,但现存的剧本都是公元以后的作品。最早的是公元1、2世纪的佛教诗人马鸣的3部戏剧,而且是残本,除一部名《舍利佛传》外,另两部残缺过甚,连剧名都无从知晓了。公元2、3世纪的著名戏剧大师跋娑有13部作品,《断股》和《惊梦记》是他的代表作。他在古代印度名声很大,许多古典梵语作家如迦梨陀娑、波那等都曾在作品中提及他,他为以后印度戏剧创作高峰的到来奠定了基础。

讲到印度古典戏剧,首陀罗迦的《小泥车》是不能不提的。这部伟大作品的诞生时间至今无法确定,一般认为是出于跋娑和迦梨陀娑戏剧之间,约在公元3世纪左右。这是一部10幕剧,描写妓女春军为逃避国舅的追逐,躲进声名卓著而家道中落的婆罗门善施家中,由此产生了一段曲折爱情。国舅霸占春军不成,便向她下毒手,并嫁祸于善施。善施蒙冤,被押赴刑场。这时,曾得到善施帮助的牧人起义成功,推翻暴君,解放了善施和被救活的春军,准其正式结为夫妻。《小泥车》情节曲折复杂,扣人心弦,处处洋溢着诗情画意,充满风趣和幽默,语言质朴流畅,并利用不同语言为不同角色服务,自然生动。总之,《小泥车》具有极高的艺术造诣,以其深刻鲜明的主题思想和炉火纯青的表现手段,与迦梨陀娑的《沙恭达罗》堪称印度古典梵剧史上的双峰。

迦梨陀娑的戏剧,标志着印度古典梵语戏剧创作达到鼎盛阶段,并且独领世界戏剧风骚，直到中国元、明戏剧的兴起。

印度的故事文学，可谓独步世界。印度是个故事大国，世界各地的许多故事都可以溯源到印度。故事文学最主要的作品是《本生经》和《五卷书》。

《本生经》是佛教文学最重要的组成部分之一，内容丰富多彩，具有多方面的价值。本生故事大体有以下几类：歌颂菩萨智慧与神通；主张平等，反对种姓歧视；讽刺鞭挞愚蠢迷信；宣扬经商发财。故事中保留了大量的寓言故事，讽喻欺诈虚伪，自私残暴；歌颂团结友谊，知恩图报；赞扬坚贞和忠于爱情。这些故事经过佛家的改造、加工，蒙上了一层神秘的宗教色彩。它生动形象地保存了古代印度人经济、政治、思想、道德、文化、风俗等方面的宝贵资料，为后人研究印度古代社会提供了方便。其文学价值，不但在印度文学史上备受尊崇，而且在世界文学史上也占有重要地位。

《五卷书》与《本生经》堪称印度故事文学的双璧，两者所收的主要是寓言故事，一个是婆罗门文人编订，一个是佛教徒编订。《五卷书》讲一位国王生了3个儿子不学无术，国王请来一位婆罗门，要他在6个月里将所有的治国方略、道德规范及人情世故都教会王子。《五卷书》就是婆罗门为王子编写的教材。

《五卷书》和两大史诗一样，也采用连串插入式的创作方式。全书有5个主干故事。第1个讲君臣关系，第2个讲团结就是力量，第3个讲策略权谋，第4个讲交友之道，第5个讲谨慎行事。在每个主干故事中又插入了许多故事，全书共80多个。

《五卷书》确切的诞生年代很难考证，在流传过程中有许多不同的版本。其中一个版本在公元6世纪由梵文译成了巴列维语。这个本子后来又改译成阿拉伯语，书名改成《卡里来和笛木乃》，以后就传遍了欧洲和世界，对意大利薄伽丘的《十日谈》、英国乔叟的《坎特伯雷故事集》、德国格林兄弟的《格林童话》的创作，产生过影响。由于宗教的排他性，佛教徒始终没有将《五卷书》译成汉语，但仍有不少故事在中国有广泛的传播，这主要是靠汉译佛典，佛典中不少故事与《五卷书》相同或相似。

古典梵语小说是在两大史诗、古典梵语叙事诗和民间故事的基础上发展而成的。现存最早的这类作品产生于6、7世纪，即苏般度的《仙赐传》、波那的《戒日王传》、《迦丹波利》和檀丁的《十王子传》。它们在题材上继承民间故事的世俗性，在叙事方式上继承两大史诗和民间故事集的框架式结构，在语言和修辞方式上继承古典梵语叙事诗的风格。但总的来说，古典梵语小说不及诗歌和戏剧发达。

印度文艺理论与欧洲和中国的理论成鼎立之势，构成了世界文艺理论的3大体系。印度的古典文艺理论包括戏剧学和诗学，分为7个学派，即味论派、庄严论派、风格论派、韵论派、曲语论派、相宜论派、惊奇论派。其中味论派和庄严论派是两大基本阵营，其他属小学派。

味论派是印度文艺理论中最具影响的一大学派。"味"是印度一个基本的诗学概念，是指读者（观众）对作品感情基调的艺术享受。味论派的创始人是婆罗多（2世纪），代表作是《舞论》，它是印度现存的最早的戏剧学著作。但它所涉及的内容不局限于戏剧，更不是一般戏剧工作手册，而是一部内容丰富、意蕴深刻的百科全书式的文艺学著作。

庄严（修辞）是印度文艺理论中的一个重要概念，它是形成诗歌魅力的因素，同时也是一种对诗歌价值进行评判的标准。印度文论家很早就对修辞的审美本质、特征和内容进行探讨研究，逐渐形成修辞（庄严）论，并与味论一起并称印度文艺理论的两大支柱。庄严论的奠基者是6~7世纪的婆摩诃，代表作是《诗庄严论》。他的贡献在于第一个将修辞理论从戏剧学中独立出来，所以，他常被认为是印度诗学的创始人。7世纪的檀丁是继婆摩诃之后的第二位庄严论家，《诗镜》是其代表作，内容承前启后，是一部有重要影响的形式主义诗学著作。

进入 12 世纪后，由于梵语日益脱离百姓口语，古典梵语文学渐趋衰微。虽仍不时有佳作问世，但已无力回天，遂逐渐在印度各地出现了用地方语言创作的文学。这些方言文学一方面深深扎根于当地人民，吸取本地区民间文学营养，在发展中形成各自的特色；另一方面又受梵语文学很大的影响。它们大都直接继承了梵语文学的传统，所以一开始便有相当成熟的作品问世。

在印度地方语言文学兴起的同时，印度各地的虔诚运动也方兴未艾。公元 7 世纪下半叶，伊斯兰势力入侵印度，引起印度教和伊斯兰教之间的激烈冲突。面临伊斯兰教的攻势，印度教低等种姓不堪高等种姓的压迫，纷纷归宗伊斯兰教，在这种情况下，出现了虔诚运动。虔诚运动主张各宗教平等，消除互相之间的隔阂，提倡同一宗教内部一视同仁，取消高等种姓对低等种姓的歧视，不可接触者可以享受膜拜大神的权利；认为个体灵魂通过虔诚都可以达到与神结合的目的。但是并不取消种姓制度。虔诚运动汇成一股强大的社会思潮，得到广大印度教徒，特别是低等种姓的拥护。这一思潮对印度文学创作产生了巨大而深刻的影响，以至于后世的文学史家将这一时期的文学称之为"虔诚文学"。虔诚文学是印度 13～17 世纪文学的主流。一般来讲，虔诚文学可以分成两派 4 支：无形派，含明理支和泛爱支；有形派，含罗摩支和黑天支。无形派认为神明无形，反对偶像崇拜。明理支主张通过理性来达到与神合一，泛爱支主张通过爱来与神合一。有形派认为神明有形，主张用虔诚的感情来膜拜神的化身，主张崇拜罗摩的为罗摩支，主张崇拜黑天的为黑天支。

虔诚文学与地方语言文学的发展和兴起几乎同步，也是互为关系的。也就是说，在古典梵语文学衰微以后而继起的各地方言文学和虔诚文学时期涌现出来的大批具有重大影响的诗人和作家，大多是用民族语言创作的，而内容又多是与虔诚运动的思潮相呼应的。

在众多的虔诚文学作家中，最重要的是格比尔达斯、加耶西、苏尔达斯和杜尔西达斯。

格比尔达斯的诗都是口头创作，由他的弟子记录而流传下来。现在编订的《真言集》分"见证者"、"短曲"、"短诗"3部分，主要是讽刺印度教和伊斯兰教，还有不少写社会问题，揭露各种丑恶现象，并认为金钱是万恶之源，还有一些诗宣扬神秘思想和悲观论。他的诗通俗易懂、明白如话，在广大劳动人民中有广泛的拥护者。尽管他的诗抨击了印度教和伊斯兰教，但他毕竟是在虔诚运动中涌现的诗人，被视为虔诚文学"无形派"中的"明理支"诗人的代表。

加耶西（1493～1542）的作品现存3种，以长篇叙事诗《莲花公主》最为著名。这篇长诗是一部爱情悲剧，具有深刻的社会意义和艺术感染力。莲花公主和宝军代表纯洁的爱情，德里皇帝代表邪恶势力对爱情的摧残。这一主题，在封建社会有其普遍性。加耶西在继承印度优秀文学传统的基础上，又汲取民间文学的精华，使得这个爱情悲剧流传不息。

苏尔达斯是虔诚诗人中的有形派黑天支的代表。他的作品有3部，《苏尔诗海》是其诗歌全集，除一小部分是叙事诗外，大多是抒情诗，中心内容是歌颂大神黑天。

杜尔西达斯（1532～1623）的作品有12种，以《罗摩功行录》最负盛名。自蚁蛭的《罗摩衍那》问世以来，2000年间不知有多少种方言的改写本、编译本问世。然而，其中最成功、影响最大的是杜尔西达斯的《罗摩功行录》。由于种种原因，印度人对《罗摩衍那》中的罗摩故事渐渐淡忘了，而对《罗摩功行录》中的罗摩故事却是家喻户晓，出口成章。所以说，《罗摩功行录》在印度老百姓中的实际影响，要比梵文的《罗摩衍那》大得多。

在印度有一种说法：苏尔达斯是太阳，杜尔西达斯是月亮。可见这2位诗人在印度这一时期的文学上的影响了。

佛经故事

佛经是佛教经典，是佛教徒用来宣扬佛教教义的工具。为了吸引广大民众，佛经常常采用通俗的寓言故事或生动的比喻阐发教义，文体有散文体、韵文体和散韵杂糅体等形式。因此，佛经中含有文学因素或带有文学色彩就成了很自然的事情。佛经中最具文学性的主要有《本生经》、《百缘经》、《天譬喻经》、《妙法莲华经》、《贤愚经》、《杂宝藏经》、《百喻经》等。

佛经中的故事洋溢着古代印度人民所崇信的几种基本道理。最主要的是和平、牺牲、慈爱、诚信、忍让、平等、无私、克制贪欲、禁戒残暴等。这些故事无不表现出较高的语言艺术水平，朴素中透出哲理，单纯中含有深邃。如果除去其宗教附会的部分，使人备感精彩。在现存的佛经故事中有不少是广大人民创造的，长期流传在民间，颇能反映他们的爱与恨，祈求与希望。其中，又以《本生经》中的故事最具代表性。

《本生经》又译作《佛本生故事》，是一部内容浩繁的寓言故事集，也是世界上最古老的寓言故事集之一，主要讲述佛陀释迦牟尼前生的故事。按照佛教的说法，释迦牟尼在成佛之前，只是一个菩萨，还跳不出轮回，他必须经过无数次转生才能成佛。他曾是国王、王子、婆罗门、商人、妇人、大象、猴子、鹿等等。每一次转生便有一个积德行善的故事。这就产生了所谓的"佛本生故事"，现存547个，收集在巴利文经藏《小尼迦耶》中的是其第10部经。

佛本生故事都有一个固定的模式，即每个故事都由5部分组成：一是今生故事，交代佛陀讲述前生故事的身份、地点及缘起。二是前生故事，讲述佛陀前生故事的具体内容。三是偈颂，穿插在散文叙述中，有总结性质或描述性质的诗。四是注释，对偈颂中词语含义的解释。五是对应，将前生故事中的人物与今生故事中的人物一一对应。如《摩尼克猪本生》中，今生故事讲述一个比丘受一少女引诱，佛陀得知后告诫他说："她是你的祸根，甚至在你前生，你就成了她结婚筵席上的佳肴。"佛陀接着讲述前生故事。

菩萨曾转生为一头牛，名叫大红。其弟名叫小红。兄弟俩干了家中牵引拖拉所有的重活。主人的女儿即将结婚，喂养了一口名叫摩尼克的猪。小红问大红："这家重活都是咱俩干的，主人只给我们稻草麦秸吃，而这口猪却吃牛奶粥。"大红安慰小红说："主人是为给女儿办喜事才喂养它的。"不久，主人宰杀了摩尼克猪，献给庆贺婚礼的客人吃。在叙述这个故事当中有一首偈颂："勿羡摩尼克，它吃断头食；嚼你粗草料，此乃长命食。"这道偈颂下面有一连串词义注释。故事的最后部分是对应，即佛陀指出前生中的摩尼克猪是现在这个受诱惑的比丘，主人的女儿是现在这个少女，而小红是阿难（佛陀的弟子），大红是佛陀本人。

所谓佛本生故事实际上绝大部分是长期流传于印度民间的寓言、传说、故事、童话和传奇。佛教徒将其采集起来，按照上述固定的模式进行改造加工，给每个故事加上头尾，然后指出故事中某人、某神、某动物是佛陀前身，并以偈颂点出佛家要说明的主旨。佛本生故事采用散韵杂糅文体，通俗易懂，幽默易记，风格质朴，从内容上可以分成以下几类：

一类歌颂菩萨的睿智与法力。佛本生故事由于都是讲述菩萨如何转生的，因此几乎每篇故事都程度不同地歌颂佛陀的智慧、知识、英明、悟性、道德、胸怀、情操、大度、魄力等。此外，还时常歌颂他所具有的广大神通和奇异的力量。如《真理本生》中的转生为商队长的菩萨，由于聪明才带领商队走出 5 种险境，并高价卖掉货物返回故乡。再如《芦苇饮本生》中转生为猴王的菩萨，他以神异的力量使芦苇节打通，8 万猴子以芦苇为吸管饮到有水妖掌管的莲花池水。

一类宣扬平等、博爱，小人物可以战胜大人物。在这类故事中，菩萨往往转生为某一小人物或弱小的动物，而压迫者、欺骗者则往往没有好下场。如《箴言本生》中转生为婆罗门的菩萨，他从水中救出落难的王子、蛇、老鼠和鹦鹉。忘恩负义的王子得到报应，而菩萨在转生为国王后仍与3个动物和睦友爱地度过一生。再如《猴王本生》中转生为猴王的菩萨，每次都要跳到一块石头上才能再跳到水中岛上。一条鳄鱼想得到猴王心上的肉，就伏在石头上等机会，猴王依靠智慧战胜了它。又如《鹌鹑本生》中转生为象王的菩萨，对待小动物非常仁慈，而一头傲慢的大象却随意踩死小鹌鹑。于是老鹌鹑为复仇联合了乌鸦、苍蝇和青蛙。乌鸦啄瞎了大象的眼睛，苍蝇在那儿产了卵。被蝇蛆折磨得焦渴难耐的大象在找水喝时，被青蛙引向悬崖，跌落山下而死。

另一类提倡经商发财，合理致富。佛教重视种姓平等，尤其得到吠舍种姓的支持。吠舍主要从事手工业和商业，他们在政治和军事上无力与婆罗门和刹帝利抗争，于是就将自己的聪明才智完全用于商业活动之中。所以，佛本生故事中有许多描写的是经商题材，充满浓厚的商业气息。如《真理本生》、《小商主本生》、《奸商本生》、《果子本生》、《伊黎萨本生》等。这些故事中的商人，有的冒险经商，大智大勇，获利而归；有的指导他人，由穷变富；有的唯利是图，受到惩罚等等。

佛本生故事中，有的讽喻当时的统治者，嘲笑神仙和婆罗门，批判自私残暴、欺诈虚伪等行为，有的歌颂团结友谊、知恩图报、忠贞不渝等品德。当然，由于阶级和时代的局限，也有少数故事鼓吹宿命论，宣扬逆来顺受、绝对忍让，诬蔑、轻视妇女等，形成消极影响。

佛本生故事随着大乘佛教的传布，首先传入中国，再由中国传到日本、朝鲜、越南。随小乘佛教的传布，首先传入斯里兰卡，其后又传入缅甸、泰国、老挝、柬埔寨、印度尼西亚等国。近几十年来，许多欧洲国家的学者也从事佛本生故事的研究，并将其译成德文、英文等多种欧洲语言。佛本生故事传入中国，对中国文学、戏剧、绘画、雕塑等，都产生了极其深远的影响。

婆罗门经典《吠陀》

《吠陀》是婆罗门教的经典，也是印度最古的文献，是诗歌总集，类似我国的诗经。它共分4部。《梨俱吠陀》最古，大约在公元前2400年至前1200年间已形成（史称这段时期为"梨俱吠陀时代"或"早期吠陀时代"）。《娑摩吠陀》、《耶柔吠陀》和《阿闼婆吠陀》大体形成于公元前1世纪上半叶。后3种吠陀的内容主要都来自《梨俱吠陀》。

《梨俱吠陀》是颂神诗集，共有1028首诗（据传内有11首是后人附加上去的），约4万行，分10卷。诗歌内容及倾向复杂，反映的是原始社会或向奴隶社会过渡时期的社会生活，其中包括许多神话传说。诗中歌颂了天神（雷神）因陀罗及光明女神、火神、雨神等等。在第10卷的诗中说到千头、千眼、千足的造物布路沙，它弥漫天地，充塞过去未来；它是创世的牺牲者，用它来切割，产生了宇宙万物，4大种性亦在其内。

第9卷第112首诗有很浓的生活气息，它不是一般的颂诗，而似乎是一个人在从事榨酒劳动时的欢唱——不过已带有明显的私有观念：

"人的愿望各色各样：木匠等待车子坏，医生盼人跌断腿，婆罗门希望施主来。苏摩酒啊！快为因罗陀大神流出来。……

"我是诗人，父亲是医生，母亲忙推磨，大家都象牛一样为幸福而辛勤。苏摩酒啊！快为因陀罗大神流出来。"

这首诗说明当时已形成家庭，社会分工也较细，大家都辛勤劳动，追求金钱。还有一首是一个赌徒自叙的悲歌，说明当时已出现了赌博。这个赌徒因赌博输光了钱，输掉了妻子，到处游荡。诗人为此进行了讽刺和劝诫，要赌徒规矩地种田，以求得富裕。

其他3种吠陀中，以《阿闼婆吠陀》最重要。这是驱邪造福的咒语和诗歌集，用以驱除疾病、猛兽、恶鬼、仇敌，或借以求得长寿、富贵、家庭和睦、生活幸福、旅行安全等等。所求治的病中包括发烧、黄疸、水肿、癞疮、瘰疬、咳嗽、眼炎、秃顶、虚弱、骨折、中毒、疯狂等等。用咒语的方法来治病驱邪，似乎有些迷信可笑，但却反映了印度人的祖先与各种灾害病魔斗争的强烈而天真的愿望，而且可从中看到当时人们对各种病害的识别能力。同时这些诗生活气息比《梨俱吠陀》要浓，且很富诗趣。试看第 6 卷第 105 首关于治咳嗽的诗：

> 像心中的愿望，
> 迅速飞向远方，
> 咳嗽啊！远远飞去吧，
> 随着心愿的飞翔。
> 像磨尖了的箭，
> 迅速飞向远方，
> 咳嗽啊！远远飞去吧，
> 在这广阔的地面上。
> 像太阳的光芒，
> 迅速飞向远方，
> 咳嗽啊！远远飞去吧，
> 跟着大海的波浪。

值得一提的是有些诗记述了一面念咒语治病，一面还用草药，真可谓是科学与文艺结合的萌芽了。

《阿闼婆吠陀》中还有一些男女求爱时用的咒诗，如："像藤萝环绕大树，把大树抱得紧紧；要你照样紧抱我，要你爱我，永不离分。""翅膀是相思，箭尖是爱情，箭杆上海誓山盟。爱情的箭瞄得准，一直刺进你的心。"这都说明《阿闼婆吠陀》比其他吠陀更接近现实，更具体真切地反映了古代印度民间的生活和思想感情。

两大史诗

史诗《摩诃婆罗多》和《罗摩衍那》是古代印度文学的重大收获，它们集中地反映了古代印度的社会生活和文学成就。

关于这两部史诗形成和定型的时间，学者、研究者其说不一，一般认为，《摩诃婆罗多》大约形成于公元前 4 世纪至公元 4 世纪；《罗摩衍那》的中心故事大约形成于公元前 3 世纪，最后增补部分于公元 2 世纪完成。它们大体上都经过早期传说——构成中心故事——最后定型的几个发展阶段。

根据传说和史诗本身记载，《摩诃婆罗多》的作者为广博仙人，《罗摩衍那》的作者为蚁垤仙人。实际上这样规模宏大的史诗不大可能出于某几个人之手，它们无疑是在口头流传的基础上逐渐丰富发展起来的。两位仙人可能是对史诗整理加工有过巨大贡献的人。

两人史诗在流传过程中，一方面把现实生活和事件赋予了神话色彩，另一方面，随着阶级的出现，不同时代、不同思想倾向的人都要把一些新的材料或新的观念加进去，致使它们的篇幅越来越大，内容也越来越复杂起来。

《摩诃婆罗多》的中心故事是描写婆罗多的后代——两大王族之间的矛盾和斗争。奇武王有二子，一为持国，一为般度。持国有百子，称俱卢族，长子名难敌；般度有五子，称般度族，长子叫坚战。前者强大，后者弱小。他们为王位继承问题进行了长期的明争暗斗，最后终于导致 18 天的一场鏖战。战斗结束时，双方几乎全军覆灭，由胜利者坚战接替了王位。

史诗通过统治阶级内部争夺王位斗争的细致描述，歌颂了以般度族为代表的社会进步势力，批判了以俱卢族为代表的落后保守势力，它在某些方面体现了军事民主制时代的特征，表达了古代印度人民渴望和平、要求安定统一、向往太平盛世的理想和愿望。除了中心故事外，史诗中还收入了不少内容丰富、引人入胜的插话，最著名的有《那罗传》、《莎维德丽》等。

《摩诃婆罗多》全书共 18 篇，2109 章，约 10 万颂（每颂两行），相当于希腊荷马两大史诗总和的 8 倍多，被认为是世界最长的史诗。

《罗摩衍那》的中心故事是围绕着主人公罗摩王子一生的经历展开的。全诗共 7 篇，两万四千颂。

在史诗中，罗摩是作为古代英雄、理想国王的代表来塑造的，史诗的主题和思想倾向主要是通过这一人物体现出来的。

史诗通过德行和勇武两个方面刻画罗摩的性格。首先是把罗摩作为印度古代德行的典范加以颂扬的。如表现他尊父、爱弟、重视友谊和忠于爱情；在王位继承问题上不计较私利；流放过程中勇于过苦行者的艰苦生活；主持正义、嫉恶如仇，帮助猴王恢复王位；同情弱者，关心人民的疾苦等等，这在当时具有进步意义。

其次，把罗摩描写为英勇的战士和英雄。这主要通过断弓和楞伽之战等情节表现出来的。遮那竭国王为女儿悉多选婿，宣称谁能拉开他祖传的神弓就把女儿嫁给谁。求婚者一个一个都失败了，罗摩不仅拉开了神弓，而且把弓拉断了。这一壮举震动了整个宫廷。罗摩的武力在楞伽之战中得到更为充分的表现，十首魔王罗波那十分厉害、顽强，两人经过许多回合的较量，难分胜负。最后借助天神送来的天车和得力武器，罗摩才杀死了罗波那。史诗表现罗摩的胜利，不只是他武力的胜利，也是他的善行和正直精神的胜利；由于罗摩为正义而战，因而得到了各方面的有力支援。

罗摩是特定的历史时代——奴隶制形成期上层统治阶级内部社会进步势力的代表，是当时人民理想和愿望的体现者。在史诗中，他同宫廷内以吉迦伊王后为代表的落后保守势力，同社会上以十首魔王罗波那为代表的反动邪恶势力构成了尖锐矛盾，而后者是史诗揭示的主要矛盾。史诗通过善与恶、美与丑、正义与非正义、公理与强暴的鲜明对比，热情地赞颂了代表善和正义的新兴王国的国王罗摩；特别是借助罗摩的言行，提出了一系列进步政治主张，如反对上层统治集团内部争权夺势的斗争，渴望国家的团结和安宁，反对掠夺和侵略，反对暴政，要求关心人民疾苦，宣扬一夫一妻制等。这都是符合当时印度人民的利益和社会发展的趋向的。

不过，由于史诗流传时间的漫长以及流传过程中不断受到审改和加工，罗摩的形象也带有复杂的性质。在客观上，罗摩既是一个古代英雄、理想化的国王，又是一个伪君子，某些旧的统治秩序和道德观念的维护者，并不是很统一的。相形之下，史诗中另外的一些形象，如罗摩的弟弟罗什曼那、神猴哈奴曼等倒是更富有光彩的。

《罗摩衍那》在艺术上也取得了重大成就。它是人类童年时期的创作，带有鲜明的神话色彩，并多方面体现了人民口头创作的特点：史诗中成功地塑造了罗摩、悉多、罗什曼那、哈奴曼及罗波那等一系列个性突出的艺术形象；作品善于通过尖锐的矛盾冲突开展情节，刻画人物，表现主题；情节发展跌宕起伏，富于变化，引人入胜；不少地方展示出美丽多姿的大自然，以景寄情，充满浓郁的抒情气氛；在语言上采取了比喻、排比、象征和夸张等描写手段，具有清新、朴实的艺术风格。这也正是这部史诗得以长期流传、深受印度人民喜爱的重要原因。

《摩诃婆罗多》和《罗摩衍那》不仅是古代印度文学的艺术珍品，也是世界史诗文学的重大成就。它对印度及其周围国家的社会生活和文学发展产生了深远的影响。

《五卷书》

印度是富有寓言、童话和故事的古国。佛教的经典之一《本生经》也是古代民间故事和寓言汇集。后来则有德富的《伟大的故事》（已失传）、月天的《故事海》、安主的《大故事花簇》、觉主的《大故事诗摄》等。而《五卷书》上承《本生经》，下继其他故事集，是最著名的一部寓言和故事总集。但成书时间不详，据估计在公元1世纪时编成。

《五卷书》除《楔子》外，共分5篇，故名。这5篇是：《绝交篇》、《结交篇》、《鸦枭将》、《得而复失篇》和《轻举妄动篇》。关于本书的成因，书前说：有个国王生了3个儿子，都很愚蠢，叫大臣们设法使3个儿子变得聪明有学问，大臣们都无能为力。后来请了一个80多岁的婆罗门，他保证6个月内使王子聪明起来。他打破传统教法，编了这部又有故事又有教益的《五卷书》来作教本，结果3个王子果然变得聪明了。这当然是有些夸张，但足以说明印度自古很重视文艺教育。

《五卷书》全书有78个故事，有讲仆人如何愚弄国王的，讲弱者怎样反抗强暴的，有歌赞人民团结御敌的，有讽刺和揭露统治者丑恶行为的。它闪烁着人民的智慧，有巨大的认识意义和教育意义。但也有一些故事宣扬落后意识，宣扬宿命论和轻视妇女的观念。

戏　　剧

古代印度文学中，戏剧也有杰出成就，最著名的是首陀罗迦的《小泥车》和迦梨陀娑的《沙恭达罗》。

《小泥车》大约写成于公元2～3世纪，其作者首陀罗迦生平不详。《小泥车》是10幕戏剧，剧中故事发生在八腊王残暴统治下的优禅尼城。八腊王的舅子�蹲蹲儿，追逐年轻美貌、心地高尚的名妓春军，但春军爱上了贫穷的商人善施，坚决不屈服于蹲蹲儿的淫威。蹲蹲儿狐假虎威，设计将春军引至花园，亲手将她勒死，反诬是善施谋财害命。善施无辜受冤，被法庭判处流刑，又被八腊王改判斩刑。与此同时，广大奴隶在善施的友人、牧人出身的阿哩耶迦率领下，举行了轰轰烈烈的起义。当善施在刑场即将被斩时，被僧人救活的春军赶到。揭穿了善施被诬陷和蹲蹲儿阴谋杀人和嫁祸于人的真相。正在此时，阿哩耶迦的起义军杀进城来，斩了八腊王，推翻了反动统治，阿哩耶迦被拥戴为王，他惩罚了蹲蹲儿，宣布春军为自由人，并促成了她与善施的结合。

《小泥车》这个剧本无论在内容或形式上都一反过去的传统。它不是以王公贵人为主人公，而以善施这样的穷人、春军这样受凌辱的妓女为描写的中心，对他们的崇高道德和不畏强权的气节全力歌颂。作者不仅歌赞了春军对真挚的爱情的追求，歌赞了自由恋爱，而且赞美了不计财产，不顾种性差别的爱情结合。这对等级制度和权势观念是大胆的挑战。

剧本还揭露了以八腊王、蹲蹲儿为代表的奴隶主统治者仗势残害人民的罪行，写出了奴隶社会就存在的颠倒历史的冤案。特别可贵的是，《小泥车》把爱情的情节与奴隶及城市贫民的反压迫斗争相交织，全力歌颂了奴隶们的武装起义和胜利。这在同时期的印度文学中是难能可贵的。《小泥车》在世界文学中也是最早反映人民起义的优秀作品。

在艺术上，《小泥车》打破了戏剧必须从两部史诗《摩诃婆罗多》和《罗摩衍那》取材的旧传统，直接取材于现实。剧情曲折生动，剧中富于幽默情调，人物栩栩如生，语言个性化。但前几幕嫌拖沓，奴隶起义的线索没有很好展开。作者是从城市贫民的观点来写奴隶起义的，甚至让奴隶起义领袖向善施说"仰仗你的德行，我才能建立国家，一切听你的指点！"

《小泥车》是印度文学、也是世界古代文学中的一颗明珠。可惜它还不曾被更多的人所了解和重视。我国 1957 年便有吴晓铃的译本。

印度古代另一名剧《沙恭达罗》，是著名戏剧家迦梨陀娑所作。迦梨陀娑大约生活于公元 350～472 年之间。他还写有杰出的抒情长诗《云使》和其他剧作如《优哩婆湿》等。《沙恭达罗》为其代表作。

《沙恭达罗》（意译为"孔雀女"）是 7 幕剧，写国王豆扇陀到山里打猎，在一处净修林（即修道院）偷看到了修道女沙恭达罗的美貌，企图占有她。天真的沙恭达罗也对他一见钟情，两人即以"干闼婆方式"（即自由结合方式）结了婚。国王给沙恭达罗一个指环作为认亲标记后离去。沙恭达罗因日夜思念豆扇陀而失魂落魄，得罪仙人，受到惩罚：让国王忘掉她，直至看见指环时止。净修林师傅遣人送沙恭达罗进宫找国王相亲，途中指环失落，国王不认，反骂沙恭达罗是"荡妇"。沙恭达罗怒斥国王是骗子。沙恭达罗走投无路，由一仙女接上天去。后来在神力帮助下，指环失而复得，国王忆起前情，又见沙恭达罗年轻美貌，并已生一子，他正需后嗣，于是相认团圆。

《沙恭达罗》的故事在史诗《摩诃婆罗多》中已有原型，后来的《莲花往世书》（约公元2～3世纪）则加上了沙恭达罗得罪仙人情节，把国王负情的责任推给了沙恭达罗。迦梨陀娑在处理这个老而又老的爱情题材时，突出的成就在于既保持了原故事的框架，又赋予这一故事以新的社会现实因素。

作者写出了豆扇陀与沙恭达罗的冲突是豆扇陀的寻欢作乐同沙恭达罗真切纯洁的爱情追求的矛盾；而后来得以团圆相认，果然是作者一种浪漫主义的理想，但剧中也点明了这是出于国王为解决继承问题的需要。

《沙恭达罗》中最动人的是女主人沙恭达罗的形象，她虽是仙人之女，但实际过着失去自由的受奴役的生活。她冲破净修林禁规，勇敢地追求爱情。她十分柔弱温顺，但面对豆扇陀的遗弃，又表现了极大的勇敢。作者并以细腻的抒情笔触，成功地刻画了沙恭达罗的自然美和朴素美。豆扇陀放荡虚伪，但作者没有将他简单化，写他同样也有感情真切的时候。

剧本结构严谨，情节三起三落，人物性格鲜明。此剧翻译到德国后，歌德赞不绝口，写了几首诗赞美。其中一首说："我们还要知道什么更优秀的东西，沙恭达罗，我们必须亲吻；还有弥伽杜陀，这云彩使者，谁不愿意把它放进我们的灵魂？"席勒也在一封信中说："在古代希腊，竟没有一部书能够在美妙的女性温柔方面，或者在美妙的爱情方面与《沙恭达罗》相比于万一。"

第二节　欧洲古代文学发展概论

古代希腊文学

希腊文学起源于公元前 10 世纪初, 是世界上历史悠久的文学之一。4 世纪以前的古希腊文学成就辉煌, 包括史诗、戏剧、抒情诗、文艺批评、传记文学、小说、寓言及历史著作、哲学著作、修辞学、地方志等。

从公元前 8～9 世纪流传下来的荷马史诗《伊利昂纪》和《奥德修纪》是经过几个世纪职业乐师不断加工改进而成的, 向来被认为是史诗的楷模。

古希腊的戏剧是在迎神赛会中的乐舞的基础上发展而来的。埃斯库罗斯是"悲剧之父", 他共流传下来《奥瑞斯忒亚》三部曲和《被缚的普罗米修斯》等 7 部剧作。希腊另一作家索福克勒斯发展了悲剧的形式, 留下来的 7 部剧作中以《安提戈涅》和《奥狄浦斯王》最为杰出。欧里庇得斯进一步完善了悲剧艺术, 保留下来的剧作有 18 部, 重要的有《特洛亚妇女》和《美狄亚》。希腊的"喜剧之父"是阿里斯托芬, 他留存至今的剧作有 11 部。文艺理论方面的重要著作是柏拉图的对话录和亚里士多德的《诗学》。

古希腊文学对古罗马文学和后来的欧洲文学产生了重大影响。公元前 334～前 323 年间是希腊化时期, 希腊文学影响了整个地中海东部和西亚、中亚许多地区。卡利马科斯的叙事诗《赫卡勒》、阿波罗尼奥斯的史诗《阿尔戈船英雄纪》以及文艺批评论著《论崇高》和《伊索寓言》等是这时的重要作品。4～15 世纪以拜占庭为中心的东罗马帝国时期, 留下大量著作, 但影响不大。15～18 世纪希腊本土被土耳其人占领时期, 文学无大成就。1828 年, 希腊独立后出现了以苏佐斯为代表的雅典浪漫主义诗派和爱奥尼亚以索洛莫斯为代表的诗派; 散文方面有不少回忆录行世; 普叙哈里斯成为俗语文学运动的领袖。19世纪80年代，诗界开创了倾向俗语文学、面向现实生活的新雅典派，散文转向反映现实的小说。第一次世界大战后，象征派诗人塞菲里斯和超现实主义诗人埃里蒂斯先后获得诺贝尔文学奖，著名的小说家有米里维利斯、维内吉斯、科斯马斯·波利提斯、塞奥托卡斯等。

古希腊神话

古希腊神话产生于人类社会的童年时期。原始氏族时期的社会生活和当时人们的思维方式、认识能力是孕育神话的土壤和条件。变幻莫测的大自然既是哺育人类的母亲，也是生产力低下的史前人类最大的敌人。当人类逐渐从自然界中走出，自身意识开始觉醒之时，对外在的生存环境、对人类自身以及二者之间关系的朴素理解就必然导致后人所无法模仿的神话的出现。在世界各民族的上古时期，都曾产生过本民族的神话，但是就流传至今的各民族神话来看，希腊神话无疑是最丰富多彩的。

文字记载的希腊神话最早见于荷马史诗，其后，诗人赫西俄德的长诗《神谱》对宇宙的起源和神的谱系作了最早的描述，成为后来希腊神话作品的底本。此后，我们在古希腊的诗歌、戏剧、哲学和历史著作中也可以看到有关神话的记述。现今看到的希腊神话故事，又是在上述记载的基础上经后人的整理形成的。

希腊神话包括神的故事和英雄传说两大部分。

神的故事讲述的是诸如创世、诸神产生、神谱系、人诞生。

英雄传说的主角是半人半神的英雄，源于古老的祖先崇拜观念。英雄传说带有一定的历史真实性，是对氏族首领和祖先的赞颂，但同时也是后人想象力创造的产物。

神话与宗教信仰是密切相连的。古希腊宗教是一种多神信仰的宗教，在各城邦的生活中占有相当重要的位置，所有希腊公民都是笃信宗教的。但是，与其他民族，特别是东方民族不同的是，希腊世界没有享有特权的祭司阶层，神庙中的男女祭司地位相当于城邦的公务人员，神庙的管理权掌握在城邦委派的公民团体手中。因此，源于古老的民间信仰形成的希腊宗教观念，在特有的希腊城邦社会条件下产生了与其他民族不同的特点，也使希腊神话具有了自己鲜明的特征，其中居于核心地位的是"神人同形同性论"。这种观念不仅使希腊神话较早就摆脱了兽形妖灵阶段，而且使神话体现出了较强的民主意识和以人为本、注重现实的精神。希腊宗教中的诸神，既不是由王或城邦的统治者所垄断的，也不是高高在上，只供人们敬畏的神祇，而是属于整个希腊世界所有公民并生活于民众之中的神，神性与人性之间是相通的，而不是二者间存在着一条不可逾越的界限。

反映到神话上，神拥有了男人或女人的形态，但又是人的完美体现，神的形象体现着人的智慧和美质所能达到的最高境界，但另一方面神与人一样有着七情六欲。他们同样爱慕虚荣，嫉妒心很重，爱好风流，存有私心，例如贵为神王的宙斯常常下到凡间与美丽的女子偷情幽会，诸神为了一点小事不惜挑起战争，没有道理地偏袒自己喜爱的人等等。

希腊人是相信命运观念的，这在神话中也有体现，但神话同时也表明他们不是匍匐在命运脚下的奴隶，而是一个珍视个人荣誉，强调人的抗争，热爱世俗生活，积极进取，崇尚英雄气节的民族。希腊神话是把人放在中心地位的神话，凸显的是人的精神，回荡着昂扬、乐观、健康的现实气息。希腊神话对其后的希腊文学产生了持久的影响。因此马克思曾说："希腊神话不仅是希腊艺术的宝库，而且还是它的土壤。"

希腊戏剧

古希腊的戏剧起源于酒神祭祀。

公元6世纪中叶，由于雅典工商业的迅速发展和对外贸易的扩大，刺激了农业生产的发展。原来盛行于农村的庆祝丰收、祭祀酒神和农神的节日歌舞表演和祭奠表演进入了城市，这些节日也成了全国性的节日。这时雅典的社会生活日趋复杂，政治生活日益活跃，这些简单的歌舞表演已不能充分表达人们的思想感情，因而逐步演变成为戏剧。悲剧的前身是酒神颂歌，喜剧的前身是民间的祭神歌舞和滑稽戏。

到了民主气氛最浓厚的伯里克利（公元前495～前429）执政时期，国家兴建大型剧场，发放观戏津贴，组织戏剧竞赛，戏剧成为一种民主政体用以实现政治、道德、教育任务的文艺活动，戏剧演出活动成为雅典公民政治生活和文化生活中的一项不可缺少的内容。所以说古希腊戏剧是雅典奴隶主民主政治的产物，它随着民主政治的发展而发展，随着民主政治的衰落而衰落；它也反映了奴隶主民主派的生活和斗争，表达他们的愿望和要求。

希腊悲剧大多取材于神话，其内容往往带有命运观念或其他迷信色彩。但它反映的却是当代的社会生活和斗争。无论是神与神之争，还是人与神之争，实际都是现实中人与人之间斗争的反映。悲剧着重表现主人公的英雄行为，形象高大雄伟，气势壮烈磅礴，一般没有悲观色彩，而是充分表现出奴隶主民主派的自豪感。

悲剧在艺术上继承了史诗和抒情诗的传统，戏剧成分和抒情成分成为悲剧的两个不可缺少的组成部分。演员朗诵对白，合唱队歌唱抒情诗。演出从始至终不停顿，合唱队起着分幕分场的作用。

希腊悲剧有固定的程式，一般分为开场、进场、3～5个戏剧场面、退场4个部分。最初采取"三部曲"的形式，3个剧本在题材与思想上互相关联又相对独立。由于种种演出条件的限制，所以剧情比较单纯；事件进行的时间不太长；演出地点也没有过多的转移。

公元前5世纪是希腊悲剧的繁荣时期。这一时期涌现出大批悲剧诗人，上演了许多悲剧作品，流传至今的有埃斯库罗斯、索福克勒斯和欧里庇得斯3大悲剧诗人的作品。他们的创作反映了奴隶主民主制发展不同阶段的社会生活，也显示出希腊悲剧在不同时期的思想和艺术特点。

希腊喜剧出现于悲剧之后，它的繁荣是在雅典城邦发生危机的时代。希腊早期喜剧多为政治讽刺剧和社会问题剧。它取材于当代的现实生活，对人们普遍关心的重大政治社会问题发表意见。因而，比之希腊悲剧，具有更为强烈的政治性。

希腊喜剧从民间的祭仪和滑稽戏演变而成，因此从故事情节、人物形象到台词、动作，都非常夸张、滑稽，甚至有些荒诞、粗俗。

公元前 5 世纪的雅典，曾先后产生过 3 大喜剧诗人，但留传下完整作品的只有阿里斯托芬。

古代罗马文学

约在公元前 2000 年，拉丁人部落定居意大利中部拉丁姆地区，其后伊特鲁利亚人、希腊人、高卢人陆续移民到意大利，共同构成早期意大利的主要居民。

罗马历史一般分为 3 个时期。

第 1 期是王政时期（公元前 753 ～ 前 510），这个时期各拉丁村落结成同盟，又合并其他地区，建立了罗马城邦。当时罗马还处在从氏族向阶级社会的过渡阶段，已开始出现奴隶，居民分为贵族与平民 2 个集团。

第 2 期是共和时期（公元前 510 ～ 前 27），王政被推翻，奴隶制贵族共和国正式建立。共和国初期（公元前 510 ～ 前 264），古典的奴隶制已初步形成。平民为反对债务奴役，争取政治权利，开始和贵族进行激烈斗争。在这阶段内，罗马征服了意大利。共和国中期（公元前 264 ～ 前 133），社会进一步分化，豪门贵族和从事商业金融的富裕平民（称为"骑士"）掌握了政权，形成新贵族的寡头共和国政体。为了这两个阶级的利益，罗马开始向地中海地区扩张，经过 3 次布匿战争，3 次马其顿战争，罗马征服了西部地中海和巴尔干半岛大部分地区，成为庞大的强国。共和国末期（公元前 133 ～ 前 27），战争的结果使奴隶数量激增，出现了大田庄制。对奴隶剥削的加剧引起不断爆发的大规模奴隶起义，如西西里奴隶起义和斯巴达克领导的起义。大田庄制使小农经济破产，农民流入城市，造成失业现象。在反对贵族的斗争中，城乡下层联合为民主派。骑士阶级为争取政治权利，利用失地农民和城市贫民反对元老贵族。在错综的国内阶级矛盾、军权实力派滋长和版图扩大的情况下，城邦共和制不能维系，让位于独裁和帝国制度。

第3期是帝国时期（公元前27～公元476），可以分为两个阶段。初期从屋大维执政到公元193年，是帝国繁荣时期，也称"罗马和平"时期。这一时期生产发达，帝国疆界扩展到最大范围。皇帝以加强军事独裁和官僚机构来维持统治，他和反对帝制、坚持共和的元老院贵族之间展开激烈斗争，自由民的民主运动重新兴起，皇帝往往以残酷恐怖手段镇压反对派。罗马对外省，经济上通过官僚体系进行压榨，政治上采用分而治之的政策，对人民的反抗实行镇压。但各行省经济迅速发展增强，罗马本土在帝国中逐渐失去主导作用。奴隶来源削减，越来越多地采用隶农制。帝国后期经济衰落，奴隶、隶农、贫农起义，外省人民运动不断发展，蛮族屡次入侵，腐朽的奴隶制帝国在这些力量的冲击下终于覆灭。

罗马文学的语言是拉丁族的语言——拉丁语。它包含了伊特鲁利亚、希腊、高卢等语言因素。文学语言和日常生活所用的口语相差颇为悬殊，文学语言的特点在于简练有力，语法结构严谨。拉丁语原有轻重音，在希腊诗歌影响下，罗马诗歌也采用了按长短音为准的"音量制"。随着帝国的扩张，到了公元4世纪，拉丁语在西方各省代替了当地的土语，最后发展为法兰西、西班牙、葡萄牙等"罗曼斯"语种。东方各省仍以希腊语为主要语言。

罗马神话可以说并不存在。最早的意大利的神祇是同宗教迷信分不开的。古罗马人认为每个地方或场所都有它的神祇，例如家神、灶神、囤神、门神。罗马人从事农牧业，因此认为田地、山林、泉水、河流也都有神祇居住掌管，如作物和羊群之神法乌努斯、林神狄安娜。人们必须向这些神祇祭献，才能求得安宁和保护。

同希腊文化接触后，许多原来的罗马的神便同希腊的神溶合起来，具有了希腊神的特点，即人格化了，并具备了希腊神的一些属性。罗马人信奉的天空之神尤皮特便等同于希腊的宙斯，他的妻子尤诺等同于赫拉，海神奈普图努斯等同于波塞冬，冥神狄斯等同于普鲁托（又称哈得斯），罗马人崇奉的春天女神维纳斯等同于阿弗洛狄忒，酒神巴库斯等同于狄俄尼索斯，火神伏尔康等同于赫淮斯托斯，林神狄安娜等同于阿耳忒弥斯，神的信使麦尔库利等同于赫尔墨斯，如此等等。

这些希腊和罗马的神到了后代，有些以希腊名称传世，这是因为罗马人没有类似的神而原封不动地接受了希腊传统，如阿波罗，文艺女神缪斯；有的恐怕是出于偶然，如希腊冥神普鲁托流传而狄斯不传。有些以罗马名称传世的，或因是罗马所独有，如囤神佩那特斯，或因历代诗人、艺术家广泛使用，如战神玛尔斯（即希腊的阿瑞斯）、小爱神丘比德（即希腊的埃洛斯）。

罗马最早的文学是在劳动和举行宗教仪式时唱的诗歌和原始的、笑剧式的对话，但留传绝少。留传下来的最早的文学作品是戏剧。共和国中期，罗马向外扩张，进行大规模的战争掠夺，奴隶主积聚了大量财富，生活日趋奢侈。贵族、骑士和他们所豢养的大批食客需要娱乐。这样，在早期的节日歌舞、民间戏剧的传统和希腊戏剧的影响下，罗马戏剧获得了一定的繁荣。由于罗马元老贵族权力强大，压制民主，罗马戏剧很少直接涉及当时重大的政治问题。

早期罗马戏剧主要有悲剧和喜剧两种，有的是模仿希腊的，也有以罗马历史和现实生活为题材的。悲剧都已失传，流传下来的喜剧主要有普劳图斯和泰伦斯的作品。他们对欧洲文艺复兴和以后的戏剧有很大影响。

中世纪文学综述

在内部奴隶起义和外部日耳曼蛮族入侵的沉重打击下，早已奄奄一息的西罗马帝国，终于在公元476年灭亡了。这一年标志着欧洲古代奴隶制社会历史的终结。从这时起，直到 17 世纪中叶英国资产阶级革命爆发，是欧洲历史上的中世纪。中世纪是欧洲封建制度形成、发展和衰落的历史。

欧洲历史的中世纪大致可分 3 个时期。公元 5～11 世纪，是它的初期，即封建社会形成的时期。公元 12～15 世纪，是中世纪的中期，即封建社会的全盛时期。公元 15 世纪～17 世纪中叶，是中世纪的末期，即封建社会衰落和资本主义产生的时期，也就是文艺复兴时期。

中世纪文化是在古代文明被一扫而光的原始状态下从头开始的。它的初期、中期，经过文化低谷，走向末期的繁荣。它的文学成绩是融合希腊、基督教和日耳曼人民的文学而成为近代文学的。

摧毁西罗马帝国的蛮族主要是日耳曼人。日耳曼人原来是些氏族部落，正处于氏族社会解体阶段。他们在帝国废墟上建立起来的那些王国，通过土地的大量集中和农民的农奴化，逐渐过渡到封建社会。

在中世纪初期，各外族王国为了争夺土地不断发生战争，它们的疆域也不断发生变化。中世纪的最初几个世纪就是处在这种混战的状况中。

在日耳曼人建立的各王国中，以 6 世纪初建立起来的法兰克王国最为强大。公元 8 世纪末和 9 世纪初，法兰克王查理（通称查理大帝 768～814）通过多次征战，大大地扩充了疆域，建立了一个强大的帝国。查理死后，帝国迅速分裂。查理的 3 个孙子之间发生内战，公元 843 年帝国一分为三：西法兰克王国（法兰西）、东法兰克王国（日耳曼）和意大利。欧洲大陆 3 个主要国家的疆域初步定型。

在欧洲中世纪，封建主阶级和农奴阶级的矛盾，是最基本的社会矛盾。广大农奴挣扎于饥饿和死亡线上，由于不堪封建压迫，经常逃亡，或拿起武器举行起义，掀起反抗封建主的斗争。

文艺复兴时期文学综述

西欧 14～16 世纪出现的文艺复兴运动，是人类历史上的一次伟大的变革。从经济上看，13 世纪末 14 世纪初，由于地中海沿岸一些城市手工业和商业贸易蓬勃发展，导致了资本主义生产关系的萌芽。这给落后的中世纪生产力和生产关系的变革，提供了强大的历史推动力。从政治上看，代表着新的生产力和生产关系的新兴资产阶级，不满意旧的生产关系的束缚，从而产生了反对封建贵族阶级。僧侣阶级的强烈的政治愿望和要求。可以说，当时欧洲的经济发展、政治形势等方面的要求对文艺复兴运动的产生起到了根本性的和决定性的作用，但欧洲文艺复兴运动之所以能够在此时发生和获得发展，也是其文化上独特因素强劲作用的结果。

首先，是现代意义上的城市的出现及其与之相适应的城市新文化氛围的形成，对文艺复兴运动在封建的中世纪内部产生，具有重要的意义。正是在这样的历史条件下，"从中世纪的农奴中产生了初期城市的城关市民；从这个市民等级中发展出最初的资产阶级分子。"城市的出现不仅给新时代的发展提供了经济和思维方式的基础，同时，欧洲城市还为当时的人们馈赠了热爱新文化，或对新文化感兴趣的宫廷。

其次，是现代意义上的学校教育在中世纪的基础上获得了巨大的发展。到了 12 世纪初期，中世纪最早出现的大学有意大利那不勒斯附近的萨莱诺大学、波伦亚大学，在法国，巴黎大学在 12 世纪中叶也初具雏形。此后的一个多世纪里，西欧许多国家也纷纷成立大学，其中著名的有英国的牛津大学（1168 年）和剑桥大学（1209 年），法国的蒙彼利埃大学（1181 年）、图卢兹大学（1230 年），意大利的帕多瓦大学、那不勒斯大学（1224 年），西班牙的帕伦西亚大学（1212 年）和葡萄牙的里斯本大学（1290 年）等。至 1500 年时，欧洲实际存在的大学近 80 所。它们活跃了当时的思想文化生活，并为文艺复兴时期的人文主义运动提供了人才和思想基础。

第三，在对神学的深入研究中导致了现代科学技术领域出现飞速进展。教会鼓励天文学研究，最初的动因是当时的宗教学者要证明上帝和天堂的存在。但是，随着人们对天体奥秘了解得越多，上帝和天堂的存在之合理性就越受到置疑，天文学愈来愈变成了一门独立科学。与论证上帝及其与上帝相关的事物相联系（如天使的体积和重量、天堂的构成及形状、基督的法力和炼丹术的神奇等等），进一步使数学、物理学、化学也逐渐从神学的附庸变成了真正的科学。这一切，无不又促使着反神学文化氛围的形成。

第四，文艺复兴运动之所以能够在 13 世纪末 14 世纪初发生，也是由于当时的基督教教会内部出现了变革力量的结果。例如，马丁·路德（1483～1546）就是一个宗教的代表人物在宗教内部对神学教条进行怀疑和反抗的杰出思想家。他在修道院因讲《圣经》课程而对封建教士们的说法发生了怀疑，他认为，上帝的本质是"善"和"爱"，是"爱"和"善"的"福音"；信徒不必通过祭司、教士和教会主持的圣礼，只凭自己的信仰就可以直接与上帝沟通；而人只要有了信仰，就会自动行善避恶，遵守上帝的成命。甚至在教会内部，有些身居高位的僧侣，如著名的具有人文主义思想的教皇庇护士二世和朱利乌斯二世等，也都是在宗教内部进行改革的人物。宗教改革所带来的人的思想解放和理性的发扬，推进了西方近代资本主义的文化。

同样，欧洲文艺复兴运动之所以能够在此时产生，也与历史为其提供了大规模兴起和发展的机遇密切相关。

机遇之一在于，14 世纪欧洲大瘟疫的出现，1348 年，一场致命的瘟疫使占欧洲1/3的人（2500 万）死去。这场瘟疫引起了当时人们对上帝万能论的动摇及其人生问题的反思，从而成了人们思想解放的契机。意大利作家乔万尼·薄伽丘亲身经历了这场瘟疫，他在小说《十日谈》中，不仅对其可怕情景做了真实的描写，而且也暗示了这场瘟疫所造成的人们思想观念的变化："有些人以为唯有清心寡欲，才能逃过这一场瘟疫"；"也有些人的想法恰巧相反，以为唯有纵情欢乐、豪饮狂歌，尽量满足自己的一切欲望，什么都一笑了之，才是对付瘟疫的有效办法。"

机遇之二是古代文化典籍的重新发现。1453 年土耳其人攻进拜占庭，大量的古代文化瑰宝横遭破坏，散失在外。"拜占庭灭亡时抢救出来的手抄本，罗马废墟中发掘出来的古代雕像，在惊讶的西方面前展示了一个新世界。"人们发现，在古代的希腊人那里，就已经有了对人自身的丰富的认识：人是自己的主人，长期以来被宗教僧侣作为绝对真理所信奉的上帝并不存在。由于社会生产力的发展，人们认识自然、认识社会的能力也有了较大的提高。人们感到，既然古代的希腊和罗马人尚能够凭借自己的力量使自己能够像真正的人那样生活，那么，新的人类也一定能够生活得更加符合人的本性。这样，对自己能力的自信必然要导致对神的力量信仰的淡漠，对人自身的肯定。

机遇之三是地理大发现和环球航海的成功。15 世纪末 16 世纪初，哥伦布在 1492 年开辟了通往美洲的航线；瓦斯科·达·伽马在 1498 年首次开通经非洲直达印度的航线；麦哲伦与同伴在 1519 ~ 1522 年完成了环球航行。地理大发现和环球航行的成功，更进一步促进了资本主义生产关系的发展。新兴的资产阶级要自由地发展资本主义的愿望，必然要与阻碍其发展的封建制度发生尖锐的冲突。两种意识形态的斗争不可避免。

正是当时历史文化的原因和现实的机遇，才使得欧洲中世纪文化中所包含的人的向上精神和人的情感要求进一步发展成了新的思想文化体系——人文主义。

"人文主义"的核心是与宗教神学对比意义上的"人"。与"神本主义"针锋相对，人是"宇宙的精华，万物的灵长"。"神学观点把人看成是神的秩序……与之相反，人文主义集中焦点在人的身上，从人的经验开始。它的确认为，这是所有男女可以依据的唯一东西，这是对蒙田的'我是谁'问题的唯一答复。"

人文主义的内涵包括：肯定个人的情感、欲望的合理性，反对禁欲主义。这就是说，人本首先是个人之本。个体性的人之本是理解人本主义的前提和基础。从肯定个人欲望、情感出发，人文主义者把认识自己和认识世界当成了最重要的两大任务。

文艺复兴时期意大利文学

意大利是欧洲资本主义诞生的摇篮，也是文艺复兴的发源地。在14、15世纪，意大利北部许多城市手工业已相当发达，商业和银行业都发展迅速。例如威尼斯的商船队就定期在欧洲、亚洲、非洲一些大城市航行，佛罗伦萨的银行也在欧洲许多城市设有分行。新兴资产阶级的实力一天天强大。他们为了在意识形态领域内取得胜利，便积极提倡文艺，网罗大批人才。这就使意大利文坛出现一派繁荣景象。

但丁是从中世纪到文艺复兴的新旧交替时代的伟大诗人，在这过渡时期的著名作家还有彼特拉克和薄伽丘。他们是文艺复兴的先驱。到了15、16世纪，又涌现了一批人文主义作家，比较著名的有安琪罗·波利齐亚诺、路易其·浦尔契、马德奥·博亚尔多、雅科波·桑纳扎罗、卢多维科·阿里奥斯托、托夸多·塔索。后两位作家更是其中的佼佼者。

弗兰齐斯科·彼特拉克（1304～1374）是意大利杰出的人文主义诗人。他出生于佛罗伦萨一个贵族之家。父亲是公证人，与但丁一同被流放。彼特拉克早年学过法律，曾到欧洲许多地方旅游，搜集古代希腊罗马文物，认真研究古罗马名家作品。他热爱古典文学，反对中世纪的经院哲学和教会的禁欲主义。他最先提出"人学"来与中世纪神学相对抗。这位诗人用拉丁文和意大利文写过许多优美动人的抒情诗，曾被元老院推举为桂冠诗人。他所独创的十四行诗对欧洲诗歌产生了重大影响。

彼特拉克用意大利文写的《歌集》是他成就最高的一部作品。

这是一部出色的抒情诗集。它分上下两册。作品的主要内容是写诗人对女友劳娜深挚的爱情。上册写 1327 年诗人初次见到骑士之妻劳娜时的内心汹涌的热情。劳娜有花朵一样的娇美的容貌，也有高尚的道德。诗人对她一见倾心，终生爱慕。当时劳娜 20 岁，已婚 3 年，诗人 23 岁。下册写于 20 年之后，当时劳挪已死于瘟疫。诗人抒发了劳娜死后自己深深的痛苦与哀伤，诗句悲切感人。在劳娜身上寄托了诗人的美好理想，但诗人对她的爱情表现了人文主义者对现实生活中个人幸福的热烈追求。

《歌集》是彼特拉克内心生活的真实写照，也反映了诗人世界观中的矛盾。他一方面热烈追求现世生活中的爱请和幸福，一方面仍受中世纪宗教观念的束缚；一方面用火一样的诗句表达他炽烈的爱国热情，一方面又轻视和脱离人民。在他身上表现了人文主义者的积极的一面和时代的阶级的局限。

安琪罗·波利齐亚诺（1454～1494）是一位有才华的作家。他认真学习了维吉尔、莫维德、但丁、彼特拉克等人的作品，从前人的创作中吸收艺术营养，形成自己独特的风格。他的代表作是八行体叙事诗和圣剧《俄耳甫斯》。

作品以希腊神话故事作为题材；写的是歌手俄耳甫斯的历险故事。这本是个世俗异教寓言故事，作者却将它涂上梦幻神秘色彩，在艺术手法上有所创新。

马德奥·博亚尔多（1441～1494）也是意大利著名的人文主义诗人。他的代表作是《热恋中的奥兰多》，该作品中的主人公奥兰多是法兰克王国加洛林王朝查理大帝的贴身卫士。

作品描写他和东方公主安杰丽嘉的爱情故事，富有传奇色彩。

雅科波·桑纳扎罗（1455～1530）也是意大利有名的人文主义作家。他的代表作是自传体散文作品《阿卡狄亚》。

小说主人公辛契洛爱上了一个美丽的少女，但又没有勇气向她表白自己的爱情。为了减轻自己的痛苦，他远离故乡，到风景清幽的阿卡狄亚去生活。作品主人公离开城市，投入大自然的怀抱的情节对后世欧洲作家产生了较大的影响。

卢乡维科·阿里奥斯托（1474～1588）是意大利文艺复兴时期杰出的作家。他在戏剧和诗歌方面都有较大成就。他写了5部喜剧，是意大利风俗喜剧的奠基人。著名的喜剧有《列娜》和《妖术》，在欧洲许多国家流传很广。他的最负盛名的作品是叙事长诗《疯狂的奥兰多》。从情节看这是博亚尔多《热恋中的奥兰多》的续篇。由于博亚尔多没有写完作品就已阵亡，阿里奥斯托便继续写下去。以原有的3条情节线索作为框架，突出奥兰多对东方公主安杰丽嘉热烈的坚贞的爱情。他为寻找这个美人，走遍天涯海角，历尽了艰难困苦。后来安杰丽嘉爱上了伊斯兰教徒梅多洛，并和他结了婚。奥兰多在这沉重的打击下疯狂了。这部作品取材于民间文学，在艺术方面表现了精湛的技巧，结构严密，情节生动，心理描写细腻而有分寸，诗句清丽而有韵味。

长诗写的虽是传奇色彩浓厚的故事，但却贯穿了时代精神，宣传了人文主义思想。作品既有对爱情和大自然的歌颂，也表达了作者反对封建割据、实现祖国统一的愿望。它在意大利文学史上占有重要的地位。

托夸多·塔索（1544～1595）是意大利文艺复兴时期最后一位诗人。他出生于宫廷诗人家庭，攻读过法律，但他的兴趣是在文学方面。曾认真研究过古希腊诗人的赋诗法。他一生道路坎坷，曾因精神抑郁得了癫狂症，被关入疯人院7年。一生写了叙事诗《利那尔多》（1561）、田园剧《阿明达》（1573）和长诗《被解放的耶路撒冷》（1575）等。由于他诗歌方面有较大成就，1595年罗马教皇曾授予他"桂冠诗人"称号。

塔索的代表作是《被解放的耶路撒冷》。作品的内容是描写1096到1099年第一次十字军东征的事件。十字军首领弗莱多·底·布留尼在最后几个月中带领十字军攻克了圣城耶路撒冷。作者选择这个题材在当时有现实意义，因为在写作长诗的年代，欧洲正面临土耳其的威胁。

长诗中既描写了十字军英勇搏斗、惊心动魄的战斗场面，也穿插了许多富有传奇色彩的爱情故事。情节有张有弛，疏密相间，联结成一个有机的整体。作品语言高雅而有文采，抒情色彩浓厚。作者的思想是矛盾的，反映在长诗中，他想要歌颂基督教，但实际上他所写的世俗爱情故事和非基督教精神的人物给读者的印象更深，艺术感染力也更强。

文艺复兴时期德国文学

德国在 16 世纪是封建统治下一个落后的农业国，政治上是分裂的，经济力量是分散的，但是资本主义因素在个别城市中有所发展。

罗马天主教会、神圣罗马帝国王权和封建诸侯对人民进行重重剥削，使农民、城市平民直到部分小贵族都对现存制度感到不满。宗教改革和农民起义标志着资产阶级第一次向封建制度冲击。宗教改革在欧洲产生了很大影响，16 世纪 20、30 年代，路德派新教已传入北欧以及英、法、波兰等国。德国的民族感情在这一世纪的革命高潮中觉醒起来。德国各地的农民起义，此伏彼起，延续数十年之久，他们"所怀抱的理想和计划，常常使他们的后代为之惊惧，"但最后遭到诸侯们残酷的镇压。文学成就主要表现在以下 3 个方面：人文主义者反教会、争取思想自由的作品，宗教改革和农民起义中富有战斗性的政论文和从中古时期发展来的民间文学。

在德国，人文主义思想多半在各大学的学者中间传布，它代表早期资产阶级想从中古的蒙昧主义和经院哲学的束缚中解放出来的要求。

著名的人文主义者约翰·赖希林（1455～1522）编纂了《蒙昧者书简》（1515），这些书简，在罗马讽刺诗人的影响下，借蒙昧的神学家的口吻，模拟他们拙劣的拉丁文，揭露经院学者和僧侣们的狭隘无知以及教会的道德败坏。

德西德利乌斯·埃拉斯慕斯（1466～1536）生于尼德兰的鹿特丹，是一个著名的语言学家，学识渊博，先后旅居法、英、德、意、瑞士各国，和莫尔友善。他的著名文学讽刺作品、用拉丁文写的《愚蠢颂》（1509），从资产阶级人文主义观点出发，通过"愚蠢"这个人物的自白，揭露僧侣的虚伪愚昧，批判诸侯争权夺利的战争，嘲讽迷信，肯定现世生活。这些人文主义者的著作具有积极意义，但他们用拉丁文写作，和人民有相当大的距离。

最富有战斗性的人文主义者是乌利希·封·胡登（1488～1523），他参加过济金根的骑士起义，是《蒙昧者书简》第2部（1517）的主要撰稿人。

《书简》第2部比第一部词锋更为锐利，给教会以毫不容情的抨击。他也用德语写诗，表达自己鲜明的战斗立场。他模仿琉善写作《对话录》，并把其中最主要的几篇从拉丁文译成德语，有两篇通过作者和"热病"的对话表示出对自己民族的热爱，涉及当时政治上和宗教上的重大问题。他以文学为武器，反对诸侯的分裂统治和罗马天主教会对德国人民的压迫，努力唤起人民的民族意识。

马丁·路德（1483～1546）是德国宗教改革运动的领袖。他在1517年宣布宗教改革纲领，1520年写成《致德意志民族的基督教贵族书》，反对教皇干涉王权，呼吁德意志教会摆脱罗马教皇种种不合理的控制，并提出一系列反对天主教教义的主张，要求组织新教。从1517年～1533年，他根据人文主义学者对古代语言研究的成果，采用人民语言，把希伯来语和希腊语的《圣经》译成德语。他的《圣经》翻译使农民和平民能够援引《圣经》中的章句为自己的阶级利益辩护，并对于促进德国民族语言的统一发生重大影响。他写了许多赞美诗、论争性散文和寓言，最流行的一首赞美诗是《我们的上帝是一座坚固的堡垒》（1525）。"路德不但扫清了教会这个奥吉亚斯的牛圈，而且也扫清了德国语言这个奥吉亚斯的牛圈，创造了现代德国散文，并且撰作了成为16世纪《马赛曲》的充满胜利信心的赞美诗的词和曲。"但是路德逐渐和诸侯妥协，背叛了人民。

把人民的宗教改革进行到底、彻底反对封建统治的是农民起义的杰出领袖托马斯·闵采尔（1490？～1525）。闵采尔以牧师的身份，在宗教外衣下领导了轰轰烈烈的农民革命，于1525年失败被杀害。他倡导一种原始的共产主义，要求平均分配财富，在宗教问题上他已不局限于抨击天主教的一切主要论点，而是更进一步抨击基督教的一切主要论点，接近于后来的泛神论和唯理主义。他的《对诸侯讲道》（1524）号召萨克森的诸侯反对天主教，而他的《公开驳斥不忠实世界的错误信仰》则进一步抨击封建统治者。他在他的《论据充分的辩护词》里把路德称为"维登堡的行尸走肉"，宣告与路德断然决裂。1525年他发布《致阿尔斯特德人民书》，号召城市贫民与农民联合起来，举行起义。这些文件论证充足，热情充沛，是用火热、锋利的语言写成的，是德国最早的优秀的革命宣传文字。

随着城市的发展，这一时期民间文学极为繁荣。因为新兴市民阶层需要文化生活，而印刷术的普遍使用提供了满足这一需要的条件。中古晚期流行的小故事和"笑话"大大发展，不少"笑话"收集成册。民间故事书也风行一时，或取材于中古传说，或取材于东方和南方国家的故事，良莠不齐。其中意义较大、能反映时代生活的有《梯尔·厄伦史皮格尔》（1515）。

书中主人公厄伦史皮格尔是一个农民，作品通过他把许多民间故事和笑话串联在一起。有的故事写手工业行会师傅受到厄伦史皮格尔的愚弄；有的写厄伦史皮格尔以农民的机智战胜了统治阶级，或对教会进行批评。例如故事之一叙述厄伦史皮格尔被一个伯爵雇佣为守塔人，因为伯爵苛待他，使他常常挨饿，他便使出妙计，捉弄伯爵，伯爵责问他为什么这样作，他答道："谁挨饿受罪，谁就会想出一些计谋来。"

这部作品反映了农民在革命前夕自我意识的觉醒和对宗教改革的要求。另一部民间故事书是《浮士德博士的生平》（1587）浮士德实有其人，出生于 15 世纪末的德国，传说他通晓天文地理，懂得魔术，死于 1540 年。故事书叙述浮士德和魔鬼订约，把肉体和灵魂卖给魔鬼，魔鬼答应为他服务 24 年，满足他的一切愿望。他和魔鬼上天入地，纵论天文地理，并追求人生享乐。

作者虽然站在宗教立场反对浮士德，但从浮士德的言行里也反映出文艺复兴时代探索宇宙奥秘、追求知识的冒险精神，因而引起人民广泛的兴趣。同时代英国作家马娄和后来歌德都以浮士德为题材，写出他们的名著。

这一时期来自社会下层的一个多产作家是汉斯·萨克斯（1494～1576）。他是个鞋匠，主要的成就是戏剧与诗歌。他提高了手工艺人的诗歌，把中古的宗教戏剧发展为反映人民生活的讽刺戏剧。这些戏剧大都取材于民间故事，描写的对象有市民、农民、奴仆、骑士、流浪汉等。他的作品，形象生动，语言通俗幽默，在内容和形式上都为当时人民所喜爱。但是他反映的生活面狭窄，对现存社会制度表示满足，局限于投合市民阶层的趣味。

宗教改革的不彻底，农民革命的失败，加强了德国的分裂。这一世纪德国没有能产生像英国、法国、西班牙那样杰出的民族文学，但是在这动荡的时代，德国文学是和社会生活密切联系的，其接近人民群众，具有现实主义因素。

文艺复兴时期西班牙文学

西班牙的资本主义发展的时间较意大利晚一些。直到 16 世纪初，它基本上还是一个农业国。在 15、16 世纪，它国势强盛，统治了北意大利、尼德兰，又在中南美洲、非洲、亚洲掠夺了幅员广大的殖民地，因而促进了工商业的发展，加强了资本主义生产关系。当时海外贸易兴隆，有 1000 艘商船在世界各地航行，西班牙成了称霸全球的强国。但到了 1588 年，它在和英国海战时惨败，无敌舰队覆灭，再加尼德兰革命，它从此一蹶不振，丧失了世界强国的地位。

由于资本主义经济一度繁荣，西班牙在 16 世纪出现了人文主义文学发展的高潮。

在 16 世纪前期，由于反动教会百般阻挠先进人文主义思想的传播，人文主义文学不可能顺利发展。当时贵族骑士文学在全国广泛流行，而市民们所喜爱的是流浪汉小说。到 16 世纪后期，西班牙涌现了一批优秀的人文主义作家，使西班牙文学进入"黄金时代"。

流浪汉小说是城市发达后的产物。它主要反映新旧交替时期城市中下层人民的生活。作品的主人公处于被压迫的阶级地位。为了求得个人生存，往往不择手段。作品比较真实地反映了现实生活中的黑暗现象，具有一定的揭露和讽刺意义。

《小癞子》（1553）是流浪汉小说的代表作。作者不详。作品用第一人称叙述故事。主人公小癞子谈他的个人经历。他是一个穷人家的孩子。从小就离开家庭出外谋生。他曾为一个瞎子领路，又曾当过一个吝啬的教士的仆人。以后又侍候过各式各样的主人，如绅士、僧侣、教堂神父、公差等。这些人大都刻薄自私，贪婪狡诈。在这些人的影响下，小癞子也成了一个寡廉鲜耻的人，居然靠妻子和神父私通来获得金钱。

小说广泛地描写了西班牙的社会生活，以幽默讽刺的笔调，揭露了贵族和僧侣们的种种丑态。人物性格鲜明，但性格没有发展，情节不够完整严密。由于作品写的是市民所熟悉的人和事，语言又生动流畅，因此深受市民群众的欢迎。

西班牙的另一部流浪汉小说《阿尔法拉契人的古斯曼》上下两部（1599～1604）也颇受读者欢迎。它的作者是马提欧·阿列曼。这类小说风行一时，持续到 17 世纪初期。流浪汉小说一般采用自传体形式，人物个性比较鲜明，语言生动自然，对欧洲近代小说的发展产生了较大影响。

西班牙的人文主义文学以小说和戏剧的成就最大。塞万提斯的长篇小说《堂·吉诃德》是西班牙文学史上的高峰，也是世界文学宝库中的一颗明珠。16 世纪中期，西班牙戏剧进入繁荣时期。为人民喜闻乐见的民族戏剧开始崛起。一些固定的公共剧场也先后建立。

民族戏剧的奠基人和杰出代表是洛卜·德·维伽（1562～1635）。这是一个才华出众的作家，写过各种体裁的文学作品。但他的主要成就是戏剧。是当时声誉最高、最受群众欢迎的剧作家。他在《当代写作喜剧的新艺术》（1609）中，提出了人文主义的戏剧理论。主张戏剧模仿生活，逼真地反映现实，悲喜剧因素应掺杂在一起。他认为戏剧创作应满足群众的要求，重视戏剧情节的巧妙安排。他的剧本内容丰富，题材广泛。有写爱情和家庭问题的剧本，歌颂恋爱自由，宣传人人平等。如《干草上的狗》（1618）、《带罐的姑娘》（1627）等。有写社会政治问题的剧本，如《塞维勒之星》（1623）。他的代表作是描写人民群众反封建斗争的《羊泉村》（1609～1613）。

《羊泉村》取材于15世纪发生在羊泉村的一次农民起义。

剧本描写骑士团队长费尔南·高迈斯仗势欺人，企图奸污羊泉村长老的女儿劳伦霞。青年农民弗隆多梭救出了劳伦霞。后来在弗隆多梭和劳伦霞举行婚礼时，凶残的费尔南竟劫走新娘，还要绞死新郎。勇敢的劳伦霞逃回村中，号召村民起来和封建势力斗争。全村农民起来，攻战了城堡，杀死费尔南。后来国王赦免了他们，将羊泉村收归自己管辖。

这个剧本突出地表现了农民的集体反抗精神和人文主义者反封建的思想。但从作品结尾可以看出，作者在反对暴虐的封建主的同时，也拥护开明君主和王权。

文艺复兴时期英国文学

文艺复兴时期英国人文主义文学成就辉煌，成为当时欧洲文学的顶峰。

从13、14世纪开始，英国羊毛业迅速发展，出现了城市和市民。农奴制实际上在14世纪末期已经不存在了。英国封建贵族的势力经过1381年的农民起义和英法"百年战争"（1337～1453）再加上封建贵族自相残杀的"红白玫瑰战争"之后，已大大削弱了。一部分封建贵族被消灭了，另一部分贵族资产阶级化，成为新贵族。到了15世纪，英国王权与资产阶级、新贵族建立暂时的联盟，使英国成为中央集权的统一的民族国家。进入16世纪后，英国资本主义工商业进一步发展。

1588年，英国海军击败西班牙的"无敌舰队"，取得了海上霸权，全国出现繁荣昌盛的局面。16世纪末～17世纪初，国内阶级矛盾日益加深。17世纪40年代，终于爆发了资产阶级革命。

英国人文主义文学是在资本主义经济一步步发展的基础上产生的。

在16世纪后期和17世纪初期，是英国人文主义文学的黄金时代。在戏剧方面所取得的成就最大。

文艺复兴时期，英国出现了一系列重要作家。其中莎士比亚占着十分突出的地位。

杰弗利·乔望（1340～1400）是英国最早的人文主义作家。他是富裕市民的儿子。曾多次出使法国和意大利，接触过但丁、彼特拉克和薄伽丘的作品，接受了人文主义思想。他懂得拉丁文，熟悉奥维德和维吉尔的作品。他站在新兴资产阶级立场反映现实生活，表达反封建反教会的思想。他的主要作品有长诗《特罗伊勒斯与克丽西德》和寓意诗《声誉之堂》。还有《坎特伯雷故事集》。后者是他的代表作，这是一部现实主义的杰作。

《坎特伯雷故事集》（1387～1400）包含24个短篇故事，绝大部分用诗体写成。作品前面的总序是全书的精华所在。作者对到坎特伯雷朝圣的29个香客作了生动逼真的描述。这些香客属于不同的社会阶层。其中有帽商、家具商等富裕的市民，有能工巧匠，有勤劳善良的农民，有精通业务的律师、努力追求知识的学者，还有偷盗主人的管家、诈骗钱财的医生以及教士、女尼、水手等等，真是三教九流，无所不包。这些人物正是14世纪英国社会的缩影。

作者塑造的人物形象个性鲜明，语言接近口语，幽默生动。《故事集》受《十日谈》影响，在香客们讲的故事中，广泛反映了社会本质面貌，它堪称英国人文主义文学的奠基之作。

托马斯·摩尔（1478～1335）是文艺复兴时期英国著名的人文主义思想家和作家，也是欧洲第一个空想社会主义者。他是英国皇家法官的儿子。在牛津大学学习时接受人文主义思想。他曾担任过下院议长和最高法官。因他反对英国亨利八世，惨遭杀身之祸。他的著名作品是《乌托邦》。

作品描绘了空想社会主义理想王国的蓝图。全书用作者与一个旅行家的对话形式写成。作者反对私有制，向往人人劳动、产品归公、各取所需的乌托邦。

格林和马洛，是文艺复兴时期莎士比亚外英国著名的戏剧家。

罗伯特·格林（1558～1592）在剑桥大学念书时就开始了文学创作活动。他的剧本鲜明地反映了人道主义思想。他的代表作有《僧人培根和僧人本盖》（1590）、《威克菲尔的护林人》（1592）等。他属于"大学才子"之列。"大学才子"是莎士比亚以前英国的一批剧作家。他们在大学里受过良好教育，接受了先进的人文主义思想，而且很有才华，这批人为英国戏剧作出了较大贡献，推动了英国戏剧事业的发展。克利斯多弗·马洛（1564～1593）是"大学才子"中的佼佼者。他是鞋商的儿子，毕业于剑桥大学。他的思想比较激进，公开宣传无神论和共和政体，后来遭到杀害。他所写的悲剧《帖木儿》（1587～1588）中，塑造了野心勃勃、想称霸世界的东方君主贴木儿的形象。

《浮士德博士的悲剧》（1592～1593），以德国民间故事为题材，叙述浮士德博士把灵魂卖给魔鬼的故事。作者站在人文主义立场，肯定知识具有伟大的力量。提倡用知识征服自然，反对封建蒙昧主义，实现社会理想。马洛还写了《马耳他的犹太人》、《爱德华二世》等剧本。他的剧本风格豪放，不仅写了人物的外部冲突，也表现了内心的矛盾。他的创作对莎士比亚有很大影响。

这段时期英国诗歌方面成就较大的是坎德门·斯宾塞（1552～1599）。他的著名长诗《仙后》（1589～1596）是英国资产阶级第一部民族史诗）。在散文方面最著名的作家是弗兰西斯·培根（1561～1626）。他的代表作是《论说文集》（1597、1612、1625）。他也是一个唯物主义哲学家，写了不少哲学著作。

17 世纪法国古典主义文学

17 世纪法国资产阶级的力量还不足以推翻封建势力，但已与封建贵族势均力敌；而法国中央主权与地方封建贵族矛盾重重。资产阶级便利用王权进行曲折的反封建斗争，王权也实行重商主义政策，利用资产阶级以抑制地方封建贵族。这是古典主义产生的政治基础。古典主义就是 17 世纪法国资产阶级与封建中央王权妥协并与之结成暂时联盟，借助这一联盟曲折地进行反封建斗争的产物，是一种带有浓厚封建色彩的资产阶级文学思潮。由于它在理论和实践上主张以古希腊罗马文学为典范，故名"古典主义"。古典主义主要盛行于法国，对其他欧洲各国也有影响，它在欧洲流行了大约 200 来年。

古典主义文学的产生还有哲学基础——笛卡儿的唯理主义。笛卡儿（1596～1650）的唯理主义认为科学认识必须符合"明白与确切"的标准，因而进一步主张文学艺术应该创设一些严格、稳定的规则，使艺术体现理性的标准。古典主义文学之重视理智、规则和标准，要求结构明晰、逻辑性强等特点，与笛卡儿的唯理主义有关。

此外，从文艺复兴时期开始的向古代学习的风气，以及法兰西是古罗马文化的直接继承者，以效法古罗马为荣等文化和民族，传统因素对古典主义的形成也有一定关系。

17 世纪法国文学

1598 年法王亨利四世发布南特赦令，法国君主专制制度巩固，出现封建王权与资产阶级妥协的局面。路易十三时期，红衣天主教黎世留任首相，继续实行重商主义，法国资本主义在王权庇护下发展。17世纪上半期，法国除了贵族沙龙文学与市民写实文学外，古典主义文学成为了文学的主流。

1608年起，以朗布耶侯爵夫人的文学沙龙为中心聚集了一群贵族作家，他们的作品矫揉造作、装腔作势，是"巴罗克"风格的产品。代表作有杜尔菲（1568～1625）的牧歌式的爱情小说《阿丝特莱》、斯居代里小姐（1607～1701）的美化贵族感情的历史小说《阿塔梅纳，或居鲁士大帝》、阿尔迪（1569～1632）粗制滥作的七八百个剧本等等。

市民写实文学反对封建道德和贵族沙龙文学，表现中下层市民要求摆脱王权控制的愿望。这种文学重真实，写得粗俗而自由，以讽刺诗、喜剧、市民小说为主。

其代表作家有德·维奥（1590～1626），他的《防不胜防》、《伪君子们》对莫里哀颇有影响。市民小说多用流浪结构，反映广阔生活，其风格粗犷滑稽。代表作家有斯卡龙（1610～1660），他的《滑稽小说》写流浪剧团在勒芒城演出时，演员与居民之间的滑稽纠纷，逼真地揭露了外省腐朽习气。

作为17世纪文学主潮的古典主义文学，在17世纪前半期处在酝酿和上升阶段。在它的形成中，马莱伯和法兰西学士院的夏普兰、巴尔查克在理论上曾做出了努力。

在艺术创作方面，诗歌的代表是古典主义奠基人马莱伯（1555～1628），他继承"七星诗社"的传统，写作了大量的颂诗。他的《为亨利大王利穆桑之行》祝福（1605）得到国王亨利四世赏识，从而成为宫廷诗人。

散文方面的代表有巴尔查克（1597～1654），他的书信，文辞优美，近于贵族沙龙文学。

帕斯卡尔（1623～1662）是科学家，他的18封《给一个外省人的信》（1656）为启蒙思想家与散文创作提供了范例。

这个时期成就最高的是高乃依的悲剧。彼埃尔·高乃依（1606

~1684）一生写了 33 个剧本，其中最著名的是 4 大悲剧《熙德》、《贺拉斯》、《西拿》、《波利厄克特》，它们是 17 世纪上半期古典主义戏剧的最高成就。受高乃依影响，此时期还有剧作家杜·黎耶（1605～1658）、隐士特里斯（1601～1655）、让·罗特鲁（1609～1650）等。

1661 年路易十四亲政，建立绝对王权，这位"太阳王"想当欧洲霸主。到 1688 年，是法国古典主义文学全盛时期，作家辈出，创作繁荣。波瓦洛（1636～1711）在《诗的艺术》（1674）中总结了古典主义的原则，使这种流派与思潮的文学，达到高度自觉。此时期，涌现了法国古典主义最杰出的代表、世界喜剧大师莫里哀及其他重要作家。

17 世纪后半期古典主义悲剧作家的代表是让·拉辛（1639～1699）。他的第一部悲剧《忒拜依德或者兄弟雠》（1664）还模仿高乃依，以后就写出了有自己独立风格的悲剧。他的代表作是《安德洛玛克》（1667）和《费德尔》（1677）。此外，在 70 年代还写有《布里塔尼居斯》等 5 部悲剧，80、90 年代写有《爱丝苔尔》等悲剧。

寓言方面的代表作家是拉·封丹（1621～1695），他的《寓言诗》（1668，1679，1694）共 12 部 239 篇，发展了伊索寓言，展示了 17 世纪法国社会生活画图，富于教谕意义。

1685 年路易十四废除南特赦令，90 年代君主专制走向反动，至 1715 年路易十四逝世，这是古典主义衰落时期。这个时期突出的有拉·布吕耶尔（1645～1696）的散文《性格论》（1688）、费纳龙（1651～1715）的传奇小说《忒勒马科斯》（1699）。它们对社会的批评预示了启蒙运动将要兴起。1687 年童话作家贝洛（1628～1703）反对古典主义的保守与厚古薄今，掀起"古今之争"，也预告了启蒙思想家与作家的自由批判精神之来临。

17 世纪英国文学

17 世纪初，伊丽莎白女王逝世，都铎王朝结束，1603 年詹姆斯一世即英国王位，开始了斯图亚特王朝。斯图亚特王朝统治的 40 余年间，封建贵族统治集团同资产阶级与人民大众的矛盾加剧。英国文艺复兴进入尾声，人文主义的思想与文学，在琼森与培根之后，也渐次消泯。

17 世纪初在诗歌方面出现两个主要派别，一个是"玄学派"。他们的诗歌写得玄妙隐晦，突出个人感受与思索，描写山林隐逸或个人爱情，表达空幻宗教意识，脱离生活实际，以奇幻的意象揭示内心奥秘，表现充满怀疑与向往的复杂心情。玄学派反映了一些知识分子对人文主义的失望，显示了科学对传统文化的冲击。玄学派的代表是约翰·多恩（1572～1631），他曾任王室牧师多年，1621 年任伦敦圣保罗大教堂教长直至逝世。他写有爱情诗、讽刺诗、宗教诗和 160 篇布道文，批判世俗情欲，宣扬宗教热情与神秘主义。

另一派叫"骑士派"，他们多是贵族青年，在内战中参加过王军和王党。这一派政治上保守，诗歌创作却不同于玄学派的出世精神，而是继承了文艺复兴时期人文主义的入世思想，写了许多爱情诗与及时行乐的作品，表现了末世情调，是文艺复兴和 17 世纪诗歌之间的桥梁。骑士派的代表是赫里克（1591～1674），他也是一位牧师。他留有 1200 多首诗，收在《雅歌》和《西方乐土》两个诗集中。他与其他骑士派诗人不同处是还写了健康抒情诗。

17 世纪的著名英国戏剧作家，继本·琼森和马斯顿（1575～1634）之后，还有约翰·韦伯斯特（1580～1625），他的悲剧《白魔》（1612）和《马尔菲公爵夫人》（1623）塑造了反封建的勇敢妇女形象。菲利浦·马辛杰（1583～1640）是 17 世纪早期英国编剧技巧最佳的作家。他的讽刺喜剧《偿还旧债的新方法》（1633）刻画了贪财的坏爵士的形象，表现了惩恶扬善的严肃思想。

统治阶级与人民大众的矛盾，导致了 40 年代爆发的英国资产阶级革命，英国资产阶级革命是以清教反国教的斗争形式进行的。从1642年国王与国会的内战爆发，到1649年革命成功和把查理一世推上断头台，人民运动也在高涨。不论国会领袖克伦威尔，还是英国人民，都从《圣经旧约》上借用了词句、热情和幻想。革命时期的最有力的文章是左翼领袖利尔本（1618～1657）和温斯坦利（1628～1698）的犀利流畅的政论文。这些传单和小册子为广大群众的利益而斗争。再有就是革命诗人弥尔顿在革命高潮用英文和拉丁文写的关于离婚自由、出版自由、处死国王的雄健优美的文章。

1660年斯图亚特王朝复辟，英吉利共和国结束。复辟时期，政治反动，宫廷骄奢淫逸，文学上风行嘲笑清教徒的讽刺诗，以及反映贵族享乐生活的喜剧。受法国文学影响，英国古典主义兴起。它的创始人和代表是约翰·德莱顿（1631～1700）。德莱顿思想保守，是王政复辟时期的桂冠诗人，受封为朝廷史官。他的诗歌颂国王查理二世与天主教，讽刺资产阶级和不良社会风尚。他写过27部体裁不同的戏剧。他的古典主义戏剧美化王权，成为18世纪英国古典主义戏剧的先声。德莱顿是英国文学批评创始人，他在《论戏剧诗》及其他文章中肯定了乔叟以来的英国文学，强调理性与规律，提倡悲剧创作要遵守"三一律"，对艺术的形式完美也有不少论述。王政复辟时期的戏剧，除了德莱顿，还有威彻理（1640～1716）、康利利夫（1670～1729）、凡布卢（1664～1726）等等。他们的戏既反映了贵族腐化生活，又迎合了他们的庸俗的享乐的趣味。

王政复辟时期最伟大的作品是弥尔顿反映英国资产阶级革命精神的3部杰作《失乐园》、《复乐园》和《力士参孙》。此外还有17世纪后半期的著名小说家班扬的作品。

约翰·班扬（1623～1688）是典型的清教徒作家。他出生于农村劳动人民家庭，父亲是补锅匠，他没有受到正规教育。班扬积极参加了资产阶级革命运动。王政复辟后，他曾两次被捕入狱，第一次长达12年。班扬是一位牧师，他妻子也是清教徒的女儿，二人家中一贫如洗，他同下层人民有密切的联系。他的创作反对当时的奢侈风尚与逐名追利的恶习，具有一定的社会意义。他对社会的批判，受到读者的欢迎。

班扬作品有在狱中写的自传《罪人受恩记》（1666）和《天路历程》（1678）。还有现实主义的对话体小说《培德曼先生的生平与死亡》（1680）、宗教讽喻小说《神圣战争》（1682）和《天路历程》第二部（1684）。他的代表作《天路历程》是一部寓意小说，采用了梦幻的形式。它写作者在梦中遇见一个背着沉重包袱的人，名叫基督徒，他要去天国之城，于是基督徒经历了千辛万苦，跋山涉水，到达了至善的理想国。

小说在写主人公的经历时，展示了英国罪恶的社会景象，细致地描写了"名利场"和乡村公路上的各种栩栩如生的人物。小说批判普遍的淫乱与腐化，指出头衔、国家都可以出卖，盗窃、奸淫、谋杀在横行，贵族们在骄奢淫逸、贪婪挥霍。小说讽刺的"愚昧无知"、"马屁先生"、"爱钱先生"虽是概念的拟人化；但个性生动异常。它是英国现实主义小说的先驱。小说使用传奇形式，运用人民语言，颇受读者欢迎。

1688年，英国废黜詹姆斯二世，迎荷兰亲王威廉为英王，史称"光荣革命"。此后确立了资产阶级君主立宪，英国的历史与文学进入了新的时代。

弥尔顿（1608～1674）是此后英国文学史上仅次于莎士比亚的诗坛巨擘。

他在艺术上想象丰富，能将简单的人物故事，抒写成一万行的长诗。他描写的地狱、人间，图景雄浑壮阔，塑造的人物如撒旦等，性格独特，形象奇伟。

他的长诗既继承了古代悲剧史诗的传统，又结合了基督教文学的形式，同时更是他从现实出发的伟大创造。

17世纪西班牙文学

16世纪后半期，西班牙已经开始衰败。到了17世纪，西班牙虽然在国外还占据某些领地，但已失去强国地位。各地起义不断发生，政府几乎无力对付，但在宫廷中还保持繁缛的礼仪和豪华的生活。专制政府又通过天主教教会用残酷手段加强反动统治，使整个西班牙笼罩在阴暗的宗教气氛之中。

17世纪的西班牙文学也趋于衰落，逐渐失去了"黄金时代"的繁荣景象。天主教反动统治使文艺复兴时期以人文主义思想为内容的文学遭到沉重打击，宗教思想控制着整个文学界，贵族绮丽派文学在文坛上盛极一时。

西班牙贵族绮丽派文学被称为冈果拉派，创始人是路易斯·德·冈果拉（1561~1627）。冈果拉早期写故事诗和短诗，后期发表了不少风格纤巧的诗歌，如长诗《寂寞》（1613）和《波利非莫和伽拉苔亚的故事》（1612~1613），发生广泛的影响，形成一个诗派。这个诗派轻视人民群众，提倡为"高雅人士"写作，作品堆砌夸张的词藻，充满各种隐喻和难解的词句。其内容大都是人生无常、终归毁灭等悲观思想。

17世纪上半期，西班牙人文主义作家虽然遭到教会的迫害，但仍然坚持斗争。剧作家如莫里纳（1571~1648）、阿拉尔康（1581~1639）和卡斯特罗（1569~1631）继承维迦的传统，取材于民间文学和历史传说，写了大量的作品。

莫里纳的《塞维勒的诱惑者》（1630）第一次以关于堂·璜的民间传说为题材，描写一个丧尽天良、勾引妇女的贵族青年，揭露贵族的罪恶。

卡斯特罗的《照德的青年时代》（1618）取材于民间谣曲，描写这个西班牙民族英雄的事迹。

在散文方面，凯维多（1580~1645）的成就较大。他是西班牙最后的人文主义代表之一，写过许多讽刺性的散文，也写了流浪汉小说类型的作品《大骗子堂·帕勃罗斯·布斯康的一生》（1626）。他痛恨贵族、僧侣、贪官污吏、炼金术士、占星术士等和社会上的道德败坏现象，并在其作品中给以无情揭露。但是在反动统治下，他看不见出路，作品也不免染上悲观色彩。

17 世纪西班牙最重要的作家是戏剧家彼德罗·卡尔德隆·德·拉·巴尔卡（1600~1681）。卡尔德隆出身于马德里贵族家庭，曾在马德里耶稣会学院学习，后来到萨拉曼加大学学习哲学和神学。他很早就写戏剧，1635 年入宫廷服务，管理宫廷剧院，创作了大量剧本，成为维迦以后西班牙最有名的戏剧家。1651 年，他入教士籍，一直担任重要的教会职务。他写过 120 部剧本，另有 80 部宗教剧和 20 篇幕间短剧。在艺术技巧上，他继承了维迦的传统，但是也讲究华丽的布景和服装，运用夸张的言词。

他的作品多采用中古题材，有浓厚的天主教思想。许多剧本探讨宗教哲学问题，直接宣传否定现世、相信来世和忏悔赎罪等宗教思想，他到晚年就专写宗教剧了。但是卡尔德隆的作品中也有肯定现世幸福的人文主义主题，如《隐居的夫人》（1629）。有的剧本甚至歌颂农民反对贵族迫害的斗争，如《扎拉美亚的长老》（1636）。这些矛盾都反映了人文主义的衰落、天主教统治和贵族文学的深刻影响。

《人生如梦》（1635）是卡尔德隆最有代表性的作品之一，主人公是波兰王子西吉斯蒙德。国王从天象中得知王子将是一个凶恶残暴的人，因此从小就把他囚禁在边塞的古塔里，过着半人半兽的生活。一次国王用药将他麻醉，送回宫中，等他醒来，给他最高的地位和权利。西吉斯蒙德为了报复他所受的迫害，粗暴专横，甚至威胁国王。国王认为他野性未驯，又将他麻醉，送回古塔。王子醒来，想起前事，认为这不过是一场梦，人生也不过是一场梦，从此个性大变。不久，国内爆发起义，起义者攻入宫中，擒住国王，西吉斯蒙德被拥戴为首领。但是这一次他却贤明公正，宣布施行仁政，又将王冠归还父亲。

这个剧本像卡尔德隆的许多剧本一样，用寓意的手法阐述哲理。西吉斯蒙德是一个象征性的人物，他最初是个性情暴烈的反抗者，他斥责国王不该既给他生命，又把他当野兽看待，实际上这是对天主教哲学的抗议。但是他随即认为人世一切无非是梦幻，希望只在来世，因而变成一个驯顺的忏悔者。卡尔德隆通过这个形象提出了一个抗议性的问题，而得出的却是宗教忏悔的结论。

卡尔德隆的剧本具有较高的技巧，善于刻画人物内心，富有抒情特点，许多剧本的独白后来都成了流行的抒情诗。这些都大大影响了19世纪初期的许多著名作家。

17世纪德国文学

17世纪，德国爆发了残酷的30年战争（1618～1648）。这次战争又称为宗教战争，实际上是德国的公侯们为了争权夺利，利用新教和旧教的分歧，形成两个阵营，各自勾结国外势力，在德国的国土上烧杀掠夺。战争的结果是德国人口减去1/3，城市萧条，田地荒芜，矿山损坏，工商业衰退。大小公侯们只靠着无止境地剥削农奴，维持他们的专制统治。这种情形使德国的政治、经济、文化长期处于落后状态。

在文学方面，德国人文主义者的批判精神和民间文学的反封建内容，在这黯淡的时代里也消失了。市民出身的作家大都依附宫廷，为公侯们服务。一些所谓奖掖文化的宫廷成为文学活动的中心。当时的宫廷一味模仿外国风尚，有的把法国作为榜样，有的更多地接受西班牙、意大利文化的影响。诗人们则迎合主人的意旨和趣味，从事写作，作品内容贫乏，充满华丽的词藻、离奇的比喻和堆砌的典故，成为形式的游戏。但也有少数作家关怀人民的痛苦和国家的命运，考虑祖国语言和文学的前途，在文学理论或实践上作出贡献。

奥皮茨（1597～1639）看到意大利和法国的诗人如彼特拉克、龙沙等向古代诗歌学习，提炼自己祖国的语言，写出格律谨严的民族诗歌，他认为德国的诗人也应该能够这样。他在他的《德国诗论》（1624）里吸取了法国、意大利文艺理论和实践的成果，论述诗的原理和作用，区分文学的种类，提倡语言的纯洁性，探讨诗的格律。他制定抑扬格和扬抑格的规则，倡导十四行体和亚历山大体，对于德国诗歌格律的发展起了划时代的作用。

诗人弗莱明（1609～1640）和格吕菲乌斯（1616～1664）都能超越德国文艺界的狭窄范围，开辟诗的领域。前者远游俄国、波斯，扩大了眼界，后者漫游荷兰、法国、意大利，接触到当时欧洲哲学、科学、艺术的新成就。他们在奥皮茨的影响下，运用各种新诗体，写出反映时代苦难和渴望和平的感人的诗歌。格吕菲乌斯的十四行诗《祖国之泪》（1636）概括地叙述了战争的罪恶和恐怖，最后他认为比死亡、瘟疫、火灾和饥馑更为可怕的是许多人丧失了灵魂。这是德国 17 世纪诗歌中一首有代表性的名篇。格吕菲乌斯也从事戏剧创作，他是德国第一个把市民生活写入悲剧的作家，但当时无人响应，德国市民悲剧真正的形成和发展，则有待于 100 多年以后的莱辛和席勒。

这些诗人都生活在 17 世纪前半期，有比较丰富的知识，在提高德国语言、制定诗歌格律等方面有一定贡献，并为 18 世纪德国民族文学的形成作了一些准备。但是他们只向古希腊、罗马和外国学习，而轻视本国的民间文学，有些文学史家把他们的作品称为"学者的诗"，并不完全恰当，但也有一定理由。

到了 17 世纪后半期，小说家汉斯·雅科布·克里斯托弗·封·格里美尔斯豪（1622？～1676）则和他们完全两样。他继承了 16 世纪民间故事书的传统，在西班牙流浪汉小说的影响下，从平民的立场出发，写出一系列小说，广泛地描绘了 30 年战争时期德国的社会面貌。这套小说中以 6 卷的《西木卜里其西木斯奇遇记》（1668～1669）最为成功，受到广大读者的欢迎，其他的小说都和《西木卜里其西木斯奇遇记》有一定的联系，但又各自独立成篇。

18 世纪英国文学

英国在 18 世纪经历了巨大而深刻的变革。1688 年的"光荣革命"推翻了复辟王朝，确立君主立宪政体，建成资产阶级和新贵族领导的政权。资产阶级在国外大规模进行殖民扩张，在国内发展工商业，大型手工业工场发达，一些生产部门已经开始采用机器。到了 18 世纪中叶，英国发生了工业革命，工业无产阶级和工业资产阶级诞生了。虽然早在上个世纪英国已经发生了资产阶级革命，但仍然有着启迪民众向封建势力继续斗争的历史任务，由于这个任务是在资产阶级革命之后提出的，所以英国的启蒙活动和法、德等国的启蒙运动并不完全相同。

这一时期英国启蒙思想家和作家以理性为武器反对封建残余，批判资本主义制度，同情受压迫、受剥削的人民。同时，古典主义在这个时期还有很大的影响。保守作家大多遵循古典主义的创作原则，一些进步作家也或多或少带有古典主义倾向。本世纪初期，古典主义在诗歌创作中最有影响，最重要的作家是蒲伯（1688 ~ 1744）。他模仿罗马诗人，有的诗对贵族生活进行温和的讽刺，有的宣扬庸俗哲学。他长于说理，诗风精巧，但缺乏深厚的感情，形式多用双韵体。

现实主义小说是 18 世纪英国文学最主要的贡献，它在唯物主义思想的影响下，继承并发展了流浪汉小说的传统，直接取材于社会生活，以普通人，特别是中下层人物作为主人公，通常含有对社会现实的批判，反映了初期资本主义社会暴露出的种种矛盾。与流浪汉小说相比，其情节趋于集中，时间、地点的安排也较严密，人物性格的塑造、感情心理的刻画、环境的描写都有了显著的进步。语言一般是日常生活用语。这些特点标志着英国现实主义小说发展的新阶段，为以后英国和欧洲现实主义小说的繁荣提供了条件。

18 世纪法国文学

18 世纪的法国，在欧洲大陆各国中工商业最为发达。60 ~ 70 年代，手工业工场开始零星使用机器，规模较大的企业出现了，但它仍是一个封建的农业国家，基本社会结构与 17 世纪没有什么不同，仍分为 3 个等级：教会以操"圣职"的名义列为第 1 等级，贵族阶级是第 2 等级，第 3 等级则包括资产阶级和由手工业者、工资劳动者、农民所构成的城乡劳动人民。前 2 个等级掌握封建国家的统治权力，享有种种封建特权。专制王权对外不断发动战争，对内则加紧压榨人民，封建阶级和第 3 等级之间的矛盾尖锐到极点。1789 年的法国资产阶级革命是资产阶级反对封建制度的一次最彻底的斗争，它完成了由封建贵族阶级的统治形式到资产阶级统治形式的历史转变。

18 世纪的法国文学，按不同的思想倾向和艺术特点，可分为 3 种流派，一种是贵族阶级的文学；一种是资产阶级的现实主义写实暴露文学；第三种是资产阶级启蒙文学，它是 18 世纪文学的主流。

在 17～18 世纪，法国贵族、资产阶级社会谈论文学、艺术及政治问题的社交场合沙龙是实际上的文化、知识中心。

在 18 世纪前期，各种沙龙或俱乐部盛行一时，各种沙龙的形式与内容也多样化，与会的客人除谈论文学艺术外，还热衷于讨论各种社会问题，甚至妇女们也参加社会、哲学、政治、经济等方面的讨论，反映出当时人们对现状不满，对探索社会改革的道路的热衷。

1760 年以后，沙龙数量越来越多，对文学艺术的发展起了重大影响。在沙龙中，思想家、哲学家们阐明各自的观点，争取知识界同行的支持，交流思想，进行辩论，这一切有助于新思想的传播。

18 世纪法国现实主义文学对当时的社会是持批判态度的。前期的作品一般是对上流社会腐朽庸俗的作风，丑恶可笑的世态进行讽刺。在阿兰·勒内·勒萨日（1668～1747）的作品里则将讽刺的矛头进一步指向官场的黑暗，他的代表作《吉尔·布拉斯》（1715～1735）叙述了一个本来天真无知的西班牙青年，为了冲破封建社会的种种障碍，不择手段地向上爬，直到当上首相秘书的故事。

　　小说反映了封建制度瓦解，资本主义关系上升时期的法国社会生活的特征。作者通过吉尔·布拉斯的形象说明在封建社会中，一个出身微贱的人即使有很好的德行和很大的才能，也不会受到重视，他只有与坏人同流合污才能有所作为。

　　1750 年以后，法国基础教育发展较快，洛克那种容忍思想自由的经典论述和一切都可以从书本中学到的观点对法国颇有影响。一方面，人们重视知识，追求进步，许多人靠自修学会了阅读和书写，读者队伍日益扩大。另一方面，政府继续实行书刊、戏剧检查制度，国王可以用各种罪名监禁或放逐有先进思想的作家。

　　18 世纪的法国是欧洲政治最活跃的国家，法国启蒙运动也最典型，它明确地为推翻封建制度，建立资产阶级政治大造舆论。从总体上说，法国启蒙主义文学主要有两大主题：反对封建等级森严的封建专制统治，宣扬自由平等的资产阶级理性王国；抨击教会黑暗，反对宗教迷信，宣传无神论或自然神论。它一般以路易十四的逝世（1725）为开始的标志，以 1751 年为界分为前期和后期。

　　法国启蒙主义文学前期（1751～1750），与文学有密切关系的哲学蓬勃发展，取得了明显成就。哲学家们不再热衷于建立哲学思想体系，而是联系实际，相信科学，实事求是，虚心接受外来的进步思想。他们一方面针砭时弊，猛烈抨击传统的封建专制政体和专横武断的天主教教权主义，一方面寄希望于理智和本性，以启发读者的本性为己任，试图提供解决社会问题的方法。政治上，主张君主立宪制；哲学上，尚未提出无神论；文学上，依然崇尚传统文学形式（戏剧、史诗、抒情诗等），试图摆脱古典主义，但又受其影响。

　　查理·路易·德·瑟贡达·孟德斯鸠（1689～1755）是最早登上历史舞台的启蒙运动思想家，是资产阶级温和派的代表。他出身于贵族家庭。幼年学习过古希腊语和拉丁语，后专攻法律。1716 年，继承叔父的子爵爵位和法院院长职务。1721 年出版了书信体讽刺小说《波斯人信札》，引起轰动。

小说以在路易十四统治的最后 5 年和奥尔良公爵摄政的起初 5 年旅居巴黎的 2 个波斯青年与家人通信的形式，对法国的政治、宗教、社会问题进行评述。小说没有具体完整的故事情节，也谈不上人物的性格刻画和形象的细节描述，只是通过零星故事来阐述人物对各种问题的议论和见解。

作品全面地触及了封建社会的种种弊端，揭露法国统治阶级庸俗堕落、荒淫无耻，批判上流社会的种种恶习和生活方式。有些信札揭露路易十四统治时期的种种弊端和政策的失误。同时孟德斯鸠也借波斯人之口宣扬自己的反教会观点，对天主教教义进行了尖锐的讽刺，批判神权思想，谴责教皇，指斥宗教裁判所，反对教士的独身主义，主张离婚自由。

全书贯穿批判精神，有力地向传统挑战。文笔活泼生动，讽刺深刻辛辣，为 18 世纪哲理小说开辟了道路。

1726 年，孟德斯鸠辞掉法院院长职务。1728 年，被选为法兰西学院院士，获得当时文人的最高"荣誉"。此后，他到欧洲各国旅行，特别深入考察了英国君主立宪政体，形成了他君主立宪的政治理想。在《罗马盛衰原因论》（1734）发表之后，他发表了数十年研究的成果。重要的理论名著《论法的精神》（1748）。在分析政体特点时他指出，根据政府实施政策的方式，政体可分专制政体、君主政体、共和政体 3 类，并且为这 3 种政体规定了所依据的原则和得以存在的基础。此外，他进一步提出三权分立说，即把政权分为立法、行政、司法三权。他认为三权分立说限制个人权力，有效地促进民主和自由，英国即是此类国家的模式。这一学说成为法国资产阶级革命的理论武器和资产阶级政治制度的基本原则，美国《人权宣言》和《宪法》也受到这一理论的启示。

伏尔泰（1694～1778）原名弗朗索瓦·玛丽·阿鲁埃。他出生于巴黎中产阶级法学家的家庭。毕业后献身文学事业，出入具有自由思想的社交界。他敢于议论，不怕触犯权贵，曾一度被逐出巴黎，

2 次被关进巴士底狱。后被任命为法兰西学院院士，是法国启蒙主义运动的首创者和领袖。伏尔泰的著作品种多样，卷帙浩繁，除戏剧、小说、诗歌、史诗、史学和哲学著作之外，还有一些无法归类的作品和 1 万多封书信。

他的哲学著作很多，其中主要的有《哲学书简》（1734）、《哲学辞典》（1764）、《历史哲学》（1765）。他的《哲学书简》是法国思想史的一个里程碑，为 18 世纪哲学确定了主要方向。

伏尔泰基本上是英国唯物的经验论哲学家洛克和唯物自然科学家牛顿的信徒。他承认物质世界的客观存在，但又认为物质世界最初是由一个最高的造物主创造的。他企图把牛顿的自然科学原理和上帝的神话统一起来，明确提出"即使没有上帝，也必须制造出一个"。他从洛克那里继承了自然神论，一方面把世界说成是神所创造的，神体现为不可动摇的自然界的规律，另一方面，又反对把神具体化为一种人格的偶像而构成一种具体的宗教。他提倡信仰自由，是一位积极反对宗教狂热、宗教迫害、教派纷争的思想家。在政治上，他批判封建专制制度和封建偏见，但寄希望于开明君主，是开明专制政体的拥护者。作为一名进步的启蒙思想家，伏尔泰的思想不仅深入 18 世纪法国第三等级人们的心里，为法国大革命准备了思想条件，而且对 19 世纪欧洲许多国家争取民族独立自由的斗争起过很大作用。

伏尔泰开始文学创作时，受到古典主义戏剧传统的影响，推崇高乃依和拉辛的悲剧艺术。在第一部悲剧《俄狄浦斯王》（1718）上演后，他被认为是拉辛的继承人，从此使用伏尔泰作为笔名。他第一个把莎士比亚介绍到法国，给莎士比亚以很高的评价，但又从古典主义美学出发排斥莎士比亚的创作手法。他的悲剧形式是古典主义的，但是内容却贯穿着启蒙主义精神。伏尔泰把戏剧作为宣传武器，用来激起法国人民向封建专制制度、宗教狂热作斗争。《布鲁图斯》（1730）是一部政治悲剧，宣扬效忠于共和政体思想，在法国资产阶级革命中，激起人们对专制暴政的仇恨，宣传自由思想。《扎伊尔》（1732）和《穆罕默德》（1742）这两部悲剧都对宗教偏见提出了强烈的控诉，宣扬宗教容忍的观点。

40 年代后，伏尔泰创作了几部哲理小说。在小说创作上，他继承了拉伯雷的传统，不注重刻画人物性格，而是创造富有讽刺性的形象和故事，一般以滑稽的笔调，通过半神话式的或传奇式的故事，影射讽刺现实，蕴涵深刻的哲理，语言精炼简洁。《查第格》又名《命运》（1748）的主人公是一个聪明能干，具有高尚道德品质的青年，但是他每做一件好事都遭到一场灾祸。

小说结尾以查第格当上国王告终，这体现了伏尔泰的"哲学家王国"的政治理想，即开明君主可以使不幸的世界得到幸福。在查第格身上，作者写出了启蒙哲学家的遭遇。18 世纪启蒙学者受到社会恶势力的压迫，但以他们的智慧和勇敢，经过不懈的努力，终于获得最后的胜利。

法国启蒙主义文学的后期（1751～1800），资产阶级的力量又有了进一步的发展，资产阶级革命的条件日益成熟。法国启蒙运动进入一个新阶段，年轻一代的启蒙思想家倡导在自然神论或无神论的基础上建立新的哲学体系，提出了完整的资产阶级思想体系和政治纲领。在自然科学和类书编辑上，具有进步倾向的鸿篇巨制陆续问世，如布封编写的《自然史》，狄德罗主编的《百科全书》。此时法国启蒙主义文学也以其战斗性的增强而呈现出新的面貌，反封建反教会精神更加鲜明，艺术上彻底摒弃了古典主义的陈规陋习。与此同时，古典主义文艺思潮也延续到 18 世纪后期，直到 19 世纪浪漫主义的新文艺思潮兴起以后，古典主义的历史时期方告结束。

这一时期的启蒙运动的成就集中表现在《百科全书》的编纂上。《百科全书》全名为《科学、艺术和工艺百科全书》，主编是狄德罗和唯物主义哲学家达朗贝，狄德罗把《百科全书》的编纂工作变成了一场反封建的斗争。另外几个启蒙思想家都是主要合作者：孟德斯鸠和伏尔泰为它撰写过文艺批评和历史的稿件，卢梭则是《百科全书》音乐方面的专题作家。因此，法国的启蒙思想家又被称为"百科全书派"。《百科全书》在当时全欧知识界拥有广泛的读者群，它以挑战的姿态，针对政治、宗教和哲学发表了很多激烈的言辞，全面宣传资产阶级意识形态，推动启蒙运动进入高潮，因而被罗马教廷视为禁书。

18 世纪德国文学

德国到了 18 世纪，政治经济仍然十分落后，民族分裂，小邦林立，封建势力特别顽固，资产阶级依附封建经济而生存，思想上的软弱性和政治上的妥协性非常明显。所以法国启蒙运动的革命思想能够直接转变为革命行动，而德国启蒙运动的进步思想只能在远离现实斗争的精神领域发展，始终未能引向政治革命。但是，德国资产阶级在英法启蒙运动的影响下，反对封建割据和要求民族统一的情绪日益增长，给 18 世纪的德国文学带来了特殊而曲折的发展道路。18 世纪的德国文学经历了 3 个发展时期。

启蒙运动时期（1700～1770）：这一时期的主要任务是建立德国的民族文学。德国启蒙文学最初的代表是戈特舍德（1700～1766）。他的主要功绩是反对封建文学传统，倡导建立统一的民族语言和民族文学。他一生致力于戏剧改革和戏剧理论建设，并创作了宣传启蒙思想的著名悲剧《濒死的卡托》（1730），为德国民族文学的诞生做出了积极贡献。

莱辛（1729～1781）是德国最有影响的启蒙作家和文学批评家。他最早提出写"市民悲剧"的主张，并亲自创作了德国第一部市民悲剧《萨拉·萨姆逊小姐》（1755），后来又陆续写出喜剧《明娜·封·巴尔赫姆》（1756）、悲剧《爱米丽娅·迦洛蒂》（1772）和哲理剧《智者约旦》（1779）等优秀剧本。他的美学论著《拉奥孔·论画和诗的界限》（1766）和戏剧理论《汉堡剧评》（1769）全面阐明了启蒙主义的美学观点和戏剧主张。莱辛的理论著作和创作活动为德国民族文学的发展繁荣奠定了坚实的基础。

狂飙突进时期（1770～1785）：18世纪70年代，随着启蒙运动的深入和发展，德国发生了一场全国性的文学运动——狂飙突进运动。这一运动因克林格尔的剧本《狂飙突进》而得名，参加者多为具有叛逆精神的文学青年。他们反对专制暴政，揭露社会黑暗，提倡民族意识，要求国家统一；同时接受卢梭"返回自然"的口号，崇尚天才，强调感情，追求个性解放。注重抒发个人的内心感受，形成德国文学史上一次反封建斗争的高潮。但由于历史条件的限制，这一运动仅局限在文学领域，始终没有发展成为政治性的社会革命运动，而且持续的时间不长，到了80年代中期便迅速走向衰落。

狂飙突进运动的文学成就主要在戏剧方面。其次是散文和诗歌。青年时期的歌德和席勒是这一时期德国文学的重要代表，理论家赫尔德尔（1744～1803）则是这一文学运动的纲领制订者和精神领袖。歌德的著名历史剧《铁手骑士葛兹·封·伯利欣根》、书信体小说《少年维特之烦恼》和席勒的剧本《强盗》、《阴谋与爱情》是狂飙突进运动时期德国文学的重要收获。恩格斯热情称赞这些作品"渗透了反抗当时整个德国社会的叛逆精神"。

古典时期（1786～1805）：18世纪末德国文学出现了前所未有的繁荣，它标志着德国民族文学的最后形成。1789年的法国革命给德国人民很大的震动，也给德国文学界以深刻的影响。当时德国资产阶级还没有力量夺取政权，只好在文学中创造自己的理想世界；他们在现实生活中无法实现人道主义的理想，便把目光转向古希腊，认为古代艺术体现了一种淳朴和谐的美，用这种美来教育人便可以达到理想的境界。在这种思想指导下，他们倡导学习希腊罗马的古典艺术，创造了德国的所谓"古典主义"文学。这个时期，歌德和席勒密切合作，把德国资产阶级文学推向了顶峰，并且奠定了德国文学在世界文学中的重要地位。

18 世纪俄国文学

俄国长期遭受鞑靼人和其他外族的侵略，地理上又和西欧的发达国家隔离，经济文化处于落后闭塞的状态。这种情况直到 18 世纪才开始有所改变。

18 世纪初，彼得一世（1682～1725）厉行改革，按照欧洲发达国家的方式建设军队，统一了国家的版图。他从瑞典人手中夺回波罗的海出海口，为进一步向西欧汲取文明开辟了道路。彼得一世的改革在建立和巩固俄罗斯民族国家方面起了重大的促进作用。但是，他的改革是依靠扶植新兴的贵族地主和商人、加强封建农奴制来进行的。彼得死后的 30 年间不断发生宫廷政变，贵族地主在政变中巩固了自己的统治地位。

彼得一世提倡科学，简化俄文字母，出版报纸，创办公众剧院，鼓励翻译介绍西欧著作。他在宫廷中强行推广法国礼仪，仿效法国风尚，提倡用法语交谈。他在文化上所做的一切努力大大推进了俄国文化教育的发展，但有盲目崇拜外国、忽视民族文化的一面，产生了一定的消极影响。

彼得一世时期，俄国文学还处于从古代文学向新的内容和形式过渡的阶段。30～50 年代，专制制度日趋巩固，法国古典主义的影响深入俄国。于是形成了俄国古典主义流派，出现了第一批俄国作家康捷米尔（1708～1744）、罗蒙诺索夫、苏马罗科夫（1718～1777）等。

俄国古典主义反映了先进贵族的世界观和他们对文化生活的要求，它除了遵守古典主义原则和形式方面的规则以外，还具有自己的特点。为了创造民族文学，俄国古典主义作家大都向民族历史和民族生活汲取题材，特别注意文学语言和诗体改革，强调爱国思想和科学文化的启迪作用。此外，这一时期社会矛盾加深，法国启蒙思潮开始传入俄国，俄国古典主义作家比较注意文学的社会作用，往往采用讽刺体裁表示他们的社会见解。

18世纪前半期，俄国最重要的作家是米哈伊尔·瓦西里耶寄·罗蒙诺索夫（1711～1765）。他是俄国历史上著名的学者，出生于农民家庭，毕业于斯拉夫希腊拉丁学院，后来进科学院附设的大学学习，并被派往国外研究自然科学。1741年回国后，他在科学院任职，创办了莫斯科大学（1755）。他在进行科学活动的同时，又从事语言研究和文学创作，写过颂诗、史诗、悲剧、讽刺诗和散文，翻译过希腊文学作品。

罗蒙诺索夫在纯洁俄罗斯语言、使文学语言接近日语方面贡献很大，著有《修辞学》（1744）、《俄语语法》（1757）和《论俄文宗教书籍的益处》（1757）等。他认为俄语是一种丰富、灵活、生动有力的语言，同样具有欧洲其他语言的优点。彼得一世改革以来，由于社会政治经济的变化，俄语中夹杂着许多外来词汇，古老的教会斯拉夫词汇也未经清理。他针对这种情况提出了改革意见。根据古典主义的原则，他把文学体裁划分为高、中、低3种，规定每种体裁所允许使用的词汇，主张避免使用陈旧的教会斯拉夫词汇和不必要的外来语。这为克服当时俄语的混杂现象、创造统一的规范语言打下了基础。

罗蒙诺索夫文学创作的成就主要是诗歌。他的诗颂扬英雄的业绩，充满对祖国的热爱。他认为诗歌最主要的任务不是咏唱醇酒和爱情，而是培养崇高的爱国精神。这种看法鲜明地体现在他写的颂诗里。《伊利莎伯女皇登基日颂》（1747）实际上是对祖国和彼得一世的歌颂。诗人把彼得一世奉为榜样，希望女皇伊利莎白继承父业，开发资源，发展科学，培养人才，使俄国走上繁荣富强的道路。他向年轻一代呼吁，相信"俄罗斯的大地能够诞生自己的柏拉图和智慧过人的牛顿"。他还以颂诗体裁写过一些雄伟瑰丽的科学诗，解释自然现象（《晨思上天之伟大》、《夜思上天之伟大》等）。他在同时代诗人特烈佳科夫斯基（1703～1769）研究的基础上，提出俄国重音诗体的理论（《论俄文诗律书》，1738），并在创作中进行了成功的实验。他的诗音调铿锵，庄严雄辩，富有节奏感。

18 世纪 60 年代，俄国社会矛盾激化。在沙皇庇护下，地主享有支配农奴的绝对权利，正如当时民歌《奴仆们的哭诉》中所说，"老爷们杀死一个奴仆就像宰一匹马，而且还不准农奴控告。"农民运动不断高涨，70 年代爆发了普加乔夫领导的农民起义。这次规模宏大的起义严重地打击了地主贵族的统治，是俄国农奴制危机的最初表现。

这一时期在农民运动的影响下，反对农奴制的进步思想有所发展，向封建统治阶级进行了尖锐的斗争。女皇叶卡捷琳娜二世（1762～1796）即位之初，假装接受启蒙思想，标榜"开明君主"制度，提倡文学创作，出版杂志，并亲自动笔，其目的是要使文学为她的反动统治服务。但是进步作家诺维科夫、冯维辛、拉吉舍夫等在他们的作品里彻底揭穿了这个"穿裙子的答丢夫"，反映了农民的某些呼声。普加乔夫起义前夕，诺维科夫（1744～1818）创办了《雄蜂》（1769～1770）和《画家》（1772～1773）2 种杂志，揭露了农民在地主残酷剥削下濒于绝境的悲惨情况。《雄蜂》这个名称就是针对不劳而获的统治阶级而取的。诺维科夫在《雄蜂》上公开反对叶卡捷琳娜二世关于讽刺的主张。他认为讽刺不应是"含笑的"讽刺，而是"咬人的"；不应是抽象笼统的，而是具体的，应当对准社会的具体丑恶现象加以无情揭露。他对讽刺的看法在当时产生了良好的影响。冯维辛的喜剧《纨绔少年》和拉吉舍夫的散文《从彼得堡到莫斯科旅行记》发扬了这种重视社会根本问题的讽刺传统。诗人杰尔查文（1743～1816）在《费丽察》（1783）里，也把讥刺手法运用到颂诗体裁中，把歌颂叶卡捷琳娜二世的"美德"和讽刺宠臣们的荒淫无耻融合在一起。

杰尼斯·伊凡诺维奇·冯维辛（1745～1792）是 18 世纪后半期俄国讽刺文学的代表。他出生于贵族家庭，曾在莫斯科大学读书，后任外交部翻译，当过显贵的秘书，游历过西欧许多国家。在早期诗歌里，他尖锐地指责沙皇的专制暴虐。他写过各种体裁的讽刺作品；其中以喜剧最为成功。

《旅长》（1766）嘲笑了贵族中老一代的愚昧和年轻一代所受外国教育的毒害。冯维辛最著名的喜剧是《纨绔少年》（1782）。女地主普罗斯塔科娃多方虐待寄养在她家的孤女索菲亚，后来由于索菲亚可以继承叔父斯塔罗东的一宗财产，普罗斯塔科娃便强迫她做自己的儿媳。但是索菲亚在开明贵族普拉夫津和斯塔罗东保护下，终于和贵族军官米朗结婚；普罗斯塔科娃因虐待农民和孤女被法办，财产也交官代管。

作者真实地刻画了普罗斯塔科娃这个农奴主的形象。她横暴、奸诈、愚蠢、狠毒。她对农奴进行敲骨吸髓的剥削，农奴出身的保姆在她家工作了 40 年，所得的酬报是"一年五个卢布，外加每天五记耳光。"她虐待周围的一切人，包括她的丈夫，却十分溺爱儿子米特罗方，一心希望他娶上成了巨富的索菲亚。在母亲的教养下，米特罗方是个只会吃喝玩乐的纨绔少年，他已经 16 岁，念了 3 年书，却不会加减乘除。他利用母亲的溺爱装病逃学，捉弄仆人。他善于见风使舵，并像普罗斯塔科娃一样凶暴狡黠（"米特罗方"，希腊文的意思是"像母亲"）。剧中的正面人物如斯塔罗东、普拉夫津等都写得不成功。喜剧的结构简洁紧凑，是按古典主义的三一律写成的。

亚历山大·尼古拉耶维奇·拉吉舍夫（1749～1802）出身贵族，青年时代在德国留学，受到法国启蒙学者卢梭、马布里等的影响，成为具有民主思想的唯物主义者。他回国后，普加乔夫起义和政府的血腥镇压使他认识到沙皇统治的反动性，并用批判的眼光重新估价了法国启蒙思想家的见解。俄国多次对外战争，连年饥荒，美国和法国的革命先后爆发，这些事件也促使他考虑俄国的现实和未来。他写过哲学著作、政论和文学作品，其中最重要的是《从彼得堡到莫斯科旅行记》（1790）。本书出版后，他立即遭到逮捕，被判处死刑，后改为流放西伯利亚服苦役，直到晚年才被召回。1801 年，他参加了政府的法律编纂委员会的工作。次年自杀，以抗议沙皇对他的新迫害。

《旅行记》出版后不久就传到宫中，叶卡捷琳娜二世在盛怒中往书页上批道：拉吉舍夫"把希望寄托在农民造反上面"，"比普加乔夫更坏"。

这部作品在俄国一直被列为禁书，但仍以手抄本形式到处流传，对十二月党人和普希金起过很大的影响。

普加乔夫起义后，俄国也产生了感伤主义文学。感伤主义在俄国是贵族地主阶级精神危机的表现。它虽然促进了俄国散文的繁荣，对丰富文学语言和心理描写的技巧有一定贡献，但是这一流派的作品美化贵族地主，企图掩饰地主和农奴之间的对立关系，也有其消极的一面。

卡拉姆辛（1766～1826）被认为是这一流派的代表，他的中篇小说《可怜的丽莎》（1792）叙述农村少女丽莎被贵族少爷艾拉斯特遗弃以至自杀的故事。作者同情丽莎的不幸，对她的心理活动写得比较生动，文笔流畅。但他站在贵族立场，用"命运"来为艾拉斯特辩护，极力抹杀造成丽莎的悲剧的社会原因。

18世纪俄国文学的成就虽不如同时期的西欧国家，但就俄国本身来说，仍是一大进步。它在思想和艺术上都为19世纪俄国文学的大步跃进作了准备。

18世纪意大利文学

17世纪意大利在西班牙占领下，政治分裂，经济衰落，天主教宗教裁判所压制思想言论，文学严重脱离现实，极端形式主义的马利诺诗派盛极一时。

18世纪初叶，奥地利代替了西班牙的统治，在新的外族压迫下，意大利仍然是一个分裂衰弱的国家。从17世纪末年到18世纪中叶，在诗坛上占统治地位的是阿尔卡底亚诗派，这个诗派和它所反对的马利诺诗派同样严重地脱离现实，它所提倡的田园诗是一种缺乏思想性的、形式主义的文学。从 18 世纪中叶起，意大利出现了将近半世纪的和平局面，奥地利统治者和意大利的公侯们在政治上作了一些改革，经济有了发展。资产阶级较前壮大，民族意识日益觉醒，法国启蒙思想传播到进步的知识分子中间，意大利文学出现新的繁荣。启蒙思想在意大利被看作是文艺复兴时期的人文主义的继续和发展，但是人们对待社会现实不采取革命态度，而采取温和的批判态度，这反映了当时意大利资产阶级的软弱性。例如，诗人帕利尼（1729～1799）就在他的作品中以温和的嘲讽笔调去描绘贵族生活的空虚无聊。他的诗里也显示出旧的阿尔卡底亚诗派的形式和新的启蒙思想内容之间的矛盾。意大利民族意识的觉醒、政治热情的高涨，最鲜明地反映在阿尔菲爱里（1749～1803）的作品中。

此外，他还对悲剧进行了改革，用古希腊、罗马和《圣经》的题材以及简练有力的语言写出了富有思想性的剧本，对 19 世纪意大利民族复兴运动起了推进作用。但意大利 18 世纪的主要文学成就是哥尔多尼的喜剧。

卡尔洛·哥尔多尼（1707～1793）出生于资产阶级家庭，以律师为业，30 年代即开始创作剧本。1748 年放弃律师业务，成为剧团的编剧家。他一生写了 267 个剧本，其中有 150 多个喜剧。当时舞台上流行意大利的独特剧种——即兴喜剧，这种喜剧没有固定台词，由演员临时想出对话和独白。

剧中滑稽人物戴着假面具，因而又名假面喜剧。它原来具有社会讽刺性质，但是到了 18 世纪却变得庸俗鄙陋，缺乏思想内容。哥尔多尼作为启蒙的编剧家，要求戏剧对观众起教育作用，为此必须改革即兴喜剧，使之成为有固定台词的现实主义喜剧。

为了寻找新型喜剧的方向，他研究了本国和外国的经验。他青年时受过马基雅维里的喜剧《曼陀罗花》的启发，但对他影响最大的是莫里哀和英国 18 世纪的剧作家。他在《喜剧剧院》（1750）这一剧本里阐明了自己的喜剧观点。他要求喜剧忠实地反映生活，反对三一律和盲目崇拜亚里士多德，提倡性格喜剧，强调正面性格和反面性格的鲜明对比，使喜剧能起更大的教育作用。

哥尔多尼在喜剧改革和创作中贯彻了这些观点。他对当时的即兴喜剧进行了合理而且可行的改革，他的剧本还保留了一些传统的假面人物，但他们不再是定型的，而是具有现实内容的形象。哥尔多尼称自己的喜剧为性格喜剧，剧中人物性格的确是鲜明生动的。剧情多方面地反映了社会生活，因而又是风俗喜剧。其中社会背景虽然主要是威尼斯，却具有更广泛的社会意义。

他把讽刺揭露的锋芒指向贵族阶级。《封建主》（1752）一剧描写腐化堕落的侯爵引诱农家妇女，遭到殴打，农民联合起来，决定同贵族作斗争。但剧本最后让一个农家女子和侯爵结婚，造成阶级调和的结局。

在《女店主》（1753）中，作者通过侯爵和伯爵的形象，讽刺了没落贵族和购买贵族爵位的暴发的资产者。女主人公在耍弄了这两个显贵人物之后和一个仆人结了婚。许多生动的生活场面、民主的思想内容和女主人公动人的形象，使这个剧本成为一部杰作。

哥尔多尼也揭露批判了资产阶级的恶习和缺点。《老顽固们》（1760）一剧以老一代和新一代人之间的矛盾为主题，反映了18世纪威尼斯社会的危机。

剧情是在典型的威尼斯商业资产阶级环境中展开的。一个商人的女儿想在结婚前和素不相识的未婚夫见一面，这违反了当时威尼斯的习俗。一位聪明热情的太太帮助她，使她如愿以偿。两家的父亲都是顽固的家庭暴君，因为这件事解除了他俩的婚约。那位太太仗义执言，终于成全了这一对青年男女。

剧本在描绘威尼斯的生活特色和刻画各个顽固人物性格的细微差别上，都较为成功。

在哥尔多尼反映劳动人民生活的剧本中，最出色的是《乔嘉人的争吵》（1762），它描写渔民争吵打架的场面，一位年轻律师使大家言归于好，并帮助他们办理了几件婚事。

剧本是由一系列鲜明生动的现实生活场景组成的，通过争吵的形式却描绘出劳动人民的一些优良品德，同时也流露了作者对人民的同情。

哥尔多尼的喜剧改革引起以哥齐为首的反启蒙的批评家的猛烈攻击，他不得不于1762年离开祖国，侨居巴黎一直到死。

第二章　世界近代文学发展

第一节　近代亚非文学发展概论

近代日本文学

近代日本没有遭到殖民破坏，走上了富强之路。近代日本文学在此环境中发展迅速，成就突出，是近代东亚地区最令人瞩目的民族文学。日本近代文学，就是在批判封建主义、军国主义的基础上，逐步发展起来的。

1868年日本的明治维新是一次自上而下的资产阶级民主革命，它结束了封建末期的德川幕府的统治。由于改革不彻底，明治维新之后，封建主义势力仍然是社会中强大的势力。这就造成了日本近代社会两个最为显著的特点：政治上是封建贵族和大资产阶级的联合专政；经济上则是迅速发展的城市资本主义工商业和封建落后的农业经济并存。明治维新之后，广大人民并未得到真正的利益，反而身受封建主义和资本主义的双重压迫，因此农民的暴动和城市贫民的骚动不断涌现，被压抑的中小资产阶级的民主运动也逐渐发展，在 19 世纪 80 年代形成了波及全国的"自由民权运动"。

到了 19 世纪末 20 世纪初，人民反抗斗争进一步高涨，出现了早期的社会主义思潮和工人运动。天皇政府为了扼杀不断增长的革命势力，于 1910～1911 年逮捕了革命人士幸德秋水等人，制造了镇压革命的血腥事件"大逆事件"。然而，在第一次世界大战前后，民主、进步、革命的政治势力又勃然兴起。

日本近代文学伴随着日本资本主义的发展也成长起来。它受到西方文明的强烈影响，在短短的几十年之间，就完成了欧洲从文艺复兴到 19 世纪末几百年间的文学发展历程。但由于日本近代资本主义社会带有浓厚的封建色彩，日本近代资产阶级政治力量的软弱，以及日本近代社会的急速发展和变化，就铸成了日本近代文学两个明显的现象：一是派别众多，纷纭万状，5 年、10 年、最多 15 年就要更新换代，所以它面貌杂然纷呈；一是进步、民主的文学在急速发展变化的社会条件下，缺乏坚实的政治基础，往往不能形成强大的文学力量。

1868 年到 1818 年近代文学的启蒙阶段。这个时期主要是政治、学术、社会思想和科学文化等各个领域，为了适应明治维新的需要，满足开化启蒙的目的而得到了发展；但就文学本身来看，并没有取得很大的进展，只是出现了不少作为启蒙工具的文学作品和翻译作品。

在自由民权运动时期，近代文学才开始发展，促成了近代文学的黎明。这个时期首先出现了作为民权运动宣传工具的"政治小说"，它虽然在艺术形式和手法上没有摆脱封建时代通俗小说的羁绊，但是鼓吹民主，宣传民权，针砭时弊，表达了强烈的爱国忧民思想，确是发聋振聩的新声。其代表作有矢野龙溪的《经国美谈》（1883 年）和东海散士的《佳人奇遇》（1885 年）。与此同时，坪内逍遥（1859～1935 年）也开始了文学活动，他的《小说神髓》

（1885 年）是日本第一部提倡近代现实主义文学理论的著作，书中提出以"人情"、"世态"为描写对象，反对游戏文章和道德功利的观念。他纠正了当时盛行于社会的封建主义的文学偏见，把小说艺术提高到具有社会价值的重要地位。在他之后，出现了日本近代现实主义奠基者二叶亭四迷（1864～1909 年）的长篇小说《浮云》，它是第一部用自然、生动的语体写成的优秀的现实主义之作。通过在政府供职的小官吏文三被解雇的遭遇，揭露了官僚机构的腐败和贪财附势的市民风气，为日本近代文学的发展开拓了道路。

稍后森鸥外（1862～1922 年）于 1890 年发表了短篇小说《舞姬》，它与《浮云》一样，表现了近代知识分子生活中的苦恼。青年留学生太田丰太郎在德国大学的自由风气的感染下，个性觉醒，违抗官方的指令，与德国舞女爱丽斯相爱，追求个性自由，可是最后在功名利禄的诱惑下，抛弃已怀孕的情人回国得到天方伯爵的"庇护"。整篇作品用感伤、浪漫的格调抒发了一个个性自由追求者的失败的哀叹。《舞姬》为日本近代浪漫主义文学确立了方向。

在坪内逍遥、二叶亭四迷、森鸥外等作家开创的文学道路上，日本近代文学迎来了迅速成长的时期。19 世纪末叶，日本文坛出现了繁荣局面，作家、作品大量涌现，文学社不断形成。"砚友社"和"文学界"是两个重要文学社团。"砚友社"以尾崎红叶为首，他们以赢得读者的眼泪为宗旨，写出一些思想内容肤浅、迎合部分读者趣味的作品。"文学界"以北村透谷为首的致力于文艺改革的诗人、评论家，采取了与现实对立的态度，提倡个性解放，梦想幸福的海市蜃楼，讴歌青春的活力。他们掀起了日本近代浪漫主义文学风潮，为近代诗歌发展、繁荣奠定了基础。

中日甲午战争激化了日本明治社会的矛盾，加深了阶级对立，因而也影响了日本近代文学的发展，开始由浪漫主义向现实主义转化。樋口一叶（1872～1896 年）是日本青年女作家，她出身于下层，一生饱尝了人生的艰辛。她满怀深情地描写了处在近代社会底层的小人物的悲剧，尤其是被社会蹂躏践踏的下层妇女生活。她感情真挚，文笔清秀纤细，作品散发着浓郁的抒情气息，独具特色。其代表作品有中、短篇小说《埋没》、《浊流》、《十三夜》和《青梅竹马》等。

与樋口一叶同样较早地表现了现实主义倾向的作家是国木田独步（1871～1908），他起初是一个浪漫主义诗人，后来转向现实主义文学的创作。早期以俊秀洒脱的文笔讴歌自然的壮丽，寄托自己寻求自由的情思；晚年用深刻有力的描写，暴露了现实的黑暗。《穷死》描写了失业工人走投无路以自杀而终的惨景；《竹栅门》表现了下层劳动妇女的悲剧。他的写作，技巧娴熟，富于抒情性，艺术感染力强，至今仍为日本人民所喜爱。

随着社会矛盾进一步激化，日本工人觉醒，促发了早期工人运动和社会主义思潮。这一新的社会动向反映在日本近代文学中，形成了倾向于社会主义思想的文学风潮。在小说领域内以德富芦花和岛崎藤村为代表，在诗歌领域内以石川啄木为代表。

德富芦花（1868～1927）是一位激进的民主作家，其作品洋溢着深厚的人道主义思想。他关注社会，对近代日本资本主义极为不满，探求社会出路，寄情于社会主义思想。1903年发表的《黑潮》是他的代表作。这部小说以明治初年欧化主义盛行时期的生活为背景，描写了天皇重臣的擅权仗势、生活腐化，也表现了受到封建礼教压迫的贵族妇女的不幸。作品由于揭露深刻，大胆地触及上层统治者，引起广大读者的兴趣。

1904年日俄战争的胜利促进了日本资本主义经济发展，日本经济急速地由自由资本主义转向垄断资本主义，因此社会贫富差距加大，社会矛盾深化，也加深了个人与社会的对立。这些社会现象促使作家对社会问题的深省，为寻求个人在社会生活中的地位和出路，冷静地观察、分析社会问题。在这种时代思潮的背景下，日本近代自然主义文学兴起，它接受了西方自然主义文学理论，主张表现人类的本能，赤裸裸地暴露人间的丑恶，描写了消极、灰色的内容，因而给日本近代文学带来了一些不良的影响。然而，自然主义作家生活在封建势力强大的日本近代社会里，他们继承浪漫主义文学倡导的个性解放的精神和民主、人道的思想，也创作了一些不满现实，暴露社会黑暗的具有现实主义倾向的文学作品。

1906 年岛崎藤村发表了长篇小说《破戒》，它以鲜明的态度批判了日本封建的等级制度，提出了人权解放的民主要求，揭露了明治末期日本政界和教育界的腐败。1907 年田山花袋（1871～1930）发表了《棉被》，它描写中年作家厌倦家庭生活，追求女学生的恋爱失败的精神体验，赤裸裸地暴露了人们的情欲。它与《破戒》相对照，形成另一种自然主义作品的类型，即把描写集中在作家个人和家族的琐事及其各种情绪的感受的狭小世界里，带有浓重的自传色彩。

在《破戒》和《棉被》影响下，自然主义作品大量出版，一时间自然主义文学蔚然成风，大有左右文坛的趋势。在藤村和花袋之后，又出现了德田秋声、正宗白鸟和岛村抱月等著名的自然主义作家、评论家。

田山花袋是自然主义文学的重要作家，他开始以浪漫主义诗人步入文坛，后来转向自然主义文学的创作。《棉被》之后，又写出了以个人和家庭生活为内容的长篇小说《生》、《妻》和《缘》三部曲等，对封建家族制度有所揭露。1910 年所创作的《乡村教师》，具有较大的现实意义。作品描写一个知识青年在偏僻的农村度过的灰暗、短促的一生，揭露了日本近代社会的黑暗对一代青年人的摧残。以后他脱离了自然主义文学的创作轨道，以宗教冥想世界为题材进行创作。

在自然主义文学风潮盛行时期，在文坛上异军突起而自成一家的是夏目漱石，写出了《我是猫》（1905 年）等作品，以嬉笑怒骂的方式、冷嘲热讽的文笔揭露明治社会的黑暗。夏目漱石写出的一些批判力较强的作品和自然主义作家的一些具有现实主义倾向的作品，汇合成日本近代批判现实主义文学的潮流，推动了日本近代文学的发展。

总之，日本近代文学在这个时期达到繁荣阶段。它反映了社会下层人民生活的悲苦，也描写了近代知识分子生活的苦闷，在一定程度上表达了日本人民对明治社会的不满和反抗，初步形成了近代日本民族文学的风格和特点。

1904年发生的"大逆事件"，标志着统治者进一步反动化。这次政治事件给日本知识界以极大的震动，加速了知识分子的分化；它也给日本文坛带来了暗影，使之发生了曲折的演变。"大逆事件"之后，政府采取了镇压政策，对进步、民主的知识界施行了禁锢的办法，迫使多数作家沉默；有的作家则在压力面前逃避现实，倾向悲观、颓废，或者描写身边琐事、忏悔人生；少数作家敢于挺身反抗，用影射等方式曲折地暴露了社会政治的黑暗。

1910年以后相继主宰文坛的两大思潮，浪漫主义文学和自然主义文学出现了停滞和分化的局面。年轻的民主主义诗人石川啄木（1885～1912）首先打破了当时文坛沉寂的局面。石川出身贫寒，一生穷困，最后穷苦和病痛夺去了他年轻的生命。他少年时代崭露才华，创作出浪漫主义格调的诗歌，有热心于社会问题的倾向；以后又接近了自然主义文学，写出不少有现实内容的小说；此后他又创作了咏叹个人生活悲苦和愤懑情绪的诗歌集《一握砂》、《可悲的玩具》以及具有批判倾向的现实主义小说《道路》、《我们一伙和他》等。

"大逆事件"促成他的思想成熟，认识到日本"强权"统治的反动，朦胧意识到用暴力推翻国家政权的必要，决心倾向社会主义。他在《时代闭塞的现状中》（1910年）一文里，尖锐地批判当时以自然主义文学为代表的日本近代文坛："今天的小说、诗、和歌，几乎全是嫖妓、私娼、野合、通奸的记录。"并且向日本青年大声疾呼："我们青年为从这毁灭的状态中振作起来，现在已经是必须认清

'敌人'的时候了……要以全部精神贯注在对明日的考察上——即对我们自己所处的时代进行有系统的考察上。"尽管他思想模糊、理论混乱，还有无政府主义的杂质，但是他敢于反抗黑暗政治，勇于探索人类光明的道路，在当时是难能可贵的。他为近代进步文学的发展做出了有意义的贡献，成为革命文学的先驱者。

1912 年大正时代开始，日本近代文学进入了末期。此时反自然主义文学思潮兴起，先后出现了三个派别，一是"新浪漫派"，它明显表露了近代颓废、没落的倾向，描写变态的心理，崇尚唯美主义的文艺观，其代表作家是永井荷风、谷崎润一郎和后起之秀佐藤春夫；一是"白桦派"，它是理想主义文学派别，宣扬人类之爱，主张以个性的完美和发展来改革社会，它的多数作品对近代社会有所揭露和批判，尤其深刻地描写了社会上封建因袭的重荷，其代表作家有武者小路实笃，志贺直哉和有岛武郎；另一个是晚出的"新思潮派"，它主张客观、冷静地描写现实，对所描写的现实生活用以理智的剖析，提倡技巧的纯熟。它着重表现了近代日本社会给市民生活带来的不幸和苦闷，其代表作家有菊池宽和芥川龙之介。

志贺直哉（1883～1971）是大正时期重要小说家。他的作品取材于个人和家庭日常生活琐事，通过点滴生活现实的描写，揭露日本社会的黑暗，具有鲜明的人道主义倾向和现实主义文学的色彩。他文笔清新隽永，生动简练，用疏寥的笔墨勾画出生动的形象，具有较高的艺术造诣。他是一位颇有影响而且颇具特色的作家。其代表作多为短篇小说，如《到网走去》（1910 年）、《十一月三日午后事》（1918 年）和《灰色的月亮》（1945 年）等，它们以生活中常见的小事，再现了封建礼教对妇女的束缚、日本军国主义的残暴以及二次大战给人民带来的灾难。《暗夜行路》是他唯一的长篇小说，描写近代知识分子追求"个性完善"道路的失败，最后在自然的怀抱中求得灵魂的安宁，反映日本近代知识分子的苦闷、彷徨、悲观的情绪。